国家社科基金
GUOJIA SHEKE JIJIN HOUQI ZIZHU XIANGMU
后期资助项目

文化视阈下的北魏文学研究

A Study of Literature of the Northern Wei Dynasty from the Perspective of Culture

柏俊才　著

陕西新华出版传媒集团
陕 西 人 民 出 版 社

图书在版编目（CIP）数据

文化视阈下的北魏文学研究／柏俊才著. —西安：陕西人民出版社，2022.7
ISBN 978-7-224-14573-1

Ⅰ.①文… Ⅱ.①柏… Ⅲ.①中国文学—古典文学研究—北魏 Ⅳ.①I209.392

中国版本图书馆 CIP 数据核字(2022)第 088842 号

责任编辑：晏 藜
封面设计：朵云文化

文化视阈下的北魏文学研究
WENHUA SHIYUXIA DE BEIWEI WENXUE YANJIU

作 者 柏俊才
出版发行 陕西新华出版传媒集团 陕西人民出版社
（西安北大街 147 号 邮编：710003）
印 刷 广东虎彩云印刷有限公司
开 本 787mm×1092mm 1/16
印 张 26
字 数 426 千字
版 次 2022 年 7 月第 1 版
印 次 2022 年 7 月第 1 次印刷
书 号 ISBN 978-7-224-14573-1
定 价 98.00 元

国家社科基金后期资助项目出版说明

后期资助项目是国家社科基金设立的一类重要项目,旨在鼓励广大社科研究者潜心治学,支持基础研究多出优秀成果。它是经过严格评审,从接近完成的科研成果中遴选立项的。为扩大后期资助项目的影响,更好地推动学术发展,促进成果转化,全国哲学社会科学工作办公室按照"统一设计、统一标识、统一版式,形成系列"的总体要求,组织出版国家社科基金后期资助项目成果。

全国哲学社会科学工作办公室

序

南北朝文学是中国古代文学研究的热点之一,实际上是南朝文学研究如火如荼,北朝文学依然冷寂。这其中主要原因在于南朝文学名家、大家如林,北朝文学除由南入北的王褒、庾信外很难说有传统意义上的文学家。因此,北朝文学的研究,主要集中在王褒和庾信等少数大家的身上,其他诗人很少有人问津。而北魏文学,更是很少有人关注,原因大概是因为北魏是少数民族政权很少有纯文学作品,也没有文学大家。

北魏研究主要集中在历史、考古方面。陈寅恪《金明馆丛稿初编》①、《金明馆丛稿二编》②中有多篇有关北魏历史研究的论文,这对北魏历史研究具有开创意义。此后唐长孺《魏晋南北朝史论丛》③《魏晋南北朝史论丛续编》④《魏晋南北朝史论拾遗》⑤、姚薇元《北朝胡姓考》⑥、王仲荦《魏晋南北朝史》⑦、周一良《魏晋南北朝史札记》⑧等都是北魏历史研究中的力作。近年来,许多学者在前贤研究的基础上,对一些问题进行了新的探索,主要论著有:张金龙《北魏政治与制度论稿》⑨对北魏历史政治的诸多问题进行了论证,田余庆《拓跋史探》⑩对北魏"子贵母死"等重大问题进行了探索,台湾学者逯耀东的《从平城到洛阳——拓跋魏文化转变的历程》⑪对"崔浩世族政治的理想"等七个问题进行了论述,宋其蕤《北魏女主论》⑫对北魏冯太后、胡太后等四个皇后的生平及情感生活进行了论述,楼劲《北魏

① 陈寅恪:《金明馆丛稿初编》,生活·读书·新知三联书店 2001 年。
② 陈寅恪:《金明馆丛稿二编》,生活·读书·新知三联书店 2001 年。
③ 唐长孺:《魏晋南北朝史论丛》,生活·读书·新知三联书店 1955 年。
④ 唐长孺:《魏晋南北朝史论丛续编》,生活·读书·新知三联书店 1959 年。
⑤ 唐长孺:《魏晋南北朝史论拾遗》,中华书局 1983 年。
⑥ 姚薇元:《北朝胡姓考》,中华书局 1962 年。
⑦ 王仲荦:《魏晋南北朝史》,上海人民出版社 1979 年。
⑧ 周一良:《魏晋南北朝史札记》,中华书局 1985 年。
⑨ 张金龙:《北魏政治与制度论稿》,甘肃教育出版社 2003 年。
⑩ 田余庆:《拓跋史探》,生活·读书·新知三联书店 2003 年。
⑪ 逯耀东:《从平城到洛阳——拓跋魏文化转变的历程》,中华书局 2006 年。
⑫ 宋其蕤:《北魏女主论》,中国社会科学出版社 2006 年。

开国史探》①认为北魏开国是拓跋氏自身发展与中原王朝密切结合的需要。考古方面的成果也很多，如赵万里《汉魏南北朝墓志集释》②、赵超《汉魏南北朝墓志汇编》③、中国社会科学院考古研究所《北魏洛阳永宁寺：1979—1994年考古发掘报告》④、朱亮《洛阳出土北魏墓志选编》⑤、罗新《新出魏晋南北朝墓志疏证》⑥、刘俊喜《大同雁北师院北魏墓群》⑦、王银田《北魏平城考古研究：公元五世纪中国都城的演变》⑧、刘连香《民族视野下的北魏墓志研究》⑨等著作或收录北魏考古资料，或对北魏考古资料进行研究，取得丰硕成果，对北魏历史研究有极大的推动作用。有关北魏历史、考古研究的单篇论文则更多，就中国知网期刊全文数据库所录超过500余篇。这些历史、考古研究成果，廓清了北魏历史中的一些疑点，对促进文学研究有着非常重要的意义。

国外最主要的北魏历史研究成果集中在日本。日本的汉学家对中国历史非常感兴趣，北魏也不例外。对于北魏的研究，日本学术成果最多的是均田制。最初涉及这一课题的是内藤湖南《中国近世史》⑩和加藤繁《唐代庄园的性质及其由来》⑪，二者都只是简单的概述，谈不上研究。玉井是博《唐代土地问题管见》⑫和冈崎文夫《关于唐代的均田法》⑬开始了真正意义上对均田制的学术研究，其后至今90余年间，出版的相关论著超过了200余种，成为日本中国史研究的最大成果。比较重要的成果有堀敏一的《均田制研究》⑭，对均田制的产生过程及其发展做了系统性的阐述。附于书后的参考文献目录及扼要的说明，是我们了解迄至20世纪70年代中期日本均田制研究的重要资料。进入90年代，气贺泽保规撰写了《均田制研

① 楼劲：《北魏开国史探》，中国社会科学出版社2017年。
② 赵万里：《汉魏南北朝墓志集释》，台湾新文丰出版社有限公司1986年。
③ 赵超：《汉魏南北朝墓志汇编》，天津古籍出版社1992年。
④ 中国社会科学院考古研究所：《北魏洛阳永宁寺：1979—1994年考古发掘报告》，中国大百科全书出版社1996年。
⑤ 朱亮：《洛阳出土北魏墓志选编》，科学出版社2001年。
⑥ 罗新：《新出魏晋南北朝墓志疏证》，中华书局2005年。
⑦ 刘俊喜：《大同雁北师院北魏墓群》，文物出版社2008年。
⑧ 王银田：《北魏平城考古研究：公元五世纪中国都城的演变》，科学出版社2017年。
⑨ 刘连香：《民族视野下的北魏墓志研究》，文物出版社2017年。
⑩ 内藤虎次郎：《内藤湖南全集》第10册，筑摩书房昭和五十一年（1976）。
⑪ 加藤繁：《唐代庄园的性质及其由来》，《东洋学报》第7卷第3号，1917年。
⑫ 玉井是博：《唐代土地问题管见》，《史学杂志》第33卷第8、9、10号，1922年。
⑬ 冈崎文夫：《关于唐代的均田法》，《支那学》第2卷第7号，1922年。
⑭ 堀敏一：《均田制研究》，岩波书店1975年。

究的展开》①,对战前战后日本的均田制研究做了全面的整理。佐川英治《三长、均田两制的形成过程》②认为在税役体制中兵役成为中心以后形成的三长制,促使了北魏以强化对人民的人身控制为目的的编户制的确立,这样就必然导致了均田制的产生,到孝文帝亲政以后,均田制正式得到了推行。这些课题虽然研究的是北朝均田制,但重点均在北魏,无论是成果的数量还是质量都超过了国内的学术研究。此外,日本学者对北魏历史的其他研究也较多,只是较为零散,就不再赘述。

北魏文学的研究最早见于各种版本的文学史,所论甚略,比较详细的当推曹道衡、沈玉成《南北朝文学史》③,周建江《北朝文学史》④和李开元、管芙蓉《北魏文学简史》⑤。此外,葛晓音《八代诗史》⑥、王钟陵《中国中古诗歌史》⑦所论亦较详。北魏文学的研究主要集中在"二书"上,即《洛阳伽蓝记》和《水经注》。《洛阳伽蓝记》的研究论文 131 篇,论著有化振红《〈洛阳伽蓝记〉词汇研究》⑧、王美秀《历史 · 空间 · 身分——〈洛阳伽蓝记〉的文化论述》⑨、萧红《〈洛阳伽蓝记〉句法研究》⑩、孟光全《〈洛阳伽蓝记〉研究》⑪四部;《水经注》的研究论文 388 篇,论著有郑德坤《〈水经注〉引书考》⑫、洪业、聂崇岐、李书春等《〈水经注〉引得》⑬、陈桥驿《郦学新论——〈水经注〉研究之三》⑭、陈桥驿《〈水经注〉论丛》⑮、徐中原《〈水经注〉研究》⑯五部。

除"二书"外,北魏文学研究还散见于三部专著和三部博士学位论文:

---

① 气贺泽保规:《均田制研究的展开》,载谷川道雄《战后日本的中国史争论》,河合文化教育研究所 1993 年。

② 佐川英治:《三长、均田两制的形成过程》,《东方学》第 97 期,1999 年。

③ 曹道衡、沈玉成:《南北朝文学史》,人民文学出版社 1991 年。

④ 周建江:《北朝文学史》,中国社会科学出版社 1997 年。

⑤ 李开元、管芙蓉:《北魏文学简史》,山西人民出版社 1993 年。

⑥ 葛晓音:《八代诗史》,陕西人民出版社 1989 年。

⑦ 王钟陵:《中国中古诗歌史》,江苏教育出版社 1988 年。

⑧ 化振红:《〈洛阳伽蓝记〉词汇研究》,中国文史出版社 2002 年。

⑨ 王美秀:《历史 · 空间 · 身分——〈洛阳伽蓝记〉的文化论述》,台湾里仁书局 2007 年。

⑩ 萧红:《〈洛阳伽蓝记〉句法研究》,中国社会科学出版社 2008 年。

⑪ 孟光全:《〈洛阳伽蓝记〉研究》,巴蜀书社 2011 年。

⑫ 郑德坤:《〈水经注〉引书考》,台湾艺文印书馆 1974 年。

⑬ 洪业、聂崇岐、李书春等:《〈水经注〉引得》,上海古籍出版社 1987 年。

⑭ 陈桥驿:《郦学新论——〈水经注〉研究之三》,山西人民出版社 1992 年。

⑮ 陈桥驿:《〈水经注〉论丛》,浙江大学出版社 2008 年。

⑯ 徐中原:《〈水经注〉研究》,民族出版社 2012 年。

吴先宁《北朝文学研究》①在北朝门第士族文人的生存处境和心态分析的基础上,对北朝文学的发展轨迹、代表作家和作品,以及北朝文学的总体特征做一系统的描述,部分章节涉及北魏文学;高人雄《北朝民族文学叙论》②对北魏拓跋鲜卑族的诗赋、散文、碑志的文学成就进行了较为全面的探索;卢有泉《北朝诗歌研究》③对北魏平城、洛阳诗坛阐述较为详尽。林晋士博士学位论文《北朝散文研究》④对北朝散文发展以及重要代表作品进行了较为详尽的分析,尤以对《洛阳伽蓝记》的文学性探究最为学术界所称道;宋冰博士学位论文《北朝散文研究》⑤分为上下两编,上编将北朝散文分为平城时期、洛阳时期、邺城时期和盛乐时期四个时期展开论述,下编对"北朝三书"和《魏书》进行专题研究,对北魏散文的探讨是这篇博士论文的亮点和创新点;张鹏博士学位论文《北魏儒学与文学》⑥考察了北魏儒学与文学的关系。北魏文学单篇论文有15篇,雷同之处颇多,比较有特色的有:马立军《北魏诗歌研究三题》⑦对北魏诗歌进行了定量分析,并研究了北魏诗歌分期、鲜卑文化对北魏诗歌的影响等问题;徐中原、陈娟《北魏初期散文述略》⑧对许谦、张渊、张衮、崔宏四人的散文进行了研究,并归纳了北魏初期散文的特色;张建坤《北朝后期诗文用韵研究》⑨对北魏后期诗歌中的阳声韵、入声韵进行研究,认为与南朝诗歌用韵相一致。

从目前的研究来看,可以说北魏文学研究依然是个空白点。根据中国知网所录,在现有北魏文学研究中,纯粹的文学研究论文很少。这样的研究状况很难令人满意。在北朝历史中,北魏存在的时间最长。如果北魏文学未能进行深入细致的探讨,则北朝文学的研究就是空谈。在南北朝文学研究的热潮中,北魏文学为什么这样沉寂?有其自身原因,就是北魏真正意义上的文学作品甚少。但就文学研究者来说,这些原因都不能成为漠视北魏文学的障碍。对于崛起于塞北的、强悍的少数民族王朝——北魏,其文学不应受到忽视,反而应该强化,因为只有这样,我国古代文学以汉民族

① 吴先宁:《北朝文学研究》,台北文津出版社1993年。
② 高人雄:《北朝民族文学叙论》,中华书局2011年。
③ 卢有泉:《北朝诗歌研究》,山西教育出版社2013年。
④ 林晋士:《北朝散文研究》,高雄"中山大学"中国文学系博士学位论文,1999年。
⑤ 宋冰:《北朝散文研究》,苏州大学2006届博士论文,中国知网。
⑥ 张鹏:《北魏儒学与文学》,中国社会科学出版社2012年。
⑦ 马立军:《北魏诗歌研究三题》,宁夏大学2005届硕士论文,中国知网。
⑧ 徐中原、陈娟:《北魏初期散文述略》,《现代语文(文学研究版)》2008年第3期。
⑨ 张建坤:《北朝后期诗文用韵研究》,《阜阳师范学院学报(社会科学版)》2008年第3期。

为主体,各少数民族为羽翼的格局才能得到较为完满的理解。鉴于北魏文学的自身状况以及目前的研究态势,在文化氛围中研究其文学创作,将是北魏文学研究的大体趋势。学术界已经有部分学者意识到这一点,如吴先宁《北朝文化特质与文学进程》①在探究北朝文化特质的背景下,论述了北朝诗赋的分期,以及《颜氏家训》《洛阳伽蓝记》《水经注》的实用精神,其中部分章节涉及北魏文学;张鹏《北魏儒学与文学》②研究了北魏儒学发展的过程,以及对文学创作的促进作用。

受吴先宁、张鹏两位先生研究成果的启发,拙著在北魏文化宏大的视野下研究其文学。全书分为四章:第一章《文化政策影响下的北魏文学》探究了北魏不同时期文化政策的变化对文学的影响,以及丝绸之路恢复之后域外文化输入对北魏文学潜移默化的熏染。第二章《北魏地域文化与文学》阐述了北魏不同地域的文学成就,《3 至 5 世纪初北中国文学》着力于北魏文学与十六国文学的继承关系,总体概括了这一时期北方文学的特点。继而分析了河北、河西、青齐、河东、并州五个区域的文学成就。这些区域的文学创作,均受到区域文化较大的影响。第三章《北魏文化与文学体裁研究》对北魏留存作品较多的乐府诗、谣谚、辞赋、书信体散文、表体文等题材逐一进行了探究,揭示其文化价值和艺术成就。第四章《北魏个案文学与文化关系研究》对北魏文学成就最高的温子昇、影响最大的《木兰诗》《敕勒歌》集中进行了研究,揭示其文学魅力。同时结合出土文献,探究了女性作家的文学成就。既有传世文献研究,又有出土文献考索,从而完成了对北魏文学的初步探讨。

不可讳言,北魏既没有文学大家,也没有经典的文学作品,故其文学艺术成就不是特别突出。拙著从文化视阈的角度研究北魏文学,只是初步尝试,期待方家批评指正。

---

① 吴先宁:《北朝文化特质与文学进程》,东方出版社 1997 年。
② 张鹏:《北魏儒学与文学》,中国社会科学出版社 2012 年。

目　录

第一章　文化政策影响下的北魏文学

拓跋鲜卑是中国历史上一个特殊的民族,它并不像其他少数民族那样积极汉化,而是经历了一个由胡化到汉化的曲折过程。在这一特殊文化政策影响下,北魏文学的发展也大受影响。《北魏前期的文化政策与文学精神》《平城时期的文化交融与北魏文学的复苏》和《洛阳时期的汉化与北魏文学的繁荣》三节就是探讨不同时期的文化政策对文学的影响。《丝绸之路恢复与北魏文学的新变》着眼于域外文化输入对文学的影响。正是这种内外文化交互影响,促进北魏文学逐步走向繁荣。

第一节　北魏前期的文化政策与文学精神

北魏国史,史学家一般粗略地分前、中、后三个时期。前期指孝文帝元宏即位之前,拓跋鲜卑于曹魏甘露二年(257)定都盛乐(今内蒙古自治区和林格尔县),至孝文帝元宏于延兴元年(471)即皇帝位,前后共215年。北魏初期文坛的萧条是和这一时期的文化政策分不开的,试撰此文以述之。

一、慕汉与惧汉文化冲突下的文人命运

当中原已经是高度农业文明的时候,北魏仍然处于“人食畜肉,饮其汁,衣其皮;畜食草饮水,随时转移”①的游牧生活中。两种文化距离之大,不仅仅是后代学者的理论概括,更是拓跋贵族内心的深刻反省。鉴于这种认识,北魏初期的历代君主积极创造一切可以利用的机会,与中原文化亲密接触。然而令人遗憾的是,这种接触结果并不乐观,终究以血腥杀戮或事不果行而终结。

力微之子沙漠汗,大约是北魏皇族最早学习汉族文化的第一人。沙漠汗先后在曹魏、西晋学习汉族文化达十七年之久,谙熟中原文化典籍与治国之道。力微临死之际,嘱迎沙漠汗回国以继承大统。沙漠汗回国后,以

① 《史记》卷一百一十《匈奴列传》,中华书局1959年,第2900页。

弹丸击飞鸟震慑拓跋贵族。代北贵族以“太子风彩被服,同于南夏,兼奇术绝世,若继国统,变易旧俗,吾等必不得志,不若在国诸子,习本淳朴”①为口实,谗杀沙漠汗。

沙漠汗之子猗卢,先后资助刘琨讨伐刘聪、石勒,大约已从中原学习了不少文化知识,史称其“峻刑法,每以军令从事。民乘宽政,多以违命得罪,死者以万计”②,摒弃旧俗,采用严刑峻法来治理国家。在他统治之时,“明刑峻法,诸部民多以违命得罪。凡后期者皆举部戮之。或有室家相携而赴死所,人问:‘何之?’答曰:‘当往就诛。’”③猗卢的法家思想,自然是从中原学习而得的。猗卢的法治没有推行多久,其人便在部落斗争中死去。

平文皇帝次子什翼犍九岁出质后赵石勒之襄国,深受中原文化的影响。石勒两次下令立太学,“简明经善书吏署为文学掾,选将佐子弟三百人教之”“勒增置宣文、宣教、崇儒、崇训十余小学于襄国四门,简将佐豪右子弟百余人以教之,且备击柝之卫”④“勒雅好文学,虽在军旅之中,常令儒生读《春秋》《史》《汉》诸传而听之”⑤。九岁的什翼犍处在这样的文化氛围中,自然会受汉文化的熏陶。什翼犍十九岁返国继承王位,即位之始便“命燕凤为右长史,许谦为郎中令矣。余官杂号,多同于晋朝”⑥,欲大刀阔斧地革除旧习,实行汉化,却遭到代北贵族的强烈阻挠。什翼犍欲定都灅源川,王皇后坚决反对:“国自上世,迁徙为业。今事难之后,基业未固。若城郭而居,一旦寇来,难卒迁动。”⑦定都而居,是游牧民族迈向农业文明的一大步,然以王皇后为首的代北贵族却仍要将拓跋鲜卑拉回到原始的游牧生活。不久什翼犍死,代国灭亡。

贺狄干,这位代北生长的土著有幸被派往后秦之长安。在长安贺狄干研习书、史,精通《论语》《尚书》诸经,举止风流,有似儒者。返国后,太祖皇帝拓跋珪“见其言语衣服有类羌俗,以为慕而习之,故忿焉,既而杀之”⑧。“言语衣服有类羌俗”只是一个借口,实际上是惧怕鲜卑族的全面汉化。太祖拓跋珪是一个心向往汉文化的开明君主,他早年曾流寓蜀地和

---

① 《魏书》卷一《序纪》,中华书局 1974 年,第 4 页。
② 《魏书》卷一百一十一《刑法志》,中华书局 1974 年,第 2873 页。
③ 《魏书》卷一《序纪》,中华书局 1974 年,第 9 页。
④ 《晋书》卷一百零四《载记·石勒》,中华书局 1974 年,第 2707 页。
⑤ 《十六国春秋·后赵》,丛书集成初编第 3815 册,1937 年,第 159 页。
⑥ 《魏书》卷一百一十三《官氏志》,中华书局 1974 年,第 2971 页。
⑦ 《魏书》卷十三《皇后列传》,中华书局 1974 年,第 323 页。
⑧ 《魏书》卷二十八《贺狄干列传》,中华书局 1974 年,第 686 页。

长安,对汉文化势必耳濡目染,并心往驰之。但他即位后立社稷、营宗庙、置国子博士、增太学生员,极力地推进汉化。就是这样一位国君,也容不下一个汉化了的贺狄干!

崔浩是北魏前期少有的汉族政治家和文学家,他博览经史,玄象阴阳,百家之言,无不关综,研精义理,时人莫及,对《孝经》《论语》《诗经》《尚书》《春秋》《礼记》《周易》等儒家经典有较高造诣,世祖皇帝拓跋焘以"国史备而不典"的罪名将其处死。世祖拓跋焘是北魏历史上的一位英主,他武略过人,重用汉人,改革官制,偃武修文,是北魏历史上汉化程度较高的国君。崔浩之死,是其对汉族地主势力的一次打击,也是为了平衡代北贵族与汉族地主的利益。这一平衡使得北魏的汉化遭到灭顶之灾。

北魏初期似乎向人们传递出这样的信息:谁要敢接触汉族文明,谁就得付出惨痛的代价!之所以出现这种慕汉与惧汉的文化冲突,其原因在于北魏皇族根深蒂固的"非我族类,其心必异"的固陋观念,归根结底在于代北贵族惧怕接受汉化就会丧失自己利益的狭隘思想。他们既仰慕高级的汉文化,又担心拓跋鲜卑的全面汉化,这正如叶适所言:"刘、石、苻、姚与夫慕容,虽曰种类不同,然皆久居中国,其豪杰好恶之情,犹与中国不甚相异。独拓跋氏,则以真胡入主中原,纯用胡俗,以变华人。"①在这样的文化冲突下,北魏初期文人只求明哲保身,保护自己及家族的利益是他们的首要大事,无暇顾及现实,也就不敢,也不愿从事文学创作。

宋隐初仕后燕,后归北魏,官至尚书吏部郎,其临死之际遗命子侄云:"苟能入顺父兄,出悌乡党,仕郡幸而至功曹史,以忠清奉之,则足矣,不劳远诣台阁。恐汝不能富贵,而徒延门户之累耳。若忘吾言,是为无若父也,使鬼而有知,吾不归食矣。"②身为朝廷命官的宋隐告诫子侄不要到京城任职,而要忠清自守,确保家族平安。这种思想很可能就是北魏前期的文化政策对士人的影响,内敛自守,足不出乡里,确保宗族荣耀。

范阳卢玄之后卢度世,谨奉孝道,数世同居,"谦退简约,不与世竞。父母亡,然同居共财,自祖至孙,家内百口。在洛时有饥年,无以自赡,然尊卑怡穆,丰俭同之。亲从昆弟,常旦省谒诸父,出坐别室,至暮乃入。朝府之外,不妄交游。其相勖以礼如此。又一门三主,当世以为荣"③。几世百余口同居,组成了一个庞大的家族,其目的是为了全身远祸。此外像许绚三

① 叶适:《习学纪言序目》卷三十三,中华书局1978年,第153页。

② 《魏书》卷三十三《宋隐列传》,中华书局1974年,第773—774页。

③ 《魏书》卷四十七《卢玄列传》,中华书局1974年,第1062页。

世同居、崔挺三世同居、董吐浑三世同居、赵令安四世同居、孟兰强四世同居、李几七世同居、王闾数世同居，亦当如是观。

高允，这位北魏初期的大儒，亦是北魏初期少有的以文学作品传世的文学家，也是神䴥四年(431)世宗拓跋焘征召的名士代表，曾在《征士颂》中云："不为文二十年矣，然事切于心，岂可默乎？遂为之颂。"①世宗神䴥年间征士的目的是利用汉族知识分子推行汉化进程，然由于慕汉与惧汉的文化冲突，所征三十五人不但没有发挥应有的作用，就连高允这样的名士在二十年间都不敢执笔为文。

受北魏初期慕汉与惧汉的文化冲突，文人内敛自守，明哲保身，不敢正视现实，不敢从事文学创作，故而北魏初期文坛出现了"文章殄灭"②"文章道尽"③，成了真正的文化沙漠。

二、弘儒道而灭佛文化格局下的文人精神世界

北魏拓跋氏历史进程晚于中原汉族。史载诘汾带领族人向中原推进时，常见一祥瑞之怪兽："有神兽，其形似马，其声类牛，先行导引，历年乃出。"④牛、马是游牧民族赖以生活的基础，似牛似马是人们据此想象出来的祥瑞，很可能是拓跋鲜卑的图腾。诘汾与天女交媾而生始祖神元皇帝力微的传说更属杜撰，但却反映出了北魏处于母系氏族社会这一特征。因此，北魏拓跋氏的本土文化尚处于原始的图腾时期。北魏皇族也清醒地意识到这一点，极力主张接受中原文化，北魏的思想文化呈现出多元化发展的态势。

太祖道武帝拓跋珪定都平城(今山西大同)后，北魏的思想文化政策才真正意义上开始。太祖于戎马倥偬之际深刻地意识到天下可马上取之，不可马上治之，便开始注意文武兼修。他下令立太学，置五经博士生员一千余人，增国子太学生员至三千多人。他虚心向儒学大师李先请教何书为善，李先答曰："唯有经书。三皇五帝治化之典，可以补王者神智。"⑤太祖听从了李先的建议，北魏的经书始备，这是北魏文化史上的大事。太宗拓跋嗣改国子学为中书学，立教授博士，并自撰《新集》三十篇以彰显儒学之

---

① 高允：《征士颂》，严可均《全上古三代秦汉三国六朝文》，中华书局1958年，第3654页。
② 《魏书》卷八十五《文苑列传》，中华书局1974年，第1869页。
③ 《隋书》卷三十五《经籍志四》，中华书局1973年，第1090页。
④ 《魏书》卷一《序纪》，中华书局1974年，第2页。
⑤ 《魏书》卷三十三《李先列传》，中华书局1974年，第789页。

义。太武帝拓跋焘于城东另立太学,并以强制手段要求贵族子弟入学:“今制自王公已下至于卿士,其子息皆诣太学。其百工伎巧、驺卒子息,当习其父兄所业,不听私立学校。违者师身死,主人门诛。”①以此强硬的态度要求子弟入学,显示了太武帝拓跋焘重视儒学的决心。显祖拓跋弘立乡学,在大郡、中郡、下郡配备不同数量的博士和助教教授生员,并开皇子之学,教授皇族学习儒学。北魏初期的大儒梁越、卢丑、张伟、梁祚、平恒、陈奇、邓渊被征召入京委以官职,北魏儒学始盛。

中国土生土长的道教,亦受到拓跋鲜卑的青睐。太祖道武帝喜好道教,首立仙人博士:“天兴中,仪曹郎董谧因献服食仙经数十篇。于是置仙人博士,立仙坊,煮炼百药,封西山以供其薪蒸。令死罪者试服之,非其本心,多死无验。太祖犹将修焉。”②服食者均死,太祖依然要修道教,显现出他对道教的执迷。太祖留心黄老,欲以纯风化俗,曲阳侯素延奢侈过度被处死,这是北魏初期以行政手段干预思想文化,显示了北魏皇族对学道的决心。嵩山道士寇谦之结好崔浩,并影响到太武帝拓跋焘,使他从对道教将信将疑进而转到心向慕之。他听从寇谦之的建议,以太平真君自居,改年号为太平真君,并“亲至道坛,受符录。备法驾,旗帜尽青,以从道家之色也”③,道教于是大盛。

拓跋鲜卑本不信佛教,佛教在北魏的发展亦是与中原文化交流的结果。始祖神元皇帝力微与曹魏、西晋互派使者,拓跋氏始知佛教。文帝沙漠汗在洛阳、昭成帝在襄国,均受佛教浸染。太祖道武帝好佛教,曾下令:“于京城建饰容范,修整宫舍,令信向之徒,有所居止。”④在京城建僧舍,是北魏信佛的开始。太宗拓跋嗣崇佛法,建图像,令沙门教导百姓,佛教始播。世祖拓跋焘“亦遵太祖、太宗之业,每引高德沙门,与其谈论。于四月八日,舆诸佛像,行于广衢,帝亲御门楼,临观散花,以致礼敬”⑤。世祖拓跋焘亦奉佛,后来他转而信仰寇谦之的道教,同时也受到不信佛的崔浩的影响,开始灭佛。太平真君七年(446)三月,世祖下令灭佛:“有司宣告征镇诸军、刺史,诸有佛图形象及胡经,尽皆击破焚烧,沙门无少长悉坑之。”⑥世祖灭佛,大批僧侣被杀,许多佛教建筑被毁,佛教受到重创。

---

① 《魏书》卷四《世祖纪下》,中华书局 1974 年,第 97 页。
② 《魏书》卷一百一十四《释老志》,中华书局 1974 年,第 3049 页。
③ 《魏书》卷一百一十四《释老志》,中华书局 1974 年,第 3053 页。
④ 《魏书》卷一百一十四《释老志》,中华书局 1974 年,第 3030 页。
⑤ 《魏书》卷一百一十四《释老志》,中华书局 1974 年,第 3032 页。
⑥ 《魏书》卷一百一十四《释老志》,中华书局 1974 年,第 3035 页。

从儒释道三教并行发展到后来的弘儒道而灭佛，反映了北魏前期文化格局的变化。这种文化格局的变化，对北魏前期文人的精神世界产生了较大的影响。

初期入魏的文人中自视甚高、颇具傲慢者，终遭杀戮或被贬为庶人。太祖伐中山，军中乏粮，乃召群臣商议，崔逞云："取椹可以助粮。故飞鸮食椹而改音，《诗》称其事。"①崔逞卖弄学识，解决了六军乏粮之急，不但没有得到赏识，反而获谴，太祖怒其侮慢，后借机处死了崔逞。太祖召封懿问以慕容旧事，封懿应对疏慢，废还于家。崔逞之死以及封懿被废，对当时的文人产生了很大的影响。许多儒者以保持节操，弘扬儒道，而不再敢于张扬个性。大儒张伟弘儒乡里，从者甚重，他"常依附经典，教以孝悌，门人感其仁化，事之如父。性恬平，不以夷崄易操，清雅笃慎，非法不言"②。张伟重视操守，当地人才事之如父。大儒常爽以为，"昔者先王之训天下也，莫不导以《诗》《书》，教以《礼》《乐》，移其风俗，和其人民。故恭俭庄敬而不烦者，教深于《礼》也；广博易良而不奢者，教深于《乐》也；温柔敦厚而不愚者，教深于《诗》也；疏通知远而不诬者，教深于《书》也；洁静精微而不贼者，教深于《易》也；属辞比事而不乱者，教深于《春秋》也。……六经者，先王之遗烈，圣人之盛事也。安可不游心寓目，习性文身哉！"③肯定六经对人性格的养成作用，六经所蕴含的道是人们行为处事的根本。

弘扬大道、保持节操固然很好，然北魏初期统治者提倡儒道，许多儒生便不愿再固穷守节，他们尽情抒发自己的进取之心。张衮常对人说："昔乐毅杖策于燕昭，公达委身于魏武，盖命世难可期，千载不易遇。主上天姿杰迈，逸志凌霄，必能囊括六合，混一四海。夫遭风云之会，不建腾跃之功者，非人豪也。"④在北魏初期以武力扩张的时期，"建腾跃之功"不仅是张衮，而且是许多儒士梦寐以求的事情。长孙道生云："昔霍去病以匈奴未灭，无用家为，今强寇尚游魂漠北，吾岂可安坐华美也！"⑤长孙道生以霍去病为榜样，勉励自己及子孙奋发图强，建功立业。登国十年(395)慕容宝入寇，许谦致后秦大将杨佛嵩时云："将军据方邵之任，总熊虎之师，事与机会，今其时也。因此而举，役不再驾，千载之勋，一朝可立。然后高会云中，进师

① 《魏书》卷三十二《崔逞列传》，中华书局1974年，第758页。

② 《魏书》卷八十四《儒林列传》，中华书局1974年，第1844页。

③ 常爽：《六经略注序》，严可均《全上古三代秦汉三国六朝文》，中华书局1958年，第3673页。

④ 《魏书》卷二十四《张衮列传》，中华书局1974年，第613页。

⑤ 《魏书》卷二十五《长孙道生列传》，中华书局1974年，第646页。

三魏，举觞称寿，不亦绰乎！"①这既是勉励杨佛嵩，亦是自勉，乘乱世建功，是许谦等儒生的理想。然在北魏初期这个特定的时期，儒士建功立业的理想是很难实现的。张衮临死时上书拓跋嗣时云："文德与武功俱运，则太平之化，康哉之美，复隆于今，不独前世。昔子囊将终，寄言城郢；荀偃辞唅，遗恨在齐。臣虽暗劣，敢忘前志，魂而有灵，结草泉壤。"②"文德与武功俱运"，这是理想化的治国方案，然北魏初期重"武功"而轻"文德"，故儒生美好的理想很难实现，他们的谏言很难被采纳，他们的兼济之志落空了，他们的进取之心也冷却了。

三、北魏初期文学个性表现与文学精神

北魏前期的文学，学术界众口一词曰萧条。曹道衡先生说："从拓跋珪建立代国到元宏迁洛，北魏基本上没有什么作家"③，周建江先生认为："相对于文学，太和十五年前文学基本上是疲软的"④，吴先宁先生以为"（北魏前期的）诗赋创作确实呈现出一种真正彻底的萧条"⑤，钱志熙先生说："在北魏孝文帝提倡汉化、发动改制之前，北朝的汉文学，是称不上正常的存在与发展的"⑥。这几位学界大家的"基本上没有什么作家""基本上是疲软的""真正彻底的萧条""称不上正常的存在与发展"等论语，给北魏前期文学点了死穴。因此在魏晋南北朝文学研究日益火热的今天，几乎没有人触及这一雷区。偶尔看到一两篇文章，只是在举例说明北魏前期文学是如何萧条的。说实在的，这种研究未能揭示北魏前期文学的存在形态，没有看到其真正的特点，也没有看到北魏前期文学与文化的关系，是笔者不敢恭维的。鉴于这种现状，愚以为北魏前期文学还需扎扎实实地重新探讨。

游牧民族拓跋氏应该有自己的文学。拓跋鲜卑的民族文学是什么样的？现已很难考索了。《魏书·乐志》所载的《真人代歌》大约是目前已知最早的拓跋鲜卑的民族文学了："正月上日，飨群臣，宣布政教，备列宫悬正乐，兼奏燕、赵、秦、吴之音，五方殊俗之曲。四时飨会亦用焉。凡乐者乐其

① 许谦：《遗杨佛嵩书》，严可均《全上古三代秦汉三国六朝文》，中华书局1958年，第3615页。

② 张衮：《疾笃上明元帝疏》，严可均《全上古三代秦汉三国六朝文》，中华书局1958年，第3615页。

③ 曹道衡：《试论北朝文学》，《中古文学史论文集》，中华书局1986年，第87页。

④ 周建江：《北朝文学史》，中国社会科学出版社1997年，第85页。

⑤ 吴先宁：《北朝文化特质与文学进程》，东方出版社1997年，第61页。

⑥ 钱志熙：《魏晋南北朝诗歌史述》，北京大学出版社2005年，第196页。

所自生,礼不忘其本,掖庭中歌《真人代歌》,上叙祖宗开基所由,下及君臣废兴之迹,凡一百五十章,昏晨歌之,时与丝竹合奏。郊庙宴飨亦用之。"①由这段记载来看,《真人代歌》大约是拓跋鲜卑的民族史诗。遗憾的是,这150章史诗目前我们已看不到了。两唐书《乐志》保存了《真人代歌》六章名目:"《北狄乐》,其可知者鲜卑、吐谷浑、部落稽三国,皆马上乐也。……后魏乐府始有北歌,即《魏史》所谓《真人代歌》是也。代都时,命掖庭宫女晨夕歌之。周、隋世,与《西凉乐》杂奏。今存者五十三章,其名目可解者六章:《慕容可汗》《吐谷浑》《部落稽》《钜鹿公主》《白净王太子》《企喻》也。其不可解者,咸多'可汗'之辞。按今大角,此即后魏世所谓《簸逻回》者是也,其曲亦多'可汗'之辞。北虏之俗,呼主为可汗。吐谷浑又慕容别种,知此歌是燕、魏之际鲜卑歌。歌辞虏音,竟不可晓。"②由此看来,《真人代歌》全部是鲜卑语,是真正的拓跋鲜卑民族文学。据今人田余庆先生考证,《真人代歌》是道武帝时期的作品:"真人代歌名称,我认为与真人一词有密切关系。真人自来就是道家方士一类人物时常提及的称谓。……可见代歌冠以真人二字作为正式名称,具有道武帝的时代特征。"③如果田先生的结论是正确的话,那么《真人代歌》很可能是道武帝时期受道教影响下的作品。果真如此,那就与《魏书·乐志》所载《真人代歌》中"上叙祖宗开基所由,下及君臣废兴之迹"的史诗性质不相吻合。我想合理的解释应该是这样的:《真人代歌》作为拓跋鲜卑的民族史诗,长期在民间流传,最终写定在太武帝时期。拓跋鲜卑的祖上猗卢曾被晋愍帝封为代王,故笔者疑最初的题目很可能是《代歌》。由于太武帝佞道,将年号都改成了太平真君,故史诗写定时在"代歌"前加上了"真人"两字,就成了《真人代歌》。

《真人代歌》的具体内容是什么?我们很难知晓。但是,"民族把一些对于他们的生活方式、文化来说最基本的因素(诸如各类重大发明,各种主要障碍的克服,神圣活动以及民族自身、人类、自然现象和世界的起源)加诸于文化英雄身上……(文化英雄)为一民族或一社团之理想的象征"④。拓跋鲜卑的民族史诗《真人代歌》大约也应如此,塑造了民族发展史上的一个个文化英雄。作为民族史诗,《真人代歌》在艺术上应该具有简单质

---

① 《魏书》卷一百零九《乐志》,中华书局1974年,第2828页。

② 《旧唐书》卷二十九《音乐志二》,中华书局1975年,第1071—1072页。

③ 田余庆:《〈代歌〉、〈代记〉和北魏国史》,《拓跋史探》,生活·读书·新知三联书店2003年,第224页。

④ 马昌仪:《文化英雄论析——印第安神话中的兽人时代》,《民间文学论坛》,1987年第1期。

朴、流利顺畅、口语化等特征。郭茂倩《乐府诗集》卷二十五收录有《企喻歌辞》四首、《钜鹿公主歌辞》一首,《唐书·乐志》认为《钜鹿公主歌辞》是姚苌时歌,《古今乐录》认为《企喻歌辞》第四首是苻融诗,故真正能够代表《真人代歌》风格的是《企喻歌辞》前三首,兹录如下:

男儿欲作健,结伴不须多。鹞子经天飞,群雀两向波。

放马大泽中,草好马著膘,牌子铁裲裆,钰鉾鹳尾条。

前行看后行,齐著铁裲裆。前头看后头,齐著铁钰 鉾。①

头戴鹳鸟尾的铁钰鉾盔,身着铁裲裆铠甲,这就是独具特色的拓跋鲜卑民族服饰。这三首诗虽然不是述祖先功业,但写出了拓跋鲜卑的生活情景,是《真人代歌》应有的内容。其语言质朴流畅、情调开朗,具有民歌情调。另外像《魏书·序纪》所载"诘汾皇帝无妇家,力微皇帝无舅家"的《诘汾力微谚》,《宋书·索虏传》所载太武帝拓跋焘致宋文帝的两封书信等作品,都与《真人代歌》一样具有简单纯朴、口语化的特点。因此,我们可以得出这样的结论:在公元3—5世纪,在南方的西晋、东晋、刘宋文学高度繁荣的时候,拓跋鲜卑民族文学仍处在简单质朴、流利顺畅、口语化的阶段。

北魏前期汉族文人诗主要以四言诗为主。宗钦初仕北凉沮渠蒙逊,博综群言,声著河右,为河西大儒。太武帝拓跋焘平凉州后宗钦归北魏,其作《赠高允诗》既有对自己处境与前途的忧虑:"履霜悼迁,抚节感变。嗟我年迈,迅逾激电。进乏由赐,退非回宪。素发掩玄,枯颜落蒨",亦有希望高允援引之意:"文以会友,友由知己。诗以明言,言以通理。盼坎迷流,觌艮暗止。庶尔虬光,四鳞曲水"。② 全诗12章96句384字,纯用四言,比喻、夸张、对偶、用典等修辞手法使得全诗典雅厚重。高允得宗钦赠诗后作《答宗钦诗》相酬,诗中称颂宗钦的学识声誉,并表达了义结金兰之好的期待:"诗以言志,志以表丹。慨哉刎颈,义已中残。虽曰不敏,请事金兰。尔其励之,无忘岁寒。"③全诗13章104句416字,纯用四言,大量虚词的运用,情感的直抒,使得全诗庄严凝重。高允的《咏贞妇彭城刘氏诗》8章64句256字,亦用四言,与《答宗钦诗》风格类似。段承根之父段晖仕西秦乞伏

---

① 《企喻歌辞》,郭茂倩:《乐府诗集》,中华书局1979年,第363页。

② 宗钦:《赠高允诗》,逯钦立:《先秦汉魏晋南北朝诗》,中华书局1983年,第2198页。

③ 高允:《答宗钦诗》,逯钦立:《先秦汉魏晋南北朝诗》,中华书局1983年,第2203页。

炽磐，曾居凉州，后归北魏，段承根《赠李宝诗》赞颂李宝的学识与政绩，表达了对世事的关心："世道衰陵，淳风殆缅。衢交问鼎，路盈访玺。徇竞争驰，天机莫践。不有真宰，榛棘谁剪。"①全诗7章56句224字，纯用四言，朴实雅重。以《诗经》为代表的四言诗典雅方正，但经曹操、嵇康的创作，风格为之一变。北魏前期的四言诗未继承曹操、嵇康的四言诗的风格，而是远绍《诗经》，然亦很难达到《诗经》的艺术高度。

除四言诗外，北魏初期汉族文人也采用五言诗的形式进行创作。韩延之初仕东晋，次仕后秦姚兴，后归北魏，其《赠中尉李彪诗》写其初到北魏时对命运、前途的忧虑："痛哭去旧国，衔泪届新邦。哀哉无援民，嗷然失侣鸿。彼苍不我闻，千里告志同。"②沉痛忧伤之情溢于言表。全诗纯用五言，典故、对仗手法颇多，技巧不够成熟。游雅少好学，有高才，与高允同被征召入京为官，高允将婚于邢氏，游雅劝婚于其族，遭到拒绝，便赋《诗》抒志："人贵河间邢，不胜广平游。人自弃伯度，我自敬黄头。"③贵己贱人，心中颇为不平。全诗五言四句，两句一对仗，创作手法极为幼稚。五言诗在东汉成就已很高，《古诗十九首》被誉为"五言之冠冕"，到曹植的创作，更达到了"骨气奇高，辞采华茂"的艺术境界。而北魏五言诗的成就，似乎还没有达到东汉时期水准。

由四言诗、五言诗的创作来看，北魏前期的文学成就很低。这些诗人，除游雅是北魏征召的汉族文人外，其余均来自十六国，而其成就不仅低于十六国，而且远远低于南方的汉族文学。那么是否可以这样认为，由于这些文人自身能力差而导致文学水平低下呢？我想，应该不是。事实上，这些文人的水平并不低。高允有一首诗名为《罗敷行》：

> 邑中有好女，姓秦字罗敷。巧笑美回盼，鬓发复凝肤。脚著花文履，耳穿明月珠。头作堕马髻，倒枕象牙梳。妍妍善趋步，襜襜曳长裾。王侯为之顾，驷马自踟蹰。④

曹道衡先生以为，这首诗是模仿汉乐府《陌上桑》的："全诗只是复述

① 段承根：《赠李宝诗》，逯钦立：《先秦汉魏晋南北朝诗》，中华书局1983年，第2199页。
② 韩延之：《赠中尉李彪诗》，逯钦立：《先秦汉魏晋南北朝诗》，中华书局1983年，第2197页。
③ 游雅：《诗》，逯钦立：《先秦汉魏晋南北朝诗》，中华书局1983年，第2197页。
④ 高允：《罗敷行》，郭茂倩：《乐府诗集》，中华书局1979年，第419页。

汉乐府《陌上桑》上半首的梗概，着力于陈述罗敷的装饰，似乎又有意摹仿曹植的《美女赋》。但它既缺乏《陌上桑》那种民歌的清新气息和人物性格的细腻描写，也没有曹植诗那样华美与工致，自然不能算什么佳作。"①曹先生之言非虚，这首诗的确是模仿《陌上桑》的。但笔者以为，仅仅看到这一点还远远不够，我们还必须看到这首诗在模仿《陌上桑》的同时又有些新的变化：《陌上桑》采用侧面烘托的手法来描写秦罗敷之美，《罗敷行》则采用正面描写的方法，从眼睛、头发、鞋一直写到她的耳环、发髻以及走路的样子，描写极为细腻。明代陆时雍曾言"诗至于齐，性情渐隐，声色大开"②。高允生活的时代，正是南方"声色大开"的色情诗滥觞之时，沈约、王融等诗人的诗中也有大量的色情描写。另外，高允生活的时代相当于南方刘宋、萧齐之时，此时拟代诗大盛，与其说《罗敷行》是模仿《陌上桑》，还不如说是体现当时文学创作思潮的拟代诗。高允还有《王子乔》一诗：

> 王少卿，王少卿，超升飞龙翔天庭。遗仪景，云汉酬，光骛电逝忽若浮。骑日月，从列星，跨腾入，廓逾杳冥。寻元气，出天门，穷览有无究道根。③

王子乔是得道的仙人，相传他曾骑鹤升天，《王子乔》一诗就是写其事迹。这首诗成功的地方是对王子乔升入天境的描写，"遗仪景，云汉酬，光骛电逝忽若浮。骑日月，从列星，跨腾入太，廓逾杳冥"几句对王子乔在仙境中的描写极为成功，类似南朝的游仙诗。高允的《罗敷行》《王子乔》二诗所反映出来的文学观念及成就几乎与南朝诗歌同步，这与《答宗钦诗》的滞后有所不同。又如崔浩《册封沮渠蒙逊为凉王》，此文为神䴥四年(431)崔浩替太武帝拓跋焘所拟册封沮渠蒙逊为凉王的诏书，文中有云："其以太傅行征西大将军，仗钺秉旄，鹰扬河右，远祛王略，怀柔荒隅，北尽于穷发，南极于庸岷，西被于昆岭，东至于河曲，王实征之，以夹辅皇室。"④文章的内容暂且不论，就文辞而言极为典雅华丽。崔浩生活的时代相当于南方的东晋、刘宋之时，正是文学追求辞藻华丽之时，可以说他的创作理念

① 曹道衡、沈玉成：《南北朝文学史》，人民文学出版社1991年，第348页。

② 陆时雍：《诗镜总论》，丁福保：《历代诗话续编》，中华书局1983年，第1407页。

③ 高允：《王子乔》，逯钦立：《先秦汉魏晋南北朝诗》，中华书局1983年，第2201—2202页。

④ 崔浩：《册封沮渠蒙逊为凉王》，严可均：《全上古三代秦汉三国六朝文》，中华书局1958年，第3623页。

亦与南朝同步,但又与朴拙的四言韵文《广德殿碑颂》风格不同。

由此来看,在北魏前期的汉族文人身上,我们可以看到两种不同的文学现象,一种是紧跟南方文风的一面,另一种是滞后于南方文风的一面,而且占主体地位的是滞后于南方文风的创作,与南方文风同步的作品极少。造成这种现象的原因,笔者以为最重要的是与北魏前期的文化政策有关。拓跋鲜卑民族羡慕汉族文化与文学,又惧怕全盘汉化;他们崇尚儒学,又压制、猜忌具有积极进取心的汉族文人;许多张扬个性、轻视或蔑视拓跋鲜卑民族文化的汉族士人被杀戮或贬弃在家。在这样的文化政策下,汉族文人只好将自己的才华掩盖起来,写一些幼稚的文学作品,向拓跋鲜卑民族文化与文学靠拢。这既是明哲保身的一种手段,又是确保自己仕途顺利的有效手段。这就是北魏前期拓跋鲜卑民族文化政策的核心,即汉族的鲜卑化,而非鲜卑族的汉化。

在这样的民族文化趋同心理指引下,汉族文人逐渐融入了鲜卑民族,北魏前期的散文创作很好地说明了这一点。张渊的《观象赋》在对天象的描写中,寄寓了对和平、和谐的期盼:"寻图籍之所记,著星变乎书契。览前代之将沦,咸谴告于昏世。桀斩谏以星孛,纣耽荒而致彗。恒不见以周衰,枉蛇行而秦灭。谅人事之有由,岂妖灾之虚设。诚庸主之难悛,故明君之所察。尧无为犹观象,而况德非乎先哲。"①高允的《鹿苑赋》与张渊的《观象赋》一样没有赋体文学的宏丽与典雅,有的是对北魏王朝由衷的赞颂:"暨我皇之继统,诞天纵之明睿。追鹿埜之在昔,兴三转之高义。振幽宗于已永,旷千载而可寄。于是命匠选工,刊兹西岭。注诚端思,仰模神影。庶真容之仿佛,耀金晖之焕炳。即灵崖以构宇,竦百寻而直正。"②卫操《桓帝功德碑》更是一味地歌功颂德:"魏,轩辕之苗裔。言桓、穆二帝,驰名域外,九译宗焉。治国御众,威禁大行。声著华裔,齐光纯灵。智深谋远,穷幽极明。治则清断,沉浮得情。仁如春阳,威若秋零。强不陵弱,隐恤孤茕。道教仁行,化而不刑。国无奸盗,路有颂声。"③此外,如高闾《至德颂》、李颙《大乘赋》、高允《北伐颂》、崔浩《广德殿碑颂》等都是歌功颂德之作。

---

① 张渊:《观象赋》,严可均:《全上古三代秦汉三国六朝文》,中华书局 1958 年,第 3622 页。

② 高允:《鹿苑赋》,严可均:《全上古三代秦汉三国六朝文》,中华书局 1958 年,第 3651 页。

③ 卫操:《桓帝功德碑》,严可均:《全上古三代秦汉三国六朝文》,中华书局 1958 年,第 3614 页。

在这样的文化氛围中，汉族文人收藏起自己的民族优越感，逐渐地向拓跋鲜卑文化靠拢。北魏皇族也没有亏待这些文人，高允享年九十八岁，位高权重，享尽荣华富贵，就连高宗拓跋濬也不直呼其名，而称"令公"，"令公"之号，播于四远矣。游雅享年七十余岁，出入宫禁，深受皇帝宠幸。这一切似乎昭示出这样的哲理：在北魏前期，汉族文人只有向拓跋鲜卑文化靠拢才有出路，这才是北魏初期文学成就不高的重要原因。朴拙、幼稚、原始，才是北魏初期文学真正的风貌。

第二节　平城时期的文化交融与北魏文学的复苏

天兴元年（398）七月，北魏王朝迁都平城（今山西大同）；太和十九年（495）九月，拓跋氏迁都洛阳。平城作为北魏的都城，前后存在了 94 年。在这将近一个世纪里，北魏皇族固守拓跋鲜卑民族落后的文化传统，同时慢慢接受多种文化，无论是政治制度还是文化政策都在发生着缓慢的变化，这种变化促使了北魏文学的复苏。

一、魏都平城

平城，位于山西省西北部的大同盆地之中，它东连上谷，南达并、恒，西界黄河，北控沙漠，为天下之背，且北踞方山，西踞武州山，南带桑干河，形势险峻，是边塞要冲，中原地区的北大门，有着极其重要的军事地位。平城作为拓跋氏之桑梓之地，很早就被纳入北魏皇族的战略视线中。据《魏书》所载，北魏对平城的开发始于晋永嘉三年（309），"六年，城盛乐以为北都，修故平城以为南都。帝登平城西山，观望地势，乃更南百里，于灅水之阳黄瓜堆筑新平城，晋人谓之小平城，使长子六修镇之，统领南部"①。穆帝拓跋猗卢建新平城，拉开北魏开发平城的序幕。自登国六年（391）始，北魏统治者先后十七次大规模地移民平城，总数达到了 120 万人之多②。与同时期西方的罗马首都君士坦丁堡（今伊斯坦布尔）相比，平城也属于世界级的大都市。

平城是塞北军事要塞，在很长的时期内为外族占领，匈奴、乌桓、鲜卑

① 《魏书》卷一《序纪》，中华书局 1974 年，第 8 页。

② 北魏移民平城的人口总数，学术界看法不一。日本学者前田正名认为有 100 万之多（见前田正名《平城历史地理研究》，李凭、孙耀、孙蕾译，书目文献出版社 1994 年版），李凭先生认为有 230 万人（见李凭《北魏平城时代》，中国社会科学出版社 2000 年）。

等北方游牧民族经常出没于此。经济文化滞后，粮食品种稀缺，产量不丰。拓跋氏迁都于此，大规模移民，首先面临的巨大问题就是粮食问题。平城地势平坦，桑干河支流众多，北魏时平城的水利资源较现今丰富，特别是桑干河上游南岸一带土质较好，适于农耕。北魏的帝王非常重视农业生产，史载北魏太祖“宣赞时令，敬授民时，行夏之正”①，拓跋珪本人也“躬耕籍田，率先百姓”②，还委派官吏“劝课农耕，量校收入，以为殿最”③，太宗皇帝颁布诏令云：“教行三农，生殖九谷；教行园囿，毓长草木；教行虞衡，山泽作材；教行薮牧，养蕃鸟兽；教行百工，饬成器用。”④同时推行屯田制，“太祖征卫辰，仪出别道，获卫辰尸，传首行宫。太祖大喜，徙封东平公。命督屯田于河北，自五原至棝杨塞外，分农稼，大得人心”⑤，并“别立农官，取州郡户十分之一，以为屯民”⑥。在这样的情形下，北魏农业得到一定的发展。于是有些史学家就盲目乐观，认为“徙民绝大多数都迁至京师平城附近及河北一带，这样山西(平城及其附近地区)、河北就成了北魏的粮仓和农业基地”⑦，或认为“大致可以看到汉族和徒何农民在代都畿内经营农业的成绩是很大的”⑧。考诸史实，恐非如此。平城地区气候寒冷、干燥，降水不足，属于半干旱地区，加之北魏时期正处于中国北方气候周期性寒冷期的谷底(小冰河期)，旱灾、霜灾、风灾、水灾频繁。这里的自然环境适合发展畜牧业，不宜农业的生长，故平城的农业生产并不乐观。为了解决粮食问题，北魏统治者采用两条策略：一是就食于河北、山东，如“河北数州，国之基本”“国之资储，唯藉河北”⑨之说，河北平原成为北魏平城时期的重要粮食产区。神瑞二年(415)九月，京师饥民就食山东，山东成为北魏粮食的第二供应基地。二是调运粮食，输租平城，“诏天下赋调，县专督集，牧守对检送京师”⑩。通过这些途径，平城的粮食问题基本得到解决。

平城时期，北魏已由游牧文明步入农业文明，开始了定居生活。但农业生产的不景气，使得拓跋氏不得不重拾其老本行——畜牧业。拓跋氏本

① 《魏书》卷二《太祖纪》，中华书局 1974 年，第 34 页。
② 《魏书》卷一百一十《食货志》，中华书局 1974 年，第 2850 页。
③ 《魏书》卷一百一十《食货志》，中华书局 1974 年，第 2850 页。
④ 《魏书》卷一百一十《食货志》，中华书局 1974 年，第 2850 页。
⑤ 《魏书》卷十五《昭成子孙列传》，中华书局 1974 年，第 370 页。
⑥ 《魏书》卷一百一十《食货志》，中华书局 1974 年，第 2857 页。
⑦ 朱绍侯：《魏晋南北朝土地制度和阶级关系》，中州古籍出版社 1998 年，第 189 页。
⑧ 马长寿：《乌桓与鲜卑》，上海人民出版社 1962 年，第 48 页。
⑨ 《魏书》卷十五《昭成子孙列传》，中华书局 1974 年，第 380 页。
⑩ 《魏书》卷七《高祖纪》，中华书局 1974 年，第 141 页。

来就是马上民族,他们坚信"国人本著羊皮裤,何用绵帛"①。因此,畜牧业是国民生产的重中之重。随着占领区扩大,畜牧业一度增长很快,先后建立了畿内、漠南、河西三大牧场,规模很大,仅河西牧场就有马匹200万,骆驼100万,牛羊无数。这些牧场向北魏中央政府和地方各级官僚,以及中央和地方军队提供畜牧产品。神瑞二年(415)京师大饥,崔浩首先想到的便是靠畜产品度荒,他认为"至春草生,乳酪将出,兼有菜果,足接来秋"②,因此建议不必迁都。在牧业发展中,尔朱氏部落的例子就是比较典型的一个。尔朱羽健受封北秀容川(今山西朔州附近)方三百里从事游牧。其产业不断发展,到孝文帝元宏时竟达到"牛羊驼马,色别为群,谷量而已"③的程度,尔朱氏虽是在京畿边沿游牧的部落,但从这个部落的发展可以窥见平城周围其他部落牧业发展的状况。

平城时期,战乱频仍,征战不绝。战争本是一种"自然形成的集体的最原始的劳动形式之一,既用以保护财产,又用于获得财产"④。战争掠夺是北魏前期部落战争中最常见的一种形式,是北魏的立国之本,平城时期也不例外。据《魏书》所载,自天兴六年(403)至兴光元年(454)的52年间,战争掠夺达16次之多,尤以始光四年(427)攻破赫连昌所获最丰,"(五月)乙巳,车驾入城,虏昌群弟及其诸母、姊妹、妻妾、宫人万数,府库珍宝车旗器物不可胜计,擒昌尚书王买、薛超等及司马德宗将毛修之、秦雍人士数千人,获马三十余万匹,牛羊数千万。以昌宫人及生口、金银、珍玩、布帛班赍将士各有差"⑤。就马三十余万匹,牛羊数千万而言,北魏获得了巨大的收获。历次的战争掠夺为北魏积累了巨额财富,"自太祖定中原,世祖平方难,收获珍宝,府藏盈积"⑥。

狩猎是少数民族的看家本领,拓跋鲜卑也擅长于此。随着国家文明程度的提高,狩猎逐渐从北魏民族的生活中消失。平城时期是北魏经济初步发展阶段,狩猎仍然是对国民经济有益的形式之一。据不完全统计,道武帝出猎7次、明元帝出猎22次、太武帝出猎19次、文成帝出猎12次、献文帝出猎7次。每次出猎均可获得丰厚的物资,如明元帝拓跋嗣永兴五

---

① 《资治通鉴》卷一百二十五《宋纪七》,中华书局1956年,第3948页。
② 《魏书》卷三十五《崔浩列传》,中华书局1974年,第808页。
③ 《魏书》卷七十四《尔朱荣列传》,中华书局1974年,第1644页。
④ 马克思:《资本主义生产以前各形态》,人民出版社1956年,第27页。
⑤ 《魏书》卷四《世祖纪》,中华书局1974年,第72—73页。
⑥ 《魏书》卷一百一十《食货志》,中华书局1974年,第2851页。

年(413)“西幸五原,校猎于骨罗山,获兽十万”①,太武帝拓跋焘时“畋于山北,大获麋鹿数千头,诏尚书发车牛五百乘以运之”②。狩猎虽不在国民经济中占主体,但依然重要,“(世宗)诏问公卿,赫连、蠕蠕征讨何先?嵩与平阳王长孙翰、司空奚斤等曰:‘赫连居土,未能为患,蠕蠕世为边害,宜先讨大檀。及则收其畜产,足以富国;不及则校猎阴山,多杀禽兽皮肉筋角,以充军实,亦愈于破一小国’”③。

平城时期工商业初现端倪,对北魏经济发展做出了特殊的贡献。道武帝攻克中山后曾徙百工伎巧十余万口到平城,太武帝破赫连氏后也是徙长安工巧两千家于京师,这些人都是北魏的手工业者,是兵甲、农具、车船和宫廷所需的各种用品的制造者。《魏书》中记载有“绞罗户”“纶棉户”“冶户”“金户”“银户”“细茧户”“罗縠户”等,这些人也是北魏的手工业者,他们对北魏经济发展和城市繁荣做出了巨大贡献。

平城时期对外贸易初见成效。早在汉武帝时平城地区就已沟通西域,开丝绸之路,中西贸易频繁,北魏王朝亦有此意。“太祖初,经营中原,未暇及于四表。既而西戎之贡不至,有司奏依汉氏故事,请通西域 ,可以振威德于荒外,又可致奇货于天府。”④“致奇货于天府”,这是北魏通西域的主要原因之一。由于部落内战以及对外战争,北魏无暇顾及西域。太延年间(435—439),世祖太武帝拓跋焘多次遣使通西域,太延元年(435)五月遣使者二十辈,太延二年(436)八月遣使六辈,太平真君五年(444)三月遣使者四辈。在世祖的不懈努力下,龟兹、疏勒、乌孙、悦般、渴槃陀、鄯善、焉耆、车师、粟特诸国纷纷遣使来华,丝绸之路得以重新勾连。据后代学者所考,平城时期的丝绸之路分东、中、西三段:东段的起始位置应为平城至玉门关,中段依然为玉门关至巴尔喀什湖,西段为巴尔喀什湖至地中海。丝绸之路的重续,搭建起北魏王朝与西域贸易的桥梁。史载北魏皇宫“坐施氍毹褥,前施金香炉、琉璃钵、金碗、盛杂食器,设客长盘一尺,御馔圆盘广一丈”⑤,这些是来自中亚的毛织品、大秦的琉璃器、萨珊波斯的金银器皿等。1965 年在呼和浩特市西北的坝口子发现萨珊王朝的银币四枚,银币上有丝绸痕迹;1981 年在大同市西 5 公里处发掘的北魏平城时的封和突

---

① 《魏书》卷三《太宗纪》,中华书局 1974 年,第 53 页。
② 《魏书》卷二十八《古弼列传》,中华书局 1974 年,第 692 页。
③ 《魏书》卷二十五《长孙嵩列传》,中华书局 1974 年,第 643 页。
④ 《魏书》卷一百零二《西域列传》,中华书局 1974 年,第 2259 页。
⑤ 《南齐书》卷五十七《魏虏列传》,中华书局 1972 年,第 986 页。

墓中出土有鎏金波斯银盘一件、耳杯、高足银杯，这些都是北魏对外贸易的明证。

各种经济形式相互补充，共同发展，促进了平城时期经济的繁荣。在经济迅速发展的同时，北魏王朝积累了大量的物质财富，开始修建皇都平城，“（天赐三年）六月，发八部五百里内男丁筑灅南宫”①，也就是说，迁都平城后八年，才开始大规模地修建都城。此后，平城得到不断的修建与完善，“（泰常八年）冬十月癸卯，广西宫，起外垣墙，周回二十里”②。从天赐三年（406）至泰常八年（423），魏都平城前后修建了十七年。“太祖欲广宫室，规度平城四方数十里，将模邺、洛、长安之制，运材数百万根。以（莫）题机巧，征令监之。”③数百万根木材，绵延数十里，加之征调的各地工匠，平城的规模应该很大的。据《魏书》所载，道武帝时平城就已修建12座城门，以及天文殿、天安殿、天华殿、中天殿、紫极殿、昭阳殿、北庙、太庙、玄武楼、金华堂等建筑。此外还修建了东宫、西宫、南宫等宫殿，修南宫时“发八部五百里内男丁筑灅南宫，门阙高十余丈；引沟穿池，广苑囿；规立外城，方二十里，分置市里，经涂洞达”④。由南宫的规模，我们可以想象东宫与西宫定当与此相类。如此规模的平城，既说明了北魏的强大，又给其他国家以震慑。不仅西域、漠北各少数民族“国家”纷纷前来朝贡“称蕃”（如北燕、柔然、吐谷浑、鄯善、龟兹、疏勒、乌孙、焉耆等数十“国”），境外的高丽、百济、波斯、破洛那（今乌兹别克斯坦及塔吉克斯坦共和国一带）、高车（今蒙古、俄罗斯一带）、南天竺（今印度南部）等国均遣使前来通好。高丽国使节几乎年年来访，甚至一年三次。北魏平城俨然是座国际化的大都市。

二、平城时期的多种文化融合

史载崔浩曾对太宗皇帝云：“漠北醇朴之人，南入中地，变风易俗，化洽四海。”⑤宋代叶适亦云：“刘、石、苻、姚与夫慕容，虽曰种类不同，然皆久居中国，其豪杰好恶之情，犹与中国不甚相异。独拓跋氏，则以真胡入主中原，纯用胡俗，以变华人。”⑥以胡变华，这是北魏拓跋氏推行的文化政策，也是北魏王朝有别于其他少数民族政权的地方。北魏前期拓跋氏固守自

① 《魏书》卷二《太祖纪》，中华书局1974年，第42页。
② 《魏书》卷三《太宗纪》，中华书局1974年，第64页。
③ 《魏书》卷二十三《莫含列传》，中华书局1974年，第604页。
④ 《魏书》卷二《太祖纪》，中华书局1974年，第42页。
⑤ 《魏书》卷三十五《崔浩列传》，中华书局1974年，第811页。
⑥ 叶适：《旧学纪言》，中华书局1985年，第407页。

己的民族传统,试图以胡易华,社会发展缓慢。到平城时期,这一政策并未改变,占主体的仍然是鲜卑因素。从统治阶层的任职情况来看,宗室贵族168人,代姓贵族103人,汉族地主153人,汉族人是拓跋氏的57%,仅半数略强。若从高级文武官员的任职人数来看,宗室贵族111人,代姓贵族59人,汉族地主71人,汉族仅占42%。① 就官员任职来说,鲜卑人占绝对的优势,而且多官居高位。在法律政策上,一直沿用严刑峻法。太武帝拓跋焘令崔浩定律时,腰斩、宫刑等酷刑比比皆是,甚至到了太和五年,法律仍有"门房之诛十有六",死刑达二百三十五条。虽经拓跋焘两次修订律例,冯太后与孝文帝三次修订,略有改变,但主体仍是严刑酷法。这种法律体制仍然是鲜卑贵族体系,与南朝法律迥异。但魏都平城毕竟是国际化大都市,各国使节往来频繁,贸易日滋,各种思想涌入,文化体系以鲜卑为主,多种文化相互影响,北魏平城时期出现了多种文化交融的情形。

与前期对汉族文化惧怕的心理相比,平城时期北魏王朝对汉族文化表现出浓厚的兴趣。北魏王朝先后32次派遣使节出使南朝,南朝宋齐先后35次派遣使节出使北魏,南北交流频繁。在行人的往来中,北魏学到了不少先进的汉族文化。皇始元年(396),北魏夺取后燕、并州后,立尚书、中书、门下三省。正平二年(452),宗爱杀死太武帝后为宰相,录三省。胡三省指出:"魏盖以尚书、侍中、中秘书为三省,亦犹今以尚书、门下、中书为三省也。"②在魏都平城的建设上,更能体现北魏对汉文化的渴慕。《魏书·李冲传》云:"诏曰:……我皇运统天,协纂乾历,锐意四方,未遑建制,宫室之度,颇为未允。……明堂、太庙,已成于昔年。……成功立事,非委贤莫可;改制规模,非任能莫济。尚书冲器怀渊博,经度明远,可领将作大匠;司空、长乐公亮,可与大匠共监兴缮。"③可知在平城的修建中,主要参与者为蒋少游、李冲和穆亮。蒋少游曾出使南齐,"少游有机巧,密令观京师宫殿楷式……少游,安乐人。虏宫室制度,皆从其出"④,蒋少游在修建明堂、太庙时肯定采纳了金陵的模式与风格。李冲与穆亮是受儒学熏陶的汉族知识分子,由他们建设的魏都平城,势必融入汉文化因子。另外,在北魏平城时期,一批汉族知识分子像崔浩、李冲、李彪和穆亮走向了北魏政治的最前端,发挥了巨大的作用。

---

① 这里的统计数据来自廖杨《鲜卑祖宗法文化论略》,《黑龙江民族丛刊》2004年第5期。
② 《资治通鉴》卷一百二十六《宋纪八》,中华书局1956年,第3969页。
③ 《魏书》卷五十三《李冲列传》,中华书局1974年,第1181—1182页。
④ 《南齐书》卷五十七《魏虏列传》,中华书局1972年,第990页。

与学习汉文化相关联，平城时期儒学受到前所未有的关注。太祖拓跋珪初定中原，在戎马倥偬之际已非常注重儒学，立太学，置五经博士生员一千多人。迁都平城的第二年，国子太学生员增至三千人，并于天兴四年(405)开始祭祀孔子。史载，太宗拓跋嗣“礼爱儒生，好览史传，以刘向所撰《新序》《说苑》于经典正义多有所阙，乃撰《新集》三十篇，采诸经史，该洽古义，兼资文武焉”①。世祖拓跋焘时以皇权的威力把儒学推广到整个统治集团，于太平真君五年(444)正月诏曰：“自顷以来，军国多事，未宣文教，非所以整齐风俗，示轨则于天下也。今制自王公已下至于卿士，其子息皆诣太学。”②从此，胡汉高级官吏子弟一律要入太学学习儒学。拓跋焘时令州、镇长官辟举当地人士为属官，指明将卢玄等40多位大族人士召入平城，又令地方官举荐人才，并严禁州郡长官沿用先前逼迁的办法，强调州郡长官的职责只是宣传他求贤若渴的本意，被举荐者需经各地推举产生，自愿到平城者将被重用，结果士族人士应召入平城者数百人，平城一时出现济济多士的局面。经过几代帝王之后，学业始兴，经术弥显。

中国土生土长的道教，在平城时期颇受青睐。太祖拓跋珪置仙人博士，立仙坊，煮炼百药，封西山以供其薪蒸，道教始播。太宗拓跋嗣、世祖拓跋焘亦喜好道教。拓跋焘让“嵩高道士四十余人至，遂起天师道场于京城之东南，重坛五层，遵其新经之制。给道士百二十人衣食，齐肃祈请，六时礼拜，月设厨会数千人”③，同时接受道士寇谦之建议，以太平真君自居，于太平真君三年(442)“亲至道坛，受符录。备法驾，旗帜尽青，以从道家之色也”④。自此，道教压倒儒佛，成为北魏王朝最重要的思想文化。世祖拓跋焘在位期间，道教内部还发生了变革，陆修静“适应门阀士族地主阶级的需要，依据封建的宗法思想和制度，并吸收佛教的仪式，编成新的道教斋戒仪范，以改革原始的五斗米道，使民间道教变成封建统治者御用工具，称为南天师道”⑤。寇谦之则依照北方的特点，适应拓跋氏封建统治阶级的需要“清整道教，除去三张伪法、租米钱税，及男女合气之术。……专以礼度为首，而加之以服食闭练”⑥，建立了北天师道。南北天师道的改革，使道教在世祖朝达到极盛。孝文帝元宏即位之初赞赏道士徐謇献仙药、王道义

① 《魏书》卷三《太宗纪》，中华书局1974年，第64页。
② 《魏书》卷三《世祖纪》，中华书局1974年，第97页。
③ 《魏书》卷一百一十四《释老志》，中华书局1974年，第3053页。
④ 《魏书》卷一百一十四《释老志》，中华书局1974年，第3053页。
⑤ 卿希泰：《中国道教思想史纲》，四川人民出版社1983年，第80页。
⑥ 《魏书》卷一百一十四《释老志》，中华书局1974年，第3051页。

修道观的行为,并在京城建立崇虚寺供道士居住。

佛教作为一种外来文化,在平城时期也艰难地发展着。孝文帝在洛阳,昭成至襄国,乃备究南夏佛法之事。迁都平城的同年,太祖造五级佛图、耆阇崛山及须弥山殿,别构讲堂、禅堂及沙门座,极力推崇佛教。太宗、世祖亦崇佛法,佛教与儒、道一样得到健康发展。世祖太武帝拓跋焘平定凉州后,以僧尼人数众多,劳动力减少为由,于太延四年(438)"诏罢年五十已下者"①,这是太武帝初次抑佛。太平真君五年(444),太武帝又下诏曰:"愚民无识,信惑妖邪,私养师巫,挟藏谶记、阴阳、图纬、方伎之书;又沙门之徒,假西戎虚诞,生致妖孽。非所以一齐政化,布淳德于天下也。自王公已下至于庶人,有私养沙门、师巫及金银工巧之人在其家者,皆遣诣官曹,不得容匿。限今年二月十五日,过期不出,师巫、沙门身死,主人门诛。"②此次抑佛把畜养沙门的人的资格限定在王公以上,极大地减少了僧尼数量。太平真君七年(446),太武帝镇压盖吴农民起义时到达长安种麦寺,随从发现寺内有弓、矛、盾,于是报告给太武帝,太武帝因此大怒而下令诛全寺。而后又在寺内发现大批金银财宝、酿酒具及与贵族女私通的小屋。太武帝由此诛长安沙门,以后又令全国"一依长安行"。佛教在太武帝朝受到重创,发展势头一度减少。高宗文成帝拓跋濬继位后不久便下诏恢复佛法,佛教的发展从此不可遏制。和平元年(460),文成帝拓跋濬接受沙门统昙曜的建议,在京城西武州塞凿云岗石窟。北魏后期佛教寺庙达 3 万所,僧侣达 200 万人。

魏都平城是一座国际化大都市,各国使节往来频繁,丝绸之路商贸往来,各种域外文化输入平城,对北魏的鲜卑文化产生了影响。《北史·西域传》云:"太武时,其国(大月氏)人商贩京师,自云能铸石为五色琉璃。于是采矿山中,于京师铸之,既成,光泽乃美于西方来者。乃诏为行殿,容百余人,光色映彻,观者见之,莫不惊骇,以为神明所作。自此,国中琉璃遂贱,人不复珍之。"③大月氏国的琉璃技术传入北魏平城。《洛阳伽蓝记》卷四载:"(元)琛常会宗室,陈诸宝器,金瓶银瓮百余口,瓯檠盘盒称是。自余酒器,有水晶钵、玛瑙杯、琉璃碗、赤玉卮数十枚。作工奇妙,中土所无,皆从西域而来。"④波斯的玛瑙制艺传入平城。1970 年,大同市轴承厂在位

---

① 《魏书》卷一百一十四《释老志》,中华书局 1974 年,第 3032 页。

② 《魏书》卷四《世宗纪》,中华书局 1974 年,第 97 页。

③ 《北史》卷九十七《西域列传》,中华书局 1974 年,第 3226—3227 页。

④ 杨衒之著、杨勇校笺:《洛阳伽蓝记校笺》,中华书局 2006 年,第 179 页。

于市区城南工农路(现改称迎宾东路)北侧的厂区内动土时发现一处北魏遗址,并出土鎏金錾花银碗1件,鎏金高足铜杯3件,八曲银洗1件,此后该厂区又陆续出土石雕方砚1件、石雕柱础以及多件铜鎏金铺首衔环。这6类文物经后人研究是孝文帝时期从中亚细亚传入平城的金银器艺。这些外来文化的输入和汉文化一样,都对魏都平城的鲜卑文化产生了影响。

由此来看,北魏平城时期各种文化输入相互影响,给鲜卑文化带来了巨大冲击。平城时期的多文化融合,势必对其文学艺术产生很大的作用,促使鲜卑皇族在文化领域进行变革。

三、北魏文学的复苏

据逯钦立《先秦汉魏晋南北朝诗》和严可均《全上古三代秦汉三国六朝文》所载,平城时期的文学作品约有诗歌18首,散文210余篇。若与北魏(包括东、西魏)诗歌159首,散文1367篇的总数相比,显然少得可怜;若与迁都平城之前相比,其文学作品的总数则超过了十倍以上。因此,平城时期是北魏文学复苏之时。这种文学创作上的变化,与该时期多种文化的交融分不开。为了便于讨论,笔者拟根据作者身份将平城时期文学分为皇室文学、归附士人文学、本土士人文学和域外作家文学四类讨论。

北魏皇室是鲜卑拓跋氏民族文学的代表者,研究这类群体的创作有非常重要的意义。它可以告诉我们:北魏文学如何一步步更新民族文学观念,向先进的中原汉族文明靠拢。平城时期的皇室文学作者主要包括明元帝拓跋嗣在内的六帝,以及东平王翰和广陵王羽8人,散文88篇。文明太后胡氏的《杨白花》诗歌创作,给皇室文学带来新的契机。史载明元帝嗣"礼爱儒生,好览史传。以刘向所撰《新序》《说苑》于经典正义多有所阙,乃撰《新集》三十篇,采诸经史,该洽古义,兼资文武焉"①,儒学修养可与汉代大儒刘向相媲美。孝文帝宏"雅好读书,手不释卷。《五经》之义,览之便讲,学不师受,探其精奥。史传百家,无不该涉。善谈《庄》《老》,尤精释义。才藻富赡,好为文章。诗赋铭颂,任兴而作。有大文笔,马上口授,及其成也,不改一字"②,文学成就在北魏皇室罕莫能比。史学家对明元帝嗣和孝文帝宏的文学评价,着重在于他们向汉文化学习的态度。在这种学习过程中,他们的文学创作也在发生着缓慢的变化。

① 《魏书》卷三《太宗纪》,中华书局1974年,第64页。
② 《魏书》卷七《高祖纪》,中华书局1974年,第187页。

平城时期皇室文学主要可分为书信体和诏书两类，均与政治有着密切的关系。书信体文章主要指太武帝拓跋焘的几封书信，分别写给崔浩、臧质、王慧龙和宋文帝刘义隆的。这些书信要么是写给文化程度很高的汉族知识分子，要么是给南朝刘宋的皇帝，感情淡漠，文辞质朴，风格稚嫩，是典型的鲜卑拓跋民族文学。太平真君九年(448)，世祖太武帝拓跋焘大破焉耆，赐崔浩书云："万度归以五千骑经万余里，拔焉耆三城，获其珍奇异物及诸委积，不可胜数。自古帝王，虽云即序西戎，有如指注，不能控引也。朕今手把而有之，如何？"①字里行间显现出世祖的英雄豪气与得意神气。但一个帝王写出这样的书信，充分暴露出其文化底蕴的单薄。太平真君十一年(450)二月，宋魏交兵四十余日，北魏大败而归，世祖太武帝拓跋焘与宋文帝刘义隆书，有云：

> 顷关中盖吴反逆，煽动陇右氐、羌，彼复使人就而诱劝之。丈夫遗以弓矢，妇人遗以环钏，是曹正欲谲诳取赂，岂有远相顺从。为大丈夫之法，何不自来取之，而以货该引诱我边民？慕往者复除七年，是赏奸人也。我今来至此土，所得多少，孰与彼前后得我民户邪？彼今若欲保全社稷、存刘氏血食者，当割江以北输之，摄守南度，如此，释江南使彼居之。不然，可善敕方镇、刺史、守宰，严供张之具，来秋当往取扬州，大势已至，终不相纵。顷者往索真珠珰，略不相与，今所馘截髑髅，可当几许珠珰也。②

本文是当时北魏级别最高的国书，理应写得典雅华丽，文采十足。但我们读这段文字就觉得不像那么回事，全部是口语化、通俗的文字，似乎出自民间。但这就是十足的御用文字。

诏书是平城皇室文学中所占数量最多的文体，约占94%。这些诏书都是应用文体，关乎国家大事，是历来最受关注的文本。其风格一如前所论及的书信体文章一样，以简洁质朴的文风为主。如神瑞二年(415)《敕有司劝课》：

---

① 拓跋焘：《赐崔浩书》，严可均：《全上古三代秦汉三国六朝文》，中华书局1958年，第3517页。

② 拓跋焘：《与宋主书》，严可均：《全上古三代秦汉三国六朝文》，中华书局1958年，第3517页。

> 前志有之，人生在勤，勤则不匮。凡庶民之不畜者祭无牲，不耕者祭无盛，不树者死无椁，不蚕者衣无帛，不绩者丧无衰。教行三农，生殖九谷。教行园囿，毓长草木。教行虞衡，山泽作材。教行薮牧，养蕃鸟兽。教行百工，饬成器用。教行商贾，阜通货贿。教行嫔妇，化治丝枲。教行臣妾，事勤力役。①

这是北魏前期写得最具文采的诏书。文章多用排偶句，显得非常有气势。这种下行全国的文书，理应写得典雅与隆重些，但实际上却十分洗练，风格完全雷同于当时的军国文书，缺少帝王之气，这正代表着鲜卑拓跋民族文学的审美倾向。到太和二年（478）的《明功罪诏》，风格也没有变化：

> 悬爵于朝，而有功者必縻其赏；悬刑于市，而有罪者必罹其辜。斯乃古今之成典，治道之实要。诸州刺史，牧民之官，自顷以来，遂各怠慢，纵奸纳赂，背公缘私，致令盗贼并兴，侵劫滋甚，奸宄之声，屡闻朕听。朕承太平之运，属千载之期，思光洪绪，惟新庶绩，亦望蕃翰群司，敷德宣惠，以助冲人，共成斯美。幸克己复礼，思愆改过，使寡昧无愧于祖宗，百姓见德于当世。有司明为条禁，称朕意焉。②

此诏距《敕有司劝课》已将近70年，风格一如既往，这说明平城时期的诏书风格趋同，都是拓跋民族所固有的传统文学风格。

平城时期皇室文学简洁质朴的风格代表着鲜卑拓跋民族文学的价值审美趣味，是北魏前期文学的主流。《魏书·李先传》有云："太祖曰：'卿既宿士，屡历名官，经学所通，何典为长？'先对曰：'臣才识愚暗，少习经史，年荒废忘，十犹通六。'又问：'兵法风角，卿悉通不？'先曰：'亦曾习读，不能明解。'太祖曰：'慕容永时，卿用兵不？'先曰：'臣时蒙显任，实参兵事。'"③这一段对话颇值得玩味，太祖道武帝拓跋珪对经学不感兴趣，他所关注的是军事谋略。因此可以说，兵法权谋之士才是北魏朝廷重用之人，其他一切活动都得为此服务，文学也不例外。在这样的文化氛围中，他们

---

① 拓跋嗣：《敕有司劝课》，严可均：《全上古三代秦汉三国六朝文》，中华书局1958年，第3512页。

② 元宏：《明功罪诏》，严可均：《全上古三代秦汉三国六朝文》，中华书局1958年，第3526页。

③ 《魏书》卷三十三《李先列传》，中华书局1974年，第789页。

对文学的要求是“务令辞无烦华，理从简实”①，故风格简洁质朴。然平城时期的多文化交融势必对皇室文学产生影响，文学风格在缓慢地发生变化，这种迹象在孝文帝元宏的《吊殷比干墓文》中表现得最为明显。“高祖迁洛，路由朝歌，见殷比干墓，怆然悼怀，为文以吊之”②，又“（太和十八年正月）戊辰，经殷比干之墓，祭以太牢”③。据此，元宏《吊殷比干墓文》作于太和十八年（494）正月。全文666字，体制宏大，模仿屈原与宋玉的文章，属骚体赋的体裁。全文既赞赏比干的忠贞，又哀其不遇，充斥着感伤主义情调。最为精彩的是下面这段文字：

> 衔芝条以升虚兮，与赤松而翱翔。被芰荷之轻衣兮，曳扶容之葩裳。循海波而漂飖兮，望会稽以归禹。纽蕙芷以为绅兮，扈荃佩而容与。写郁结于圣人兮，畅中心之秘语。执垂益而谈弄兮，交良朋而摅苦。言既而东腾兮，吸朝霞而长举。登山此岩而怅望兮，眺扶桑以停伫。谒灵威以问路兮，乘谷风而扳宇。遂假载于羲和兮，冯六蟠以南处。翥衡岳而顾步兮，濯沅湘以自洁。嚼炎州之八桂兮，践九疑而遥裔。即苍梧而宗舜兮，拂埃雾以就列。采轻越而肃带兮，切宝犀以贯介。诉淳风之沦覆兮，话萧韶之湮灭。召熊狸而叙释兮，问重华之风桀。尔乃饮正阳之精气兮，游丹丘而明视。捐祝融而求鸟兮，御朱鸾以循指。④

读这段文字，若和屈原的《离骚》相比，何其相似耶！甚至语汇方面，也采用了《离骚》中的许多词汇。而且从思路上看，也用了屈原上下求索的方式。这说明元宏对汉文化的热衷。相比元宏平城时期的其他作品，这是唯一的与军国政治诏书无关的作品。虽模仿的痕迹比较明显，但也显示出很高的才华。

随着军事力量的强大和经济实力的增强，平城时期北魏先后灭掉后凉、南凉、西凉和北凉，将河西纳入北魏版图。同时平定青、齐，将素有礼仪之邦之称的今山东地区收入囊中。平凉户、平齐民，以及以其他方式归附

---

① 《魏书》卷七《高祖纪》，中华书局1974年，第154页。

② 《魏书》卷五十五《刘芳列传》，中华书局1974年，第1221页。

③ 《魏书》卷七《高祖纪》，中华书局1974年，第174页。

④ 元宏：《吊殷比干墓文》，严可均：《全上古三代秦汉三国六朝文》，中华书局1958年，第3551页。

的士人,他们的文学创作,给平城时期北魏文学注入了鲜活的血液,促使北魏文学发生变化。归附士人既有诗歌创作,又有散文创作,试分两类详论之。

归附士人的诗歌可分为酬答诗和述志诗两类。酬答诗以宗钦《赠高允诗》、段承根《赠李宝诗》和游雅《诗》三首为代表,多采用四言长篇的形式,赠与北魏朝廷重臣,表达自己初入新朝的不安以及对前途的担忧。如宗钦《赠高允诗》第十一章:

履霜悼迁,抚节感变。嗟我年迈,迅逾激电。
进乏由赐,退非回宪。素发掩玄,枯颜落蒨。①

宗钦是河西著名的儒学家,在世祖平凉州后归附北魏,《赠高允诗》大约就是他初入魏时所作。全诗十二章,既有对高允的赞许,又有期盼,更多的是对自己前途命运的忧虑。第十一章写自己年老华发,进退维谷的处境。诗歌虽然采用了板滞的四言诗的形式,但对仗工整,情景交融,比同时期的北魏诗歌成就略高。又如段承根《赠李宝诗》第三章:

自昔凉季,林焚渊涸。矫矫公子,鳞羽靡托。
灵慧虽奋,祆氛未廓。凤戢昆丘,龙潜玄漠。②

段承根是武威姑臧人,世祖平凉州后入魏。段承根"甚为敦煌公李宝所敬待,承根赠宝诗曰:……"③。李宝于太平真君三年(442)被封为敦煌公,段承根此诗大约为此时所作。全诗七章,内容大致与宗钦《赠高允诗》相类。遣词用语相当典雅,与北魏前期文学风格迥异。述志诗以刘昶《断句诗》、王肃《悲平城诗》和胡叟《示程伯达诗》为代表,多采用四言形式,抒写自己的怀抱,是平城时期难得的上乘之作,如王肃《悲平城诗》:

悲平城。驱马入云中。阴山常晦雪,荒松无罢风。④

① 宗钦:《赠高允诗》,逯钦立:《先秦汉魏晋南北朝诗》,中华书局1983年,第2198页。
② 段承根:《赠李宝诗》,逯钦立:《先秦汉魏晋南北朝诗》,中华书局1983年,第2199页。
③ 《魏书》卷五十二《段承根列传》,中华书局1974年,第1158页。
④ 王肃:《悲平城诗》,逯钦立:《先秦汉魏晋南北朝诗》,中华书局1983年,第2205页。

王肃为六朝著名的大家族琅琊王氏，因父奂及兄弟并为萧赜所杀，于太和十七年（493）奔魏，先后任平南将军、镇南将军、车骑将军、尚书令、开府仪同三司等职。《魏书·祖莹传》云："尚书令王肃曾于省中咏《悲平城》诗，云：'悲平城，驱马入云中。阴山常晦雪，荒松无罢风。'彭城王勰甚嗟其美，欲使肃更咏，乃失语云：'王公吟咏情性，声律殊佳，可更为诵《悲彭城》诗。'"①据此，王肃《悲平城诗》作于其任尚书令之时。其实不然。王肃任尚书令在太和二十三年（499）三月，其时北魏已迁都洛阳，那么王肃作此诗何意，是对平城的眷恋，还是唾弃？我想都不是。这首诗当作于王肃初到平城之时，后来常常吟咏而已。这首诗写一个南方人初到北方时的切身感受，颇具苍凉之气。但这首诗绝不是写平城自然环境的恶劣，而是一首述志诗，抒写自己志向不得舒展之苦闷。艺术上成功之处正如彭城王元勰所评的"声律殊佳"，采用"三、五、五、五"的格律句式，显现了较高的汉文化素养，艺术成就明显高于同时期北魏文人。

归附士人的散文主要以奏疏和赋颂为主。奏疏作者以归附士人为最多的，对于这些新附之人，北魏大多委以新职，常给皇帝上奏疏。这些文章是应用文体，缺乏真挚的情感，但在艺术上较同时期北魏文学略高。如崔道固《上表请罪》中的一段：

> 臣势穷力屈，以十七日面缚请罪，白曜奉宣皇恩，恕臣生命。斯实陛下起臣死尸，肉臣朽骨，天地造物，所不能行，而陛下育之。虽虞舜之贷有苗，姬文之宥崇垒，方之圣泽，未足以喻。既未奉朝旨，无由亲驰道路，谨遣大息景徽，束骸归阙，伏听刑斧。②

崔道固为冀州刺史，摄于慕容白曜之压力，遂于皇兴二年（468）归降北魏，是为平齐民，本文当是归顺北魏之时上书请罪之作。文中将献文帝拓跋弘比作虞舜、周文王，把自己比作待罪之有苗氏和崇垒，暗用典故，极为妥帖，行文典雅，显示出平齐民较高的文学修养。把拓跋弘比作虞舜、周文王，极为肉麻，有献媚之嫌，但作者当时是为了保全性命，就不必深究了。又如刘昶《乞停更与宋主书表》：

---

① 《魏书》卷八十二《祖莹列传》，中华书局 1974 年，第 1799 页。

② 崔道固：《上表请罪》，严可均：《全上古三代秦汉三国六朝文》，中华书局 1958 年，第 3625 页。

> 臣殖根南伪，托体不殊，秉旄作牧，职班台位。天厌子业，夷戮同体，背本归朝，事舍簪笏。臣弟彧废侄自立，彰于遐迩。孔怀之义难夺，为臣之典靡经，棠棣之咏可修，越敬之事未允。臣若改书，事为二敬；犹修往文，彼所不纳。伏望圣慈，停臣今答。①

刘昶是宋文帝刘义隆之第九子，和平六年(465)奔魏，被封为宋王。《魏书·刘昶传》云："皇兴中，刘彧遣其员外郎李丰来朝，显祖诏昶与彧书，为兄弟之戒。彧不答，责昶以母为其国妾，宜如春秋荀罃对楚称外臣之礼。寻敕昶更与彧书。昶表曰：……朝廷从之。"②又据《资治通鉴》云："冬，十月，辛巳，诏徙义阳王昶为晋熙王，使员外郎李丰以金千两赎昶于魏。魏人弗许，使昶与上书，为兄弟之仪；上责其不称臣，不答。魏主复使昶与上书，昶辞曰……"③据此，此文作于宋泰始三年(北魏皇兴元年，公元467年)。文章的内容姑且不论，只观其行文流畅，属对精切，文辞典雅，明显高于北魏平城时期的艺术水准。归附士人的赋颂以程骏《庆国颂》最为有名，如其中的一段：

> 忽有狂竖，谋逆圣都。明灵幽告，发觉伏诛。羿浞为乱，祖龙干纪。狂华冬茂，有自来矣。美哉皇度，道固千祀。百灵潜翦，奸不遑起。奸不遑起，罪人得情。宪章刑律，五秩犹轻。于穆二圣，仁等春生。除弃周汉，遐轨牺庭。周汉奚弃？忿彼苛刻。牺庭曷轨？希仁尚德。徽音一振，声教四塞。岂惟京甸，化播万国。④

程骏本河西儒生，世祖平凉州后归附北魏。据《魏书·程骏传》云："沙门法秀谋反伏诛。骏表曰：'臣闻《诗》之作也，盖以言志。……上《庆国颂》十六章，并序巡狩、甘雨之德焉。'其颂曰：……文明太后令曰：'省诗表，闻之。歌颂宗祖之功德可尔，当世之言，何其过也。所箴下章，戢之不忘。'"⑤沙门法秀谋反伏诛在太和五年(481)二月，本文当作于此时。其内

① 刘昶：《乞停更与宋主书表》，严可均：《全上古三代秦汉三国六朝文》，中华书局1958年，第3682页。

② 《魏书》卷五十九《刘昶列传》，中华书局1974年，第1308页。

③ 《资治通鉴》卷一百三十二《宋纪十四》，中华书局1956年，第4141页。

④ 程骏：《庆国颂》，严可均：《全上古三代秦汉三国六朝文》，中华书局1958年，第3672—3673页。

⑤ 《魏书》卷六十《程骏列传》，中华书局1974年，第1348—1349页。

容为歌功颂德之作，连文明太后都觉得“歌颂宗祖之功德可尔，当世之言，何其过”，可见其颂圣之竭尽全力。文章辞藻华美，纯用四言，显示了河西士人深厚的文学素养。

东晋南播，大批士人随之南下，也有部分仍留在北方，这些人就是北魏的本土作家。他们的文学素养本来甚高，但摄于拓跋鲜卑惧怕汉文化的心理，其心迹颇为隐晦。平城时期多种文化交流，政治略为宽松，他们的才华便显现出来。平城时期本土士人诗歌有高允《罗敷行》《王子乔》《答宗钦诗》和《咏贞妇彭城刘氏诗》四首，既有向拓跋鲜卑文化靠拢的一面，又有与南朝诗风相近的一面。平城时期本土文学数量最多的是奏疏和赋颂一类作品，这些作品显现出平城文学受多种文化交融影响，正缓慢地向先进的汉民族文化靠近。如崔浩《上〈五寅元历〉表》：

> 自秦始皇烧书之后，经典绝灭。汉高祖以来，世人妄造历术者有十余家，皆不得天道之正，大误四千，小误甚多，不可言尽。臣愍其如此。今遭陛下太平之世，除伪从真，宜改误历，以从天道。是以臣前奏造历，今始成讫。谨以奏呈。唯恩省察，以臣历术宣示中书博士，然后施用。非但时人，天地鬼神知臣得正，可以益国家万世之名，过于三皇、五帝矣。①

崔浩是太武帝最为信任的汉族政治家，出身于六朝时期著名的世族大家——清河崔氏，其家学渊源，文学艺术水准很高，但这篇《上〈五寅元历〉表》却写得很通俗。原因是本文写于太平真君十一年(450)，是北魏政治比较严酷之时，崔浩的文学创作只能符合拓跋鲜卑的审美情趣，以朴实无华为主。又如于烈《乞黜落子登表》：

> 臣上或近臣，下不决引一人，(疑)而恩出分外，冀荷荣禄。当今圣明之朝，理应谦让，而臣子登引人求进，是臣素无教训，请乞黜落。②

据《魏书·于栗磾传》载：“(太和)十九年，大选百僚，烈子登引例求进。烈

---

① 崔浩:《上〈五寅元历〉表》，严可均:《全上古三代秦汉三国六朝文》，中华书局1958年，第3623—3624页。

② 于烈:《乞黜落子登表》，严可均:《全上古三代秦汉三国六朝文》，中华书局1958年，第3695页。

表曰:……高祖曰:'此乃有识之言,不谓烈能辨此?'乃引见登。"①据此本文作于太和十九年(495),文风简朴无华。此外如崔光《临广川王谐丧议》、古弼《乞停发车牛表》、尉元《求运粟济彭城表》、高允《谏文成帝不厘改风俗》、高祐《上疏论选举》、韩麒麟《推用新附》等风格均如此类。这说明在平城时期本土作家文学风格以拓跋鲜卑的文风为主,朴实无华。然此时多种文化交流,模拟南朝文风亦成为时尚,在文学创作中或多或少地体现出来。如高允《鹿苑赋》:

奉请戒以毕日,兼六时而宵月。何精诚之至到,良九劫之可越。资圣王之远图,岂循常以明教。希缙云之上升,羡顶生之高蹈。思离尘以迈俗,涉玄门之幽奥。禅储宫以正位,受太上之尊号。既存无而御有,亦执静以镇躁。睹天规于今日,寻先哲之遗诰。悟二乾之重荫,审明离之并照。下宁济于兆民,上克光于七庙。一万国以从风,总群生而为导。正南面以无为,永措心于冲妙。夫道化之难期,幸微躬之遭遇。逢扶桑之初开,遘长夜之始曙。顾衰年以怀伤,惟负忝以危惧。敢布心以陈诚,效鄙言以自著。②

鹿苑为北魏平城宫殿名,初造于天兴二年(399),后多次修缮,成为平城时期祭祀、阅兵的重要场所。献文帝拓跋弘与文明太后矛盾尖锐,迫于形势,于皇兴五年(471)禅位于孝文帝元宏,本文当作于此时。所引这段文字写献文帝整日优游其中,访经问道,清静无为。高允此文,通篇歌颂献文帝高蹈出世、冲妙无为的闲散生活。用词典雅,属对精整,文辞华丽,句式以四、六骈句为主,很明显是受南朝文学影响的结果。又如高闾《至得颂》:

明明我皇,承乾绍焕。比诵熙周,方文隆汉。重光丽天,晨晖叠旦。六府孔修,三辰贞观。功均乾造,云覆雨润。养之以仁,敦之以信。绥之斯和,动之斯震。自西徂东,无思不服。祯候并应,福禄来格。嘉谷秀町,素文表石。玄鸟呈皓,醴泉流液。黄龙蜿蜿,游鳞奕奕。冲训既布,率土咸宁。穆穆四门,灼灼典刑。胜残岂远,期月有成。翘翘东岳,庶见翠旌。先民有言,千载一泰。昔难其运,今易其

① 《魏书》卷十九《于栗磾列传》,中华书局1974年,第738页。
② 高允:《鹿苑赋》,严可均:《全上古三代秦汉三国六朝文》,中华书局1958年,第3651页。

> 会。沐浴淳泽，被服冠带。饮和陶润，载欣载赖。文以写意，功由颂宣。吉甫作歌，式昭永年。唐政缉熙，康哉垂篇。仰述徽烈，被之管弦。①

《魏书·高闾传》载："显祖传位，徙御崇光宫。闾上表颂曰……"②显祖传位于高祖在皇兴五年(471)，本文当作于此时。文章称赞献文帝敏悟有识鉴，在他的统治之下，国家强盛、兴旺，其功德可与先王、往圣相媲美，必将流芳后世，功业不朽。文章的语言无深奥冷僻之处，故读来琅琅上口，节奏感极强。尤其"嘉谷秀町，素文表石。玄鸟呈皓，醴泉流液。黄龙蜿蜿，游鳞奕奕。冲训既布，率土咸宁。穆穆四门，灼灼典刑。胜残岂远，期月有成。翘翘东岳，庶见翠旌"数句，色彩鲜艳、华丽流动，充分显示出处于上升期的国家和民众蓬勃向上的气势和风貌。虽然全文用了四言句，但文辞华茂，加上排偶的运用，更增强了文章的气势，与南朝文风类似。此外如崔浩《册封沮渠蒙逊为凉王》、安原《临刑上疏》、刘洁《奏恤南州灾民》、许钟《上言庙祭有神异》、源贺《上书请入死者恕死徙边》、卢渊《议亲伐江南表》、李彪《表上封事七条》等风格均如此。

平城时期域外作家文学只有吐谷浑拾寅《上献文帝表》和于阗国王《上献文帝表》两篇奏疏。这两篇奏疏，语言质朴，明白如话，与拓跋鲜卑的民族风格一致。吐谷浑拾寅《上献文帝表》云：

> 奉诏听臣还旧土，故遣良利守洮阳，若不追前恩，求令洮阳贡其土物。

据《魏书·吐谷浑列传》载："拾寅遣子斤入侍，显祖寻遣斤还。拾寅后复扰掠边人，遣其将良利守洮阳，枹罕所统，枹罕镇将、西郡公杨钟葵贻拾寅书以责之。拾寅表曰：……辞旨恳切，显祖许之。自是岁修职贡。太和五年，拾寅死。"③延兴四年(474)二月，拾寅遣子斤入侍；承明元年(476)六月，显祖驾崩；太和五年(481)，拾寅薨，则此文作于延兴四年二月至承明元年六月间(474—476)。此是谢罪表，《魏书》称其"辞旨恳切"，实则并不

---

① 高闾：《至得颂》，严可均：《全上古三代秦汉三国六朝文》，中华书局1958年，第3666页。

② 《魏书》卷五十四《高闾列传》，中华书局1974年，第1196页。

③ 吐谷浑拾寅：《上献文帝表》，严可均：《全上古三代秦汉三国六朝文》，中华书局1958年，第3808页。

动人。语言通俗,质朴无华。又如于阗国王《上献文帝表》:

> 西方诸国,今皆已属蠕蠕。奴世奉大国,至今无异。今蠕蠕军马到城下,奴聚兵自固,故遣使奉献,延望救援。①

据《魏书·于阗国列传》载:"显祖末,蠕蠕寇于阗,于阗患之,遣使素目伽上表曰:……显祖诏公卿议之。公卿奏曰……显祖以公卿议示其使者,亦以为然。于是诏之曰:'……朕今练甲养卒,一二岁间当躬率猛将,为汝除患,汝其谨警候以待大举。'"②显祖北伐,大破蠕蠕在皇兴四年(470)八月,故本文当作于本年或以前。乞援于人而没有垂怜语,不卑不亢,是这篇文章的可贵之处。但语言过于通俗,与拓跋鲜卑文风接近,与奏疏这种文体不相类。

综上所述,平城时期的北魏文学出现了复苏的景象,数量增多,质量略有提升。特别是此时期的多种文化融合,给北魏文学带来生机,部分作家自觉向南朝文学学习,给文学注入新的活力,北魏文学的繁荣期即将到来。

第三节　洛阳时期的汉化与北魏文学的繁荣

太和十九年(495)九月,高祖孝文帝元宏迁都洛阳;永熙三年(534)十月孝静帝元善见迁都邺,是以东魏洛阳作为北魏的首都前后只存在了40年,然这短短的40年却是北魏最为辉煌的时期,社会安定,经济繁荣,文学创作兴盛。宋燕鹏先生从朝廷内应诏赋诗、文人赋诗酬唱两个层面分析了北魏洛阳时期的文学活动③,金前文先生认为是儒、释、道三教关系的调和促进了洛阳时期的文学繁荣④。这些学术成果对于我们认识北魏洛阳时期的文学创作有一定的启发意义,然亦存在有待商榷之处。在太武帝朝,北魏道教达到极盛,自寇谦之去世后,道教逐渐衰亡,失去了昔日辉煌,对文学的影响微乎其微。洛阳时期佛教极为兴盛,《洛阳伽蓝记》记述盛详,其影响主要是促成说唱文学的繁盛,今人贺玉萍《北魏洛阳时期"说唱文

---

① 于阗国王:《上献文帝表》,严可均:《全上古三代秦汉三国六朝文》,中华书局1958年,第3808页。

② 《魏书》卷一百零二《于阗国列传》,中华书局1974年,第2263页。

③ 宋燕鹏、吴克燕:《北魏后期的文学活动》,《兰台世界》2008年第7期。

④ 金前文:《论北魏后期儒释道三教的发展及其对文学的影响》,《渝西学院学报》2005年第6期。

学"成熟期考》①已有述及。然而遗憾的是,这些说唱文学今已不存。因此,就现存文学创作来看,主要原因在于北魏迁都洛阳后全面推行汉化。关于孝文帝改革之事是学术研究的热点,被清华同方全文数据库收录的论文就有150篇之多。这些论文涉及孝文帝改革的措施、动因、得失、影响等,可谓极为全面。然遗憾的是对北魏洛阳时期缺少整体观照,汉化如何促使文学兴盛,洛阳北魏文学的创作情况等问题却很少有学人问津,故撰此文试论之。

一、魏都洛阳

洛阳地处河南省的西部,黄河南岸,洛水北岸,东压江淮,西挟关陇;更有群山环绕,东据虎牢关,西控函谷关,北通幽燕,南对伊阙,人称山河拱戴,地势甲于天下。以洛阳为中心的河洛地区是华夏文明的重要发祥地,先后有105位帝王定鼎九州。经夏、商、周、东汉定都后的建设,洛阳地区的文化经济得到了非常好的发展。南北分裂之时,洛阳历经战火,城阙萧条,野无烟火,受到不同程度的破坏。然北魏历代国君,向往汉族文明,从未放弃过洛阳。晋光熙元年(306),并州刺史刘琨遣使乞师救洛阳,穆帝猗卢遣步骑二万助之,这是北魏(前身代国)首次问鼎洛阳,企图借助刘琨打开洛阳大门。天兴二年(399)七月,姚兴遣众围洛阳,司马德宗将辛恭靖求救,太祖道武帝遣太尉穆崇率骑六千往救之。泰常八年(423),太宗明元帝拓跋嗣南伐至洛阳,还专程观《石经》,这是北魏帝王首次到达梦中向往的洛阳城。神䴥二年(429)十月,世祖太武帝拓跋焘派冠军将军安颉攻洛阳,擒刘宋将二十人,斩首五千人,这是北魏(前身代国)首次武力攻占洛阳,而且取得了成功。太平真君十一年(450)正月,世祖太武帝拓跋焘行幸洛阳。太和十七年(493)九月,高祖元宏南伐至洛阳,周巡故宫基址,观洛桥,幸太学,观《石经》,诸将劝阻,遂有定都之意。太和十八年(494)正月,高祖元宏幸洛阳西宫。同年十一月,高祖元宏南伐至洛阳。太和十九年(495)九月,六宫及文武尽迁洛阳。由此看来,迁都洛阳并非权宜之计,北魏历代帝王经过190年的经营之后,终于迁都洛阳。迁都洛阳后,北魏国力得到空前发展,经过几代帝王的经营,北魏王朝走向辉煌。

迁都洛阳前后,北魏王朝已经由游牧文明过渡到农业文明,粮食生产是北魏所面临的头等大事。北魏几代帝王都很重视农业生产,孝文帝劝课

---

① 贺玉萍:《北魏洛阳时期"说唱文学"成熟期考》,《洛阳理工学院学报》2009年第6期。

农桑，安民力田，推行均田制，并实施与之相关的“三长制”，北魏平城时期的农业得到很快的发展。但平城地区气候寒冷干燥，荒漠扩张，风沙盛行，内流水系或湖泊干涸，水资源短缺，严重阻碍了农业生产的发展。孝文帝感慨地说：“徙居平城，虽富有四海，文轨未一，此间用武之地，非可文治，移风易俗，信为甚难。崤函帝宅，河洛王里，因兹大举，光宅中原。”①的确如此，平城地区可能适合牧业发展，是游牧民族很好的栖息地，要发展农业很困难，推行文治更是难上加难。洛阳地理位置非常优越，是一个盆地。利用伊水、洛水可以通漕四方，洛河平原与邙山，水量充足，土地肥沃，气候温暖，适合农作物的生长。迁洛后，孝文帝多次下诏，要求重视农业生产，“农惟政首，稷实民先，澍雨丰洽，所宜敦励。其令畿内严加课督，惰业者申以楚挞，力田者具以名闻”②，“京民始业，农桑为本”③。世宗宣武帝元恪重农不遗余力，于景明三年下诏曰：“民本农桑，国重蚕籍，粢盛所凭，冕织攸寄。比京邑初基，耕桑暂缺，遗规往旨，宜必祗修。今寝殿显成，移御维始，春郊无远，拂羽有辰。便可表营千亩，开设宫坛，秉耒援筐，躬劝亿兆。”④亲自籍田，劝民耕作，农业迅速发展起来。洛阳时期北魏的农业发展不仅解决了人民的温饱问题，而且使他们过上了富足的生活，“百姓殷阜，年登俗乐。鳏寡不闻犬豕之食，茕独不见牛马之衣”⑤。

洛阳的手工作坊主要分布在西郭、北郭和东郭城内，“庙社宫室府曹以外，方三百步为一里，里开四门，门置里正二人，吏四人，门士八人，合有二百二十里”⑥，这些“里”就是洛阳手工业者的居住地。城西为拓跋氏皇族达官贵人生活之地，针对他们喜吃牛羊肉的生活习性和生活奢侈豪华的特点，发展起贩屠牛羊业、酿酒业和丧葬业，形成洛阳著名的“大市”。退酤、治觞二里酿酒业最为集中，里内之人多以酿酒为业。尤其是一位酿酒能手刘白堕，他酿的酒有“饮之香美，经月不醒”⑦的美名。故京城里的朝廷显贵们出任地方官时，便以此酒相赠，由于它从远道而来，故称为“鹤觞”或“骑驴酒”。孝慈、奉终二里的丧葬业发达，各种棺木、丧车、送葬器具等多出自里内之人。城东为汉族高官生活区，这里有的“小市”繁华不亚于“大

① 《魏书》卷十九《景穆十二王列传》，中华书局 1974 年，第 464 页。
② 《魏书》卷七《高祖纪》，中华书局 1974 年，第 179 页。
③ 《魏书》卷七《高祖纪》，中华书局 1974 年，第 180 页。
④ 《魏书》卷八《世宗纪》，中华书局 1974 年，第 195 页。
⑤ 杨衒之著、杨勇校笺：《洛阳伽蓝记校笺》，中华书局 2006 年，第 178 页。
⑥ 杨衒之著、杨勇校笺：《洛阳伽蓝记校笺》，中华书局 2006 年，第 244 页。
⑦ 杨衒之著、杨勇校笺：《洛阳伽蓝记校笺》，中华书局 2006 年，第 177 页。

市”。殖货里屠宰业兴盛,“有太常民刘胡，兄弟四人,以屠为业。永安年中,胡杀猪,猪忽唱乞命,声及四邻。邻人谓胡兄弟相殴斗而来观之,乃猪也”①。于是刘胡便施舍住宅,把它改建成归觉寺,全家人都遁入佛门。城北邙山阻隔,坊里较少，因而没有设市,但闻义里的制陶业非常有名。闻义里地处洛阳城东北,靠近邙山,便于获得丰富的制陶资源,因此洛阳的制陶工匠便集中居住于此。此外,洛阳的丝织业闻名一时,《洛阳伽蓝记》记载了愿会寺神桑:“直上五尺,枝条横绕,柯叶傍布,形如羽盖。复高五尺,又然。凡为五重,每重叶椹各异,京师道俗,谓之神桑。”②此神桑恐是杜撰,但却反映了洛阳种桑养蚕的实况。据日本学者渡边信一郎统计,孝文帝和宣武帝时期税收中就有绢布调450万匹,赀绢1丁1匹450万匹③;而且北魏官员的俸禄中也有丝织品,“先是,天下户以九品混通,户调帛二匹、絮二斤、丝一斤、粟二十石,又入帛一匹二丈,委之州库,以供调外之费。至是,户增帛三匹、粟二石九斗,以为官司之禄。后增调外帛满二匹,所调各随其土所出”④,据此北魏的丝织业应该很发达的。手工业的迅猛发展,促进了洛阳经济的繁荣。

洛阳时期,北魏的工商业也得到很快发展。洛阳的商业区主要有城西偏南的“大市”、城东偏南的“小市”和城南的“四通市”。这种贸易布局主要与伊水和洛水便利的交通有关,正如陈寅恪所言:“北魏洛阳城伊、洛水旁乃市场繁盛之区，其所以置市于城南者，殆由伊洛水道运输与当日之经济政策及营造便利有关。……洛阳之地，本西晋首都旧址，加以扩充，则城南伊洛二水之傍水道运输颇为便利,设置市场,乃最适宜之地。”⑤洛阳城的设计者利用了水利便利设置商业区,商人们过着“千金比屋,层楼对出,重门启扇,阁道交通,迭相临望。金银锦绣,奴婢缇衣,五味八珍,仆隶毕口”⑥的奢华生活,洛阳商业极为繁荣。

洛阳时期,北魏的对外贸易也呈现出繁荣的景象。北魏多次遣使通西域,并设立西域校尉管理西域各国事务。此外高丽、东夷诸国也与北魏往来频繁,交往不断。北魏孝文帝元宏迁都洛阳,洛阳成为丝绸之路的重要

① 杨衒之著、杨勇校笺:《洛阳伽蓝记校笺》,中华书局2006年,第115页。

② 杨衒之著、杨勇校笺:《洛阳伽蓝记校笺》,中华书局2006年,第53页。

③ 渡边信一郎:《北魏的财政结构》,殷宪主编:《北朝史研究》,商务印书馆2004年,第56页。

④ 《魏书》卷一百一十《食货志》,中华书局1974年,第2852页。

⑤ 陈寅恪:《隋唐制度渊源略论稿》,三联书店1954年,第67—68页。

⑥ 杨衒之著、杨勇校笺:《洛阳伽蓝记校笺》,中华书局2006年,第178页。

关节点。孝文帝非常重视对外关系，洛阳再次成为国际性的贸易都会。大量的诸国使节和僧人、商贩络绎不绝来到洛阳，“遣使与（董）琬俱来贡献者，十有六国，自后相继而来，不间于岁，国使亦数十辈矣”①。北魏在洛阳城南设有金陵、燕然、扶桑和崦嵫四夷馆，并有归正、归德、慕化和慕义四里，专门用来安置归附北魏的外国人。其中吴人投国者，处金陵馆，赐宅归正里；北夷来附者处燕然馆，赐宅归德里；东夷来附者，处扶桑馆，赐宅慕化里；西夷来附者处崦嵫馆，赐宅慕义里。于是“自葱岭已西，至于大秦，百国千城，莫不款附。商胡贩客，日奔塞下，所谓尽天地之区已。乐中国土风，因而宅者，不可胜数。是以附化之民，万有余家。门巷修整，阊阖填列。青槐荫陌，绿柳垂庭。天下难得之货，咸悉在焉”②，对外贸易极为兴盛。

洛阳时期，北魏寺院经济独树一帜。北魏洛阳时期佛教兴盛，据《洛阳伽蓝记》记载，当时有佛寺 1367 所，书中所载大寺有 56 所之多，永宁寺更是其翘楚。永宁寺塔高四十九丈（相当于 136.71 米），寺院周围墙厚达 3 米，墙上皆施木椽，椽上施瓦，与当时宫墙的形制完全一样，四面围墙各建一门，其中以南门最为壮丽峻拔，“门楼三重，通三阁道，去地二十丈，形制似今端门。图以云气，画彩仙灵，绮钱青锁，辉赫丽华。拱门有四力士、四狮子，饰以金银，加之珠玉，庄严焕炳，世所未闻”③，被称为魏都洛阳的地标。这种情况自然使得寺院成为当时南来北往和中西交通、商旅的要冲。除皇帝赏赐、高官捐献、百姓投献外，寺院自力更生发展经济，成为洛阳城一大经济繁荣景观。如孝义里东小市的水产、宝光寺的水果蔬菜、白马寺的葡萄、报德寺的梨、承光寺的柰等，皆著称于洛阳，给寺院带来丰厚的回报。

各种经济形式的共同发展，促进了洛阳时期北魏经济的繁荣，“于时国家殷富，库藏盈溢，钱绢露积于廊者，不可较数”④。洛阳成为当时世界上繁华的大都市。

在国家财富积累的同时，北魏开始修建都城洛阳。《魏书·高祖纪》云：“（太和十七年）冬十月戊寅朔，幸金墉城。诏征司空穆亮与尚书李冲、将作大匠董爵经始洛京。”⑤据此，在太和十七年（493）十月就已经开始了

① 《北史》卷九十七《西域列传》，中华书局 1974 年，第 3206 页。
② 杨衒之著、杨勇校笺：《洛阳伽蓝记校笺》，中华书局 2006 年，第 145 页。
③ 杨衒之著、杨勇校笺：《洛阳伽蓝记校笺》，中华书局 2006 年，第 12 页。
④ 杨衒之著、杨勇校笺：《洛阳伽蓝记校笺》，中华书局 2006 年，第 179 页。
⑤ 《魏书》卷七《高祖纪》，中华书局 1974 年，第 173 页。

洛阳的规划与建设。又据《魏书·源贺传》载："正光元年，……转为起部郎。明堂、辟雍并未建就，子恭上书曰：……（洛阳）高祖所以始基，世宗于是恢构。……永平之中，始创雉构，基址草昧，迄无成功。故尚书令、任城王臣澄按故司空臣冲所造明堂样，并连表诏答、两京模式，奏求营起。"①则到正光元年（520），修建了28年之久的洛阳城尚未完工。北魏洛都规模宏大，内城呈南北长方形布局，东西六里，南北九里，亦曰九六城。在内城的外面筑有外郭城。由于内城北依邙山，南临洛水，外郭城受地理条件的制约，南北发展空间较小，因此只能向东西延伸，呈东西长方形布局，东西二十里，南北十五里，远远超过了隋唐长安城东西十八里一百一十五步，南北十五里一百七十五步的建制。洛都有大夏、建春、阊阖、宣阳等12座城门，宫城内有千秋门、神虎门、云龙门等宫门，又有濯龙、芳林、九谷、八溪等宫苑建筑，城内有白象坊、狮子坊、永康里、延年里等220个坊里。洛阳城有居民十万九千余户，若以一户五人计，洛阳的人口达到了54万之多，在南北朝时期也算得上是人口众多的大都市了。除此之外，北魏在内城外还修建了外郭城和金墉城。1963年春，中国社会科学院考古研究所洛阳汉魏工作队于邙山南坡，发现了东西长达1200余米的外廓城北垣，与现存地面上的洛阳内城北垣基本平行，两墙垣最近距离为850米。同时还发掘了金墉城。金墉城面对伊洛，整体呈长方形，由三座南北毗连的小城构成。城南北长1048米左右，东西宽225米左右。城墙夯土版筑，厚12—13米，墙外侧建有马面。谷水自西来泻城下然后分流，环绕金墉墙之西、北、东面。整个金墉城地势高亢，壁垒坚固，登大夏门楼可以俯瞰洛阳全城。

二、洛阳时期的汉化

陈寅恪先生曾指出："在我国历史上，统一不能从血统着手而要看文化高低。文化低的服从文化高的，次等文化服从高等文化。而文化最高的是汉人中的士族。要统一汉人和各种不同的胡人，就要推崇汉化，要汉化就要推崇汉人，而推崇汉人莫过于推崇士族。"②北魏前期要以胡化汉，导致发展缓慢。洛阳时期超过平城，成为北魏最为辉煌的时期，洛阳发展成为南北朝时期繁荣的国际化大都市，究其原因是北魏王朝实施汉化的结果。洛阳时期的汉化，前人论述较多，今结合前贤所论，归纳如下：

① 《魏书》卷四十一《源贺列传》，中华书局1974年，第933—934页。

② 万绳楠：《陈寅恪魏晋南北朝史讲演录》，黄山书社1987年，第230页。

第一，礼制方面的汉化。孝文帝对儒学有很高的造诣，史载他“雅好读书，手不释卷。《五经》之义，览之便讲，学不师受，探其精奥”①“高祖钦明稽古，笃好坟典，坐舆据鞍，不忘讲道”②，在诏书及君臣对话中经常征引《尚书》《诗经》《春秋》《左传》《论语》《周易》《三礼》等儒家经典。这种很好的儒学修养，势必会影响他的改制。早在太和七年（483），孝文帝就曾下诏改革：

> 淳风行于上古，礼化用乎近叶。是以夏殷不嫌一族之婚，周世始绝同姓之娶。斯皆教随时设，治因事改者也。皇运初基，中原未混，拨乱经纶，日不暇给，古风遗朴，未遑厘改，后遂因循，迄兹莫变。朕属百年之期，当后仁之政，思易质旧，式昭惟新。自今悉禁绝之，有犯以不道论。③

从这一诏书中我们可以得出这样的结论：以儒家经典学说作为理论准则，总结历史发展变化的经验教训，对北魏前朝政治及现实状况特别是不合时宜之处有清醒深刻的认识，在此基础上做出“变法改度”的决定，制定出适合时宜的新政策、新制度。我们似乎可以这样说，儒家思想是孝文帝改革的指导思想。孝文帝还曾亲自执笔起草礼仪，“及议礼仪律令，润饰辞旨，刊定轻重，高祖虽自下笔，无不访决焉”④“议养老，又议肆类上帝，禋于六宗之礼，帝亲临决。……乙巳，亲定禘祫之礼。丁巳，议律令事，仍省杂祀”⑤。根据《魏书·礼志》诸篇所载，孝文帝时期在禘祫时祭制度方面进行了广泛而深入的讨论，群臣征引儒家经典，兼采汉魏制度，辨析郑玄、王肃的见解，孝文帝本着简约的原则进行修正，并废除了不少原始神灵祭祀。在宫殿建筑、冠服朝仪等方面多有变革。孝文帝在礼制方面摒弃拓跋鲜卑习俗，学习中原文化，主要表现在宗庙郊祀之礼的变易和丧礼的改制。

拓跋鲜卑是游牧民族，逐水草，居无定所，狩猎渔牧，对祖先不像汉民族那样虔诚。在汉民族文化中，宗庙郊祀之礼是国家礼制中最为重要的礼仪，是国家政治生活中的大事。孝文帝接受汉民族文化之后，每到一处，皆

---

① 《魏书》卷七《高祖纪》，中华书局1974年，第187页。
② 《魏书》卷八十四《儒林列传》，中华书局1974年，第1842页。
③ 《魏书》卷七《高祖纪》，中华书局1974年，第153页。
④ 《魏书》卷五十三《李冲列传》，中华书局1974年，第1181页。
⑤ 《魏书》卷七《高祖纪》，中华书局1974年，第168页。

遍祀上古先贤。太和十八年(494)正月戊辰,经殷比干之墓,祭以太牢;太和十九年(495)四月癸丑,幸小沛,遣使以太牢祭汉高祖庙;九月壬辰,遣黄门郎以太牢祭比干之墓;太和二十年(496)四月丙戌,遣使者以太牢祭汉光武及明、章三帝陵;太和二十一年(497)三月丙辰,车驾次平阳,遣使者以太牢祭唐尧;夏四月庚申,幸龙门,遣使者以太牢祭夏禹;癸亥,行幸蒲坂,遣使者以太牢祭虞舜;五月壬辰,遣使者以太牢祭周文王于酆,祭武王于镐。同时在祭日、祭器和祭法方面进行了相应的改革。

丧礼在古代儒家礼仪中尤为重要,因为它所确立的"五服制罪"原则将儒家的礼仪制度与法律适用联系在一起,历来颇受人们看重。孝文帝对丧礼也有研究,"高祖亲讲丧服于清徽堂,从容谓群臣曰:'彦和、季豫等年在蒙稚,早登缨绂,失过庭之训,并未习礼,每欲令我一解丧服。自审义解浮疏,抑而不许。顷因酒醉坐,脱尔言从,故屈朝彦,遂亲传说。将临讲坐,惭战交情。'御史中尉李彪对曰:'自古及今,未有天子讲礼。陛下圣叡渊明,事超百代,臣得亲承音旨,千载一时。'"①然北魏丧礼与南朝不同:

> 其年,(李彪)加员外散骑常侍,使于萧赜。赜遣其主客郎刘绘接对,并设燕乐。彪辞乐。及坐,彪曰:"齐主既赐燕乐,以劳行人,向辞乐者,卿或未相体。自丧礼废替,于兹以久,我皇孝性自天,追慕罔极,故有今者丧除之议。去三月晦,朝臣始除衰裳,犹以素服从事。裴、谢在此,固应具此,我今辞乐,想卿无怪。"绘答言:"辞乐之事,向以不异。请问魏朝丧礼,竟何所依?"彪曰:"高宗三年,孝文逾月。今圣上追鞠育之深恩,感慈训之厚德,执于殷汉之间,可谓得礼之变。"绘复问:"若欲遵古,何为不终三年?"彪曰:"万机不可久旷,故割至慕,俯从群议。服变不异三年,而限同一期,可谓亡礼之礼。"②

这是太和十五年(491)李彪出使萧齐时与刘绘的一段对话。由这段话可知,北魏丧礼不尊汉制,不守孝三年。在孝文帝之前,北魏都是遵照汉魏制度既葬除服,"魏自太祖至于武泰帝,及太皇太后、皇太后、皇后崩,悉依汉魏既葬公除"③。冯太后太和十四年(490)九月去世,孝文帝不顾诸王百僚的反对,坚持躬行三年丧礼。在居丧方面,孝文帝也严守礼制,"(冯太

---

① 《魏书》卷二十一《献文六王列传》,中华书局1974年,第573页。
② 《魏书》卷六十二《李彪列传》,中华书局1974年,第1389—1390页。
③ 《魏书》卷一百零八《礼志四》,中华书局1974年,第2777页。

后去世后）高祖酌饮不入口五日，毁慕过礼……绝酒肉，不内御者三年”①。在整个服丧期间“哀毁过礼，三御不充半溢，昼夜不释绖带，永思缠绵，灭性几及”②。太和二十年（496）春正月“壬寅，诏自非金革，听终三年丧”③。此后，北魏丧礼与儒家礼仪相符，终孝三年。

第二，政治制度的汉化。北魏王朝自建立之日起，就有自己的政治制度。这种政治制度是适应北魏以胡化汉的国策而确定的，随着社会的进步和与汉民族的接触，其弊端不断显现出来。在学习汉民族文化的同时，孝文帝对政治制度也做了适当调整，主要是门阀制和九品中正制。

门阀制是中国历史上从两汉到隋唐最为显著的选拔官员的系统。自东汉始，门阀士族成为统治者依靠和拉拢的对象，笼络住了士族就等于坐稳了江山，于是才有“王与马共天下”之说。北魏皇族在与汉族的不断接触中也了解到其中奥妙，非常注重门阀士族。拓跋珪初入中原，就留心接纳，“诸士大夫诣军门者，无少长，皆引入赐见”④。永兴五年（413），太宗明元帝拓跋嗣发布诏书寻求俊逸，“其豪门强族为州闾所推者，及有文武才干、临疑能决，或有先贤世胄、德行清美、学优义博、可为人师者，各令诣京师，当随才叙用，以赞庶政”⑤。其中“豪门强族为州闾所推者”与“先贤世胄、德行清美、学优义博、可为人师者”两类人就是汉族门阀士族。世祖太武帝拓跋焘神䴥年间征求到的42位冠冕之胄，实际上是中原的范阳卢氏、赵郡李氏、渤海高氏、西河宋氏、京兆杜氏、太原张氏等士族大家进入北魏政坛。北魏在高宗朝已初步形成了门阀制，时丞相乙浑欲为庶姓妻求公主之号，遭到贾秀的断然拒绝，“公主之称，王姬之号，尊宠之极，非庶族所宜。若假窃此号，当必自咎。秀宁死于今朝，不取笑于后日”⑥。孝文帝元宏进行了全面改革，他将异姓元勋之穆、陆、贺、刘、楼、于、嵇、尉八姓和皇族拓跋（元）、回骨（胡）、普（周）、拔拔（长孙）、达奚（奚）、伊娄（伊）、丘敦（丘）、俟（亥）、乙（叔孙）、车焜（车）十姓定为最尊贵的士族，使之与汉姓清河崔氏、范阳卢氏、荥阳郑氏和太原王氏四大高门并列。同时改汉姓、禁胡语、穿汉服，与汉族通婚，这一系列政策使门阀制得以最终确立。

---

① 《魏书》卷十三《皇后列传》，中华书局1974年，第330页。
② 《魏书》卷一百零八《礼志四》，中华书局1974年，第2779页。
③ 《魏书》卷七《高祖纪》，中华书局1974年，第179页。
④ 《魏书》卷二《太祖纪》，中华书局1974年，第27页。
⑤ 《魏书》卷三《太宗纪》，中华书局1974年，第52页。
⑥ 《魏书》卷三十三《贾秀列传》，中华书局1974年，第793页。

九品中正制是魏晋南北朝时期一种重要的官吏选拔制度，始于曹魏。它将人才分为九个等级，作为政府选用官吏的依据。其评价标准是家世、道德、才能，实际上起重要作用的还是门阀第望。孝文帝之前全国没有统一的选举制度，造成人才得不到重用，汉族与胡姓隔阂，有碍于社会的发展，孝文帝改革贡献之一就是采用中原汉族的九品中正制并略有变化。对于鲜卑贵族中归附拓跋部较早、在北魏历史上或在当代任职显要的丘穆陵氏、穆氏等八姓，孝文帝下诏"灼然可知者，且下司州、吏部，勿充猥官，一同四姓"①，皇族十姓更是一流士族无疑。实际上，孝文帝所实施的这种九品中正制仍然是为了保证皇族十姓、异姓元勋十姓和汉族四姓的利益，不利于选拔人才，一直遭到有识之士的反对。高祐曾上书指出，"今之选举，不采职治之优劣，专简年劳之多少，斯非尽才之谓。宜停此薄艺，弃彼朽劳，唯才是举，则官方斯穆。又勋旧之臣，虽年勤可录，而才非抚人者，则可加之以爵赏，不宜委之以方任。所谓王者可私人以财，不私人以官者也"②。指陈当时所实施的九品中正制之失，主张唯才是举。韩显宗亦上书云："夫门望者，是其父祖之遗烈，亦何益于皇家？益于时者，贤才而已。苟有其才，虽屠钓奴虏之贱，圣皇不耻以为臣；苟非其才，虽三后之胤，自坠于皂隶矣。是以大才受大官，小才受小官，各得其所，以致雍熙。"③韩显宗之语有"不拘一格降人才"之意。高、韩之论对孝文帝触动很大，为了能够选举真正的人才，孝文帝实施了严格的考课制度——考绩法。在太和二十一年的考绩中斥责广陵王羽等失职："自卿等在任，年垂二周，未尝言朕之一失，献可否之片规，又不尝进一贤而退一不肖，此二事罪之大者。"④自录尚书事、尚书令开始，对诸官政绩一一加以考核评定，分别做出削官降爵夺禄的有关处分，其人数之多，规模之大，在北魏历史上空前绝后。《通典》后魏考绩条载"自尚书令、仆射以下凡黜退二十余人，皆略举遗阙。诸如此黜官者，令一年之后任官如初"⑤。事实上，此次被黜退之人，许多后来都未起用。这次考绩被黜者绝大多数是鲜卑族人，显示了孝文帝对九品中正制的变革，将才能置于门第之上。这一制度的变迁使得大批有才能之士脱颖而出，像南朝入魏之刘昶、刘英武、沈陵、茹皓、孟表、刘藻、王肃等人，平

① 《魏书》卷一百一十三《官氏志》，中华书局 1974 年，第 3014 页。

② 《魏书》卷五十七《高祐列传》，中华书局 1974 年，第 1261 页。

③ 《魏书》卷六十《韩麒麟列传》，中华书局 1974 年，第 1339 页。

④ 《魏书》卷二十一《献文六王列传》，中华书局 1974 年，第 548 页。

⑤ 杜佑撰，王文锦、王永兴、刘俊文、徐庭云、谢芳点校：《通典》，中华书局 2016 年，第 196 页。

齐民毕众、韩麒麟、崔光、蒋少游等人，寒门士子李彪、宋弁等人都因才华出众而被提拔重用。

第三，官制改革的汉化。拓跋鲜卑有自己民族特色的官职，官吏基本上仿效上古时代的龙官、鸟官而命名的，“谓诸曹之使为凫鸭，取其飞之迅疾也，谓候官伺察者为白鹭，取其延颈相望也，余皆此类”①。采用八座、四部大人等内侍官，以及尚书、司徒、御史等外部官。在地方上采用宗主督护制，让一些地方上的坞主或壁帅拥有数百家、上千家，乃至万家私家人口，这些宗主成为一些大大小小的割据势力、豪强的武装首领。胡汉杂糅，比较混乱，孝文帝即位后进行了改革。太和十五年(491)十一月，孝文帝召集群臣“大定官品”。太和十七年(493)六月正式下诏推行新的官品令，“六职备于周经，九列炳于汉晋，务必有恒，人守其职。此百秩虽陈，事典未叙。自八元树位，躬加省览，远依往籍，近采时宜，作《职员令》二十一卷。……权可付外施行”②。太和二十二年(498)，孝文帝又召集大臣第二次修订官制，未及实行就病逝。太和二十三年(499)四月，宣武帝即位后颁行。这两次颁布的《职员令》一般称为前、后职令，也就是太和新官制的主要内容。主要宗旨是采用汉族的官制体系，中央职官基本都有三师、二大、三公，尚书省、中书省、门下省、御史台、诸寺卿、东宫官、王国官等；地方上则是州、郡、县三级制。其“官品百司，皆如中国，凡九品，品各有二”③，即九品之中各有正品、从品，并从第四品起，各品又加设“上阶”，合起来共为三十级。各级官位“从品”，在中国封建社会官吏制度史上是一个新的创造。其最主要的是班俸制和散爵制。

俸禄是我国古代各封建王朝给官员的物质报酬，类似后世的薪水、薪金、工资。俸禄制是古代官吏管理的一项重要制度，形成于战国时期，到南北朝之际从未断绝，而且更趋科学化。然拓跋鲜卑是游牧民族，他们主要靠野蛮的战争手段来掠夺财富和人口，然后按军功和爵级来进行分配。太延五年(439)，太武帝拓跋焘统一北方，因战争减少，掠夺人畜的机会减少，官员生活没有来源。一些正直清廉的官员不免忍饥挨饿，如中书侍郎崔亮，“虽历显任，其妻不免亲事舂簸”④；绝大多数官员贪污腐化，像燕郡

① 《资治通鉴》卷一百一十二《晋纪三十五》，中华书局1956年，第3575页。
② 《魏书》卷七《高祖纪》，中华书局1974年，第172页。
③ 《南齐书》卷五十七《魏虏列传》，中华书局1972年，第998页。
④ 《魏书》卷六十六《崔亮列传》，中华书局1974年，第1476页。

公公孙轨“其初来，单马执鞭；返去，从车百辆”①。对于官员的贪污行为，北魏王朝听之任之。直到太和初年，牧守依然“竞为聚敛”“不思利民之道”②。所以整顿吏治便是迫在眉睫之事。太和八年（484）八月甲辰，孝文帝下诏曰：“朕承累圣之洪基，属千载之昌运，每布遐风，景行前式。承明之初，班下内外，听人各尽规，以补其阙。中旨虽宣，允称者少。故变时法，远遵古典，班制俸禄，改更刑书。”③同年九月俸禄制正式实施。太和十年（486）十一月，“议定州郡县官依户给俸”④。俸禄制实施以后，贪赃枉法之徒受到沉重打击，出现了“食禄者踢蹐，赇谒之路殆绝”⑤的局面。太和十九年（495），孝文帝又下令“减闲官禄以裨军国之用”⑥，后来发展成为凡官不判事者不给俸禄。换句话说，凡不给国家工作者，不发工资，使俸禄制度更趋合理。

北魏建国之初就实行五等爵。皇始元年（396），道武帝拓跋珪“始建曹省，备置百官，封拜五等”⑦。这五等爵后来被史学家称为开国爵。天兴元年（398）九月，道武帝“减五等之爵，始分为四，曰王、公、侯、子，除伯、男二等。皇子及异姓元勋功上者封王，宗室及始蕃王皆降为公，诸公降为侯，侯、子亦以此为差”⑧，将五等爵位降为四等，无论是五等爵还是四等爵都没有食邑，只能够在国家赏赐、分配战利品等活动时，具有优先权。因此这种开国爵只是一种身份与荣誉的象征，是虚拟性质的。太和十六年（492）正月，孝文帝发布诏书，“诸远属非太祖子孙及异姓为王，皆降为公，公为侯，侯为伯，子男仍旧，皆除将军之号”⑨。这份诏书值得注意者有二，一为爵位降为四等，但仍保留子爵和男爵；二是封爵者不再授将军号，这与开国爵有很大的不同。孝文帝改革后的爵位，后人据《魏书·官氏志》的记载称为散爵。据《魏书》《北史》和一些墓志的统计，太和十六年爵位调整后保留爵位的67人，由王爵降为公爵者15人，由公爵降为侯爵者22人，由侯爵降为伯爵者20人，继续保留原伯爵者2人，保留原子爵者3人，保留

① 《魏书》卷三十三《公孙表列传》，中华书局1974年，第784页。
② 《魏书》卷七《高祖纪》，中华书局1974年，第134页。
③ 《魏书》卷七《高祖纪》，中华书局1974年，第154页。
④ 《魏书》卷七《高祖纪》，中华书局1974年，第162页。
⑤ 《魏书》卷一百一十一《刑法志》，中华书局1974年，第2877页。
⑥ 《魏书》卷七《高祖纪》，中华书局1974年，第177页。
⑦ 《魏书》卷一百一十三《官氏志》，中华书局1974年，第2972页。
⑧ 《魏书》卷一百一十三《官氏志》，中华书局1974年，第2973页。
⑨ 《魏书》卷七《高祖纪》，中华书局1974年，第169页。

原男爵者4人。统计数字表明,在降爵后具有公、侯、伯爵者总计有58人,占原来有爵者总数的90%以上。就是说,在降爵后具有公、侯、伯爵者是占绝大多数的。太和十六年至二十三年(492—499),授五等爵者15人,其中赐侯爵1人,赐伯爵4人,赐子爵5人,赐男爵5人。这说明太和十六年以后,孝文帝赐五等爵主要以伯、子、男爵为主。若两相比较就会发现,孝文帝改革后的散爵授封者人数在减少,爵位降低。这些爵位主要是为了奖励军功和事功,有食邑,而且可以升迁。孝文帝改革官制而实行的散爵制,更有利于北魏国家的发展。

第四,经济制度的汉化。作为游牧民族,北魏初期的狩猎和战争掠夺是他们最重要的经济活动。据不完全统计,道武帝出猎7次、明元帝出猎22次、太武帝出猎19次、文成帝出猎12次、献文帝出猎7次、孝文帝出猎0次。狩猎次数的减少,说明汉化的程度加深。拓跋鲜卑从游牧文明转到农业文明之时,农业生产就成了他们最首要的经济活动,而这恰恰是他们所不擅长的。为了促进经济的发展,孝文帝对北魏的经济制度进行了改革,主要是屯田制和三长制。

北魏从登国元年(386)就下“息众课农”令,开始屯田。登国九年(394),大规模的屯田开始了,“春三月,帝北巡,使东平公元仪屯田于河北五原,至于棝杨塞外”①。这是在内蒙古北套一带屯田,次年慕容宝进攻五原时一次就掠去粮食百余万斛,可见此次屯田规模之大。薄骨律镇镇将刁雍于太平真君七年(446)上表拓跋焘云:“奉诏高平、安定、统万及臣所守四镇,出车五千乘,运屯谷五十万斛付沃野镇,以供军粮。”②一次从一个地方可运送谷物五十万斛,说明北魏初年的屯田效果非常好。从这则文献还可以看出,北魏初期在薄骨律镇、高平、安定、统万等北方诸地都开展了屯田制。又彭城镇将薛虎子于太和四年(480)上表孝文帝云:“徐州左右,水陆壤沃,清、汴通流,足盈激灌。其中良田十万余顷。”③徐州屯田十万余顷,规模非常之大,而且北魏的屯田也扩展到南方的军事占领区。北魏初期的屯田主要采用计口授田的方法,“初,登国六年破卫辰,收其珍宝、畜产,名马三十余万、牛羊四百余万,渐增国用。既定中山,分徙吏民及徒何种人、工伎巧十万余家以充京都,各给耕牛,计口授田”④。太和九年(485)

---

① 《魏书》卷二《太祖纪》,中华书局1974年,第26页。

② 《魏书》卷三十八《刁雍列传》,中华书局1974年,第868页。

③ 《魏书》卷四十四《薛野月者列传》,中华书局1974年,第997页。

④ 《魏书》卷一百一十《食货志》,中华书局1974年,第2849—2850页。

十月,孝文帝下令屯田,“今遣使者,循行州郡,与牧守均给天下之田,还受生死为断,劝课农桑,兴富民之本”①。将拓跋鲜卑在塞北实施的经济制度推广到中原大地,并以法令的形式确定下来。太和十二年(488),李彪建议,“别立农官,取州郡户十分之一以为屯人,相水陆之宜,料顷亩之数,以赃赎杂物余财市牛科给,令其肆力。一夫之田,岁责六十斛,蠲其正课并征戍杂役。行此二事,数年之中,则谷积而人足,虽灾不为害”②。据高敏估算,北魏60亩地产出300石③。在北魏前期屯田制下,一夫一妇露田60亩地所产为300石,而所缴纳的仅为粟二石,帛一匹。按当时一匹合2—3石,即其负担最多5石。而孝文帝改革以后,以早期的“分农稼”法计算,屯田户种60亩地需要缴纳的为150石。即使后期改为“一夫之田(40亩),岁责六十斛”,60亩即收入90石,并且还要承担其他负担,但政府从屯田上所获也要多出很多。经过孝文帝改革后的屯田制,政府从百姓身上收入的更多。这种屯田制不仅在北魏实施,后来一直延续到北齐和北周。

与屯田制密切相关的是三长制。太和十年(486),文明太后接纳了李冲的建议,实施三长制,具体内容为:

> 宜准古,五家立一邻长,五邻立一里长,五里立一党长,长取乡人强谨者。邻长复一夫,里长二,党长三。所复复征戍,余若民。三载亡愆则陟用,陟之一等。其民调,一夫一妇帛一匹,粟二石。民年十五以上未娶者,四人出一夫一妇之调;奴任耕,婢任绩者,八口当未娶者四;耕牛二十头当奴婢八。其麻布之乡,一夫一妇布一匹,下至牛,以此为降。大率十匹为公调,二匹为调外费,三匹为内外百官俸,此外杂调。民年八十已上,听一子不从役。孤独癃老笃疾贫穷不能自存者,三长内迭养食之。④

三长制的实施,改变了北魏初期农户由地方豪强所控制的郡主督护制,朝廷将农户重新编组,紧紧地控制在手中。迁洛后这种制度继续推行,加强了中央集权。

孝文帝以儒家思想为指导对北魏各种制度进行了改革,改革的目的是

① 《魏书》卷七《高祖纪》,中华书局1974年,第156页。
② 《魏书》卷六十二《李彪列传》,中华书局1974年,第1386页。
③ 高敏:《魏晋南北朝经济史》,上海人民出版社1996年,第769页。
④ 《魏书》卷一百一十《食货志》,中华书局1974年,第2855页。

向中原汉族学习，以此促进北魏王朝的发展。从实际效果上来看，这种目的达到了，洛阳40年超过了拓跋鲜卑此前几百年的发展。当然对于这种变革，目前学术界有不同的认识，但一个落后文明向高级文明学习，是一个明智的抉择。

三、北魏文学的繁荣

对于北魏文学的发展，历来学人的认识是一致的，那就是孝文帝迁洛带来文学的繁荣。“逮高祖驭天，锐情文学，盖以颉颃汉彻，掩踔曹丕，气韵高艳，才藻独构。衣冠仰止，咸慕新风”①。“新风”就是指“气韵高艳，才藻独构”，这是拓跋鲜卑学习南朝文学的结果，是孝文帝改革促使了北魏文风的改变。高祖“才藻富赡，好为文章，诗赋铭颂，任兴而作。有大文笔，马上口授，及其成也，不改一字”②，有很高的文采与素养。清赵翼在《廿二史劄记》中说：“古今帝王以才学著者，曹魏父子、萧梁父子为最。然皆生自中土，绩学少年。惟魏孝文帝，生本北俗，五岁即登帝位，此岂有师儒之训，执经请业，如经生家所为，乃其聪睿夙成，有不可以常理论者。”③北魏后期文学的繁荣，从某种意义上说是由他一手促成的，“北朝戎马纵横，未暇篇什。孝文始一倡之，屯而未畅”④。为了便于讨论，笔者将洛阳时期的文学按作家身份分为皇室文学、归附士人文学和本土士人文学三类以论之。

洛阳时期北魏皇室文学创作既有诗歌又有散文，无论哪一种文学样式，都代表着北魏皇室文学的最高成就。

洛阳时期皇室诗歌有十二首，最引人注目的是那些歌颂自由、哀叹生命的诗歌，如元子攸《临终诗》：

> 权去生道促，忧来死路长。怀恨出国门，含悲入鬼乡。隧门一时闭，幽庭岂复光。思鸟吟青松，哀风吹白杨。昔来闻死苦，何言身自当。⑤

元子攸，即魏孝庄帝，诛尔朱荣，永安三年（530）十二月为尔朱兆所弑，时

① 《魏书》卷八十五《文苑列传》，中华书局1974年，第1869页。
② 《魏书》卷七《高祖纪》，中华书局1974年，第187页。
③ 赵翼著、王树民校证：《廿二史劄记校证》，中华书局1984年，第308页。
④ 杨慎撰、王大厚笺证：《升庵诗话新笺证》，中华书局2008年，第178页。
⑤ 元子攸：《临终诗》，逯钦立：《先秦汉魏晋南北朝诗》，中华书局1983年，第2210页。

年二十四岁。《洛阳伽蓝记》云："时兆营军尚书省，建天子金鼓，庭设漏刻，嫔御妃主，皆拥之于幕。锁帝于寺门楼上。时十二月，帝患寒，随兆乞头巾，兆不与。遂囚帝还晋阳，缢于三级寺。帝临崩礼佛，愿不为国王。又作五言曰……"①则《临终诗》是元子攸永安三年十二月所写的绝命诗。诗中既有对贰臣贼子的痛恨，又有对自己诛贼反而为贼所弑的惋惜，更多的则是对人生命运的忧伤之情。诗中对仗、对比、音韵、节拍的运用圆熟，明显地感受到对南朝文学的接受。此外如元恭《诗》、元晖业《感遇诗》、元熙《绝命诗二首》等都当如是观。这五首诗一扫庙堂文学无病呻吟之病，感情浓郁，直抒胸臆，是北魏皇室文学中的佼佼者。最能体现皇室文学汉化的则是陈留长公主的《代答诗》：

针是贯绅物，目中常纴丝。得帛缝新去，何能衲故时。②

《洛阳伽蓝记》云："肃在江南之日，聘谢氏女为妻，及至京师，复尚公主。其后谢氏入道为尼，亦来奔肃，见肃尚主，谢作五言诗以赠之。其诗曰：'本为箔上蚕，今作机上丝。得路逐胜去，颇忆缠绵时？'公主代肃答谢云：'针是贯线物，目中恒任丝。得帛缝新去，何能衲故时？'肃甚有愧谢之色，遂造正觉寺以憩之。"③王肃太和十七年(493)奔魏，尚公主以及谢氏来奔应是太和十九年九月迁洛以后之事也。这虽属传说，但由此能够看出拓跋鲜卑汉化程度之高。谢氏能够写出托物寓意的诗不足为奇，而鲜卑族陈留长公主能依谢韵为诗，物我无间，就不得不称奇了。胡充华的《杨白花》是皇室文学中成就最高的诗歌：

阳春二三月，杨柳齐作花。春风一夜入闺闼，杨花飘荡落南家。含情出户脚无力，拾得杨花泪沾臆。秋去春还双燕子，愿衔杨花入窠里。④

这首诗的作者《乐府诗集》题为无名氏，后代学者据《梁书》考证，确信作者为北魏文明皇后胡充华。《梁书·杨华传》云："杨华，武都仇池人也。父

① 杨衒之著、杨勇校笺：《洛阳伽蓝记校笺》，中华书局2006年，第17页。
② 陈留长公主：《代答诗》，逯钦立：《先秦汉魏晋南北朝诗》，中华书局1983年，第2227页。
③ 杨衒之著、杨勇校笺：《洛阳伽蓝记校笺》，中华书局2006年，第135—136页。
④ 郭茂倩：《乐府诗集》卷七十三，中华书局1979年，第1040页。

大眼，为魏名将。华少有勇力，容貌雄伟，魏胡太后逼通之，华惧及祸，乃率其部曲来降。胡太后追思之不能已，为作《杨白花歌辞》，使宫人昼夜连臂蹋足歌之，辞甚凄惋焉。”①这首《杨白花》乃宫廷淫秽之作，但颇受后人赞誉，就在于它情景交融，情感真挚，发自肺腑，很好地刻画了胡充华对杨华的相思之情，“音韵缠绵，……令读者忘其秽亵”②。这首情调缠绵、音韵和谐的诗歌与鲜卑民族文学风格不相类，显然是受南朝文学的影响。

洛阳时期皇室散文无论是诏书还是奏疏，都明显的有骈俪化的倾向。如元宏《为六弟娉室诏》：

> 夫婚姻之义，曩叶攸崇，求贤择偶，绵代斯慎，故刚柔著于《易经》，《鹊巢》载于《诗》典，所以重夫妇之道，美尸鸠之德，作配君子，流芳后昆者也。然则婚者合二姓之好，结他族之亲，上以事宗庙，下以继后世，必敬慎重正而后亲之。夫妇既亲，然后父子君臣、礼义忠孝，于斯备矣。太祖龙飞九五，始稽远则，而拨乱创业，日昃不暇。至于诸王娉合之仪，宗室婚姻之戒，或得贤淑，或乖好逑。自兹以后，其风渐缺，皆人乏窈窕，族非百两，拟匹卑滥，舅氏轻微，违典滞俗，深用为叹。以皇子茂年，宜简令正，前者所纳，可为妾媵。将以此年为六弟娉室。③

《魏书·咸阳王禧传》载：“王国舍人应取八族及清修之门，禧取任城王隶户为之，深为高祖所责。诏曰：……”④据此，孝文帝此诏为咸阳王禧娶隶户之女为妻而作，《资治通鉴》系于建武三年正月，亦即太和二十年(496)正月，本诏当为此时作也。作为汉化的一项重要内容，孝文帝定族姓后非常重视婚姻中的门第观念，要求皇室子弟婚配于中原高门之女。他身体力行，以汉族高门卢、崔、郑、王四姓之女充后宫，为他人做表率。得知咸阳王禧娶隶户之女为妻，非常生气，严厉谴责，下此诏将六个皇弟原先所纳之妻降为妾媵，重娶高门大姓之女：咸阳王禧聘陇西李氏女，河南王干聘代郡穆氏女，广陵王羽聘荥阳郑氏女，颍川王雍聘范阳卢氏女，始平王勰聘陇西李氏女，北海王详聘荥阳郑氏女。这种做法遭到后人的严厉批评，胡三省

---

① 《梁书》卷三十九《杨华列传》，中华书局 1973 年，第 556—557 页。

② 沈德潜：《古诗源》，中华书局 1993 年，第 164 页。

③ 元宏：《为六弟娉室诏》，严可均：《全上古三代秦汉三国六朝文》，中华书局 1958 年，第 3547 页。

④ 《魏书》卷二十一《献文六王列传》，中华书局 1974 年，第 534 页。

认为大悖人伦,"富而易妻,人士犹或羞之,况天子之弟乎?"①这种行为的对错,姑且不论。这份诏书多用四字句,辞藻典雅,对仗工整,有骈俪化的倾向,明显是对南朝文学的接受。又如元遥《求仍属籍表》:

古人有言,百足之虫至死不僵者,以其辅己者众。臣诚不欲妄亲太阶,苟求润屋,但伤大宗一分,则天子属籍不过十数人而已。在汉诸王之子不限多少,皆列土而封,谓之曰侯。至于魏晋,莫不广胙河山,称之曰公者,盖恶其大宗之不固,骨肉之恩疏矣。臣去皇上虽是五世之远,于先帝便是天子之孙,高祖所以国秩禄赋给衣食,后族唯给其赋不与衣食者,欲以别外内,限异同也。今诸庙之感,在心未忘,行道之悲,倏然已及。其诸封者,身亡之日,三年服终,然后改夺。今朝廷犹在遏密之中,便议此事,实用未安。②

《魏书·元遥传》云:"初,遥大功昆弟,皆是恭宗之孙,至肃宗而本服绝,故除遥等属籍。遥表曰:……尚书令任城王澄、尚书左仆射元晖奏同遥表。灵太后不从。"③延昌四年(515),任城王澄任尚书令,元晖任尚书左仆射,元遥《求仍属籍表》亦当作于此时。文章辞藻华丽,音韵和谐,具有骈俪化的特征。

洛阳时期皇室赋与散文成就最高的是抒情言志的作品,如元顺《蝇赋》:

遐哉大道,廓矣洪氛。肇立秋夏,爰启冬春。既含育于万姓,又刍狗而不仁。随因缘以授体,齐美恶而无分。生兹秽类,靡益于人。名备群品,声损众伦。歒胫纤翼,紫首苍身。飞不能迥,声若远闻。点缁成素,变白为黑。寡爱芳兰,偏贪秽食。集桓公之尸,居平叔之侧。乱鸣鸡之响,毁皇宫之饰。习习户庭,营营榛棘。反覆往还,譬彼谗贼。肤受既通,谮润罔极。缉缉幡幡,交乱四国。于是妖姬进,邪士来,圣贤拥,忠孝摧。周昌拘于牖里,天乙囚于夏台。伯奇为之痛结,申生为之蒙灾。《鸱鸮》悲其室,《采葛》惧其怀。《小弁》陨其涕,灵均表其

① 《资治通鉴》卷一百四十《齐纪六》,中华书局1956年,第4395页。

② 元遥:《求仍属籍表》,严可均:《全上古三代秦汉三国六朝文》,中华书局1958年,第3593页。

③ 《魏书》卷十九《景穆十二王列传》,中华书局1974年,第446页。

哀。自古明哲犹如此，何况中庸与凡才。①

《魏书·元顺传》云："初，城阳王徽慕顺才名，偏相结纳。而广阳王渊奸徽妻于氏，大为嫌隙。及渊自定州被徵，入为吏部尚书，兼中领军。顺为诏书，辞颇优美。徽疑顺为渊左右，由是与徐纥间顺于灵太后，出顺为护军将军。……顺疾徽等间之，遂为《蝇赋》曰……"②城阳王徽为吏部尚书在孝昌二年(526)，此赋序中有"仲秋休沐"之语，故此文当作于本年八月。城阳王徽与广阳王渊有隙，元顺被当作城阳王徽的羽翼而颇受广阳王渊打击，元顺此赋就针对此事而作。文中用"妖姬""邪士"来比喻徐纥、广阳王渊等人，用周昌、天乙、伯奇、申生等历史人物比喻城阳王徽，用苍蝇颠倒黑白来讽谕魏孝明帝朝的社会黑暗。文章抒写了贤人被抑，奸佞得逞的北魏后期社会现实，抒发了自己遭受压抑的愤懑不平。此外，元苌的《振兴温泉颂》亦为此类作品，其序云：

> 高塘之云，朝舞于水湄巫山之雨，夕收于渊际青林碧草，含露而迎岸，香风蕙色列□而环渚。于是左汤谷，右蒙汜，南九江，北翰海，千城万国之氓，怀疾枕痾之口，莫不宿粻而来宾，疗苦于斯水。但上无尺栋，下无环堵，悠悠君子，我将安泊。孤忝发轸咸池，分条紫汉，道属升平。弱年学仕，既历通显，朝望已隆，爰自常伯。出居分陕，地兼陆海之饶，禄厚封君之室，而报天之效无闻，恤民之誉安在？每思倾□微寒深责，以为斯泉，天实置之而人略未备，乃翦山开鄣，因林构宇，邃馆来风，清檐驻月，望想烟霞，迟羽衣之或顾，愿言多士，恕因兹以荡秽。③

此文序中有"出于河渭之南，泄于丽山之下"之语，则元苌所颂之温泉为骊山温泉。《魏书·元苌本传》云："高祖时，袭爵松滋侯，例降侯，赐艾陵伯。苌性刚毅，虽有吉庆事，未尝开口而笑。高祖迁都，苌以代尹留镇。除怀朔镇都大将，……世宗时，为北中郎将，带河内太守。……历位度支尚书、侍中、雍州刺史。卒。"④元苌任雍州刺史(治所在长安)时才有机会到温泉，

① 元顺：《蝇赋》，严可均：《全上古三代秦汉三国六朝文》，中华书局 1958 年，第 3600 页。
② 《魏书》卷十九《景穆十二王列传》，中华书局 1974 年，第 483 页。
③ 元苌：《振兴温泉颂》，严可均：《全上古三代秦汉三国六朝文》，中华书局 1958 年，第 3585 页。
④ 《魏书》卷十四《神元平文诸帝子孙列传》，中华书局 1974 年，第 351—352 页。

故此文是元苌任雍州刺史时所作。作时不可考,大约在世宗宣武帝恪后期。序中有言"愿言多士,恕因兹以荡秽"显系针对世宗朝的社会淫乱现象而发,具有强烈的批判性。这篇序文用骈文句式写成,辞藻华丽,对仗工稳,文学性极强。

洛阳时期的归附士人主要是从河西归附的平凉户,从青、齐归附的平齐民,以及从南朝归附的汉族知识分子。就文学渊源而言,这些地区的文明程度高于北魏,故他们来奔,带来了先进的文学理念,促进了北魏洛阳时期文学的繁荣。兹分诗歌和散文两方面叙述。

归附士人的诗歌具有浓郁的悲情气氛。初到北魏,这些边缘化之人郁郁不得志,看不到前途与光明,心中充满悲伤,形之于歌咏,成就一篇篇优秀的诗篇,艺术技巧远远高于北魏本土作家。如萧综《听钟鸣》:

> 历历听钟鸣,当知在帝城。西树隐落月,东窗见晓星。雾露朏朏未分明,乌啼哑哑已流声。惊客思,动客情,客思郁纵横。翩翩孤雁何所栖?依依别鹤半夜啼。今岁行已暮,雨雪向凄凄。飞蓬旦夕起,杨柳尚翻低。气郁结,涕滂沱。愁思无所托,强作听钟歌。①

《听钟鸣》文字迥异,《梁书》和《艺文类聚》所载文字差异很大,今以《艺文类聚》文字录入,是萧综初入魏所作。《洛阳伽蓝记》云:"(洛阳城东建阳里土台)有钟一口,撞之闻五十里。太后以钟声远闻,遂移在宫内,置凝闲堂前,讲沙门打为时节。初,萧衍子豫章王综来降,闻此钟声,以为奇异,造《听钟歌》三首,行传于世。"②萧综于孝昌元年(525)六月归附,《听钟鸣》大约是此时作也。萧综是齐东昏侯萧宝卷的遗腹子,得知真相后叛逃。入魏后报仇之志未能实现,心中郁结着难释之愁。听到钟声,这种愁思一泻千里,难以抑制。这首诗纯用比体,将夜景与自己内心的愁思融为一体,情景交融,很好地抒发了自己的忧伤之情。又如常景《赞四君诗四首》:

> 长卿有艳才,直至不群性。郁若春烟举,皎如秋月映。游梁虽好仁,仕汉常称病。清贞非我事,穷达委天命。
>
> 王子挺秀质,逸气干青云。明珠既绝俗,白鹄信惊群。才世苟不

① 萧综:《听钟鸣》,《艺文类聚》卷三十,上海古籍出版社1982年,第539页。
② 杨衒之著、杨勇校笺:《洛阳伽蓝记校笺》,中华书局2006年,第72页。

合，遇否途自分。空枉碧鸡命，徒献金马文。

严君情沈静，立志明霜雪。味道综微言，端蓍演妙说。才屈罗仲口，位结李强舌。素尚迈金贞，清标陵玉彻。

蜀江导清流，扬子挹余休。含光绝后彦，覃思邈前修。世轻久不赏，玄谈物无求。当途谢权宠，置酒得闲游。①

常景是河西著名的儒学家，世祖平凉州后归齐。《魏书》本传云："景淹滞门下积岁，不至显官，以蜀司马相如、王褒、严君平、扬子云等四贤，皆有高才而无重位，乃托意以赞之。……景在枢密十有余年，为侍中崔光、卢昶、游肇、元晖尤所知赏。"②崔光任侍中在太和二十一年（497）至延昌四年（515），常景此四首诗大约作于这十余年间。常景的才华备受侍中崔光赏识，本应官运亨通，然淹滞门下多年，内心郁闷，故借咏司马相如、王褒、严君平、扬子云四贤寄意。诗中充分肯定了四贤的才华，以"仕汉常称病""才世苟不合""清标陵玉彻""置酒得闲游"分写四君不得志之情形。这首诗借四君以自况，抒发自己才华难以施展的苦闷之情。此外如褚缉"帽上著笼冠，袴上著朱衣。不知是今是，不知非昔非"③也抒发了归附士人内心幽怨悲伤之情。

相比诗歌而言，归附士人的散文要逊色得多，大体可以分为奏疏和书信体散文两类。

奏疏是这类群体中数量最多的，与其他文人相比，他们的奏疏多与北魏的汉化有关。如崔光《谏灵太后频幸王公第宅表》就是劝谏灵太后应遵礼制，不应频幸王公第宅：

昨轩驾频出，幸冯翊君、任城王第，虽渐中秋，余热尚蒸，衡盖往还，圣躬烦倦。丰厨嘉醴，罄竭时羞，上寿弗限一觞，方丈甘逾百品，旦及日斜，接对不憩，非谓顺时而游，奉养有度。纵云辇崇凉，御筵安畅。左右仆侍，众过千百，扶卫跋涉，袍钾在身，蒙曝尘日，涣污流离，致时饥渴，餐饭不赡，赁马假乘，交费钱帛。昔人称陛下甚乐，臣等至苦，或其事也。伏惟皇太后月灵炳曜，坤仪挺茂，诞育帝躬，维兴魏道。德逾文母，仁迈和熹。亲以天至，远异莫间，爱由真固，非俟虚隆。纡屈銮

① 常景：《赞四君诗四首》，逯钦立：《先秦汉魏晋南北朝诗》，中华书局1983年，第2219页。
② 《魏书》卷八十二《常景列传》，中华书局1974年，第1802页。
③ 褚缉：《戏为诗》，逯钦立：《先秦汉魏晋南北朝诗》，中华书局1983年，第2220页。

驾,降临闉里,荣光帝京,士女藻悦。白首之耋,欣遇牺年,青衿之童,庆属唐日。千载之所难,一朝之为易,非至明超古,忘骄释吝,孰能若斯者哉?①

灵皇后胡氏,是司徒胡国珍之女,世宗宣武帝元恪皇后,肃宗元诩之母。肃宗孝明皇帝元诩六岁即位,母灵太后监国,后临朝称制,大赦改元,君临台下。此时朝政疏缓,威恩不立,官员贪污成风。灵太后频幸王公第宅,多行污秽之事,崔光上表劝谏。据《魏书·崔光列传》云:"是(熙平元年)秋,灵太后频幸王公第宅。光表谏曰……"②,此文作于熙平元年(516)。崔光以《礼记》《春秋》为据,从儒家的礼仪道德规范入手,认为频幸王公第宅是劳民伤财之举,于礼制不合,劝灵太后遵先王之制,回归礼制,不要频幸王公第宅。言辞凿凿,可见崔光铮铮铁骨。文辞华丽,属对工整,多用四言句,显示出河西儒生很高的文化素养。又如常景《家令为公主无服议》认为公主家令居户制服与礼不合,刘芳《郊坛疏》论北魏郊祀之礼,房景先《驳封祖胄韩雅哲韩神固鼓吹议》纠北魏鼓吹礼之失,江式《求撰集古今文字表》弘扬汉字文化等,这些文章对于北魏汉化起了非常重要的作用。文章内容上动辄引经据典,而且在艺术手法上有很高的成就,明显高于北魏拓跋鲜卑文学。

书信体散文只有崔僧渊《复族兄惠景书》和崔亮《答刘景安书》两篇。这两份书信情真意切,具有浓郁的抒情气氛,是归附士人散文的名篇。如崔僧渊《复族兄惠景书》:

君子在家也不过孝于其亲,入朝也不过忠于其君。主上之于兄,恩则不可酬,义则不可背。身可杀也故非其酬,功不逮也故非其报。今可以效矣而又弗为,非孝也。即实而言,兄之不变,得为忠乎?至于讲武争强,不敌者久矣;论安与危,不同者验矣;群情背去,独留者谬矣。愿深察之。王晏道绝外交,器非雄朗,专华保望,便就屠割。方之于兄,其全百倍。且淮蕃海捍,本出北豪,寿春之任,兄何由免?以是而言,猜嫌已决。又宗门未几,南北莫寄,先构之重,非兄何托,受社之荣,鄙心之相望矣。今执志不寤,忠孝两忘,王晏之辜,安能自保,见机

① 崔光:《谏灵太后频幸王公第宅表》,严可均:《全上古三代秦汉三国六朝文》,中华书局1958年,第3630页。

② 《魏书》卷六十七《崔光列传》,中华书局1974年,第1493页。

> 而作，其在兹乎。①

《魏书》崔僧渊本传云："迁洛之后，为青州中正。寻出为征东大将军、广陵王羽谘议参军，加显武将军。讨海贼于黄郭，大破之。萧鸾乃遣其族兄惠景遗僧渊书，说以入国之屈，规令改图。僧渊复书曰……"②太和二十一年（497）十二月，崔僧渊击破萧鸾将王昙纷等万余人于黄郭戍，此文当作于此时也。这份书信既从宗族荣辱出发，又从皇帝的恩赐着手，又以王宴为例，劝说崔惠景应放弃萧齐入魏。文章既有事实论证，又有推理论证，论证充分，情感真挚，感人至深。特别是文中用了不少骈偶句式，增加了说服的力度。又如崔亮《答刘景安书》：

> 吾兼正六为吏部郎，三为尚书，铨衡所宜，颇知之矣。但古今不同，时宜须异。何者？昔有中正，品其才第，上之尚书，尚书据状，量人授职，此乃与天下群贤共爵人也。吾谓当尔之时，无遗才，无滥举矣，而汝犹云十收六七。况今日之选专归尚书，以一人之鉴照察天下。刘毅所云："一吏部、两郎中，而欲究竟人物，何异以管窥天，而求其博哉！"今勋人甚多，又羽林入选，武夫崛起，不解书计，唯可彍弩前驱，指踪捕噬而已。忽令垂组乘轩，求其烹鲜之效，未曾操刀，而使专割。又武人至多，官员至少，不可周溥。设令十人共一官，犹无官可授，况一人望一官，何由可不怨哉？吾近面执，不宜使武人入选，请赐其爵，厚其禄。既不见从，是以权立此格，限以停年耳。昔子产铸刑书以救弊，叔向讥之以正法，何异汝以古礼难权宜哉！仲尼云：德我者亦《春秋》，罪我者亦《春秋》。吾之此指，其由是也。但令当来君子，知吾意焉。③

由"六为吏部郎，三为尚书"来看，此文当为崔亮第三次任尚书（即吏部尚书）时所作，然崔亮何时任此职已不可考。《魏书·崔亮列传》云："寻除殿中尚书，迁吏部尚书。时羽林新害张彝之后，灵太后令武官得依资入选。

---

① 崔僧渊：《复族兄惠景书》，严可均：《全上古三代秦汉三国六朝文》，中华书局1958年，第3625页。

② 《魏书》卷二十四《崔玄伯列传》，中华书局1974年，第631页。

③ 崔亮：《答刘景安书》，严可均：《全上古三代秦汉三国六朝文》，中华书局1958年，第3626页。

官员既少,应选者多,前尚书李韶循常擢人,百姓大为嗟怨。亮乃奏为格制,不问士之贤愚,专以停解日月为断。虽复官须此人,停日后者终于不得;庸才下品,年月久者灼然先用。沉滞者皆称其能。亮外甥司空谘议刘景安书规亮曰……亮答书曰……”①张彝遭羽林殴打致死是在神龟二年(519)二月,本文当作于此时略后。北魏后期,选官之事颇多周折。武将与文士争夺职位,职少人多,朝野多生怨恨。尚书张彝之子仲瑀上书求铨别选格,排抑武人,不使预在清品,触怒羽林将官。他们千余人冲进尚书宅,烧死张彝之子始均,打伤张彝致死。崔亮任吏部尚书后采用保守的方法,以停职时间之长短为准,优先选用沉滞时间久的官员,这样贤愚不分,鱼龙混杂,洛阳时期选官制度一塌糊涂。司空谘议刘景安责备崔亮未能依照前朝惯例选拔贤才,崔亮作此书作答。这份书信详细地解释了他采用“停解日月为断”的原因,并说明这是针对北魏时局采用的最好方法。同时以子产铸刑书、孔子著《春秋》为喻,说明自己改革选官制度的决心。崔光虽与崔僧渊同宗,同为平齐民,但这份书信在文采方面不及崔僧渊《复族兄惠景书》,然亦感情充沛,有动人的力量,是不可多得的散文名篇。

北魏本土士人本来有很高的文学素养,由于前期拓跋鲜卑的民族政策,他们不得不隐藏自己的才华,积极向幼稚的拓跋鲜卑文学靠拢。洛阳时期的汉化使得他们接触到南朝文学的养分,加上自己的文学功底,创作出一些非常优秀的作品。无论是诗歌还是散文,都达到北魏文学的最高成就。

洛阳时期北魏本土士人的诗歌有39首,主要可以分为讽刺诗、赠答诗、写景诗、咏物诗和述志诗五类。

北魏后期政局动乱,民生凋敝,贤才被黜,庸才得进,不少有识之士痛心疾首,发为咏叹,写下一首首讽刺社会的名篇。这类作品痛砭时弊,有着强烈的针对性。如阳固《刺谗诗》:

巧佞巧佞,谗言兴兮。营营习习,似青绳兮。以白为黑,在汝口兮。汝非蝮虿,毒何厚兮。巧佞巧佞,一何工矣。伺间伺忿,言必从矣。朋党噂喈。自相同矣,浸润之谮。倾人墉矣,成人之美。君子贵焉,攻人之恶。君子愧焉,汝何人斯。谮毁日繁,予实无罪。何骋汝言,番番缉缉。谗言侧入,君子好谗。如或弗及,天疾谗说。汝其至

① 《魏书》卷六十六《崔亮列传》,中华书局1974年,第1479页。

矣，无妄之祸。行将及矣，泛泛游凫。弗制弗拘，行藏之徒。或智或愚，维余小子。未明兹理，毁与行俱。言与衅起，我其惩矣，我其悔矣。岂求人兮，思恕在己。①

《魏书》本传云："世宗末，中尉王显起宅既成，集僚属飨宴。酒酣问固曰……显大不悦，以此衔固。又有人间固于显，显因奏固剩请米麦，免固官。既无事役，遂阖门自守，著《演赜赋》，以明幽微通塞之事。……固又作《刺谗疾嬖幸诗》二首曰……"②据此，本诗是王显任御史中尉时阳固所作。王显何时任御史中尉，史书无载，大略可考。《魏书》王显本传云："元愉作逆，显讨之不利。入除太府卿、御史中尉……"③元愉作逆及被平均在永平元年(508)九月，王显任御史中尉大约也在此时，阳固《刺谗诗》作于本年略后。王显贪赃枉法，中饱私囊，是北魏后期为数不多的巨贪之一。诗中历述他颠倒黑白、结党营私、谮毁人过等罪恶，从中可窥北魏政治的黑暗。作者用"青绳""蝮虿"等意象，形象化地揭露了王显贪婪成性的丑恶嘴脸。形式上纯用四言，并带有"兮"，融合了《诗经·小雅》讽刺时政与《楚辞》抒写个人内心苦闷的特点，成为北魏洛阳时期诗歌的名篇。此外，"五月五日时，天气已大热。狗便呀欲死，牛复吐出舌"④讽刺葛荣谋逆，"峄山万丈树，雕镂作琵琶。由此材高远，弦响蔼中华"⑤讽刺真定公元子直大材小用等，都是此时期讽刺诗的上乘之作。

古代士人之间的交往主要以相互赠答的形式表现出来，故赠答诗是古代诗集中数量最多的一类诗。北魏洛阳时期的赠答诗主要有韩延之《赠中尉李彪诗》、卢元明《梦友人王由赋别诗》、李骞《赠亲友》《赠明少遐诗》和宋道玙《赠张始均诗》五首，这些作品除了抒写彼此友谊外，更多的是倾诉自己不得志的忧伤之情。如李骞《赠亲友》：

幽栖多暇日，总驾萃荒垧。南瞻带宫雉，北睇拒畦瀛。流火时将末，悬炭渐云轻。寒风率已厉，秋水寂无声。层阴蔽长野，冻雨暗穷汀。侣浴浮还没，孤飞息且惊。三褫俄终岁，一丸曾未营。闲居同洛

① 阳固：《刺谗诗》，逯钦立：《先秦汉魏晋南北朝诗》，中华书局1983年，第2208页。
② 《魏书》卷七十二《阳尼列传》附《阳固传》，中华书局1974年，第1604—1610页。
③ 《魏书》卷九十一《术艺列传》，中华书局1974年，第1969页。
④ 崔巨伦：《五月五日诗》，逯钦立：《先秦汉魏晋南北朝诗》，中华书局1983年，第2214页。
⑤ 鹿悆：《讽真定公诗》，逯钦立：《先秦汉魏晋南北朝诗》，中华书局1983年，第2217页。

> 涘，归身款武城。稍旅原思藿，坐梦尹勤荆。监河爱斗水，苏子惜余明。益州达友趣，廷尉辩交情。岂若忻蓬荜，收志偶沈冥。①

《魏书》李骞本传云："寻加散骑常侍、殷州大中正、镇南将军、尚书左丞。仍以本官兼散骑常侍使萧衍。后坐事免，论者以为非罪。骞尝赠亲友卢元明、魏收诗曰……"②李骞出使萧梁史载在兴和三年(541)八月，此诗当作于本年略后。这首诗抒发的是失志者的悲愤之情，用典很多，许多较为生僻。全诗24句，除首二句和末二句外，其余20句全用对偶的句式，这种创作方法非常像南朝诗歌的写法。"寒风率已厉，秋水寂无声。层阴蔽长野，冻雨暗穷汀。侣浴浮还没，孤飞息且惊"六句写秋冬之际凄凉萧瑟的景色，渲染一种凄冷的氛围，很好地抒发了诗人孤单寂寞的心情。情景交融，已经达到或超越六朝写景诗的艺术水准。段成式《酉阳杂俎》云："梁遣黄门侍郎明少遐、秣陵令谢藻、信威长史王缵冲、宣城王文学萧恺、兼散骑常侍袁狎、兼通直散骑常侍贺文发宴魏使李骞、崔劼。温良毕，少遐咏骞赠其诗曰'萧萧风帘举'，依依然可想。骞曰：未若'灯花寒不结'，最附时事。"③可见南朝文人亦不敢小觑李骞的诗歌艺术成就。

北魏洛阳时期，正是南朝山水诗兴盛之时，受其影响，北魏诗歌中也出现了不少写景诗。如郑道昭《登云峰山观海岛诗》：

> 山游悦遥赏，观沧眺白沙。云路沈仙驾，灵章飞玉车。金轩接日彩，紫盖通月华。腾龙蔼星水，翻凤暎烟家。往来风云道，出入朱明霞。雾帐芳宵起，蓬台植汉邪。流精丽旻部，低翠曜天葩。此瞩宁独好，斯见理如麻。秦皇非徒驾，汉武岂空嗟。④

《读史方舆纪要》云："云门山，(青州)府南五里。一名云峰山，山麓为花林疃，其上为大云顶，中有通穴如门，可容百余人，远望如悬镜，旁有黑龙洞及石井。又有水帘洞在其阴，或谓之劈头山，以与劈山相接也。《志》云：劈山在云门山东南，石壁自顶开裂，二峰屏峙，高插云霄，远望如刀劈状，亦谓

① 李骞：《赠亲友》，逯钦立：《先秦汉魏晋南北朝诗》，中华书局1983年，第2216页。

② 《魏书》卷三十六《李顺列传》附《李骞传》，中华书局1974年，第840页。

③ 段成式撰、方南生点校：《酉阳杂俎》卷十二《语资》，中华书局1981年，第126页。

④ 郑道昭：《登云峰山观海岛诗》，逯钦立：《先秦汉魏晋南北朝诗》，中华书局1983年，第2207页。

之劈裂峰。其南曰八仙台,台之阿有皇化寺,今为广福寺。"①则云峰山是青州名胜。据《魏书》本传云:"迁秘书监、荥阳邑中正。出为平东将军、光州刺史,转青州刺史,将军如故。复入为秘书监,加平南将军。熙平元年卒。"②知《登云峰山观海岛诗》是郑道昭任青州刺史时所作,作时不可考。这首诗融合了谢灵运山水诗与郭璞游仙诗,写出了登云峰山所看到的苍茫海景,境界开阔,意境高远,但有些诗句写得奇崛,不够清新自然。此外如"轻灰吹上管,落蓂飘下蒂。迟迟春色华,晼晼年光丽"③描写旖旎的春景,"帝献二仪合,黄华千里清。边笳城上响,寒月浦中明"④写江边美景与塞上萧瑟的景色,"光风动春树,丹霞起暮阴。嵯峨映连璧,飘飖下散金。徒自临濠渚,空复抚鸣琴。莫知流水曲,谁辩游鱼心"⑤描写池中春色,"春花绮绣色,春鸟弦歌声。春风复荡漾,春女亦多情。爱将莺作友,怜傍锦为屏。回头语夫婿,莫负艳阳征"⑥描写莺歌燕语之春日美景等,这些写景诗明显有模仿南朝诗风的痕迹。

咏物诗由来已久,到南朝大盛。在北魏汉化的过程中,受南朝诗风的影响,洛阳时期也创作了不少咏物诗。如冯元兴《浮萍诗》:

有草生碧池,无根绿水上。脆弱恶风波,危微苦惊浪。⑦

《魏书》冯元兴本传云:"(元)叉秉朝政,引元兴为尚书殿中郎,领中书舍人,仍御史。元兴居其腹心,预闻时事,卑身克己,人无恨焉。家素贫约,食客恒数十人,同其饥饱,曾无吝色,时人叹尚之。……叉既赐死,元兴亦被废。乃为《浮萍诗》以自喻曰……"⑧元叉被赐死在神龟六年(523),冯元兴《浮萍诗》大约为此时作也。诗人以浮萍自喻,写出了自己四处漂泊、无所依托的生活处境,特别是"脆弱恶风波,危微苦惊浪"更形象地写出了自己的宦海沉浮。这首咏物诗托浮萍喻意,浮萍与"我"无间,是咏物诗中的佼佼者。此外如"宝剑出昆吾,龟龙夹采珠。五精初献术,千户竟论都。匣

① 顾祖禹撰,贺次君、施和金点校:《读史方舆纪要》卷三十五,中华书局 2005 年,第 379 页。
② 《魏书》卷五十六《郑羲列传》,中华书局 1974 年,第 1242 页。
③ 卢元明:《晦日泛舟应诏诗》,逯钦立:《先秦汉魏晋南北朝诗》,中华书局 1983 年,第 2215 页。
④ 李谐:《江浦赋诗》,逯钦立:《先秦汉魏晋南北朝诗》,中华书局 1983 年,第 2218 页。
⑤ 温子昇:《春日临池诗》,逯钦立:《先秦汉魏晋南北朝诗》,中华书局 1983 年,第 2222 页。
⑥ 王德:《春词》,逯钦立:《先秦汉魏晋南北朝诗》,中华书局 1983 年,第 2225 页。
⑦ 冯元兴:《浮萍诗》,逯钦立:《先秦汉魏晋南北朝诗》,中华书局 1983 年,第 2212 页。
⑧ 《魏书》卷七十九《冯元兴列传》,中华书局 1974 年,第 1760 页。

气冲牛斗,山形转鹿卢。欲知天下贵,持此问风胡”①,借咏宝剑写自己的理想及远大的抱负,“百雉何寥廓,四面风云上。纨素久为尘,池台尚可仰。啾啾雀噪城,郁郁无欢赏。日暮萦心曲,横琴聊自奖”②,借空城雀噪写对故国的眷恋,“素蝶向林飞,红花逐风散。花蝶俱不息,红素还相乱。芬芬共袭予,葳蕤从可玩。不慰行客心,遽动离居叹”③,写蝴蝶迎落花翩翩而飞寄托自己的离居之叹等。这些咏物诗托物寓意,物我无间,达到咏物诗的最高境界,比同期南朝咏物诗的水平略高。至于像“宝髻耀明珰,香罗鸣玉佩。大堤诸女儿,一一皆春态。入花花不见,穿柳柳阴碎。东风拂面来,由来亦相爱”④的诗歌与南朝宫体咏物诗就没有什么两样了。

北魏洛阳时期,还有一些述志诗,如董绍《高平牧马》:

走马山之阿,马渴饮黄河。宁谓胡关下,复闻楚客歌。⑤

《魏书》本传云:“天光败,贺拔岳复请绍为其开府谘议参军。永熙中,加车骑将军。岳后携绍于高平牧马,绍悲而赋诗曰……”⑥永熙是孝武帝元脩的年号,仅二年,即公元532—533年,董绍《高平牧马》大约作于此时。董绍本魏室官员,仕于贰臣尔朱荣之部下(贺拔岳为尔朱荣之属下,董绍为其谘议参军),本为谘议参军,却让其牧马,内心之悲伤可想而知。诗以“楚客”为意象,抒写了自己不得志的忧伤之情。此外如“周孔重儒教,庄老贵无为。二途虽如异,一是买声儿。生乎意不惬,死名用何施。可心聊自乐,终不为人移。脱寻余志者,陶然正若斯”⑦写自己出于儒、道之间,悠闲自乐,实则写自己不得志的苦闷;“悲彭城,楚歌四面起。尸积石梁亭,血流睢水里”⑧写彭城战乱给百姓带来的灾难,表现了作者对百姓苦难的关怀等。这类作品抒写了下层文人的内心情感,真挚感人,抒情性强,也是北魏诗歌中的名篇。

洛阳时期北魏本土士人散文也取得了非常高的成就,李延寿在《北史·

---

① 崔鸿:《咏宝剑》,逯钦立:《先秦汉魏晋南北朝诗》,中华书局1983年,第2212页。
② 高孝纬:《空城雀》,郭茂倩:《乐府诗集》卷六十八,中华书局1979年,第983页。
③ 温子昇:《咏花蝶》,逯钦立:《先秦汉魏晋南北朝诗》,中华书局1983年,第2222页。
④ 王容:《大堤女》,逯钦立:《先秦汉魏晋南北朝诗》,中华书局1983年,第2224页。
⑤ 董绍:《高平牧马》,逯钦立:《先秦汉魏晋南北朝诗》,中华书局1983年,第2215页。
⑥ 《魏书》卷七十九《董绍列传》,中华书局1974年,第1759页。
⑦ 李谧:《神士赋歌》,逯钦立:《先秦汉魏晋南北朝诗》,中华书局1983年,第2206页。
⑧ 祖莹:《悲彭城》,逯钦立:《先秦汉魏晋南北朝诗》,中华书局1983年,第2217页。

文苑传》中云："于时陈郡袁翻、翻弟跃、河东裴敬宪、弟庄伯、庄伯族弟伯茂、范阳卢观、弟仲宣、顿丘李谐、勃海高肃、河间邢臧、赵国李骞，雕琢琼瑶，刻削杞梓，并为龙光，俱称鸿翼。乐安孙彦举、济阴温子昇，并自孤寒，郁然特起。咸能综采繁缛，兴属清华。比于建安之徐、陈、应、刘，元康之潘、张、左、束，各一时也。"①李延寿所列举的这些人名基本上都是洛阳时期的散文作家，并说他们的创作风格与建安文学与太康文学相近。洛阳时期散文的特点正如李延寿所言"综采繁缛，兴属清华"，即追求华丽的辞藻与直抒胸臆的特点相结合。此时的散文可分为奏疏、碑铭和诫子书三类。

与平城时期一样，洛阳时期本土士人作家文章中奏疏的数量依然是最多的。其最大的变化是：洛阳时期的奏疏多引经据典，文风典雅，与平城时期迥异。刘勰曾云："章表之为用也，所以对扬王庭，昭明心曲。既其身文，且亦国华。章以造阙，风矩应明，表以致策，骨采宜耀；循名课实，以文为本者也。是以章式炳贲，志在典谟；使要而非略，明而不浅。表体多包，情伪屡迁。必雅义以扇其风，清文以驰其丽。然恳恻者辞为心使，浮侈者情为文使，繁约得正，华实相胜，唇吻不滞，则中律矣。"②刘勰认为章表一类文体具有"对扬王庭，昭明心曲"的功用，艺术上要达到"繁约得正，华实相胜，唇吻不滞"。刘勰所论的是章表，实际上奏疏也是如此。平城时期的奏疏在内容上达到了刘勰的要求，艺术上有所欠缺。洛阳时期的奏疏非常注重修饰雕琢，在艺术上具有很高的水准。如李彪《求修国史表》：

> 臣闻龙图出而皇道明，龟书见而帝德昶，斯实冥中之书契也。自瑞官文而卑高陈，民师建而贱贵序，此乃人间之绳式也。是以《唐典》篆钦明之册，《虞书》铭慎徽之篇，《传》著夏氏之《箴》，《诗》录商家之《颂》，斯皆国史明乎得失之迹也。逮于周姬，鉴乎二代，文王开之以两经，公旦申之以六联，郁乎其文，典章大略也。故观《雅》《颂》，识文武之丕烈，察歌音，辨周公之至孝。是以季札听《风》而知始基，听《颂》而识盛德。至若尼父之别鲁籍，丘明之辨孔志，可谓婉而成章，尽而不污者矣。③

---

① 《北史》卷八十三《文苑列传》，中华书局 1974 年，第 2779 页。

② 刘勰著、范文澜注：《文心雕龙注》，人民文学出版社 1958 年，第 408 页。

③ 李彪：《求修国史表》，严可均：《全上古三代秦汉三国六朝文》，中华书局 1958 年，第 3725—3726 页。

《魏书》本传云："高祖崩，世宗践阼。彪自托于王肃，又与邢峦诗书往来，迭相称重，因论求复旧职，修史官之事，肃等许为左右。彪乃表曰：……时司空北海王详、尚书令王肃以其无禄，颇相赈饷。遂在秘书省同王隐故事，白衣修史。"①北海王详任司空、王肃任尚书令均在太和二十三年（499）三月至景明二年（501）正月，李彪《求修国史表》大约写于此时。这份奏疏尤以上引开头写得最为精彩，引经据典，文辞典雅，有骈偶化的倾向。又如崔楷《治河疏》：

> 至若量其逶迤，穿凿沟浍，分立堤土曷，所在疏通，预决其路，令无停蹙，随其高下，必得地形，土水参功，务从便省。使地有金堤之坚，水有非常之备。钩连相注，多置水口，从河入海，远迩径过，泻其挠泻，泄此陂泽。九月农罢，量彼计功；十月昏正，立匠表度。县遣能工，麾画形势；郡发明使，筹察可否。审地推岸，辨其脉流；树板分崖，练厥从往。别使案检，分部是非；瞰睇川原，明审通塞。当境修治，不劳役远；终春自罢，未须久功。即以高下营田，因于水陆，水种秔稻，陆艺桑麻。必使室有久储，门丰余积。②

《魏书》本传云："正始中，以王国官非其人，多被刑戮，惟楷与杨昱以数谏获免。后为尚书左主客郎中、伏波将军、太子中舍人、左中郎将。以党附高肇，为中尉所劾，事在《高聪传》。……于时冀定数州，频遭水害。楷上疏曰……"③又据《魏书·高聪传》所载，崔楷等被御史中尉元匡所劾在肃宗即位之后。据《魏书·灵征志》所载，肃宗朝有三次水灾，冀州、定州有水灾的是正光二年（521）夏，崔楷《治河疏》当作于此时。文中所引一段是本篇最为精彩的文字，谈治河的策略，体现作者的政治思想。这段文字辞藻典雅，多用四字句，有骈文化的倾向。

刘勰云："碑者，埤也。上古帝王，纪号封禅，树石埤岳，故曰碑也。周穆纪迹于弇山之石，亦古碑之意也。又宗庙有碑，树之两楹，事止丽牲，未勒勋绩。"④刘勰之意，碑有二体，即封禅之碑与宗庙之碑。"铭者，名也，观器必也正名，审用贵乎慎德。盖臧武仲之论铭也，曰：'天子令德，诸侯计

---

① 《魏书》卷六十二《李彪列传》，中华书局 1974 年，第 1393—1397 页。
② 崔楷：《治河疏》，严可均：《全上古三代秦汉三国六朝文》，中华书局 1958 年，第 3716 页。
③ 《魏书》卷五十六《崔楷列传》，中华书局 1974 年，第 1253 页。
④ 刘勰著、范文澜注：《文心雕龙注》，人民文学出版社 1958 年，第 214 页。

功,大夫称伐。'"①则铭是颂德之文体。现代人基本上将碑铭合在一起论之,有为死者哀悼性的碑铭,也有专门为某一名胜、建筑而作的碑铭。洛阳时期北魏碑铭类散文有11篇,具备以上二义。如高闾《济阴太守魏悦颂德碑》颂魏悦及其祖母房氏品德之高尚,温子昇《常山公主碑》哀悼常山公主之逝,郑道昭《齐亭铭》记齐亭景色之美,等等。成就最高的当属郑道昭《天柱山铭》与温子昇《寒陵山寺碑》。郑道昭《天柱山铭》是其任光州刺史时所作:

> 孤峰秀峙,高冠霄星。实曰天柱,镇带莱城。县崖万仞,峻极霞亭。据日开月,丽景流精。朝晖岩室,夕曜松青。九仙仪彩,余用栖形。龙游凤集,斯处斯宁。渊绵穷想,照烛空溟。道畅时乘,晔光幽明。云门烟石,登之长生。②

据郑述祖《重登云峰山记》所云,"大齐河清三年五月廿四日,使持节都督光州诸军事、车骑大将军、仪同三司、光州刺史郑述祖……先君之临此州也,公与仲兄豫州敬祖,叔弟光州遵祖,季弟北豫州顺祖同至此镇。于时公年始十一,雅好琴文,登山临海,未尝不从……入境叹曰:吾自幼游此,至今五十二年。"③郑述祖是郑道昭之子,他的叙述当为可信。大齐河清三年为公元564年,52年前为永平四年(511),此年郑道昭为光州刺史时作《天柱山铭》。这篇文章用极其洗练的笔法描绘了天柱山的美景,作者以时间推移为序,分写早晨与傍晚不同的景色,表达了作者隐逸长生的愿望。作者模仿南朝山水文的写法,仅得其形似,未窥其精髓,以没有形成一种完美的意境为憾。温子昇《寒陵山寺碑》中道:

> 永安之季,数钟百六,天灾流行,人伦交丧。尔朱氏既绝彼天纲,断兹地纽,禄去王室,政出私门,铜马竞驰,金虎乱噬,九婴暴起,十日并出,破壁毁珪,人物既尽,头会箕敛,杼柚其空。大丞相渤海王命世作宰,惟机成务,标格千仞,崖岸万里,运鼎阿于襟抱,纳山岳于胸怀,

① 刘勰著、范文澜注:《文心雕龙注》,人民文学出版社1958年,第193页。

② 郑道昭:《天柱山铭》,严可均《全上古三代秦汉三国六朝文》,中华书局1958年,第3712页。

③ 郑述祖:《重登云峰山记》,严可均:《全上古三代秦汉三国六朝文》,中华书局1958年,第3864页。

> 拥玄云以上腾，负青天而高引。钟鼓嘈口赞，上闻于天；旌旗缤纷，下盘于地，壮士懔以争先，义夫愤而竞起。兵接刃于斯场，车错毂于此地。轰轰隐隐，若转石之坠高崖；硠硠礚礚，如激水之投深谷。俄而雾卷云除，冰离叶散，靡旗蔽日，乱辙满野。楚师之败于柏举，新兵之退自昆阳，以此方之，未可同日。①

《魏书·前废帝纪》中云："（普泰）二年春三月，齐献武王败尔朱天光等于韩陵"②，此文就是温子昇于普泰二年（532）为高欢败尔朱天光于韩陵所作。寒陵山寺，一作韩陵山寺，是为纪念此役而建立的寺庙。节录的是最精彩的一段文字，写永安政局混乱，尔朱荣乘势而起，有如十日并出，猛兽食人。高欢顺应民意，率兵镇压，大快人心。文辞华丽，骈散相间，比喻、典故的运用，使得这篇文章颇具文学色彩。《朝野佥载》卷六云："梁庾信从南朝初至北方，文士多轻之。信将《枯树赋》以示之，于后无敢言者。时温子昇作《韩陵山寺碑》，信读而写其本。南人问信曰：'北方文士何如？'信曰：'惟有韩陵山一片石堪共语，薛道衡、卢思道稍解把笔，其余驴鸣犬吠，聒耳而已。'"③其艺术成就颇受南朝文人好评。

诫子书是汉魏六朝最为盛行的一种文体，一般而言是对自己人生的总结，同时也表达对下一辈的殷切期望。这种文体文字简练严谨，智慧理性，表达了普天之下父母最普遍的情感，故历来颇受人们看重。北魏洛阳时期诫子书主要有崔光韶《诫子孙》、崔休《诫诸子》、崔孝直《顾命诸子》、杨椿《诫子孙》、裴植《临终遗令子弟》、魏子建《病笃敕子收祚》、李彦《临终遗诫其子升明等》、雷绍《遗敕其子》和张氏《诫诸子》九篇，最著名的是崔光韶《诫子孙》和杨椿《诫子孙》。崔光韶出自南北朝的豪门大姓清河崔氏，崔亮之族叔，才华横溢。但仕途坎坷，仅做到廷尉卿之职。他以永安末世道迍邅，朝廷屡变，便闭门却扫，吉凶断绝，谆谆告诫子孙云：

> 吾自谓立身，无惭古烈，但以禄命有限，无容希世取进。在官以来，不冒一级，官虽不达，经为九卿。且吾平生素业，足以遗汝，官阀亦何足言也。吾既运薄，便经三娶，而汝之兄弟，各不同生，合葬非古，吾

---

① 温子昇：《寒陵山寺碑》，严可均：《全上古三代秦汉三国六朝文》，中华书局 1958 年，第 33767 页。

② 《魏书》卷十一《前废帝纪》，中华书局 1974 年，第 278 页。

③ 张鷟：《朝野佥载》卷六，商务印书馆 1936 年，第 80 页。

百年之后，不须合也。然赠谥之及，出自君恩，岂容子孙自求之也，勿须求赠。若违吾志，如有神灵，不享汝祀。吾兄弟自幼及老，衣服饮食未曾一片不同，至于儿女官婚荣利之事，未尝不先以推弟。弟顷横祸，权作松榇，亦可为吾作松棺，使吾见之。①

崔光韶在信中对自己的赠谥、棺木等琐事做了安排，同时告诫子孙要勤俭持家、继承祖宗遗业，不要贪求富贵、追名逐利。从这封家书中可以看到慈父对后辈的殷切期望，又可窥见清河崔氏的家风。文字平易，情感真挚，足以感人。又如杨椿《诫子孙》：

一旦位登侍中、尚书，四历九卿，十为刺史、光禄大夫、仪同开府、司徒、太保，津今复为司空者，正由忠贞小心谨慎，口不尝论人过，无贵无贱，待之以礼，以是故至此耳。闻汝等学时俗人，乃有坐而待客者，有驱驰势门者，有轻论人恶者。及见贵胜，则敬重之；见贫贱，则慢易之。此人行之大失，立身之大病也。汝家仕皇魏以来，高祖以下乃有七郡太守、三十二州刺史，内外显职，时流少比。汝等若能存礼节，不为奢淫骄慢，假不胜人，足免尤诮，足成名家。吾今年始七十五，自惟气力尚堪朝觐天子，所以孜孜求退者，正欲使汝等知天下满足之义，为一门法耳。非是苟求千载之名也。汝等能记吾言，百年之后，终无恨矣。②

杨椿出自南北朝时期的士族弘农杨氏，祖上自中山慕容氏归魏。杨氏一族是北魏的达官贵人，有七郡太守、三十二州刺史，甚至官至司徒、太保等。杨椿兄弟八人共桌而食，一人不至，其余人不食，被时人传为佳话。本篇是杨椿七十五岁（即永安二年，公元529年，杨椿逝世前两年）高龄之时写给子孙的书信。在信中，杨椿回顾了弘农杨氏的家学家风，以及杨氏家族聚族而居的生活方式。所录一段文字最为精彩，要求子孙要弘扬“忠贞小心谨慎，口不尝论人过，无贵无贱，待之以礼”的杨氏家风，并批评了坐而待客、驱驰势门、轻论人恶的不良习气。谆谆告诫，耳提面命，严父慈子，如在眼前。这篇文章文辞华丽，感情真挚，是北魏诫子书中艺术成就最高

① 崔光韶：《诫子孙》，严可均：《全上古三代秦汉三国六朝文》，中华书局1958年，第3627页。

② 杨椿：《诫子孙》，严可均：《全上古三代秦汉三国六朝文》，中华书局1958年，第3720页。

的一篇作品。

洛阳时期北魏本土士人文学成就最高的是赋。主要有李谧《神士赋》、李骞《释情赋》、李谐《述身赋》、裴宣《怀田赋》、阳固《演赜赋》、姜质《亭山赋》、卢元明《幽居赋》和《剧鼠赋》等，这些作品最大的特点是对作者自身本体的观照，写出了作者在那个时代的自我抉择。这些赋作大都写于北魏后期，首先也是最重要的是对自身生存环境的描写。如李骞《释情赋》：

> 在正光之御历，实明皇之拱己。曾问政于上学，著为君而我齿。叫阊人以望子，遂陟降于庭止。同崔骃之谒帝，若谢兼之来仕。逮孝庄之入统，乃道丧而时昏。水群飞于溟海，火载燎于中原。延胶船而越水，若朽索而乘奔。玉羊失而无御，金鸡亡而不存。天步忽其多难，横流且其云始。①

作者用波涛汹涌、火燎于原、胶船越水、朽索乘奔、玉羊失御、金鸡不存等形象化的比喻写出了孝明帝朝、孝庄帝朝贰臣得势，权柄倾斜，政局混乱，民不聊生的社会环境。此外如“属运道之将季，谅冠屦之无碍。奄升御于鼎湖，忽流哀于四海。昔汉室之中微，皇统于是三绝。暨孝昌之陵陂，亦继□而祸结。将《小雅》之诗废，复三纲之道减”②“尔乃群鼠乘间，东西撶掷，或床上捋髭，或户间出额，貌甚舒暇，情无畏惕。又领其党与，欣欣奕奕，欹覆箱奁，腾践茵席，共相侮慢，特无宜适”③等，都是对作者生活的令人窒息的环境的描绘。在这样的氛围中，作者纷纷选择了归隐。如姜质《亭山赋》：

> 尔乃决石通泉，拔岭岩前，斜与危云等并，旁与曲栋相连，下天津之高雾，纳沧海之远烟，纤列之状如一古，崩剥之势似千年。若乃绝岭悬坡，蹭蹬蹉跎，泉水纡徐如浪峭，山石高下复危多，五寻百拔，十步迂过，则知巫山弗及，未审蓬莱如何。其中烟花露草，或倾或倒，霜干风枝，半耸半垂，玉叶金茎，散满阶坪。然目之绮，烈鼻之馨，既共阳春等

① 李骞：《释情赋》，严可均：《全上古三代秦汉三国六朝文》，中华书局 1958 年，第 3680 页。

② 李谐：《述身赋》，严可均：《全上古三代秦汉三国六朝文》，中华书局 1958 年，第 3690 页。

③ 卢元明：《剧鼠赋》，严可均：《全上古三代秦汉三国六朝文》，中华书局 1958 年，第 3702 页。

茂,复与白雪齐清。①

姜质《亭山赋》写出了对山水自然生活的向往,其中所引这段描写最为精彩。文中对决石通泉、绝岭悬坡、纡徐泉水、高下山石、烟花露草和玉叶金茎等描写极为传神,显示出作者描绘景色之能,也表达了作者对这种生活的喜爱之情。此外,如"耕东皋之沃壤兮,钓北湖之深潭。养慈颜于妇子兮,竞献寿而荐甘。朝乐酣于浊酒兮,夕寄忻于素琴。诵风雅以导志兮,蕴六籍于胸襟。敦儒墨之大教兮,崇逸民之远心。播仁声于终古兮,流不朽之徽音"②"若临水而登山。幸出游之或写,冀观涛之可蠲。遂杖策缓步,或渔或田。弋凫雁于清溪,钓鲂鲤于深泉。张广幕,布长筵。酌浊酒,割芳鲜。起《白雪》于促柱,奏《绿水》于危弦。赋《湛露》而不已,歌《骊驹》而未旋。跌荡世俗之外,疏散造化之间。人生行乐,聊用永年"③等,都表达了对山水园林生活的向往,只有这样他们才能寻找到生活的乐趣,这是这批下层文人人生的自我选择。但这种选择并非出自本愿,而是政治失意后一种无可奈何的选择,他们的内心是非常痛苦的。如李谐《述身赋》:

思踢蹐于时昏,独沉吟于运闭。遂退处于穷里,不外交于人世。及数反于中兴,驱时雄而电逝。既藉取乱之权,方乘转圆之势。俄隙开而守废,遂冠冕之毁裂。彼膏原而途野,嗟卫旰与嵇血。何古今之一揆,每治少而乱多。虑遁身于东掖,苟窘迹于南罗。时获逃于□阜,仍窜宿于岩阿。首丘急于明发,东路长其如何。遽登舟而鼓栧,乃沿洛而岩河。骛寸阴于不测,竟征鸟于归波。④

李谐风流闲润,博学有文辩,当时才俊,咸相欣赏。受命出使南朝,闻名南国。曾为元颢给事黄门侍郎,元颢谋反,李谐被除名,内心极为痛苦,所录一段文字对其心理刻画非常精彩。作者运用了很多典故,写出了自己退职之后内心的苦闷与惆怅。此外如"心惴惴而慄慄兮,若临深而履薄。登乔木而长吟兮,抗幽谷而靡托。何身轻而任重兮,惧颠坠于峻壑。凭神明之

① 姜质:《亭山赋》,严可均:《全上古三代秦汉三国六朝文》,中华书局1958年,第3785页。
② 阳固:《演赜赋》,严可均:《全上古三代秦汉三国六朝文》,中华书局1958年,第3732页。
③ 李骞:《释情赋》,严可均:《全上古三代秦汉三国六朝文》,中华书局1958年,第3680页。
④ 李谐:《述身赋》,严可均:《全上古三代秦汉三国六朝文》,中华书局1958年版,第3690页。

扶助兮,虽幽微而获存”①“去衡门以策驷,望象魏而投辙。服毳衣以从务,乘大车而就列。比汗海而无纪,喻江河而有缺。眷重地而惧深,念索米而惭结”②等都写出了人生这种抉择的痛苦。

综上所述,在北魏太和改制之时,无论礼制、政治、官制、经济制度均向中原汉族学习,出现历史上的民族大融合。同时在文学上也是如此,北魏文人出现了学习、模仿汉族文化的高潮,尽管这种模仿还很难达到南朝文学的水准,但客观上促进了拓跋鲜卑文学的改变和北魏文学的繁荣。

第四节　丝绸之路恢复与北魏文学新变

德国地质地理学家李希霍芬先生在1877年出版的《中国》一书中,把从公元前114年至公元前127年间,中国与中亚、中国与印度间以丝绸贸易为媒介的这条交通道路命名为“Silk Road”。此后“丝绸之路”这一名词很快为学术界和大众所接受并正式运用。依照目前学术界的观点,丝绸之路分为陆上、海上、草原三条。北魏沃野、怀朔、武川、抚冥、柔玄、怀荒六镇是草原丝绸之路的主要通道,由于现存资料极为有限,故不在本文讨论范围。在现有文献中,未发现北魏海上丝绸之路的线索。因此本文所讨论的丝绸之路仅限于传统的陆上丝绸之路。

一、北魏丝绸之路恢复

建元二年(前139),张骞奉汉武帝之命出使大月氏(今乌兹别克斯坦一带),联合其一起攻打匈奴。由于匈奴之阻挠、大月氏西迁等种种原因,张骞此行并没有完成使命,但却发现了商机。“大宛闻汉之饶财,欲通不得,见骞,喜,问曰:‘若欲何之?’骞曰:‘为汉使月氏,而为匈奴所闭道。今亡,唯王使人导送我。诚得至,返汉,汉之赂遗王财物不可胜言。’大宛以为然。”③大宛国(今中亚费尔干纳盆地一带)欲与西汉通好目的在于商品之流通,受此启发,元狩二年(前121)张骞再次出使西域就成了商贸之旅,“(汉武帝)拜骞为中郎将,将三百人,马各二匹,牛、羊以万数,赍金布帛直

① 阳固:《演赜赋》,严可均:《全上古三代秦汉三国六朝文》,中华书局1958年版,第3731页。

② 李骞:《释情赋》,严可均:《全上古三代秦汉三国六朝文》,中华书局1958年版,第3680页。

③ 《史记》卷一百二十三《大宛列传》,中华书局1959年,第3158页。

数千巨万,多持节副使,道可便遣之旁国"①。张骞两次出使均未完成联合西域诸国与西汉共同夹击匈奴的政治使命,但却开启了中西经济文化之旅,"商胡贩客,日款于塞下"②就是对当时西汉与西域繁荣贸易的真实写照。元封六年(前105),汉使沿着张骞的足迹,来到了今伊朗境内,并拜见了安息国国王。汉朝使臣献上了华丽光洁的丝绸,安息国王非常高兴,以鸵鸟蛋和一个魔术表演团回赠汉武帝,这标志着连接东方的中国和西方的罗马帝国的丝绸之路正式建立。神爵二年(前60年),西汉在乌垒城(今新疆维吾尔自治区轮台县境内)建立西域都护府,管辖西域,保护丝绸之路上中西贸易的畅通。

天凤三年(16),西域诸国断绝了与新莽政权的联系,丝绸之路中断,持续一百余年的丝绸之路贸易就此告一段落。此后东汉、西晋确有对西域的管辖,但丝绸之路时断时续,并未发挥其重要作用。永平十六年(73),班超随从大将军窦固出击北匈奴,并奉命出使西域。班超说服鄯善、于阗归附东汉中央政府,重新打通隔绝了58年的丝绸之路。班超以西域都护的身份经营西域31年,使西域50多个国家重新归顺东汉,将丝绸之路延伸到条支海(今波斯湾),重振丝绸之路贸易。东汉末年社会动乱,丝绸之路受阻。曹魏黄初三年(222)二月,鄯善、龟兹、于阗王各遣使奉献,于是丝绸之路复通,曹魏设置戊己校尉管辖西域。然此时西北多有叛乱,丝绸之路多次中断,亦难以沟通中西贸易。西晋武帝太康八年(287)十二月,西域康居国遣使来献,丝绸之路得以再次通商。但由于西北割据势力阻挠,西域与西晋间贸易中断。

十六国时期,河西割据政权着力于开拓西域,丝绸之路得以再次沟通。东晋太宁二年(324),张骏继承前凉帝位之后,派遣张植武力征讨西域,"西域诸国献汗血马、火浣布、犎牛、孔雀、巨象及诸珍异二百余品"③。东晋太元元年(376),前秦苻坚平定凉州,凉州刺史梁熙遣使西域,宣扬苻坚之威德,并以缯彩赐诸国王,于是西域十余国前来朝贡,"大宛献天马千里驹,皆汗血、朱鬣、五色、凤膺、麟身,及诸珍异五百余种"④,"鄯善王、车师前部王来朝,大宛献汗血马,肃慎贡楛矢,天竺献火浣布,康居、于阗及海东

① 《汉书》卷六十一《张骞李广传》,中华书局1962年,第2692页。
② 《后汉书》卷八十八《西域列传》,中华书局1965年,第2931页。
③ 《晋书》卷八十六《张轨列传》,中华书局1974年,第2235页。
④ 《晋书》卷一百一十三《苻坚载记上》,中华书局1974年,第2900页。

诸国,凡六十有二王,皆遣使贡其方物”①。建元十八至二十年(360—362)间前秦大将吕光征讨西域,西域30余国惮于吕光威名,尽皆遣使纳贡,归附前秦,丝绸之路再次打通。不久关中大乱,丝绸之路再次中断。

在战乱频仍的东晋十六国时期,鸠摩罗什的译经与法显西行取经说明丝绸之路并未断绝。东晋太元六年(381),苻坚遣大将军吕光灭龟兹,得高僧鸠摩罗什。鸠摩罗什在凉州弘扬佛法17年后,于东晋隆安五年(401)到达长安在草堂寺翻译佛经,协助鸠摩罗什译经的名僧有800余人,远近而至求学的僧人3000之众,故有“三千弟子共翻经”之说。东晋隆安三年(399),65岁的法显从长安出发,经张掖(今属甘肃)、敦煌(今属甘肃),西出阳关,途经鄯善国(今新疆维吾尔自治区若羌县)、焉夷国(今新疆维吾尔自治区焉耆回族自治县)、于阗国(今新疆维吾尔自治区和田县)、子合国(今新疆维吾尔自治区叶尔羌城东南部)、弗楼沙国(今巴基斯坦白沙瓦市)等30多个国家,最终到达天竺多摩梨帝国(今印度西孟加拉邦西南之坦姆拉克市)。东晋义熙七年(411),法显从多摩梨帝国乘船出发,途经耶婆提国(今印度尼西亚苏门答腊岛)等地,于东晋义熙八年(412)到达青州长广郡(山东省青岛市即墨区)的崂山,后经彭城、京口(江苏镇江),于义熙九年(413)到达建康(今江苏省南京市)翻译佛经。

太延五年(439),北魏消灭了河西走廊最后一个割据政权——北凉,完全占有河西,并在此基础上经营西域,丝绸之路得以再次恢复。

二、北魏对丝绸之路的经营与维护

北魏初期帝王忙于向南方扩张领土,无暇顾及西域。“太祖初,经营中原,未暇及于四表。既而西戎之贡不至,有司奏依汉氏故事,请通西域,可以振威德于荒外,又可致奇货于天府。太祖曰:‘汉氏不保境安人,乃远开西域,使海内虚耗,何利之有?今若通之,前弊复加百姓矣。’遂不从。历太宗世,竟不招纳。”②“振威德于荒外”“致奇货于天府”代表了自汉代以来的传统思想,也是丝绸之路最为重要的意义。“海内虚耗”是丝绸之路之弊端,太祖清醒地意识到当时北魏之国策在于集中财力、物力对付南方政权。

太延初年,“西域龟兹、疏勒、乌孙、悦般、渴槃陁、鄯善、焉耆、车师、粟

① 《晋书》卷一百一十三《苻坚载记上》,中华书局1974年,第2904页。

② 《魏书》卷一百零二《西域列传》,中华书局1974年,第2259页。

特诸国王始遣使来献”①。大臣们奏称“九国不惮遐危,远贡方物”②,请求出使。此时北魏与柔然的战争连年不断,北魏屡次出征失利。北魏朝臣想起西汉联合大月氏夹击匈奴之事,便有意与西域一起共同对付柔然。太延元年(435)北魏首次向西域派出使臣,“遣使者二十辈使西域”③。然此次出使极为不利,使臣王恩生为柔然所俘获,出使失败。从王恩生出使失利的事件中太武帝感受到柔然的威胁,于是太延三年(437)“遣散骑侍郎董琬、高明等多赍锦帛,出鄯善,招抚九国,厚赐之”④。董琬、高明的出使取得巨大成功,“已而琬、明东还,乌孙、破洛那之属遣使与琬俱来贡献者十有六国。自后相继而来,不间于岁,国使亦数十辈矣”⑤。据此,丝绸之路得以重新恢复。

丝绸之路恢复之后,盘踞在河西的北凉政权成为丝路之上的最大障碍。《魏书》对太延年间(435—439)北魏与西域丝路往来有如下记载:

> (太延元年)八月丙戌,(太武帝)遂幸河西。粟特国遣使朝献⑥。
>
> (太延二年五月)丁卯,(太武帝)行幸河西……八月丁亥,遣使六辈使西域。帝校猎于河西。诏广平公张黎发定州七郡一万二千人,通莎泉道。甲辰,高车国遣使朝献……(闰月)乙丑……河西王沮渠牧犍,遣使朝贡……(太延三年三月)癸巳,龟兹、悦般、焉耆、车师、粟特、疏勒、乌孙、渴槃陁、鄯善诸国各遣使朝献。⑦
>
> (太延三年)八月甲辰,(太武帝)行幸河西……(十一月)甲申,破洛那、者舌国各遣使朝献,奉汗血马。是岁,河西王沮渠牧犍世子封坛来朝……(太延四年)四年春三月庚辰,鄯善王弟素延耆来朝……(太延五年)夏四月丁酉,鄯善、龟兹、疏勒、焉耆诸国遣使朝献。五月丁丑,治兵于西郊。癸未,遮逸国献汗血马。⑧

读这些史料就会发现,太武帝行幸河西、西域朝献、北凉王沮渠牧犍朝

① 《魏书》卷一百零二《西域列传》,中华书局 1974 年,第 2259 页。
② 《魏书》卷一百零二《西域列传》,中华书局 1974 年,第 2259 页。
③ 《魏书》卷四上《世祖纪》,中华书局 1974 年,第 85 页。
④ 《魏书》卷一百零二《西域列传》,中华书局 1974 年,第 2260 页。
⑤ 《魏书》卷一百零二《西域列传》,中华书局 1974 年,第 2260 页。
⑥ 《魏书》卷四上《世祖纪上》,中华书局 1974 年,第 85 页。
⑦ 《魏书》卷四上《世祖纪上》,中华书局 1974 年,第 87—88 页。
⑧ 《魏书》卷四上《世祖纪上》,中华书局 1974 年,第 88 页。

贡三件事紧密相连,个中缘由,需要仔细体会。太武帝巡幸河西目的是以武力恫吓北凉,确保丝绸之路畅通。事后北凉国朝贡,似乎在装模作样例行公事。这样程序化的演示,北魏当然不乐意。于是太延五年(439)六月,北魏对北凉发起军事进攻,九月北凉王沮渠牧犍投降,“是月,高丽及粟特、渴槃陀、破洛那、悉居半诸国各遣使朝献……是岁,鄯善、龟兹、疏勒、焉耆、高丽、粟特、渴槃陀、破洛那、悉居半等国并遣使朝贡”①,丝绸之路得以畅通。

沮渠牧犍归顺北魏,标志着北凉灭亡。沮渠牧犍的弟弟沮渠无讳、沮渠安周逃窜,并纠集残部攻打北魏占领地酒泉、张掖,为北魏所败。太平真君二年(441)正月,北魏册封沮渠无讳为征西大将军、凉州牧、酒泉王。四月,北魏派遣镇南将军、南阳公奚眷征酒泉,攻陷酒泉,俘获沮渠安周等4000余人,沮渠无讳西渡沙漠,占领西域鄯善、高昌之地,于太平真君三年(442)九月建立高昌北凉政权,并向南朝宋称臣,受封河西王,以图共同抗衡北魏。太平真君五年(444)六月,沮渠无讳病逝。太平真君六年(445)四月,太武帝派散骑常侍、成周公万度率兵出击鄯善,“(八月)度归以轻骑至鄯善,执其王真达以诣京师”②。太平真君九年(448)五月,北魏任命韩拔为鄯善王,镇守鄯善。万度继续西征,于太平真君九年(448)占领焉耆、龟兹,并命唐和镇守焉耆。太平真君二年至五年(441—444)间,《魏书》中无西域诸国朝贡之事,大约由于沮渠无讳的原因,丝绸之路暂时断绝。太平真君五年(444),“(三月戊戌)遣使者四辈使西域……十二月,粟特国遣使朝贡”③。北魏控制了鄯善、龟兹,为丝绸之路贸易提供了安全保障。

柔然汗国亦是丝绸之路上的一大障碍。柔然,亦称蠕蠕、芮芮、茹茹、蝚蠕等,是崛起于蒙古高原的部落制汗国,在公元4世纪后期至6世纪30年代中期势力最强时扩展至西域,成为北魏丝绸之路上的阻塞。《魏书·西域传》有云:“显祖末,蠕蠕寇于阗,于阗患之,遣使素目伽上表曰:‘西方诸国,今皆已属蠕蠕,奴世奉大国,至今无异。今蠕蠕军马到城下,奴聚兵自固,故遣使奉献,延望救援。’显祖诏公卿议之,公卿奏曰:‘于阗去京师几万里,蠕蠕之性,惟习野掠,不能攻城,若为所拒,当已旋矣。虽欲遣师,势无所及。’显祖以公卿议示其使者,亦以为然。”④对于这段史料,余太山

① 《魏书》卷四上《世祖纪上》,中华书局1974年,第89—90页。
② 《魏书》卷四下《世祖纪下》,中华书局1974年,第98页。
③ 《魏书》卷四下《世祖纪下》,中华书局1974年,第97—98页。
④ 《魏书》卷一百零二《西域列传》,中华书局1974年,第2263页。

先生诠释道："其间(高宗即位至太和十一年)，由于魏军撤出西域，柔然卷土重来，再度称霸西域"①"早在社仑可汗时代，焉耆、鄯善、姑墨等南北道诸国已役属于柔然。虽然由于万度归的西征，这种役属曾一度中断，但至少在460年以后，由于柔然加强了对高昌的控制，焉耆、龟兹、鄯善、于阗等再次进入柔然的势力范围"②。余先生之论值得商榷。显祖拓跋弘和平六年至皇兴五年(465—471)在位，在此期间北魏与柔然有一次战争，"(皇兴四年八月)蠕蠕犯塞"③，北魏大败柔然。显祖在位期间，北魏与西域之往来并未断绝，"(天安元年三月)高丽、波斯、于阗、阿袭诸国遣使朝献……冬十月，曹利、彤葛国各遣使朝献"④"(皇兴元年)九月壬子，高丽、于阗、普岚、粟特国各遣使朝献"⑤"(皇兴二年四月)高丽、库莫奚、契丹、具伏弗、郁羽陵、日连……于阗、波斯国各遣使朝献"⑥"(皇兴三年)二月，蠕蠕、高丽、库莫奚、契丹国各遣使朝献"⑦。因此，显祖末年柔然阻断丝绸之路的说法不确。

从《魏书》所载来看，"(登国六年)冬十月戊戌，北征蠕蠕"⑧，这是北魏与柔然的第一次战争；"(延兴四年七月)癸巳，蠕蠕寇敦煌"⑨，这是北魏与柔然的最后一次战争。自登国六年至延兴四年(391—474)84年间，北魏与柔然发生了19次战争。这些战争基本上是一个模式，柔然骚扰边境，北魏出兵，柔然逃窜；北魏收兵，柔然再次侵扰，北魏再次出兵，柔然远遁。很少有两军对垒，即使短兵相接，北魏取得短暂胜利，柔然兔脱。柔然可汗庭在今蒙古国，在北魏北部，故而柔然逃脱的方向是向北，故而《魏书》多用"北遁""北走"等词汇，如"(始光元年)八月，蠕蠕率六万骑入云中……冬十有二月，遣平阳王长孙翰等讨蠕蠕。车驾次祚山，蠕蠕北遁，诸军追之，大获而还……(始光二年十月)平阳王长孙翰等绝漠追之，蠕蠕北走"⑩；北魏讨伐柔然，《魏书》多用"北征""北伐"等词，如"(登国六年)冬

① 余太山：《两汉魏晋南北朝与西域关系史研究》，中国社会科学出版社1995年，第174页。
② 余太山：《嚈哒史研究》，齐鲁书社出版社1986年，第206页。
③ 《魏书》卷六《显祖纪》，中华书局1974年，第130页。
④ 《魏书》卷六《显祖纪》，中华书局1974年，第126页。
⑤ 《魏书》卷六《显祖纪》，中华书局1974年，第128页。
⑥ 《魏书》卷六《显祖纪》，中华书局1974年，第128页。
⑦ 《魏书》卷六《显祖纪》，中华书局1974年，第129页。
⑧ 《魏书》卷二《太祖纪》，中华书局1974年，第24页。
⑨ 《魏书》卷六《显祖纪》，中华书局1974年，第140页。
⑩ 《魏书》卷四上《世祖纪上》，中华书局1974年，第70—71页。

十月戊戌,北征蠕蠕”①、“(永兴)二年春正月甲寅朔,诏南平公长孙嵩等北伐蠕蠕”②。因此,北魏与柔然战争并没有妨碍丝绸之路贸易。据笔者统计,在北魏与柔然84年战争中,《魏书》有国名可考的42个西域政权向北魏朝贡,太安三年(457)十二月一个月内竟有50多国朝贡,“(太安三年十二月)是月,于阗、扶余等五十余国各遣使朝献”③,北魏丝绸之路贸易出现了前所未有的繁荣局面。

神䴥元年(428)八月,柔然大檀派遣其子率领一万余人骚扰边境。神䴥二年(429)四月,太武帝拓跋焘亲率大军出征,击溃柔然主力,“大檀闻之震怖,将其族党,焚烧庐舍,绝迹西走,莫知所至。于是国落四散,窜伏山谷,畜产布野,无人收视……高车诸部杀大檀种类,前后归降三十余万,俘获首虏及戎马百余万匹”④。此次战争之后,柔然衰落,北魏控制西域。此后柔然仍然屡次入侵,但规模极小。延兴四年(474)七月,北魏再次击败柔然,柔然从此一蹶不振,北魏完全控制了西域,确保了丝绸之路贸易安全。

柔然汗国铩羽而归,高车国崛起,威胁丝绸之路交通。高车,是北朝人对漠北一部分游牧部落的泛称,因其“车轮高大,辐数至多”⑤而得名。南朝人称其为“丁零”,漠北人又称其为“敕勒”“铁勒”“狄历”等。自登国四年至神䴥二年(389—429)40年间,北魏与高车战争不断,最终高车人全部归顺北魏。在柔然强盛之时,高车族部分部落为其所奴役。太和十一年(487)柔然豆崙进攻北魏边塞,高车族阿伏至罗苦劝不从,便率部落西迁,建立高车国,控制了通往西域的门户高昌以及焉耆、鄯善。太和十四年(490),高车国遣使向北魏陈述了西迁并建立高车国的原因,表示愿意与北魏联合,共同抗击柔然。自此年之后至神龟元年(518),据《魏书》所载,高车国向北魏遣使朝献6次,关系融洽。与此同时,北魏控制了丝绸之路上的咽喉重地——伊吾,确保了丝绸之路畅通。

高车国衰微之际,嚈哒国振兴,成为丝绸之路上的障碍。嚈哒人是古代生活在欧亚大陆的游牧民族,最初居住在长城以北称滑国,公元4世纪70年代初政治中心在吐火罗斯坦,也就是阿富汗斯坦巴尔赫地区。景明

① 《魏书》卷二《太祖纪》,中华书局1974年,第24页。
② 《魏书》卷三《太宗纪》,中华书局1974年,第50页。
③ 《魏书》卷五《高宗纪》,中华书局1974年,第116页。
④ 《魏书》卷一百零三《蠕蠕列传》,中华书局1974年,第2293页。
⑤ 《魏书》卷一百零三《蠕蠕列传》,中华书局1974年,第2307页。

四年(503)前后,嚈哒国杀死高车族穷奇,立穷奇之子弥俄突为国主,进而控制高车国。“其人凶悍,能斗战。西域康居、于阗、沙勒、安息及诸小国三十许皆役属之,号为大国”①,遂控制了西域。嚈哒国与北魏通好,据《魏书》记载,自景明四年(503)至永熙元年(532),嚈哒国几乎每年均向北魏朝贡,丝绸之路畅通无阻。

自丝绸之路恢复之太延三年(437)到北魏分裂之永熙三年(534),北魏通过远交近攻的方式,确保了丝绸之路贸易顺畅。有学者统计了这一时期西域诸国朝贡的次数:疏勒16次,哒哒15次,高昌14次,于阗、悉万斤各12次,波斯11次,粟特、渴盘陀各8次,鄯善、破洛那各6次,高车、悉居半各5次,焉耆4次②。丝绸之路的路线也略有变化,西汉时期,丝绸之路从长安出发,经过河西走廊,然后分为两条路线:“从鄯善傍南山北,波河西行至莎车,为南道,南道西逾葱岭则出大月氏、安息。自车师前王廷随北山,波河西行至疏勒,为北道,北道西逾葱岭则出大宛、康居、奄蔡焉。”③东汉时期,丝绸之路从洛阳出发,经过河西走廊,然后分为两条路线:“自鄯善逾葱领出西诸国,有两道。傍南山北,陂河西行至莎车,为南道。南道西逾葱领,则出大月氏、安息之国也。自车师前王庭随北山,陂河西行至疏勒,为北道。北道西逾葱领,出大宛、康居、奄蔡焉。”④北魏拓展为四条道路,“其出西域本有二道,后更为四:自玉门渡流沙,西行二千里至鄯善为一道;自玉门渡流沙,北行二千二百里至车师为一道;从莎车西行一百里至葱岭,葱岭西一千三百里至伽倍为一道;自莎车西南五百里葱岭,西南一千三百里至波路为一道焉”⑤。将西汉、东汉出玉门关之后的两条道路变通为四条道路,意谓无论哪一条道路受阻,均可从其他道路通商,保障了丝绸之路贸易畅通。许多西域人常驻洛阳慕义里,从事商贸活动,“北夷来附者,处燕然馆……东夷来附者,处扶桑馆……西夷来附者,处崦嵫馆,赐宅慕义里”⑥。在这98年间,中西贸易出现极为繁荣的景象,“自葱岭以西,至于大秦,百国千城,莫不款附,商胡贩客,日奔塞下,所谓尽天地之区矣。乐中国土风,因而宅者不可胜数,以此附化之民,万有余家……天下难得之货,

① 《魏书》卷一百零二《西域列传》,中华书局1974年,第2279页。
② 马国荣:《北魏与西域关系述略》,《喀什师范学院学报》1995年第4期。
③ 《汉书》卷九十六上《西域传》,中华书局1962年,第3872页。
④ 《后汉书》卷八十八《西域列传》,中华书局1965年,第2914页。
⑤ 《魏书》卷一百零二《西域列传》,中华书局1974年,第2279页。
⑥ 杨衒之著、杨勇校笺:《洛阳伽蓝记校笺》,中华书局2006年,第145页。

咸悉在焉"①。

三、丝绸之路文化对北魏文学的影响

丝绸之路是贸易之路。北魏丝织品源源不断地输出西域,成为西域各国贵族服饰;西域金银器皿输入北魏,成为北魏上层贵族的奢侈品。

通过丝绸之路,北魏输出西域的是丝织品。"十有七年春正月壬子朔,帝飨百僚于太极殿。乙丑,诏曰:'夫骏奔入觐,臣下之常式;锡马赐车,君人之恒惠。今诸边君蕃胤,皆虔集象魏,趋锵紫庭。贡飨既毕,言旋无远。各可依秩赐车旗衣马,务令优厚。其武兴、宕昌,各赐锦缯纩一千;吐谷浑世子八百;邓至世子,虽因缘至都,亦宜赍及,可赐三百。命数之差,皆依别牒。'"②孝文帝元宏太和十七年(493)诏书中提及赏赐给武兴国、宕昌国的是"缯""纩"等丝织品。特别是到丝绸之路贸易昌盛之景明年间(500—504),竟然出现了"犹岁损万计,珍货常有余,国用恒不足"③的景象。"岁损万计"是指输出西域的丝织品,"珍货常有余"是指输入北魏的西域财宝,"珍货常有余,国用恒不足"是说此时对外贸易出现了逆差。

西域输入北魏的主要是金银器等珍宝。《洛阳伽蓝记》云:"琛常会宗室,陈诸宝器,金瓶银瓮百余口,瓯檠盘盒称是。自余酒器,有水晶钵、玛瑙杯、琉璃碗、赤玉卮数十枚,作工奇妙,中土所无,皆从西域而来。"④河间王元琛是北魏大贪官、大富豪,他建造的文柏堂就像皇家的徽音殿。堂内设置玉石砌作的井,金铸的提水罐,罐上系着用五色丝结成的绳索。元琛家养有三百名歌姬舞妓,个个都天生丽质,是国中最娇美的人。他家宴会所使用的瓶、瓮、盆、盘、盒、擎灯等金银器皿都来自西域。1970 年山西省大同市南郊出土北魏八曲银洗来自大夏(今阿富汗),1988 年甘肃省靖远县北滩乡出土的北魏鎏金银盘来自古罗马,1980 年呼和浩特市土默特左旗毕克齐镇出土北魏银杯来自嚈哒国,这些出土文献再次印证了西域输入北魏的是金银器皿。

丝绸之路是文化艺术之路。从西域输入北魏的音乐、宗教文化对北魏文学产生了影响。

随着丝绸之路商贸繁荣,西域音乐传入北魏。史载北魏的音乐来自凉

① 杨衒之著、杨勇校笺:《洛阳伽蓝记校笺》,中华书局 2006 年,第 145 页。
② 《魏书》卷七下《高祖纪下》,中华书局 1974 年,第 170 页。
③ 《魏书》卷六十五《邢峦列传》,中华书局 1974 年,第 1438 页。
④ 杨衒之著、杨勇校笺:《洛阳伽蓝记校笺》,中华书局 2006 年,第 179 页。

州,“世祖破赫连昌,获古雅乐,及平凉州,得其伶人、器服,并择而存之”①。赫连昌是大夏国的第二任皇帝。大夏是南匈奴屠各种铁弗部族人赫连勃勃建立的政权,史称“胡夏”,定都统万城(今陕西省靖边县城北)。赫连勃勃曾于东晋义熙十四年(418)攻占长安,在霸上(今陕西省西安市东)即帝位,故北魏世祖拓跋焘从赫连昌大夏国得到的“古雅乐”应是清商乐。太延五年(439),北魏世祖拓跋焘平定凉州,“得其伶人、器服,并择而存之”,指的是凉州乐。凉州乐又称西凉乐,“《西凉》者,起苻氏之末,吕光、沮渠蒙逊等,据有凉州,变龟兹声为之,号为秦汉伎。魏太武既平河西得之,谓之《西凉乐》。至魏、周之际,遂谓之《国伎》”。② 凉州乐是融汇了中原汉族乐舞和西域乐舞中的精华,经过加工、改造、提炼而形成的,其中最为重要的一部分是西域音乐。

《晋书·吕光载记》云:“(吕光)又进攻龟兹城……战于城西,大败之,斩万余级。帛纯收其珍宝而走,王侯降者三十余国……众咸请还,光从之,以驼二万余头致外国珍宝及奇伎异戏、殊禽怪兽千有余品,骏马万余匹。”③这是凉州乐的最早记载,不是一种音乐,而是西域三十余国之音乐。结合诸种史书记载,可考的西域乐有龟兹乐,“《龟兹》者,起自吕光灭龟兹,因得其声。吕氏亡,其乐分散,后魏平中原,复获之。其声后多变易”④;天竺乐,“《天竺》者,起自张重华据有凉州,重四译来贡男伎,《天竺》即其乐焉。歌曲有《沙石疆》,舞曲有《天曲》”⑤;疏勒乐、安国乐,“《疏勒》《安国》《高丽》,并起自后魏平冯氏及通西域,因得其伎。后渐繁会其声,以别于太乐”⑥;悦般乐,“后通西域,又以悦般国鼓舞设于乐署”⑦等。

西域音乐传入,凉州乐成为北魏新宠。《洛阳伽蓝记》记载洛阳调音、乐律二里有善于吹胡笳的田僧超,“有田僧超者,善吹笳,能为《壮士歌》、《项羽吟》,征西将军崔延伯甚爱之”⑧。《壮士歌》又名《陇上壮士歌》《陇上歌》,叙述陈安的主要战绩和壮烈捐躯之事。陈安是西晋末期至十六国

① 《魏书》卷一百零九《乐志》,中华书局1974年,第2829页。
② 《隋书》卷十五《音乐志下》,中华书局1973年,第378页。
③ 《晋书》卷一百二十二《吕光载记》,中华书局1974年,第3055—3056页。
④ 《隋书》卷十五《音乐志下》,中华书局1973年,第378页。
⑤ 《隋书》卷十五《音乐志下》,中华书局1973年,第378页。
⑥ 《隋书》卷十五《音乐志下》,中华书局1973年,第380页。
⑦ 《魏书》卷一百零九《乐志》,中华书局1974年,第2829页。
⑧ 杨衒之著、杨勇校笺:《洛阳伽蓝记校笺》,中华书局2006年,第177页。

前期的割据势力,原为西晋南阳王司马模帐下都尉,东晋太兴二年(319)自称秦州刺史,太宁元年(323)为前赵刘曜斩杀于陇城(今甘肃省天水市秦安县城东)。陈安善于安抚军中汉族、羌族士兵,他死之后,陇上人想念他,因此为他作一首《壮士歌》:"陇上壮士有陈安,驱干虽小腹中宽,爱养将士同心肝。骣骢父马铁瑕鞍,七尺大刀奋如湍,丈八蛇矛左右盘,十荡十决无当前。战始三交失蛇矛,弃我骣骢窜严幽,为我外援而悬头。西流之水东流河,一去不还奈子何!"①《项羽吟》是指项羽被围垓下时所吟的悲歌:"力拔山兮气盖世,时不利兮骓不逝。骓不逝兮可奈何,虞兮虞兮奈若何!"②《壮士歌》《项羽吟》是汉地歌谣,田僧超用胡笳吹奏后别有一番韵味。胡笳是从西域传入中国的乐器,"胡笳本出自胡中,缘琴翻出音律同"③。胡笳乐以慷慨悲凉为感情基调,"侧耳远听,胡笳互动。牧马悲鸣,吟啸成群,边声四起,晨坐听之,不觉泪下"④"北风厉兮肃泠泠,胡笳动兮边马鸣。孤雁归兮声嘤嘤,乐人兴兮弹琴筝"⑤"朔风萧条白云飞,胡笳哀急边气寒,听此愁人兮奈何,登山远望得留颜"⑥。田僧超用胡笳吹奏《壮士歌》《项羽吟》时,大气雄浑,震人心肺,唱到高潮处遏云裂帛,令北魏大将崔延伯听得如醉如痴,便决定邀请田僧超到战场演奏。于是便有了这样一幅画面:"延伯危冠长剑,耀武于前,僧超吹《壮士》笛曲于后,闻之者懦夫成勇,剑客思奋。"⑦每次临阵对敌,《壮士歌》起了极大的激励作用,"延伯每临阵令僧超为《壮士声》,甲胄之士,莫不踊跃。延伯单马入阵,旁若无人,勇冠三军,威镇戎竖,二年之间,献捷相继"⑧。凭借神曲《壮士歌》,崔延伯战无不胜,威震边塞20余年。孝昌元年(525)四月,崔延伯与万俟丑奴战于泾川(今属甘肃)。田僧超为万俟丑奴募士所杀,五万军队溃散,崔延伯战死。

与此同时,"凉州"进入文学家视野,成为北魏文学描写之新景观。如温子昇《凉州乐歌二首》:

---

① 《晋书》卷一百零三《刘曜载记》,中华书局1974年,第2694页。

② 《史记》卷七《项羽本纪》,中华书局1959年,第333页。

③ 蔡琰:《胡笳十八拍》,逯钦立:《先秦汉魏晋南北朝诗》,中华书局1983年,第202页。

④ 李陵:《重报苏武书》,严可均:《全上古三代秦汉三国六朝文》,中华书局1958年,第282页。

⑤ 蔡琰:《悲愤诗》,逯钦立:《先秦汉魏晋南北朝诗》,中华书局1983年,第200页。

⑥ 鲍照:《拟行路难十八首》之十四,鲍照著、钱仲联增补集说校:《鲍参军集注》,上海古籍出版社1980年,第241页。

⑦ 杨衒之著、杨勇校笺:《洛阳伽蓝记校笺》,中华书局2006年,第177页。

⑧ 杨衒之著、杨勇校笺:《洛阳伽蓝记校笺》,中华书局2006年,第177页。

远游武威郡，遥望姑臧城。车马相交错，歌吹日纵横。

路出玉门关，城接龙城坂。但事弦歌乐，谁道山川远。①

据《魏书》本传记载，温子昇一生从未到过凉州，故此两首诗当为拟乐府之作，何人最早创作亦不可考。《凉州乐》应该就是被北魏尊为国乐的《西凉乐》。凉州，西汉设置凉州刺史部，治所初在武威（今属甘肃）后移至陇县（今甘肃省张家川回族自治县），三国时移治姑臧（今甘肃省武威县城东北）。新朝末年的窦融、东晋十六国时期的前凉、后凉、南凉、北凉，隋末的大凉、温末、六谷吐蕃、西夏（夏神宗）都曾在此建都。“车马相交错，歌吹日纵横”描绘了凉州车马填咽、歌舞夜以继日的繁华景象，唐诗中亦有“吾闻昔日西凉州，人烟扑地桑柘稠。蒲萄酒熟恣行乐，红艳青旗硃粉楼。楼下当垆称卓女，楼头伴客名莫愁。乡人不识离别苦，更卒多为沉滞游”②“弯弯月出挂城头，城头月出照凉州。凉州七里十万家，胡人半解弹琵琶”③等诗，说明到唐代时凉州依然繁华如旧。第二首中“路出玉门关，城接龙城坂”，反映出北魏时期，凉州战争不断，初有南凉、北凉、后秦、刘宋的战争，后有北魏与后燕的参合陂之役。北魏平定河西后，凉州三万余家百姓被移往京师平城。北魏与柔然的多次战争，均由凉州出发。因此，凉州是战事频仍之地。从凉州启程，出玉门关，至龙城，也就是陆上丝绸之路的一段。“龙城”，是匈奴单于庭所在地，在今蒙古人民共和国境内柴达木湖附近，史书中“（卫）青至龙城，获首虏七百级”④、“岁正月，诸长小会单于庭，祠。五月，大会龙城，祭其先、天地、鬼神”⑤之“龙城”就指此处，北魏与北燕皇帝冯跋、鲜卑徒何部、后燕慕容宝的战争都发生在此地。这两首诗连用武威、姑臧、玉门关、龙城（龙桑城）四个地名，为我们描绘出一幅行军路线图。士兵们一路行来，目睹凉州城车马交错、繁荣昌盛的景象，聆听着喧阗杂陈、回旋街市的西凉音乐，不以为苦，反以为乐。诗歌颠覆了征戍诗悲怆的主旋律，写出了行军士兵豪迈爽朗的情怀，高亢激昂的精神风貌。两首诗均为五言四句的小诗，语言质朴稚嫩，充满了豪壮苍凉之气。

---

① 逯钦立：《先秦汉魏晋南北朝诗》，中华书局 1983 年，第 2221 页。

② 元稹：《西凉伎》，彭定求等：《全唐诗》，中华书局 1960 年，第 4616 页。

③ 元稹：《凉州馆中与诸判官夜集》，彭定求等：《全唐诗》，中华书局 1960 年，第 2055 页。

④ 《汉书》卷六《武帝纪》，中华书局 1962 年，第 165 页。

⑤ 《汉书》卷九十四上《匈奴传》，中华书局 1962 年，第 3752 页。

随着丝绸之路进入北魏的还有宗教文化。祆教(Zoroastrianism)是波斯帝国的宗教,北魏时期传入中国。据《魏书》记载,波斯国自太安元年(455)十月至正光三年(522)七月间先后向北魏进贡共10次,祆教有可能随着使团传入北魏。《魏书·灵太后传》云:“后幸嵩高山,夫人、九嫔、公主已下从者数百人,升于顶中。废诸淫祀,而胡天神不在其列。”①灵太后幸嵩高山的时间史书未载,然在其父胡国珍去世之后。胡国珍卒于神龟元年(518)四月,此年左右祆教已传入中国。西安碑林博物馆藏《北魏冀州刺史博野县开国公荀景墓志》记载荀景卒于永安二年(529),志盖图像中熊熊燃烧的火坛和半人半鸟、半兽半鸟及各种带翼动物的出现,皆表明墓主人的祆教教徒身份。这说明永安二年(529)之前祆教已经传入中国。而对北魏宗教文化、文学影响最大的当属佛教。

凉州是北魏佛教之渊薮。道安《合放光光赞略解序》云:“恨其寖逸凉土九十一年,几至泯灭,乃达此邦也。”②此处“恨其”之“其”指《光赞般若经》,该经是于阗国沙门祇多罗在西晋太康七年(286)传至中国,太康十一年(290)由竺法护译出,传播于凉州。“乃达此邦也”之“邦”指襄阳,《光赞般若经》是在东晋太元元年(376)传播至襄阳释道安手中。由太元元年(376)逆推九十一年,则《光赞般若经》最初传入中国在太康七年(286)之凉州,这说明此时凉州已有佛教。此后僧人竺佛念、释宝云、鸠摩罗什都曾在凉州翻译佛经,凉州俨然成为丝绸之路上的佛教中心。“太延中,凉州平,徙其国人于京邑,沙门佛事皆俱东,象教弥增矣”③。北魏平定凉州后,凉州僧人迁徙至平城,北魏佛教始盛。

沿着丝绸之路,西域高僧来到北魏,弘扬佛法。北天竺僧人菩提流支精通经、律、论三藏,又熟悉密宗教法。他志在弘法,便不远万里,于永平元年(508)经西域来到洛阳,受到北魏宣武帝礼遇,在永宁寺30年间翻译《金刚般若波罗蜜经》《无量寿经论》等30部、101卷。中天竺僧人勒那摩提精于禅法,正始五年(508)来洛阳,与印僧菩提流支、佛陀扇多合译《十地经论》,被尊为地论师相州南派之祖。北天竺僧人佛陀扇多精通释法,来到北魏,于北魏正始五年(508)在洛阳内殿参与翻译《十地经论》。这些西域高僧来到北魏,对佛教的传播起了极为重要的作用。

北魏僧人亦有远涉西域求取佛经的,最著名的是宋云。神龟元年

---

① 《魏书》卷十三《皇后列传》,中华书局1974年,第338页。

② 僧祐撰,苏晋仁、萧錬子点校:《出三藏记集》,中华书局1995年,第266页。

③ 《魏书》卷一百一十四《释老志》,中华书局1974年,第3032页。

(518)，宋云与比丘惠生、法力，由洛阳出发，沿“丝绸之路”西行，经吐谷浑、鄯善、左末、于阗、波斯、赊靡、钵卢勒等国，最后达到天竺拜取佛经。正光三年(522)由天竺回到洛阳，取回大乘经典170部，宅居洛阳闻义里翻译佛经。

中外僧人齐聚北魏，他们修行之所是寺庙和石窟寺。杨衒之所著《洛阳伽蓝记》记载北魏佛寺70余座，有些是西域僧人所建，有些为北魏所立，规模极为宏大。著名的少林寺亦建于北魏，“有少林寺，即魏孝文所立”①。天竺僧人佛陀游历西域诸国，后至北魏北台之恒安(位于山西)。孝文帝迁都洛阳后，佛陀居住于少室山，“有敕就少室山为之造寺，今之少林是也”②。石窟寺亦是僧侣修炼之处，著名的昙曜五窟(云冈石窟第一期)、麦积山石窟北魏第74、78窟、龙门石窟等都开凿于北魏时期。

为了表示对佛的虔诚以及一心向佛的决心，僧侣们便在寺庙和石窟寺造像，如永宁寺有“金像三十躯”③，景明寺“尚书祠曹录像凡有一千余躯”④。昙曜五窟(16—20窟)开凿于公元460—465年，第20窟主尊坐佛像高约14米，高肉髻，头部素面，面相丰圆，大目高鼻，双耳垂肩，唇上蓄八字须，嘴角微微上翘，宽肩，双手放在腹前系禅定印，着袒右肩袈裟，左肩覆衣角，袈裟下面穿僧祇支(内衣)，衣边饰联珠纹。这些造象古朴硕大，面形丰圆，神情肃穆，被称为云冈石刻的象征。这些造像产生了一种新型文学体裁——造像记。

造像记是佛像制造的题记，这些文字在书写或镌刻之初，皆有相对应的宗教造像。北魏造像记极为丰富，卢辅圣《北魏造像记七种》⑤、李爽《北魏造像记整理与研究》⑥、石越婕《北魏女性佛教造像记整理及研究》⑦都是这类文体较好的整理本，魏宏利《北朝关中地区造像记整理与研究》⑧亦收录部分北魏造像记。最著名的是“龙门四品”。据统计，龙门石窟群现存洞窟1352个，佛龛750个，造像10万余尊，造像记和碑碣3600多块，北魏时期造像记约20块，其中《杨大眼造像记》《始平公造像记》《孙秋生造

① 僧祐撰，苏晋仁、萧錬子点校：《出三藏记集》，中华书局1995年，第128页。

② 僧祐撰，苏晋仁、萧錬子点校：《出三藏记集》，中华书局1995年，第564页。

③ 杨衒之著、杨勇校笺：《洛阳伽蓝记校笺》，中华书局2006年，第11页。

④ 杨衒之著、杨勇校笺：《洛阳伽蓝记校笺》，中华书局2006年，第124页。

⑤ 卢辅圣：《北魏造像记七种》，上海书画出版社2003年。

⑥ 李爽：《北魏造像记整理与研究》，吉林大学2020届硕士学位论文，中国知网。

⑦ 石越婕：《北魏女性佛教造像记整理及研究》，中山大学2016届硕士学位论文，中国知网博硕士论文数据库。

⑧ 魏宏利：《北朝关中地区造像记整理与研究》，中国社会科学出版社2017年。

像记》《魏灵藏造像记》被称为“龙门四品”，堪称北魏造像记的代表作。

“龙门四品”有如此高之声誉，主要在于其书法造诣。康有为在《广艺舟双楫》说：“古今之中，唯南碑与魏碑可宗。可宗为何？曰：有十美。一曰魄力雄强，二曰气象浑穆，三曰笔法跳越，四曰点画峻厚，五曰意态奇逸，六曰精神飞动，七曰兴趣酣足，八曰骨法洞达，九曰结构天成，十曰血肉丰美。是十美者，唯魏碑、南碑有之……魏碑无不佳者，虽穷乡儿女造像，而骨血峻宕，拙厚中皆有异态，构字亦紧密非常。”①康有为所论魏碑十美，“龙门四品”可谓之翘楚，从此龙门石刻造像就被广大书家所重视了。

作为一种文学体裁，造像记显得比较稚嫩。侯旭东先生曾将造像记的内容分为 AB 二类。A 类为：1. 造像时间；2. 造像者的身份；3. 造像者；4. 造像对象；5. 造像题材；6. 发愿对象；7. 祈愿内容。B 类为：1. 造像之佛法意义；2. 造像者身份；3. 造像者；4. 造像动机；5. 造像对象；6. 造像题材；7. 发愿对象；8. 祈愿内容；9. 造像时间。② 初看似乎极为繁复，其实比较简单：叙述造像之事，书写佛教情感或对佛教的理解。如释法生《比丘法生为孝文皇帝并北海王母子造像记》：

> 夫抗音投涧，美恶必酬，振服依河，长短交目，斯乃德音道俗，水镜古今。法生徼逢孝文皇帝专心于三宝，又遇北海母子崇信于二京。妙演之际，屡叨末筵；一降净心，忝充五戒。思树芥子，庶几须弥。今为孝文并北海母子造像，表情以申□□□生以始王□□□夙□归功帝主，万品众生，一切同福。魏景明四年十二月一日，比丘法生为孝文皇帝并北海王母子造。③

这篇造像记首叙对佛学的感悟，次叙造像的目的，最后叙述造像本事。尚有与此相反的一种格式，如《孙秋生造像记》（《孙秋生刘起祖二百人等造像记》）：

---

① 康有为著、崔尔平注：《〈广艺舟双楫〉注》，上海书画出版社 1981 年，第 172 页。

② 侯旭东：《五六世纪北方民众佛教信仰——以造像记为中心的考察》，中国社会科学出版社 1998 年，第 88 页。

③ 释法生：《比丘法生为孝文皇帝并北海王母子造像记》，严可均：《全上古三代秦汉三国六朝文》，中华书局 1958 年，第 3816 页。本篇在严可均《全上古三代秦汉三国六朝文》中题为《造像记》，《龙门二十品》（东京清雅堂刊本 1942 年）题为《比丘法生为孝文皇帝并北海王母子造像记》。今题名依据《龙门二十品》，所录文字来源于严可均《全上古三代秦汉三国六朝文》。

> 大代太和七年,新城县功曹孙秋生、新城县功曹刘起祖二百人等,敬造石像一区,愿国祚永隆,三宝弥显。有愿弟子荣茂春葩,庭槐独秀,兰条鼓馥于昌年,金晖诞照于圣岁。现世眷属万福云归,洙输叠驾。元世父母及弟子等来身神腾九空,迹登十地,五道群生,咸同此愿。孟广达文,萧显庆书。①

这篇造像记首叙造像本事,次叙造像目的,最后抒发领悟。由这两篇文章来看,造像记叙述造像之事极为简略,多用散句,句式长短参差不齐,使用排比、对偶等艺术手法,文学性不强,是一种稚嫩的文学样式。尽管如此,它却是中国文学的新样式,是文学家庭中的新成员,丰富了中国文学体裁。

同时,佛经序文孕育而成。北魏僧侣在寺庙和石窟寺的主要活动是翻译佛经,如释昙曜译"《付法藏传》并《净度经》"②,菩提流支翻译"《佛名》《楞伽》《法集》《深密》等经,《胜思惟》《大宝积》《法华》《涅槃》等论"③。翻译佛经之后,译经者往往会写下一些文字,置于佛经之前,称之为"序",介绍佛经以及翻译情况。如昙宁《〈深密解脱经〉序》,全文 640 余字,可分为三部分:第一部分阐发对佛学的感悟,第二部分揭示《深密解脱经》之主旨,第三部分介绍《深密解脱经》的翻译情形。第一、二部分多用对句,类似于南朝骈文,而第三部分多用散句,是一篇优美的散文了:

> 大魏皇帝总六合以统天,包百王以驭宇,道迈羲唐,德超古哲,而每游神觉典,妙玩大乘,思在翻演,鸿宣遐代。时有北天竺三藏法师菩提留支,魏音道晞,会为此地之沙门都统也。识性内融,神机外朗,冲文玄藏,罔不该洞。以永熙二年龙次星纪月吕蕤宾诏命三藏于显阳殿,高升法座,披匣挥麈,口自翻译,义语无滞。皇上尊经祗法,执翰轮首,下笔成句,文义双显,旨包群籍之秘,理含众典之奥。但万机渊旷,无容终讫。舍笔之后,转授沙门都法师慧光,昙宁在永宁上寺共律师僧辩、居士李廓等遵承上轨,岁常翻演新经诸论,津悟恒沙。帝亦时纡尊仪,饰兹玄席,同事名儒招玄大统法师僧令、沙门都法师僧泽、律师慧颙等十有余僧,缁俗诜诜,法事隆盛,一言三覆,慕尽穷微。是使深密秘藏,光宣于景运;解脱妙义,永流于遐劫。理教渊廓,罔测其源;旨

① 《龙门二十品》,东京清雅堂刊本 1942 年。
② 道宣撰、郭绍林点校:《续高僧传》,中华书局 2014 年,第 12 页。
③ 道宣撰、郭绍林点校:《续高僧传》,中华书局 2014 年,第 13 页。

趣中绝,焉究其宗。所谓鹿苑之唱再兴,祇园之春更显者也。宁虽识昧,忝侧伦末,敢罄庸管,祇记云尔。①

这段文字记录了永熙二年(533)菩提流支翻译《深密解脱经》的景况,以及北魏孝武帝元脩崇信佛教之事。文章叙议结合,基本上是奇句单行,文辞质朴流畅。

此外,还有抄写或供养佛经所写的题记文。北魏历代帝王均佞佛,像献文帝时期用十万金铜以及六百斤黄金来修建天宫寺四十三尺高的释迦牟尼像,又如文成帝时期用两万五千斤的铜建造了五座一丈六尺高的释迦牟尼像。在帝王的推动下,佛教极为兴盛。据史书记载,北魏末期,全国僧尼已达200多万,各地寺庙竟达3万有余,仅洛阳地区就有寺1376所,可谓盛极一时。在这样的情境下,信佛之民众极多,他们或抄写佛经或供养佛经,以此来表达他们的虔诚,于是就产生了一种新文体——抄写或供养佛经所写的题记文。

在古代文学领域,题记是一种文体名,然其使用比较广,故而也可以看作不是一种文体。约而言之大致有三种:一是指就名胜古迹或有纪念性的文物等著文抒怀,亦指所著之文;二是指写在文章正文前或题目下的文字,亦称之序或跋;三是指古人在各处名胜题写的文字,如各地的摩崖石刻,亦可称摩崖题记。然北魏抄写或供养佛经所写的题记文则与此均不同,它只是简单的记事而已,属于记叙文范畴。如《弟子王澄供养〈佛说无量寿经〉卷上题记》:"大魏神瑞二年四月,弟子王澄为父母供养经。"②这则题记只记载了时间,以及供养《佛说无量寿经》的原因。《佛说无量寿经》说无量寿佛因地修行,果满成佛,摄受十方念佛众生往生彼国等事,特别是因对极乐世界的描绘,受民众追捧。王澄供养此经,祈求父母死后去往西天极乐世界,一片赤诚,孝心满满,令人敬佩!又如吕吉年《写〈尼律藏第二分〉卷二题记》:"大伐延和三年八月六日,佛弟子吕吉年敬造。方便受持。"③题记只记载时间和写经的目的。这两则题记极为简略,作为记叙文来看也极为稚嫩,文学性不强。

抄写或供养佛经的题记文篇幅也有比较长的,如《〈金光明经〉张瓘主

① 昙宁:《〈深密解脱经〉序》,严可均:《全上古三代秦汉三国六朝文》,中华书局1958年,第3817页。

② 韩理洲辑校编年:《全北魏东魏西魏文补遗》,三秦出版社2010年,第686页。

③ 韩理洲辑校编年:《全北魏东魏西魏文补遗》,三秦出版社2010年,第686页。

题记愿文》:

> 皇兴五年,岁在辛亥,大魏定州中山郡卢奴县城内西坊里住、原乡凉州武威郡租厉县梁泽北乡武训里方亭南苇亭北张瓅主,父宜曹讳昞,息张保兴。自慨多难,父母恩育,无以仰报;又感乡援,靡讬恩恋。是以在此单城,竭家建福,兴造素经《法华》一部、《金光明》一部、《维摩》一部、《无量寿》一部,欲令流通本乡,道俗共翫。愿使福钟皇家,祚隆万代;祐例亡父、亡母,托生莲花,受悟无生;润及现存,普济一切群生之类,咸同斯愿。若有读诵者,常篇流通。①

在北魏抄写或供养佛经的题记文中,这篇文章的篇幅相当长了,它同样具备一般题记的时间、人物、目的等因素,最为重要的是供养佛经的目的无限放大,以致篇幅加长。《金光明经》与《妙法莲华经》《护国仁王经》同为镇护国家之三部经。若诵读此经,国家可获得四天王之守护。诵持本经能够带来不可思议的护国利民功德,能使国中饥馑、疾疫、战乱得以平息,国土丰饶,人民欢乐。因此这篇题记提到"福钟皇家,祚隆万代"。张瓅主认为,供养《金光明经》可以福国祐家,普度众生,绵延万代。若从文学性而言,仍然比较单纯。

综上所述,自西汉天凤三年(16)之后丝绸之路时断时续,至北魏太延三年(437),丝绸之路得以重新恢复。北魏经营丝绸之路近一百年,无论从文化输出与输入,还是从经贸往来来看,丝绸之路的繁荣远远超越西汉。随着音乐、佛教文化输入,尤其是涉佛文学逐渐兴盛,给北魏文学带来了新气象。虽然这些文学比较稚嫩,但给中国文学增添了新题材,其影响是非常大的。

① 韩理洲辑校编年:《全北魏东魏西魏文补遗》,三秦出版社 2010 年,第 689 页。

第二章 北魏地域文化与文学

北魏通过屡次战争侵占了南朝大片领土，这些占领区的士人归顺北魏后，自然而然形成了不同的地域文学，这些地域文学对于北魏的文学繁荣做出了巨大贡献。《3至5世纪初北中国文学》在探究了北魏与十六国文学关系的基础上，分析了3至5世纪初北方文学的特点。继而分析了河北、河西、青齐、河东、并州五个区域的文学成就。这些区域的文学创作，均受到区域文化较大的影响，它们共同促进了北魏文学的繁荣。

第一节 3至5世纪初北中国文学

我国历史上的南北朝，是从宋武帝刘裕代晋建宋(420)开始算起的。事实上，北朝的历史远比这悠久得多。曹魏甘露二年(257)，拓跋鲜卑建立代国，定都盛乐，掀开了北朝历史的序幕。太和十七年(493)，元宏迁都洛阳，北魏王朝开始走向辉煌。本文所讨论的就是北魏迁洛之前，即公元3—5世纪北朝文学创作情形。在这一段时期内，与北魏王朝几乎同时存在的是匈奴、羯、氐、羌、鲜卑五胡入主中原后，在北方建立的16个政权，也就是历史上的十六国时期。太延五年(439)，北魏太武帝拓跋焘灭掉河西走廊最后一个割据政权——北凉，统一了北方。本文所讨论的话题，指的就是拓跋鲜卑建立代国至北魏迁都洛阳前这237年的文学。这一时期的文学，历来史学家和文学史著作都贯以“萧条”。事实上，“萧条”二字既不能概括本阶段的文学特点，也不能准确描述该时期的文学发展态势，惜无人撰文论述之，故草成此文，试图从整体上评价这一时期的文学，同时也可以从中窥见北魏文学与十六国文学之间的关系。

一、三个区域的文学创作

永嘉之乱，晋室南迁，中原沦为十六国所有。北方士族大家纷纷南渡，90余万流民亦随之南下，曾经为全国政治、经济和文化中心的黄河中下游地区旋遭重创，经济萧条，人去地空，“宪章礼乐，寂灭无闻”①“士民涂炭，故文章黜焉”②，变成了文化沙漠。这些割据政权对汉文化、汉族士人的态度大约有三种：一是以民族矛盾为号召，率领本族人民，争取汉族人民一起反晋；二是以复兴晋室为旗帜，团结汉族，攻打别的国家；三是有意拉拢汉族士人以稳固自己的政权。对汉族文化的不同态度，导致十六国时期文学发展的不平衡。统观十六国，文学成就较高、对北朝文学发展影响较大的是关中地区、河西地区和青齐地区。

在关中地区建立政权的主要是氐人苻氏的前秦和羌人姚氏的后秦。这两个少数民族原居西北，后被前赵和后赵强迫迁往中原。他们虽同为少数民族，但并不仇视汉族文化，相反却以汉文化的传承者自居，大力提倡汉文化。在汉族人眼中苻生是个“好勇嗜酒，亦仁而不杀”③的贤主，故许多汉族士人以自比苻氏为荣。苻坚八岁即拜师受教，博通经史。他曾“亲临太学，考学生经义优劣，品而第之。问难五经，博士多不能对”④。作为经学博士，至少是通一经的，而在苻坚的问难之下皆“多不能对”，苻坚本人的儒学修养之高，于此可见一斑！儒家文化的熏陶，使他大力发展教育，培养儒生。他曾“广修学官，召郡国学生通一经以上充之，公卿已下子孙并遣受业。其有学为通儒、才堪干事、清修廉直、孝悌力田者，皆旌表之。于是人思劝励，号称多士……”⑤在苻坚倡兴儒学，实行汉化的同时，前秦的儒生快速成长起来了。同时，苻坚又特别喜好文学。据史料所载，他先后五次宴群臣赋诗，分别是：第一次是苻坚南游霸陵，有感于刘邦与项羽争霸之事，认为陈平之谋堪比萧（何）、曹（参），兴之所至，命群臣赋诗；第二次是苻融为镇东大将军，出为冀州牧，命群臣在霸上奏乐赋诗；第三次是大宛献汗血宝马，乃命群臣作《止马诗》；第四次是公元383年，苻坚飨群臣于前殿，奏乐赋诗；第五次是苻坚宴群臣于逍遥园，将军讲武，文官赋诗。这五次活动特别以第三次的规模最大，《晋书》载参与此次赋诗的官员达400人之多！在苻坚的提倡下，前秦文学开始兴盛。后秦的姚氏亦倡导儒学，招致儒者来长安讲经，“诸生自远而至者万数千人”⑥。姚兴好田猎，颇损农

① 牛弘：《上表请开献书之路》，严可均：《全上古三代秦汉三国六朝文》，中华书局1958年，第4158页。

② 《周书》卷四十一《庾信列传》，中华书局1971年，第743页。

③ 杨衒之著、杨勇校笺：《洛阳伽蓝记校笺》，中华书局2006年，第83页。

④ 《晋书》卷一百一十三《苻坚载记》，中华书局1974年，第2888页。

⑤ 《晋书》卷一百一十三《苻坚载记》，中华书局1974年，第2888页。

⑥ 《晋书》卷一百一十七《姚兴载记》，中华书局1974年，第2979页。

要，京兆杜挺著《丰草诗》以谏之，冯翊相云作《德猎赋》以规劝，“兴皆览而善之”①，可见其也有较好的文学修养。在前秦和后秦君主的提倡之下，关中地区的文学开始复苏。

前秦的文学成就是非常高的，史载阎负、梁殊使凉州时，就在凉州牧张瓘前夸耀前秦文学说：“文史富赡，郁为文宗，则尚书右仆射董荣，秘书监王飏，著作郎梁谠。”②可见董荣、王飏和梁谠的文学成就非凡，惜今不传。前秦宗室、苻坚之弟苻融“聪辩明慧，下笔成章，至于谈玄论道，虽道安无以出之。耳闻则诵，过目不忘，时人拟之王粲。尝著《浮图赋》，壮丽清赡，世咸珍之。未有升高不赋，临丧不诔，朱肜、赵整等推其妙速”③。时人把苻融比作王粲，则其文学成就应该是很高的。据曹道衡先生所考④，十六国时期的文学家共有69人，其中前秦有15人，占总数的22%。前秦的苏蕙、释道安、王猛、王嘉、苻融、赵整、苻朗、洛阳少年、朱肜、梁谠、梁熙、王飏、许谦、苻坚、董荣作品今多不传，保存至今的有诗歌8首，散文73篇。

前秦诗歌既有本民族文化质朴俚俗的特点，又有汉族文化典雅清丽的特色。像赵整的《琴歌》就是纯粹的氐族乐歌：“阿得脂，阿得脂，博劳旧父是仇绥。尾长翼短不能飞，远徙种人留鲜卑，一旦缓急语阿谁。”⑤虽然我们无法懂得“阿得脂”“博劳”“仇绥”的含义，但它却是地地道道的氐族语言。诗歌句式长短不齐，语言质朴俚俗，这大约就是真正的氐族民歌。苻融的《企喻歌辞》尽脱本民族俚语，写得通俗流畅：“男儿可怜虫，出门怀死忧。尸丧峡谷中，白骨无人收。”⑥诗歌句式是整齐的五言，通俗易懂，体现出对战乱中百姓的无限关怀。作为皇族的苻融能写出这样的作品，说明其国汉化的程度是非常高的。而苏蕙的《回文诗》更是放到南朝诗歌中都毫不逊色：

仁智怀德圣虞唐，真妙显华重荣章。臣贤惟圣配英皇，伦匹离飘浮江湘。津河隔塞殊山梁，民士感旷怨路长。身微闵己处幽房，人贱为女有柔刚。亲所怀想思谁望，纯清志洁齐冰霜。新故或亿殊面墙，

① 《晋书》卷一百一十七《姚兴载记》，中华书局1974年，第2972页。
② 《晋书》卷一百一十二《苻生载记》，中华书局1974年，第2875页。
③ 《晋书》卷一百一十四《苻融载记》，中华书局1974年，第2934页。
④ 曹道衡：《十六国文学家考略》，《中古文学史论文集》，中华书局1986年，第323—385页。
⑤ 赵整：《琴歌》，郭茂倩：《乐府诗集》卷六十《琴曲歌辞》，中华书局1979年，第883页。
⑥ 苻融：《企喻歌》，郭茂倩：《乐府诗集》卷二十五《横吹曲辞》，中华书局1979年，第363页。

春阳熙茂凋兰芳。琴清流楚激弦商，奏曲发声悲摧藏。音和咏思惟空堂，心忧增慕怀惨伤。①

这首诗相传为苏蕙知丈夫窦韬另娶新妇悲伤而作，"《织锦回文诗序》曰：'窦韬秦州，被徙沙漠，其妻苏氏。秦州临去别苏，誓不更娶，至沙漠便娶妇，苏氏织锦端中，作此回文诗以赠之。苻国诗人也。'"②《晋书》苏蕙本传载《回文诗》有840字，《初学记》录112字。就《初学记》所录诗歌来看，无论是顺读还是倒读均为"柏梁体"七言诗，顺读押"阳"韵，倒读押"侵"韵。这首诗从不同的角度可以读出不同的诗来，据说唐人读出了200多首诗，宋元间增至3752首，明代增至7958首。诗歌构思巧妙，语言运用纯熟，辞藻华丽，抒情浓郁，达到甚至超过了南朝诗歌的成就。晋宋之时，是玄言诗流行之时，前秦的有些文人学习玄言诗的创作，成就颇高，像苻朗的《临终歌》就是玄言诗的杰作："四大起保因，聚散无穷已。既适一生中，又入一死理。冥心乘和畅，未觉有终始。如何箕山夫，奄焉处东市。旷此百年期，远同嵇叔子。命也归自天，委化任冥纪。"③该诗是苻朗被诬处斩之前之作，充满了玄理，抒发出一种旷达之情，与东晋的玄言诗几乎没有什么区别。

前秦的散文今存16家73篇，其中尤以苻坚和释道安的作品最多，苻坚今存24篇，释道安今存20篇。除释道安外，前秦的散文作品大多为军国文翰，辞意畅达，语言华丽，甚至部分篇章写得很有气势，显示出作者很高的汉文化修养。如苻坚《报慕容垂》："朕爰奋六师，恭行天罚，而玄机不吊，王师败绩。赖卿忠诚之至，辅翼朕躬，社稷之不陨者，卿之力也。诗云：'中心藏之，何日忘之。'方任卿以元相，爵卿以郡侯，庶弘济艰难，敬酬勋烈，何图伯夷忽毁冰操，柳惠倏为淫夫！览表惋然，有惭朝士。"④这篇文章是苻坚在淝水战败后戎马倥偬之际所作，引经据典，文辞华美，毫不留情地谴责了慕容垂的背叛，多使用四六言句式，初具骈俪化的倾向。又如裴元略《谏苻坚》：

臣闻尧舜茅茨，周卑宫室，故致和平。庆隆八百，始皇穷极奢丽，

① 徐坚：《初学记》卷二十七《宝器部》，中华书局1962年，第656页。

② 江淹：《别赋》，李善注，《文选》卷十六，上海古籍出版社1986年，第754页。

③ 苻朗：《临终歌》，逯钦立：《先秦汉魏晋南北朝诗》，中华书局1983年，第932页。

④ 严可均：《全上古三代秦汉三国六朝文》，中华书局1958年，第2333页。

嗣不及孙。愿陛下则采椽之不琢，鄙琼室而不居，敷纯风于天下，流休范于无穷。贱金玉，珍谷帛，勤恤民隐，劝课农桑，捐无用之器，弃难得之货，敦至道以厉薄俗，修文德以怀远人。然后一轨九州，同风天下，刑措既登，告成东岳，踪轩皇以齐美，哂二汉之徒封，臣之愿也。①

苻坚自平定诸国之后，国内殷实，遂日渐奢侈，悬珠帘于正殿，以朝群臣，宫宇车乘，器物服御，都用珠玑、琅玕、奇宝、珍怪装饰，裴元略遂上此书以劝谏。这篇短小的奏疏全用四六句式，语言华丽，多用排比、对偶的手法，使文章富有气势。释道安是佛教史上的重要人物，史载七岁读书，再览能诵。《高僧传·释道安传》说他“外涉群书，善为文章，长安中衣冠子弟，为诗赋者，皆依附致誉”②。可见道安很有文才。他的文章，今存20篇，大抵是些佛教经典的序言，文辞华美，多用骈体文，显示出很高的学术修养。

前秦还有两部重要的著作，一部是小说《拾遗录》，一部是散文《苻子》，这两部作品都是向中原汉族学习的结果。《拾遗录》二卷，王嘉作，后经萧绮辑录和整理为十一卷，就是我们今天所见到的《拾遗记》。《拾遗记》为志怪小说，全书按照故事时代的先后顺序排列，自庖牺、神农、黄帝一直到后赵石虎，卷十则记昆仑、蓬莱等仙山，取材多出自民间或方士臆造，内容主要为记录帝王后妃和贵族文人的逸闻轶事，多属荒诞。书中记述故事的部分辞藻华美，议论部分的文字骈俪化倾向非常明显，故多受后人推崇。《苻子》二十卷，为前秦苻朗所作，属道家类著作，后佚，今仅能从严可均《全上古三代秦汉三国六朝文》中读到48条。能够娴熟地运用寓言故事启发联想，增强哲理的说服力和感染力，是《苻子》的最大特色。这种继承先秦诸子创作精神的作品出自少数民族作家之手，显得难能可贵。

相比前秦，后秦的文学成就略显逊色，然亦有特色。《晋书·姚兴载记》载姚兴向吕超询问宗敞时所说之语：“兴因谓超曰：‘宗敞文才何如？可是谁辈？’超曰：‘敞在西土，时论甚美，方敞魏之陈、徐，晋之潘、陆。’即以表示超曰：‘凉州小地，宁有此才乎？’超曰：‘臣以敞余文比之，未足称多。琳琅出于昆岭，明珠生于海滨，若必以地求人，则文命大夏之弃夫，姬昌东夷之摈士。但当问其文彩何如，不可以区宇格物。’”③时人将宗敞比作建安文学中的陈琳、徐干，西晋的潘岳、陆机，可见其文采出众。同时，这

① 严可均：《全上古三代秦汉三国六朝文》，中华书局1958年，第2340页。
② 释慧皎撰、汤用彤校注、汤一玄整理：《高僧传》卷五《义解》，中华书局1992年，第181页。
③ 《晋书》卷一百一十七《姚兴载记》，中华书局1974年，第2988页。

则材料也说明了姚兴对文学之士的钦仰。就现存作品来看,的确如此。今存后秦散文10家40篇,其中姚氏一门6家33篇。因此,可以说姚氏的家族文学代表着后秦文学的最高成就。

姚门家族文学的兴盛,主要还是向汉族文化学习的结果。姚兴曾在长安做苻坚的太子舍人,苻坚重儒兴教的做法对他颇有影响。姚兴执政后大力提倡儒学,兴办学校。姜龛、淳于岐、郭高等在长安收徒讲学,各自有门生数百人,而从远处慕名来求学的更多达上万人。胡辩在洛阳讲学授徒时,"关中后进多赴之请业。兴敕关尉曰:'诸生咨访道艺,修己厉身,往常出入,勿拘常限。'于是学者咸劝,儒风盛焉。"①姚兴重儒兴教的做法,对他的家人以及后秦士人产生了较大影响,从而促进了后秦文学的兴盛。

姚氏一门今有姚弋仲、姚苌、姚兴、姚泓、姚旻和姚嵩6人文章传世,其中尤以姚兴的文章最多,共21篇。姚氏贵为皇族,大多为皇帝,故其文章多以诏书为主。这些文章浅显通俗,不施藻饰,只求辞达而已。像姚兴《下书定遭丧制》:"将帅遭大丧,非在疆场险要之所,皆听奔赴。及期乃从王役,临戎遭丧,听假百日。若身为边将,家有大变,交代未至,敢辄去者,以擅去官罪罪之。"②文辞浅显,通俗易懂,明白晓畅,像这样的诏书在古代是比较少见的。即使涉佛的作品,也尽可能做到通俗,像姚嵩《谢赐皇后所遗珠佛像表》:

> 臣言:奉珠像,承是皇后遗嘱所建。礼觐之日,永慕罔极。伏惟感往增怀。臣言,先承陛下亲营像事,每注心延望,迟冀暂一礼敬,不悟圣恩垂及,乃复与臣供养,此像既功宝并重。且于制作之理,拟若神造中来,所有珠像,诚当奇妙。然方之于此,信复有间,瞻奉踊跃,实在无量。夫受乾施者无报,蒙恩隆者无谢。虽欲仰陈愚诚,亦复莫知所尽,臣言。③

这篇文章是姚嵩所上皇后的奏疏,谈及佛事,也没有那么多的佛教词汇,感觉通俗畅达。后秦文学虽然不像前秦文学那样华丽,以明白畅达为

① 《晋书》卷一百一十七《姚兴载记》,中华书局1974年,第2979页。

② 姚兴:《下书定遭丧制》,严可均:《全上古三代秦汉三国六朝文》,中华书局1958年,第2343页。

③ 姚嵩:《谢赐皇后所遗珠佛像表》,严可均:《全上古三代秦汉三国六朝文》,中华书局1958年,第2345页。

主,但它与前秦文学一样共同促进了关中地区文学的兴盛。

永嘉之乱,大部分士人南迁,少部分西去,到达河西的凉州。凉州经汉代隗嚣、窦融,以及晋代张轨的经营,社会相对稳定,物产丰饶,是避难的绝好处所,永嘉中长安民谣云:"秦川中,血末腕,唯有凉州倚柱观。"①大批士人纷纷投奔凉州。"天下方乱,避难之国唯凉土耳。张凉州德量不恒,殆其人乎"②,中原部分士人纷纷投奔张轨父子,《晋书·张寔传》载投奔张寔的中原士人就达万余人。陈寅恪先生曾指出:"刘石纷乱之时,中原之地悉为战区,独河西一隅自前凉张氏以后尚称治安,故其本土世家之学术既可以保存,外来避乱之儒英亦得就以传授。"③陈寅恪之言极是。本土世家之学与外来学术的融合,共同促进了河西文学的繁荣。

十六国时期,河西曾经先后出现过五个割据政权,它们是汉族张氏建立的前凉(301—376),氐族吕氏建立的后凉(386—403),鲜卑秃发氏建立的南凉(397—414),汉族李氏建立的西凉(400—421),匈奴卢水胡沮渠氏建立的北凉(401—439)。除前凉和西凉外,其余三凉均为少数民族政权。无论是汉族还是少数民族,五凉的统治者都非常重视儒学,大兴学校教育。据《晋书》本传载,前凉统治者张轨到凉州不久,即"征九郡胄子五百人,始立学校,置崇文祭酒,位视别驾,春秋行乡射之礼"④,并多方征求高士硕学、经史著述等各类人才。后继的张祚、张天锡等也多次派出使者,厚礼征聘隐逸博学之士。西凉国主李暠也有很高的文化修养,他在位时也大力推行儒学,"又立泮宫,增高门学生五百人"⑤。正是由于儒学大兴,士人的文学修养得以大幅度提高,赋诗作文成为他们日常生活的一项重要内容。后凉国主吕光于晋太元九年(384)攻克龟兹,"光入其城,大飨将士,赋诗言志"⑥。著作郎段业以吕光未能扬清激浊,使贤愚殊贯,因作"《九叹》、《七讽》十六篇以讽焉,光览而悦之"⑦。在这样的文化氛围中,河西文学兴盛起来了。

河西人才济济,有宋纤、阚骃、郭瑀、郭荷、祈嘉、宋繇、张湛、刘昞、索敞、氾称等儒学大师,刘昞更被誉为"河西硕儒"。索靖、泛衷、张甝、索紾、

① 《晋书》卷八十六《张轨列传》,中华书局1974年,第2225页。
② 《晋书》卷八十六《张轨列传》,中华书局1974年,第2222页。
③ 陈寅恪:《隋唐制度渊源略论稿》,三联书店2004年,第19页。
④ 《晋书》卷八十六《张轨列传》,中华书局1974年,第2224页。
⑤ 《晋书》卷八十七《李玄盛列传》,中华书局1974年,第2259页。
⑥ 《晋书》卷一百二十二《吕光载记》,中华书局1974年,第3056页。
⑦ 《晋书》卷一百二十二《吕光载记》,中华书局1974年,第3059页。

索永号称“敦煌五龙”，以文学闻名当时，索靖还是杰出的的书法家。众多文士的创作，共同促进河西文学的繁荣。《晋书·秃发傉檀》载秃发傉檀子秃发归“年始十三，命为《高殿赋》，下笔即成，影不移漏，檀览而善之，拟之于曹子建”①。时人将秃发归比作曹植，可见其文学水准之高。当然秃发归文学水平是否可与曹植相比姑且不论，但一个13岁的少年作《高殿赋》能下笔即成，其文采自非同一般。刘勰在《文心雕龙·熔裁》中云：“昔谢艾、王济，西河文士，张骏以为艾繁而不可删，济略而不可益。若二子者，可谓练熔裁而晓繁略矣。”②可见谢艾、王济之文已传到南朝，得到批评家刘勰的高度赞誉。河西的文学作品应该是很多的，然大多已散佚，《隋书·经籍志》著录仅有《张骏集》和《谢艾集》，此二集今已不存。

河西诗歌今存4首，这些作品有着直追汉魏的特点，像张骏《薤露行》就最具有代表性：

> 在晋之二叶，皇道昧不明。主暗无良臣，艰乱起朝庭。七柄失其所，权纲丧典刑。愚猾窥神器，牝鸡又晨鸣。哲妇逞幽虐，宗祀一朝倾。储君缢新昌，帝执金墉城。祸衅萌宫掖，胡马动北坰。三方风尘起，猃狁窃上京。义士扼素腕，感慨怀愤盈。誓心荡众狄，积诚彻昊灵。③

《薤露行》是乐府旧题，本为送葬之挽歌，张骏用此题来写晋末社会动乱的形势，大有与曹操同题诗相媲美之意。诗歌前半部分描绘了晋室昏丧，祸乱起于萧墙，进而五胡乱华，社稷不保，旧都沦丧的一派乱世之象。后半部分抒发了作者欲荡戎狄、复中华，澄清乾坤的志向。特别是“义士扼素腕，感慨怀愤盈。誓心荡众狄，积诚彻昊灵”四句写得荡气回肠，读之令人英气豪发，大有摩拳擦掌、冲锋陷阵之感。张骏的另一首《东门行》与此诗风格相类似：“勾芒御春正，衡纪运玉琼。明庶起祥风，和气翕来征。庆云荫八极，甘雨润四坰。昊天降灵泽，朝日耀华精。嘉苗布原野，百卉敷时荣。鸠鹊与鹭黄，间关相和鸣。绿萍覆灵沼，香花扬芳馨。春游诚可乐，感此白日倾。休否有终极，落叶思本茎。临川悲逝者，节变动中情。”④诗歌前14句

① 李昉等撰：《太平御览》，中华书局1960年，第2770页。
② 刘勰著、范文澜注：《文心雕龙注》，人民文学出版社1958年，第544页。
③ 张骏：《薤露行》，郭茂倩：《乐府诗集》，中华书局1979年，第397页。
④ 张骏：《东门行》，郭茂倩：《乐府诗集》，中华书局1979年，第550—551页。

是对春日丽景的描绘：和煦的春风轻轻吹拂，五彩的祥云笼罩着远方的大地，淅淅沥沥的春雨滋润着田地里的作物，麦叶儿上那亮晶晶的露珠在朝阳下泛着灵光。远远望去，田野绿油油的，麦苗儿长得正旺，百花也按时节争相怒放。鸟儿在歌唱，绿萍覆盖了整个池沼，空气中飘拂着花草的芳香。最后四句，抒发作者游春的乐趣与珍惜时光、自强不息的心情。这两首诗写得刚健清新、风骨遒劲，颇有汉魏遗风。相比而言，《薤露行》更具汉魏风骨之遗韵。河西的民歌像《姑臧谣》："鸿从南来雀不惊，谁谓孤雏尾翅生？高举六翮凤凰鸣。"①歌颂前凉统治者张骏少年英才、励精图治，使凉州经济繁荣、人文兴盛的赫赫功勋。《朔马谣》："朔马心何悲？念旧中心劳。燕雀何徘徊？意欲还故巢。"②针对后凉国主吕光不知体恤民心，偏信奸佞，将治内西海郡人民强行东迁之事，抒写人民被迫背井离乡、辗转迁徙的悲苦心情，表达对吕氏政权倒行逆施的不满。这两首诗都继承了汉魏乐府民歌的优良传统，写得质朴自然、情真意切，很有感染力。

河西的赋史载有张斌《葡萄酒赋》、李暠《述志赋》《槐树赋》《大容酒赋》、段业《龟兹宫赋》、秃发归《高殿赋》、张穆《玄石神图赋》等，今仅存李暠《述志赋》一篇，其余均不存。这些作品继承了汉赋的创作精神，同时又有新的变化。李暠《述志赋》长达900余字，前半部分回顾了自己"游心上典，玩礼敦经""蔑玄冕""羡漆园""尚渔父""善沮溺"的人生志趣以及河西自张氏以来的治乱兴衰，寄寓作者"疾风飘于高木，回汤沸于重泉""名都幽然影绝，千邑阒而无烟"的深沉感慨；后半部分则写举贤任能的用人策略和求贤若渴的急迫心情，表达其"建朱旗以启路，驱长毂而迅征"的鸿鹄之志。在创作上，此赋继承东汉抒情小赋的传统，使用比兴手法，征引历史故实，并引神话传说入赋，使全赋波澜起伏，跌宕回环；同时寓个人情怀于现实环境之中，显得情真意切，动人肺腑，毫无矫揉造作之感。尤其是作者一改汉赋使用生僻字的传统，以自然通俗的语言来写，显得自然流畅。特别是抒写自己理想的一段文字最具特色：

> 御群龙而奋策，弥万载以飞荣，仰遗尘于绝代，企高山而景行。将建朱旗以启路，驱长毂而迅征，靡商风以抗旆，拂招摇之华旌，资神兆于皇极，协五纬之所宁。赳赳干城，翼翼上弼，恣馘奔鲸，截彼丑类。

① 《姑臧谣》，逯钦立：《先秦汉魏晋南北朝诗》，中华书局1983年，第793页。

② 《朔马谣》，逯钦立：《先秦汉魏晋南北朝诗》，中华书局1983年，第1029页。

> 且洒游尘于当阳，拯凉德于已坠。间昌寓之骖乘，暨襄城而案辔。知去害之在兹，体牧童之所述，审机动之至微，思遗餐而忘寐，表略韵于纨素，托精诚于白日。①

这段文字采用骈散相结合的句式，如行云流水一般，为我们描绘了一位脱于流俗的高洁人物形象，这一形象是作者的自况。这样的作品，即使置于两晋文人的优秀作品中也毫不逊色。

河西散文今存23家53篇作品，这些作品在各种文体中所占的份额最多，也最能代表河西散文的特色。作者继承了西晋以来散文追求华丽辞藻的一贯倾向，把河西文翰写得颇具文采，最具代表性的是张骏《上疏请讨石虎李期》一文。自东晋初年，羯族人石勒建立的后赵政权和巴蜀氐人李雄建立的成汉政权，就与偏安江左的东晋王朝相对抗，形成鼎立局面。成帝继位之初，张骏曾遣使上疏，请求对之东西合击，一举讨灭，但未得回复。东晋成帝咸康元年（335）石勒和李雄先后死去，继位的分别是石虎和李期，与乃父相比，实力大不如前。张骏认为，这是讨平二虏的大好时机，遂再次上疏。文章回顾了晋室动荡，干戈四起，生灵涂炭的局面，对自己首次上表被置若罔闻深表痛心。文末表达了自己荡平贼寇、收复中原的雄心壮志。写得最为精彩的是下面一段文字：

> 勒雄既死，人怀反正，谓石虎、李期之命，曾不崇朝，而皆篡继凶逆，鸱目有年。东西辽旷，声援不接，遂使桃虫鼓翼，四夷喧哗，向义之徒，更思背诞。铅刀有干将之志，萤烛希日月之光。是以臣前章恳切，欲齐力时讨。而陛下雍容江表，坐观祸败。怀目前之安，替四祖之业，驰檄布告，徒设空文。臣所以宵吟荒漠，痛心长路者也。且兆庶离主，渐冉经世，先老消落，后生靡识，忠良受枭悬之罚，群凶贪纵横之利，怀君恋故，日月告流。虽时有尚义之士，畏逼首领，哀叹穷庐。臣闻少康中兴，由于一旅，光武嗣汉，众不满百，祀夏配天，不失旧物，况以荆阳慓悍，臣州突骑，吞噬遗羯，在于掌握哉！愿陛下敷弘臣虑，永念先绩，敕司空鉴、征西亮等泛舟江沔，使首尾俱至也。②

---

① 李暠：《述志赋》，严可均：《全上古三代秦汉三国六朝文》，中华书局1958年，第2356页。

② 张骏：《上疏请讨石虎李期》，严可均：《全上古三代秦汉三国六朝文》，中华书局1958年，第2351页。

这段文字分析形势切中要害，对东晋王朝无意收复失地痛心疾首，吞噬遗羯的雄心昭然若显。拳拳之心，忠心报国之志，慷慨激昂之情，颇让人感动。文章言辞恳切，感情激越，骈散相间，情理交融，具有很强的感染力。今天读来，我们仍能感受到洋溢在字里行间的强烈的报国激情，同时也为东晋小朝廷的腐败无能深感痛惜。全文具有骈俪化的倾向，受到南朝著名文学批评家刘勰的称赞，认为此文与西晋作家刘琨的《劝进表》一样“文致耿介，并陈事之美表也”①。另如文人张重华《上疏请伐秦》、宋纤《上疏辞张祚》、张天锡《答索敞》、刘昞《酒泉颂》和《遗郭瑀书》等作，虽也都是表令疏牍的应用文章，但都文采斐然，骈俪用事，具有感人的力量。

北朝的青齐地区，在今山东省境内，先后有前燕、后燕和南燕三个政权。南燕王朝只存在了 13 年，疆域狭小，动乱频繁，故既没有文学作品留存，也看不到帝王的提倡。但是南燕在今山东省黄河以南地区，南北朝时期的许多文人都诞生于此。前燕和后燕注重取得汉族人民的支持，学习汉族文化，文学成就较高。“廆乃立郡以统流人，冀州人为冀阳郡，豫州人为成周郡，青州人为营丘郡，并州人为唐国郡。于是推举贤才，委以庶政，以河东裴嶷、代郡鲁昌、北平阳耽为谋主，北海逄羡、广平游邃、北平西方虔、渤海封抽、西河宋奭、河东裴开为股肱，渤海封弈、平原宋该、安定皇甫岌、兰陵缪恺以文章才俊任居枢要，会稽朱左车、太山胡毋翼、鲁国孔纂以旧德清重引为宾友，平原刘赞儒学该通，引为东庠祭酒，其世子皝率国胄束修受业焉。廆览政之暇，亲临听之，于是路有颂声，礼让兴矣。”②可以想见，在慕容廆的努力下，大批流亡的汉族文人为其所用，这对慕容氏政权的稳固起着非常重要的作用。慕容氏提倡儒学，立国学，亲自讲经，鼓励鲜卑贵胄学习汉族文化。慕容皝雅好文籍，勤于讲授，学徒甚盛，至千余人。亲造《太上章》以代《急就》，又著《典诫》15 篇，并以教胄子。慕容俊雅好文籍，自初即位至末年，讲论不倦，凡所著述 40 余篇。上有所好，下行其效，鲜卑子弟的文学素养得以提高，汉族士人也乐以在慕容朝任职。在这样的文化氛围中，青齐地区的文学创作兴盛起来了。

就诗歌创作而言，如今可考的是慕容氏本民族的乐歌。这些民歌显现了少数民族慕容氏逐渐脱离本民族乐歌，向汉民族学习的过程。今知最早的鲜卑诗歌是慕容廆思念庶长兄吐谷浑所作的《阿干之歌》，“吐谷浑，慕

---

① 刘勰著、范文澜注：《文心雕龙注》，人民文学出版社 1958 年，第 407 页。

② 《晋书》卷一百零八《慕容廆载记》，中华书局 1974 年，第 2806 页。

容廆之庶长兄也，其父涉归分部落一千七百家以隶之。及涉归卒，廆嗣位，而二部马斗……于是遂行。廆悔之……遂止。鲜卑谓兄为阿干，廆追思之，作《阿干之歌》，岁暮穷思，常歌之"①。今人周伟洲先生考云："阿步干，鲜卑语也。慕容廆作阿干之歌，盖胡俗称其兄曰阿步干，阿干者阿步干之省也。今兰州阿干峪、阿干河、阿干城、阿干堡，金人置阿干县，皆以阿干之歌得名。阿干水至今利民，曰溥惠渠。又有沃干岭，亦阿干之转音。"②阿干是鲜卑语兄长之意，《阿干之歌》是慕容廆思念兄长吐谷浑之作。虽今已佚，但可看作是慕容氏早期本民族的文学。随着汉化的推进，慕容鲜卑民歌逐渐变得质朴自然，明白晓畅。像《企喻歌辞》第一首中的"男儿欲作健，结伴不需多。鹞子经天飞，群雀两向波"③，以慕容鲜卑草原民族最熟悉的经天的鹞子和惊慌的群雀做对比，表现男儿向往强健威武，有着独立战胜对手能力和尚武精神。《慕容垂歌辞》："慕容攀墙视，吴军无边岸。我身分自当，枉杀墙外汉"④，写慕容永奋起反抗慕容垂，最后战败的情景。《慕容家自鲁企谷歌》："郎在十重楼，女在九重阁。郎非黄鹞子，那得云中雀"⑤，写女子思嫁之情，从中亦可窥见慕容民族的尚武精神。这些民歌可以看出慕容民族向汉民族学习并被汉化的过程，虽然诗中仍然保留了本民族的一些生活场景，但在艺术上多用比兴，语言清新自然，风格质朴，具有汉魏诗歌的遗韵。

就散文创作而言，慕容氏统治下的青齐地区创作丰富，有31家53篇作品。其中慕容廆的《与陶侃笺》、慕容皝的《与庾冰书》以感召力和表现力取胜，代表青齐地区散文的最高成就。前燕慕容廆臣服于晋后，想借东晋之力荡平中原。当时东晋大权掌握在太尉陶侃之手，故有此书。文章指斥东晋王朝不思恢复，反而内讧，王敦倡祸于前，苏峻肆毒于后，使得东晋政权摇摇欲坠，故希望陶侃能承担收复中原的重任：

> 君侯植根江阳，发曜荆衡，杖叶公之权，有包胥之志，而令白公、五员，殆得极其暴，窃为丘明耻之。区区楚国子重之徒，犹耻君弱臣强，不及先大夫，厉己戒众，以服陈郑；越之种蠡，尚能弼佐勾践，取威黄

① 《晋书》卷一百零八《慕容廆载记》，中华书局1974年，第2805页。

② 周伟洲：《吐谷浑资料辑录》，青海人民出版社1991年，第2页。

③ 《企喻歌》，郭茂倩：《乐府诗集》卷二十五《横吹曲辞》，中华书局1979年，第363页。

④ 《慕容垂歌辞》，郭茂倩：《乐府诗集》卷二十五《横吹曲辞》，中华书局1979年，第367页。

⑤ 《慕容家自鲁企谷歌》，郭茂倩：《乐府诗集》卷二十五《横吹曲辞》，中华书局1979年，第371页。

池。况今吴土,英贤比肩,而不闻辅翼圣主,陵江北伐。以义声之直,讨逆暴之羯,檄命旧都之士,招怀存本之人,岂不若因风振落,顿坂走输哉!且孙氏之初,以长沙之众,摧破董卓,志匡汉室。虽中罹寇害,雅志不遂,原其诚心,乃忽身命。及权据杨越,外杖周张,内凭顾陆,拒魏赤壁,克取襄阳。自兹以降,世主相袭,咸能侵逼徐豫,令魏朝旰食。不知今之江表,为贤俊匿智,藏其勇略邪?将吕蒙、凌统,高踪旷世哉?况今凶羯虐暴,中州人士,逼迫势促,颠沛之危,甚于累卵。假号之强,众心所去,敌有衅矣,易可震荡。王郎、袁术,虽自诈伪,皆基浅根微,祸不旋踵,此皆君侯之所见闻者矣。①

文中借伍员、范蠡、孙权之故事规劝陶侃乘势而起,建功立业,以雪晋室之耻。情真意切,颇为动人。多用骈句,对仗、排比等修辞手法,使得文章极富气势,有震撼人心的效果。据说陶侃收到此书为之一震,为其忠义竭诚所感动,上书朝廷请封慕容廆为燕王,可见此文震慑人心的力量。慕容皝的《与庾冰书》是针对历史上的后族干政而言,实则是指斥东晋庾氏一族:

方今四海有倒悬之急,中夏逋僭逆之寇,家有漉血之怨,人有复仇之憾,宁得安枕逍遥,雅谈卒岁邪!吾虽寡德,过蒙先帝列将之授,以数郡之人,尚欲并吞强虏,是以自顷迄今,交锋接刃,一时务农,三时用武,而犹师徒不顿,仓有余粟,敌人日畏,我境日广,况乃王者之威,堂堂之势,岂可同年而语哉!②

慕容皝在《上晋成帝表》中历述后族干政之祸,指陈东晋庾亮之专权导致苏峻、祖约之乱。在《与庾冰书》中再申前意,规劝身为国舅的庾冰要吸取历史经验教训,不要重蹈覆辙,而应有所作为。并将自身与庾冰相比,有振聋发聩之力量。文章采用骈散结合的句式,文辞富赡,文学性极强。由这两篇文章来看,慕容氏统治下的青齐地区的散文风格与南朝文风接近,均有骈俪化的倾向。

---

① 慕容廆:《与陶侃笺》,严可均:《全上古三代秦汉三国六朝文》,中华书局 1958 年,第 2318 页。

② 慕容皝:《与庾冰书》,严可均:《全上古三代秦汉三国六朝文》,中华书局 1958 年,第 2319—2320 页。

二、四股势力的文学创作

在3—5世纪的北中国，几乎与十六国并存的是鲜卑拓跋氏建立的代国。拓跋氏“统国三十六，大姓九十九”①，是众多部落联盟的王国。曹魏甘露二年(257)，拓跋鲜卑建立代国，但不久在部落斗争中亡国。道武帝登国元年(386)，拓跋珪重建代国，定国号为魏，掀开了北魏王朝辉煌的一页。北魏初期历代帝王既艳羡汉族文化，又惧怕汉族文化，残酷地杀害汉化士人。沙漠汗、猗卢、什翼犍等皇子被杀，崔浩被诛，崔逞获谴，封懿被贬回家，这一切都传递出一个可怕的信息，谁想向高级文明的汉族学习，就得付出生命的代价。在这样的政治文化氛围中，拓跋氏固守自己的民族传统，文化发展滞后，经济萧条，就连高允这样的高官尚需采樵自给，一般百姓的生活就可想而知了。鲜卑拓跋氏的文学稚嫩质朴，文学性不强。然在北魏前期，四股文学势力的加入，使得北魏文学颇有起色。这四股文学势力是：

一是居住在黄河中下游的士人，最著名的如崔浩、高允等；二是由关中入魏的士人，如张渊等文学家；三是北魏灭北凉后，由河西入魏的平凉户，像刘昞、常爽、张湛、常景、段承根等，多为饱读经书的大儒；四是魏平三齐后入魏的平齐民，如刘孝标、房景伯、房景先、刘芳、崔亮、高聪等，多为文学家。这些具有不同地域文化、文学素养的文人的加入，给北魏文学注入了新的活力，文学面貌有所改观。

朴拙、幼稚、口语化是北魏初期文学的特点。最具民族特色的文学作品当属《真人代歌》，是拓跋鲜卑的民族史诗，原名《代歌》，共150章，经后代文人的不断润色，成为我们今天看到的《真人代歌》。今仅存《企喻歌辞》4首、《钜鹿公主歌辞》1首，共5首，《唐书·乐志》认为其中《钜鹿公主歌辞》是姚苌时期的作品，《古今乐录》认为《企喻歌辞》第四首是苻融诗，故真正能够代表《真人代歌》风格的是《企喻歌辞》前三首：

男儿欲作健，结伴不须多。鹞子经天飞，群雀两向波。

放马大泽中，草好马著膘。牌子铁裲裆，钰鉾鸐尾条。

前行看后行，齐著铁裲裆。前头看后头，齐著铁钰鉾。②

① 《魏书》卷一《序纪》，中华书局1974年，第1页。

② 《企喻歌辞》，郭茂倩：《乐府诗集》卷二十五《横吹曲辞》，中华书局1979年，第363页。

头戴鹳鸟尾的铁钰铧盔,身着铁裲裆铠甲,这就是独具特色的拓跋鲜卑民族服饰。这三首诗虽然不是述祖先功业,但写出了拓跋鲜卑的生活情景,是《真人代歌》应有的内容。语言质朴流畅、活泼开朗,具有民歌情调。在北魏文化高压政策下,《真人代歌》的风格就是北魏初期文学创作的样板。

北魏初期居住在黄河中下游的士人滞留北方,为拓跋氏所征召,先后进入北魏朝廷。这一批人数量庞大,据高允《征士颂》载,就神麚四年(431)一次就征召到黄河流域的汉族士人达35人:高允、卢玄、崔绰、燕崇、常陟、高毗、李钦、许堪、杜铨、韦阆、李诜、李灵、李遐、张伟、祖迈、祖侃、刘策、许琛、宋宣、刘遐、邢颖、高济、李熙、游雅、崔建、宋愔、潘天符、杜熙、张纲、张诞、王道雅、闵弼、郎苗、侯辩、吕季才。实际上远不止这些,像卢玄一门5代65人、李诜一门6代27人、李熙一门4代12人、高允一门6代17人、崔绰一门5代19人、韦阆一门4代12人、杜铨一门5代9人、游雅一门3代4人、宋愔一门5代8人先后仕于北魏。这些汉族士人及其门人的加入,给北魏文学与文化带来很大的影响。

这些居住在黄河中下游、被征召入京的汉族士人具有很高的文化素养,他们的修养使得其可大展宏图,充分显示其才华。然因北魏初期的统治者既艳羡汉族文化又惧怕汉族文化的心理,加上许多汉族文士被杀,故他们在文学创作上显得极为谨慎。有的人甚至放弃了写作,像高允就称自己"不为文二十年矣,然事切于心,岂可默乎"①。高允之言颇值得玩味,虽不为文,但"事切于心,岂可默乎",不写出内心所想又非自己本性,这大约就是北魏初期文人心态的写照。在这种对汉族文化的双刃剑下,大多数文人隐藏起自己的才华,积极向稚嫩的拓跋民族文学靠拢。因此,我们在北魏初期的文人身上就可看到这样的现象,在同一文人身上,既有文辞华丽,接近南朝文风的一面,又有文辞朴拙,滞后南朝文风多年的一面。

汉族士人的部分作品出现骈俪化的倾向,如高允《罗敷行》:

邑中有好女,姓秦字罗敷。巧笑美回盼,鬓发复凝肤。脚著花文履,耳穿明月珠。头作堕马髻,倒枕象牙梳。姌姌善趋步,襜襜曳长

① 《魏书》卷四十八《高允列传》,中华书局1974年,第1081页。

裾。王侯为之顾，驷马自踟蹰。①

这首诗模仿汉乐府民歌《陌上桑》，与之不同之处就是辞藻华丽，对女性描写更为细腻，与当时南朝流行的色情诗有异曲同工之妙。又如崔浩《册封沮渠蒙逊为凉王》：

> 夫功高则爵尊，德厚则任重，又加命王入赞百揆，谋谟帏幄，出征不怀，登摄侯伯。其以太傅行征西大将军，仗钺秉旄，鹰扬河右，远祛王略，怀柔荒隅，北尽于穷发，南极于庸岷，西被于昆岭，东至于河曲，王实征之，以夹辅皇室。又命王建国，署将相群卿百官，承制假授，除文官刺史以还武官抚军以下，建天子旌旗，出入警跸，如汉初诸侯王故事。钦哉惟时，往践乃职，祗服朕命，协亮天工，俾九德咸事，无忝庶官，用终尔显德，对扬我皇祖之休烈。②

神麚四年（431），北魏封沮渠蒙逊为凉王，崔浩受命撰写诏书，这是其中的一段。由这段文字来看，文辞华瞻，骈散相间，风格与三国时潘勖《册魏公九锡文》相类似。由这两篇作品可以看出，这些居住在黄河中下游的汉族士人文学修养极高，他们的创作完全可以同南朝文风合流。但由于北魏当时的政治文化策略，他们隐藏起较高的文学才能，积极向朴拙的拓跋民族文学靠拢。如许谦的两篇应用性散文《遗杨佛嵩书》和《与杨佛嵩盟》都是军事书信。张衮的奏疏《疾笃上明元帝疏》表达出一位老臣希望天下统一太平的赤胆忠心。崔宏的《国号议》是一篇简短的议论文，论说太祖应定国号为魏的主张。崔浩《广德殿碑颂》和高允《北伐颂》均为歌功颂德之作，这些散文文风质朴，被遍照金刚解释为"魏昭成道武之世，明元太武之时，经营四方，所未遑也。虽复网罗俊民，献纳左右，而文多古直"③。遍照金刚以为是军事的原因，实则非也。军事战争与文风质朴之间没有内在的联系。如果说在戎马倥偬间质朴的文章容易读懂，似乎还有些道理。但北魏初期许多朝臣并未参与战争，在朝堂之上仍然创作质朴的作品，这就与

① 高允：《罗敷行》，郭茂倩：《乐府诗集》卷二十五《横吹曲辞》，中华书局 1979 年，第 419 页。

② 崔浩：《册封沮渠蒙逊为凉王》，严可均：《全上古三代秦汉三国六朝文》，中华书局 1958 年，第 3623 页。

③ 弘法大师撰、王利器校注：《文镜秘府论校注》，中国社会科学出版社 1983 年，第 27 页。

战争无关了,而是与拓跋氏的民族政策有关。

进入北魏初期文坛的第二股文学势力是由关中入魏的士人。这些士人有些是由东晋进入北魏,大多则是经后秦入魏。据《魏书·司马休之传》载:"裕灭姚泓,休之遂与子文思及德宗河间王子道赐,辅国将军温楷,竟陵内史鲁轨,荆州治中韩延之、殷约,平西参军桓谧、桓璲及桓温孙道度、道子,勃海刁雍,陈郡袁式等数百人,皆将妻子诣嵩降。"①刘裕灭姚泓在义熙十三年(417),大约在此时司马休之等数百人由后秦入魏,可见此股势力也颇为强大。这部分士人数量众多,但留存作品甚少。他们的作品继承了东晋、后秦追求华丽辞藻的文风,极具文学色彩。张渊先仕前秦、后秦和夏,后入魏。他的文章继承了关中地区的文化底蕴,厚生爱民的意识非常强烈。他的《天象赋》构筑天上宫阙的结构与布局,寄托了自己的政治理想,实则是对民生疾苦的关心和对人间杂乱无序社会的忧虑。下面这段文字写得大气磅礴,非常有气势:

> 尔乃凝神远瞩,晒目八荒。察之无象,视之眇茫。状若浑元之未判,又似浮海而睹沧浪。幽遐迥以希夷,寸眸焉能究其傍。于是乎夜对山水,栖心高镜。远寻终古,攸然独咏。美景星之继昼,大唐尧之德盛。嘉黄星之靡锋,明虞舜之不竞。畴吕尚之宵梦,善登辅而翼圣。钦管仲之察微,见虚危而知命。叹荧惑之舍心,高宋景之守政。壮汉祖之入秦,奇五纬之聚映。尔乃历象既周,相佯岩际。寻图籍之所记,著星变乎书契。览前代之将沦,咸谴告于昏世。桀斩谏以星孛,纣耽荒而致彗。恒不见以周衰,枉蛇行而秦灭。谅人事之有由,岂妖灾之虚设。诚庸主之难悛,故明君之所察。尧无为犹观象,而况德非乎先哲。②

这段文字是《天象赋》的核心,作者尽情抒发自己的感想,描摹理想的世界,历来颇受人们关注。从艺术上讲,文辞华丽,用骈散相间的句式,多用排比句,气势充沛,是北魏初期散文的名篇。卫操是由东晋入魏的文人,他的作品完全承袭了东晋文学精神,像《桓帝功德颂碑》中的一段文字颇为精彩:

① 《魏书》卷三十七《司马休之列传》,中华书局1974年,第854页。

② 张渊:《天象赋》,严可均:《全上古三代秦汉三国六朝文》,中华书局1958年,第3622页。

驰名域外，九译宗焉。治国御众，威禁大行。声著华裔，齐光纯灵。智深谋远，穷幽极明。治则清断，沉浮得情。仁如春阳，威若秋零。强不凌弱，隐恤孤茕。道教仁行，化而不刑。国无奸盗，路有颂声。自西讫东，变化无形。威武所向，下无交兵。南壹王室，北服丁零。招谕六狄，咸来归诚。超前绝后，致此有成。奉承晋皇，悍御边疆。王室多难，天网弛纲。豪心远济，靡离其殃。岁翦逆命，奸盗豺狼。永安元年，岁次甲子。奸党犹逆，东西狼跱。敢逼天王，兵甲屡起。怙众肆暴，虐用将士。邺洛遘隙，弃亲求疏。乃招暴类，屠各匈奴。刘渊奸贼，结党同呼。敢击并土，杀害无辜。残破狼籍，城邑丘墟。交刃千里，长蛇塞涂。晋道应天，言展良谟。①

这段文字抒写晋末社会动乱，民生凋敝，桓帝审时度势，任用司马腾抗击贼寇，捍卫晋室。写得荡气回肠，颇具感染力，有汉魏遗韵。值得肯定的是，这篇文章采用了南朝流行的四、六骈体文的写法，但没有像骈文那样过多地使用典故，故读起来流畅自然。对偶、比兴等手法的运用，使文章文学性很强，是北魏初期散文中难得的佳构。张渊、卫操的其他作品未流传下来，总体创作情况难以预知，《天象赋》《桓帝功德颂碑》或许是他们刚入北魏时的作品。

这部分由关中入魏的文人，其文学创作情况并不像张渊《天象赋》、卫操《桓帝功德颂碑》那样接近南朝文风，仍有滞后南朝文风的一面。韩延之是由后秦入北魏的，他在《报刘裕书》中痛斥刘裕不臣之心："刘裕足下，海内之人，谁不见足下此心，而复欲欺诳国士！天地所不容，在彼不在此矣。来示言'处怀期物，自有由来'。今伐人之君，啖人以利，真可谓'处怀期物，自有由来'者矣。"②忠义之心，可与天地同辉！进入北魏后，受其文化熏染，创作则呈现出另一种风貌，像《赠中尉李彪诗》：

贾生谪长沙，董儒诣临江。愧无若人迹，忽寻两贤踪。追昔渠阁游，策驽厕群龙。如何情愿夺，飘然独远从。痛哭去旧国，衔泪届新

① 卫操：《桓帝功德颂碑》，严可均：《全上古三代秦汉三国六朝文》，中华书局1958年，第3614页。

② 韩延之：《报刘裕书》，严可均：《全上古三代秦汉三国六朝文》，中华书局1958年，第2278页。

> 邦。哀哉无援民，嗷然失侣鸿。彼苍不我闻，千里告志同。①

韩延之初仕新朝，对前途命运不无担忧，故有此忧伤之情，事在情理之中。然如果这样解读此诗，似乎将作品诠释得过于简单。作者自比孤鸿，痛哭流涕，悲痛欲绝，其深刻的原因当是有感于北魏初期的文化政策所致。

进入北魏初期文坛的第三股文学势力是平凉户。太延五年(439) 六月，北魏太武帝拓跋焘率军西讨沮渠牧犍。九月，沮渠牧犍率其文武百官五千人向拓跋焘投降。十月，北魏迁徙凉州民众十万户于京师平城，所迁徙的居民史称“平凉户”。平凉户的数量，《魏书》载有三万余家，《资治通鉴》载为三万户，《十六国春秋钞》载为十万户，孰对孰错，已很难辨析，但平凉户数量之庞大，是毋庸置疑的。据史书所载，平凉户主要有刘昞、索敞、胡叟、常爽、宋繇、程骏、张湛、阚姻、常景、李冲等人。

平凉户是饱读经书的儒学之士，然其文学成就亦不高。他们的诗歌创作多为稚嫩的四、五言，质木无文，文学性不强，如常景的《赞四君诗四首》其一：

> 长卿有艳才，直致不群性。郁若春烟举，皎如秋月映。游梁虽好仁，仕汉常称病。清贞非我事，穷达委天命。②

《北史》常景本传云：“景淹滞门下积岁，不至显官，以蜀司马相如、王褒、严君平、扬子云等四贤，皆有高才而无重位，乃托意以赞之。”③常景以司马相如、王褒、严君平、扬子云四人为咏，实则是抒写怀才不遇的苦闷。诗歌全用五言句式，质朴明白，滞后南朝文学多年。其他的如宗钦《赠高允诗》、段承根《赠李保诗》等诗风格均如此类。平凉户的散文创作也是质朴的文风，如常爽《六经略注序》、常景《家令为公主无服议》、张湛《列子注序》等并不像传统诸子作品那么深奥，反而明白晓畅多了。

历来学人感觉不解的是，这些平凉户的文学创作，并没有延续十六国时期河西文学风格，其成就甚至还赶不上当时的水平。原因何在？笔者以为其主要原因还是北魏初期的文化政策所致。《魏书·赵逸传》云：“逸好

① 韩延之：《赠中尉李彪诗》，逯钦立：《先秦汉魏晋南北朝诗》，中华书局 1983 年，第 2197 页。

② 常景：《赞四君诗四首》，逯钦立：《先秦汉魏晋南北朝诗》，中华书局 1983 年，第 2219 页。

③ 《北史》卷四十二《常景列传》，中华书局 1974 年，第 1557 页。

学夙成，仕姚兴，历中书侍郎。为兴将齐难军司，征赫连屈丏。难败，为屈丏所虏，拜著作郎。世祖平统万，见逸所著，曰：‘此竖无道，安得为此言乎！作者谁也？其速推之。’司徒崔浩进曰：‘彼之谬述，亦犹子云之美新。皇王之道，固宜容之。’世祖乃止。”①赵逸之作犹扬雄之流一般华丽，便要被杀头！赵逸之事给平凉户敲了一个警钟，故他们隐藏起自己的才华，低下高贵的头颅，向拓跋氏朴拙的民族文学靠拢。程骏的《庆国颂》大约代表这类文人的心态：

> 臣闻《诗》之作也，盖以言志。迩之事父，远之事君，关诸风俗，靡不备焉。上可以颂美圣德，下可以申厚风化，言之者无罪，闻之者足以诫，此古人用诗之本意。臣以垂没之年，得逢盛明之运，虽复昏耄将及，犹慕廉颇彊饭之风。伏惟陛下、太皇太后道合天地，明侔日月，则天与唐风斯穆，顺帝与周道通灵。是以狂妖怀逆，无隐谋之地；冥灵潜翦，伏发觉之诛。用能七庙幽赞，人神扶助者已，臣不胜喜踊。谨竭老钝之思，上《庆国颂》十六章，并序巡狩、甘雨之德焉。②

不要炫耀自己的汉族血统，向外族文明臣服，做鲜卑拓跋氏的顺民，歌功颂德，这才是平凉户的出路！

进入北魏初期文坛的第四股文学势力是平齐民。皇兴二、三年（468—469）间，北魏统治者乘刘宋王室内讧、边镇叛乱之机，派遣大军南下，一举夺取了刘宋淮河以北的徐、兖、冀、青四州及豫州的淮西诸郡，并将敢于抵抗的青州、齐州士人迁徙到京都平城，并设平齐郡管辖，史称“平齐民”。平齐民的数量是巨大的，惜目前没有看到确凿的证据。据《魏书》所载，平齐民主要有崔道固、刘休宾、蒋少游、房景伯、高聪、房景先、刘芳、袁翻、崔光、刘孝标等。

平齐民中，文学成就最高的是刘孝标。刘孝标的文学创作主要在南朝，不是本文所讨论的范围。平齐民的诗歌今不存，其散文主要有奏疏和书信体两类。

奏疏是臣子向皇帝陈述意见或说明某事，其用途正如刘勰所言为“陈政事，献典仪，上急变，劾愆谬”③，方式一般是感恩戴德，忆苦思甜，发誓赌

---

① 《魏书》卷五十二《赵逸列传》，中华书局 1974 年，第 1145 页。

② 程骏：《庆国颂》，严可均：《全上古三代秦汉三国六朝文》，中华书局 1958 年，第 3672 页。

③ 刘勰著、范文澜注：《文心雕龙注》，人民文学出版社 1958 年，第 421 页。

咒，最后言事。这样的文体一般要求写得明白晓畅，便于皇帝读懂。平齐民的奏疏主要有章、奏、表、议等几个文种，因为他们面对的是文化滞后的鲜卑拓跋氏，故大多写得极为质朴，然也有一些极具文采的篇什，如刘芳《彭城王勰谥议》：

王挺德弱龄，诞资至孝，睿性过人。学不师授，卓尔之操，发自天然。不群之美，幼而独出。及入参政务，纶绋有光。爰登中铉，敷明五教。汉北告危，皇赫问罪，王内亲药膳，外总六师。及宫车晏驾，上下哀惨。奋猛衔戚，英略潜通，翼卫灵与，整戎振旆。历次宛谢，迄于鲁阳。送往奉居，无惭周霍，稟遗作辅，远至迩安。分陕恒方，流咏燕赵。廓清江西，威慑南越。入厘百揆，庶绩咸熙。履勤不惮，在功愈挹。温恭恺悌，忠雅宽仁。兴居有度，善终笃始。高尚厥心，功成身退。义亮圣衷，美光世典。依谥法，保大定功曰"武"，善问周达曰"宣"，谥曰武宣王。①

永平元年（508）九月，彭城王元勰无罪为高肇所杀，百姓冤之，刘芳上此文以定谥号。从内容上看，本文是颂扬彭城王元勰的功绩，似乎没有太大的文学价值。然而当时高肇当权，一个小小的太常卿不惧怕权贵，挺身而出，为其鸣不平，足见刘芳的胆识与勇气。值得我们注意的是这篇文章以骈文为主，散句间之，骈散相间，文采斐然，是平齐民奏疏文中最具文采的一篇。

书信体是一种不受约束与限制的文体，写起来灵活自由，便于抒发情感。平齐民有几篇颇有价值的书信体散文，著名的如崔僧渊《复族兄惠景书》。据《魏书·崔玄伯传》载："萧鸾乃遣其族兄惠景遗僧渊书，说以入国之屈，规令改图。僧渊复书曰……"②崔惠景劝崔僧渊南奔萧梁，崔僧渊劝崔惠景北归魏，兄弟二人各为其主，无可厚非。崔僧渊《复族兄惠景书》歌颂北魏王朝，诉说萧齐对崔氏之不公，尤以劝弟北归一段写得最为精彩：

以兄之才，夙超乡土，如弟之徒，谁不瞻仰？每寻昔念，未敢忘怀。虽复途遥二千，心想若对，敬遵轨范，以资一生。今名可扬矣，而不能显亲；事可变矣，而不能离辱，故世之所未解也。且君子在家也，不过

① 刘芳：《彭城王勰谥议》，严可均：《全上古三代秦汉三国六朝文》，中华书局 1958 年，第 3706 页。

② 《魏书》卷二十四《崔玄伯列传》，中华书局 1974 年，第 631 页。

孝于其亲；入朝也，不过忠于其君。主上之于兄，恩则不可酬，义则不可背。身可杀也，故非其酬；功不逮也，故非其报。今可以效矣而又弗为，非孝也。即实而言，兄之不变，得为忠乎？至于讲武争强，不敌者久矣；论安与危，不同者验矣；群情背去，独留者谬矣。愿深察之。王晏道绝外交，器非雄朗，专华保望，便就屠割。方之于兄，其全百倍。且淮蕃海捍，本出北豪，寿春之任，兄何由免？以是而言，猜嫌已决。又宗门未几，南北莫寄，先构之重，非兄何托？受社之荣，鄙心之相望矣。今执志不寤，忠孝两忘，王晏之辜，安能自保？见机而作，其在兹乎。①

这段文字处处替兄长惠景着想，指斥萧齐对兄长之不公，说明兄长之行为是不忠不孝之举。当然他的这些说法我们不一定能接受，在南北分裂之际，孰对孰错，不易辨别。在艺术上多用排比、对偶等修辞手法，颇有气势，极具文学性。

平齐民的韵文今仅存袁翻《思归赋》一篇。据《魏书·袁翻传》载："翻为廷尉，颇有不平之论。及之郡，甚不自得，遂作《思归赋》曰：……"②知《思归赋》是袁翻在北魏政治上不得志，思念南朝之作。这篇作品极尽作者对南朝的思念之情，尤以下面一段文字写得最为感人：

余乃临峻壑，坐层阿。北眺羊肠诘屈，南望龙门嵯峨。叠千重以耸翠，横万里而扬波。远狎鼯与麏麚，走鳐鳖及龟鼍。彼暧然兮巩洛，此邈矣兮关河。心郁郁兮徒伤，思摇摇兮空满。思故人兮不见，神翻覆兮魂断。断魂兮如乱，忧来兮不散。俯镜兮白水，水流兮漫漫。异色兮纵横，奇光兮烂烂。下对兮碧沙，上睹兮青岸。岸上兮氤氲，驳霞兮绛氛。风摇枝而为弄，日照水以成文。行复行兮川之畔，望复望兮望夫君。君之门兮九重门，余之别兮千里分。愿一见兮导我意，我不见兮君不闻。魄惝恍兮知何语，气缭戾兮独萦蕴。彼鸟马之无知，尚有情于南北。虽吾人之固鄙，岂忘怀于上国？去上国之美人，对下邦之鬼域。形既同于魍魉，心匪殊于蝥贼。欲修之而难化，何不残之云

① 崔僧渊：《复族兄惠景书》，严可均：《全上古三代秦汉三国六朝文》，中华书局 1958 年，第 3625 页。

② 《魏书》卷六十九《袁翻列传》，中华书局 1974 年，第 1540 页。

克。知进退之非可，徒终朝以默默。愿生还于洛滨，荷天地之厚德。①

这段文字承袭了王粲《登楼赋》的写作模式，借景抒情，情景交融，抒情气氛极为强烈，是北朝赋体文学中优秀的篇章，放到南朝文学中也毫不逊色。

通过以上论述，我们可以得出如下结论：公元3—5世纪初北中国的文学成就的高下与否，主要取决于少数民族政权对待汉民族文学与文化的态度，接纳汉民族文化则文学成就高，反之则否。北魏鲜卑拓跋氏民族固守民族传统，既艳羡汉文化又惧怕汉文化，这种对汉文化的双刃剑导致其文学处于稚嫩朴拙的原始状态。尽管如此，各种汉族士人的加入，使得北魏初期文学在时间推移中发生变化。这种变化随着北魏的全面汉化，将迎来北魏文学的全面繁荣。

第二节 河北文学

"燕赵古称多感慨悲歌之士"②，唐代大文豪韩愈的这一名句，引起人们对古老河北大地的几分敬仰与钦佩。事实上，河北亦是中华文明的发祥地之一，根据地下考古发掘，距今约7000多年的河北武安磁山文化把仰韶文化上溯了近2000年，给仰韶文化渊源的研究提供了十分重要的线索。河北亦是文学之乡，著名诗人卢照邻、高适、贾岛，戏剧家白朴就是其中的佼佼者。魏晋南北朝之际，河北在中国文化史上的地位显得尤为重要。著名史学家陈寅恪先生曾经指出："东汉以后学术文化，其重心不在政治中心之首都，而分散于各地之名都大邑。是以地方之大族盛门乃为学术文化之所寄托。"③在汉末魏晋十六国时期，崔、卢、李三大士族的文学活动，使河北逐渐成为北方的文化中心。北魏时期，河北之地的重要意义愈来愈被凸显出来。周一良先生认为"北魏统治者所以重视冀定相三州，因其地自汉以来即为经济较发达之地区，而襄国、中山、邺等地，又为石赵、慕容前后燕建都所在，较之幽并，远为繁荣"④。郭黎安先生继续阐发周一良先生之意，指出"拓跋鲜卑得到了富庶而封建经济发达的河北平原，促使它由落后

① 袁翻：《思归赋》，严可均：《全上古三代秦汉三国六朝文》，中华书局1958年，第3749页。
② 韩愈：《送董邵南游河北序》，刘真伦、岳珍：《韩愈文集汇校笺注》，中华书局2010年，第1055页。
③ 陈寅恪：《崔浩与寇谦之》，载《金明馆丛稿初编》，三联书店2001年，第147页。
④ 周一良：《中山邺信都三城》，周一良：《魏晋南北朝史札记》，中华书局1985年，第308页。

的游牧氏族社会逐渐向有文化的封建国家演进，并且成为五到六世纪上半叶北中国强大的统治者”①。王仁磊先生认为河北地区“对北魏在北方的迅速兴起及结束十六国纷争局面、统一中国北方地区都具有十分重要的意义”②，“在政治、经济、军事等诸多方面为北魏统一北方战争及对南朝战争做出了积极的贡献”③。孙权先生以为“北魏初年，道武帝攻灭后燕、占有河北，并把大量民众迁徙到平城地区。在北魏末期，河北数州演变成为‘国之根本’，‘国之资储，唯籍河北’”④。这些学者从不同侧面阐发了河北在北魏历史进程中的作用，然而这仅仅是历史研究，忽略了河北在中国文化史上的重要地位。在5世纪的北中国，河北士人的文学创作，对北魏文学的发展产生了很大的影响，惜这一现象并未引起学界足够的重视。而北魏以前的河北文学，更无人问津，故撰此文试论之。特别说明的是，北魏的河北并不完全是今天的河北，而是指黄河以北、太行山以东、燕山以南、东到大海的地区。在北魏前期，这一地区主要为定、冀、相、幽等州之地，人口约为三四百万。

一、北魏对河北的经营

河北有着悠久的历史。禹布九州，冀为九州之一，战国时为燕、赵等诸侯国的势力范围。此区域汉族与少数民族杂居，形成了农业文明与游牧文明杂糅的现象。民多尚武，形成剽悍强壮的个性，“人民矜懻忮，好气，任侠为奸，不事农商。然迫近北夷，师旅亟往，中国委输时有奇羡。其民羯羠不均，自全晋之时固已患其慓悍，而武灵王益厉之，其谣俗犹有赵之风也”⑤。公元383年淝水之战中前秦战败，黄河流域再次陷入分裂之中，羯族、慕容鲜卑族先后在河北地区建立后赵、前燕和后燕。拓跋鲜卑族不断南侵，意欲吞并河北地区。

河北是北魏统治者政治上争夺的焦点区域。平文皇帝郁律宽和仁爱，经略高远，一时之雄主，常有并吞天下之志，“治兵讲武，有平南夏之意”⑥。

---

① 郭黎安：《北魏定冀相三州的历史地位》，《北朝研究》1990年上半年季刊，第42—46页。

② 王仁磊：《试论河北地区在北魏前期政局中的地位与影响》，郑州大学2006届硕士学位论文，中国知网。

③ 王仁磊：《试论河北地区对北魏统一北方的农业与军事贡献》，《农业考古》2009年第4期。

④ 孙权：《北魏河北地区研究》，山西大学2009届硕士学位论文，中国知网。

⑤ 《史记》卷一百二十九《货殖列传》，中华书局1959年，第3263页。

⑥ 《魏书》卷一《序纪》，中华书局1974年，第10页。

“平南夏”，首先占领的就是河北之地。遗憾的是平文皇帝郁律在位日短，“平南夏”之志未能实现。烈帝元年(329)，“石勒遣使求和，帝遣弟昭成皇帝如襄国，从者五千余家”①。昭成皇帝什翼犍以及跟随他的五千余家人到襄国(今河北邢台)，是北魏拓跋贵族首次踏上河北土地。后石虎迁都邺城，什翼犍亦随之到邺城。什翼犍客居河北达十年之久，耳濡目染，受汉文化的影响很深。他即位后置百官，开始大刀阔斧地改制，可惜的是他在部落战争中死去，代国灭亡。太祖拓跋珪重建代国后，联合后燕消灭拓跋窟咄、刘显和刘卫辰三个部落势力，北魏力量大增。皇始元年(396)六月，北魏军队攻占了后燕的广宁(今河北涿鹿县)、上谷(今北京延庆区)等地，这是北魏平定河北的开始。天兴元年(398)正月，北魏正式平定河北。平定河北，对于北魏政权有着极为重要的意义。唐长孺先生曾云：“在拓跋珪进占河北以前，阶级和国家正在形成的过程中，作为军事首领的国王已经企图把自己变成真正的代表富有者阶级利益的统治者……到了拓跋珪灭燕以后，那时他已经真正篡夺了专制权力，虽然某些和氏族相联系的军事贵族还想加以限制。”②日本学者谷川道雄亦云：“北魏帝国创立者道武帝的最大事业就是灭亡了统治河北一带的后燕慕容氏，使北魏得以控制中国的心脏地区，同时，它也成为北魏王朝的中心区域。”③

河北具有重要的战略军事意义，“河北平原自西汉末年以来政治、军事地位日益提高，成为北中国的战略要地”④，邺城、襄国、中山(今河北定州市)、信都(今河北冀州市)等中心城市的兴起，更彰显河北重要的政治军事地位。北魏朝臣对此亦有清醒的认识，元晖上肃宗书中曾云：“河北数州，国之基本。”⑤平定河北后，北魏王朝充分意识到河北的重要地位，曾先后两次欲迁都邺城。第一次是道武帝拓跋珪欲定都邺，“(天兴元年正月)帝至邺，巡登台榭，遍览宫城，将有定都之意，乃置行台，以龙骧将军日南公和跋为尚书，与左丞贾彝率郎吏及兵五千人镇邺”⑥。邺城自东汉末年以来曾长期是北方的政治、经济、文化中心，是曹魏的陪都，后赵、冉魏、前燕

---

① 《魏书》卷一《序纪》，中华书局1974年，第11页。

② 唐长孺：《拓跋族的汉化过程》，《魏晋南北朝史论丛续编》，三联书店1959年，第135—136页。

③ 谷川道雄：《隋唐帝国形成史论》，李济沧译，上海古籍出版社2004年，第147页。

④ 邹逸麟：《试论邺都兴起的历史地理背景及其在古都史上的地位》，《中国历史地理论丛》1995年第1期。

⑤ 《魏书》卷十五《昭成子孙列传》，中华书局1974年，第380页。

⑥ 《魏书》卷二《太祖纪》，中华书局1974年，第31页。

的都城，北魏迁都邺也应是情理之中。然而半年之后，道武帝却决定迁都平城。在这半年之中，河北叛乱频仍，动乱相继，恐怕是道武帝放弃邺城的最主要原因。第二次是明元帝欲迁都邺，“神瑞二年，京师饥，朝议将迁都于邺”①。此次朝议迁邺，是迁都平城 14 年后之事。原因非常简单，因为平城饥馑，粮食供应不足。崔浩与周澹坚决反对：“今国家迁都于邺，可救今年之饥，非长久之策也。东州之人，常谓国家居广漠之地，民畜无算，号称牛毛之众。今留守旧都，分家南徙，恐不满诸州之地。参居郡县，处榛林之间，不便水土，疾疫死伤，情见事露，则百姓意沮。四方闻之，有轻侮之意。屈丐、蠕蠕必提挈而来，云中、平城则有危殆之虑。阻隔恒代千里之险，虽欲救援，赴之甚难。如此则声实俱损矣。今居北方，假令山东有变，轻骑南出，耀威桑梓之中，谁知多少？百姓见之，望尘震服。此是国家威制诸夏之长策也。至春草生，乳酪将出，兼有菜果，足接来秋。若得中熟，事则济矣。”②崔、周之意，迁都邺城非长久之计，原因有二：一是北魏尚处于游牧文明阶段，迁都邺城水土不服，死伤惨重，百姓难免心生怨恨；二是若南迁邺城，屈丐、蠕蠕等少数民族政权必乘势出兵，国家危在旦夕。崔、周对当时北魏的形势分析是中肯的，决策也是正确的。频繁迁都对一个国家的发展是很不利的。若因饥馑迁都，更会成为后人嘲笑的口实。此次朝议迁邺城作罢，北魏王朝不仅成功地度过饥荒，而且继续在平城维系了长达近一个世纪的统治。两次迁都邺城未果，但却反映出北魏皇族对河北政治、军事战略地位的高度重视。

平定河北之后，北魏开始大规模地移民，将河北民移至京师。皇始元年(396)，“王建等三军击后燕广宁太守刘亢泥，斩之，徙其部落于平城”③；天兴元年(398)正月，“徙山东六州民吏及徙河、高丽杂夷三十六万，百工技巧十余万口，以充京师”④，十二月“徙六州二十二郡守宰、豪杰、吏民二千家于代都”⑤；泰常三年(418)四月“徙冀、定、幽三州徒何于京师”⑥。同时北魏又从外地移民于河北，“(太平真君七年二月)永昌王仁至高平，擒刘义隆将王章，略金乡、方与，迁其民五千家于河北。高凉王那至济南东平

① 《魏书》卷九十一《术艺列传》，中华书局 1974 年，第 1965 页。
② 《魏书》卷三十五《崔浩列传》，中华书局 1974 年，第 808 页。
③ 《资治通鉴》卷一百零八《晋纪三十》，中华书局 1956 年，第 3428 页。
④ 《魏书》卷二《太祖纪》，中华书局 1974 年，第 32 页。
⑤ 《魏书》卷二《太祖纪》，中华书局 1974 年，第 34 页。
⑥ 《魏书》卷三《太宗纪》，中华书局 1974 年，第 58 页。

陵,迁其民六千余家于河北"①。移河北民于京师平城,迁外籍民于河北,其目的是为了分化河北的士族势力,加强对河北地区的统治。与此同时,北魏抓紧从河北民中招纳人才。史载"帝初拓中原,留心慰纳,诸士大夫诣军门者,无少长,皆引入赐见,存问周悉,人得自尽,苟有微能,咸蒙叙用"②,贾彝、贾闺、晁崇、崔玄伯、邓渊、崔逞、王宪、屈遵、张蒲、公孙表、李先等一批河北籍士人自此得到重用。神麚四年(431),大批河北士人被征召到京,"'访诸有司,咸称范阳卢玄、博陵崔绰、赵郡李灵、河间邢颖、勃海高允、广平游雅、太原张伟等,皆贤俊之胄,冠冕州邦,有羽仪之用。……'遂征玄等及州郡所遣,至者数百人,皆差次叙用"③。此次所征之35人中有28人是河北籍人,或者是在河北为官者。河北士人的征用,对于北魏的汉化以及文化建设均有重要的意义。

北魏加强河北的经济建设,要把河北建设成为北魏的粮仓。北魏最早的大规模屯田就是从河北开始的,"(登国)九年春三月,帝北巡。使东平公元仪屯田于河北五原,至于棝杨塞外"④。河北地方官很注意劝民耕作,像幽州刺史张衮"劝课农桑,百姓安之"⑤,冀州刺史元孚"劝课农桑,境内称为慈父"⑥,广平太守张恂"劝课农桑,民归之者千户"⑦等。朝廷的屯田政策,使河北的土地得以开垦;地方官的辛勤劝耕,使大批农民回归土地,河北的农业经济很快发展起来,成为当时主要的"就食"区。如神瑞二年(415)的大饥荒,平城仓库无法应付灾情,"分民诣山东三州食,出仓谷以禀之"⑧。同时北魏也储备粮食于河北,以应战时之需,"(泰常三年)九月甲寅,诏诸州调民租,户五十石,积于定、相、冀三州"⑨,"国之资储,唯藉河北"⑩。为了加强河北粮食的外运,北魏王朝先后修建了自中山经恒山至平城、自定州经灵丘至平城的运输道,可使河北的粮食直接运送到京师平城。迁都洛阳后,河北依然是北魏朝廷的主要依赖。为了打通河北至洛阳的漕运线,孝文帝还甘冒危险,亲临考察,"高祖幸徐州,敕淹与闾龙驹等主

① 《魏书》卷四《世祖纪》,中华书局1974年,第100页。
② 《魏书》卷二《太祖纪》,中华书局1974年,第27—28页。
③ 《魏书》卷四《世祖纪上》,中华书局1974年,第79页。
④ 《魏书》卷二《太祖纪》,中华书局1974年,第26页。
⑤ 《魏书》卷二十四《张衮列传》,中华书局1974年,第613页。
⑥ 《魏书》卷十八《太武五王列传》,中华书局1974年,第427页。
⑦ 《魏书》卷八十八《良吏列传》,中华书局1974年,第1900页。
⑧ 《魏书》卷三十五《崔浩列传》,中华书局1974年,第808页。
⑨ 《魏书》卷三《太宗纪》,中华书局1974年,第59页。
⑩ 《魏书》卷十五《昭成子孙列传》,中华书局1974年,第380页。

舟楫,将泛泗入河,溯流还洛”①。成淹以黄河浚急,虑有倾危,劝阻孝文帝。孝文帝对成淹说:“朕以恒代无运漕之路,故京邑民贫。今移都伊洛,欲通运四方,而黄河急浚,人皆难涉。我因有此行,必须乘流,所以开百姓之心。”②太和二十年(496),水道修通,“将通洛水入谷,帝亲临观”③。河北成了北魏真正意义上的大后方,是其粮食的储备库。

除农业外,河北的商业发展也很迅速。丝织业规模扩大,“东州既平,绫罗户民乐葵因是请采漏户,供为纶绵。自后逃户占为细茧罗谷者非一。于是杂、营户帅遍于天下,不属守宰,发赋轻易,民多私附”④。织户有一定的组织,可想丝织业的发展很快;造船业初见成效,“帝闻刘义隆将寇边,乃诏冀、定、相三州造船三千艘,简幽州以南戍兵集于河上以备之”⑤,这大约就是水军的开始。这些商业的发展,进一步促使河北经济繁荣。

经济学家冀朝鼎认为“其农业生产条件与运输设施,对于提供贡纳谷物来说,比其他地区要优越得多,以致不管是哪个集团,只要控制了这个地区,它就有可能征服与统一全中国”⑥,对于北魏而言,河北的战略意义大约如此。

二、河北儒学的兴盛

河北地区本来就有深厚的儒学渊源。汉代说《诗》者四家,《韩诗》与《毛诗》流传于河北地区。河间献王刘德修学好古,实事求是,从民间得善书必为好写与之,留其真,“献王所得书皆古文先秦旧书,《周官》、《尚书》、《礼》、《礼记》、《孟子》、《老子》之属,皆经传说记,七十子之徒所论”⑦,于是在河间献王的周围形成了一个儒学传播中心。汉景帝时博士董仲舒讲授《公羊春秋》,他将周代以来的宗教天道观和阴阳五行学说结合起来,吸收法家、道家、阴阳家思想,建立了一个新的思想体系,成为汉代的官方统治哲学,他的“罢黜百家,独尊儒术”“天人感应”等理论影响深远。经汉末战乱,河北地区儒学渐趋衰微,至北朝再次复兴,呈现出兴盛的景象。《魏

---

① 《魏书》卷七十九《成淹列传》,中华书局 1956 年,第 1754 页。

② 《魏书》卷七十九《成淹列传》,中华书局 1974 年,第 1754 页。

③ 《魏书》卷七《高祖纪》,中华书局 1974 年,第 180 页。

④ 《魏书》卷九十四《阉官列传》,中华书局 1974 年,第 2013—2014 页。

⑤ 《魏书》卷四《世祖纪》,中华书局 1974 年,第 75 页。

⑥ 冀朝鼎《中国历史上的基本经济区与水利事业的发展》,中国社会科学出版社 1981 年,第 10 页。

⑦ 《汉书》卷五十三《景十三王列传》,中华书局 1962 年,第 2410 页。

书·儒林传》叙述孝文帝时儒学繁盛景象时云:“高祖钦明稽古,笃好坟典,坐舆据鞍,不忘讲道。刘芳、李彪诸人以经书进,崔光、邢峦之徒以文史达,其余涉猎典章,关历词翰,莫不縻以好爵,动贻赏眷。于是斯文郁然,比隆周汉。”①这里述及的刘芳、李彪、崔光和邢峦均是河北籍人。世宗时儒学更为繁荣,“时天下承平,学业大盛。故燕齐赵魏之间,横经著录,不可胜数。大者千余人,小者犹数百。州举茂异,郡贡孝廉,对扬王庭,每年逾众”②,燕、赵、魏均是当时的河北地区。《魏书·儒林传》提及正光中讲《孝经》的崔光,永熙中讲《大戴礼·夏小正篇》的卢景宣亦是河北人。《魏书·儒林传》为儒学家立传 17 人,其中河北地区的有 10 人,占 59%。因此,从某种意义上讲,北魏儒学的复兴就是河北地区儒学的兴盛。总括起来,河北地区的儒学兴盛主要表现在如下三个方面:

第一,通过讲经、兴立国学等多种途径宣扬儒学。建立北魏政权的拓跋鲜卑民族对汉文化知之甚少,对儒学更是少之又少。然北魏历代帝王在与汉族知识分子的接触中,表现出对儒学的浓厚兴趣。道武帝拓跋珪定都平城后就曾问定州大中正李先什么书最好,李先答曰:“唯有经书。三皇五帝治化之典,可以补王者神智。”③道武帝听从李先的建议,下令在全国范围内搜集经书,北魏经书始备。在此基础上,道武帝集博士儒生编辑成四万余字的《众文经》,这是儒学史上第一次对经学著作的结集。太宗明元帝拓跋嗣“礼爱儒生,好览史传”④,以为刘向《新序》《说苑》于经典正义多有所阙,乃撰《新集》三十篇补刘著之失。太武帝拓跋焘于始光三年(426)“起太学于城东,祀孔子,以颜渊配”⑤,这是北魏首次立太学,并用儒家经典教育贵胄子弟。同时下令贵族子弟都需入学,不从者身死,借助皇权推行儒学教育。孝文帝拓跋宏“雅好读书,手不释卷。《五经》之义,览之便讲,学不师受,探其精奥。史传百家,无不该涉”⑥,并以儒学为指导思想推行全面汉化。世宗宣武帝元恪曾亲自为京兆王愉、清河王怿、广平王怀、汝南王悦讲《孝经》。在这样的社会氛围中,儒学开始在北魏传播,主要依靠讲经和复兴国学两种方式。

讲经是儒学传播最快、最有效的途径,河北许多士人都参与讲经活动。

① 《魏书》卷八十四《儒林列传》,中华书局 1974 年,第 1842 页。
② 《魏书》卷八十四《儒林列传》,中华书局 1974 年,第 1842 页。
③ 《魏书》卷三十三《李先列传》,中华书局 1974 年,第 789 页。
④ 《魏书》卷三《太宗纪》,中华书局 1974 年,第 64 页。
⑤ 《魏书》卷四《世祖纪》,中华书局 1974 年,第 71 页。
⑥ 《魏书》卷七《高祖纪》,中华书局 1974 年,第 187 页。

讲经可分为宫廷讲经和民间讲经。宫廷讲经主要受众对象为皇帝或王公大臣，据《魏书》所载，河北籍士人参与宫廷讲经的主要有崔光讲《孝经》、崔郁讲《礼》、刘廞讲《孝经》、李郁讲《礼记》、卢景宣解《大戴礼》等，这些讲经活动因为部分是给皇帝讲的故影响颇大。像永熙三年(534)，出帝元脩"诏延公卿学官于显阳殿，敕祭酒刘廞讲孝经，黄门李郁讲《礼记》，中书舍人卢景宣解《大戴礼·夏小正篇》。时广招儒学，引令预听。同轨经义素优，辩析兼美，而不得执经，深为慨恨"①，此次讲经规模宏大，影响深远，以至于李轨不得预讲引为终身憾事。民间讲经的规模更大，参与人数更多，李孝伯、张吾贵、房虬、刘兰、董徵、刁冲等曾讲经，规模可观。像刁冲"学通诸经，偏修郑说，阴阳、图纬、算数、天文、风气之书莫不关综，当世服其精博，刺史郭祚闻其盛名，访以疑义，冲应机解辩，无不祛其久惑。后太守范阳卢尚之、刺史河东裴植并征冲为功曹、主簿，非所好也，受署而已，不关事务。惟以讲学为心，四方学徒就其受业者岁有数百"②，每年有数百人跟随刁冲学习经学，的确有一定的影响。而张吾贵讲经规模更超出我们的想象，"时中山张吾贵与猷之齐名，海内皆曰儒宗。吾贵每一讲唱，门徒千数，其行业可称者寡。猷之著录，数百而已，皆经通之士。于是有识者辨其优劣"③，上千人追随张吾贵学经，场面相当壮观，这在文化不太发达的北魏实属难能可贵。河北士人的讲经活动，加快了儒学在北魏传播的速度。

通过学校教育来传播儒学，这几乎是古代历朝一贯采用的方式。北魏复立国学、太学的举措，是经过几代帝王的努力，最终得以确立。伴之而来的是对于学校教育的讨论，河北士人在此过程中发挥了较大的作用。李䜣上疏求州郡立学，"臣昔蒙恩宠，长管中秘，时课修学有成立之人，髦俊之士，已蒙进用。臣今重荷荣遇，显任方岳，思阐帝猷，光宣于外。自到以来，访诸文学，旧德已老，后生未进。岁首所贡，虽依制遣，对问之日，惧不克堪。臣愚欲仰依先典，于州郡治所各立学官。使士望之流、冠冕之胄，就而受业，庶必有成。其经艺通明者贡之王府。则郁郁之文，于是不坠"④。州郡立学，这是扩大教化的重要手段之一。高允也主张除京城立学外，郡国也应建立相应的学校，"请制大郡立博士二人、助教四人、学生一百人，次郡立博士二人、助教二人、学生八十人，中郡立博士一人、助教二人、学生六十

① 《魏书》卷三十六《李顺列传》附《李轨传》，中华书局1974年，第848—849页。
② 《魏书》卷八十四《儒林列传》，中华书局1974年，第1858页。
③ 《魏书》卷八十四《儒林列传》，中华书局1974年，第1850页。
④ 《魏书》卷四十六《李䜣列传》，中华书局1974年，第1040页。

人,下郡立博士一人、助教一人、学生四十人。其博士取博关经典、世履忠清、堪为人师者,年限四十以上。助教亦与博士同,年限三十以上。若道业夙成,才任教授,不拘年齿。学生取郡中清望、人行修谨、堪循名教者,先尽高门,次及中第"①。郡国立学,将国学教育从京城扩展到地方,便于儒学的教授与流播。

第二,儒家礼乐制度的重建。自永嘉战乱,神州芜秽,礼崩乐坏,原有的儒家礼乐制度遭到严重的破坏,"海内分崩,伶官乐器,皆为刘聪、石勒所获,慕容俊平冉闵,遂克之。王猛平邺,入于关右。苻坚既败,长安纷扰,慕容永之东也,礼乐器用多归长子,及垂平永,并入中山。自始祖内和魏晋,二代更致音伎;穆帝为代王,愍帝又进以乐物;金石之器虽有未周,而弦管具矣。逮太祖定中山,获其乐县,既初拨乱,未遑创改,因时所行而用之。世历分崩,颇有遗失"②。北魏从河北地区获得乐器,然由于北魏初期统治者忙于战争,未有闲暇顾及礼乐的建设。在儒学氛围浓厚的中后期,经许多汉族士人,特别是河北士人的提倡,儒家礼乐制度在北魏得以重建。

明堂辟雍是一座建筑,但它包含两种建筑名称的含义,是中国古代最高等级的皇家礼制建筑之一。明堂是古代帝王宣明政教的地方,凡朝会、祭祀、庆赏、选士、养老、教学等大典,都在此举行,是一种政治、宗教、宗法、社会形态一体化的制度。辟雍即明堂外面环绕的圆形水沟,环水为雍,圆形像辟,象征王道教化圆满不绝。北魏明堂始建于太和十年(486)九月,太和十五(491)年十月建成,前后经过了5年时间。对于明堂的修建以及与此相关的礼乐建设,北魏朝臣讨论次数最多,河北士人的贡献颇大。封轨以为周人明堂,五室、九阶、四户、八窗,汉承秦法俱为九室,故他建议恢复周代制度,"今圣朝欲尊道训民,备礼化物,宜则五室,以为永制"③。封伟伯撰《明堂图说》六卷申说明堂制度;李宣茂议明堂之制,以五室为长,与游肇往复讨论;李谧撰《明堂制度论》分析北魏明堂制度之分歧,申述五室之论。在北魏明堂制度的争论中,关键点是从周礼抑或是从汉礼,河北籍士人坚持从周礼,帮助北魏王朝建立起真正的明堂礼乐制度。

禘祫是古代吉礼的一种,即天子诸侯丧事毕,于太庙中合祭远近祖先神主,以示追远孝敬之意。夏殷之际,行祭必占卜吉日,奉献牲牢贡品及助祭之物,并行合食之礼。这种重大的祭祀之礼,每一个封建王朝都是必须

---

① 《魏书》卷四十八《高允列传》,中华书局1974年,第1078页。
② 《魏书》卷一百零九《乐志》,中华书局1974年,第2827页。
③ 《魏书》卷三十二《封懿列传》附《封轨传》,中华书局1974年,第766页。

重视的，然经魏晋战乱，这种祭祀之礼已废，北魏王朝通过汉族士人重建这种礼仪，河北士人发挥了重要作用。

太和十三年（489）正月，孝文帝拓跋宏以《礼记·祭法》所载，认为禘祫是一种祭礼，三年一祫，五年一禘，总而互举之，而不是两种祭礼，尚书游明根、左丞郭祚、中书侍郎封琳、著作郎崔光、中书监高闾、仪曹令李韶、中书侍郎高遵等参与此次讨论，除郭祚外均为河北人士。高闾主张不分彼此，总为一祭，"自晋已来，逮于圣世，以为论者虽多，皆有所阙，莫能评究。遂相因承，别立六宗之兆，总为一位而祭之。比敕臣等评议取衷，附之祀典。臣等承旨，披究往说，各有其理。较而论之，长短互有，若偏用一家，事或差舛。众疑则从多，今惑则仍古。请依先别处六宗之兆，总为一祀而祭之"①。高闾避免纷争之一祭法为孝文帝所采用，成为北魏禘祫之成法。

景明二年（501）夏六月，秘书丞孙惠蔚上疏世宗皇帝，请以古礼，禘祫为两种祀法，"以臣观之，理在无怪。何者？心制既终，二殷惟始，祫禘之正，实在于斯。若停而阙之，唯行时祭，七圣不闻合享，百辟不睹盛事，何以宣昭令问，垂式后昆乎？皇朝同等三代，治迈终古，而令徽典缺于昔人，鸿美惭于往志，此礼所不行，情所未许"②。二祀之法世宗付八坐、五省、太常等商议，后被采纳。延昌四年（515）正月，世宗崩，肃宗即位，太常卿崔亮依据古礼，主张"来秋七月，祫祭应停，宜待年终乃后祫禘"③。这是对禘祫之礼的一次运用，仍旧以古礼制。熙平二年（517）十二月，度支尚书崔亮等人以《礼记》《春秋》等经书为据上疏胡灵太后，对禘祫之礼的具体时日做了调整，"请移禘祀在中旬十四日，时祭移二十六日，犹曰春禘，又非退义。祭则无疏怠之讥，三元有顺轨之美"④。这说明北魏对禘祫之礼有了更为明晰的认识。

太和十四（490）年，文明太后冯氏崩于太和殿，围绕孝文帝是否应守孝三年，北魏朝臣展开了丧礼的大讨论。安定王休、齐郡王简、咸阳王禧、河南王干、广陵王羽、颍川王雍、始平王勰、北海王详等诸皇族以及百官参与其中，河北士人李彪、游明根、高闾坚决支持孝文帝实施守孝三年制，为孝文帝所采信，"（文明太后崩）高祖酌饮不入口五日，毁慕过礼……高祖

① 《魏书》卷一百零八之一《礼志一》，中华书局1974年，第2743页。
② 《魏书》卷一百零八之二《礼志二》，中华书局1974年，第2761页。
③ 《魏书》卷一百零八之二《礼志二》，中华书局1974年，第2762页。
④ 《魏书》卷一百零八之二《礼志二》，中华书局1974年，第2766页。

毁瘠,绝酒肉,不内御者三年"①。孝文帝所行,是严格的儒家丧礼,故得到后人的高度评价,"三代后帝王行三年之丧者,咸称晋武帝、宋孝武,然尚有晋康帝、姚兴、魏孝文帝、后周武帝、北汉刘承钧,世未之知也"②。在皇帝守孝三年的基础上,李彪建议大臣也应恢复守孝三年之礼,"圣魏之初,拨乱返正,未遑建终丧之制。今四方无虞,百姓安逸,诚是孝慈道洽,礼教兴行之日也。然愚臣所怀,窃有未尽。伏见朝臣丁大忧者,假满赴职,衣锦乘轩,从郊庙之祀;鸣玉垂緌,同节庆之宴;伤人子之道,亏天地之经。愚谓如有遭大父母、父母丧者,皆听终服"③。世宗宣武帝元恪进一步把居丧制度化,对冒丧求仕等不遵守居丧要求的大臣处以严惩。延昌二年(513)春,偏将军乙龙虎丧父,给假二十七月,丧礼期间求仕,世宗付朝臣商议,三公郎中崔鸿认为"龙虎未尽二十七月而请宿卫,实为匆匆,于戚之理,合在情责。便以深衣素缟之时,而罪同杖绖苫塊之日,于礼宪未允。详之律意,冒丧求仕,谓在斩焉草土之中,不谓除衰杖之后也。又龙虎具列居丧日月,无所隐冒,府应告之以礼,遣还终月。便幸彼昧识,欲加之罪,岂是遵礼敦风,爱民之致乎?正如郑义,龙虎罪亦不合刑,匆匆之失,宜科鞭五十"④。龙虎被鞭五十,说明守孝三年制最终被制度化,成为任何人都必须遵守的礼乐制度。

第三,以儒家经典为据,劝谏人主以儒立国。河北之士家族多有很深的儒学渊源,一旦仕于北魏,均会竭尽所能将自己的才能运用到治国方略上去,最直接的方式就是引经据典规劝人主以儒治国。程骏劝谏文明太后云:"《春秋》有云:见有礼于其君者,若孝子之养父母;见无礼于其君者,若鹰鹯之逐鸟雀。所以劝诫将来,垂范万代……臣愚以为观兵江浒,振曜皇威,宜特加抚慰。秋毫无犯,则民知德信;民知德信,则襁负而来;襁负而来,则淮北可定;淮北可定,则吴寇异图;寇图异则祸衅出。然后观衅而动,则不晚矣。请停诸州之兵,且待后举。"⑤程骏引用《春秋》之意,用儒家德治思想规劝文明太后实行仁政,缓和与江南占领区人民的关系。这种思想深得儒学真谛,但对于急于统治中原的北魏来说却势同水火。又如甄琛劝谏世宗曰:"且一家之长,惠及子孙;一运之君,泽周天下;皆所以厚其所养,

① 《魏书》卷十三《皇后列传》,中华书局1974年,第330页。
② 赵翼著、王树民校证:《廿二史劄记校证》,中华书局1984年,第291页。
③ 《魏书》卷六十二《李彪列传》,中华书局1974年,第1389页。
④ 《魏书》卷一百零八之四《礼志四》,中华书局1974年,第2798—2799页。
⑤ 《魏书》卷六十《程骏列传》,中华书局1974年,第1347页。

以为国家之富。未有尊居父母,而醯醢是吝;富有万品,而一物是规。今者,天为黔首生盐,国与黔首障护,假获其利,是犹富专口断不及四体也。且天下夫妇岁贡粟帛。四海之有,备奉一人;军国之资,取给百姓。天子亦何患乎贫,而苟禁一池也。”①甄琛结合北魏禁盐之举,大谈裕民政策,这正是对以孔孟为代表的儒家思想的发挥。

综上所述,河北士人无论通过哪种方式,都是以自己的儒学修养,促进了北魏儒学的繁荣,加速了北魏汉化的过程,促成了北魏的繁荣昌盛。

三、河北六大家族的文学创作

河北自古以来不乏优秀的文学作家与作品。建安九年(204)曹操入邺,繁华浪漫的邺城聚集了一大批优秀的文人墨客,“彬彬之盛,大备于时”②。三曹、七子、繁钦、杨修、吴质、蔡琰、邯郸淳等一大批具有个性和文学才情的作家共同书写了文学史上不朽的邺下风流,成就了建安文学空前的繁盛局面,并首次将学者的目光聚焦河北地区。西晋太康、元康时期,河北籍作家各擅胜场、各有建树。张华领袖文坛,张载刻剑阁铭文,张协创景阳之体,欧阳建有临终之叹,木华赋海,束皙补亡,石崇思归……这些作家的优秀创作,装点着西晋文坛。西晋末年,转战幽、并的刘琨遥继建安风骨,创作出大量激昂悲壮的诗文。好为凄戾之词的卢谌与刘琨相互唱和,给西晋文坛注入新的活力。晋末动荡,大批士人南下,河北士族则继续留在北方,河北又一次成为文化活动的中心。北魏时期河北地区的文学创作,主要是由该地区的六大家族共同推动的。

关于魏晋南北朝时期的豪门士族,唐人柳所言的“山东郡姓”中“为大”的“王、崔、卢、李、郑”③诸姓中,崔、卢、李均世居河北。除此之外,诸如渤海高氏、河间邢氏等也属北朝“贵姓”。崔(崔姓又分清河崔氏和博陵崔氏)、卢、李、高和邢六大家族的创作,共同促进了北魏河北地区文学的繁荣。

清河崔氏可以上溯到上古的姜姓,其始祖为秦代东莱侯崔如意,西汉

---

① 《魏书》卷六十八《甄琛列传》,中华书局1974年,第1510页。

② 钟嵘著、陈延杰注:《诗品注》,人民文学出版社1961年,第15页。

③ 《新唐书》卷九十九《柳冲列传》在《柳冲列传》中有柳芳的这一段话,中华书局1975年,第1320页。

时崔业世袭东莱侯,世居清河东武城(今河北清河县东南)①,家族真正发展则始于东汉末年的崔琰。崔琰29岁时受业于儒学大师郑玄。汉末黄巾军动乱,崔琰先入冀州袁绍幕下,后预曹操邺下文人团体。崔琰从父兄崔林历仕四朝,官至三公,是曹魏时名臣,将清河崔氏推向繁盛之顶峰。崔林的儿子崔随官至晋尚书仆射,崔琰孙崔谅仕晋为尚书、大鸿胪。东晋末年战乱,崔琰及其兄崔霸二支南下仕南朝,共有28人,其中仕于刘宋的15人后归北魏;崔林一支则留守北方。崔林曾孙崔悦追随刘琨辗转北方抗击匈奴,后归石虎,官至司徒左长史、关内侯。崔悦子潜仕慕容暐,为黄门侍郎。崔潜子崔宏初仕前秦,继仕后燕,拓跋珪征慕容宝,崔宏归北魏。崔宏子崔浩等人与北魏密切合作,将清河崔氏推向更为显赫的地位。据《魏书》《北史》各传不完全统计,清河崔氏仕魏为官者共91人。其中封爵者34人,占1/3;四品以上的高官达49人,其中一品或从一品6人,二品或从二品11人;三品或从三品24人,四品或从四品为8人。从某种意义上说,清河崔氏是北魏河北地区极为显赫的世家豪族。

清河崔氏有很深的儒学渊源,其聪明才智基本上都用在治国策略方面,文学成就不太显著,《隋书·经籍志》著录的仅有崔浩《赋集》86卷,余者不可知。据严可均《全上古三代秦汉三国六朝文》所载,北魏清河崔氏存文11家50篇,90%以上是奏疏。因此,奏疏是北魏清河崔氏文学创作的主体。这些奏疏文最大的特点是以儒家的思想劝谏国君,艺术上典雅从容,文采绚丽。如正始元年(504)夏,有典事史元显献四足四翼鸡,诏散骑侍郎赵邕以问崔光,崔光上《答诏问鸡祸表》。该文运用儒家阴阳灾异之说,历述西汉宣帝时雌鸡化为雄、西汉元帝时雄鸡生角、东汉灵帝时南宫寺雌为雄等灾异现象,认为四翼鸡的出现是灾异的征兆,劝谏世宗宣武帝修明政治。其中最为精彩的是下面这段文字:

> 臣以邕言推之,翅足众多,亦群下相扇助之象,雏而未大,脚羽差

---

① 清河崔氏的郡望在什么地方?笔者寓目的现今发表的文章,说法不一,有的认为是今河北清河县东南,有的认为是今山东临清市东北,孰对孰错,尚需分辨。西汉时期的清河郡治所在清阳县(今河北清河县东南),西汉时清河时而为郡,时而为国,治所基本就是这个地方。东汉时清河郡复改为国,移治甘陵县,后改为清河县(今山东临清市东北)。自西汉至北魏,清河一直为冀州所辖。持河北说者取西汉郡治,持山东说者取东汉郡治。就郡望而言,很明显山东说是错误的,故清河崔氏的郡望应为今河北清河县东南。今人王华山《清河崔氏与北朝儒学》(山东文艺出版社2004年)、夏炎《中古世家大族清河崔氏研究》(天津古籍出版社2004年)均持山东说,显然是值得商榷的。

> 小，亦其势尚微，易制御也。臣闻灾异之见，皆所以示吉凶，明君睹之而惧，乃能招福；暗主视之弥慢，所用致祸。《诗》、《书》、《春秋》，秦、汉之事多矣，此陛下所观者也。今或有自贱而贵，关预政事，殆亦前代君房之匹比者。南境死亡千计，白骨横野，存有酷恨之痛，殁为怨伤之魂。义阳屯师，盛夏未返；荆蛮狡猾，征人淹次。东州转轮，往多无还；百姓困穷，绞缢以殒。北方霜降，蚕妇辍事。群生憔悴，莫甚于今。此亦贾谊哭叹，谷永切谏之时。司寇行戮，君为之不举。陛下为民父母，所宜矜恤。国重戎战，用兵犹火，内外怨弊，易以乱离。陛下纵欲忽天下，岂不仰念太祖取之艰难，先帝经营劬劳也。①

这段文字是对阴阳灾异的发挥，由四翼鸡的身体小推论到灾异甚微，劝谏宣武帝弥补政治之阙。进而谈到南方战争，北方霜降，劝谏宣武帝体恤民情。这一小段文字将阴阳灾异与北魏现状结合在一起，有理有据，非常有说服力。文字华丽，骈散结合，雍容典雅，气度休闲，显示了较好的儒学修养。此外如崔亮《上言祫禘》建议北魏采用古祫禘仪式，崔鸿《大考百僚议》谈官员考课制度等，都当如是观。

博陵崔氏与清河崔氏同宗，其祖上亦可上溯至上古的姜姓，始祖亦是世居清河东武城的秦代东莱侯崔如意。崔如意之子崔业世袭东莱侯后，崔业的弟弟崔仲牟率家迁居博陵（今河北安平），于是形成中古时期另一世家豪门——博陵崔氏。博陵崔氏见于《后汉书》的有 12 人，仅崔舒、崔篆、崔瑗、崔寔官至二千石，其余均为小官，故仕途不显，然却以儒学闻名于时。崔篆长于《周易》，崔骃通《诗》《易》《春秋》，崔瑗精于《周易》，故《后汉书》的作者范晔高度评价说："崔氏世有美才，兼以沈论典籍，遂为儒家文林""崔为文宗，世禅雕龙"②。魏晋十六国时期，博陵崔氏人丁不旺，但居大官者颇多，崔赞，魏礼部尚书、左仆射；崔洪，晋吏部尚书、大司农；崔廓，晋散骑常侍；崔懿，后燕秘书监。北魏统治者为了加强统治，征召汉族士人入京，博陵崔氏出仕北魏。据《魏书》与《北史》所载，北魏博陵崔氏仕宦及官位有记载者共 64 人，官至尚书者仅崔孝芬而已，地位较清河崔氏逊色多了。周一良先生在《〈博陵崔氏个案研究〉评介》一文中，对美国艾伯瑞女士（Patricia Buckley E-brey）所说的"清河崔氏高于博陵崔氏之说不可信"

① 崔光：《答诏问鸡祸表》，严可均：《全上古三代秦汉三国六朝文》，中华书局 1958 年，第 3628 页。

② 《后汉书》卷五十二《崔骃列传》，中华书局 1965 年，第 1732 页。

持有异议,认为“事实与作者这一看法相反”①。周先生所论极是。

北魏博陵崔氏地位不高,然却是文学家族,崔鉴“颇有文学”②,崔辩“学涉经史,威仪整峻”③,崔巨伦“历涉经史,有文学武艺”④,崔挺“少敦学业,多所览究,推人爱士,州闾亲附焉。每四时与乡人父老书相存慰,辞旨款备,得者荣之”⑤,崔孝芬“早有才识,博学好文章”⑥,崔勉“颇涉史传,有几案才”⑦,崔宣轨“颇有才学”⑧,崔孝政“博洽经史,雅好辞赋”⑨,崔子朗“涉猎经史,少温厚,有风尚”⑩,崔纂“博学有文才”⑪等。这些文学家的作品肯定不少,遗憾的是大多今已不传。今仅存崔巨伦《五月五日诗》1 首,崔楷文 2 篇,崔挺文 1 篇,崔纂文 4 篇。崔巨伦《五月五日诗》成就不高,姑且不论。其余七篇文章均为奏疏,引经据典,切中时弊,极论时政之失。如神龟中(孝明帝元诩年号,518—519),兰陵公主驸马刘辉与河阴县民张智寿妹容妃、陈庆和妹慧猛私通,殴主伤胎,惧罪逃亡。门下奏请容妃、慧猛死刑,智寿、庆和流坐。孝明帝判曰诏容妃、慧猛恕死,髡鞭付宫。崔纂上疏《奏请更议刘辉事》极论不可:

> 《礼》云:“妇人不二夫。”犹曰不二天。若私失度,罪在于夫,衅非兄弟。昔魏晋未除五族之刑,有免子戳母之坐。何曾诤之,谓在室之女,从父母之刑;已醮之妇,从夫家之刑。斯乃不刊之令轨,古今之通议。律许周亲相隐之谓凡罪,况奸私之丑,岂得以同气相证?论刑过其所犯,语情又乖律宪。案律奸罪无相缘之坐,不可借辉之忿,加兄弟之刑。夫刑人于市,与众弃之;爵人于朝,与众共之。明不私于天下,无欺于耳目。何得以非正刑书,施行四海。刑名一失,驷马不追。既有诏旨,依即行下。非律之案,理宜更请。⑫

---

① 周一良:《魏晋南北朝史论集续编》,北京大学出版社 1991 年,第 194 页。
② 《魏书》卷四十九《崔鉴列传》,中华书局 1974 年,第 1103 页。
③ 《魏书》卷五十六《崔辩列传》,中华书局 1974 年,第 1250 页。
④ 《魏书》卷五十六《崔辩列传》,中华书局 1974 年,第 1251 页。
⑤ 《魏书》卷五十七《崔挺列传》,中华书局 1974 年,第 1264 页。
⑥ 《魏书》卷五十七《崔挺列传》,中华书局 1974 年,第 1266 页。
⑦ 《魏书》卷五十七《崔挺列传》,中华书局 1974 年,第 1269 页。
⑧ 《魏书》卷五十七《崔挺列传》,中华书局 1974 年,第 1269 页。
⑨ 《魏书》卷五十七《崔挺列传》,中华书局 1974 年,第 1271 页。
⑩ 《魏书》卷五十七《崔挺列传》,中华书局 1974 年,第 1272 页。
⑪ 《魏书》卷五十七《崔挺列传》,中华书局 1974 年,第 1275 页。
⑫ 崔纂:《奏请更议刘辉事》,严可均:《全上古三代秦汉三国六朝文》,中华书局 1958 年,第 3717 页。

这段文字以《礼记》所载为理论依据，以西晋何曾反对“免子戳母之坐”为事实依据，说明刘辉连坐他人之罪于理不合，建议重新定罪。文章有理有据，非常有说服力。排比、对偶等修辞手法的运用，使得文章富有气势。又如崔楷《至殷州请兵仗表》：

> 窃惟殷州，地实四冲，居当五裂，西通长山，东渐巨野。顷国路康宁，四方有截，仍聚奸宄，桴鼓时鸣。况今天长丧乱，妖灾间起，定州逆虏，越趣北界，邺下凶烬，蚕噬腹心。两处犬羊，势足并合，城下之战，匪暮斯朝。臣以不武，属此屏捍，实思效力，以弱敌强。析骸煮弩，固此忠节，但基址造创，庶事茫然，升储尺刃，聊自未有。虽欲竭诚，莫知攸济。谨列所须兵仗，请垂矜许。必当虎视一方，遏其侵轶，肃清境内，保全所委。①

本文是崔楷初任殷州刺史时上孝明帝元诩的奏表。文章分析了殷州险要的地理位置，周围有定州、邺城的叛乱，建议孝明帝请给兵仗以扩充军队，确保境内安宁。文章对时事的分析切中要害，逻辑清楚，论证充分，有很强的说服力。采用了四六骈文的形式，属对精切，文采华丽，有很强的文学性。这些文章的写作显现出博陵崔氏对时局的关注，以及较好的文学素养。

范阳卢氏源于上古姜姓，是炎帝神农之后裔，其始祖为东汉卢植。卢植字子干，涿郡涿州（今河北涿州）人，官至中北郎将，地位不显，却是当时著名的大儒。卢植与郑玄共侍马融，为汉代旷世大儒，著有《尚书章句》《三礼解诂》。卢植之子卢毓，仕曹魏，官至吏部尚书，赐爵容城侯，使范阳卢氏达到仕途之顶峰。晋末卢谌随刘琨转战北方，官位不显，却是范阳卢氏文学成就最高的诗人。永嘉之乱，范阳卢氏一部分随北方士族南下，仕于刘宋；一部分则继续留在北方，出仕北朝。根据北朝四史所载，范阳卢氏仕宦有官职可稽核者共72人，五品以上53人，占总人数的73%多，三品以上26人，为总人数的36%多，五品以下19人，约仅占总数的26%左右，获得封爵的共11人，范阳卢氏成为仅次于清河崔氏的北朝第二大高门。

范阳卢氏仕北魏有姓名可考者57人，有部分在中央政府掌握实权者，

① 崔楷：《至殷州请兵仗表》，严可均：《全上古三代秦汉三国六朝文》，中华书局1958年，第3715页。

如卢渊为仪曹尚书，卢道虔、卢义禧为都官尚书，卢起为吏部尚书，然绝大多数则是下级官吏。范阳卢氏以儒学立家，多文学创作，像卢度世与从兄卢遐"俱以学行为时流所重"①，卢道将"涉猎经史，风气謇谔，颇有文才，为一家后来之冠"②，卢道裕"少以学尚知名，风仪兼美"③，卢昶"学涉经史，早有时誉"④，卢元明"涉历群书，兼有文义"⑤，卢文甫"涉历文史，有誉于时"⑥，卢敬舒"有文学"⑦等，故其家族文学作品应该不少，惜今多不传。据逯钦立《先秦汉魏晋南北朝诗》和严可均《全上古三代秦汉三国六朝文》所录，今存诗歌2首、赋2篇和文章10篇。

范阳卢氏诗歌今存卢元明的《梦友人王由赋别诗》和《晦日泛舟应诏诗》二首。《梦友人王由赋别诗》是残篇，仅存二句："自兹一去后，市朝不复游。"⑧据《魏书》本传云："于时元明友人王由居颍川，忽梦由携酒就之言别，赋诗为赠。及明，忆其诗十字云：'自兹一去后，市朝不复游。'元明叹曰：'由性不狎俗，旅寄人间，乃今有梦，又复如此，必有他故。'经三日，果闻由为乱兵所害。寻其亡日，乃是得梦之夜。"⑨《魏书》本传之说显系后人附会，不足为凭。但由诗题中的"梦"，以及诗句中的"复"，可以想见诗人与友人王由之间的深厚情谊。诗歌虽只存十字，但语言质朴，语短情深，是赠别诗中的上乘之作。《晦日泛舟应诏诗》是完整的全篇：

轻灰吹上管，落蓂飘下蒂。迟迟春色华，晼晚年光丽。⑩

晦日，指的是农历每月最后一天，即大月三十日、小月二十九日，正月晦日作为一年的第一个晦日即"初晦"，受到古人的重视。据梁代《荆楚岁时记》载："元日至于月晦，并为酺聚饮食。士女泛舟，或临水宴乐。"⑪正月晦日，士女可以泛舟水边，与亲朋宴饮，以期消厄迎新。帝王也会在这一天泛

① 《魏书》卷四十七《卢玄列传》，中华书局1974年，第1045—1046页。
② 《魏书》卷四十七《卢玄列传》，中华书局1974年，第1050页。
③ 《魏书》卷四十七《卢玄列传》，中华书局1974年，第1051页。
④ 《魏书》卷四十七《卢玄列传》，中华书局1974年，第1055页。
⑤ 《魏书》卷四十七《卢玄列传》，中华书局1974年，第1060页。
⑥ 《魏书》卷四十七《卢玄列传》，中华书局1974年，第1061页。
⑦ 《魏书》卷四十七《卢玄列传》，中华书局1974年，第1061页。
⑧ 逯钦立：《先秦汉魏晋南北朝诗》，中华书局1983年，第2214页。
⑨ 《魏书》卷四十七《卢玄列传》，中华书局1974年，第1060页。
⑩ 逯钦立：《先秦汉魏晋南北朝诗》，中华书局1983年，第2215页。
⑪ 宗懔：《荆楚岁时记》，《汉魏六朝笔记小说大观》，上海古籍出版社1999年，第1054页。

舟水上,与群臣饮酒赋诗。卢元明《晦日泛舟应诏诗》就是写正月晦日的风俗,全诗仅四句,写出了正月晦日所见之春景。诗歌辞藻华丽,语言流利,写出了春日之美景。这首诗显然是受南朝山水诗之影响,但缺少应有的流动之美。作者故意选取"蓂""蒂""畹畹"这些生僻的字,有南朝诗歌雕琢字词之弊。

赋作是卢元明的《幽居赋》和《剧鼠赋》。《幽居赋》今仅存题目,原文今已不存。《剧鼠赋》文学性很强,可以看作是卢元明的代表作,全文以轻松诙谐幽默的笔法描绘了老鼠的种种情态:

> 眼如豆角中劈,耳类槐叶初生,尾若酒杯余沥。乃有老者,羸体瘠癞,偏多奸计,众中无敌。托社忌器,妙解自惜,深臧厚闭,巧能推觅。或寻绳而下,或自地高踯。登机缘柜,荡扉动帟。切切终朝,轰轰竟夕。是以诗人为辞,实云其硕。盗干汤之珍俎,倾留髡之香泽,伤绣领之斜制,毁罗衣之重袭。曹舒由是献规,张汤为之被谪。亦有闲居之士,倦游之客,绝庆吊以养真素,屏左右而寻《诗》、《易》。庭院肃清,房栊虚寂,尔乃群鼠乘间,东西擅掷,或床上捋髭,或户间出额,貌甚舒暇,情无畏惕。又领其党与,欣欣奕奕,欹覆箱奁,腾践茵席,共相侮慢,特无宜适。①

这段文字用诙谐的手法为老鼠画像,同时写出了老鼠得意猖狂之态。曹舒、张汤两个与鼠有关典故的运用,使得整篇作品不是嬉戏调笑之作,而具有了更为厚重的文化内涵。辞藻华丽、典故运用、对仗工整、四六句式的运用,使得这篇文章成为北朝文学性很强的俗赋作品。

范阳卢氏的文章主要有讨论礼制的篇章和陈时方略的文章。讨论礼制的文章针对北魏礼制之失陈述己见,希望统治者改进,以兹达到健全礼制的目的。如卢观《胡太后父庙制议》一文是讨论古代庙祭之礼。庙祭是古代祭祀的重要内容,是儒家礼法的组成部分,涉及祖先及后代祭祀的礼仪与制度,故历来为人所看重。神龟元年(518)夏四月,灵太后之父、司徒胡国珍去世,围绕庙祭之礼,北魏朝廷展开了激烈的讨论,太学博士王延业主张立四庙,博士卢观主张立四庙,侍中、太傅、清河王怿主张立一庙,朝廷

---

① 卢元明:《剧鼠赋》,严可均:《全上古三代秦汉三国六朝文》,中华书局 1958 年,第 3702 页。

最后采纳了清河王元怿的主张。《胡太后父庙制议》就是申述卢观自己的观点，文章引经据典，有理有据，很好地阐明了自己的论点。特别是下面一段文字：

> 《礼纬》曰："夏四庙，至子孙五；殷五庙，至子孙六；周六庙，至子孙七。"见夏无始祖，待禹而五；殷人郊契，得汤而六；周有后稷，及文王至武王而七。言夏即大禹之身，言子谓启、诵之世，言孙是迭迁之时。禹为受命，不毁亲；汤为始君，不迁五主；文武为二祧，亦不去三昭三穆。三昭三穆谓通文武，若无文武，亲不过四。观远祖汉侍中植所说云然，郑玄、马昭亦皆同尔。且天子逆加二祧，得并为七。诸侯预立太祖，何为不得为五乎？今始封君子之立祢庙，颇似成王之于二祧。孙卿曰："有天下者事七世，有一国者事五世。"假使八世，天子乃得事七；六世，诸侯方通祭五；推情准理，不其谬乎！虽王侯用礼，文节不同，三隅反之，自然昭灼。且文宣公方为太祖，世居子孙，今立五庙，窃谓为是。①

这段文字依据儒家"七纬"中之《礼纬》为依据，结合历史与现实，详尽地阐明了司徒胡国珍应立五庙的观点。既显示了作者深厚的儒学素养，又体现了他的文学才华。文章采用的四六文的写法，讲究对仗、典故，辞藻华丽，具有骈文化的倾向。又如卢昶《奏府寺议源怀谥不同》针对太常寺与司徒府对源怀的谥号发表评论。陈时方略的文章有 8 篇，均对北魏朝廷的时政发表评论，成就最高的是卢昶的《奏白鼠见宜饬吏治》。《魏书》本传云："景明初，除中书侍郎，迁给事黄门侍郎、本州大中正。昶请外禄，世宗不许。迁散骑常侍，兼尚书。时洛阳县获白鼠。昶奏曰：……"②则卢昶此文作于景明初年。又据《魏书·灵征志》所载，景明四年（503）京师获白鼠，卢昶此文大约作于本年前后。根据《抱朴子》和《瑞典》的记载，鼠满一百岁而毛白，能预知一年中吉凶及千里外事。时外镇王公刺史、二千石、令长酷暴百姓，人民怨嗟之时白鼠显。卢昶根据这些传说，分析了北魏当时的景况——战争、饥荒、剥削、压榨充斥世间，人民和统治者存在着无法调和的矛盾，并提出整饬措施。特别是分析北魏现状一段写得极为精彩：

---

① 卢观：《胡太后父庙制议》，严可均：《全上古三代秦汉三国六朝文》，中华书局 1958 年，第 3702 页。

② 《魏书》卷四十七《卢玄列传》，中华书局 1974 年，第 1055 页。

> 窃惟一夫之耕，食裁充口，一妇之织，衣止蔽形。年租岁调，则惟常理，此外徵求，于何取足？然自比年以来，兵革屡动。荆、扬二州，屯戍不息；钟离、义阳，师旅相继。兼荆蛮凶狡，王师薄伐，暴露原野，经秋淹夏。汝颍之地，率户从戎；河冀之境，连丁转运。又战不必胜，加之退负，死丧离旷，十室而九。细役烦徭，日月滋甚；苛兵酷吏，因逞威福。至使通原遥畛，田芜罕耘；连村接闬，蚕饥莫食。而监司因公以贪求，豪强恃私而逼掠。遂令罽袒褐以益千金之资，制口腹而充一朝之急。此皆由牧守令长，多失其人，郡阙黄霸之君，县无鲁恭之宰，不思所以安民，正思所以润屋。故士女呼嗟，相望于道路；守宰暴贪，风闻于魏阙。往岁法官案验，多挂刑纲，谓必显戮，以明劝诫。然后遣使覆讯，公违宪典。或承风挟请，轻树私恩；或容情受贿，辄施己惠。御史所劾，皆言诬枉；申雪罪人，更云清白。长侮上之源，滋陵下之路。忠清之人，见之而自怠；犯暴之夫，闻之以益快。白鼠之至，信而有徵矣。[①]

这段文字分析了北魏面临的种种困境：多年战乱导致人民死伤惨重，田地荒芜，苛捐杂税繁多，民不聊生，这一切都源于地方官用人不当。故而他提出严加官员考课，体恤下情，救民倒悬，体现了作者对社会现状的关注，以及对改变社会现状的思考。多用排比，使得文章气势充沛。骈散相间，文采斐然。

赵郡李氏可以追溯到西晋的李楷。李楷官至大司农，居于平棘（今河北省赵县南），是赵郡李氏的始祖。自李楷之后至十六国时期，赵郡李氏见于史载有姓名官职可考者14人，除李义位至司空长史外，其余均为下级官吏。到北魏前期，赵郡李氏仕途显赫，并达到鼎盛阶段。其中李顺位至四部尚书，晋爵高平公，官至一品大员。李孝伯位北部尚书，进爵宣城公。这时期，赵郡李氏已由地方势力跨进中央政府高层，并掌握了部分实权。

赵郡李氏是文学家族，世祖攻克统万后赏赐大臣，李顺“唯取书数千卷”[②]，李敷“有文学”[③]，李希宗“涉猎书传，有文才”[④]，李謇“博涉经史，文

① 卢昶《奏白鼠见宜饬吏治》，严可均：《全上古三代秦汉三国六朝文》，中华书局1958年，第3700页。

② 《魏书》卷三十六《李顺列传》，中华书局1974年，第830页。

③ 《魏书》卷三十六《李顺列传》，中华书局1974年，第833页。

④ 《魏书》卷三十六《李顺列传》，中华书局1974年，第836页。

藻富盛”①等。其文学创作应该很多,今多散佚。据逯钦立《先秦汉魏晋南北朝诗》和严可均《全上古三代秦汉三国六朝文》所录,今存诗2首,赋1篇,文10篇。诗歌仅存李骞《赠亲友》与《赠明少遐》(残篇),赋仅存《释情赋》,这三篇作品前已论及,故从略,从中可以窥见李骞很高的文学才能。10篇文章中,除李敞《告祭石庙祝文》外,其余均为奏疏。《告祭石庙祝文》采用周大诰的写法,纯用四言,雍容典雅,符合庙祝文的写作规范,略显呆板。9篇奏疏中最具特色的是那些针对时弊的文章,既显作者拳拳之心,又彰显其优秀的文学才能。像李安世《上孝明帝疏请均田》是论北魏均田制的文章,“时民困饥流散、豪右多有占夺。安世乃上疏曰……高祖深纳之,后均田之制起于此矣”②。据此李安世此文既是针对当时民困饥馑、豪右侵夺农田的现实而言,又是均田制的肇始,意义非常巨大。本文既有对当时现实的具体分析,又提出了改进的措施:

窃见州郡之民,或因年俭流移,弃卖田宅,漂居异乡,事涉数世。三长既立,始返旧墟,庐井荒毁,桑榆改植。事已历远,易生假冒。强宗豪族,肆其侵凌,远认魏晋之家,近引亲旧之验。又年载稍久,乡老所惑,群证虽多,莫可取据。各附亲知,互有长短,两证徒具,听者犹疑,争讼迁延,连纪不判。良畴委而不开,柔桑枯而不采,侥幸之徒兴,繁多之狱作。欲令家丰岁储,人给资用,其可得乎!愚谓今虽桑井难复,宜更均量,审其径术,令分艺有准,力业相称,细民获资生之利,豪右靡余地之盈。则无私之泽,乃播均于兆庶,如阜如山,可有积于比户矣。又所争之田,宜限年断,事久难明,悉属今主。然后虚妄之民,绝望于觊觎;守分之士,永免于凌夺矣。③

这段文字分析了北魏三长制实施之后,仍然难以改变民困田芜的现状,反而滋生了豪族冒认亲族,强占良田的新弊。故作者建议朝廷重新丈量土地,按照一定的标准分给人民,这样既杜绝了豪族有余田、民无土地之弊,又促使农业繁荣,国家稳定。文章采用四、六骈文的形式,词语华赡,排偶句式的运用使得文章颇有气势。李玚《上言宜禁绝户为沙门》针对北魏民

① 《魏书》卷三十六《李顺列传》,中华书局1974年,第836页。
② 《魏书》卷五十三《李孝伯列传》,中华书局1974年,第1176页。
③ 严可均:《全上古三代秦汉三国六朝文》,中华书局1958年,第3675—3676页。

多绝户而为沙门的现象，建议朝廷禁止绝户为僧侣；李谧《明堂制度论》依据郑玄之说，申述北魏的明堂制度建设。这些文章针对性强，文采华丽，很明显是受南朝文学影响的结果。

渤海高氏有史料记载的可以追溯至东晋末年的高瞻。高瞻，渤海蓨（今河北省景县）人，仕东晋，官至尚书郎。永嘉之乱，高瞻避地幽州，后归附前燕慕容廆。随着前燕攻入中原，渤海高氏又一次重回故乡渤海。渤海高氏高泰一支以高湖自燕郡率三千户降魏，进入北魏；高展一支在北魏攻占中山后降魏，进入北魏政坛。据《魏书》和《北史》所载，渤海高氏仕于北魏有姓名可考者 80 余人，其中高允官至中书令，高肇官至尚书令，高祐官至光禄卿，高聪官至辅国将军、光禄大夫，高遵官至中书侍郎，渤海高氏因官宦至显而成为北方一流的名门望族。

渤海高氏为文学家族，史载高允“性好文学，担笈负书，千里就业。博通经史天文术数，尤好《春秋公羊》。……允所制诗赋诔颂箴论表赞，《左氏、公羊释》，《毛诗拾遗》，《论杂解》，《议何郑膏肓事》，凡百余篇，别有集行于世”①，高和仁“少清简，有文才，曾为五言诗赠太尉属卢仲宣，仲宣甚叹重之”②，高祐“博涉书史，好文字杂说”③，高谅“少好学，多识强记，居丧以孝闻。……谅造《亲表谱录》四十许卷，自五世已下，内外曲尽。览者服其博记”④，高聪“涉猎经史，颇有文才”⑤，高遵“涉历文史，颇有笔札，进中书侍郎。诣长安，刊《燕宣王庙碑》”⑥等。其文学作品今仅存诗 4 首，赋 1 篇，文章 21 篇。

渤海高氏的诗歌仅存高允《罗敷行》《王子乔》《答宗钦》和《咏贞妇彭城刘氏诗》4 首，这些诗歌既有北魏拓跋鲜卑民族质朴稚嫩的一面，又有接受南朝诗歌影响的一面，前已述及，不复赘述。赋作二篇。据《魏书·高允传》载：“初，尚书窦瑾坐事诛，瑾子遵亡在山泽，遵母焦没入县官。后焦以老得免，瑾之亲故，莫有恤者。允愍焦年老，保护在家。积六年，遵始蒙赦。其笃行如此。转太常卿，本官如故。允上《代都赋》，因以规讽，亦《二京》之流也。”⑦则《代都赋》为高允规劝窦遵之作，惜已亡佚。高允《鹿苑赋》

① 《魏书》卷四十八《高允列传》，中华书局 1974 年，第 1067—1090 页。
② 《魏书》卷四十八《高允列传》，中华书局 1974 年，第 1092 页。
③ 《魏书》卷五十七《高祐列传》，中华书局 1974 年，第 1259 页。
④ 《魏书》卷五十七《高祐列传》，中华书局 1974 年，第 1263 页。
⑤ 《魏书》卷六十八《高聪列传》，中华书局 1974 年，第 1520 页。
⑥ 《魏书》卷八十九《酷吏列传》，中华书局 1974 年，第 1920 页。
⑦ 《魏书》卷四十八《高允列传》，中华书局 1974 年，第 1076 页。

为歌功颂德之作，语言华美，继承汉赋的风格，铺张扬厉，文学性很强。

渤海高氏的21篇文章中，绝大多数为奏疏，这些作品或论时事，或论政治，文辞质朴，语言流利，有较强的文学色彩。如高祐《奏请修国史》就是奏请高祖修撰北魏国史：

> 惟圣朝创制上古，开基《长发》，自始均以后，至于成帝，其间世数久远，是以史弗能传。臣等疏陋，忝当史职，披览《国记》，窃有志焉。愚谓自王业始基，庶事草创，皇始以降，光宅中土，宜依迁、固大体，令事类相从，纪传区别，表志殊贯，如此修缀，事可备尽。伏惟陛下先天开物，洪宣帝命，太皇太后淳曜二仪，惠和王度，声教之所渐洽，风译之所覃加，固已义振前王矣。加太和以降，年未一纪，然嘉符祯瑞，备臻于往时；洪功茂德，事萃于曩世。会稽伫玉牒之章，岱宗想石记之列。而秘府策勋，述美未尽。将令皇风大猷，或阙而不载；功臣懿绩，或遗而弗传。著作郎已下，请取有才用者，参造国书，如得其人，三年有成矣。然后大明之德功光于帝篇，圣后之勋业显于皇策。佐命忠贞之伦，纳言司直之士，咸以备著载籍矣。①

这段文字论述了撰修国史之由，“大明之德功光于帝篇，圣后之勋业显于皇策”，意即藉史书以彰皇恩之浩荡，这本是历来修史之意；体例上继承司马迁与班固，分纪、传、表和志四体；编撰方法采用事类相从；请求皇帝选拔人手，尽快编撰完工。这段对国史编撰的论述，基本上沿用司马迁与班固的思想。文章采用四、六骈体文的写法，语言流利，文采富瞻。此外如高肇《奏定大枷》奏请减轻大枷，确定标准以减轻痛苦；高显《奏请勒铭射所》以世宗在河南怀界亲射箭一里五十余步为由头，歌功颂德等。这些作品都显示了渤海高氏为人臣子的忠心，文学色彩颇浓，具有较高的文学素养。

河间邢氏的始祖是曹魏时期的邢颙。邢颙，河间鄚（今河北任丘）人，仕曹魏，官至侍中、尚书仆射，为人“少秉高节，玄静澹泊，言少理多，真雅士也”②，是曹丕朝的高官显贵。其曾孙邢乔晋惠帝时为尚书吏部郎，后升至司隶校尉。晋末动乱，河间邢氏居住在故乡，并未南迁。后赵石勒曾征召邢嘏为官，被拒绝。世祖召士，邢颖被召入京，从此河间邢氏进入了北魏政

---

① 高祐：《奏请修国史》，严可均：《全上古三代秦汉三国六朝文》，中华书局1958年，第3657页。

② 《三国志》卷十二《崔毛徐何邢鲍司马传》，中华书局1975年，第278页。

坛。据《魏书》与《北史》记载，河间邢氏仕宦姓名可考者15人，其中邢峦官至殿中尚书，邢祐官至平原太守、赐爵城平男，邢虬官至尚书左丞，遂为望族。《魏书》载高允将婚于邢氏，游雅劝高允婚于游氏，高允不从，游雅感叹道："人贵河间邢，不胜广平游。"①游雅之语道出了河间邢氏在北魏显赫的地位。

河间邢氏为文学家族，史载邢峦"少而好学，负帙寻师，家贫厉节，遂博览书传。有文才干略"②，邢晏"博涉经史，善谈释老，雅好文咏"③，邢亢"颇有文学"④，邢产"好学，善属文。少时作《孤蓬赋》，为时所称"⑤，邢虬"少为《三礼》郑氏学，明经有文思。……所作碑颂杂笔三十余篇"⑥，邢臧"早立操尚，博学有藻思……为特进甄琛《行状》，世称其工。与裴敬宪、卢观兄弟并结交分，曾共读《回文集》，臧独先通之。撰古来文章，并叙作者氏族，号曰《文谱》，未就，病卒，时贤悼惜之。其文笔凡百余篇"⑦，邢昕"好学，早有才情……永熙末，昕入为侍读，与温子昇、魏收参掌文诏"⑧。《魏书·郑道昭传》记载了一次宴会赋诗活动，显现了河间邢氏不同凡响的文学才能：

> 从征沔汉，高祖飨侍臣于悬瓠方丈竹堂，道昭与兄懿俱侍坐焉。乐作酒酣，高祖乃歌曰："白日光天无不曜，江左一隅独未照。"彭城王勰续歌曰："愿从圣明兮登衡会，万国驰诚混内外。"郑懿歌曰："云雷大振兮天门辟，率土来宾一正历。"邢峦歌曰："舜舞干戚兮天下归，文德远被莫不思。"道昭歌曰："皇风一鼓兮九地匝，戴日依天清六合。"高祖又歌曰："遵彼汝坟兮昔化贞，未若今日道风明。"宋弁歌曰："文王政教兮晖江沼，宁如大化光四表。"高祖谓道昭曰："自比迁务虽猥，与诸才俊不废咏缀，遂命邢峦总集叙记。当尔之年，卿频丁艰祸，每眷文席，常用慨然。"⑨

---

① 《魏书》卷五十三《游雅列传》，中华书局1974年，第1195页。
② 《魏书》卷六十五《邢峦列传》，中华书局1974年，第1437页。
③ 《魏书》卷六十五《邢峦列传》，中华书局1974年，第1448页。
④ 《魏书》卷六十五《邢峦列传》，中华书局1974年，第1449页。
⑤ 《魏书》卷六十五《邢峦列传》，中华书局1974年，第1449页。
⑥ 《魏书》卷六十五《邢峦列传》，中华书局1974年，第1450页。
⑦ 《魏书》卷八十五《文苑列传》，中华书局1974年，第1871—1872页。
⑧ 《魏书》卷八十五《文苑列传》，中华书局1974年，第1873—1874页。
⑨ 《魏书》卷五十六《郑羲列传》附《郑道昭传》，中华书局1974年，第1240页。

据《魏书·天象志》所载，太和二十一年十一月，北魏大败萧齐师于沔北；太和二十二年春天，复大破萧齐，沔汉诸郡安定。此次高祖飨侍臣于悬瓠方丈竹堂赋诗的活动，当发生在太和二十二年(498)春天。虽然诸位大臣之作均为歌功颂德之作，但邢峦的“舜舞干戚兮天下归，文德远被莫不思”无论从构思还是立意上均超越了诸大臣之作。河间邢氏的文学作品今仅存9篇，基本上可分为碑铭与奏疏两类。

碑铭类作品有邢臧《特进甄琛行状》、邢峦《护军将军高显碑铭》和邢逊《太尉韩公墓志铭》3篇，前2篇已佚，今仅存最后一篇。《魏书·邢臧传》云：“为《特进甄琛行状》，世称其工。”①则邢臧的《特进甄琛行状》文学成就颇高，惜今不传。《魏书·常景传》云：“世宗季舅护军将军高显卒，其兄右仆射肇私托景及尚书邢峦、并州刺史高聪、通直郎徐纥各作碑铭，并以呈御，世宗悉付侍中崔光简之，光以景所造为最，乃奏曰：‘常景名位乃处诸人之下，文出诸人之上。’遂以景文刊石。”②高肇官至尚书令、司徒，能选中邢峦为其弟高显写碑铭，可见邢峦在当时的文学才能是非常高的。《太尉韩公墓志铭》，严可均《全上古三代秦汉三国六朝文·全后魏文》题为邢逊所作，并注明出处是《艺文类聚》。查《艺文类聚》卷四十六，此文题为邢邵所作，非邢逊作已明。

奏疏均是对当时的一些重大事情向皇帝所上之奏章，阐明观点，驳斥错误，有强烈的针对性。像邢峦《请增兵粮图蜀表》就是请增兵粮以取蜀中。正始元年、二年、三年间(504—506)，邢峦兵进汉中，势如破竹，屡破萧衍众将，便上书世宗宣武帝元恪请求增兵粮，准备攻取蜀中。其陈述攻取蜀中原因一段最为精彩：

> 扬州、成都，相去万里，陆途既绝，唯资水路。萧衍兄子渊藻，去年四月十三日发扬州，今岁四月四日至蜀。水军西上，非周年不达，外无军援，一可图也。益州顷经刘季连反叛，邓元起攻围，资储散尽，仓库空竭，今犹未复，兼民人丧胆，无复守固之意，二可图也。萧渊藻是裙屐少年，未洽治务，及至益州，便戮郑元超、曹亮宗，临戎斩将，则是驾驭失方。范国惠津渠退败，锁执在狱。今之所任，并非宿将重名，皆是左右少年而已，既不厌民望，多行残暴，民心离解，三可图也。蜀之所

① 《魏书》卷八十五《文苑列传》，中华书局1974年，第1871—1872页。
② 《魏书》卷八十二《常景列传》，中华书局1974年，第1801页。

恃,唯阻剑阁,今既克南安,已夺其险,据彼界内,三分已一。从南安向涪,方轨任意,前军累破,后众丧魄,四可图也。昔刘禅据一国之地,姜维为佐,邓艾既出绵竹,彼即投降。及苻坚之世,杨安、朱彤三月取汉中,四月至涪城,兵未及州,仲孙逃命。桓温西征,不旬月而平。蜀地昔来恒多不守,况渊藻是萧衍兄子,骨肉至亲,若其逃亡,当无死理。脱军克涪城,渊藻复何宜城中坐而受困?若其出斗,庸蜀之卒,唯便刀稍,弓箭至少,假有遥射,弗至伤人,五可图也。①

这段文字分析了蜀中可攻取的五大原因:一是路途遥远,萧梁援军难以到达;二是蜀中连年叛乱,民心惶惶;三是萧渊藻残暴横行,驾驭失方,民心离散;四是魏军已攻破南安,剑门关天险已不足凭;五是从历史的角度看,蜀中不易守。这五个原因的分析,有理有据,精辟透彻,显示出邢峦的政治远见与气度。文章用词质朴,明白如话,排比等修辞的运用,使得文章气势充沛。此外如邢峦《请不渡淮表》陈述北魏不可渡淮;邢臧《与王昕王晖书》劝告王昕、王晖加强修养,积极谋取仕进;邢虬《驳奏害母事》针对雁门人害母之事,驳斥八座之议,申述孝悌之意等。这些文章发挥了文学的功用,指斥现实,具有非常重要的意义,同时也显示了河间邢氏深厚的儒学素养和文学才华。

四、河北其他文学创作

除清河崔氏、博陵崔氏、范阳卢氏、赵郡李氏、渤海高氏和河间邢氏六大家族文学创作外,北魏河北地区还有其他一些作家的文学创作。许多作家的文学创作由于其他原因早已散佚,像李彪曾云:“故著作渔阳傅毗、北平阳尼、河间邢产、广平宋弁、昌黎韩显宗等,并以文才见举,注述是同,皆登年不永,弗终茂绩。”②据李彪所言,傅毗、阳尼、邢产、宋弁、韩显宗都是世宗朝著名的文学家,遗憾的是像傅毗、阳尼、邢产这些河北地区的文学家的作品今已不传。据笔者粗略统计,今存河北地区其他文学家 12 家 49 篇,全部为奏疏。这些奏疏均是向皇帝陈述自己的政治观点,拾遗补阙,具有重要的现实意义。像李彪《表上封事七条》就是向高祖上书谈了自己对七件事情的认识,特别是第七条,讨论大臣守丧之事影响最大。作者由《礼

① 严可均:《全上古三代秦汉三国六朝文》,中华书局 1958 年,第 3629 页。
② 《魏书》卷六十二《李彪列传》,中华书局 1974 年,第 1397 页。

记》中守丧三年的定制谈起,列举了历朝丧礼制度的变迁,谈到北魏时说:

> 圣魏之初,拨乱返正,未遑建终丧之制。今四方无虞,百姓安逸,诚是孝慈道洽,礼教兴行之日也。然愚臣所怀,窃有未尽。伏见朝臣丁大忧者,假满赴职,衣锦乘轩,从郊庙之祀,鸣玉垂緌,同节庆之宴,伤人子之道,亏天地之经。愚谓如有遭大父母、父母丧者,皆听终服。若无其人有旷庶官者,则优旨慰喻,起令视事,但综司出纳,敷奏而已,国之吉庆,一令无预。其军戎之警,墨缞从役,虽愆于礼,事所宜行也。如臣之言,少有可采,愿付有司,别为条制。①

在孝文帝实施守孝三年之后,李彪又主张臣下也应守孝三年,这是北魏丧礼体制改革中的大事,是孝文帝太和改革中的重头戏。作者分析了北魏官员在祖父母、父母丧期间仍然衣锦乘轩的行为,认为有伤人伦之化,于是主张臣下也应守孝三年。孝文帝最终采纳了李彪之议,北魏的丧礼体制趋于完善。这段文字骈散相间,文采斐然,具有很强的文学性。此外像李平《谏幸邺表》认为皇帝行幸劳民伤财,甄琛《请弛盐禁表》劝谏世宗不要禁止采盐,张彝《上采诗表》劝谏世宗恢复采诗制度,李崇《请减佛寺功材以修学校表》劝谏肃宗兴复学校教育,高闾《谏讨淮北表》陈述不宜出兵淮北的四条理由,程骏《请停兵招谕淮南表》请求文明太后不可对淮南一味用兵,而应以安抚为主等。这些奏疏充分显示了河北士人的聪明才智和文学才能。

综上所述,在北魏对河北经营开发的同时,其文学创作也呈现出繁荣景象。然由于河北地区本是儒学发达之地,故其文学创作亦与儒学相关联,多为规劝帝王的奏疏之作,其文学性不高,历来不受学人关注。若就北魏文学发展进程而言,清河崔氏、博陵崔氏、范阳卢氏、赵郡李氏、渤海高氏和河间邢氏六大家族以及其他河北士人的文学创作,共同促进了北魏河北地区的文学繁荣,对北魏文学的发展做出了巨大贡献。

第三节 河西文学

在中国文化发展史上,凉州的地位极为重要。近人陈寅恪先生曾云:

---

① 李彪:《表上封事七条》,严可均:《全上古三代秦汉三国六朝文》,中华书局1958年,第3725页。

"西晋永嘉之乱,中原魏晋以降之文化转移保存于凉州一隅,至北魏取凉州,而河西文化遂输入于魏,其后北魏孝文、宣武两代所制定之典章制度遂深受其影响,故此(北)魏、(北)齐之源其中亦有河西之一支派。"①陈寅恪先生慧眼如炬,注意到凉州文化对北朝、乃至唐代典章制度的影响。今人赵吉惠先生认为:"北朝儒学之兴,其基础在于河西文化和北方世族的儒学传统。永嘉之乱后,凉州一带成为中原士人避难地之一,中原文化遂转移保存于凉州一隅。……凉州后归北魏,这样,河西文化遂入北魏。"②赵吉惠先生敏锐地意识到凉州文化对北魏儒学之影响。河西文化及其影响,学术界关注度极高,被中国知网所收录的论文就有200余篇。河西文学的研究,目前刚刚起步,中国知网收录的论文有20余篇。比较有代表性的论文有:刘跃进《河西四郡的建置与西北文学的繁荣》③指出随着河西四郡的建置,丝绸之路的开通,西北文人崛起,西北文学初见成效。刘梅兰《文学地理学视阈下的唐代河西边塞诗歌研究》④认为河西边塞苦寒、壮美、奇丽的自然地理环境,以及凉州、燕支山、玉门关、阳关,胡乐、胡舞、边地风情、边地战争等人文地理环境,形成唐代河西边塞诗的特有意象。陈玲《北朝河西文学创作论》⑤认为河西文学在创作上呈现出的总体风格是典雅纯正,充满了现实关怀,具有鲜明而浓厚的儒家文学特征。这些论文对河西文学的探讨,都具有十分重要的引领作用。北魏河西文学创作如何,惜无人探究,故撰此文试论述之。

一、河西文学创作的文化语境

凉州是河西重镇,北接沙漠,左依黄河,右傍祁连山,是中原通往西域的重要门户,故历来为兵家所争之地。六国至秦,为戎狄与月氏所居。后匈奴破月氏,遂霸有河西。刘邦于高祖七年(前200)战败于白登,此后历代君主委曲求全,遂以和亲政策保西北安宁。汉王朝经四代100余年的忍辱负重,终于在汉武帝时期败匈奴,建张掖、酒泉、敦煌、武威四郡。河西四郡的建置,是汉王朝对匈奴战争的最大胜利,也昭示了中原王朝欲问津凉州要塞的目标。汉昭帝时增金城一郡,遂为河西五郡,改雍州为凉州,五郡

① 陈寅恪:《隋唐制度渊源略论稿》,北京三联书店1954年,第2页。
② 赵吉惠、郭厚安、赵馥洁、潘策:《中国儒学史》,中州古籍出版社1991年,第440页。
③ 刘跃进:《河西四郡的建置与西北文学的繁荣》,《文学评论》2008年第5期。
④ 刘梅兰:《文学地理学视阈下的唐代河西边塞诗歌研究》,《理论界》2017年第1期。
⑤ 陈玲:《北朝河西文学创作论》,《甘肃联合大学学报》2010年第4期。

皆属焉。此时之凉州恐非一个行政区划,因为朝廷并不派遣长官,而是由在京城的凉州刺史管辖,实际上是临时性的行政监察区。东汉中平五年(188),汉灵帝刘宏改刺史、新置牧,委派了第一任凉州牧窦融。窦融的到任,标志着凉州成为真正意义上的行政区划的开始。河西五郡的设立,隔绝西羌、西域,犹如断匈奴右臂,匈奴当然不会善罢甘休,此后河西战乱频仍。东汉献帝时,废凉州,河西五郡归属雍州。三国时凉州属魏,魏文帝将河西五郡从雍州分离出来,复置凉州,增西平郡、西海郡,遂为河西七郡,并委派数任凉州牧、凉州刺史行使管理之责。西晋时凉州仍辖七郡,只是少了金城,多了西郡。永嘉之乱后,凉州先后出现过五个独立的政权,它们是张骏建立的前凉(345—376),吕光建立的后凉(386—403),秃发乌孤建立的南凉(397—414),李暠建立的西凉(400—421),段业建立的北凉(397—439)。

河西在军事上具有重要的战略意义,祁连山、焉支山是两个天然的屏障,匈奴失二山后曾痛苦地吟诵道:"亡我祁连山,使我六畜不蕃息;失我焉支山,使我妇女无颜色。"①特别是金城,更是军事要塞,《水经·河水注》称其命名是由于"金者取其坚固也,故墨子有金池汤池之言矣"②。这样的军事要塞,培育了凉州崇尚武功的习俗。《汉书·赵充国辛庆忌传赞》云:"秦、汉已来,山东出相,山西出将。……山西天水、陇西、安定、北地处势迫近羌胡,民俗修习战备,高上勇力鞍马骑射。"③《武威县志》亦云:"烈士武臣,多出凉州,士风壮猛……凉州士民所以推锋执锐,父死子战无反顾之心者,为臣属汉故也。"④在这样的文化氛围中,凉州尚武习俗也就不难理解了。许多著名的将军,像李陵、苏武、卫青、霍去病、窦宪等均洒泪于此。

民俗尚武,自然就重武功,相反文化随之就不发达。汉灵帝中平元年(184),凉州刺史宋枭对敦煌人盖勋云:"'凉州寡于学术,故屡致反暴。今欲多写孝经,令家家习之,庶或使人知义。'勋谏曰:'昔太公封齐,崔杼杀君;伯禽侯鲁,庆父篡位。此二国岂乏学者?今不急静难之术,遽为非常之事,既足结怨一州,又当取笑朝廷,勋不知其可也。'枭不从,遂奏行之。果被诏书诘责,坐以虚慢征。"⑤宋枭之言大约反映了凉州的实际情形。在儒

① 《史记》卷一百一十《匈奴列传》,中华书局1982年版,第2909页。

② 郦道元著、陈桥驿校证:《水经注校证》,中华书局2007年,第49页。

③ 《汉书》卷六十九《赵充国辛庆忌列传》,中华书局1964年,第2998—2999页。

④ 张之浚:《五凉考治六德集全志·武威县志》,《中国地方志丛书》,成文出书社有限公司1976年,第78页。

⑤ 《后汉书》卷五十八《虞傅盖臧列传》,中华书局1956年,第1880页。

学极为兴盛的汉代，到东汉灵帝刘宏时凉州仍“寡于学术”，故宋枭建议抄写《孝经》教化百姓，这既是稳固统治的一种手段，又可以促使凉州学术的兴起。遗憾的是，宋枭之议未被采纳，凉州失去一次很好的文化振兴的机会。

西汉后期，三辅战乱骤起，富庶的凉州成为人们理想的避难所，“时天下扰乱，唯河西独安，而姑臧称为富邑，通货羌胡，市日四合，每居县者，不盈数月辄致丰积”①。也就在此时，天水人隗嚣与扶风人窦融称雄河西，大批中原人士纷纷投奔，河西儒学开始崛起。隗嚣本是汉代儒学大师刘歆的幕僚，喜好经书，有较好的儒学素养。西汉末年战乱，他逃归乡里，礼贤下士，许多中原士人依附于他，长安谷恭、平陵范逡、平陵赵秉、平陵苏衡、平陵郑兴、扶风申屠刚、扶风杜林、平襄行巡、阿阳人王捷、长陵人王元等中原士人均投奔于他，名震河西。在这些文人中，许多是饱读经书的通儒。窦融高祖父、从祖父、从弟等曾在河西为官，累世在河西，知其土俗，故在西汉末动乱时乘势起河西。他接纳文人之士，河内蔡茂、扶风孔奋均以儒学显。隗嚣与窦融两个集团，使得本来是文化沙漠的河西，初步传入儒学。

西晋末年，永嘉之乱，中原遭到极大的破坏，就连地处北方的长安也在所难免，“长安城中户不盈百，墙宇颓毁，蒿棘成林”②。张骏、吕光、秃发乌孤、李暠、段业乘势起凉州，依次建立了前凉、后凉、南凉、西凉、北凉五个割据政权。中原士人为了躲避战乱，纷纷西奔凉州，《晋书·张寔传》载投奔张寔的中原士人就达万余人。中原士人的加盟，使得凉州的儒学得以兴盛。前凉早期割据者张轨为汉常山王张耳之后，家世儒学，对儒学有很好的造诣，天下士人，纷纷归附。其后张寔、张骏、张重华、张祚、张玄靖、张天锡等前凉诸君均好儒重贤，儒学大兴。鲜卑人秃发乌孤建南凉，儒学亦呈兴盛态势，建国学以教育胄子，段懿、孟祎，武威之宿望；辛晁、彭敏，秦、陇之冠冕；斐敏、马辅，中州之令族；张昶，凉国之旧胤。南凉人才济济。而且从《晋书·秃发乌孤载记》来看，南凉君臣谏对之辞多引《春秋》《诗经》《易经》等儒学经典，显示了很好的儒学素养。北凉国君沮渠蒙逊喜好儒学，“起游林堂于内苑，图列古圣贤之像。九月，堂成，遂宴群臣，论谈经传”③。

西汉末年，隗嚣与窦融两个政治集团所接纳的儒学之士，促进了河西

① 《后汉书》卷三十一《郭杜孔张廉王苏羊贾陆列传》，中华书局1965年，第1098页。
② 《晋书》卷五《晋愍帝本纪》，中华书局1974年，第116页。
③ 崔鸿：《十六国春秋》卷九《北凉录》，吉林出版集团2005年，第92页。

儒学的初步发展。永嘉之乱后,凉州五个割据政权接纳了大量流寓西北的文人,凉州儒学始向繁荣。

太延五年(439),北魏太武帝拓跋焘灭掉河西走廊最后一个割据政权北凉,并将河西士人迁徙到北魏首都平城,设平凉郡加以管辖,是为平凉户。关于平凉户的户数,《魏书·世祖本纪》记为三万余家,《资治通鉴·宋纪》载为三万户,《十六国春秋》记为十万户,孰对孰错,尚难分辨。今人杨洪权先生以为平凉户有广义和狭义之分①,狭义是指姑臧人,广义指包括凉州所有郡县被迁徙到平城的人。本文所讨论的就是广义的平凉户。在人数众多的平凉户中,许多人是饱学的儒生,如刘昞、索敞、胡叟、常爽、宋繇、程骏、张湛、阚骃、常景、李冲等人,他们的儒学成就,促进了北魏儒学的复兴。"太和中,改中书学为国子学,建明堂辟雍,尊三老五更,又开皇子之学。及迁都洛邑,诏立国子太学、四门小学。高祖钦明稽古,笃好坟典,坐舆据鞍,不忘讲道。刘芳、李彪诸人以经书进,崔光、邢峦之徒以文史达,其余涉猎典章,关历词翰,莫不縻以好爵,动贻赏眷。于是斯文郁然,比隆周汉。"②在魏晋南北朝儒学衰微之时,北魏儒学出现复兴的局面,平凉户之功绩实不可没。

二、十六国时期的河西文学

西晋末年,永嘉之乱,晋室南渡,北方先后出现了诸多国家,其中的成汉、前赵、后赵、前凉、北凉、西凉、后凉、南凉、前燕、后燕、南燕、北燕、夏、前秦、西秦、后秦十六个国家实力强劲,被统称为十六国。十六国时期,从304年李雄和刘渊分别在蜀地建立成国(成汉)、在中原建立汉赵(后称前赵)时起,至439年北魏拓跋焘(太武帝)灭北凉为止,前后136年。这一段时期,正是北魏初期,以及其前身代国存在的时期。

十六国中,前凉、北凉、西凉、后凉、南凉五个政权建都于凉州。此时中原战乱,民生凋敝,唯有河西社会安定、经济繁荣,吸引大批南来避难士民,尤其是大量饮誉海内的家族和名士前来避难和定居,带来了发达的中原文化,促进了河西文化与文学的繁荣。

五凉时期河西有多少作家、作品,学术界的看法也不一致。曹道衡先生在《十六国文学家考略》一文中首次考出五凉文人15人,包括前凉张骏、

① 杨洪权:《两晋南北朝徙民中若干问题研究》,吉林人民出版社2004年,第39页。

② 《魏书》卷八十四《儒林列传》,中华书局1974年,第1842页。

谢艾、张斌、宋纤、杨宣、马岌、索绥，后凉吕光、段业，西凉李暠、刘昞，南凉秃发归，北凉张穆、张湛、宗钦。① 赵以武先生在曹道衡先生考证的基础上，增加了前凉张轨、张重华、王济、张天锡，后凉宗敞，西凉梁中庸，北凉胡叟七人，从而使五凉文人增加到22人。② 胡阿祥先生认为河西文人有前凉宋纤、谢艾、张斌、索绥，南凉秃发归，西凉刘昞，北凉张穆、宗钦、段承根9人。③ 任伟先生在赵以武先生考证22人的基础上减去王济和梁中庸2人，增加前凉张寔、张茂、张祚、张瓘、索遐、纪锡、索孚，西凉张显、氾称，南凉秃发利鹿孤、史暠，北凉沮渠蒙逊、沮渠牧犍、张披、阚名、段龟龙、阚骃17人，共计37人，作品89篇。④ 白守宁先生重新进行考证，统计出前凉张轨、张茂、张寔、张骏、张重华、宋纤、杨宣、马岌、张天锡、张祚、谢艾、张瓘、索遐、纪锡、王济、索绥、索孚、张斌18人，后凉吕光、段业2人，西凉李暠、刘昞、梁中庸、张显、氾称5人，南凉秃发利鹿孤、秃发明德归、史暠、宗敞4人，北凉沮渠蒙逊、沮渠茂虔、张披、阚名、胡叟、张穆、宗钦、段承根、张湛、索敞、阴兴、阴仲达、程骏、程伯达14人，共计43人，存诗3首、文54篇、赋1篇，佚诗16首、文17篇、赋6篇。⑤ 以上研究者所统计的结果，作家从9人至43人不等，作品从58篇到89篇不等。出现这种现象的原因在于，不同研究者对文学的认识不同，有些只关注纯文学，有些持杂文学观念，甚至有些研究者将亡佚的作品也算在一起。在这所有数据中，白守宁硕士的统计值得注意，至少他统计的58篇作品均存录于逯钦立《先秦汉魏晋南北朝诗》和严可均《全上古三代秦汉三国六朝文》中。然这些作家，有些从五凉政权灭亡后进入北魏，故其作品哪些作于十六国时期，哪些作于北魏，仍很难判别。

对五凉时期河西文学的评价，历来也有不同。赵以武先生认为"五凉时期河西的文学创作，无论就文人的数量，还是就作品的质量而言，都居于北中国文坛之首的地位"⑥。胡阿祥先生认为"河西文学在河西'本土作家'与外来'儒英'的双重刺激下，表现出清典纯正的儒家文学特征"⑦。巨

① 曹道衡：《十六国文学家考略》，《中古文学史论文集》，中华书局1986年，第376—384页。

② 赵以武：《关于五凉文学的评价问题》，《社会科学》1989年第4期。

③ 胡阿祥：《魏晋时期河西地区本土文学述论》，《洛阳大学学报》2002年第3期。

④ 任伟：《十六国时期的河西本土文学及其与南北各方的交流》，《河西学院学报》2008年第6期。

⑤ 白守宁：《五凉时期的河西文化与文学》，南京师范大学2017届硕士学位论文，中国知网。

⑥ 赵以武：《关于五凉文学的评价问题》，《社会科学》1989年第4期。

⑦ 胡阿祥：《魏晋时期河西地区本土文学述论》，《洛阳大学学报》2002年第3期。

虹先生认为“五凉时期河西地区的文学创作情况却比较活跃,并取得了一定的成绩”①。与赵、胡、巨三位先生意见相左的,是出现了一些负面的评价。武守志先生认为“十六国时期的河西地区,文坛上一片寂寞:没有刻意作文的文学家,没有较高价值的文学作品,看不到有什么独立的文学艺术理论,仅存的极其有限的诗、赋、颂、赞和表章、手令中笼罩着政治功利和道德教化的迷雾,突出言志,没有人的共性和个性自我,雕琢模仿而无自然天真”②。一褒一贬,何者为是?笔者以为过分夸大或贬低五凉时期河西文学,都不是学者应有的态度,只有实事求是,方可得到较为公允的判断。

五凉时期的赋创作继承东汉赋风的倾向极为明显。东汉时期,由于社会变革和社会现实的变迁,汉赋创作发生了较大变化,昔日称霸文坛的大赋逐渐退出,都邑赋、述志赋、抒情小赋开始勃兴。河西是儒学发达的区域,受儒学的影响,五凉时期的赋或述志或抒情,表现出较为明显的儒学价值观。段业《龟兹宫赋》是吕光攻入龟兹城后而作,“光入其城,大飨将士,赋诗言志。见其宫室壮丽,命参军京兆段业著《龟兹宫赋》以讥之”③。《龟兹宫赋》虽已亡佚,但据此知其是都邑赋,与东汉赵壹《刺世疾邪赋》同类,是讽刺之作。李暠《槐树赋》是慨叹河西荒凉之作,“先是,河右不生楸、槐、柏、漆,张骏之世,取于秦陇而植之,终于皆死,而酒泉宫之西北隅有槐树生焉,玄盛又著《槐树赋》以寄情,盖叹僻陋遐方,立功非所也”④。由此知,《槐树赋》是述志赋,描述河西偏僻荒凉,非建功立业之所。五凉时期河西赋唯一传世作品是李暠的《述志赋》。李暠兵无血刃,坐定千里,拥有河西之地,为群雄奉为盟主,遂有称霸河西之心。然此时秃发傉檀占据姑臧城,沮渠蒙逊势力不断扩张,于是创作《述志赋》表现自己的志向。文末“将建朱旗以启路,驱长毂而迅征,靡商风以抗旆,拂招摇之华旌,资神兆于皇极,协五纬之所宁。赳赳干城,翼翼上弼,恣馘奔鲸,截彼丑类。且洒游尘于当阳,拯凉德于已坠。间昌寓之骖乘,暨襄城而按辔”⑤一段,将自己歼灭异己、统一河西、称霸天下、重振大凉雄风的志向表现得淋漓尽致。

五凉时期的诗歌也以抒情言志之作为主,如“著作郎段业以光未能扬清激浊,使贤愚殊贯,因疗疾于天梯山,作表志诗《九叹》、《七讽》十六篇以

---

① 巨虹:《五凉时期河西地区部分文学作品研究》,《牡丹江师范学院学报》2013 年第 5 期。

② 武守志:《五凉文学探赜——兼论文学的自觉》,《兰州教育学院学报》1986 年第 4 期。

③ 《晋书》卷一百二十二《吕光载记》,中华书局 1974 年,第 3055 页。

④ 《晋书》卷八十七《凉武昭王李玄盛列传》,中华书局 1974 年,第 2267 页。

⑤ 严可均:《全上古三代秦汉三国六朝文》,中华书局 1958 年,第 2356 页。

讽焉”①。张掖督邮傅曜考核属下官员，丘池令尹兴担心自己劣迹被大白于天下，便杀死傅曜，傅曜托梦吕光，诉说自己冤屈。段业闻知此事后，写下《九叹》《七讽》十六篇予以讽刺，表达自己的愤世嫉俗之情。《九叹》《七讽》今不存，存世诗歌3首。张骏《薤露行》描写晋末社会动乱以及自己的志向："在晋之二世，皇道昧不明。主暗无良臣，艰乱起朝廷。七柄失其所，权纲丧典刑。愚猾窥神器，牝鸡又晨鸣。哲妇逞幽虐，宗祀一朝倾。储君缢新昌，帝执金墉城。祸衅萌宫掖，胡马动北垌。三方风尘起，猃狁窃上京。义士扼素腕，感慨怀愤盈。誓心荡众狄，积诚彻昊灵。”②这首诗前十六句写西晋末年贾后祸乱宫廷、太子司马遹被害、赵王司马伦篡权、八王之乱、胡族入侵等重大历史事件，高度凝练地回顾了西晋王朝覆灭的历史过程。最后四句，抒发了自己誓心克复中原的爱国热忱。《薤露行》是乐府古题，本为送葬哀挽之辞，用以送王公贵人。曹操《薤露行》借古乐府古题写时事，写汉末重大历史变故，被誉为“汉末实录”。张骏此诗很明显是模仿曹操之作，是晋末实录。风格明朗刚健，充满志在靖难的壮怀之音，与建安诗歌是一脉相承的，只不过文学性略差而已。

张骏《东门行》描绘了凉州优美的风光，“庆云荫八极，甘雨润四垌。昊天降灵泽，朝日耀华精。嘉苗布原野，百卉敷时荣。鸠鹊与鹙黄，间关相和鸣。绿萍覆灵沼，香花扬芳馨”③。春风和煦，春雨淅沥，麦苗青青，百花怒放，鹊鹙和鸣，绿萍覆池沼，香气氤氲，好一幅清新淡雅、自然和融的春景图。最后“休否有终极，落叶思本茎。临川悲逝者，节变动中情”④四句抒发了珍惜时光、自强不息的豪情。“比起同时一些玄言诗人的‘淡乎寡味’之作，却丝毫不减逊色。”⑤

马岌《酒泉南山石壁诗》则与以上二诗略有不同，这首诗是为了专门歌咏隐居酒泉城南文殊山的宋纤。宋纤少有大志，一心向学，不喜攀结世俗权贵，酷爱山水林木之胜、清泉溪谷之美。大约在前凉张骏在位之初，宋纤游学来到酒泉，遍历酒泉山水形胜，见城西南30里处有文殊山风景佳丽，于是欣然留住其间，依崖凿壁，内修石窟，外建草堂，终日与松柏杨柳为伍，与清泉流水伴读。宋纤在文殊山一住就是30余年，他苦研经史典籍，

① 《晋书》卷一百二十二《吕光载记》，中华书局1974年，第3059页。
② 逯钦立：《先秦汉魏晋南北朝诗》，中华书局1983年，第876页。
③ 逯钦立：《先秦汉魏晋南北朝诗》，中华书局1983年，第877页。
④ 逯钦立：《先秦汉魏晋南北朝诗》，中华书局1983年，第877页。
⑤ 曹道衡：《五凉文化及其历史地位》，《文史知识》1997年第6期。

躬身修养德性，潜心著述，聚徒讲学，受业弟子累计达3000余人。东晋成帝咸康年间，前凉酒泉郡太守马岌，闻宋纤之贤，专门造访，宋纤深居高楼崇阁之中，辞不出见，马岌于是题写此诗于石壁之上："丹崖百丈，青壁万寻。奇木蓊郁，蔚若邓林。其人如玉，维国之琛。室迩人遐，实劳我心。"① 前四句写文殊山秀美的景色，山上的红土危崖和青色石壁陡峭耸立，红、青相映成趣，望之令人生威。林木青翳，佳木繁荫，望之蔚然如邓林。后四句赞扬名士宋纤具有高洁如玉的美德，超世拔俗，卓尔不群，堪称国之瑰宝。这首诗歌大约受东汉末年人物品评风气的影响，可以称得上是品评人物的名篇。形式上采用了四言体，艺术上也与西晋嵇康四言诗有相似之处。

五凉时期河西还有许多歌谣、谣谚，这些作品流传于民间，多不为人所关注。此时的作品，大约可分为以下两类，是从不同角度反映了河西社会民俗。

《祁嘉夜闻人呼语》和《宋纤画像颂》反映了河西人两种不同的人生价值取向。祈嘉20岁在家乡酒泉读书时，半夜听到窗外有人呼喊："祈孔宾，祈孔宾！隐去来，隐去来！修饰人世，甚苦不可谐。所得未毛铢，所丧如山崖。"②清人杜文澜编辑《古谣谚》时收入此歌谣，题名《祁嘉夜闻人呼语》。祈嘉受到这首歌谣启发，第二天离开酒泉，前往敦煌，进入官府学校中刻苦学习，终成一代名儒。他依据《孝经》而创作《二九神经》，教授生徒，弟子多达2000余人。这首歌谣文学性不强，通过"所得未毛铢，所丧如山崖"这样悬殊的对比，说明隐居之不可取，突出前凉儒学教育的重要性。与此相反的则是宋宣《宋纤画像颂》。宋纤隐居文殊山，潜心学术，隐居不仕。前凉酒泉太守杨宣画其像于楼阁之上，并题诗一首："为枕何石？为漱何流？身不可见，名不可求。"③"为漱何流"语出"枕石漱流"典故，《世说新语·排调》对此有直观的解释："孙子荆年少时欲隐，语王武子'当枕石漱流'，误曰'漱石枕流'。王曰：'流可枕，石可漱乎？'孙曰：'所以枕流，欲洗其耳；所以漱石，欲砺其齿。'"④此段记载虽系调笑，但基本上说明了"枕石漱流"是洗耳朵，亦即处于尘世之外。此前《三国志·彭羕传》亦有对"枕石漱流"高度概括性的诠释："伏见处士绵竹秦宓……枕石漱流，吟咏缊袍，

---

① 逯钦立：《先秦汉魏晋南北朝诗》，中华书局1983年，第951页。
② 《晋书》卷九十四《隐逸列传》，中华书局1974年，第2456页。
③ 《晋书》卷九十四《隐逸列传》，中华书局1974年，第2453页。
④ 余嘉锡：《世说新语笺疏》，中华书局1983年，第918页。

偃息于仁义之途，恬惔于浩然之域。"①据此，"枕石漱流"是指超然物外、脱俗高雅的隐士生活。《祁嘉夜闻人呼语》和宋宣《宋纤画像颂》反映了此时河西两种不同的生活：隐居和出仕，这是当时人们生活的真实写照。随着丝绸之路的恢复，特别是到北魏建国之后佛教传入，文人隐居石窟读书、授徒成为一种时尚。

《姑臧谣》和《朔马谣》是对五凉时期社会现实的反映，文学性最高，历来受到人们的高度关注。《姑臧谣》是歌颂前凉国君张骏的，"鸿从南来雀不惊，谁谓孤雏尾翅生，高举六翮凤凰鸣"②。"鸿"是指张骏，"六翮"指鸟的翅膀。这首歌谣采用形象化的比喻，描写凤凰从幼鸟逐渐长大、到展翅高飞的过程，暗示张骏羽翼丰满，即国君宝座，并攻占南方领土。《朔马谣》是针对吕光迁徙西海郡人往他地而作，"朔马心何悲，念旧中心劳。燕雀何徘徊，意欲还故巢"③。以"朔马""燕雀"心恋故地、故巢为喻，抒发西海郡人眷恋故乡的悲伤心情。

五凉时期河西文学还有50余篇其他各类文章，正如《周书·王褒庾信传论》所论的"兢奏符檄，则粲然可观；体物缘情，则寂寥于世"④一样，此时的文体主要有章、奏、符、檄等军国文翰，文学性不高。刘勰评价此时文学时称"昔谢艾王济，西河文士，张骏以为艾繁而不可删，济略而不可益；若二子者，可谓练熔裁而晓繁略矣"⑤。刘勰借张骏的评价肯定了谢艾、王济的文学成就：谢艾的文章虽然繁富却不可删削，王济的文章虽然简略但却不可增益。在《文心雕龙·章表》中，刘勰又说"张骏自序，文致耿介，并陈事之美表也"⑥，认为张骏《上疏请讨石虎李期》文辞精致，义理光明正大，写得很有骨气。李延寿认为"区区河右，而学者埒于中原，刘延明之铭酒泉，可谓清典"⑦，认为刘延明《酒泉铭》清丽典雅。五凉时期河西散文成就较高者，也就是以上几位作家的创作。其中，刘延明《酒泉铭》、王济文章未见史载，故亦未留存于今。谢艾文章今存《献晋帝表》《上疏言赵长张祚事》《密令与杨初》三篇，张骏今存《上疏请讨石虎李期》《下令境中》《山海经图赞》三篇。

---

① 《三国志》卷四十《刘彭廖李刘魏杨传》，中华书局1959年，第995页。
② 逯钦立：《先秦汉魏晋南北朝诗》，中华书局1983年，第793页。
③ 逯钦立：《先秦汉魏晋南北朝诗》，中华书局1983年，第1029页。
④ 《周书》卷四十一《王褒庾信传》，中华书局1971年，第743页。
⑤ 刘勰著、范文澜注：《文心雕龙注》，人民文学出版社1958年，第544页。
⑥ 刘勰著、范文澜注：《文心雕龙注》，人民文学出版社1958年，第407页。
⑦ 《北史》卷八十三《文苑列传》，中华书局1974年，第2778页。

谢艾是前凉著名将领，儒生出身，官至酒泉太守、福禄县侯。谢艾文武兼备，曾三次以少胜多，击败后赵名将麻秋，迫使石虎放弃灭亡前凉的企图；同时擅长于文学创作，有《谢艾集》。北凉哀王沮渠牧犍在位时，曾向南朝宋贡献方物，其中就有《谢艾集》。此书直到唐朝初年仍然存世，魏徵编撰《隋书·经籍志》时，著录此书，此后不见记载，恐久已亡佚。《晋书》记载时人评价谢艾时，均以文武兼长称之，如张耽云："主簿谢艾，兼资文武，明识兵略，若授以斧钺，委以专征，必能折冲御侮，歼殄凶类。"①索遐云："左长史谢艾，文武兼资，国之方邵，宜委以推毂之任。"②像这样文韬武略的谢艾，在中国文学史上确实不多见。刘勰评谢艾的文章"繁而不可删"，今存《献晋帝表》《上疏言赵长张祚事》《密令与杨初》三篇，很难说是"繁"，而是"简"，甚至口语化，如"登三纬地，乘六御天，靖埽妖氛，广清异类"③"今遣舍人孔章特口论要密，将军可差腹心人诣致珊瑚鞭勒香、璎一具遗王擢。王擢狐疑于将军父子，事得施矣"④等，大约被刘勰称为"繁而不可删"的已散佚了。

张骏是前凉国君，在位励精图治，扩大国土，周旋于后赵石勒与东晋朝廷之间，不断扩张自己的势力。同时爱好文学创作，有《张骏集》八卷流传于世，《隋书·经籍志》有著录，今不传。留存于今的三篇作品，《下令境中》只有短短的几句话，《山海经图赞》为残篇，唯《上疏请讨石虎李期》是完整的长篇，是五凉河西文学的代表性作品。咸和九年(334)，东晋成帝司马衍封张骏为大将军，都督陕西雍秦凉州诸军事，张骏进献《上疏请讨石虎李期》一文。文章首先分析东晋初年的形势："伏惟陛下天挺岐嶷，堂构晋室，遭家不造，播幸吴楚，宗庙有《黍离》之哀，园陵有殄废之痛，普天咨嗟，含气悲伤。臣专命一方，职在斧钺，遐域僻陋，势极秦陇。勒雄既死，人怀反正，谓石虎、李期之命，曾不崇朝，而皆篡继凶逆，鸱目有年。"⑤司马衍即位后，苏峻、祖约叛乱，宫城迁移石头城，陶侃、温峤平定苏峻之乱，宫城回迁建康。后赵石虎攻占司州、豫州、徐州、兖州等地，与东晋隔淮河对峙。

---

① 《晋书》卷八十六《张轨列传》，中华书局 1974 年，第 2241 页。

② 《晋书》卷八十六《张轨列传》，中华书局 1974 年，第 2243 页。

③ 谢艾：《献晋帝表》，严可均：《全上古三代秦汉三国六朝文》，中华书局 1958 年，第 2353 页。

④ 谢艾：《密令与杨初》，严可均：《全上古三代秦汉三国六朝文》，中华书局 1958 年，第 2353 页。

⑤ 张骏：《上疏请讨石虎李期》，严可均：《全上古三代秦汉三国六朝文》，中华书局 1958 年，第 2351 页。

成汉李期攻陷汉中,与东晋在南郑对阵。张骏痛恨石虎、李期与晋为敌,假装与成汉联盟,乘机攻打后赵秦州诸郡,结果大败而归。继而表明自己忠于朝廷,誓灭石虎、李期的决心:“东西辽旷,声援不接,遂使桃虫鼓翼,四夷喧哗,向义之徒,更思背诞,铅刀有干将之志,萤烛希日月之光。是以臣前章恳切,欲齐力时讨。而陛下雍容江表,坐观祸败,怀目前之安,替四祖之业,驰檄布告,徒设空文。臣所以宵吟荒漠,痛心长路者也。”①作者说明自己势单力薄,难以剿灭石虎、李期的势力。东晋孱弱,无法援助张骏,只能坐观祸败,致使其空有报国热忱,故而痛心疾首。在这里,作者用“铅刀有干将之志,萤烛希日月之光”作比,亦即钝刀剑有干将的志向,萤火和蜡烛想有日月般的光明,以此表明自己誓死捍卫晋室的决心。最后规劝晋成帝:“臣闻少康中兴,由于一旅,光武嗣汉,众不满百,祀夏配天,不失旧物,况以荆阳剽悍,臣州突骑,吞噬遗羯,在于掌握哉!愿陛下敷弘臣虑,永念先绩,敕司空鉴、征西亮等泛舟江沔,使首尾俱至也。”②少康在同姓部落斟灌氏与斟鄩氏的帮助下,攻灭寒浞,光复夏朝;刘秀依靠南阳不足一百人的舂陵军大败王莽新朝军队,建立东汉。文章用少康、刘秀的典故,意在激励司马衍,只要相信少数可靠的势力,完全有可能收复失地,重振西晋雄风。作者劝谏成帝重用庾亮,排挤王导,只要庾亮领兵援助于他,他一定能够大败石虎、李期,平定北方。文章骈散相间,感情充沛,忠于王室的一片拳拳之心表现得淋漓尽致,是五凉河西文学难得的佳篇。

西晋末年战乱,大批中原人士为了避难逃至河西。因此,五凉时期河西文学受中原文学影响较深,其创作上继承汉魏晋文风的倾向比较明显。从文学创作来看,自建安以至西晋文学追求华美的审美趣味未能中断。如“臣守任西荒,山川悠远,大誓六军,不及听受之末;猛将膺扬,不豫告成之次。瞻云望日,孤愤义伤,弹剑慷慨,中情蕴结”③“观朝荣则敬才秀之士,玩芝兰则爱德行之臣。睹松竹则思贞操之贤,临清流则贵廉洁之行。览蔓草则贱贪秽之吏,逢飙风则恶凶狡之徒”④等文辞华丽之作,就是五凉河西

① 张骏:《上疏请讨石虎李期》,严可均:《全上古三代秦汉三国六朝文》,中华书局 1958 年,第 2351 页。

② 张骏:《上疏请讨石虎李期》,严可均:《全上古三代秦汉三国六朝文》,中华书局 1958 年,第 2351 页。

③ 张重华:《上疏请伐秦》,严可均:《全上古三代秦汉三国六朝文》,中华书局 1958 年,第 2351 页。

④ 张天锡:《答索商》,严可均:《全上古三代秦汉三国六朝文》,中华书局 1958 年,第 2352 页。

文学的主流风格。至于李暠《述志赋》、张骏《上疏请讨石虎李期》,更是河西华美文学之翘楚。北魏拓跋鲜卑族文学稚嫩,平定河西之后,那些华丽的文字多被焚烧。崔鸿在编撰《十六国春秋》时,为了迎合北魏皇族审美需求,将那些华美的文字未能收录,致使我们今天看到的五凉河西文学以质朴的风格为主。像"酒泉南山,即昆仑之体也。周穆王见西王母,乐而忘归,即谓此山。此山有石室、玉堂,珠玑镂饰,焕若神宫,宜立西王母祠,以裨朝廷无疆之福"①"惟龟兹据三十六国之中,制彼侯王之命,入其国城,天骥龙麟,腰褭丹髦,万计盈庋,虽伯乐更生,卫赐复出,不能辨也"②一类文辞质朴,不注重修辞技巧的文章,就成为五凉文学的主体。

综上所述,在河西儒学繁荣的背景下,五凉文学多为述志言情之作,以抒发自己的怀抱、展现自己的宏伟抱负为主要内容。在风格上,继承了建安以来华丽文学的遗风,并有骈俪化倾向。北魏平定河西后,出于统治者的喜好,河西文学大部分未能保存下来。在今存作品中,唯李暠《述志赋》、张骏《上疏请讨石虎李期》文学性较强,堪称佳作,余则较为平庸。所以,诸如"五凉文学创作成就居于当时北中国之首,是十六国文学的重要组成部分,上承建安,下启隋唐,其创作与偏安江南的东晋文学相比,难分伯仲,堪称上乘"③,"五凉文学不论从艺术水准还是表现技巧来说,与偏安江南的南朝文学对比,相与颉颃,并不逊色"④等过分夸大五凉文学成就的态度,是不足取的。

三、北魏平凉户的文学成就

太延五年(439),北魏太武帝拓跋焘灭掉河西最后一个割据政权北凉,占据凉州,河西所有郡县归顺北魏,史称平凉户。所谓"平凉户"之"凉"指北凉,故平凉户指世祖消灭北凉后,归顺北魏的所有河西百姓。他们有些被迁往京师平城,有些留在河西本地,有些被迁徙到其他地区。平凉户人数众多,其中有部分文士,他们是儒学家,同时又是文学家。

从体裁看,平凉户的诗歌既有四言诗,亦有五言诗。

---

① 马岌:《上言宜立西王母祠》,严可均:《全上古三代秦汉三国六朝文》,中华书局1958年,第2352页。

② 吕光:《平西域还上疏》,严可均:《全上古三代秦汉三国六朝文》,中华书局1958年,第2353页。

③ 王其英:《五凉文化的形成及其内涵与影响》,《发展》2009年第4期。

④ 黄成:《五凉时期河西地区的文化繁荣及其影响》,青海师范大学2008届硕士论文,中国知网。

平凉户四言诗今仅存宗钦《赠高允诗》、段承根《赠李宝诗》、程骏《庆国颂》三首。四言诗萌芽于上古歌谣和《周易》韵语，到《诗经》而集其大成。《诗经》是我国第一部诗歌总集，也是一部经学著作。因此，对《诗经》的诠释被赋予了更为深刻的社会内容。孔子提出《诗经》的兴、观、群、怨说，阐明其社会功用，成为先秦贵族子弟的教科书。春秋战国之际，《诗经》被断章取义地运用于各种外交场合，《左传》中大量引用《诗经》中的句子，或劝谏、或评论、或辨析、或抒慨，各有其作用。汉代儒学家将《诗经》的社会作用进一步发挥为“故正得失，动天地，感鬼神，莫近于诗。先王以是经夫妇，成孝敬，厚人伦，美教化，移风俗……上以风化下，下以风刺上，主文而谲谏，言之者无罪，闻之者足以戒”①的教化作用。自《诗经》之后，魏晋之际的曹操、嵇康的创作，使四言有中兴之态，但从整体上看，四言诗渐趋衰落。但在文学家的心目中，四言诗的地位并没有下降。刘勰有云：“若夫四言正体，则雅润为本；五言流调，则清丽居宗。”②挚虞亦云：“夫诗虽以情志为本，而以成声为节。然则雅音之韵，四言为正，其余虽备曲折之体，而非音之正也。”③在刘勰、挚虞生活的时代，五言诗已取代四言诗，成为诗坛创作的主体，但他们仍推四言诗为正体。在儒学家眼中，无论时代怎样发展，诗体如何演变，具有教化和歌功颂德功用的四言诗，任何时候仍然是诗歌之正途。北魏时期出现四言诗创作繁荣的局面，据不完全统计，逯钦立《先秦汉魏晋南北朝诗》收北朝四言诗 163 首，其中北魏《杂歌谣辞》22 首、文人诗 44 首，占 40%；现存北魏文人诗歌 90 余首，四言诗 44 首，占 48.9%。因此，可以毫不夸张地说，四言诗是北魏诗歌的主体。对于北魏四言诗兴盛的原因，卢有泉先生认为是“当时经晋室南迁的大动荡之后，北魏统治者长期既不立官学，也禁止私家讲学，士人全封闭在堡寨的高门氏族内。不重人才的培养和交流，使北魏初期文化落后、学术僵化、文人寥落”④。卢有泉之论是否准确尚可商榷，但至少不适用平凉户。宗钦、段承根是河西著名的儒学之士，继承了河西隐居钻研儒学的风尚，故其四言诗仍以颂美为主，在文学艺术方面显得略微薄弱。

宗钦《赠高允诗》是其归顺北魏后的赠献之作：

---

① 孔颖达：《毛诗正义》，阮元：《十三经注疏》，中华书局 1980 年，第 270—271 页。

② 刘勰著、范文澜注：《文心雕龙注》，人民文学出版社 1958 年，第 67 页。

③ 挚虞：《文章流别论》，严可均：《全上古三代秦汉三国六朝文》，中华书局 1958 年，第 1905 页。

④ 卢有泉：《北魏初四言诗兴盛之缘由》，《广西师范学院学报》2012 年第 4 期。

嵬峨恒岭，滉瀁沧溟。山挺其和，水耀其精。启兹令族，应期诞生。华冠众彦，伟迈群英。

于穆吾子，含贞藉茂。如彼松竹，陵霜擢秀。味老思冲，玩易体复。戢翼九皋，声溢宇宙。

我皇龙兴，重离叠映。刚德外彰，柔明内镜。乾象奄气，坤厚山竞。风无殊音，俗无异径。

经纬曰文，著述曰史。斟酌九流，错综幽旨。帝用询谘，明发虚拟。广辟四门，披延髦士。

尔应其求，翰飞东观。口吐琼音，手挥霄翰。弹毫珠零，落纸锦粲。坟无凝割，典无滞泮。

山降则谦，含柔为信。林崇日渐，明外斯进。有邈夫子，兼兹四慎。弱而难胜，通而不峻。

南董邈矣，史功不申。固倾佞实，雄秽美新。迁以陵腐，邕由卓泯。时无逸勒，路盈摧轮。

尹佚谟周，孔明述鲁。抑扬群致，宪章三五。昂昂高生，纂我遐武。勿谓古今，违规易矩。

自昔索居，沉沦西藩。风马既殊，标榜莫缘。开通有运，阐遇当年。披衿暂面，定交一言。

谘疑秘省，访滞京都。水镜叔度，洗悋田苏。望仪神婉，即象心虚。悟言礼乐，探赜诗书。

履霜悼迁，抚节感变。嗟我年迈，迅逾激电。进乏由赐，退非回宪。素发掩玄，枯颜落茜。

文以会友，友由知己。诗以明言，言以通理。盼坎迷流，觌艮暗止。庶尔虬光，四鳞曲水。①

高允是世祖神䴥四年(431)征召入京的中原士族，北魏著名的儒学家。在世祖太武帝平定凉州的战争中，高允以参谋之功，赐爵汶阳子，加建武将军。宗钦入魏后，与高允多有交往，关系融洽。宗钦《赠高允诗》就是赠与高允之作，高允得诗后作《答宗钦诗》以回赠，足见二人关系之友善。宗钦《赠高允诗》共十二章，前六章是赞美高允之作。渤海高氏名不见经传，亦非望族，其始祖汉太傅高裒亦无资料可寻，宋代洪适的《隶释》收录有“汉

---

① 宗钦：《赠高允诗》，逯钦立：《先秦汉魏晋南北朝诗》，中华书局1983年，第2198页。

执金吾高衰碑”,亦恐非其人。东晋末年,高瞻官至尚书郎。在南北朝之际,渤海高氏人才辈出,涌现出了北魏国舅高肇家族,北魏名相高允家族,东魏大丞相高欢家族,东魏大将军高昂家族等著名族系,高欢之子高洋建立了北齐。在高允之前族望不显的渤海高氏被宗钦称之为“令族”,其故乡渤海蓨县(今河北省景县)是内陆县,在今衡水市之东、德州市之西,距离渤海极为遥远。然就这样一个地方却被宗钦描摹成“嵬峨恒岭,滉瀁沧溟”,其首章誉美之情溢于言表。高允兄弟三人,二弟高推死于出使刘宋的途中,三弟高燮也仅官至州主簿,确实是“华冠众彦,伟迈群英”。第二章写高允幼时博学多闻,修养颇高,德比松竹,蓄势待发。事实上,高允博通经史天文术数,尤好《春秋公羊》,但仕途不显,40岁时才任从事中郎这样一个小官。第三章是颂圣,歌颂世祖皇帝雄才大略、聪明雄断、刚柔相济、廓定四表、混一戎华的丰功伟绩。第四章依然是颂圣,歌颂世祖皇帝文韬之功,礼贤下士,“广辟四门,披延髦士”,在全国范围内征召贤能之士。第五章写高允以其才华应诏入朝。第六章歌颂高允具有儒家的谦、信、慎独等美好的品德修养。第七、八章阐述自己的操守和史德。宗钦入魏后,其才华受到崔浩的赏识,被纳入北魏国史修撰的行列中,故这两章申述自己的操守和史德。诗人对南史、董狐秉笔直书、直书无隐精神的钦佩,对班固谄媚窦宪、扬雄颂美王莽行径的不满,对司马迁为修史而遭受宫刑、蔡邕因叹息董卓遭遇而身死的遗憾,表达了自己要学习在利簋上浇铸下“岁鼎克闻夙有商”铭文的史官尹佚以及孔子著《春秋》、左秋明述鲁的实录精神,做一名正直的史官。第九、十、十一、十二章写自己的人生际遇以及以文会友的良好愿望。诗人回忆自己昔日在北凉任世子洗马时的沉沦下僚,以及今日任著作郎的春风得意,并表示要像东汉廉范(字叔度)那样不轻易褒贬人物,做一个像田苏那样以儒学修身的好官。如今年纪老大,一事无成,进退维谷,希望高允能够施以援手。这首诗歌以颂美为主,辞藻堆垛寡变,用典颇多,显示出作者深厚的儒学素养。第十一章“履霜悼迁,抚节感变。嗟我年迈,迅逾激电。进乏由赐,退非回宪。素发掩玄,枯颜落茜”借景抒情,情景交融,抒情气氛浓郁,具有浓重的感伤情调,读起来感人至深,是全篇写得最好的诗句。

段承根《赠李宝诗》是写给李宝的一封求援信:

> 世道衰陵,淳风殆缅。衢交问鼎,路盈访玺。徇竞争驰,天机莫践。不有真宰,榛棘谁剪。

于皇我后，重明袭焕。文以息烦，武以静乱。剖蜂求珍，搜岩采干。野无投纶，朝盈逸翰。

自昔凉季，林焚渊涸。矫矫公子，鳞羽靡托。灵慧虽奋，祆氛未廓。凤戢昆丘，龙潜玄漠。

数不常抚，艰极则夷。奋翼幽裔，翰飞京师。珥蝉紫闼，杖节方畿。弼我王度，庶绩缉熙。

自余幽沦，眷参旧契。庶庇余光，优游卒岁。忻路未淹，离辔已际。顾难分歧，载张载继。

闻诸交旧，累圣叠曜。淳源虽漓，民怀余劭。思乐哲人，静以镇躁。蔼彼繁音，和此清调。

询下曰文，辩讦曰明。化由礼治，政以宽成。勉崇仁教，播德简刑。倾首景风，迟闻休声。①

李宝是西凉王李暠的孙子，北凉灭西凉后，李宝徙于姑臧，北奔伊吾，臣于蠕蠕。世祖攻灭北凉，李宝返回敦煌。太平真君三年(442)十二月，李宝遣使朝贡，被封为镇西大将军、开府仪同三司、沙州牧，爵敦煌公。太平真君五年(444)，因入朝，遂留京师，历任外都大官、镇南将军、并州刺史、内都大官、镇北将军等职。段承根本姑臧人，其父段晖出仕西秦，元嘉五年(428)，乞伏暮末即位，朝政日非，段承根出奔吐谷浑国。神麚三年(430)，吐谷浑国主慕璝归顺北魏，段承根方始迁入平城。在河西，段承根与李宝的人生似乎没有交集，大约太平真君五年二人到平城后方始有交往，具体情形无考。这首诗七章，前二章是颂圣，歌颂世祖文韬武略，平定河西，以及招贤纳士之功。第三、四章歌颂李宝英雄神武。昔日在凉州时，虽然为北凉所困扰，但麾下人才济济，如潜伏在沙漠中的蛟龙一般等待时机。今日归顺北魏，是京畿大官，功绩显赫，威震一时。第五、六、七章写自己目前的困境，以及祈求李宝施以援手，救自己于危难之中。所谓“幽沦”，意为沉沦、陷没，当指受崔浩国史案牵连入狱之事。此时旧交零落，世态炎凉，自己只有坐以等死。想想尚有一线生机，故求助于李宝，希望能够为自己辩明冤屈。这首诗语言典雅，辞藻堆砌，文学性稍弱。

程骏《庆国颂》，严可均收录在《全上古三代秦汉三国六朝文》中，实际上是一首四言诗。这首诗是庆贺之作，将四言诗颂美之功用发挥到极致：

① 段承根：《赠李宝诗》，逯钦立：《先秦汉魏晋南北朝诗》，中华书局 1983 年，第 2199 页。

乾德不言，四时迭序。於皇大魏，则天承祐。叠圣三宗，重明四祖。岂伊殷周，遐契三五。

明明在上，圣敬日新。汪汪睿后，体治垂仁。德从风穆，教与化津。千载昌运，道隆兹辰。

岁惟巡狩，应运游田。省方问苦，访政高年。咸秩百灵，柴望山川。谁云礼滞，遇圣则宣。

王业初定，中山是由。临幸之盛，情特绸缪。仰歌祖业，俯欣春柔。大哉肆眚，荡民百忧。

百忧既荡，与之更初。邕邕亿兆，户咏来苏。忽有狂竖，谋逆圣都。明灵幽告，发觉伏诛。

羿浞为乱，祖龙干纪。狂华冬茂，有自来矣。美哉皇度，道固千祀。百灵潜翦，奸不遑起。

奸不遑起，罪人得情。宪章刑律，五秩犹轻。於穆二圣，仁等春生。除弃周汉，遐轨牺庭。

周汉奚弃？忿彼苛刻。牺庭曷轨？希仁尚德。徽音一振，声教四塞。岂惟京甸，化播万国。

诚信幽赞，阴阳以调。谷风扇夕，甘雨降朝。嘉生含颖，深盛熙苗。鳏贫巷咏，寡妇室谣。

闻诸《诗》者，《云汉》赋宣。章句迴秀，英昭《雅》篇。矧乃盛明，德隆道玄。岂唯雨施，神征丰年。

丰年盛矣，化无不浓。有礼有乐，政莫不通。咨臣延跃，欣咏时邕。谁云易遇，旷龄一逢。

上天无亲，唯德是在。思乐盛明，虽疲勿怠。差之毫厘，千里之倍。愿言劳谦，求仁不悔。

人亦有言，圣主慎微。五国连兵，逾年历时。鹿车而运，庙算失思。有司不惠，蚕食役烦。

民不堪命，将家逃山。宜督厥守，威德是宣。威德如何？聚众盈川。民之从令，实赖衣食。

农桑失本，谁耕谁织？饥寒切身，易子而食。静言念之，实怀叹息。

昔闻典论，非位不谋。漆室忧国，遗芳载臭。咨臣昏老，偏蒙恩佑。忽忘狂瞽，敢献愚陋。①

据《魏书》本传载，“沙门法秀谋反伏诛。骏表曰……其颂曰……”②。沙门法秀谋反伏诛在太和五年(481)二月，故此文当为此年剿灭法秀叛乱分子所上的庆贺文章，分《表》和《颂》两篇。《表》中阐述本篇写作的缘起以及宗旨：“伏惟陛下、太皇太后，道合天地，明侔日月，则天与唐风斯穆，顺帝与周道通灵。是以狂妖怀逆，无隐谋之地；冥灵潜翦，伏发觉之诛。用能七庙幽赞，人神扶助者已。臣不胜喜踊。”③表达了对国家戡定叛乱由衷的喜悦之情，是典型的颂圣之作。写得最为精彩的是《颂》，“谨竭老钝之思，上庆国颂十六章，并序巡狩、甘雨之德焉”④。全诗共十六章，大致可分为四层。前四章为第一层，歌颂北魏祖业之宏大，帝业之稳固，国家之繁荣，实赖北魏历代帝王效法天命管理下民，体恤百姓，以德化育，故天下大治。紧接四章为第二层，歌颂国家平定法秀叛乱的功勋。北魏时期，沙门谋反事件众多，法秀只是众多沙门反叛事件中之一件，实在不足为奇。诗人为了凸显国家平叛之伟大，将法秀比作乱夏之羿浞、干纪之秦王嬴政，并称法秀伏诛后，再没有叛乱发生。再四章为第三层，歌颂北魏统治清明，阴阳调和，风调雨顺，政通人和，仁德广施，礼乐和顺。最后四章为第四层，文风一变，指斥连年战争给人民带来的灾难。战争频仍，导致民不堪命，逃至深山，无衣无食，饥寒交迫，易子而食，实在令人叹惋。“非位不谋。漆室忧国，遗芳载臭”有直言讽谕之意，告诫统治者在其位就要谋其政，关注民生疾苦，流芳百代。程骏的《庆国颂》是南北朝时期难得的诗篇之一，他那锐利的笔锋，面对现实的态度，对人民不幸的深切同情，是别的诗人无法比拟的。程骏祖上自中原逃至凉州，后又自凉州迁徙平城，故其中原文化的修养极高。从这首长诗的创作来看，继承汉赋创作精神极为明显。汉赋创作有“劝百讽一”的倾向，这首诗亦如是。全诗十六章，一百二十六句，仅后四章三十句为“讽”，其余均为“劝”。此外，我们还应注意到：第四章末尾为“百忧”，第五章开头为“百忧”，第六章末尾是“奸不遑起”，第七章开头为“奸不遑起”，第十章末尾为“丰年”，第十一章开头为“丰年”，这是模仿曹植《赠白

① 程骏：《庆国颂》，严可均：《全上古三代秦汉三国六朝文》，中华书局1958年，第3672—3673页。

② 《魏书》卷六十《程骏列传》，中华书局1974年，第1347—1348页。

③ 程骏：《庆国颂》，严可均：《全上古三代秦汉三国六朝文》，中华书局1958年，第3672页。

④ 程骏：《庆国颂》，严可均：《全上古三代秦汉三国六朝文》，中华书局1958年，第3672页。

马王彪诗》的辘轳体的创作手法。因此，这首诗从整体上是继承了汉魏诗风。

宗钦《赠高允诗》、段承根《赠李宝诗》从体式上看都是四言鸿篇巨制，宗钦《赠高允诗》十二章，章八句，共九十六句三百八十四字；段承根《赠李宝诗》七章，章八句，共五十六句二百二十四字；程骏《庆国颂》十六章，一百二十六句，五百零四字。葛晓音先生曾指出，这样的长篇四言诗本身就有其致命弱点，“长篇的四言适合颂圣、述德、说教、劝诫、言志，以及景物描绘（尽管汉魏时期写景的四言很少）等，这些内容都可以通过罗列的结构方式来表现，对于诗行之间意脉的顺畅则要求不高”①。意脉不够顺畅，这就是这类诗的自身不足。宗钦《赠高允诗》和段承根《赠李宝诗》，或十二章或七章，诗意不畅，感觉似乎不是一首诗，而是每一章都可独立成篇。也许在艺术性方面有所欠缺，然这两首诗歌的创作说明在北魏时期人们依然重视的是四言诗的功用，它作为沟通士人之间关系的纽带，发挥着本来应有的作用。

平凉户五言诗今存胡叟《赠程伯达诗》。关于五言诗的发展，正如赵敏俐先生所指出的那样“经历了一个由‘杂在四言之间’到‘半章’再到‘全曲’的过程”②。由《诗经》中的五言诗句，到春秋、战国时期半首五言诗，再到秦、汉之际的整首五言诗，五言诗的产生、发展经历了很长的历史时期。汉代是五言诗发展的时期，《古诗十九首》代表了五言诗的最高成就，故被称之为“五言之冠冕”。然此时五言诗数量不多，影响不是很大。建安时期，曹操、曹丕、曹植、刘祯等人的五言诗作，不仅数量多，而且成就亦高，是五言诗的大发展时期，故有的学者就认为“五言诗体发生虽在汉代，而其正式成立，则在建安、黄初之间”③。自西晋到南北朝，五言诗走上了拟古的倾向。在汉代，部分河西籍诗人已开始创作五言诗，秦嘉《留郡赠妇诗》三首、徐淑《答夫诗》、赵壹《秦客》、侯瑾《五言歌》代表了此时河西五言诗的最高成就。平凉户继承了前代河西诗人五言诗创作的风气，以及他们“抒发文人的世俗之情和张扬个体生命意识”④的艺术特征，创作出的这六首五言诗，均以自身为描写对象，抒发一己之私情。

① 葛晓音：《汉魏两晋四言诗的新变和体式的重构》，《北京大学学报》2006年第5期。

② 赵敏俐：《汉代五言诗起源发展问题再讨论》，《中国诗歌研究》（第七辑）2010年，第4页。

③ 缪钺：《曹植与五言诗体》，《缪钺全集》，河北教育出版社2004年，第27页。

④ 赵敏俐：《论汉代文人五言诗的艺术特征》，《文学遗产》1995年第2期。

胡叟《赠程伯达诗》是赠给好友程伯达之诗，抒发自己不得志之情：

群犬吠新客，佞暗排疏宾。直途既以塞，曲路非所遵。望卫惋祝鮀，眄楚悼灵均。何用宣忧怀，托翰寄辅仁。①

胡叟，安定临泾人，人生坎坷，四处漂泊。后秦政衰，胡叟入长安观风化。后流落四川十余年，不久又北投氐族杨难当的仇池政权。再西入北凉，世祖平凉州后归顺北魏，迁居平城。胡叟一生四处飘荡，寻求入仕的门路，在后秦、仇池国、北凉时均未能如意。入魏后，官拜虎威将军，赐爵始复男。胡叟的文学创作，《魏书》本传云："叟被征至，谢恩，并献诗一篇。高宗时召叟及舒，并使作檄刘骏、蠕蠕文……间作《宣命赋》，叟为之序。"②由此知胡叟的文学作品有《献诗》《檄刘骏文》《檄蠕蠕文》《宣命赋序》，这些作品均作于归顺北魏之后，惜其不传。今仅存《赠程伯达诗》一首，作于北凉之时，"乃西入沮渠牧犍，遇之不重。叟亦本无附之之诚，乃为诗示所知广平程伯达。其略曰……岁余，牧犍破降"③。沮渠牧犍破降在太延五年(439)，则此诗作于太延四年(438)左右，抒发其志向难以施展的忧愤之情。"群犬吠新客，佞暗排疏宾"写其初到北凉时遭受排挤、任人欺凌之窘况。"直途既以塞，曲路非所遵"写其正直之路为小人所阻塞，阿谀奉承又非诗人所愿，故痛苦万状。诗人想起了卫国祝鮀因善于外交辞令而受卫灵公喜欢，被人称之为佞人；屈原因才华横溢而招致小人陷害，被贬江南。祝鮀与屈原的遭际让诗人痛心疾首，只好"何用宣忧怀，托翰寄辅仁"，寄诗给好友程伯达，抒发自己内心的幽愤。程伯达见诗后安慰胡叟云："凉州虽地居戎域，然自张氏以来，号有华风。今则宪章无亏，曷祝鮀之有也？"④诚如程伯达所言，凉州虽然偏僻，地处汉胡杂居之地，但自前凉以来，儒学发达，宪章制度完备，哪有那么多谄媚之人？胡叟却言："古人有言：君子闻鞞鼓之声，则思战争之士。贵主奉正朔而弗淳，慕仁义而未允，地陋僻而僭徽号。居小事大，宁若兹乎？徐偃之辙，故不旋踵矣。吾之择木，夙在大魏，与子暂违，非久阔也。"⑤由此看来，诗人悲愤的并不是北凉如何之黑暗腐

① 胡叟：《赠程伯达诗》，逯钦立：《先秦汉魏晋南北朝诗》，中华书局1983年，第2222页。
② 《魏书》卷五十二《胡叟列传》，中华书局1974年，第1151—1152页。
③ 《魏书》卷五十二《胡叟列传》，中华书局1974年，第1150页。
④ 《魏书》卷五十二《胡叟列传》，中华书局1974年，第1150页。
⑤ 《魏书》卷五十二《胡叟列传》，中华书局1974年，第1150页。

朽，而在于沮渠牧犍等人僭居王位，不合儒家礼仪道德之规范。他同时预言：就如西周时徐戎（徐国）国君徐偃为楚所灭一样，北凉很快也会被北魏所灭。不久，胡叟的预言应验了，北凉果被北魏所灭。史书以此称胡叟“既善为典雅之词，又工为鄙俗之句”①，这首诗正当如是观。祝鮀、灵均典故的运用，使诗歌极为典雅。同时又有“群犬吠新客”“直途既以塞”这样通俗的句子，具有浓厚的生活气息。故而胡叟《赠程伯达诗》就风格而言是雅俗共赏的。

无论是四言诗，还是五言诗，平凉户的诗歌从题材的选择方面总是关注自我，对五凉政权、北魏时期的社会动乱、战乱频仍的社会现实缺少反映，这是与河西儒学家隐居研究儒学的社会风气相一致的。在艺术上，受佛教翻译之风影响，语言质朴，不事藻饰，只有用典方能显示出良好的儒学功底，故其作文学性不强。

平凉户的散文今仅存 12 篇，可以分为奏疏、经学散文、书信体散文三类。

平凉户的奏疏数量最多，涉及北魏社会生活的诸多方面。有关战争的，如源贺《对诏问攻战之计》是为世祖平凉州出谋献策而作，“姑臧城外有四部鲜卑，各为之援。然皆是臣祖父旧民，臣愿军前宣国威信，示其祸福，必相率归降”②。源贺身先士卒，招降南凉旧部，为世祖灭亡北凉赢得战机。程骏《请停兵招谕淮南表》是为高祖南伐献计，建议暂时停止战争，以招降为先，“宜先遣刘昶，招谕淮南。若应声响悦，同心齐举，则长江之险，可朝服而济，道成之首，可崇朝而悬”③，发展农业，等待时机，再兴攻伐。有些是关于国家制度建设，如游明根《对诏议祫禘》是高祖朝讨论祫禘之礼时所上之奏疏，发挥郑玄之议，阐明了“宜于宗庙俱行禘祫之礼。二礼异，故名殊。依《礼》，春废犆礿，于尝于蒸则祫，不于三时皆行禘祫之礼”④的观点。在平凉户所有奏疏中，成就最高的是源贺《上书请入死者恕死徙边》：

① 《魏书》卷五十二《胡叟列传》，中华书局 1974 年，第 1149 页。

② 源贺：《对诏问攻战之计》，严可均：《全上古三代秦汉三国六朝文》，中华书局 1958 年，第 3647 页。

③ 程骏：《请停兵招谕淮南表》，严可均：《全上古三代秦汉三国六朝文》，中华书局 1958 年，第 3672 页。

④ 游明根：《对诏议祫禘》，严可均：《全上古三代秦汉三国六朝文》，中华书局 1958 年，第 3659 页。

臣闻人之所宝，莫宝于生全，德之厚者，莫厚于宥死。然犯死之罪，难以尽恕，权其轻重，有可矜恤。今劲寇游魂于北，狡贼负险于南，其在疆场，犹须防戍。臣愚以为自非大逆、赤手杀人之罪，其坐臧及盗与过误之愆，应入死者，皆可原命，谪守边境。是则已断之体，更受全生之恩，徭役之家，渐蒙休息之惠。刑措之化，庶几在兹。《虞书》曰“流宥五刑”，此其义也。臣受恩深重，无以仰答，将违阙延，豫增系恋，敢上瞽言，唯加裁察。①

源贺上书请求宽恕死刑，除大逆、杀人罪者之外，其余死刑可免，发配边疆戍守边防。这是一招妙棋，既可以体现统治者的仁慈，又能增加边境防守力量，何乐而不为。源贺的主张被高宗所采纳，而且效果显著。“高宗谓群臣曰：‘源贺劝朕宥诸死刑，徙弃北番诸戍，自尔至今，一岁所活殊为不少，生济之理既多，边戍之兵有益。卿等事朕，致何善意也？苟人人如贺，朕治天下复何忧哉！顾忆诚言，利实广矣。’”②由此可见源贺的远见卓识，以及吏政干略。这篇文章虽然短小，但多用骈偶化的句式，除引用《虞书》一句外，没有使用任何典故，语言质朴，骈散结合，行文流利，读起来有一种审美的愉悦，较南朝骈文更具魅力。

平凉户的经学散文今仅存常爽《六经略注序》。平凉户大多是饱读经书的儒士，其经学著作肯定很多，与此有关的散文数量恐亦不少，惜其不传。常爽精通经学，自河西入北魏后，不乐仕宦，专事讲经，前后二十余年，为北魏儒学的传播贡献颇大。在讲经之余，他撰成《六经略注》一书，其《序》阐述了他对《六经》的认识：

《传》称：“立天之道，曰阴与阳；立地之道，曰柔与刚；立人之道，曰仁与义。”然则仁义者，人之性也；经典者，身之文也，皆以陶铸神情，启悟耳目，未有不由学而能成其器，不由习而能利其业。是故季路勇士也，服道以成忠烈之概；宁越庸夫也，讲艺以全高尚之节。盖所由者习也，所因者本也，本立而道生，身文而德备焉。昔者先王之训天下也，莫不导以《诗》《书》，教以《礼》《乐》，移其风俗，和其人民。故恭俭庄敬而不烦者，教深于《礼》也；广博易良而不奢者，教深于《乐》也；

① 源贺：《上书请入死者恕死徙边》，严可均：《全上古三代秦汉三国六朝文》，中华书局1958年，第3647页。

② 《魏书》卷四十一《源贺列传》，中华书局1974年，第921页。

> 温柔敦厚而不愚者，教深于《诗》也；疏通知远而不诬者，教深于《书》也；洁静精微而不贼者，教深于《易》也；属辞比事而不乱者，教深于《春秋》也。夫《乐》以和神，《诗》以正言，《礼》以明体，《书》以广听，《春秋》以断事，五者盖五常之道，相须而备，而《易》为之源。故曰："《易》不可见，则乾坤其几乎息矣。"由是言之，《六经》者，先王之遗烈，圣人之盛事也。安可不游心寓目，习性文身哉！顷因暇日，属意艺林，略撰所闻，讨论其本，名曰《六经略注》，以训门徒焉。①

由《序》可知，《六经略注》是其教授门徒的讲义。常爽认为《六经》是"先王之遗烈，圣人之盛事"，可以陶铸人们神情、启悟耳目的，故是人们成长、修身的基石，是学习的肇始。这种认识，与汉代以来儒学家的观念相一致，没有什么值得称道之处。特别是对《六经》具体教化功能的认识，与《礼记·经解》中所引孔子的话无二致："孔子曰：'入其国，其教可知也。其为人也温柔敦厚，《诗》教也；疏通知远，《书》教也；广博易良，《乐》教也；洁静精微，《易》教也；恭俭庄敬，《礼》教也；属辞比事，《春秋》教也。故《诗》之失愚，《书》之失诬，《乐》之失奢，《易》之失贼，《礼》之失烦，《春秋》之失乱。其为人也，温柔敦厚而不愚，则深于《诗》者也；疏通知远而不诬，则深于《书》者也；广博易良而不奢，则深于《乐》者也；洁静精微而不贼，则深于《易》者也；恭俭庄敬而不烦，则深于《礼》者也；属辞比事而不乱，则深于《春秋》者也。'"②如果两相比较，就会发现常爽《六经略注序》不仅句意与孔子话相同，甚至遣词用语也相似。因此，从思想上说，本篇没有丝毫创新。在文章艺术层面，最大的特色就是逻辑性强，一环套一环，环环相扣，从而推导出结论。对偶、排比句式的使用，使文章气势充沛，具有很强的说服力。

平凉户的书信体散文今存宗钦《与高允书》、源贺《遗令敕诸子》、程骏《遗令》三篇。宗钦《赠高允书》是写给高允的一封书信，实际上是一篇干谒文：

> 昔皇纲未振，华裔殊风，九服分隔，金兰莫遂，希怀寄契，延想积久。天遂其愿，爰遘京师。才非季札，而眷深孙乔；德乖程子，而义均

① 常爽：《六经略注序》，严可均：《全上古三代秦汉三国六朝文》，中华书局1958年，第3673页。

② 孔颖达：《礼记正义》，阮元：《十三经注疏》，中华书局1980年，第1609页。

倾盖。旷龄罕遇，会之一朝。比公私理异，讲谘路塞，端拱蓬宇，慨叹如何？不量鄙拙，贡诗数韵。若夫泉江相忘之谈，遗言存意之美，虽庄生之所尚，非浅识所宜循。爱敬既深，情期往返，思迟德意，以袪鄙吝。若能纡凤彩以燿榛荟，回连城以映瓦铄者，是所望也。①

宗钦入魏后被任命为著作郎，志高才秀的他不满足于这个职位，故写信给高允，希望能够举荐自己。文中自谦才华一般，修养浅薄，但愿意为胡汉一统的北魏施展自己的才华，希望高允能给自己一个机会。与其他平凉户诗文风格不同的是，宗钦《赠高允书》是一篇骈体文，无论使事用典，还是声律辞藻，都与南朝骈文极为相似。在文章风格上，本文写得最为含蓄委婉。作者自比为"榛荟""瓦砾"，其谦虚之情宛然可见。季札、孙乔、程子（程本）、庄子等典故的运用，使得文章内容深刻，涵盖量增大，文意委婉，很好地表达了有求于人的尴尬、羞涩、渴望、急切等难以言传的复杂情绪。源贺《遗令敕诸子》、程骏《遗令》两篇是诫子书，既有对自己后事的安排，又有对后辈子孙的期望。二人共同表达了丧事从俭的愿望，源贺称"吾终之后，所葬时服单椟，足申孝心，刍灵明器，一无用也"②，程骏甚至提出了裸葬，"吾存尚俭薄，岂可没为奢厚哉！昔王孙裸葬，有感而然，士安籧篨，颇亦矫厉。今世既休明，百度循礼，彼非吾志也。可敛以时服，明器从古"③。俭葬是高祖、文明太后丧葬改革的主要主张，源贺、程骏顺应时代的发展，提出丧事从俭，与时代潮流相合拍。源贺更是谆谆教导儿子们："汝其毋傲吝，毋荒怠，毋奢越，毋嫉妒；疑思问，言思审，行思恭，服思度；遏恶扬善，亲贤远佞；目观必真，耳属必正；诚勤以事君，清约以行己。"④"四毋""四思""二必""二以"，源贺纯粹是从儒家的观念出发，要求后代加强自身修养，做一个修养好、惩恶扬善、亲贤远佞的忠贤之人。

综上所述，平凉户生活在河西这块文化灿烂的热土上，受到河西儒学文化的影响。其文学作品数量虽不多，但继承汉魏文风的倾向极为鲜明。在题材选择与自我情感抒发上，均以自身为中心，较少关注社会重大事件。

① 宗钦：《赠高允书》，严可均：《全上古三代秦汉三国六朝文》，中华书局 1958 年，第 3658 页。

② 源贺：《遗令敕诸子》，严可均：《全上古三代秦汉三国六朝文》，中华书局 1958 年，第 3647 页。

③ 程骏：《遗令》，严可均：《全上古三代秦汉三国六朝文》，中华书局 1958 年，第 3673 页。

④ 源贺：《遗令敕诸子》，严可均：《全上古三代秦汉三国六朝文》，中华书局 1958 年，第 3647 页。

在文学艺术上,大量使事用典,以显示其博学。文学语言质朴自然,不事雕琢,但表达准确清楚。这些文学艺术成就,都很自然地显现出他们是儒学家而非文学家,故其作文学成就不是很高。尽管如此,作为一类文学群体,他们对北魏文学、政治、文化都有极为重要的影响。

四、其他河西文学成就

平凉户是北魏河西文学最主要的创作者,他们的后裔在北魏为官,对北魏礼制文化建设、文学发展,都做出了巨大贡献。此外,陇西李氏以及其他作家的文学亦有成就,一并归入此类。

秦代李崇任陇西郡守,被陇西李氏奉为始祖。李崇的儿子李瑶为南郡守,封狄道侯;其孙李信为大将军,封陇西侯。李崇四世孙李仲翔为汉初将军,奉命讨叛羌战殁于狄道,李仲翔之子李伯考奔丧,葬父于狄道东川,遂家焉,世为西州右姓。这是李氏定居陇西的开始,李伯考这一房成为狄道房。李伯考之子李尚为成纪令,于是又有了成纪房。西汉时期,成纪房最著名的是李广。李广一生与匈奴打了70多场仗,败少胜多,没有得到朝廷任何赏赐。在漠北之战中,因迷失道路,救援不及,愤愧自杀,故有"李广难封"①之叹。李广长子李当户、次子李椒先李广而死。李广第三子李敢英勇善战,爵关内侯,因父仇打伤卫青而被霍去病射杀。李当户遗腹子李陵成长为汉武帝时期的一员猛将,多次与匈奴战争,战功卓著,后孤军深入,兵败投降匈奴,使陇西李氏家族蒙羞。秦汉之时的陇西李氏以军功起家,在当时没有什么威望与地位。

东晋末年社会动乱,李广第十六代孙李暠乘势崛起于河西,建立西凉政权。他注意吸收北来河西避难的中原士人,提倡儒学,兴办学校,向东晋称臣,在他的治理下西凉国出现了欣欣向荣的局面。不久西凉为北凉所灭,李暠的孙子李宝归顺北魏,被封为镇西大将军、开府仪同三司、沙州牧、敦煌公。北魏太和年间定四海望族,以陇西李宝为冠。李宝的儿子李冲协助孝文帝进行改革,在设立三长制、改定律令、迁都洛阳、太和改制等方面贡献了聪明才智,使得陇西李氏成为名闻天下的望族,实现了家族由军功向政治才干和儒学的转换。李冲之后,陇西李氏在北周、隋均有在朝为宦者,李贤任北周柱国大将军,李穆是隋代开国元勋,故而史臣称陇西李氏

---

① 王勃:《滕王阁诗序》,《王子安集》,上海古籍出版社1992年,第35页。

“自周迄隋,郁为西京盛族”①。隋末李渊率兵从太原起兵,进而攻占长安,灭隋,建立唐朝,使得李氏为国姓,陇西李氏从而名满天下。

在陇西李氏家族发展演变过程中,也出现了许多较为著名的文学家。西汉时李陵投降匈奴,是陇西李氏家族极大的耻辱,然却成就了家族史上第一位著名的诗人。李陵诗歌今存20余首,其与苏武赠答之诗歌成就极高,“河梁之作,与十九首同一风味,皆所谓惊心动魄,一字千金也”②。李暠是一代国君,也是文学家,今存《述志赋》《麒麟颂》《复奉表》《写诸葛亮训诫应璩奉谏吕勖诸子》《顾命长史宋瑶》《手令诫诸子》《自称凉公领凉二州牧奉表诣阙》等篇,显示了较好的文学才能。

李宝是第一位进入北魏的陇西李氏,遂即被封为镇西大将军、开府仪同三司、沙州牧,爵敦煌公,李宝的六个儿子李承、李茂、李辅、李佐、李公业、李冲也任职于北魏。《魏书》记载陇西李氏90余人,官至三公、侍中、尚书、九卿者十余人,尤以李冲最为显贵。今人杜斗城《李冲与孝文帝改革》③、施光明《略论北魏政治改革家李冲的历史地位》④、青林《陇西李冲与魏孝文帝的改革》⑤、封立《政治改革家李冲与太和改制》⑥等文章都探讨了李冲的政治才能。李冲过分注重政治才华,于儒学礼仪或有所疏忽,“李氏自初入魏,人位兼举,因冲宠遇,遂为当世盛门。而仁义吉凶,情礼浅薄,期功之服,殆无惨容,相视窘乏,不加拯济。识者以此贬之”⑦。陇西李氏具有文学才华的不多,史载李神俊“风韵秀举,博学多闻,朝廷旧章及人伦氏族,多所谙记。笃好文雅,老而不辍,凡所交游,皆一时名士。汲引后生,为其光价,四方才子,咸宗附之”⑧,李伯尚编《太和起居注》、李仲尚著《前汉功臣序赞》《司空冲诔》等。今有作品传世者仅李冲、李韶、李琰之、李神俊四人。

李冲、李韶、李琰之、李神俊四人今存文章10篇,都是以儒家的胸怀关注现实,具有较强的针对性。李冲《奏养子不从坐》针对元拔叛逆,其养子降寿是否连坐的问题,明确指出“依据律文,不追戮于所生,则从坐于所养

① 《周书》卷二十五《李贤列传》,中华书局1971年,第424页。
② 王士祯等著、周维德笺注:《诗问四种》,齐鲁书社1985年,第5页。
③ 杜斗城:《李冲与孝文帝改革》,《兰州学刊》1984年第5期。
④ 施光明:《略论北魏政治改革家李冲的历史地位》,《内蒙古师范大学学报》1985年第5期。
⑤ 青林:《陇西李冲与魏孝文帝的改革》,《西北师范大学学报》1987年第3期。
⑥ 封立:《政治改革家李冲与太和改制》,《甘肃教育》2013年第5期。
⑦ 《魏书》卷三十九《李宝列传》,中华书局1974年,第896—897页。
⑧ 《魏书》卷三十九《李宝列传》,中华书局1974年,第898页。

明矣”①。不仅驳斥了咸阳王元禧的错误论调，而且纠正了法律的缺失，维护了公平与正义。李韶《奏狱成许家人诉枉》针对诉讼结案后是否允许家人上诉一事，支持崔纂的观点，支持上诉，“使虽结案，处上廷尉，解送至省。及家人诉枉，尚书纳辞，连解下鞫，未检遇宥者，不得为案成之狱。推之情理，谓崔纂等议为允”②，维护了诉讼人的权益。此外，李琰之《宗室助祭议》、李神俊《奏定常侍员限》是针对宗庙祭祀和官制，都具有较强的现实性。这些文章引经据典，文字质朴畅达，很少运用修辞技巧，偶尔用一些骈语，诸如“才非利用，坐班位列。功无汗马，猥受山河。叨忝之宠，终古无比。莫大之施，万殒靡酬”③一类工整的骈文句式比较少见。

除陇西李氏外，河西文学家还有贾思伯和辛雄。贾思伯，武威人，儒学家，曾于式乾殿为肃宗讲授《杜氏春秋》，其弟贾思同为静帝讲授《杜氏春秋》。贾思伯文章今存《明堂议》一篇，是有感于北魏建明堂而作，文中引《周礼·考工记》《大戴礼记》《礼记·王制》《诗·大雅》《孟子》及蔡邕《论明堂之制》《孝经援神契》《五经要义》等诸书对明堂的相关记述，指出北魏建明堂“不应舍殷、周成法，袭近代妄作”，而“五室之理，谓为可案。其方圆高广，自依时量。戴氏九室之言，蔡子庙学之议，子干灵台之说，裴逸一屋之论，及诸家纷纭，并无取焉”④。这些建议，对于北魏明堂建设有着极为重要的指导意义。辛雄，陇西狄道人，官至吏部尚书，为官娴于吏政，以公平持正出名，史载“雄用心平直，加以闲明政事，经其断割，莫不悦服。怿重之，每谓人曰：‘必也无讼乎？辛雄其有焉。’”⑤辛雄文章今存《明赏罚疏》《选举疏》《上书论禄养》《奏理元匡》《狱成诉枉宜复断理议》《奉使慰劳关西启六事》六篇，绝大多数为奏疏，具有较强的现实意义。在《明赏罚疏》中指出赏罚不公造成的弊端，“自秦陇逆节，将历数年，蛮左乱常，稍已多载。凡在戎役，数十万人，三方师众，败多胜少，迹其所由，不明赏罚故也”⑥。历年战争，败多胜少的原因是赏罚不明确，有力地说明了明确赏罚

① 李冲：《奏养子不从坐》，严可均：《全上古三代秦汉三国六朝文》，中华书局1958年，第3693页。

② 李韶：《奏狱成许家人诉枉》，严可均：《全上古三代秦汉三国六朝文》，中华书局1958年，第3694页。

③ 李冲：《答韶表》，严可均：《全上古三代秦汉三国六朝文》，中华书局1958年，第3692页。

④ 贾思伯：《明堂议》，严可均：《全上古三代秦汉三国六朝文》，中华书局1958年，第3707页。

⑤ 《魏书》卷七十七《辛雄列传》，中华书局1974年，第1691页。

⑥ 辛雄：《明赏罚疏》，严可均：《全上古三代秦汉三国六朝文》，中华书局1958年，第3739页。

的重要性;在《选举疏》中描绘当时的社会现实,“当今天下黔黎,久经寇贼,父死兄亡,子弟沦陷,流离艰危,十室而九,白骨不收,孤茕靡恤,财殚力尽,无以卒岁”①,从而说明选贤任能的重要意义。这些文章对于救济时弊,健全法制都有重要的参考价值。辛雄的文章语言质朴,然条理性极强,像《奉使慰劳关西启六事》一文中开篇就说“臣闻王者爱民之道有六,一曰利之,二曰成之,三曰生之,四曰与之,五曰乐之,六曰喜之”,以下仅围绕这六个方面展开论述,虽然极少运用艺术技巧,然整体逻辑严谨,论证充分,有较强说服力。

河西儒学的渊源影响了作家文学创作。在这种语境下,文学家以儒家的情怀关注社会,为国家建设出谋划策,以笔进言,陈述自己的政治主张,有很强的现实性。但不注重艺术技巧,故而文学成就不高。

第四节 青齐文学

北魏时期,青齐地区,这个在历史发展过程中并不引人瞩目的地域,第一次受到人们的极大关注。北魏平定青齐,将其士人迁徙至首都平城,并设立平齐郡管辖,史称平齐民。学术界对青齐士人的关注,实际上是对平齐民的惋惜和同情。这些北方士族本来可以有优越的生活和社会地位,但在这样特定的历史时期,他们成为平齐民,过着奴隶般的生活。笔者试图从对青齐士人的探讨入手,进而分析青齐的文学成就。

一、青齐建置沿革与青齐士人

青州有着悠久的历史,《尚书·禹贡》记载禹布天下为九州,青州是其一。秦置齐郡。西汉青州下辖平原郡、千乘郡、济南郡、齐郡、北海郡、东莱郡六郡一百零三县,人口二百四十余万,是汉代重镇。东汉置青州刺史部,辖齐国、乐安郡、北海郡、东莱郡、济南郡四郡一国六十五县,较西汉辖区略有缩小。东汉末年,张角在青州宣扬太平道,继而发动黄巾起义。曹操为了剿灭黄巾义军,组织青州军。曹操由青州军起家,在平定黄巾义军的过程中力量不断壮大,进而角逐天下,从而使青州这个不为人们注意的州名扬天下。西晋时青州下辖齐国、济南郡、乐安国、城阳郡、东莱国、长广郡六郡国三十七县,人口五万余人。西晋末年永嘉之乱后,后赵、齐王段龛、前

① 辛雄:《选举疏》,严可均:《全上古三代秦汉三国六朝文》,中华书局 1958 年,第 3739 页。

燕、前秦、南燕、东晋都曾占据青州。皇兴二三年间(468—469),北魏攻陷青、齐二州,将其士人迁居平城。

在青州的历史沿革中,自西晋末年之后极为复杂,特别是进入北魏的士人,对北魏朝廷礼仪文化建设贡献巨大,故引起学术界的极大关注。由于青州辖区中有齐郡,故学术界一般称之为青齐地区,或直接称为青齐,将其士人称之为青齐士人。

在讨论青齐士人之时,首要问题要弄清楚"青齐"具体是什么地区?是青州和齐州吗?学术界之所以高度关注青齐士人,就是由于北魏平齐的缘故。故而在讨论"青齐"所在地时,自然而然应该从北魏平齐入手。皇兴元年(467)春正月,刘宋青州刺史沈文秀、冀州刺史崔道固并遣使请求归顺北魏,北魏派遣平东将军长孙陵、平南将军侯穷奇前去救援。同年三月,沈文秀、崔道固反叛于北魏,复归刘宋,北魏派遣慕容白曜攻打沈文秀、崔道固,揭开了北魏平定齐的战争。从这个意义上说,青齐当指刘宋的青州和冀州。据《魏书·显祖纪》和《魏书·慕容白曜传》记载,慕容白曜在平齐的过程中,攻占了垣苗、麋沟、无盐、肥城、升城、历城、冀州、梁邹、平原、东阳、青州等城池。兖州刺史刘休宾之子刘晔曾云:"臣亡父休宾,刘氏持节、兖州刺史,戍梁邹。时慕容白曜以臣父居全齐之要,水陆道冲,青、冀二城,往来要路,三城岳峙,并拒王师。"①由此知,梁邹、青州、冀州三足鼎立,而梁邹属于兖州。升城属于并州,其余均属青州和冀州。故而"青齐"指青州、冀州、并州和兖州,青齐士人当是这四州之士人。

关于青齐士人,学术界的研究比较深入,而且观点略有不同。唐长孺先生很早就指出,青齐士人"多半是随慕容德南渡的河北大姓"②,杨洪权先生进一步申述了唐长孺的观点③。安田二郎先生认为青齐士人比较复杂,平原刘氏是青齐士民的领袖④。向晋卫、赵波二位先生认为南迁青齐土民发展不同步,"以清河崔氏、清河张氏和清河房氏为代表的曲折式发展模式;以平原明氏和平原刘氏为代表的快速化发展模式"⑤。这些研究都

---

① 《魏书》卷四十三《刘休宾列传》,中华书局1974年,第966页。

② 唐长孺:《北魏的青齐土民》,《魏晋南北朝史论拾遗》,《唐长孺文集》,中华书局2011年,第99页。

③ 杨洪权:《关于北魏青齐民的几个问题》,《魏晋南北朝隋唐史资料》1998年,第33—41页。

④ 安田二郎:《南朝门阀贵族体制と豪族土豪》,《东洋史研究》1967年第25期,收入《六朝政治史の研究》,京都大学学术出版社2003年,第275—306页。

⑤ 向晋卫、赵波:《刘宋青齐士族的土民化进程》,《理论界》2016年第4期。

极为有意义，对于我们理解青齐士人，以及东晋豪强之族都有重要意义。然是否如此，笔者以为尚需仔细辨析。在慕容白曜平齐的过程中，受到顽强抵抗，主要是崔道固、沈文秀、刘休宾和房崇吉四人。从这四人的分析中，得出青齐士人的基本认识，大致是不会错的。

崔道固是东汉末年名士崔琰的八世孙，其祖父崔琼仕后燕慕容垂。父亲崔辑，“南徙青州，为泰山太守”①。崔辑何时举家南迁至青州，已无法考知，我们不妨用与崔道固同时的崔灵延谱系相参照：“崔光……东清河鄃人也。祖旷，从慕容德南渡河，居青州之时水。慕容氏灭，仕刘义隆为乐陵太守。父灵延，刘骏龙骧将军、长广太守，与刘彧冀州刺史崔道固共拒国军。”②长广太守崔灵延与冀州刺史崔道固共同对抗慕容白曜的军队，二人为同辈人。崔灵延的父亲崔旷随慕容德南渡，则崔道固的父亲崔辑绝对不是随慕容德南渡之人。由此可知，崔道固从父辈南迁青州，但不是随慕容德南渡。普泰元年(531)，青州土民崔祖螭领兵发动叛乱，“崔祖螭、张僧皓起逆，攻东阳，旬日之间，众十余万”③“前废帝时，(元贵平)以本官行青州事，属土民崔祖螭作逆，贼徒甚盛，围逼东阳一百余日”④。崔祖螭是崔道固的弟弟崔僧渊的儿子。北魏平齐后60余年，崔祖螭拥有十万之众，而且包围东阳一百余日，可见其势力之大。慕容白曜平齐时，崔僧渊在历城，未见有所作为。崔僧渊以平齐民的身份进入北魏，地位也不如崔道固显赫，崔祖螭也不可能片刻之间拥有如此众多之武装力量。这一切只能说明，清河崔氏在崔道固之时已是青州豪强。

刘休宾本平原人，祖父刘昶跟随慕容德南渡，举家迁往北海都昌县，父亲刘奉伯，任刘宋北海太守。《南齐书·刘怀珍传》云：“刘怀珍，字道玉，平原人，汉胶东康王寄后也。祖昶，宋武帝平齐，以为青州治中，至员外常侍。伯父奉伯，宋世为陈南顿二郡太守。……怀珍北州旧姓，门附殷积，启上门生千人充宿卫。孝武大惊，召取青、冀豪家私附得数千人。”⑤刘怀珍是刘休宾的堂弟，“门附殷积”“私附数千人”，足见其势力庞大。由此知平原刘氏也是随慕容氏南迁之豪族，是势力雄厚的河北大姓。刘休宾的哥哥刘乘民拥有武装力量，“高阳、勃海二郡太守刘乘民据临济城，并起义……

① 《魏书》卷二十四《崔玄伯列传》，中华书局1974年，第628页。
② 《魏书》卷六十七《崔光列传》，中华书局1974年，第1487页。
③ 《魏书》卷六十六《崔亮列传》，中华书局1974年，第1485页。
④ 《魏书》卷十九《景穆十二王列传下》，中华书局1974年，第520页。
⑤ 《南齐书》卷二十七《刘怀珍列传》，中华书局1972年，第499—500页。

乘民从弟伯宗合率乡兵,复克北海,因率所领向青州所治东阳城”①。刘乘民拥兵叛乱,其从弟攻占北海郡,则其力量不会太小。刘乘民之堂叔刘弥之是“青州强姓,门族甚多”②。刘休宾任兖州刺史,镇守梁邹城。在慕容白曜平齐的过程中,拥有武装力量的刘休宾似乎表现平庸。慕容白曜以其妻子和儿子性命相要挟,刘休宾便不战而降。在城内“刘休宾父子,欲以我城内人易荣位也”③的巨大舆论压力下,刘休宾勉强坚持一个冬天,最后投降。

房崇吉的祖上也是南迁的北方旧族,房崇吉“高祖谌,避地渡河,居于齐州之东清河绎幕焉”④,则清河房氏也是南迁之士族,居冀州之齐州。房崇吉的祖父房谌是否随慕容德南渡,无资料可证,我们不可妄加猜测。房崇吉的堂兄房法寿“招集壮士,常有百数”⑤,拥有私人武装。清河房氏归顺刘宋后,其族人多是拥有重兵的将军,军事势力极为强大。从刘宋复杂的军事战争来看,房氏政治趋向不同。房氏众多族人都与崔道固为敌。在讨伐刘子勋叛乱战争中,崔道固支持刘子勋,房氏族人支持刘彧。史载这次战争中,崔道固为土人力量所败,“既而为土人起义所攻,屡战失利,闭门自守”⑥。这里的“土人”指的就是房氏族人的力量,“法寿亦与清河太守王玄邈起兵西屯,合讨道固。玄邈以法寿为司马,累破道固军,甚为历城所惮……子勋死,道固、文秀悉复归彧,乃罢兵”⑦。房法寿是崔道固的劲敌,足见其力量之强大。在激烈的战争中,崔道固捉拿了房法寿的母亲逼迫其投降,恰逢刘子勋死,二位仇敌共同归顺刘彧,但却因此结下很深的仇怨。在慕容白曜平齐的过程中,房崇吉任并州刺史,驻守升城。城内兵丁只有七百余人,尽管房崇吉率兵拼死抵抗,然城池很快被攻破,房崇吉突围逃走,其母亲、妻子为慕容白曜所俘。房崇吉为了救亲人,联合房法寿偷袭崔道固,攻占其盘阳城,以此来换取母亲、妻子的性命。慕容白曜同意其所请,并重用房法寿、房灵民、房思顺、房灵悦、房伯怜、房叔玉、房伯玉、房思安、房幼安等房氏族人,成为攻打崔道固的有生力量。只有房灵宾是站在崔道固一边,帮助其对抗慕容白曜。房崇吉、房法寿攻占了房灵宾戍守的

① 《宋书》卷八十八《沈文秀列传》,中华书局 1974 年,第 2222 页。
② 《宋书》卷八十八《沈文秀列传》,中华书局 1974 年,第 2222 页。
③ 《魏书》卷四十三《刘休宾列传》,中华书局 1974 年,第 966 页。
④ 《魏书》卷四十三《房法寿列传》,中华书局 1974 年,第 976 页。
⑤ 《魏书》卷四十三《房法寿列传》,中华书局 1974 年,第 969 页。
⑥ 《宋书》卷八十八《沈文秀列传》,中华书局 1974 年,第 2222 页。
⑦ 《魏书》卷四十三《房法寿列传》,中华书局 1974 年,第 970 页。

盘阳城,“时道固以兼治中房灵宾督清河、广川郡事,戍盘阳。法寿遂与崇吉潜谋袭灵宾,克之”①,并囚禁了他。房灵宾逃出盘阳,到梁邹城,协助刘休宾抗击慕容白曜。

与崔道固一起抗击慕容白曜的沈文秀是刘宋将领,吴兴武康人,任建威将军、青州刺史,北魏平齐后,迁往平城,成为地位最低的下客,粗衣蔬食,过着奴隶般的生活。

在以上对崔道固、沈文秀、刘休宾和房崇吉四人的分析中,我们可以看出:崔道固、房崇吉家族无资料可证是随慕容德南渡,沈文秀是江南旧族,仅有刘休宾是随慕容德南渡的。因此,那种称青齐士人“多半是随慕容德南渡的河北大姓”的说法是值得商榷的。崔道固是冀州刺史,北魏平齐后在京师平城设立平齐郡,崔道固出任太守。崔道固是清河崔氏地位最为显赫之人,是青齐士人的领袖,是南迁青州的河北大姓,其族人在北魏为官见于《魏书》所载者有 14 人之多。刘休宾迁入平城后,最初为地位最低的下客,后任怀宁县令,其家族在北魏任职者较少。故而那种称“平原刘氏是青齐士民的领袖”的说法也值得怀疑。房崇吉家族为了一己之私利,在大是大非面前为人所利用,其行为是可耻的,很难与崔道固争夺青齐士人领袖的头衔。房氏家族入魏为官者人数众多,仅《魏书》所载者多达 28 人。总之,青齐士人是从河北南迁的北方大姓。

二、北魏平齐民的文学成就

皇兴二、三年间(468—469),北魏攻陷青、齐(刘宋冀州)二州,将其居民迁往京师平城,设平齐郡管理,史称“平齐民”。关于“平齐民”的研究,在 20 世纪 80 年代讨论极为激烈,许福谦先生认为“平齐民”与“平齐户”是两种不同的人,“平齐民”是齐州士族,“平齐户”是青州士族,他们的地位、经济、仕宦相差甚大②。邢丙彦先生力驳许说,认为“平齐民”与“平齐户”是一种人,没有区别③。许、邢二位先生的观点针锋相对,但此后关于“平齐民”的讨论趋于沉寂。冯帆先生的《青齐士人在北魏汉化中的作用》④一文认为青齐士人在礼乐文化、朝仪和职官制度、法律制度、服制建

① 《魏书》卷四十三《房法寿列传》,中华书局 1974 年,第 970 页。

② 许福谦:《“平齐民”“平齐户”试释》,《首都师范学院学报》,1982 年第 3 期。

③ 邢丙彦:《〈“平齐民”“平齐户”试释〉商榷》,《上海师范大学学报》,1983 年第 4 期。

④ 冯帆:《青齐士人在北魏汉化中的作用》,《山东省农业管理干部学院学报》2006 年第 6 期。

筑四个方面对北魏汉化做出了巨大贡献。北魏青齐地区的文学成就，主要集中于平齐民。他们大多是儒学家，故而笔者将其儒学成就也纳入文学之列。

平齐民作为河北大姓，进入北魏之后过着奴隶般的生活。虽然命运对平齐民开了一个天大的玩笑，使他们的生活突遭艰辛，但他们毕竟是士族，在艰难困苦的环境中，他们没有忘记优良的传统，坚持学习，刻苦攻读，确保自己具有很高的文化素养。崔亮为平齐民，家贫，佣书自业，过着"观书于市"①的生活，崔光17岁为平齐民，"家贫好学，昼耕夜诵，佣书以养父母"②，二人常依李冲读书，李冲对他们的评价是"大崔生宽和笃雅，……小崔生峭整清彻，……二人终将大至"③。李冲确实有识人之眼力，二崔刻苦读书，终位登台辅，崔亮官至尚书右仆射，崔光官至侍中。高聪与蒋少游平齐后被发配为云中兵户，然他们从未间断过读书，高聪涉猎经史，颇有文才，蒋少游以佣书为业，高允嘉之，数称其美，言于朝廷，被任为中书博士。刘芳十六岁为平齐民，靠给寺庙抄经来维持生活，"聪敏过人，笃志坟典。昼则佣书，以自资给，夜则读诵，终夕不寝，至有易衣并日之敝，而澹然自守，不汲汲于荣利，不戚戚于贱贫"④，终官至太常卿。房景伯、房景先在母亲的严厉督促下刻苦读书，"清河房爱亲妻崔氏者，同郡崔元孙之女。性严明高尚，历览书传，多所闻知。子景伯、景先，崔氏亲授经义，学行修明，并为当世名士"⑤。在母亲的教诲下，房景伯涉猎经史，备书自给，官至司空长史；房景先昼则樵苏，夜诵经史，官至齐州中正。平齐民的生活，磨练了士族子弟的意志，激发了他们出人头地的信念。于是他们一改纨绔子弟的派头，坚持攻读，终学而优则仕，成就了他们的事业，也养成了很高的文化素养，为北魏王朝的发展贡献了绵薄之力。

常年的刻苦攻读，平齐民积累了丰富的知识，熟悉儒家的典章制度，在北魏推行汉化的过程中，发挥其聪明才智，为北魏文化制度的改革贡献巨大。刘芳精通《三礼》，熟知儒家的礼乐制度，"及世宗即位，芳手加衮冕。高祖自袭敛暨于启祖、山陵、练除，始末丧事，皆芳撰定"⑥。正始四年（507），世宗诏刘芳参与制乐。永平三年（510），世宗诏刘芳与侍中崔光、

---

① 《魏书》卷六十六《崔亮列传》，中华书局1974年，第1476页。
② 《魏书》卷六十七《崔光列传》，中华书局1974年，第1487页。
③ 《魏书》卷六十六《崔亮列传》，中华书局1974年，第1476页。
④ 《魏书》卷五十五《刘芳列传》，中华书局1974年，第1219页。
⑤ 《魏书》卷九十二《列女传》，中华书局1974年，第1980页。
⑥ 《魏书》卷五十五《刘芳列传》，中华书局1974年，第1221页。

郭祚、黄门游肇、孙惠蔚等四人参定舞名并鼓吹诸曲。可见刘芳对北魏的礼乐文化建设贡献甚大。崔亮在北魏官制方面贡献很大,“高祖在洛,欲创革旧制,选置百官。谓群臣曰:‘与朕举一吏部郎,必使才望兼允者,给卿三日假。”又一日,高祖曰:“朕已得之,不烦卿辈也。’驰驿征亮兼吏部郎”①。可以想见,在北魏汉化过程中,官制的改革全部依靠崔亮来完成。在法律制度的建设方面,平齐民袁翻的作用举足轻重。正始初,诏尚书门下于金墉中书外省考论律令,袁翻与奉车都尉程灵虬、治书侍御史高绰、前青州刺史刘芳等参与了这次律令的修订。衣冠服饰的改革,是礼法制度的重要内容,在这方面,首推崔光,“至高祖太和中,始考旧典,以制冠服,百僚六宫,各有差次。早世升遐,犹未周洽。肃宗时,又诏侍中崔光、安丰王延明及在朝名学更议之,条章粗备焉”②,崔光对北魏的服饰改革起了重要的作用。在都城的建筑方面,蒋少游贡献卓越,“(永明)九年,遣使李道固、蒋少游报使。少游有机巧,密令观京师宫殿楷式。清河崔元祖启世祖曰:‘少游,臣之外甥,特有公输之思。宋世陷虏,处以大匠之官。今为副使,必欲模范宫阙。岂可令毡乡之鄙,取象天宫?臣谓且留少游,令使主反命。’世祖以非和通意,不许。少游,安乐人。虏宫室制度,皆从其出。”③蒋少游工于建筑,借出使南齐之机,秘密观察建康城的设计,并运用到北魏洛阳城的建设上去。因此,在北魏全面推行汉化过程中,平齐民终学有所用。

刻苦攻读,使得平齐民阅读了大量典籍,导致他们对儒家的典章制度异常熟悉,成就了一些儒学大家,对北朝儒学的传播起了一定的推动作用。《魏书·房景先传》云:“时太常刘芳、侍中崔光富世儒宗。”④则刘芳、崔光以儒学显于当时。刘芳儒学成就丰富,《魏书》载有郑玄所注《周官仪礼音》、干宝所注《周官音》、王肃所注《尚书音》、何休所注《公羊音》、范宁所注《谷梁音》、韦昭所注《国语音》及范晔《后汉书音》各一卷,《辨类》三卷,《徐州人地录》二十卷,《急就篇续注音义证》三卷,《毛诗笺音义证》十卷,《礼记义证》十卷,《周官》《仪礼义证》各五卷。《隋书·经籍志》录有《毛诗笺音义证》十卷、《礼记义证》十卷、《后汉书音》一卷。崔光熟读经书,对儒家经典造诣颇高,是北魏皇帝的经学老师,也曾讲经于国学,“熙平元年

① 《魏书》卷六十六《崔亮列传》,中华书局 1974 年,第 1476 页。
② 《魏书》卷一百零八《礼志四》,中华书局 1974 年,第 2817 页。
③ 《南齐书》卷五十七《魏虏列传》,中华书局 1972 年,第 990 页。
④ 《魏书》卷四十三《房法寿列传》,中华书局 1974 年,第 978 页。

二月,太师、高阳王雍等奏举光授肃宗经"①,"(正光)二年春,肃宗亲释奠国学,光执经南面,百僚陪列"②。肃宗朝,崔光俨然是经学大师。就《魏书》所载崔光奏疏来看,动辄引用《礼记》《诗》《春秋》《尚书》等经典,显示出很高的儒学修养。房景先随其母崔氏学习《毛诗》《曲礼》,儒学修养颇高,撰成《五经疑问》百余篇,"符玺郎王神贵答之,名为《辩疑》,合成十卷,亦有可观。前废帝时奏上之。帝亲自执卷,与神贵往复,嘉其用心,特除神贵子鸿彦为奉朝请"③。可见房景先《五经疑问》对时人儒经的学习具有指导意义。傅永"远慕杜预,近好李冲、王肃,欲葬附其墓,遂买左右地数顷,遗敕子叔伟曰:'此吾之永宅也'"④。仰慕儒学家,欲葬于其侧,足见其对儒学的喜好。

平齐民是饱读诗书之士,他们在文学方面也颇有成就。刘休宾"少好学,有文才,兄弟六人,乘民、延和等皆有时誉"⑤。刘休宾兄弟均有文学创作,惜未传至今。房灵宾"文藻不如兄灵建,而辩悟过之。……灵建子宣明,亦文学著称,雅有父风"⑥,房灵宾、房灵建、房宣明均以文学著称于时。高聪的文学著作,《魏书》载有《文笔》20卷;蒋少游的文学作品,《魏书》载有《文集》10余卷,惜今均不存。平齐民中,文学成就最高的是崔光、刘芳和刘孝标。

崔光是北魏时期的文学家,高祖曾赞誉道:"孝伯之才,浩浩如黄河东注,固今日之文宗也。"⑦高祖许为当朝文宗,可见他在北朝文学史上的地位。其著作,《魏书》本传载"凡所为诗赋铭赞诔颂表启数百篇,50余卷,别有集"⑧。《隋书·经籍志》已不载崔光诗文集,恐在隋代已散佚。严可均《全上古三代秦汉三国六朝文》载崔光文23篇,均为经世致用之文。其诗歌今不存,然《魏书》中有三条文献,足证崔光的诗才颇高。《魏书·任城王传》云:"命黄门侍郎崔光、郭祚,通直郎邢峦、崔休等赋诗言志。"⑨《魏书·彭城王传》云:"令黄门侍郎崔光读暮春群臣应诏诗。"⑩《魏书·崔光

① 《魏书》卷六十七《崔光列传》,中华书局1974年,第1492页。
② 《魏书》卷六十七《崔光列传》,中华书局1974年,第1497页。
③ 《魏书》卷四十三《房法寿列传》,中华书局1974年,第982页。
④ 《魏书》卷七十《傅永列传》,中华书局1974年,第1551页。
⑤ 《魏书》卷四十三《刘休宾列传》,中华书局1974年,第964页。
⑥ 《魏书》卷四十三《房法寿列传》,中华书局1974年,第971—972页。
⑦ 《魏书》卷六十七《崔光列传》,中华书局1974年,第1487页。
⑧ 《魏书》卷六十七《崔光列传》,中华书局1974年,第1499页。
⑨ 《魏书》卷十九《景穆十二王列传》,中华书局1974年,第468页。
⑩ 《魏书》卷二十一《献文六王列传》,中华书局1974年,第572页。

传》云:"初,光太和中,依宫商角徵羽本音而为五韵诗,以赠李彪,彪为十二次诗以报光。光又为百三郡国诗以答之,国别为卷,为百三卷焉。"①由这三则材料来看,崔光的诗歌数量不少,质量疑也不低,惜今不传。

刘芳是北魏文学作品数量较多的一位作家,《魏书》本传记载其作品有14种58卷,《隋书·经籍志》录有3种21卷。严可均《全上古三代秦汉三国六朝文》载刘芳文9篇,均为应制之作。

三、刘孝标的文学成就

平齐民中逃奔南朝文学成就最高的是刘孝标。对刘孝标的研究,目前主要集中于《世说新语注》方面,其余尚无人探讨,故撰写此篇,以引起学人对他的关注。

刘峻,字孝标,原名法武,刘休宾叔父旋之的儿子。为平齐民后生活难以为继,母亲出家为尼,法武与兄弟法凤出家为僧。后出奔南朝,改名孝标。先后仕齐、梁二朝,仕途坎坷,沉沦下僚,官至安成王荆州户曹参军。

刘孝标的著作《梁书》本传未载,《南史》本传载有《类苑》一百二十卷,《隋书·经籍志》载有《刘孝标集》六卷、《汉书注》一百四十卷、《类苑》一百二十卷、《世说新语注》十卷。晁公武《郡斋读书志》著录有《刘子》三卷:"右齐刘书孔昭撰,唐袁政注。凡五十五篇。言修心治知之道,而辞颇俗薄。或以为刘勰,或以为刘孝标,未知孰是。"②今人罗国威编有《刘孝标集校注》,录诗歌4首,文12篇。刘孝标的著作散佚颇多。

刘孝标的诗歌仅存4首,数量不多,质量颇高。这些诗什,有对自己理想的讴歌,如《出塞》:

蓟门秋气清,飞将出长城。绝漠冲风急,交河夜月明。
陷敌摐金鼓,摧锋扬旆旌。去去无终极,日暮动边声。③

《出塞》是古代边塞诗中运用得比较多的一个诗题,刘孝标此诗大约是较早的一首。这首诗以飞将军李广为喻,歌颂了一位驰骋疆场、英勇善战的将军形象。刘孝标一生坎坷,郁郁不得志,此诗以将军自况,抒写自己报效

---

① 《魏书》卷六十七《崔光列传》,中华书局1974年,第1499页。
② 晁公武撰、孙猛校证:《郡斋读书志校证》,上海古籍出版社1990年,第517页。
③ 刘孝标:《出塞》,郭茂倩:《乐府诗集》卷二十一《横吹曲辞》,中华书局1979年,第318页。

国家的雄心壮志。然作者这种报国之心竟难以施展，终有归隐之意，故在《江州还入石头诗》中咏道：

鼓枻浮大川，延睇洛城观。洛城何郁郁，杳与云霄半。
前望苍龙门，斜瞻白鹤馆。槐垂御沟道，柳缀金堤岸。
迅马晨风趋，轻舆流水散。高歌梁尘下，絙瑟荆禽乱。
我思江海游，曾无朝市玩。忽寄灵台宿，空轸及关叹。
仲子入南楚，伯鸾出东汉。何能栖树枝，取毙王孙弹①。

石头城即建康，是宋齐梁三朝都城，此诗显系刘孝标自江州卸任后归京城所作。刘孝标在江州任何职，史书未载，故不宜妄加揣测，恐无太大建树。诗人在归途中，面对滔滔江水，遥望都城建康，想象着在一个春日的早晨，诗人听着优美的音乐，策马扬鞭，疾驰在槐柳成荫的长江岸边。这样惬意的生活带给诗人的不是美好的向往，而是为了全身远祸，以陈仲子和梁鸿为榜样，积极寻求归隐。诗人终于归隐了，《始居山营室诗》就是对这种隐居生活的描绘：

自昔厌喧嚣，执志好栖息。啸歌弃城市，归来事畊织。凿户窥嶕嶢，开轩望崭崱。激水檐前溜，修竹堂阴植。香风鸣紫莺，高梧巢绿翼。泉脉洞杳杳，流波下不极。仿佛玉山隈，想像瑶池侧。夜诵神仙记，旦吸云霞色。将驭六龙舆，行从三鸟食。谁与金门士，抚心论胸臆。②

这首诗是诗人隐居之后的作品，由诗中描写来看，很可能是刘孝标初隐之时所作。诗人看着屋前潺潺的流水，屋后修竹成荫，高大的梧桐树上莺歌燕语，好一派美妙景象！在这样的氛围中，诗人禁不住要做神仙了！

刘孝标所生活的时期，是南朝山水诗大盛的时期。特别是他南归萧齐之时，正是永明体新诗的创作时期。适逢这样的创作环境，刘孝标的诗以山水景物的描写见长，注意汉字音韵的协调，读起来如行云流水一般。像

① 刘孝标：《江州还入石头诗》，刘峻著、罗国威校注：《刘孝标集校注》，上海古籍出版社1988年，第139页。

② 刘孝标：《始居山营室诗》，逯钦立：《先秦汉魏晋南北朝诗》，中华书局1983年，第1758页。

他的《出塞》写秋景,《自江州还入石头诗》写春景,《始居山营室诗》写夏景,都能体物入微,是写景之美文。他的《登郁洲山望海诗》写大海景色,更为绝妙:

> 沧潦联霄岫,层领郁巑岿。下盘盐海底,上转灵乌翼。滇沔非可辨,鸿溶信难测。轻尘久弭飞,惊浪终不息。云锦曜石屿,罗绫文水色。①

这是一首纯粹描写海水的写景诗,作者写出了水天相接的美景,境界之阔大,描摹之细腻,堪称写景之奇文。特别是"云锦曜石屿,罗绫文水色"两句写石屿如云锦般耀眼,水波似绫罗般闪光,极为传神,是写景之佳句。在写景的同时注重抒情、情景交融是刘孝标诗歌的最大特色。此外,刘孝标的诗歌均是整齐的五言诗,注重汉语四声的搭配,音调和谐,读起来朗朗上口。

刘孝标的文章今存 12 篇,大致可以分为书信体散文、抒发内心愤慨的散文和抒写隐逸之情的作品三类。

刘孝标的书信体散文有 8 篇,占其现存作品的 67%。从这些作品中可看出他的人生志趣,抱负理想,以及对朋友的深厚情谊。这些作品有的以使事用典见长,有的以明白晓畅为妙,像《重答刘秣陵沼书》就以隶事用典擅长:

> 刘侯既重有斯难,值余有天伦之戚,竟未之致也。寻而此君长逝,化为异物,绪言余论,蕴而莫传。或有自其家得而示余者,余悲其音徽未沫,而其人已亡,青简尚新,而宿草将列,泫然不知涕之无从也。虽隙驷不留,尺波电谢,而秋菊春兰,英华靡绝。故存其梗概,更酬其旨。若使墨翟之言无爽,宣室之谈有征,冀东平之树,望咸阳而西靡;盖山之泉,闻弦歌而赴节,但悬剑空垅,有恨如何!②

刘秣陵,即刘沼,曾任秣陵令。《梁书·刘峻传》云:"论成,中山刘沼致书以难之,凡再反,峻并为申析以答之。会沼卒,不见峻后报者,峻乃为书以序之曰……"③刘孝标写成《辩命论》后,刘沼不同意其观点,二人曾有多次

---

① 刘孝标:《登郁洲山望海诗》,刘峻著、罗国威校注:《刘孝标集校注》,上海古籍出版社 1988 年,第 133 页。

② 刘孝标:《重答刘秣陵沼书》,《文选》卷四十三,上海古籍出版社 1986 年,第 1950 页。

③ 《梁书》卷五十《文学列传》,中华书局 1973 年,第 706 页。

书信往复辩论。由于认识不同,我们可以想见辩论是非常激烈的。此文是刘沼卒后,刘孝标得其遗书而作的回复。故人已逝,往日的纷争已无任何意义,故此文以追忆友谊为主旨。这样立意名篇,实为巧构,但却引起后人无限的遐想,如张云璈《选学胶言》卷十七谓:“书中止言得书之由,不言所答之事,则是别有答书,盖昭明节去,惟存此以备一故实耳。”①李慈铭据《梁书·文学·刘峻传》中“乃为书以序之”一语推断,此文应是答书之序,并非答书正文。何焯、高步瀛、钱钟书皆持此说。这种争论似乎没有太大的必要,从艺术特色来考虑,目前这种处理似乎更好些,故好评如潮。方伯海曰:“不言所答之事,全从书未至而人已亡处生出感慨”“用典处亦切而流”②。孙月峰曰:“就淡中写出浓致,所以妙。”③许梿云:“答死者书甚是创格,属词特凄楚缠绵,俯仰裴回,无限痛切。”④本文最大的特色就是用典密而繁,据《文选》李善注,这篇不足150字的文章,用了15个典故。这些典故自然贴切,很好地表达了作者的感情。像文末“悬剑空垅”一典出自刘向《新序》:延陵季子西聘于晋,身佩宝剑去拜访他的朋友徐君。徐君相中了宝剑,延陵季子虽未献给他而心下私许之。当他从晋国返回后得知徐君已逝,便将宝剑挂在徐君墓旁的大树上。这样的典故用来表达他和刘沼的友谊,再适合不过了。使事用典是南朝文学大势,然在一篇书信中用这么多典故,势必影响我们的正常阅读,亦非好事。此外,像《与举法师书》《答刘之遴借类苑书》《与宋玉山元思书》等书信均以使事用典见长。刘孝标的书信体散文也有写得明白晓畅的,如《送橘启》:

> 南中橙甘,青鸟所食,始霜之旦,采之风味照座,劈之香雾噀人。皮薄而味珍,脉不黏肤,食不留滓。甘逾萍实,冷亚冰壶。可以熏神,可以芼鲜,可以渍蜜。毡乡之果,宁有此邪。⑤

此文是一南方人向北方人介绍橘子。刘孝标本生活在北方,对橘子的习性本不甚了解。可能是他到南朝后,对这种水果逐渐接受并熟识。齐梁时期,宗室诸王及群臣之间,常互有馈赠小简,如谢朓《谢随王赐紫梨启》、刘

① 高步瀛:《南北朝文举要》,中华书局1998年,第447页。

② 于光华:《重订文选集评》,锡山启秀堂刻本,1778年,第235页。

③ 于光华:《重订文选集评》,锡山启秀堂刻本,1778年,第235页。

④ 许梿评选、黎经诰笺注:《六朝文絜笺注》,中华书局1962年,第109页。

⑤ 刘孝标:《送橘启》,刘峻著、罗国威校注:《刘孝标集校注》,上海古籍出版社1988年,第51页。

孝仪《谢东宫赐净馔启》、庾肩吾《谢赉梨启》、萧绎《谢东宫赐裘启》等。稍后,庾信与北周赵王、滕王诸小启,答谢赐米、赐袍、赐马、赐丝布诸物,都写得精巧别致,玲珑可爱。刘峻与受礼者是朋友关系,所以写来比较轻快自然,只是对橘子进行如实的介绍,未掺杂其他的因素。这封书信读来明白晓畅,使一个不识橘子的人既看到实物,又对它的习性有所了解。其他如《与诸弟书》《答郭峙书》《与何炯书》等都是明白晓畅的书信体小品。

抒发内心愤慨的散文是刘孝标文章中最具文学价值,最受后人称道的篇章,主要有《辩命论》和《广绝交论》等。《辩命论》是结合自身遭遇,对前人的观点进行发挥,谈自己对命运的理解。《文选》李善注云:“孝标植根缁右,流寓魏庭,冒履艰危,仅至江左,负材矜能。自谓坐致云霄,岂图逡巡十稔,而荣惭一命,因兹著论,故辞多愤激。虽义越典谟,而足杜浮兢也。”①又《梁书·刘峻传》云:“高祖招文学之士,有高才者,多被引进,擢以不次。峻率性而动,不能随众沉浮,高祖颇嫌之,故不任用。乃著《辩命论》以寄其怀。”②据此,本篇谈论命运是假,抒发内心的愤懑才是真。文章特以“六蔽”最为精彩,所谓“六蔽”,就是非命论的六种缺陷。换句话说,“六蔽”是有命论的六条证据,尤以五、六蔽写得最为出彩:

> 夫虎啸风驰,龙兴云属,故重华立而元凯升,辛受生而飞廉进。然则天下善人少,恶人多,闇主众,明君寡。而薰莸不同器,枭鸾不接翼。是使浑敦梼杌,踵武于云台之上。仲容庭坚耕耘于岩石之下。横谓废兴在我,无系于天,其蔽五也。彼戎狄者,人面兽心,宴安鸩毒,以诛杀为道德,以蒸报为仁义。虽大风立于青丘,凿齿奋于华野,比于狼戾,曾何足喻。自金行不竞,天地版荡。左带沸唇,乘间电发,遂覆瀍洛,倾五都,居先王之桑梓,窃名号于中县。与三皇竞其萌黎,五帝角其区宇。种落繁炽,充仞神州。呜呼,福善祸淫,徒虚言耳。岂非否泰相倾,盈缩递运,而汩之以人,其蔽六也。③

言词激愤,笔力遒劲,气脉畅达,气势凌厉,一腔不满之情皆书之于纸,其憎世恶俗之相如在目前。谭献曰:“奇才不达,兴感之由,因以自命,故激昂愤

① 《文选》卷五十四,上海古籍出版社 1986 年,第 2344 页。

② 《梁书》卷五十《文学列传》,中华书局 1973 年,第 702 页。

③ 刘孝标:《辩命论》,《文选》卷五十四,上海古籍出版社 1986 年,第 2355—2356 页。

厉,语无余蕴。"①何焯亦称"全篇多有激之谈"②,均指出此文情绪昂扬的特点。刘峻此论对句(多为事对)极工,引事甚繁,但已不再作为普通修辞之用,而是以之为设词立论之据。虽以骈体行文,却毫无凝重滞塞之感。《广绝交论》是有感于任昉卒后家人贫困潦倒而作。据《梁书·任昉传》云:"初,昉立于士大夫间,多所汲引,有善己者则厚其声名。及卒,诸子皆幼,人罕赡恤之。平原刘孝标为著论。"③又刘璠《梁典》曰:"刘峻见任昉诸子西华兄弟等流离不能自振,生平旧交,莫有收恤。西华冬月着葛布帔练裙,路逢峻。峻泫然矜之,乃广朱公叔绝交论。到溉见其论,抵几于地,终身恨之。"④任昉生前广交朋友,奖掖后进,卒后家人寥落,无人救济,刘孝标有感于此乃著《广绝交论》。这篇文章实则以任昉为例,抒写社会炎凉之态。他将当时人的交往概括为"势交""贿交""谈交""穷交""量交"五种,并对这五种丑态进行了批判,试看"穷交":

> 阳舒阴惨,生民大情,忧合欢离,品物恒性。故鱼以泉涸而煦沫,鸟因将死而鸣哀。同病相怜,缀河上之悲曲,恐惧置怀,昭谷风之盛典。斯则断金由于湫隘,刎颈起于苫盖。是以伍员濯溉于宰嚭,张王抚翼于陈相。是曰穷交,其流四也。⑤

落魄的时候大家相濡以沫,但是一旦富贵,就把穷困潦倒时的友谊忘掉了,甚至于像宰嚭日后害死伍员,陈余既尊而袭杀张耳一样,这一幅世俗穷交相可谓入木三分地批判了当时社会的丑陋。

刘孝标抒写隐逸之情的作品也有名篇,最著名的当属《山栖志》。据《梁书·刘峻传》载:"安成王秀好峻学,及迁荆州,引为户曹参军,给其书籍,使抄录事类,名曰《类苑》。未及成,复以疾去,因游东阳紫岩山,筑室居焉。为《山栖志》,其文甚美。"⑥据此,本文是刘孝标隐居东阳紫岩山所作。这篇文章首叙地理形势,次叙风物人情,后写宅东佛寺。特以写东阳紫岩山的景色而著称:

① 李兆洛:《骈体文钞》,商务印书馆1937年,第359页。
② 何焯:《义门读书记》,中华书局1987年,第991页。
③ 《梁书》卷八《任昉列传》,中华书局1973年,第254页。
④ 《文选》卷五十五,上海古籍出版社1986年,第2365页。
⑤ 刘孝标:《广绝交论》,《文选》卷五十五,上海古籍出版社1986年,第2373页。
⑥ 《梁书》卷五十《文学列传》,中华书局1973年,第702页。

> 所居三面迴山,周绕有象郛郭。前则平野萧条,目极通望,东西带二涧,四时飞流泉。清澜微霪,滴沥生响,白波跳沫,汹涌成音,漕渎引流,交渠绮错。悬溜泻于轩甍,激湍回于阶砌。供帐无绠汲,盥漱息瓶盆。枫栌椅枥之树,梓柏桂樟之木,分形异色,千族万种。结朱实,包绿果,杬白蒂,抽紫茎。肃矗苯蓴,捎风鸣籁,垂条櫩户,布叶房栊。中谷涧滨,花蕊攒列。至于青春缓谢,萍生泉动,则有都梁含馥,攘香送芬,长乐负霜,宜男豐露,芙蕖红华照水,皋苏缥叶从风。凭轩永眺,蠲忧亡疾。丘阿陵曲,众药灌丛。地髓抗茎,山筋抽节。金盐重于素璧,玉豉贵于明珠。可以养性消疴,还年驻色。不藉崔文黄散,勿用负局紫丸。翾翾翔鸟,风胎雨谷。绿翼红毛,素羽翠鬣。肃肃切羽,关关好音,驯狎园池,旅食鸡鹜。若乃鸡日伺辰,响类钟鼓。鸣蛇候曙,声像琴瑟,玄猿薄雾清啸,飞猺乘烟永吟,嘈囋嘹亮,悦心娱耳。谅所以跨蹑管籥。①

这段文字是作者对隐居环境的描写,三面环山,一面平川,飞瀑流泉,树木丛生,山花烂漫,群鸟和鸣,一幅多么富有诗意的画面呀!作者心旷神怡,沉醉于这样的环境之中,有些乐而忘返。从这些描写中,我们可以看出诗人对这种隐居生活的热爱!

刘孝标的文学风格,《南史》本传用"文藻秀出"②四个字来概括。所谓"文藻秀出"是指其文学创作以辞藻华丽见称于时。由前文的分析可以看出,刘孝标的文章正是如此。他的散文辞藻华美,用典贴切,对仗工稳,情感充沛,构思新颖,是南朝散文大家,难怪钱钟书先生赞不绝口:"梁文之有江淹、刘峻,犹宋文之有鲍照,皆俯视一代。"③

给刘孝标带来巨大声誉的当属《世说新语注》。刘注的体例约略说来,可分为补阙、纠谬、备异、论辩、存疑、释典、梳理、别见等八端,引用经史别传300余种,诸子百家40余种,别集20余种,诗赋杂文70余种,释道30余种,极大地丰富了原著的内容。他的《世说新语注》不仅显示了他的学问渊博,体现了汉代经注的严谨学风,不少地方也显示了他兼擅三教义理,识断精审,并非是只会广征博引的"书簏"。刘孝标《世说新语注》目前

---

① 刘孝标:《山栖志》,刘峻著、罗国威校注:《刘孝标集校注》,上海古籍出版社1988年,第28页。

② 《南史》卷四十九《刘怀珍列传》,中华书局1975年,第1219页。

③ 钱锺书:《管锥编》,中华书局1979年,第1406页。

研究颇多,本文将不再画蛇添足。

除《世说新语注》外,《文选》卷五十五还载有刘孝标注陆机《演连珠五十首》。多用骈文笔法,且多用语典。但刘孝标也对文中的某些典制名物进行了训解,显示了他扎实深厚的考证功力。

20多年颇似奴隶的生活,对青齐士人的生活产生了很大的影响。他们发愤苦读,练就一身扎实的文学功底。在北魏汉化之时,他们抓住时机,大显身手,无论是在文化制度,还是在文学创作方面,对北魏都做出了极大的贡献。

四、其他青齐文学成就

北魏平齐之后,青齐士人被迁往平城,成为平齐民。太和年间,随着孝文帝汉化改革的推行,平齐民的身份被取消,那些迁往平城的士人被允许返回青齐。值得玩味的是,这些士人大多不是返回青齐,而是通过自身的努力,进入北魏官场,成为官僚士大夫。此时的青齐,世风日下,《洛阳伽蓝记》称为"怀甎之俗",温子昇解释说:"闻至尊兄彭城王作青州刺史,问其宾客从至青州者,云:'齐土之民,风俗浅薄,虚论高谈,专在荣利。太守初欲入境,皆怀甎叩首,以美其意;及其代下还家,以甎击之。'言其向背速于反掌。是以京师谣语曰:'狱中无系囚,舍内无青州,假令家道恶,腹中不怀愁。'怀甎之义起于此也。"①"风俗浅薄,虚论高谈,专在荣利""向背速于反掌",这就是怀甎之俗,这是北魏迁徙士人之后留给青齐的恶果。在这样的风俗浇薄之中,很难成长出来文学家。因此,北魏后期,除了平齐民的后裔、为官为宦的青齐士人偶有文学创作外,青齐本土文学家寥若晨星,文学凋敝不堪。唯有贾思勰、张彝二人有文学作品传世。

贾思勰是北魏后期青齐地区最著名的文学家,著有《齐民要术》一书。贾思勰的生平未见著录,只有《齐民要术》署名曰"后魏高阳太守贾思勰撰",知其曾任北魏高阳太守。北魏有两个高阳郡,一在今河北高阳县境内,另一在今山东桓台县东,贾思勰任职于哪个高阳郡已不可知。《魏书》中替贾姓士人立传者唯贾彝、贾思伯和贾显度三人。贾彝本武威姑臧人,六世祖贾敷任曹魏幽州刺史、广川都亭侯,其家从河西迁居广川(今属河北)。贾彝出仕后燕,任慕容垂骠骑大将军、辽西王农记室参军。太祖平定中山,贾彝归顺北魏,官至尚书左丞,子孙后代九人出仕北魏。贾思伯本武

① 杨衒之著、杨勇校笺:《洛阳伽蓝记校笺》,中华书局2006年,第88页。

威人,后迁居齐郡益都,曾任兖州刺史、度支尚书等职,其弟思同、其子彦始亦出仕北魏。贾显度,中山无极(今属河北)人,北魏末年任骠骑大将军、开府仪同三司、定州大中正等职,其弟贾智、子罗侯亦仕北魏。由以上考察来看,北魏贾姓是从河西迁徙到今河北、山东二地。然这些对于贾思勰而言仅为旁证,没有直接关系。今人从地方志,以及姚振宗《隋书经籍志考证》的记载确认贾思勰与贾思伯、贾思同为兄弟,任职于齐州高阳郡①。方志可信性不高,姚振宗是清代人何由知北魏之事?故而这种结论值得商榷。在没有新资料发掘之前,暂以今人所考,暂定贾思勰为青州士人。

贾思勰《齐民要术》是一部农学著作,总结了农牧业生产经验、食品的加工与贮藏、野生植物的利用,以及治荒的方法,详细介绍了季节、气候和不同土壤与不同农作物的关系。语言平实,质朴自然,文学性不高。书前之序言是一篇较好的散文。该序阐述农业生产的重要性以及《齐民要术》之主旨,多用排比、比喻、借代等修辞,语言骈散相间,具有较好的文学性。如开篇云:“盖神农为耒耜,以利天下。尧命四子,敬授民时。舜命后稷,食为政首。禹制土田,万国作乂。殷周之盛,《诗》《书》所述,要在安民,富而教之。”②运用排比修辞,引证历史事实,说明百姓安居乐业之后方可从事教化。序末云:“今采捃经传,爰及歌谣,询之老成,验之行事,起自耕农,终于醯醢。资生之业,靡不毕书,号曰《齐民要术》,凡九十二篇,分为十卷,卷首皆有目录。于文虽烦,寻览差易。其有五谷果麻,非中国所植者,存其名目而已。种植之法,盖无闻焉。舍本逐末,贤哲所非,日富岁贫,饥寒之渐。故商贾之事,阙而不录。花草之流,可以悦目,徒有春华,而无秋实,匹诸浮伪,盖不足存。鄙意晓示家童,未敢闻之有识,故丁宁周至,言提其耳。每事指斥,不尚浮辞,览者无或嗤焉。”③模拟南朝骈文写法,舍去骈文辞藻华丽、用典等特色,从而使得文章容易为人所接受。“不尚浮辞”正是对其书语言的高度概括,重视实用性,不注重语言技巧,是作者的文学思想以及写作原则。

---

① 参看论文:李元卿:《贾思勰故里考》(《石油大学学报》1993年第4期)、李群:《贾思勰与〈齐民要术〉》(《自然辩证法研究》1997年第2期)、李森:《贾思勰应为今山东寿光人》(《中国史研究》1999年第3期)、孙金荣:《籍贯与故里——贾思勰生平事迹考略(一)》(《农业考古》2013年第1期)、孙金荣:《贾思勰为官高阳郡治考》(《山东社会科学》2014年第1期)。

② 贾思勰:《〈齐民要术〉序》,严可均:《全上古三代秦汉三国六朝文》,中华书局1958年,第3707页。

③ 贾思勰:《〈齐民要术〉序》,严可均:《全上古三代秦汉三国六朝文》,中华书局1958年,第3709页。

张彝，清河东武城人，曾祖张幸，南燕慕容超东牟太守，后率户归顺北魏。张幸召集河东百姓千余家，后全部并入冀州。三十年后，到高祖、灵太后之际，累积到数万户，是北魏最大的州。张彝屡次祈请任冀州刺史，死后追赠冀州刺史。张彝的文章今存《上〈历帝图〉表》《上采诗表》《临终口占上启》三篇，均为奏疏之文，尽儒者规劝之责。在《上〈历帝图〉表》中称自己编撰《历帝图》的目的是："脱蒙置御坐之侧，时复披览，冀或起予左右，上补未萌。伏愿陛下远惟宗庙之忧，近存黎民之念，取其贤君，弃其恶主，则微臣虽沉沦地下，无异乘云登天矣。"①希望世宗从历代帝王图中吸取经验教训，以贤君为楷模，忧国忧民，使国家长治久安。在《上采诗表》中称将自己所采之诗进献朝廷，"且臣一二年来，所患不剧，寻省本书，粗有仿佛。凡有七卷，今写上呈，伏愿昭鉴，敕付有司，使魏代所采之诗，不堙于丘井，臣之愿也"②。规劝世宗继承儒家采诗"观风俗、知得失、自考政"的传统，使北魏统治更加清明。直到临死之际，张彝念念不忘的是"若所上之书，少为益国，臣便是生以理全，死与义合，不负二帝于地下，臣无余恨矣"③，希望自己所上之奏章能对肃宗治国有益，则死而无憾，一片拳拳之心，令人感佩。张彝的文章不事雕饰，质朴自然，唯《上〈历帝图〉表》一文艺术成就较高。文章运用大量事实说理，具有很强的说服力。如"至如太康好田，遇穷后迫祸；武乙逸禽，罹震雷暴酷；夏桀淫乱，南巢有非命之诛；殷纣昏酣，牧野有倒戈之陈；周厉逐兽，灭不旋踵；幽王遇惑，死亦相寻；暨于汉成失御，亡新篡夺；桓灵不纲，魏武迁鼎；晋惠暗弱，骨肉相屠，终使聪曜鸮视并州，勒虎狼据燕赵。如此之辈，罔不毕载"④。运用夏太康、商武乙、夏桀、殷纣王、周厉王、周幽王、汉成帝、汉桓帝、汉灵帝、晋惠帝弊政的事实，规劝世宗励精图治，使北魏不断强大。运用排比的修辞手法，极富气势。

贾思勰、张彝二人的文学成就不高，然与青齐地区的传统相一致，以儒家的胸怀关注现实，为国为民，故为文重视实用，不重文辞，故而不受学人关注。

---

① 张彝：《上〈历帝图〉表》，严可均：《全上古三代秦汉三国六朝文》，中华书局 1958 年，第 3697 页。

② 张彝：《上采诗表》，严可均：《全上古三代秦汉三国六朝文》，中华书局 1958 年，第 3698 页。

③ 张彝：《临终口占上启》，严可均：《全上古三代秦汉三国六朝文》，中华书局 1958 年，第 3698 页。

④ 张彝：《上〈历帝图〉表》，严可均：《全上古三代秦汉三国六朝文》，中华书局 1958 年，第 3697 页。

由于战争的原因,青齐士人在北魏时期出现在学人视野中。这些南迁的北方大姓,大都是饱学经书的儒学之士。虽然在二十余年间他们受到不公平的待遇,过着囚徒般的生活。然他们的聪明才智是掩盖不了的,一旦平齐民的身份被解除,他们运用自己深厚的文化底蕴为北魏国家的发展尽职尽责,贡献其所有。鉴于这样的情境,北魏青齐文学成就不高也就在情理之中了。

第五节　河东文学

黄河流经山西省境,自北而南,故称山西省境内黄河以东的地区为河东。《左传·僖公十五年》云:“于是秦始征晋河东,置官司焉。”河东地势险要,“有羊肠、底柱之险,濁河、孟门之限,以轘辕为襟带,与关中为表里”①,故历来为兵家必争之地。同时,河东的人文环境非常好,产生了许多著名的文学家。胡阿祥先生在《中古文学地理研究》中首列“河东文学”一节,对魏晋河东文学进行了首次研究。根据胡先生统计,“魏晋时期河东计出文学家四十五人,仅次于河淮、江东而居第三”②。胡先生的结论,对后人研究河东文学极具启发意义。笔者试图在河东郡建置沿革的背景下,在先唐河东文学发展演变过程中,探讨北魏河东文学。

一、北魏对河东的管辖与士人北迁

河东古称蒲坂,为魏、耿、杨、芮所居之地,后晋献公赐毕万于蒲坂,是为春秋魏国之始。秦王嬴政灭魏占据河东,“(嬴政)年十三岁,庄襄王死,政代立为秦王。当是之时,秦地已并巴、蜀、汉中,越宛有郢,置南郡矣;北收上郡以东,有河东、太原、上党郡”③。嬴政登基在公元前246年,大约在此时秦据河东。汉高祖时初置河东郡,“三年,魏王豹谒归视亲疾,至即绝河津,反为楚。汉王使郦生说豹,豹不听。汉王遣将军韩信击,大破之,虏豹。遂定魏地,置三郡,曰河东、太原、上党”④,汉高祖三年(前204)⑤,河

① 李吉甫:《元和郡县图志》卷十二,中华书局1983年,第324页。

② 胡阿祥:《中古文学地理研究》,世界图书出版公司2014年,第107页。

③ 《史记》卷六《秦始皇本纪》,中华书局1959年,第223页。

④ 《史记》卷八《汉高祖本纪》,中华书局1959年,第372页。

⑤ 《汉书》卷一《高祖纪》记在高祖二年九月,与《史记》所载不同,孰对孰错,尚难下断语。不过,讨论这一问题对本文意义不大,故暂以《史记》所载为是。

东郡始置。西汉时,河东郡“户二十三万六千八百九十六,口九十六万二千九百一十二,县二十四”①,为冀州所辖。始元元年(前86),划归并州。东汉时,河东郡“二十城,户九万三千五百四十三,口五十七万八百三”②,辖区比西汉少了四县。东汉末年至三国曹魏时,河东的建置发生了一些新的变化:建安十八年五月,汉献帝在册封曹操为魏公的诏书中云:“今以冀州之河东、河内、魏郡、赵国、中山、钜鹿、常山、安平、甘陵、平原凡十郡,封君为魏公。”③这说明东汉末年河东郡又归冀州所辖。正始八年(247)“夏五月,分河东之汾北十县为平阳郡”④,平阳从河东郡剥离出去,设立了平阳郡。甘露三年(258)“五月,天子以并州之太原上党西河乐平新兴雁门、司州之河东平阳八郡,地方七百里,封帝为晋公,加九锡,进位相国,晋国置官司焉”⑤,此时河东郡又归司州所辖。西晋时,河东郡的辖地进一步缩小,“统县九,户四万二千五百”⑥,仍为司州所辖。十六国时期,苻坚、姚兴、赫连勃勃,将并州并徙置河东。

登国九年(394)夏五月,道武帝拓跋珪到河东打猎,这是北魏首次关注河东地区。摄于北魏的军事实力,河东部分人开始归顺北魏。天兴元年(398)四月,“河东蜀薛榆、氐帅苻兴,各率其种内附”⑦。从“各率其种”之“种”来看,“蜀薛榆”之“蜀”应该是少数民族。事实上,陈寅恪先生很早就持这种观点,“蜀在古代本为一民族之名……兹所论者即魏伯起既以蜀为江东,即南朝领域内一民族之名”⑧。少数民族薛榆率其族属归顺北魏,这是河东人首次自动归顺北魏。永兴三年(411)四月,“河东蜀民黄思、郭综等率营部七百余家内属”⑨,这是河东人首次较大规模归顺北魏。永兴五年(413)四月,河东民薛相率部归顺北魏。泰常三年(418)正月,河东胡、蜀五千余家相率归顺北魏。泰常八年(423)正月,河东蜀薛定、薛辅率五千余家归顺北魏。太平真君六年(445)十一月,河东蜀薛永宗聚党盗官马

---

① 《汉书》卷二十八《地理志上》,中华书局1962年,第1550页。

② 《后汉书》卷一百一十九《郡国志一》,中华书局1965年,第3397页。

③ 潘勖:《策魏公九锡文》,严可均:《全上古三代秦汉三国六朝文》,中华书局1958年,第943—944页。

④ 《三国志》卷四《三少帝纪》,中华书局1962年,第122页。

⑤ 《晋书》卷二《文帝纪》,中华书局1974年,第35页。

⑥ 《晋书》卷十四《地理志上》,中华书局1974年,第416页。

⑦ 《魏书》卷二《太祖纪》,中华书局1974年,第33页。

⑧ 陈寅恪:《〈魏书·司马叡传〉“江东民族”条释证及推论》,《金明馆丛稿初编》,生活·读书·新知三联书店2001年,第84页。

⑨ 《魏书》卷三《太宗纪》,中华书局1974年,第51页。

数千匹,驱赶三千余人到汾曲,西通盖吴,聚众对抗官军。北魏派兵出击,于太平真君七年(446)打败薛永宗军队,乘机占领河东,设立河东郡,“治蒲坂,领县五”①,为泰州所辖。

在北魏对河东行使管辖之际,迁入河东的主要是薛氏和裴氏两大家族。

河东薛氏是从蜀地内迁至河东,在十六国时期崛起于河东的豪强家族。由于社会动乱,河东薛氏从河东外迁,形成了西祖、南祖和北祖三大支系。北祖在历史上默默无闻,学人主要关注的是西祖和南祖。北魏时期,从河东归顺的也主要是西祖和南祖两个支系。其中,南祖以薛安都为代表,西祖以薛辩为代表。

薛安都的父亲薛广本是东晋上党太守,归顺北魏,因父之故薛安都很早就出仕北魏。青年时期与同族薛永宗联合盖吴起兵叛变,失败后投奔刘宋,被任命为平北将军、徐州刺史。泰始元年(465)十二月,薛安都参与晋安王子勋叛乱,兵败后归顺北魏,被任命为散骑常侍、都督徐南北兖青冀五州豫州之梁郡诸军事、镇南大将军、徐州刺史,赐爵河东公。皇兴二年(468),薛安都到达北魏首都平城,受到极高礼遇,“子侄群从并处上客,皆封侯,至于门生无不收叙焉。又为起第宅,馆宇崇丽,资给甚厚”②。薛安都虽然在平城只生活了两年,却奠定了河东薛氏在北魏的地位。其子孙后代七人出仕北魏,均为高官显贵。跟随薛安都一起归降北魏的堂弟薛真度,赐爵河北侯。在对南齐的战争中屡次失利,仍受到重用,担任荆州刺史、豫州刺史等职。薛真度有12个儿子,其中有7人出仕北魏。

薛辩的祖上自蜀地迁徙到河东之汾阴,因居于此。其祖父薛陶与薛祖、薛落等分统部众,故世号三薛,是河东非常强大的坞壁势力。其父薛强在薛祖、薛落子孙衰微之时独领三营,成为薛氏最为强大的家族武装。在抵抗后赵、前秦进攻河东的战争中,势力越来越强大。出仕后秦,为镇东将军。薛强去世后,薛辩统帅部族,任后秦尚书郎、建威将军、河北太守。刘裕灭后秦姚泓后,薛辩投降,出任东晋宁朔将军、平阳太守。后归顺北魏,被任命为平西将军、雍州刺史,赐爵汾阴侯。其子孙29人出仕北魏,均为地方郡守或朝中大官。尤为值得一提的是薛辩的儿子薛谨。薛谨随父亲薛辩归顺北魏,历任河东太守、平西将军、秦州刺史、安西将军、内都坐大官

① 《魏书》卷一百零六《地形志下》,中华书局1974年,第2630页。
② 《魏书》卷六十一《薛安都列传》,中华书局1974年,第1354页。

等职,爵汾阴侯、涪陵公。特别是其任河东太守期间,“威惠兼备,风化大行。时兵荒之后,儒雅道息。谨命立庠,教以诗书,三农之暇,悉令受业,躬巡邑里,亲加考试,于是河汾之地,儒道兴焉”①。薛谨兴学校,教《诗》《书》,促使河东儒学兴盛,也使得家族走上文学发展之路。薛谨之子薛瑚、薛瑚之子薛聪、薛聪之子薛孝通、薛孝通之子薛麟驹、薛麟驹之子薛庆之等都好读书,喜欢文学,薛孝通尚有文集并行于世。陈寅恪先生曾说:“所谓士族者,其初并不专用其先代之高官厚禄为其唯一之表征,而实以家学及礼法等标异于其他诸姓……夫士族之特点既在其门风之优美,不同于凡庶,而优美之门风实基于学业之因袭。故士族家世相传之学业乃与当时之政治社会有极重要之影响。”②薛谨兴学教育,对其家族的发展至关重要,促使其家族由武力向文学转化。

薛安都和薛辩两个不同房支进入北魏后,走上了两条不同的发展道路:武力与文学,对河东薛氏在北魏的发展都具有极为重要的意义。《资治通鉴》记载了孝文帝与薛宗讨论郡姓一事:“众议以薛氏为河东茂族。帝曰:‘薛氏,蜀也,岂可入郡姓!’直阁薛宗起执戟在殿下,出次对曰:‘臣之先人,汉末仕蜀,二世复归河东,今六世相袭,非蜀人也。伏以陛下黄帝之胤,受封北土,岂可亦谓之胡邪!今不领郡姓,何以生为!’乃碎戟于地。帝徐曰:‘然则联甲、卿乙乎?’乃入郡姓。”③《北史·薛辩传》所载与此略简,“薛宗”作“薛聪”,据正史记载,北魏无“薛宗”,当以“薛聪”为是。薛氏进入北魏,在孝文帝朝成为郡姓,为北魏四姓之一。

河东裴氏自秦汉以来就是中国历史上久负盛名的大姓,历来人才辈出。西晋末年社会动乱,河东裴氏自闻喜迁出,形成不同的房支。迁徙于幽燕一带者为东眷裴,迁徙于长安、凉州一带者为西眷裴,留在闻喜本地者为中眷裴,后由凉州归居解县洗马川者为洗马裴,由南方回到北方者为南来吴裴,故有“三支五房”之说。北魏占据河东后,裴氏三支均迁入北魏。

裴骏是中眷裴杰出代表人物。《魏书》载裴骏为河东闻喜人,今人宋艳梅以《新唐书·宰相世系表》记载裴安祖为洗马裴天恩之子,裴安祖为裴骏从弟,故而推测裴骏应为洗马裴④。宋艳梅考证谨严,然从《魏书·裴骏传》记载来看,裴骏祖上一直生活在河东闻喜,未有居解县洗马川之事,

① 《魏书》卷四十二《薛辩列传》,中华书局 1974 年,第 942 页。
② 陈寅恪:《唐代政治史述论稿》,商务印书馆 1943 年,第 53—54 页。
③ 《资治通鉴》卷一百四十《齐纪六》,中华书局 1956 年,第 4394 页。
④ 宋艳梅:《河东裴氏入仕北魏政权考察》,《常熟理工学院学报》2012 年第 9 期。

故其结论暂存疑,仍以史书所载为中眷裴。裴骏的父亲裴双硕爵闻喜侯,世居于闻喜。盖吴在关中叛乱,汾阴人薛永宗聚众应之,来袭闻喜。裴骏率领豪强打败薛永宗叛军,为世祖拓跋焘所赏识,目为三河领袖,补中书博士,官至中书侍郎。与裴骏同宗的还有裴延俊。裴延俊祖父为裴双虎,则其为裴骏子侄辈。裴骏依靠武力起家,为北魏世祖赏识,迁入平城为官,其后则发展为文学家族。

洗马裴的代表人物是裴佗。东晋末年战乱,裴佗祖上迁居凉州,苻坚平定河西后,其家族迁回原籍,居住在解县洗马川。其父裴景归顺北魏,任惠州别驾。裴佗出仕北魏,曾任河东邑中正、前将军、东荆州刺史等职。裴佗有六个儿子,其中裴让之、裴诹之出仕北魏朝廷。

南来吴裴的代表人物是裴叔业。裴叔业祖上世居河东闻喜,祖父裴邕举家自河东迁徙襄阳,父亲裴顺宗、哥哥裴叔宝出仕萧道成,均有战功。裴叔业初仕萧赜,历右军将军、东中郎将、谘议参军等职。继而协助萧鸾篡位成功,官至辅国将军、豫州刺史。萧鸾死后,其子萧宝卷自立,裴叔业出任南兖州刺史。萧宝卷继位后不断诛杀大臣,裴叔业惊惧不安,权衡再三,遂举寿阳投降北魏。南来吴裴归顺北魏后所居之地,学术界有争议,韩树峰先生认为居住在豫州①,宋艳梅先生认为居住在洛阳②。考诸《魏书》,南来吴裴归顺北魏之后,并没有返回桑梓河东闻喜,而是居住在洛阳。其后代多为州郡地方长官,其中裴植、裴炯、裴�均担任过扬州大中正一职。正如周一良先生指出"凡封赠本贯州郡者,皆是尊崇之举,大中正之官本身已属名誉职"③的那样,扬州大中正只不过是个虚衔。

作为武力豪强的河东薛氏、裴氏迁入北魏,对其政治制度建设贡献巨大。据毛汉光先生《两晋南北朝士族政治研究》中统计北魏任五品官以上家族,赵郡李 68 人,渤海高 62 人,清河崔 50 人,河东薛 32 人,河东裴 34 人。河东薛氏、裴氏能够挤入前五大家族,其显赫可见一斑。其家族文学爱好者的创作,对北魏文学多有影响。

二、汉晋时期河东文学创作

阅读汉晋时期正史资料,我们时而为河东郡自豪,时而为河东郡扼腕叹息。引以为自豪的有两事:一为河东后土祠。后土祠在今万荣县,相传

① 韩树峰:《南北朝时期淮汉迤北的边境豪族》,社会科学文献出版社 2003 年,第 112 页。
② 宋艳梅:《河东裴氏入仕北魏政权考察》,《常熟理工学院学报》2012 年第 9 期。
③ 周一良:《魏晋南北朝史札记》,中华书局 1985 年,第 574 页。

为汉高祖所立,《汉书》中所载天子幸河东祭祀后土就有十六次之多。扬雄曾描绘汉天子祀后土的情形云:"于是命群臣,齐法服,整灵舆,乃抚翠凤之驾,六先景之乘,掉奔星之流旃,彏天狼之威弧。张耀日之玄旄,扬左纛,被云梢。奋电鞭,骖雷辎,鸣洪钟,建五旗。羲和司日,颜伦奉舆,风发飙拂,神腾鬼趡;千乘霆乱,万骑屈桥,嘻嘻旭旭,天地稠嶅。簸丘跳峦,涌渭跃泾;秦神下讋,跖魂负沴;河灵矍踢,掌华蹈衰。遂臻阴宫,穆穆肃肃,蹲蹲如也。"①可以想见,天子屡幸河东,对鼓舞河东民心将有重要的意义。二为盐池。盐池在今运城市,"盐池天资货贿,密迩京畿,唯须宝而护之"②,故盐池历来为朝廷所重视。"自汉武元狩四年,用桑弘羊等言,兴盐铁之利,天下盐官凡二十八郡,而河东安邑为首"③,河东的盐池居全国之首,这对改善人民生活以及发展当地经济都有重要的意义。令人扼腕叹息的是,充斥史料的地震、地裂、旱灾、蝗虫、冰雹、兵乱等。这样一种独特的环境形成河东特有的民风民俗及文学创作。

提到河东的民风民俗,所有的人都会想到一个耳熟能详的故事——河东狮子吼:"陈慥,字季常……自称'龙丘先生',又号'方山子'。好宾客,喜畜声妓,然其妻柳氏绝凶妒,故东坡有诗云:'龙丘居士亦可怜,谈空说友夜不眠。忽闻河东狮子吼,拄杖落手心茫然。'"④笔者寓居山西十余年,所识河东女性亦不在少数,绝大多数温柔可爱,并不像洪迈所记陈慥之妻柳氏那样凶妒。笔者以为,河东的民风民俗,《汉书·地理志》所载倒为平实:

> 河东土地平易,有盐铁之饶,本唐尧所居,《诗·风》唐、魏之国也。周武王子唐叔在母未生,武王梦帝谓己曰:"余名而子曰虞,将与之唐,属之参。"及生,名之曰虞。至成王灭唐,而封叔虞。唐有晋水,及叔虞子燮为晋侯云,故参为晋星。其民有先王遗教,君子深思,小人俭陋。故《唐诗·蟋蟀》、《山枢》、《葛生》之篇曰:"今我不乐,日月其迈";"宛其死矣,它人是媮";"百岁之后,归于其居"。皆思奢俭之中,

① 扬雄:《河东赋并序》,严可均:《全上古三代秦汉三国六朝文》,中华书局1958年,第404页。

② 长孙稚:《复收盐池税表》,严可均:《全上古三代秦汉三国六朝文》,中华书局1958年,第3617页。

③ 顾祖禹:《读史方舆纪要》卷三十九,《续修四库全书》第603册,上海古籍出版社2001年,第49页。

④ 洪迈:《容斋三笔·陈季常》,《容斋随笔五集》,商务印书馆1930年,第168页。

念死生之虑。吴札闻《唐》之歌,曰:“思深哉!其有陶唐氏之遗民乎?”①

汉晋时期河东文学创作,主要表现为裴氏家族。薛氏、柳氏虽然也是河东大家族,然主要以武力称胜,文学才华还没有显现出来。

河东裴氏可以上溯到东汉时的裴茂。裴茂曾以讨李傕有功而封列侯,然史书中无传,更多的信息我们无从得知,其子裴潜驰名于时。裴潜字文行,河东闻喜人,初仕东汉为代郡太守,后仕曹魏官至尚书令。《三国志》本传称其为尚书令时“奏正分职,料简名实,出事使断官府者百五十余条”②,裴松之注引《魏略》亦云裴潜“为人材博”③,则裴潜的文学成就颇高,惜多散佚,今仅存《遗令子秀俭葬》一篇,该文甚短:“墓中惟置一坐,瓦器数枚,其余一无所设”,仅十余字,但可从中窥见裴潜一生崇尚俭朴的生活习惯。裴松之补充了与此相关的诸多材料:“折节仕进,虽多所更历,清省恪然。每之官,不将妻子。妻子贫乏,织藜芘以自供。又潜为兖州时,尝作一胡床,及其去也,留以挂柱。又以父在京师,出入薄车;群弟之田庐,常步行;家人小大或并日而食;其家教上下相奉,事有似于石奋。其履检校度,自魏兴少能及者。”④这些材料都可以和《遗令子秀俭葬》对读,从中可以体会裴潜勤俭廉洁的一生。自裴潜之后,河东裴氏中成就较高的有:

裴秀字季彦,魏尚书令裴潜之子,仕晋官至司空。少以博学著称于时,“秀少好学,有风操,八岁能属文。叔父徽有盛名,宾客甚众。秀年十余岁,有诣徽者,出则过秀。……时人为之语曰:‘后进领袖有裴秀。’”⑤裴秀之博学,同乡人毌丘俭的评价恐更为公允:“生而岐嶷,长蹈自然,玄静守真,性入道奥;博学强记,无文不该;孝友著于乡党,高声闻于远近。诚宜弼佐谟明,助和鼎味,毗赞大府,光昭盛化。非徒子奇、甘罗之俦,兼包颜、冉、游、夏之美。”⑥裴秀以儒学著称于时,其文学著作《晋书》本传载有《禹贡地

① 《汉书》卷二十八《地理志》,中华书局1962年,第1648—1649页。

② 《三国志》卷二十三《和常杨杜赵裴列传》,中华书局1962年,第673页。

③ 《三国志》卷二十三《和常杨杜赵裴列传》裴松之注引《魏略》,中华书局1962年,第673页。

④ 《三国志》卷二十三《和常杨杜赵裴列传》裴松之注引《魏略》,中华书局1962年,第673页。

⑤ 《晋书》卷三十五《裴秀列传》,中华书局1974年,第1037—1038页。

⑥ 毌丘俭:《与大将军曹爽书荐裴秀》,严可均:《全上古三代秦汉三国六朝文》,中华书局1958年,第1279页。

域图》18 篇,《隋书·经籍志》著录有《春秋土地名》3 卷(与人合撰)、《裴秀集》3 卷。《裴秀集》隋时已亡,今仅存诗 3 首,文 4 篇。

裴頠字逸民,裴秀之子,仕晋官至侍中。裴頠"为人弘雅有远识,博学稽古,履行高整,自少知名"①,少以博学著称于时。御史中丞周弼见而叹曰:"頠若武库,五兵纵横,一时之杰也。"②頠从母夫贾充亦赞曰:"才德英茂,足以兴隆国嗣。"③在时人眼中,裴頠确为国家的栋梁之材。裴頠以反玄学重儒学著名当时,"时天下暂宁,頠奏修国学,刻石写经。皇太子既讲,释奠祀孔子,饮飨射侯,甚有仪序。又令荀藩终父勖之志,铸钟凿磬,以备郊庙朝享礼乐。頠通博多闻,兼明医术"④"頠深患时俗放荡,不尊儒术,何晏、阮籍素有高名于世,口谈浮虚,不遵礼法,尸禄耽宠,仕不事事;至王衍之徒,声誉太盛,位高势重,不以物务自婴,遂相放效,风教陵迟,乃著崇有之论以释其蔽"⑤。他在《崇有论》中云:"居以仁顺,守以恭俭,率以忠信,行以敬让,志无盈求,事无过用,乃可济乎!"⑥在玄学极盛之晋代,极力推崇儒学,实属难能可贵。裴頠文学成就较高,"每授一职,未尝不殷勤固让,表疏十余上,博引古今成败以为言,览之者莫不寒心"⑦。其文学,《晋书》载有《崇有论》《辩才论》等,《隋书·经籍志》著录有《裴頠集》9 卷,今仅存文 13 篇。

裴楷字叔则,裴潜弟徽之子,仕晋,官至开府仪同三司。裴楷好玄学,精《老》《易》,善谈吐,"贾充改定律令,以楷为定科郎。事毕,诏楷于御前执读,平议当否。楷善宣吐,左右属目,听者忘倦"⑧,尤精义理,"楷风神高迈,容仪俊爽,博涉群书,特精理义,时人谓之'玉人',又称'见裴叔则如近玉山,映照人也'"⑨。魏晋之时,河东裴氏与琅琊王氏极盛一时,徽比王祥,楷比王衍,康比王绥,绰比王澄,瓒比王敦,遐比王导,頠比王戎,邈比王

---

① 《三国志》卷二十三《和常杨杜赵裴列传》裴松之注引荀绰《冀州记》,中华书局 1962 年,第 673 页。

② 《晋书》卷三十五《裴秀列传》,中华书局 1974 年,第 1041 页。

③ 《晋书》卷三十五《裴秀列传》,中华书局 1974 年,第 1041 页。

④ 《晋书》卷三十五《裴秀列传》,中华书局 1974 年,第 1042 页。

⑤ 《晋书》卷三十五《裴秀列传》,中华书局 1974 年,第 1044 页。

⑥ 裴頠:《崇有论》,严可均:《全上古三代秦汉三国六朝文》,中华书局 1958 年,第 1648 页。

⑦ 《晋书》卷三十五《裴秀列传》,中华书局 1974 年,第 1042 页。

⑧ 《晋书》卷三十五《裴秀列传》,中华书局 1974 年,第 1047 页。

⑨ 《晋书》卷三十五《裴秀列传》,中华书局 1974 年,第 1048 页。

玄云,时人称八裴方八王①。王衍官至太尉,为晋代著名的玄谈之士。以王衍比裴楷,大约亦是称颂其玄学成就。裴楷之诗文,《隋书·经籍志》著录有《裴楷集》2卷,隋时已亡,今仅存《与石崇书》1篇。

从汉晋时期开始,河东裴氏家族已经形成以儒学立身,兼修玄、佛的家风,这一特点已为学术界所关注②。与此相关联的是其文学多阐发义理,抒情性文章较少。

薛氏亦为河东一豪门大族,史载其"世为强族,同姓有三千家"③,足见其宗族之盛。薛氏是河东土著,抑或是从他地迁入,我们已难考知。就现有资料来看,薛氏是迁居河东的,是从什么地方迁入,史载不一。《魏书》薛辩本传称"其先自蜀徙于河东之汾阴,因家焉"④,则薛氏本蜀姓,后迁居河东;《隋书》薛世雄本传称"其先寓居关中"⑤,则薛氏为关中大姓,后徙居河东,笔者以为此二说恐值得商榷。薛最初为地名,战国时期齐国公子孟尝君曾封于薛,其地为今山东省枣庄市附近。《三国志》薛综本传裴松之注引《吴录》云:"其先齐孟尝君封于薛。秦灭六国,而失其祀,子孙分散。汉祖定天下,过齐,求孟尝后,得其孙陵、国二人,欲复其封。陵、国兄弟相推,莫適受,乃去之竹邑,因家焉,故遂氏薛。自国至综,世典州郡,为著姓。"⑥秦灭六国后,孟尝君子孙分散,其一支迁居沛郡竹邑,是薛综之祖。笔者曾遍检《史记》《汉书》《后汉书》《三国志》《晋书》,发现薛姓曾居沛郡、东海郡、丹阳郡,未闻有蜀郡与关中薛氏,故河东薛氏绝非是从蜀郡与关中迁居的,至于是沛郡、东海郡、丹阳郡中哪一支迁徙到此,尚难下断语。

河东薛氏中时代最早的是薛安都之父薛广,为东晋上党太守。自薛广之后,河东薛氏多名将,像薛陶、薛祖、薛落分统部众,世号三薛;薛安都、薛世雄勇冠三军等。河东薛氏多是勇猛的将军,在汉晋时期几乎没有文学创作。

柳氏是河东又一大文学家族。据民国时期《河东柳氏宗谱·谱牒论》云:"拭观吾谱,由周得姓,至秦得郡,暨宋齐梁陈周魏隋唐,历朝显仕如云,

---

① 八裴中,除頠、楷外,有文学传世的仅有裴邈。邈,史书无传,《隋书·经籍志》著录有《裴邈集》2卷,今仅存《文身剑铭》《文身刀铭》2篇。

② 参考论文:梁静:《中古河东裴氏家族文化述略》(《社会科学家》2006年第5期)、郜三亲:《六朝河东裴氏的家学家风》(《运城学院学报》2008年第3期)等。

③ 《宋书》卷八十八《薛安都列传》,中华书局1974年,第2215页。

④ 《魏书》卷四十二《薛辩列传》,中华书局1974年,第941页。

⑤ 《隋书》卷六十五《薛世雄列传》,中华书局1973年,第1533页。

⑥ 《三国志》卷五十三《张严程阚薛列传》,中华书局1962年,第1251页。

绅衿接踵。吾嫡高祖奭公仕高祖，武德年为中书令，进谱摩对，奉太宗殿颁《氏族志》为第三等。当今圣世柳族，仕宦绅衿，不啻千百，而人口何止亿万，随都遍籍，布散各省。此河东之阀阅也。"①这里说明柳宗元的祖上为柳奭，据《新唐书》《旧唐书》本传载，柳奭为河东解人，则解为河东柳氏之郡望。同时，《谱牒论》称柳氏"历朝显仕如云，绅衿接踵"，大约是符合实际的。河东柳氏在东晋时南迁，分为两支：柳耆仕西晋，官司徒，为汝南太守，被派遣到武昌江夏县，这就是柳氏号称的西眷；柳纯曾为西晋太常卿，东晋时任文林郎、太常卿、平阳太守等职。东晋永嘉之乱，柳卓自本郡随晋室南迁，后寓居襄阳，官至汝南太守，是为东眷。无论是东眷还是西眷，汉晋时期柳氏家族几乎没有文学创作。

除了裴氏、薛氏、柳氏三大家族外，汉晋时期河东儒学兴盛，郭璞的文学成就为河东之冠。

河东有着唐尧之遗风，势必有深厚的儒学素养。东汉末，京兆杜陵人杜畿任河东太守十六年，开办官学，亲自执经教授，民风大变，"博士乐详，由畿而升。至今河东特多儒者，则畿之由矣"②。三国曹魏时儒学家河东人乐详，与杜畿一起促使河东儒学的复兴，"（乐详）少好学，建安初，详闻公车司马令南郡谢该善《左氏传》，乃从南阳步（涉）诣，该问疑难诸要，今《左氏乐氏问七十二事》，详所撰也。所问既了而归乡里，时杜畿为太守，亦甚好学，署详文学祭酒，使教后进，于是河东学业大兴"③。我们由这里的"河东特多儒者""河东学业大兴"等字眼可以想象三国时河东儒学繁荣的盛况。贾逵好《春秋》，"最好《春秋左传》，及为牧守，常自课读之，月常一遍"④；关羽好《左传》，"羽好左氏传，讽诵略皆上口"⑤；王接好《公羊传》及《礼》，"接学虽博通，特精《礼》《传》。常谓《左氏》辞义赡富，自是一家书，不主为经发。《公羊》附经立传，经所不书，传不妄起，于文为俭，通经为长。任城何休训释甚详，而黜周王鲁，大体乖硋，且志通《公羊》而往

---

① 《河东柳氏宗谱·谱牒论》，见柳哲：《柳宗元佚文〈谱牒论〉》（《寻根》2006年第1期），认为此文为柳宗元所作；卞孝萱先生力驳柳说，认为此文非柳宗元作（见卞孝萱《〈河东柳氏宗谱〉所见〈谱牒论〉非柳宗元所作》，《文献》2006年第4期）。此文是否为柳宗元所作，与拙文关系不大，故暂且不论。

② 《三国志》卷十六《任苏杜郑仓列传》裴松之注引《魏略》，中华书局1962年，第496页。

③ 《三国志》卷十六《任苏杜郑仓列传》裴松之注引《魏略》，中华书局1962年，第507页。

④ 《三国志》卷十五《刘司马梁张温贾列传》裴松之注引《魏略》，中华书局1962年，第481页。

⑤ 《三国志》卷三十六《关张马黄赵列传》裴松之注引《江表传》，中华书局1962年，第942页。

往还为《公羊》疾病。接乃更注《公羊春秋》，多有新义”①；王愆期好《公羊传》，“流寓江南，缘父本意，更注《公羊》，又集《列女后传》云”②。在儒学衰微之时，诸儒士的努力，促使了河东儒学的复兴。

在儒学复兴之时，文学也得到很好的发展，像卫觊“受诏典著作，又为《魏官仪》，凡所撰述数十篇。好古文、鸟篆、隶草，无所不善”③；卫瓘“学问深博，明习文艺，与尚书郎敦煌索靖俱善草书，时人号为‘一台二妙’。汉末张芝亦善草书，论者谓瓘得伯英筋，靖得伯英肉”④；王接“撰《列女后传》七十二人，杂论议、诗赋、碑颂、驳难十余万言”⑤等文学成就较高，然成就最高者首推郭璞。

郭璞字景纯，河东闻喜人，“好古文奇字，妙于阴阳算历。有郭公者，客居河东，精于卜筮，璞从之受业。公以《青囊中书》九卷与之，由是遂洞五行、天文、卜筮之术，攘灾转祸，通致无方，虽京房、管辂不能过也”⑥，大约是由于这个原因，《晋书》本传就变成了一个个卜筮故事的综合。但如果据此就判断郭璞的思想为道家，那就大错特错了。郭璞的家学是儒家思想，其父郭瑗就是一个儒者，“时尚书杜预有所增损，瑗多驳正之，以公方著称”⑦，《晋书》本传亦言璞“好经术，博学有高才”⑧，现存文章多征引儒家经典，因此郭璞在思想上接近儒家。郭璞是晋代著名的文学家，成果丰硕，“璞撰前后筮验六十余事，名为《洞林》。又抄京、费诸家要最，更撰《新林》十篇、《卜韵》一篇。注释《尔雅》，别为《音义》、《图谱》。又注《三苍》、《方言》《穆天子传》《山海经》及《楚辞》《子虚》《上林赋》数十万言，皆传于世。所作诗赋诔颂亦数万言”⑨。《隋书·经籍志》著录有《毛诗拾遗》1 卷、《尔雅》5 卷、《尔雅音》2 卷、《尔雅图》10 卷、《尔雅图赞》2 卷、《方言注》13 卷、《三苍注》3 卷、《周易新林》4 卷、《周易新林》9 卷、《周易林》5 卷、《易洞林》3 卷、《易八卦命录斗内图》1 卷、《易斗图》1 卷、《楚辞注》3 卷、《郭璞集》17 卷、《子虚上林赋注》1 卷，今存诗歌 31 首、赋 10 篇、文数十篇。郭璞

① 《晋书》卷五十一《王接列传》，中华书局 1974 年，第 1435—1436 页。
② 《晋书》卷五十一《王接列传》，中华书局 1974 年，第 1436 页。
③ 《三国志》卷二十一《王卫二刘傅列传》，中华书局 1962 年，第 612 页。
④ 《晋书》卷三十六《卫瓘列传》，中华书局 1974 年，第 1057 页。
⑤ 《晋书》卷五十一《王接列传》，中华书局 1974 年，第 1436 页。
⑥ 《晋书》卷七十二《郭璞列传》，中华书局 1974 年，第 1899 页。
⑦ 《晋书》卷七十二《郭璞列传》，中华书局 1974 年，第 1899 页。
⑧ 《晋书》卷七十二《郭璞列传》，中华书局 1974 年，第 1899 页。
⑨ 《晋书》卷七十二《郭璞列传》，中华书局 1974 年，第 1910 页。

“缀集异闻，荟萃旧说”“考方国之语，采谣俗之志”①，辛勤地为诸书作注，在训诂学领域取得了卓越的成就。他的《尔雅》和《方言》所“透漏出的语言学观点和方法都有超越时人的地方”②，对语言学亦做出巨大贡献。在文学上，以《游仙诗》十九首而著名文学史。刘勰云：“景纯艳逸，足冠中兴，郊赋既穆穆以大观，仙诗亦飘飘而凌云矣。”③刘勰认为郭璞游仙诗“飘飘而凌云”，恐不准确，事实上其游仙诗并不是超出尘世之外，故钟嵘的评价大约较为符合实际：“宪章潘岳，文体相辉，彪炳可玩。始变永嘉平淡之体，故称中兴第一。《翰林》以为诗首。但《游仙》之作，词多慷慨，乖远玄宗。其云：‘奈何虎豹姿。’又云：‘戢翼栖榛梗。’乃是坎壈咏怀，非列仙之趣也。”④“坎壈咏怀，非列仙之趣”，这个评价是非常中肯的。朱自清先生也说：“后世的比体诗可以说有四大类。咏史，游仙，艳情，咏物。……游仙之作以仙比俗，郭璞是创始人。”⑤钟嵘与朱自清均认为郭璞的游仙诗隐喻现实，这个评价较为中允。刘勰的“足冠中兴”、钟嵘的“中兴第一”，道出了郭璞在文学史上的重要地位。

三、北魏河东文学成就

北魏时期，河东文学创作出现了一些新特点。裴氏作为河东最大的文学家族，一部分留在南朝，迁入北魏者继续从事文学创作，文学成就较高。薛氏作为武力豪强，迁入北魏后开始文学创作，使其家学家风为之一变。柳氏在崔浩之死事件中受到株连，从此一蹶不振。

南朝的裴氏家族主要以史学成就而著称，裴松之、裴骃的成就尢人能及。裴子野在继承家族史学传统的基础上，转而从事文学创作，其成就为汉晋南北朝裴氏家族文学之冠。

裴松之，字世期，河东闻喜人，仕刘宋，官至太中大夫。裴松之颇通《论语》《毛诗》，博览坟籍，是当时的大儒，“迄于元嘉，甫获克就，雅风盛烈，未及曩时，而济济焉，颇有前王之遗典。天子鸾旗警跸，清道而临学馆，储后冕旒黼黻，北面而礼先师，后生所不尝闻，黄发未之前睹，亦一代之盛也。臧焘、徐广、傅隆、裴松之、何承天、雷次宗，并服膺圣哲，不为雅俗推移，立

① 郭璞：《尔雅注序》，《尔雅注释》，北京大学出版社 1999 年，第 5 页。
② 赵振铎：《中国语言学史》，河北教育出版社 2000 年，第 142 页。
③ 刘勰著、范文澜注：《文心雕龙注》，人民文学出版社 1958 年，第 701 页。
④ 钟嵘著、陈延杰注：《诗品注》，人民文学出版社 1961 年，第 38—39 页。
⑤ 朱自清：《诗言志辨》，《朱自清说诗》，上海古籍出版社 1998 年，第 83 页。

名于世”①。裴松之是刘宋时期著名的史学家和文学家,《宋书》本传称所“著文论及《晋纪》”②《三国志注》流传于世,《隋书·经籍志》著录有《集注丧服经传》1卷、《三国志注》65卷叙录1卷、《裴松之集》13卷(梁21卷),今存文7篇,特以《三国志注》著称于世。《三国志注》“鸠集传记,增广异闻”③,引书达200余种,极大地丰富了原书内容,材料繁富,向来为史家所推重。《四库全书总目提要》肯定了裴注贡献有六个方面,“宋元嘉中,裴松之受诏为注,所注杂引诸书,亦时下己意。综其大致,约有六端:一曰引诸家之论以辨是非,一曰参诸书之说以核讹异,一曰传所有之事详其委曲,一曰传所无之事补其阙佚,一曰传所有之人详其生平,一曰传所无之人附以同类。其中往往嗜奇爱博,颇伤芜杂”④。可见其贡献之巨大。

裴骃字龙驹,裴松之之子,仕刘宋,官至南中郎参军,刘宋时期著名的史学家和文学家,《隋书·经籍志》著录有《史记集解》80卷、《裴骃集》6卷,今存文1篇,尤以《史记集解》著名。裴骃自称其注“采经传百家,并先儒之说,豫是有益,悉皆钞内。删其游辞,取其要实,或义在可疑,则数家兼列。……时见微意,有所裨补”⑤,可见《史记集解》不仅注释《史记》,且于注文中保存了大量先贤文献,有大功于文化学术,故王鸣盛云:“诸书今皆亡,藉其采用,存千百之一二,亦有功。所引虽系随手掇拾,非有鉴裁,然亦博雅。”⑥

裴昭明,裴骃之子,仕萧齐,官至广陵太守。大约是受父、祖辈的影响,从小就受到很好的儒学教育,成为南朝著名的儒者。“昭明历郡皆有勤绩,常谓人曰:‘人生何事须聚蓄,一身之外,亦复何须?子孙若不才,我聚彼散;若能自立,则不如一经。’故终身不治产业。”⑦认为家产还不如儒学一经!可见他对儒学痴迷到什么程度。裴昭明亦是当时较为著名的文学家,《隋书·经籍志》著录有《裴昭明集》9卷,今存文2篇。

裴子野,字几原,裴昭明之子。裴子野少好学,善属文,与兄黎,弟楷、綽,并有盛名,号称“四裴”。裴子野博学见称当时,“子野与沛国刘显、南

---

① 《宋书》卷五十五后沈约赞语,中华书局1974年,第1553页。

② 《宋书》卷六十四《裴松之列传》,中华书局1974年,第1701页。

③ 《宋书》卷六十四《裴松之列传》,中华书局1974年,第1701页。

④ 永瑢:《四库全书总目》,中华书局1965年,第403页。

⑤ 裴骃:《史记集解序》,严可均:《全上古三代秦汉三国六朝文》,中华书局1958年,第2528页。

⑥ 王鸣盛撰、黄曙辉点校:《十七史商榷》,上海书店出版社2005年,第8页。

⑦ 《南齐书》卷五十三《良政列传》,中华书局1972年,第919页。

阳刘之遴、陈郡殷芸、陈留阮孝绪、吴郡顾协、京兆韦棱，皆博极群书，深相赏好，显尤推重之。时吴平侯萧劢、范阳张缵，每讨论坟籍，咸折中于子野焉”①。其为人正如范缜所云：“幼禀至人之行，长厉国士之风。居丧有礼，毁瘠几灭，免忧之外，蔬水不进。栖迟下位，身贱名微，而性不惵惵，情无汲汲，是以有识嗟推，州闾叹服。且家传素业，世习儒史，苑囿经籍，游息文艺。”②继承家传儒学与史学传统，博学多闻，性至孝。裴子野是当时著名的文学家，“普通七年，王师北伐，敕子野为喻魏文，受诏立成，高祖以其事体大，召尚书仆射徐勉、太子詹事周舍、鸿胪卿刘之遴、中书侍郎朱异，集寿光殿以观之，时并叹服。高祖目子野而言曰：‘其形虽弱，其文甚壮。’俄又敕为书喻魏相元叉，其夜受旨，子野谓可待旦方奏，未之为也。及五鼓，敕催令开斋速上，子野徐起操笔，昧爽便就。既奏，高祖深嘉焉。自是凡诸符檄，皆令草创”③。“故吏夏侯禀等表立墓碑，诏许焉。当世高才游王门者，东海王僧孺、吴郡陆倕、彭城刘孝绰、河东裴子野，各制其文，古未之有也”④。裴子野的文学，《梁书》本传称“为文典而速，不尚丽靡之词。其制作多法古，与今文体异”⑤，则其文学与南朝丽靡的风格迥异，以质朴见长。其著作，《梁书》本传载有《宋略》20 卷、《方国使图》1 卷、《集注丧服》2 卷、《续裴氏家传》2 卷、《众僧传》20 卷、《百官九品》2 卷、《附益谥法》1 卷、文集 20 卷，《隋书・经籍志》著录有《丧服传》1 卷、《众僧传》20 卷、《裴子野集》14 卷，今存诗 3 首、赋 3 篇、文 10 篇，特以《宋略》20 卷和《雕虫论》著称于时。其《宋略》“翦截繁文，删撮事要，即其简寡，志以为名”⑥“弥纶首尾，勒成一代，属辞比事，有足观者。且章句洽悉，训故可传。脱置之胶庠，以弘奖后进，庶一夔之辩可寻，三豕之疑无谬矣”⑦，删繁就简，弥补纠错，就是其最大贡献，故而唐代史学家刘知几饱含感情地赞誉道：“世之言宋史者，以裴略为上，沈书次之。……裴几原删宋史为二十卷，芟烦撮要，实有

---

① 《梁书》卷三十《裴子野列传》，中华书局 1973 年，第 443 页。

② 范缜：《以国子博士让裴子野表》，严可均：《全上古三代秦汉三国六朝文》，中华书局 1958 年，第 3209 页。

③ 《梁书》卷三十《裴子野列传》，中华书局 1973 年，第 443 页。

④ 《梁书》卷二十二《太祖五王列传・安成康王秀》，中华书局 1973 年，第 345 页。

⑤ 《梁书》卷三十《裴子野列传》，中华书局 1973 年，第 443 页。

⑥ 裴子野：《宋略总序》，严可均：《全上古三代秦汉三国六朝文》，中华书局 1958 年，第 3264 页。

⑦ 范缜：《以国子博士让裴子野表》，严可均：《全上古三代秦汉三国六朝文》，中华书局 1958 年，第 3209 页。

其力。”①《雕虫论》是一篇著名的文学理论作品，文中对刘宋的诗人进行了严厉的批评：“宋初迄于元嘉，多为经史。大明之代，实好斯文，高才逸韵，颇谢前哲，波流相尚，滋有笃焉。自是闾阎年少，贵游总角，罔不摈落六艺，吟咏情性，学者以博依为急务，谓章句为专鲁，淫文破典，斐尔为功。无被于管弦，非止乎礼义，深心主卉木，远致极风云，其兴浮，其志弱，巧而不要，隐而不深，讨其宗途，亦有宋之风也。”②认为刘宋诗人只知描绘风景，思想内容浮浅，虽美丽而无用，“主张恢复经学，也在主张恢复‘诗言志’的传统”③。无论文学理论，还是文学创作，裴子野都与刘宋文风格格不入，这大约就是其成为大家的原因吧。

裴邃，字渊明，魏襄州刺史裴绰之后，初仕萧齐官至扬州刺史，后入北魏，官魏郡太守，后南归萧梁官至宣毅将军。裴邃是个受家传儒学影响较深的将军，“邃十岁能属文，善《左氏春秋》”④，十岁就可以写文章，说明其有非常好的文学素养，对《左传》甚为精通。“邃少言笑，沉深有思略，为政宽明，能得士心。居身方正有威重，将吏惮之，少敢犯法”⑤，这大约就是把儒学融入吏政之中的结果吧。“齐建武初，刺史萧遥昌引为府主簿。寿阳有八公山庙，遥昌为立碑，使邃为文，甚见称赏”⑥，可见裴邃也是小有名气的文学家，其《八公山庙碑》今不传，今存文 2 篇。

与处于南朝的裴氏家族以史学显不同，迁入北魏的裴氏主要以经学和文学著称于世，著名的有裴骏、裴宣、裴延俊、裴景融、裴植、裴衍、裴敬宪、裴伯茂等人。

裴骏，字神驹，小名皮，闻喜侯裴双硕之子。裴骏以早慧、精通经史闻名乡里，“骏幼而聪慧，亲表异之，称为‘神驹’，因以为字。弱冠，通涉经史，好属文，性方检，有礼度，乡里宗敬焉”⑦，不仅精通儒学，而且以写文章著称于乡。“盖吴作乱于关中，汾阴人薛永宗聚众应之，屡残破诸县，来袭闻喜。县中先无兵仗，人情骇动，县令忧惶，计无所出。骏在家闻之，便率厉乡豪曰：‘在礼，君父有危，臣子致命。府县今为贼所逼，是吾等徇节之

① 浦起龙：《史通通释》，上海古籍出版社 1978 年，第 263 页。

② 裴子野：《雕虫论》，严可均：《全上古三代秦汉三国六朝文》，中华书局 1958 年，第 3262 页。

③ 朱自清：《诗言志辨》，《朱自清说诗》，上海古籍出版社 1998 年，第 38 页。

④ 《梁书》卷二十八《裴邃列传》，中华书局 1973 年，第 413 页。

⑤ 《梁书》卷二十八《裴邃列传》，中华书局 1973 年，第 415 页。

⑥ 《梁书》卷二十八《裴邃列传》，中华书局 1973 年，第 413 页。

⑦ 《魏书》卷四十五《裴骏列传》，中华书局 1974 年，第 1020 页。

秋。诸君可不勉乎！'诸豪皆奋激请行，骏乃简骑骁勇数百人奔赴。贼闻救至，引兵退走。刺史嘉之，以状表闻。"①在大乱面前，裴骏以儒学观念相号召，群情激奋，一举击灭叛贼，被时人称为三河领袖。从史书中"好属文""有才学"的记载来看，裴骏文学成就应很高，惜无文字流传于今。

裴宣，字叔令，裴骏之子，仕北魏，官至益州刺史。少以通辨博物、事亲以孝著称于乡。裴宣是北魏著名的外交使臣，"高祖初，征为尚书主客郎，与萧赜使颜幼明、刘思效、萧琛、范云等对接。转都官郎，迁员外散骑侍郎"②。裴宣对儒学有较好的造诣，渴望功成身退，"宣家世以儒学为业，常慕廉退。每叹曰：'以贾谊之才，仕汉文之世，不历公卿，将非运也！'乃谓亲宾曰：'吾本闾阎之士，素无当世之志，直随牒推移，遂至于此。禄后养亲，道不光国，瞻言往哲，可以言归矣。'因表求解。世宗不许，乃作《怀田赋》以叙心焉"③。其《怀田赋》今不存，大约是抒发自己思归田园之情。裴宣文今仅存《上言葬埋战亡者》1篇。

裴延儁，字平子，魏冀州刺史徽之后，仕魏，官至尚书。涉猎坟史，颇有才笔，以儒学著称于时，其上世宗书云："《五经》治世之模，六籍轨俗之本。"④反对世宗精信佛教，要求以儒学治国。其任幽州刺史时，"命主簿郦恽修起学校，礼教大行，民歌谣之。在州五年，考绩为天下最"⑤，兴修学校，宣传儒学，教化民众。"诏立明堂，群官博议，延儁独著一堂之论"⑥，说明其文学成就亦比较高，今仅存文2篇。

裴景融，字孔明，延儁弟叔义之子，仕北魏，官至录事参军。裴景融笃学好属文，"秘书监李凯以景融才学，启除著作佐郎"⑦，则景融才学见称于时。裴景融是北魏时的文学家，"时诏撰《四部要略》，令景融专典，竟无所成"⑧，出帝命裴景融撰《四部要略》，虽最终未能成书则其文学成就在当时是较高的。《魏书》本传称其文章有《邺都赋》《晋都赋》，"虽才不称学，而缉缀无倦，文词泛滥，理会处寡。所作文章，别有集录"⑨。《魏书》本传虽

① 《魏书》卷四十五《裴骏列传》，中华书局1974年，第1020—1021页。

② 《魏书》卷四十五《裴骏列传》，中华书局1974年，第1023页。

③ 《魏书》卷四十五《裴骏列传》，中华书局1974年，第1023—1024页。

④ 裴延儁：《上宣武帝疏谏专心释典不事坟籍》，严可均：《全上古三代秦汉三国六朝文》，中华书局1958年，第3710页。

⑤ 《魏书》卷六十九《裴延儁列传》，中华书局1974年，第1529页。

⑥ 《魏书》卷六十九《裴延儁列传》，中华书局1974年，第1529页。

⑦ 《魏书》卷六十九《裴延儁列传》，中华书局1974年，第1534页。

⑧ 《魏书》卷六十九《裴延儁列传》，中华书局1974年，第1534页。

⑨ 《魏书》卷六十九《裴延儁列传》，中华书局1974年，第1534页。

云其“所作文章，别有集录”，然其文章今不传，大约已散佚。《魏书》本传又称其“文词泛滥，理会处寡”，文学成就不高。

裴植，字文远，魏冀州刺史徽之后，仕北魏，官至尚书。“少而好学，览综经史，尤长释典，善谈理义”①，则裴植在思想上兼容儒释二家。裴植以文学见称于时，今存文2篇。

裴衍，字文舒，裴植之弟，初仕萧梁，官至阴平太守；后仕北魏，官至安阳县开国子。“学识优于诸兄，才行亦过之。事亲以孝闻，兼有将略”②，则裴衍在裴叔业诸子中，学识最高。裴衍之文章，今仅存《请隐嵩高表》一文。

裴敬宪，字孝虞，裴宣之子，仕北魏，官至太学博士。“少有志行，学博才清，抚训诸弟，专以读诵为业”③，少时刻苦攻读，博学笃行，故成为文学家。“中山王将之部，朝贤送于河梁，赋诗言别，皆以敬宪为最”④，则敬宪的文学成就在朝臣中是最高的。裴敬宪以五言诗著称于时，“工隶草，解音律，五言之作，独擅于时。名声甚重，后进共宗慕之”⑤，其诗文风格《魏书》本传称之为“清丽”⑥。成就如此高的诗人，其诗文今不传，甚为可惜。

裴伯茂，司空中郎叔义次子，仕北魏，官至中军大将军。裴伯茂少有风望，学涉群书，思想上倾向道家，“究览庄生，具体齐物，物我两忘，是非俱遣，斯人之达，吾所师焉”⑦。裴伯茂是北魏时期著名的文学家，“（伯茂）卒后，殡于家园，友人常景、李浑、王元景、卢元明、魏季景、李骞等十许人于墓傍置酒设祭，哀哭涕泣，一饮一酹曰：‘裴中书魂而有灵，知吾曹也。’乃各赋诗一篇。李骞以魏收亦与之友，寄以示收。收时在晋阳，乃同其作，论叙伯茂，其十字云：‘临风想玄度，对酒思公荣。’时人以伯茂性侮傲，谓收诗颇得事实”⑧。常景、李浑、王元景、卢元明、魏季景、李骞赠伯茂诗今不存。《魏书》本传称其诗歌“文藻富赡”⑨，大约是受南朝诗风影响的缘故。《魏书》本传记其《迁都赋》，今不传；今仅存《豁情赋序》1篇。

北魏裴氏文学家数量较多，然其成就很难与南朝的裴松之、裴骃、裴子

① 《魏书》卷七十一《裴叔业列传》，中华书局1974年，第1574页。
② 《魏书》卷七十一《裴叔业列传》，中华书局1974年，第1570页。
③ 《魏书》卷八十五《文苑列传》，中华书局1974年，第1870页。
④ 《魏书》卷八十五《文苑列传》，中华书局1974年，第1870—1871页。
⑤ 《魏书》卷八十五《文苑列传》，中华书局1974年，第1870页。
⑥ 《魏书》卷八十五《文苑列传》，中华书局1974年，第1871页。
⑦ 裴伯茂：《豁情赋序》，严可均：《全上古三代秦汉三国六朝文》，中华书局1958年，第3711页。
⑧ 《魏书》卷八十五《文苑列传》，中华书局1974年，第1873页。
⑨ 《魏书》卷八十五《文苑列传》，中华书局1974年，第1872页。

野相比。然北魏裴氏家族仍是以儒学立身,故其文学作品以儒家情怀劝谏君王,或关注民生,如裴宣《上言葬埋战亡者》、裴延儁《上言王买刘景晖赦后复合死坐》、裴延儁《上宣武帝疏谏专心释典不事坟籍》、裴植《表毁田益宗》等篇,注重文章的实用功能。裴伯茂《豁情赋序》、裴衍《请隐嵩高表》两篇文章是专论服食养生,是受道教文化影响的文学,尤以裴衍《请隐嵩高表》文学性较高:

> 臣幸乘昌运,得奉盛化,沐藉炎风,餐佩唐德,于生于运,已溢已荣。但摄性乖和,恒苦虚弱。比风露增加,精形侵耗。小人愚怀,有愿闲养。伏见嵩岑极天,苞育名草,修生救疾,多游此岫。臣质无灵分,性乖山水,非敢追踵轻举,仿佛高踪,诚希药此沉疴,全养禀气耳。若所疗微痊,庶偶影风云,永歌至德。荷衣葛屦,裁营已整。摇策纳屣,便陟山途。谨附陈闻。乞垂昭许。①

裴衍乃一介武将,仕南齐萧宝卷,官至阴平太守。归顺北魏后,任通直郎。裴衍初入北魏,此时裴叔业已死,自己官位不显,又没有强劲的外援,故请求归隐。文章陈述了自己体弱多病,愿隐居嵩山采药、炼丹、养气以治病的请求。世宗同意其所请,裴衍归隐嵩山。后来复出,与南朝梁屡次战争,积军功官至平东将军,爵安阳县开国子。裴衍《请隐嵩高表》受南朝文风影响,多四六句,文辞典雅,文学性较高。

河东薛氏迁入北魏后,家风一变,出现了许多从事文学创作的文士。像薛谨"颇览史传"②,"自郡迁州,威惠兼备,风化大行。时兵荒之后,儒雅道息。谨命立庠,教以诗书,三农之暇,悉令受业,躬巡邑里,亲加考试,于是河汾之地,儒道兴焉"③,薛骥驹"好读书,举秀才"④,薛孝通"颇有文学"⑤。这些作家虽名不显,但却是薛氏家族从武力转向文学的开始。此后北周薛氏家族文学家众多,隋末的薛道衡更是代表了河东薛氏文学的最高成就。

北魏河东薛氏文学作品今仅存薛真度《豫州大饥表》、薛孝通《博谱》2

① 裴衍:《请隐嵩高表》,严可均:《全上古三代秦汉三国六朝文》,中华书局1958年,第3756—3757页。

② 《魏书》卷四十二《薛辩列传》,中华书局1974年,第941页。

③ 《魏书》卷四十二《薛辩列传》,中华书局1974年,第942页。

④ 《魏书》卷四十二《薛辩列传》,中华书局1974年,第944页。

⑤ 《魏书》卷四十二《薛辩列传》,中华书局1974年,第945页。

篇。景明初年(景明是宣武帝年号,500—504年),豫州发生饥荒,豫州刺史薛真度给宣武帝上《豫州大饥表》:“去岁不收,饥馑十五,今又灾雪三尺,民人萎馁,无以济之。臣辄日别出州仓米五十斛为粥,救其甚者。”①文辞质朴通俗,恰似白话文,虽无文采,然可见其拳拳爱民之心。薛孝通《博谱》描写了古代一种游戏:“乌曹作博,其所由来尚矣。双箭以象日月之照临,十二博以象十二辰之缠次,则天地之运动,法阴阳之消息,表人事之穷达,穷变化之机微。履谦谢则知冲退以致福,观杀罚则知当路而速祸,行其道则揣鹿有归,保其家乃瞻乌爰集。隐显藏用,莫不合道,龙潜雀起,率皆趣良。足以谐暘至娱,洽协妙赏者也。”②“博”是古代的一种游戏,由六只箸和十二粒棋子组成,“箸”是一种长形的竹制品,样子像箭。然这篇文章却不是游戏之作,作者认为这种游戏中蕴含了天、地、人之道,从此中可以窥见天地运动、人事变化,实则是从儒家观念入手解读“博”。薛真度《豫州大饥表》和薛孝通《博谱》2篇文章文学性不强,然均是在儒家思想观念指导下的文学创作。

南北朝之际,西眷柳氏柳恭一支最终举兵降魏,重返北方,再回河东。东眷柳氏出仕南朝,多为达官显贵,大部分没有回迁河东,只有柳仲礼一支回到桑梓本土。柳仲礼先为梁将,战败后归顺了北周,北周灭齐收复河东后,柳仲礼举家迁回本土河东。出仕南朝的东眷柳氏人数最多,文学成就也较高。

南朝东眷柳氏有文献记载最早可上溯至刘宋时期的柳元景,其曾祖汝南太守柳卓、祖父西河太守柳恬、父亲冯翊太守柳凭均无史料可载。河东柳氏为将相之家,自柳元景之后,许多人身居高位,诸如柳元景官至尚书令、柳世隆官至司空、柳庆官至开府仪同三司、柳机官至开府仪同三司、柳敏官至上大将军、柳霞官至开府仪同三司、柳洋官至开府仪同三司等。同时,河东柳氏亦为文学家族,《隋书·经籍志》就著录这一家族文学集5种56卷,许多文人文学成就很高。如柳世隆“性爱涉猎,启太祖借秘阁书,上给二千卷”“少立功名,晚专以谈义自业。善弹琴,世称柳公双璅,为士品第一。常自云马矟第一,清谈第二,弹琴第三。在朝不干世务,垂帘鼓琴,风韵清远,甚获世誉”③,柳惔“著《仁政传》及诸诗赋,粗有辞义”④,柳楷

① 严可均:《全上古三代秦汉三国六朝文》,中华书局1958年,第3696页。
② 严可均:《全上古三代秦汉三国六朝文》,中华书局1958年,第3696页。
③ 《南齐书》卷二十四《柳世隆列传》,中华书局1972年,第451—452页。
④ 《梁书》卷十二《柳惔列传》,中华书局1973年,第218页。

"善草书，颇涉文史"[①]，柳庆"博涉群书，不治章句""辞兼文质"[②]，柳弘"少聪颖，亦善草隶，博涉群书，辞彩雅赡"[③]，柳鷟"好学，善属文"[④]，柳敏"性好学，涉猎经史，阴阳卜筮之术，靡不习焉"[⑤]，柳虬"遍(授)〔受〕《五经》，略通大义，兼博涉子史，雅好属文"[⑥]，柳彧"少好学，颇涉经史"[⑦]，柳庄"少有远量，博览坟籍，兼善辞令"[⑧]等。南朝河东柳氏中文学成就最高的是柳恽。

柳恽，字文畅，初仕萧齐，官至法曹行参军；后仕萧梁，官至吴兴太守。柳恽是齐梁之际著名的诗人，"恽立行贞素，以贵公子早有令名，少工篇什。始为诗曰：'亭皋本叶下，陇首秋云飞。'琅琊王元长见而嗟赏，因书斋壁。至是预曲宴，必被诏赋诗。尝奉和高祖《登景阳楼》中篇云：'太液沧波起，长杨高树秋。翠华承汉远，雕辇逐风游。'深为高祖所美。当时咸共称传"[⑨]。此外，柳恽善琴，"初，宋世有嵇元荣、羊盖，并善弹琴，云传戴安道之法，恽幼从之学，特穷其妙。齐竟陵王闻而引之，以为法曹行参军，雅被赏狎。王尝置酒后园，有晋相谢安鸣琴在侧，以授恽，恽弹为雅弄。子良曰：'卿巧越嵇心，妙臻羊体，良质美手，信在今辰。岂止当世称奇，足可追踪古烈。'……恽既善琴，尝以今声转弃古法，乃著《清调论》，具有条流"[⑩]；善棋，"恽善奕棋，帝每敕侍坐，仍令定棋谱，第其优劣"[⑪]。《隋书·经籍志》著录《柳恽集》12 卷，今存诗歌 18 首，文 1 篇。

迁入北魏的西眷柳氏人数较少，文学成就也不高。据《魏书·崔浩传》记载："真君十一年六月诛浩，清河崔氏无远近，范阳卢氏、太原郭氏、河东柳氏，皆浩之姻亲，尽夷其族。"[⑫]初入北魏的柳氏在崔浩事件中遭受重创，从此一蹶不振。据《魏书》记载，北魏柳氏主要有柳崇一支和柳玄达一支。柳崇出仕北魏，官至河北太守，领河东郡中正，其子孙后代十五人出

---

① 《魏书》卷四十五《柳崇列传》，中华书局 1974 年，第 1030 页。
② 《周书》卷二十二《柳庆列传》，中华书局 1971 年，第 369—370 页。
③ 《周书》卷二十二《柳庆列传》，中华书局 1971 年，第 373 页。
④ 《周书》卷二十二《柳庆列传》，中华书局 1971 年，第 373 页。
⑤ 《周书》卷三十二《柳敏列传》，中华书局 1971 年，第 560 页。
⑥ 《周书》卷三十八《柳虬列传》，中华书局 1971 年，第 680 页。
⑦ 《隋书》卷六十二《柳彧列传》，中华书局 1973 年，第 1481 页。
⑧ 《隋书》卷六十六《柳庄列传》，中华书局 1973 年，第 1551 页。
⑨ 《梁书》卷二十一《柳恽列传》，中华书局 1973 年，第 331 页。
⑩ 《梁书》卷二十一《柳恽列传》，中华书局 1973 年，第 331—332 页。
⑪ 《梁书》卷二十一《柳恽列传》，中华书局 1973 年，第 332 页。
⑫ 《魏书》卷三十五《崔浩列传》，中华书局 1974 年，第 826 页。

仕北魏,多有领河东郡中正者。柳玄达跟随裴叔业归顺北魏,其弟、子侄四人均入仕为官,喜好文学创作,如柳玄达“颇涉经史……及叔业之被猜疑,将谋献款,玄达赞成其计,前后表启皆玄达之词……曾著《大夫论》,备陈叔业背逆归顺、契阔危难之旨,又著《丧服论》,约而易寻”①,柳远“好弹琴,耽酒,时有文咏”②,柳谐“颇有文学。善鼓琴,以新声手势,京师士子翕然从学”③等,遗憾的是他们的文学作品均散佚。

综上所论,北魏在向南扩张过程中,占据河东,河东薛氏、裴氏、柳氏三大豪强以不同的方式归顺北魏,他们也成为河东主要的文学家。河东裴氏继承汉晋以来家学家风,文学作品数量较多,成就也较高。初入北魏的河东薛氏亦从事文学创作,虽然成就不高,却是其家族从武力豪强向文学家族转变的开始,具有重要意义。河东柳氏迁入北魏者人数较少,文学创作不丰。北魏裴氏、柳氏家族文学创作成就均不如南朝,然却是北魏文学的有机组成部分。

第六节　并州文学

并州依山临河,地势险要,“表里山河,称为完固”“可以拊天下之背而扼其吭”④。故历来为兵家必争之地,“得此者昌,失此者蹙,先至者胜,后至者覆。匪直人谋,实势之便然也”⑤。从西周成王封叔虞于唐始,在并州这块土地上,上演了一幕幕你争我夺、弱肉强食、流血漂橹的战争,孕育了许许多多英勇善战的枭雄。同时,也诞生了许多文人雅士,“人物辈出,代不乏人,皆有文武全才”⑥。对于文学之士,学人津津乐道的是唐代的诗人和元代的戏剧家,而对于北魏的并州文学家,从未有学人述及。鉴于此,笔者撰此文以论之。

一、北魏对并州的管辖与并州士人之复兴

并州初置始于传说中的大禹,“禹平水土,置九州。舜以冀州之北广

① 《魏书》卷七十一《裴叔业传》,中华书局1974年,第1576页。

② 《魏书》卷七十一《裴叔业传》,中华书局1974年,第1576页。

③ 《魏书》卷七十一《裴叔业传》,中华书局1974年,第1576页。

④ 《读史方舆纪要》卷三十九《山西一》,《续修四库全书》第603册,上海古籍出版社2001年,第77页。

⑤ 顾炎武:《天下郡国利病书》卷十七,《续修四库全书》第596册,上海古籍出版社2001年,第470页。

⑥ 《山西通志》卷四十六《风俗》引《太原图经》,清雍正十二年刻本。

大，分置并州”①，并州为禹时十二州之一。此说甚为久远，文献不足，尚难稽考。大概由于“并，兼并也，其州或并或没”②的原因，自大禹至秦，未有并州建置的文献记载。汉武帝时并州为其十三州之一，“汉武帝置十三州，并州依旧名不改，统上党、太原、云中、上郡、雁门、代郡、定襄、五原、西河、朔方十郡，又别置朔方刺史”③，始元元年（前86）春，“有司请河内属冀州，河东属并州”④，并州辖地甚为广阔，这大约是并州建置的真正开始。东汉建武十一年（35），省朔方入并州；建安十八年（213），“省幽、并州，以其郡国并于冀州”⑤。魏文帝黄初元年（220），复置并州。西晋时，并州统太原、上党、西河、乐平、雁门、新兴六郡国，“县四十五，户五万九千三百”⑥，苻坚、姚兴、赫连勃勃均将并州郡治由晋阳移至河东。

并州时而设置，时而撤并，时而复置，其沿革甚为复杂。并州由西汉10郡165县到曹魏6郡45县，辖地范围不断减少，这说明古代的行政区划不断地完善细致。

并州东有太行之高，西、南有黄河之险，北有长城和雁门关之固，为四塞之国，进可以攻，退可以守，是一个易守难攻的战略要地。“其东则太行为之屏障；其西则大河为之襟带；于北则大漠、阴山为之外蔽，而勾注雁门为之内险，于南则首阳、底柱、王屋诸山，滨河而错峙；又南则孟津、潼关，皆吾门户也，汾浍萦流于右，漳沁包络于左，则原隰可以灌注，漕粟可以转输矣。且夫越临门，溯龙门，则泾渭之间，可折箠而下也。出天井，下壶关、邯郸、井陉而东，不可以惟吾所向乎？是故天下之形势，必取于山西也。”⑦特殊的地理条件，赋予了并州在历史上的重要意义。就《后汉书》而言，所载鲜卑寇并州多达四次。

东汉末年，袁绍据并州与曹操对抗，建安五年（200）在官渡之战中为曹操所败。曹魏末年，并州人孙资在明皇帝曹叡前力保曹爽和司马懿辅政，试图重振并州雄风。司马懿诛曹爽，大权独揽，其子司马昭被封为晋公，“（甘露三年）五月，天子以并州之太原、上党、西河、乐平、新兴、雁门，司州之河东、平阳八郡，地方七百里，封帝为晋公，加九锡，进位相国，晋国

---

① 《史记》卷一《五帝本纪》裴骃集解引马融语，中华书局1963年，第27页。
② 张双棣：《淮南子校释》卷四《地形训》，北京大学出版社1997年，第475页。
③ 《晋书》卷十四《地理志上》，中华书局1974年，第428页。
④ 《汉书》卷七《昭帝纪》，中华书局1962年，第219页。
⑤ 《后汉书》卷九《孝献帝纪》李贤注引《献帝春秋》，中华书局1965年，第387页。
⑥ 《晋书》卷十四《地理志上》，中华书局1974年，第428页。
⑦ 《读史方舆纪要》卷三十九，《续修四库全书》第603册，上海古籍出版社2001年，第1页。

置官司焉”①,司马昭依靠并州势力建立西晋。永兴元年(304),并州刺史东嬴公腾和安北将军王浚讨成都王司马颖,从而引发了八王之乱。东晋末年,并州刺史刘琨据并州讨刘元海与石勒。十六国时期,刘渊、石勒在并州分别建立了前赵、后赵政权,前秦、前燕、西燕、后燕在并州进行过多次战争。

并州的战略位置使得其历来为兵家必争之地,而并州的战祸孕育了一代代名将。“太原、上党又多晋公族子孙,以诈力相倾,矜夸功名,报仇过直,嫁取送死奢靡”②“太原山川重复,实一都之会,本虽后齐别都,人物殷阜,然不甚机巧。俗与上党颇同,人性劲悍,习于戎马”③“并州近狄,俗尚武艺”④,这些记载均从不同的角度对并州出将的原因进行了诠释。综观先唐的并州历史,跃入眼帘的是像卫青、霍去病、常惠、张辽、王浚、王茂、莫含、尔朱荣等一大批能征善战的将军。

并州是北魏拓跋部落最早谋求西晋之地。文皇帝沙漠汗是北魏有史以来第一位派遣到魏晋的使者,两次往返,前后长达十七年之久。咸宁元年(275),沙漠汗自洛阳回归拓跋部落时途经并州。西晋征北将军、幽州刺史卫瓘因拓跋沙漠汗为人杰出卓异,担心会成为后患,就秘密禀报晋武帝,请求把拓跋沙漠汗扣留下来。晋武帝不愿失信于外邦,没有同意其所请。元康四年(294),穆帝拓跋猗卢率部落军队从并州出发,迁杂胡北徙云中、五原、朔方。又西渡河击匈奴、乌桓诸部。自杏城以北八十里,迄长城原,夹道立碣,与晋分界。永兴二年(305),并州刺史司马腾请求拓跋部落协助攻打叛臣刘渊。桓帝拓跋猗㐌率兵至并州,与司马腾通力合作,在西河、上党大败刘渊军队。永嘉三年(309),铁弗刘虎攻打并州新兴、雁门二郡,并州刺史刘琨请求拓跋部落协助。穆帝拓跋猗卢派遣平文皇帝郁律率军出击,打败刘虎,拓跋猗卢被西晋封为代公。刘琨私下将并州辖境内的马邑、阴馆、楼烦、繁畤、崞五县送给拓跋部落,拓跋猗卢以此五县为基础建立代国。

皇始元年(396)九月,太祖拓跋珪打败后燕慕容宝,攻占并州。北魏并州治晋阳,统太原、上党、乡郡、乐平、襄垣五郡,“县二十六,户十万七千

① 《晋书》卷二《文帝纪》,中华书局1974年,第35页。

② 《汉书》卷二十八《地理志下》,中华书局1962年,第1656页。

③ 《隋书》卷三十《地理志中》,中华书局1973年,第860页。

④ 杜佑:《通典》卷一百七十九《州郡九》,中华书局1988年,第895页。

九百八十三,口四十八万二千一百四十”①。北魏末,并州辖地缩小,“后魏末,置大行台,后又置大丞相府,而大行台不废,又置晋阳宫”②。为了加强对并州的管理,北魏采用皇族如元天穆、元徽等,或者外地人如杨津、高聪等治理并州。并州本地人很少出任长官,仅太原王氏家族中王袭、王诞、王祖干、王绰、王静、王隆保、王琼七人出任并州刺史,郭祚曾任并州大中正,王超任并州治中。北魏末年,并州尔朱家族崛起,尔朱荣、尔朱兆曾任并州刺史。尔朱兆还曾被北魏王朝特许世袭并州刺史,成为北魏世袭并州刺史两人之一(另一人为元天穆)。

北魏攻占并州之后,许多士人自然而然归顺北魏,其中最为著名的是并州本地太原王氏与郭氏两大家族迁入北魏。

太原士族最早进入北魏的是郭氏。郭祚的祖父郭逸任并州别驾,把两个女儿嫁给崔浩、一个女儿嫁给崔浩的弟弟崔恬。与清河崔氏联姻,为太原郭氏的发展铺平了道路。父亲郭洪之,因崔浩《国史》案受到牵连,虽免于一死,然终老乡里。郭祚步入仕途之后,因其才干,颇受高祖赏识,官位逐步高升,历中书侍郎、尚书左丞、吏部尚书、并州大中正、瀛州刺史、青州刺史、雍州刺史等职。永平四年(511)八月,郭祚为于忠矫诏所杀。郭祚之后仅两代六人出仕北魏,均为下级官吏。

北魏太原王氏主要有王慧龙和王叡两支,均是从外地迁入。《魏书》记载二人生平事迹时均称“自云太原晋阳人也”,这样的断语很容易让人对其身份产生怀疑。王叡似乎没有引起学人关注,质疑最多的当属王慧龙。时人鲁轨和郭祚均曾表示怀疑,鲁轨云“慧龙是王愉家竖僧彬所通生也”③,郭祚云:“琼真伪今自未辨,我家何为减之?然主上直信李冲吹嘘之说耳。”④鲁轨是鲁宗之的儿子。鲁宗之曾任东晋雍州刺史,在王慧龙落难之时曾资助其逃亡,故两家渊源很深。鲁宗之在襄阳为刘裕所败,其子鲁轨出逃至后秦姚兴,后归顺北魏。当鲁轨看到昔日寄人篱下的王慧龙娶北魏高官崔浩之女为妻时,便散布谣言以诋毁他。郭祚在与王琼争并州中正一职时,高祖拓跋宏意欲授予王琼。王琼是王慧龙之孙,故郭祚诋毁其家族。故鲁轨和郭祚之言不可信,王慧龙属太原王氏家族无疑。今人陈爽《世家大族与北朝政治》中考证,王慧龙是庶出,故遭时人非议,可备一说。

---

① 《魏书》卷一百六《地形志上》,中华书局 1974 年,第 2466—2469 页。

② 王仲荦:《北周地理志》,中华书局 1980 年,第 854—857 页。

③ 《魏书》卷三十八《王慧龙列传》,中华书局 1974 年,第 874 页。

④ 《魏书》卷六十四《郭祚列传》,中华书局 1974 年,第 1427 页。

王慧龙太原王氏谱系历历可考。其祖父是王愉，王愉父亲是王坦之，王坦之父亲是王述，王述父亲是王承，王承是王昶之孙，故其祖上均是太原王氏名噪一时的人物。王愉任东晋江州刺史、都督豫州四郡、辅国将军、假节，刚到任，王恭、殷仲堪、桓玄、杨佺期等人的叛军攻打江州。仓促之间无以应对，王愉出奔临川，为桓玄所俘获。桓玄建立桓楚政权后，任命王愉为尚书仆射。刘裕建义旗，率兵打败桓玄，诛杀王愉一门十余口，时在元兴三年(404)三月，王慧龙年仅十四岁。王慧龙在沙门僧彬的保护下、鲁宗之的资助下逃亡至后秦姚兴。泰常二年(417)，北魏灭后秦，王慧龙归顺北魏。王慧龙初入北魏，并没有受到太宗拓跋嗣的赏识。崔浩得知王慧龙是太原王氏之子后，便把女儿嫁给他。在崔浩推荐下，王慧龙谋得南蛮校尉、安南大将军左长史一职。此后在对刘宋的战争中屡立奇功，拜使持节、宁南将军、虎牢镇都副将。王慧龙之后裔，《魏书》记载三代，仅其孙王琼官至中书令，其余均为低级官吏。

王叡的六世祖王横，曾任前凉张轨参军。东晋末年战乱，王横迁家于武威姑臧，子孙后代因居于此。世祖拓跋焘平定凉州，王叡的父亲王桥举家迁入北魏，历官至侍御中散。王叡入仕后，得到文明太后、高祖赏识，官位逐步攀升，历散骑常侍、侍中、吏部尚书，迁尚书令，赐爵太原公，封爵中山王。“叡既贵，乃言家本太原晋阳，遂移属焉，故其兄弟封爵移以并州郡县。”①王叡贵显之后，其家族方始迁回桑梓。王叡家族 24 人出仕北魏，多为高官显贵，王袭、王诞、王祖干、王绰、王隆保 5 人任并州刺史，其多名子弟曾任州刺史一类官职，王袭官至尚书令。

迁入北魏的王慧龙、王叡，学术界诸如守屋美都雄、陈爽、范兆飞②等学者多瞩目于王慧龙对于太原王氏在北朝崛起所起到的推动作用。这种观点恐值得商榷。王慧龙出仕北魏的时间较王叡略早，然所任官职略低。王慧龙通过与清河崔氏(《魏书》)、陇西李氏(《李蕤墓志》)联姻，扩大了太原王氏的影响力。王叡在文明太后、高祖时贵显一时，“出入卧内，数年便为宰辅，赏赉财帛以千万亿计，金书铁券，许以不死之诏”③，其妻被赐为妃，嫁女以公主礼仪。王叡家族与北魏皇室结亲，如元倪(《元倪墓志》)

---

① 《魏书》卷九十三《恩幸列传》，中华书局 1974 年，第 1990 页。

② 参考文章：守屋美都雄：《六朝门阀の研究——太原王氏系谱考》(日本出版协同株式会社 1951 年版)、陈爽：《太原王氏在北朝的沉浮》(《世家大族与北朝政治》，中国社会科学出版社 1998 年版)、范兆飞：《中古太原士族群体研究》(中华书局 2014 年版)。

③ 《魏书》卷十三《皇后列传》，中华书局 1973 年，第 329 页。

等,稳固了太原王氏的地位。高祖孝文帝即位后,确立范阳卢氏、清河崔氏、荥阳郑氏、太原王氏为北魏四姓。太原王氏得以挤入北魏四姓,其真正起到推动作用的应是王叡。

北魏时期并州名士郭氏、王氏几乎同时崛起于北方。郭祚被杀后,郭氏覆灭。王氏家族,特别是王叡一支,活跃于北魏政治舞台时间最长,影响亦最大。

二、汉晋并州文学

并州不仅出将才,而且是文人荟萃之地,“太原,自前代已来,皆多文雅之士,虽俱曰边郡,然风教不为比也”①。正是这些文雅之士,以其创作促进了汉晋并州文学的繁荣。

西汉是儒学鼎盛之时,并州也不例外,出现了对当时产生较大影响的两位大儒。一是张敞。张敞,字子高,本河东平阳人,是西汉著名的儒者,“先是京兆有赵广汉、张敞、王尊、王章,至(王)骏皆有能名,故京师称曰:‘前有赵、张,后有三王。’”②。善《左传》,“汉兴,北平侯张苍及梁大傅贾谊、京兆尹张敞、太中大夫刘公子皆修《春秋左氏传》”③。张敞将儒学的仁爱思想贯穿于治理百姓之中,甚得百姓爱戴,“敞本治《春秋》,以经术自辅,其政颇杂儒雅,往往表贤显善,不醇用诛罚,以此能自全,竟免于刑戮”④。二是冯奉世。冯奉世,字子明,上党潞人,徙杜陵。冯奉世为西汉著名的将领,然亦好儒学,“年三十余矣,乃学《春秋》涉大义”⑤。汉代并州辖下的山西文学,有诗文留存的有六人:

常惠,太原人,是西汉时的外交家,屡次出使匈奴,最著名的是随苏武出使匈奴,被扣留十九年,官封典属国,初元三年(前46)卒,谥曰壮武侯。常惠文仅存2篇,一为本始二年(前72)所作的《奏请击龟兹》,另一为神爵二年(前60)所作的《从塞下上书言乌孙事》,均为应用文,文章短小,语言质朴,情感充沛。

胡建,字子孟,河东人。治军有方,甚得士卒欢心;颇有政绩,是一位难

① 《隋书》卷三十《地理志中》,中华书局1973年,第860页。
② 《汉书》卷七十二《王贡两龚鲍列传》,中华书局1962年,第3067页。
③ 《汉书》卷八十八《儒林列传》,中华书局1962年,第3620页。
④ 《汉书》卷七十六《赵尹韩张两王列传》,中华书局1962年,第3222页。
⑤ 《汉书》卷七十九《冯奉世列传》,中华书局1962年,第3294页。

得的吏政官员,官至渭城令。胡建文仅存1篇,为《奏弹监军御史》①,从中可见作者的一身正气。

张敞的诗文,后人辑为《张敞集》,《隋书·经籍志》著录有《张敞集》1卷,已亡。然《太平御览》卷四百七十八引有《张敞集》佚文,说明到宋代时《张敞集》仍存,究竟亡于何时,亦难考究。张敞文今存15篇,除3篇书信外,其余为奏疏,经世致用的思想像一根红线贯穿始终。

霍去病,河东平阳人,汉代抗击匈奴的著名将领,曾6次出击匈奴,军功甚多,官骠骑大将军、大司马,显赫汉代。霍去病文仅存1篇,为《请立皇子为诸侯王疏》,作于元狩六年(前117)三月,是其卒前不久所作。

霍光,字子孟,骠骑将军霍去病弟,河东平阳人,汉代著名的大将军、丞相,前后秉政二十余年,地节二年(前68)卒。霍光文今仅存《病笃上宣帝书谢恩》《责过魏相》2篇。

班婕妤,雁门娄烦人,汉成帝宠妃,有非常好的文学修养,"婕妤诵《诗》及《窈窕》、《德象》、《女师》之篇。每进见上疏,依则古礼"②。班婕妤初得成帝宠爱,赵飞燕入宫后,婕妤失宠。其诗文,《隋书·经籍志四》著录有《班婕妤集》1卷;梁有《班昭集》3卷,则其散佚颇多。今仅存诗1首,文3篇,除《报诸侄书》外,其余诗文均作于其失宠之后。特别是她的《团扇歌》(又名《怨歌行》),以团扇见弃来比喻自己失宠,"词旨清捷,怨深文绮"③,是咏物诗中的名篇,受到历代评论家的称赞,"从李都尉迄班婕妤,将百年间,有妇人焉,一人而已"④。

自东汉始,并州文学成就较高,影响较大的是太原王氏、太原郭氏、太原温氏、太原孙氏四大家族。

太原王氏始于东汉的王允。王允字子师,太原祁人。"允少好大节,有志于立功,常习诵经传,朝夕试驰射"⑤,则王允从小就非常喜好儒学。在董卓迁都长安的过程中,王允在文化方面做出了巨大的贡献,"及董卓迁都关中,允悉收敛兰台、石室图书秘纬要者以从。既至长安,皆分别条上。又集汉朝旧事所当施用者,一皆奏之。经籍具存,允有力焉"⑥。可以想象,

① 此文严可均:《全上古三代秦汉三国六朝文》未录,然见《汉书》卷六十七《杨胡朱梅云列传》,题目为笔者所加。

② 《汉书》卷九十七《外戚列传下》,中华书局1962年,第3984页。

③ 钟嵘著、陈延杰注:《诗品注》,人民文学出版社1961年,第19页。

④ 钟嵘著、陈延杰注:《诗品注》,人民文学出版社1961年,第1页。

⑤ 《后汉书》卷六十六《陈王列传》,中华书局1965年,第2172页。

⑥ 《后汉书》卷六十六《陈王列传》,中华书局1965年,第2174页。

如果没有王允的努力,东汉后期将成为文化沙漠。在用董卓诛杀宦官、用吕布刺杀董卓的过程中,王允充分显示了其聪明才智。在董卓秉政时,王允官居司徒,使太原王氏初步登上政治舞台,显赫一时。董卓死后,王允的灾难也降临了,“长子侍中盖、次子景、定及宗族十余人皆见诛害,唯兄子晨、陵得脱归乡里。天子感恸,百姓丧气,莫敢收允尸者”①。并州人士亦遭毒杀,“傕、汜等以王允、吕布杀董卓,故忿怒并州人,并州人其在军者男女数百人,皆诛杀之”②。可以说,王允使太原王氏在政治上初露头角,旋即遭重创。自王允之后至唐前,太原王氏见于史籍所载者60余人,多以文学见长,《隋书·经籍志》著录有《太原王氏家碑诔颂赞铭集》26卷,由此可见其家族文学繁荣之盛。

自东汉迄两晋是儒学衰微之时,太原王氏恪守儒道,以自身的努力,延续了儒学传统,促使儒学繁荣,成就较高者有:

王昶,字文舒,仕曹魏,官至司空,是太原王氏中继王允后的另一显贵。他在《家诫》中谆谆告诫后辈云:“夫孝敬仁义,百行之首,行之而立身之本也。”③在乱世中仍以儒学立身,极为难能可贵。“青龙四年,诏‘欲得有才智文章,谋虑渊深,料远若近,视昧而察,筹不虚运,策弗徒发,端一小心,清修密静,乾乾不解,志尚在公者,无限年齿,勿拘贵贱,卿校已上各举一人’。太尉司马宣王以昶应选”④,则王昶的文学成就亦较高。《三国志》本传载王昶“著《治论》,略依古制而合于时务者二十余篇,又著《兵书》十余篇”⑤,《隋书·经籍志》录有《王昶集》5卷,梁有录1卷,则到梁时《王昶集》亦散佚殆尽。今存文7篇,除《家诫》外,均为奏疏。

王沈,字处道,初仕曹魏为豫州刺史,后仕西晋为骠骑将军,录尚书事,加散骑常侍。王沈重儒学,“立德于上,受分于下,斯乃君子之操,何不言之有!直言至理,忠也。惠加一州,仁也。功成辞赏,廉也。兼斯而行,仁智之事,何故怀其道而迷其国哉!”⑥,又“省足下所著书,言富理济,经纶政体,存重儒教,足以塞杨、墨之流遁,齐孙、孟于往代。每开卷,未尝不叹息

① 《后汉书》卷六十六《陈王列传》,中华书局1965年,第2177页。

② 《后汉书》卷七十二《董卓列传》,中华书局1965年,第2333页。

③ 王昶:《家诫》,严可均:《全上古三代秦汉三国六朝文》,中华书局1958年,第1255—1256页。

④ 《三国志》卷二十七《徐胡二王列传》,中华书局1962年,第748页。

⑤ 《三国志》卷二十七《徐胡二王列传》,中华书局1962年,第744页。

⑥ 王沈:《到豫州下教》,严可均:《全上古三代秦汉三国六朝文》,中华书局1958年,第1618页。

也,‘不见贾生,自以过之,乃今不及’”①,在儒学衰微之西晋推重儒教,实属可贵。王沈少时就爱读书,喜好写文章,“时魏高贵乡公好学有文才,引沈及裴秀数于东堂讲宴属文,号沈为文籍先生,秀为儒林丈人”②。今存王沈文14篇。

王神念,太原祁人,仕梁,官至青、冀二州刺史。王神念好儒术,坚决反对巫术,“少好儒术,尤明内典。……神念性刚正,所更州郡必禁止淫祠。时青、冀州东北有石鹿山临海,先有神庙,妖巫欺惑百姓,远近祈祷,糜费极多。及神念至,便令毁撤,风俗遂改”③。

王元规,字正范,太原晋阳人,仕陈,官至南平王府限内参军。王元规为陈代大儒,少好儒学,“通《春秋左氏》、《孝经》、《论语》、《丧服》。梁中大通元年,诏策《春秋》,举高第,时名儒咸称赏之”④;曾为陈后主讲经,“后主在东宫,引为学士,亲受《礼记》、《左传》、《丧服》等义,赏赐优厚。迁国子祭酒。新安王伯固尝因入宫,适会元规将讲,乃启请执经,时论以为荣”⑤;讲学授徒,名重一时,“(南平)王为江州,元规随府之镇,四方学徒,不远千里来请道者,常数十百人”⑥;儒学成就丰硕,“元规著《春秋发题辞》及《义记》十一卷,《续经典大义》十四卷,《孝经义记》两卷,《左传音》三卷,《礼记音》两卷”⑦。

魏晋之时,文士好《老子》《庄子》及《周易》,喜清谈,颇具名士风度,太原王氏中也不乏其人:

王济,字武子,王浑次子,仕西晋,官至仆射。王济好玄学,是西晋著名的清谈之士,“善《易》及《庄》《老》,文词俊茂,伎艺过人,有名当世,与姊夫和峤及裴楷齐名。……济善于清言,修饰辞令,讽议将顺,朝臣莫能尚焉”⑧。王济的文学,《隋书·经籍志》著录有《王济集》2卷,然已早亡,今存诗4首、文3篇、赋1篇。

王澄,王济之弟,“济二弟,澄字道深,汶字茂深,皆辩慧有才藻,并历清

① 王沈:《与傅玄书》,严可均:《全上古三代秦汉三国六朝文》,中华书局1958年,第1619页。

② 《晋书》卷三十九《王沈列传》,中华书局1974年,第1143页。

③ 《梁书》卷三十九《王神念列传》,中华书局1973年,第556页。

④ 《陈书》卷三十三《儒林列传》,中华书局1972年,第449页。

⑤ 《陈书》卷三十三《儒林列传》,中华书局1972年,第449页。

⑥ 《陈书》卷三十三《儒林列传》,中华书局1972年,第449页。

⑦ 《陈书》卷三十三《儒林列传》,中华书局1972年,第449页。

⑧ 《晋书》卷四十二《王浑列传》,中华书局1974年,第1205页。

显”①,则王澄文学成就亦甚高。今仅存《与人书》1 篇。

王湛,字处冲,司徒王浑之弟,仕晋,官至汝南内史。好玄学,是魏晋名士,“济尝诣湛,见床头有《周易》,问曰:‘叔父何用此为?’湛曰:‘体中不佳时,脱复看耳。’济请言之。湛因剖析玄理,微妙有奇趣,皆济所未闻也。济才气抗迈,于湛略无子侄之敬。既闻其言,不觉栗然,心形俱肃。遂留连弥日累夜,自视缺然,乃叹曰:‘家有名士,三十年而不知,济之罪也。’”②

王承,字安期,王湛子,是西晋名士,“清虚寡欲,无所修尚。言理辩物,但明其指要而不饰文辞,有识者服其约而能通”“承少有重誉,而推诚接物,尽弘恕之理,故众咸亲爱焉。渡江名臣王导、卫玠、周顗、庾亮之徒皆出其下,为中兴第一”③。

王述,字怀祖,王承之子,亦为西晋名士,“安贫守约,不求闻达。性沉静,每坐客驰辨,异端竞起,而述处之恬如也”④。《世说新语·忿狷》更记载了王述的名士风范:“王蓝田性急。尝食鸡子,以箸刺之,不得,便大怒,举以掷地。鸡子于地圆转未止,仍下地以屐齿碾之,又不得,瞋甚,复于地取内口中,啮破即吐之。王右军闻而大笑曰:‘使安期有此性,犹当无一豪可论,况蓝田邪?’《中兴书》曰:‘述清贵简正,少所推屈,唯以性急为累。’”⑤王述的诗文,《隋书·经籍志》著录有《王述集》8 卷,今仅存文 9 篇。

王坦之,字文度,徐、兖二州刺史,为当时名士,“弱冠与郗超俱有重名,时人为之语曰:‘盛德绝伦郗嘉宾,江东独步王文度。’嘉宾,超小字也”⑥。虽尚刑名之学,然心忧国家,主张儒学,他强调“臣闻人君之道以孝敬为本,临御四海以委任为贵”⑦,相传临死之时“与谢安、桓冲书,言不及私,惟忧国家之事”⑧。王坦之的诗文,《隋书·经籍志》著录有《王坦之集》7 卷,到梁时仅存 5 卷,今存文 6 篇。

王忱,字元达,王坦之之子,仕晋,官荆州刺史、都督荆益宁三州军事、

---

① 《晋书》卷四十二《王浑列传》,中华书局 1974 年,第 1207 页。
② 《晋书》卷七十五《王湛列传》,中华书局 1974 年,第 1959 页。
③ 《晋书》卷七十五《王湛列传》,中华书局 1974 年,第 1960—1961 页。
④ 《晋书》卷七十五《王湛列传》,中华书局 1974 年,第 1961 页。
⑤ 余嘉锡:《世说新语笺疏》,中华书局 1983 年,第 1039 页。
⑥ 《晋书》卷七十五《王湛列传》,中华书局 1974 年,第 1964 页。
⑦ 王坦之:《将之广陵镇上孝武帝表》,严可均:《全上古三代秦汉三国六朝文》,中华书局 1958 年,第 1618 页。
⑧ 《晋书》卷七十五《王湛列传》,中华书局 1974 年,第 1969 页。

建武将军、假节。王忱为西晋名士,“弱冠知名,与王恭、王珣俱流誉一时”①“性任达不拘,末年尤嗜酒,一饮连月不醒,或裸体而游,每叹三日不饮,便觉形神不相亲。妇父尝有惨,忱乘醉吊之,妇父恸哭,忱与宾客十许人,连臂被发裸身而入,绕之三币百而出。其所行多此类”②。王忱之诗文,《隋书·经籍志》著录《王忱集》5 卷,今存《郊祀明堂议》1 篇。

王濛,字仲祖,哀靖王皇后父,仕晋,官司徒左长史。王濛为西晋名士,“与沛国刘惔齐名友善,惔常称濛性至通,而自然有节,濛每云‘刘君知我,胜我自知’。时人以惔方荀奉倩,濛比袁曜卿,凡称风流者,举濛、惔为宗焉”③“简文帝之为会稽王也,尝与孙绰商略诸风流人,绰言曰‘刘惔清蔚简令,王濛温润恬和,桓温高爽迈出,谢尚清易令达,而濛性和畅,能言理,辞简而有会’”④。王濛之文学,《隋书·经籍志》著录有《论语义》1 卷、《王濛集》5 卷,今仅存文 4 篇,均为奏疏。

王修,字敬仁,仕晋,官琅琊王文学,“修字敬仁,小字荀子。明秀有美称,善隶书,号曰流奕清举。年十二,作《贤全论》。濛以示刘惔曰:‘敬仁此论,便足以参微言。’”⑤王修之诗文《隋书·经籍志》著录有《王修集》2 卷,已亡,今仅存《贤全论》1 篇。

汉晋时期太原王氏家族以儒学持家,进而适应西晋社会思潮,发展为玄学,然其核心仍是儒学,故其创作均是在儒家伦理观念指导下的文学,或为说理文,成就不高。此外,如王凌、王广、王浚、王浑、王恭等人的创作已趋向纯文学。

王凌,字彦云,仕曹魏,官至太尉。后因谋立白马王曹彪为司马懿讨之,押送京城后饮药而死。王凌今存《与太傅司马宣王书》一篇,当为死前写给司马懿的一封书信,情真意切,悔过之情易见。

王广,字公渊,王凌子,志尚学行,著名于时,“广字公渊,弟飞枭、金虎,并才武过人。太傅尝从容问蒋济,济曰:‘凌文武俱赡,当今无双。广等志力,有美于父耳。’退而悔之,告所亲曰:‘吾此言,灭人门宗矣。’”⑥王广文仅存《子贡画赞》残文 1 篇。

---

① 《晋书》卷七十五《王湛列传》,中华书局 1974 年,第 1972 页。
② 《晋书》卷七十五《王湛列传》,中华书局 1974 年,第 1973 页。
③ 《晋书》卷九十三《外戚列传》,中华书局 1974 年,第 2418—2419 页。
④ 《晋书》卷九十三《外戚列传》,中华书局 1974 年,第 2419 页。
⑤ 《晋书》卷九十三《外戚列传》,中华书局 1974 年,第 2419 页。
⑥ 《三国志》卷二十八《王毌丘诸葛邓钟列传》裴松之注引《魏氏春秋》,中华书局 1962 年,第 761 页。

王浚，字彭祖，王沈子，仕西晋，官至幽州刺史，后为石勒所杀。今存《从幸洛水饯王公归国诗》，是质实呆板的五言诗。

王浑，字玄冲，王昶子，仕西晋，官至司徒。《隋书·经籍志》著录有《王浑集》5卷，今仅存文8篇，均为奏疏。

王恭，字孝伯，仕晋，官辅国将军，兼修儒释道三家思想，“恭性抗直。深存节义，读《左传》至‘奉王命讨不庭’，每辍卷而叹。……尤信佛道，调役百姓，修营佛寺，务在壮丽，士庶怨嗟。临刑，犹诵佛经，自理须鬓，神无惧容，……家无财帛，唯书籍而已，……恭美姿仪，人多爱悦，或目之云‘濯濯如春月柳’。尝被鹤氅裘，涉雪而行，孟昶窥见之，叹曰：‘此真神仙中人也！’”①。《隋书·经籍志》著录有《王恭集》5卷、录1卷，今仅存文4篇。

太原郭氏可以上溯到东汉名士郭太。郭太，字林宗，太原介休人，是东汉著名的儒学之士，“就成皋屈伯彦学，三年业毕，博通坟籍。善谈论，美音制。乃游于洛阳。始见河南尹李膺，膺大奇之，遂相友善，于是名震京师。后归乡里，衣冠诸儒送至河上，车数千两。林宗唯与李膺同舟而济，众宾望之，以为神仙焉”②。其对儒学的贡献，正如蔡邕所言：“遂考览六经，采综图纬，周流华夏，随集帝学，收文武之将坠，拯微言之未绝。于时缨緌之徒，绅佩之士，望形表而影附，聆嘉声而响和者，犹百川之归巨海，鳞介之宗龟龙也。”③在东汉，郭太名列能够引导人修养的“八顾”之一，“郭林宗、宗慈、巴肃、夏馥、范滂、尹勋、蔡衍、羊陟为‘八顾’。顾者，言能以德行引人者也”④。同时，郭太是东汉名士，以评论人物而著称于时，“身长八尺，容貌魁伟，褒衣博带，周游郡国。尝于陈梁闲行遇雨，巾一角垫，时人乃故折巾一角，以为‘林宗巾’。其见慕皆如此”⑤，可见时人对其之渴慕。郭太对人物的品评更是驰名当时，据《后汉书》载，经郭太所品评之王允、范滂、岑晊、苑康、刘儒、何颙、茅容等均声名鹊起。郭太文今存3篇。自郭太以后至两晋，太原郭氏文学成就较高者主要有：

郭淮，字伯济，太原阳曲人，仕曹魏，在对蜀汉战争中屡立战功，官至仪同三司，进封阳曲侯。“黄初元年，奉使贺文帝践阼，而道路得疾，故计远近为稽留。及群臣欢会，帝正色责之曰：‘昔禹会诸侯于涂山，防风后至，便行

① 《晋书》卷八十四《王恭列传》，中华书局1974年，第2186—2187页。
② 《后汉书》卷六十八《郭符许列传》，中华书局1965年，第2225页。
③ 蔡邕：《郭泰碑》，严可均：《全上古三代秦汉三国六朝文》，中华书局1958年，第884页。
④ 《后汉书》卷六十七《党锢列传》，中华书局1965年，第2187页。
⑤ 《后汉书》卷六十八《郭符许列传》，中华书局1965年，第2225—2226页。

大戮。今溥天同庆而卿最留迟,何也?'淮对曰:'臣闻五帝先教导民以德,夏后政衰,始用刑辟。今臣遭唐虞之世,是以自知免于防风之诛也。'帝悦之。"①在战祸频仍的三国时期,仍倡儒学之德,是非常可敬的。郭淮之诗文,今仅存《白司马宣王书》1篇。关于这篇文章,《世说新语》尚记载了一段逸事:"郭淮作关中都督,甚得民情,亦屡有战庸。淮妻,太尉王凌之妹,坐凌事当并诛。使者征摄甚急,淮使戎装,克日当发。州府文武及百姓劝淮举兵,淮不许。至期,遣妻,百姓号泣追呼者数万人。行数十里,淮乃命左右追夫人还,于是文武奔驰,如徇身首之急。既至,淮与宣帝书曰:'五子哀恋,思念其母,其母既亡,则无五子,五子若殒,亦复无淮。'宣帝乃表,特原淮妻。"②此文《世说新语》所引与《三国志》注引《世语》文字迥异,然情真意切,极为感人。

郭奕,字大业,太原阳曲人,仕魏为野王令,入晋官至尚书。郭奕为西晋名士,"少有重名,山涛称其高简有雅量。初为野王令,羊祜常过之,奕叹曰:'羊叔子何必减郭大业!'少选复往,又叹曰:'羊叔子去人远矣。'"③郭奕的文章今仅存《表论杨骏》1篇。据《晋书》本传载:"太康中,征为尚书。奕有重名,当世朝臣皆出其下。时帝委任杨骏,奕表骏小器,不可任以社稷。帝不听,骏后果诛。……太康八年卒。"④故此文当作于太康元年至八年间(280—287)。文仅二句,但显示出其品评人物之准确。

郭澄之,字仲静,太原阳曲人,仕晋官封南丰侯。郭澄之是一个富有远见的文人,"从裕北伐,既克长安,裕意更欲西伐,集僚属议之,多不同。次问澄之,澄之不答,西向诵王粲诗曰:'南登霸陵岸,回首望长安。'裕便意定,谓澄之曰:'当与卿共登霸陵岸耳。'"⑤坚决支持刘裕北伐,显示其富于政治远见。少有才思,机敏兼人,是东晋成果颇丰的文学家,《晋书》仅言"所著文集行于世"⑥,《隋书·经籍志》著录有《郭子》3卷、《郭澄之集》10卷,今已散佚。

郭琦,字公伟,太原晋阳人,事晋官著作佐郎,是西晋的儒学家,"注《谷梁》《京氏易》百卷。乡人王游等皆就琦学"⑦。其著作《晋书》载有《天

① 《三国志》卷二十六《满田牵郭列传》,中华书局1962年,第734页。
② 余嘉锡:《世说新语笺疏》,中华书局1983年,第335页。
③ 《晋书》卷四十五《郭奕列传》,中华书局1974年,第1288页。
④ 《晋书》卷四十五《郭奕列传》,中华书局1974年,第1289页。
⑤ 《晋书》卷九十二《文苑列传》,中华书局1974年,第2406页。
⑥ 《晋书》卷九十二《文苑列传》,中华书局1974年,第2406页。
⑦ 《晋书》卷九十四《隐逸列传》,中华书局1974年,第2436页。

文志》《五行传》,今不存。

太原温氏可以上推至东汉的温序。温序,字次房,太原祁人,仕东汉,官至护羌校尉。温序是个颇具谋略的将军,“建武二年,骑都尉弓里成将兵平定北州,到太原,历访英俊大人,问以策谋。成见序奇之,上疏荐焉。于是征为侍御史”①。更为重要的是,温序是个受人尊敬的义士,“(建武)六年,拜谒者,迁护羌校尉。序行部至襄武,为隗嚣别将苟宇所拘劫。宇谓序曰:‘子若与我并威同力,天下可图也。’序曰:‘受国重任,分当效死,义不贪生苟背恩德。’宇等复晓譬之。序素有气力,大怒,叱宇等曰:‘虏何敢迫胁汉将!’因以节楇杀数人。贼众争欲杀之。宇止之曰:‘此义士死节,可赐以剑。’序受剑,衔须于口,顾左右曰:‘既为贼所迫杀,无令须污土。’遂伏剑而死”②。温序为国而死,死得其所,死得伟大。自温序后,太原温氏文学成就较高者有:

温羡,字长卿,太原祁人,“汉护羌校尉序之后也。祖恢,魏扬州刺史。父恭,济南太守。兄弟六人并知名于世,号曰‘六龙’”③,温羡兄弟六人号称“六龙”,肯定著名于当时,惜无资料可考。温羡仕晋,官至司徒,是太原温氏家族第一位高官。温羡的文章,今存《驳论张华》1篇。

温峤,字太真,司徒羡弟之子,在平定王敦、苏峻之乱中,屡立奇功,官至开府仪同三司,封始安郡公。可以说,温峤是东晋的柱石之臣,诚如陶侃所评:“死不忘忠,身没黄泉,追恨国耻,奖臣戮力,救济艰难。”④温峤的著作,《隋书·经籍志》载有《温峤集》10卷、梁录1卷,则到梁时已散佚殆尽,今不存,今仅存诗1首、文21篇、赋1篇。

太原孙氏可以上溯至三国曹魏时的孙资。孙资,字彦龙,太原中都人,仕曹魏,官至仪同三司、骠骑大将军。孙资在魏明帝曹叡面前力保齐王曹爽与宣王司马懿辅政,埋下了司马氏篡权谋政的祸种。孙资自小就受到良好的教育,“幼而岐嶷,三岁丧二亲,长于兄嫂。讲业太学,博览传记,同郡王允一见而奇之”⑤,故其文学成就亦较高。今存文4篇。孙资之后至两晋,太原孙氏文学成就较高的有:

---

① 《后汉书》卷八十一《独行列传》,中华书局1965年,第2672页。

② 《后汉书》卷八十一《独行列传》,中华书局1965年,第2673页。

③ 《晋书》卷四十四《温羡列传》,中华书局1974年,第1266页。

④ 陶侃:《上温峤遗书请停移葬表》,严可均:《全上古三代秦汉三国六朝文》,中华书局1958年,第2094页。

⑤ 《三国志》卷十四《程郭董刘蒋刘列传》裴松之注引《资别传》,中华书局1962年,第457页。

孙楚，字子荆，太原中都人，魏骠骑将军孙资之孙，仕晋官至冯翊太守。孙楚是西晋名士，《世说新语》记载了其有趣的逸事："孙子荆以有才，少所推服，唯雅敬王武子。武子丧时，名士无不至者。子荆后来，临尸恸哭，宾客莫不垂涕。哭毕，向床曰：'卿常好我作驴鸣，今我为卿作。'体似真声，宾客皆笑。孙举头曰：'使君辈存，令此人死！'"①率性而行，无所顾忌，这就是名士风度。孙楚"才藻卓绝，爽迈不群"②，有较高的文学成就，"初，楚与同郡王济友善，济为本州大中正，访问铨邑人品状，至楚，济曰：'此人非卿所能目，吾自为之。'乃状楚曰：'天才英博，亮拔不群。'楚少时欲隐居，谓济曰：'当欲枕石漱流。'误云'漱石枕流'。济曰：'流非可枕，石非可漱。'楚曰：'所以枕流，欲洗其耳；所以漱石，欲厉其齿。'楚少所推服，惟雅敬济。初，楚除妇服，作诗以示济，济曰：'未知文生于情，情生于文，览之凄然，增伉俪之重。'"③孙楚之诗文，据《隋书·经籍志》所载《孙楚集》梁时12卷、录1卷，隋时仅存6卷，今存诗8首、赋17篇、文28篇。

孙统，字承公，孙楚之孙，"幼与绰及从弟盛过江。任诞不羁，而善属文，时人以为有楚风"④，任诞不羁，具有名士风范。喜好山水，"孙承公狂士，每至一处，赏玩累日，或回至半路却返"⑤。孙统"善属文"，其诗文创作，《隋书·经籍志》著录《孙统集》梁时9卷，隋时仅存2卷，今存诗2首、文2篇。

孙绰，字兴公，孙楚之孙，仕晋，官至永嘉太守。渴慕玄学，渴望归隐，"余少慕老庄之道，仰其风流久矣，却感于陵贤妻之言，怅然悟之。乃经始东山，建五亩之宅，带长阜，倚茂林，孰与坐华幕击钟鼓者同年而语其乐哉？"⑥然孙绰并没有像自我标榜的那样永归山林，他在东山隐居片刻，便幡然出仕。孙绰与许询齐名，是东晋著名的玄言诗人，"绰与询一时名流，或爱询高迈，则鄙于绰，或爱绰才藻，而无取于询。沙门支遁试问绰：'君何如许？'答曰：'高情远致，弟子早已伏膺；然一咏一吟，许将北面矣。'"⑦认为自己在文学成就上要比许询略胜一筹。这大约就是真正的孙绰，常自视甚高，"下官才能所经，悉不如诸贤；至于斟酌时宜，笼罩当世，亦多所不及。

① 余嘉锡：《世说新语笺疏》，中华书局1983年，第750页。
② 《晋书》卷五十六《孙楚列传》，中华书局1974年，第1539页。
③ 《晋书》卷五十六《孙楚列传》，中华书局1974年，第1543页。
④ 《晋书》卷五十六《孙楚列传》，中华书局1974年，第1543页。
⑤ 余嘉锡：《世说新语笺疏》，中华书局1983年，第623页。
⑥ 孙绰：《遂初赋》，严可均：《全上古三代秦汉三国六朝文》，中华书局1958年，第1807页。
⑦ 《晋书》卷五十六《孙楚列传》，中华书局1974年，第1544页。

然以不才，时复托怀玄胜，远咏老、庄，萧条高寄，不与时务经怀，自谓此心无所兴怀也”①。孙绰博学善属文，文学成就甚高，“孙兴公作天台赋成，以示范荣期，云：‘卿试掷地，要作金石声。’范曰：‘恐子之金石，非宫商中声！’然每至佳句，辄云：‘应是我辈语。’”②孙绰的文学以碑文成就最高，“绰少以文才垂称，于时文士，绰为其冠。温、王、郗、庾诸公之薨，必须绰为碑文，然后刊石焉”③。孙绰的文学正如自己所云“神情都不关山水，而能作文”④，以玄理见长。钟嵘曾云：“永嘉时，贵黄、老，稍尚虚谈。于时篇什，理过其辞，淡乎寡味。爰及江表，微波尚传，孙绰、许询、桓、庾诸公诗，皆平典似《道德论》，建安风力尽矣。”⑤以“平典”来评论孙绰诗文，可谓公允。孙绰的著作《隋书·经籍志》著录有《集解论语》10卷、《孙子》12卷、《孙绰集》15卷（梁25卷），今存诗13首、赋3篇、文40篇。

孙嗣，孙绰之子，“有绰风，文章相亚，位至中军参军，早亡”⑥。孙嗣之诗文，《隋书·经籍志》著录有《孙嗣集》3卷、录1卷，今存诗1首。

孙盛，字安国，孙楚之孙，仕晋，官至秘书监，加给事中。孙盛是魏晋清谈名士，“博学，善言名理。于时殷浩擅名一时，与抗论者，惟盛而已。盛尝诣浩谈论，对食，奋掷麈尾，毛悉落饭中，食冷而复暖者数四，至暮忘餐，理竟不定。盛又著医卜及《易象妙于见形论》，浩等竟无以难之，由是遂知名”⑦。孙盛是东晋著名的文学家，“盛笃学不倦，自少至老，手不释卷。著《魏氏春秋》《晋阳秋》，并造诗赋论难复数十篇。《晋阳秋》词直而理正，咸称良史焉”⑧。《隋书·经籍志》著录《孙盛集》5卷残缺（梁10卷，录1卷），今存赋1篇、文7篇，最著名的是《魏氏春秋评》59则。

孙放，字齐庄，孙盛之子。孙放自小博学，聪明善辩，“年七八岁，在荆州，与父俱从庾亮猎，亮谓曰：‘君亦来邪？’应声答曰：‘无小无大，从公于迈。’亮又问：‘欲齐何庄邪？’放曰：‘欲齐庄周。’亮曰：‘不慕仲尼邪？’答曰：‘仲尼生而知之，非希企所及。’亮大奇之，曰：‘王辅嗣弗过也。’”⑨《世说新语》记其少时另一逸事云：“庾园客诣孙监，值行，见齐庄在外，尚幼，

① 余嘉锡：《世说新语笺疏》，中华书局1983年，第433—434页。
② 余嘉锡：《世说新语笺疏》，中华书局1983年，第224页。
③ 《晋书》卷五十六《孙楚列传》，中华书局1974年，第1547页。
④ 余嘉锡：《世说新语笺疏》，中华书局1983年，第399页。
⑤ 钟嵘著、陈延杰注：《诗品注》，人民文学出版社1961年，第1—2页。
⑥ 《晋书》卷五十六《孙楚列传》，中华书局1974年，第1547页。
⑦ 《晋书》卷八十二《孙盛列传》，中华书局1974年，第2147页。
⑧ 《晋书》卷八十二《孙盛列传》，中华书局1974年，第2148页。
⑨ 《晋书》卷八十二《孙盛列传》，中华书局1974年，第2149页。

而有神意。庾试之曰：‘孙安国何在？’即答曰：‘庾稚恭家。’庾大笑曰：‘诸孙大盛，有儿如此！’又答曰：‘未若诸庾之翼翼。’还，语人曰：‘我故胜，得重唤奴父名。’”①孙放之诗文，《隋书·经籍志》著录《孙放集》梁时10卷，隋时1卷残缺，今存诗2首、文2篇。

除太原王氏、太原郭氏、太原温氏、太原孙氏四大家族外，汉晋时期并州文学成就较高的还有：

诸多儒者以自身的努力，促进了并州儒学繁荣。刘茂，字子卫，太原晋阳人，仕东汉，官至侍中。刘茂以儒学驰名当时，“家贫，以筋力致养，孝行着于乡里。及长，能习《礼经》，教授常数百人。哀帝时，察孝廉，再迁五原属国候，遭母忧去官。服竟后为沮阳令。会王莽篡位，茂弃官，避世弘农山中教授”②；范隆，字玄嵩，雁门人，“博通经籍，无所不览，著《春秋三传》，撰《三礼吉凶宗纪》，甚有条义”③；续咸，字孝宗，上党人，“好学，师事京兆杜预，专《春秋》、《郑氏易》，教授常数十人，博览群言，高才善文论。又修陈杜律，明达刑书”④；张伟，字仲业，小名翠螭，太原中都人，仕北魏，官至并州刺史，“伟学通诸经，讲授乡里，受业者常数百人。儒谨泛纳，勤于教训，虽有顽固不晓，问至数十，伟告喻殷勤，曾无愠色。常依附经典，教以孝悌，门人感其仁化，事之如父”⑤；李业兴，上党长子人，仕北魏，官至太原太守，“志学精力，负帙从师，不惮勤苦。耽思章句，好览异说。晚乃师事徐遵明于赵魏之间。时有渔阳鲜于灵馥亦聚徒教授，而遵明声誉未高，著录尚寡。业兴乃诣灵馥黉舍，类受业者。灵馥乃谓曰：‘李生久逐羌博士，何所得也？’业兴默尔不言。及灵馥说《左传》，业兴问其大义数条，灵馥不能对。于是振衣而起曰：‘羌弟子正如此耳！’遂便径还。自此灵馥生徒倾学而就遵明。遵明学徒大盛，业兴之为也”⑥。李业兴的努力促进了赵、魏儒学的兴盛。

文学成就较高的是释慧远。释慧远，本姓贾氏，雁门娄烦人。初学儒、道，“弱而好书，珪璋秀发，年十三随舅令狐氏游学许洛。故少为诸生，博综六经尤善《庄》《老》。性度弘博，风鉴朗拔，虽宿儒英达，莫不服其深

① 余嘉锡：《世说新语笺疏》，中华书局1983年，第669页。

② 《后汉书》卷八十一《独行列传》，中华书局1965年，第2671页。

③ 《晋书》卷九十一《儒林列传》，中华书局1974年，第2352页。

④ 《晋书》卷九十一《儒林列传》，中华书局1974年，第2355页。

⑤ 《魏书》卷八十四《儒林列传》，中华书局1974年，第1844页。

⑥ 《魏书》卷八十四《儒林列传》，中华书局1974年，第1861页。

致”①;后弃儒、道而就佛教,“时沙门释道安立寺于太行、恒山,弘赞像法,声甚著闻,远遂往归之。一面尽敬,以为真吾师也。后闻安讲《波若经》,豁然而悟,乃叹曰:‘儒道九流,皆糠秕耳。’便与弟慧持,投簪落彩,委命受业”②。“惟岁在摄提格,秋七月戊辰朔,二十八日乙未。法师释慧远,贞感幽奥,宿怀特发。乃延命同志息心贞信之士,百有二十三人,集于庐山之阴,般若台精舍阿弥陀像前,率以香华敬廌而誓焉……”③摄提,即晋安帝元兴元年(402),次年释慧远与一百二十三人在庐山聚会,此后庐山成为当时佛教的中心。释慧远居庐山三十余年,对弘扬佛法做出了巨大贡献,“尔乃怀仁山林,隐居求志,于是众僧云集,勤修净行,同法餐风,栖迟道门,可谓五百之季,仰绍舍卫之风,庐山之山畏,俯传灵鹫之旨,洋洋乎未曾闻也”④。释慧远与当时的名士刘遗民、雷次宗、周续之、毕颖之、宗炳、张莱民、张季硕、谢灵运、姚兴、桓玄等多有交游,这对促使玄佛交流以及东晋的文学创作都产生了很大的影响。释慧远也是一位著名的文学家,“(慧远)所著论序铭赞诗书集为十卷,五十余篇,见重于世”⑤。今存《庐山东林杂诗》1 首、文 31 篇。

周续之,字道祖,雁门广武人,晋宋之际的大儒,“豫章太守范宁于郡立学,招集生徒,远方至者甚众。续之年十二,诣宁受业。居学数年,通《五经》并《纬候》,名冠同门,号曰‘颜子’”⑥“上(宋高祖)为开馆东郭外,招集生徒。乘舆降幸,并见诸生,问续之《礼记》‘傲不可长’‘与我九龄’‘射于矍圃’三义,辨析精奥,称为该通。续之素患风痹,不复堪讲,乃移病钟山。……通《毛诗》六义及《礼论》《公羊传》,皆传于世”⑦。周续之亦曾依庐山慧远,学佛教,“闲居读《老》《易》,入庐山事沙门释慧远。时彭城刘遗民遁迹庐山,陶渊明亦不应征命,谓之‘寻阳三隐’”⑧。《隋书·经籍志》著录有《周续之集》1 卷,今存文 3 篇。

---

① 释慧远撰、汤用彤校注:《高僧传》卷六,中华书局 1992 年,第 211 页。
② 释慧远撰、汤用彤校注:《高僧传》卷六,中华书局 1992 年,第 211 页。
③ 释慧远撰、汤用彤校注:《高僧传》卷六,中华书局 1992 年,第 214 页。
④ 谢灵运:《庐山慧远法师诔并序》,严可均:《全上古三代秦汉三国六朝文》,中华书局 1958 年,第 2619 页。
⑤ 释慧远撰、汤用彤校注:《高僧传》卷六,中华书局 1992 年,第 222 页。
⑥ 《宋书》卷九十三《隐逸列传》,中华书局 1974 年,第 2280 页。
⑦ 《宋书》卷九十三《隐逸列传》,中华书局 1974 年,第 2281 页。
⑧ 《宋书》卷九十三《隐逸列传》,中华书局 1974 年,第 2280 页。

三、北魏并州文学

自汉代开始，并州文学创作主要集中于太原王氏、太原郭氏、太原温氏、太原孙氏四大家族。北魏时期，太原孙氏的文学创作未见记载，太原温氏最著名的作家温子昇的文学创作将有专章论述。太原王氏、郭氏两大家族仍然是并州文学的主要创作者，新崛起的介休宋氏、北秀容尔朱氏亦有文学创作。

太原王氏进入北魏四大姓之后，其成员主要活动于北魏，留在南朝的太原王氏成员较少，文学创作者亦少，仅有王玄谟、王茂、王僧辩三人。王玄谟，字彦德，太原祁人，仕刘宋，官至开府仪同三司。王玄谟北伐失利，“玄谟始将见杀，梦人告曰：‘诵《观音经》千遍，则免。’既觉，诵之得千遍，明日将刑，诵之不辍，忽传呼停刑”①。以此来说王玄谟佞佛，似乎显得勉强。王玄谟文章，今存7篇。王茂，字休远，太原祁人，仕梁，官至开府仪同三司。王茂是一个能武不能文的武将，“时天下无事，高祖方信仗文雅，茂心颇怏怏，侍宴醉后，每见言色，高祖常宥而不之责也”②。王茂文章今仅存《答释法云书难范缜神灭论》1篇。王僧辩，字君才，王神念之子，仕梁，官至开府仪同三司。文章今存3篇。

进入北魏的太原王氏家族，多喜好文学创作。王慧龙“自以遭难流离，常怀忧悴，乃作《祭伍子胥文》以寄意焉……撰帝王制度十八篇，号曰《国典》”③，王遵业“与司徒左长史崔鸿同撰《起居注》……并应诏作《释奠侍宴诗》。时人语曰‘英英济济，王家兄弟’……著《三晋记》十卷”④“时黄门侍郎太原王遵业、琅琊王诵并称文学”⑤。这些文学创作大多已不存，今仅存王叡《疾笃上疏》、王椿《上孝武帝谠言疏》两篇奏疏。《疾笃上疏》是王叡临死之际给高祖、文明太后所上之奏章，他劝谏皇帝从慎刑罚、任贤能、亲忠信、远谗佞、行黜陟五个方面治理国家，并提出了“哀恤孤独，赈施困穷，录功旧，赦小罪，轻徭役，薄赋敛，修福业，禁淫祀”⑥的具体实施方案。《上孝武帝谠言疏》是永熙年间屡降风雹，孝武帝元脩广泛征求大臣意见，王椿所上之奏章。文章从董仲舒的天人感应理论出发，劝谏孝武帝元脩：

① 《宋书》卷七十六《王玄谟列传》，中华书局1974年，第1974页。

② 《梁书》卷九《王茂列传》，中华书局1973年，第176页。

③ 《魏书》卷三十八《王慧龙列传》，中华书局1973年，第877页。

④ 《魏书》卷三十八《王慧龙列传》，中华书局1973年，第878—879页。

⑤ 《魏书》卷九十三《恩幸列传》，中华书局1973年，第2008页。

⑥ 严可均：《全上古三代秦汉三国六朝文》，中华书局1958年，第3683页。

"伏愿陛下留心曲览，垂神远察，礼贤登士，博举审官，擢申滞怨，振穷省役。使夫滋水没川之彦，毕居朝右；仪表丹青之位，未或虚加。圜土绝五毒之民，揆日息千门之费。岩岩廊署，无不遇之士；忪忪惸独，荷酒帛之恩。则物见昭苏，人知休泰，徐奏《薰风》之曲，无论《鸿雁》之歌，岂不天人幸甚，鬼神咸忭？"①王椿劝谏孝武帝元脩礼贤下士，任用贤能之士，则北魏王朝可以实现中兴。王叡、王椿继承了汉晋以来太原王氏以儒学立身的传统，以儒家伦理观念劝谏帝王，拳拳之心，的确令人感动。文章采用骈散相结合的形式，运用典故、对偶等修辞手法，具有一定的说服力，然文学性一般。

进入北魏的太原郭氏亦善好文学创作，史载郭祚"涉历经史，习崔浩之书，尺牍文章见称于世"②"高祖锐意典礼，兼铨镜九流，又迁都草创，征讨不息，内外规略，号为多事。祚与黄门宋弁参谋帏幄，随其才用，各有委寄。祚承禀注疏，特成勤剧"③。郭祚的文章，今存《表请伐梁》《奏奸吏逃刑止徙妻子》《奏请定改格》《又奏请定改格》《奏停营明堂国学》5 篇，均为奏疏文。《奏奸吏逃刑止徙妻子》主张奸吏逃刑，其妻不应株连，使得北魏刑法更具有人性化特征，《奏请定改格》《又奏请定改格》两篇是针对北魏用九品考察官员标准不一而发，《奏停营明堂国学》认为在对南朝战争之际应停止修建明堂、国学，这些奏章都是对汉晋以来太原郭氏儒学持家风气的继承，显现出作者拳拳报国之热忱。《表请伐梁》是永平元年(508)萧梁将军康绚进攻北魏淮河流域时，郭祚给宣武帝所上之表：

> 萧衍狂悖，擅断川渎，役苦民劳，危亡已兆。然古谚有之，"敌不可纵"。夫以一酌之水，或为不测之渊，如不时灭，恐同原草。宜命一重将，率统军三十人，领羽林一万五千人，并科京东七州虎旅九万，长驱电迈，遄令扑讨。擒斩之勋，一如常制，贼资杂物，悉入军人。如此则鲸鲵之首，可不日而悬。诚知农桑之时，非发众之日，苟事理宜然，亦不得不尔。昔韦顾跋扈，殷后起昆吾之师；猃狁孔炽，周王兴六月之伐。臣职忝枢衡，献纳是主，心之所怀，宁敢自默。并宜敕扬州迁一猛将，遣当州之兵，令赴浮山，表里夹攻。④

---

① 严可均：《全上古三代秦汉三国六朝文》，中华书局 1958 年，第 3683 页。
② 《魏书》卷六十四《郭祚列传》，中华书局 1973 年，第 1421 页。
③ 《魏书》卷六十四《郭祚列传》，中华书局 1973 年，第 1421 页。
④ 严可均：《全上古三代秦汉三国六朝文》，中华书局 1958 年，第 3698 页。

文章分析了萧衍惯用水淹造成的危害,进而提出军力部署方案:遣一猛将率十万军队正面进攻,并以扬州兵力为内应,内外夹击,必败萧梁军队。文章显示了作者敏锐的政治分析能力,以及娴熟的军力部署才华。尤为重要的是,文章骈散相间,四六字句式交替使用,读起来如行云流水一般,洋溢着胜利的喜悦之情,有一股不可遏制的气势,是北魏“表”体文章的名篇。

介休宋氏是崛起于北魏的并州文学家族,主要有宋隐、宋弁、宋翻三支。宋隐,西河介休人,曾祖父宋奭曾任西晋昌黎太守,后为前燕慕容廆长史。祖父宋活任前燕中书监,父亲宋恭任前燕徐州刺史。前燕慕容儁即位后,将都城迁徙到邺城,宋恭举家从西河介休迁居广平列,遂称广平列人。宋隐出仕后燕慕容垂朝,历尚书郎、太子中舍人、本州别驾等职。北魏平定中山后,宋隐归顺北魏,官至尚书吏部郎。宋隐临终之际告诫其子侄们:“苟能入顺父兄,出悌乡党,仕郡幸而至功曹史,以忠清奉之,则足矣,不劳远诣台阁。恐汝不能富贵,而徒延门户之累耳。若忘吾言,是为无若父也,使鬼而有知,吾不归食矣。”①以忠、孝、悌观念约束后人,体现出宋氏以儒学持家的理念。宋弁“祖愔,与从叔宣、博陵崔建俱知名”②,宋宣是宋隐叔父宋洽的第四个儿子,则宋弁是宋隐的三世孙。宋弁出仕北魏,官至祠部尚书,深受高祖器重,“恩遇之甚,辈流莫及,名重朝野,亚于李冲”③。孝文帝驾崩,遗命宋弁为吏部尚书,与咸阳王禧等六人为辅政大臣。宋翻是宋弁的族弟,出仕北魏,官至河阴令。介休宋氏家族多是吏政之才,文学创作不多,今仅存一条文献记载:宋道玙“又曾赠著作佐郎张始均诗,其末章云:‘子深怀璧忧,余有当门病’”④。宋道玙《赠张始均诗》今仅存残句,十字之中用了两个典故。“怀璧”出自《左传》“周谚有之:‘匹夫无罪,怀璧其罪’”⑤,喻张始均怀才遭忌;“当门”亦出自《左传》“使祝鼃寘戈于车薪以当门”⑥,喻自己仕途有碍。两句对仗工整,用典自然,含蓄委婉地揭示出两人困苦的境况,显示出宋道玙较高的文学才华。

北秀容尔朱氏是崛起于北魏的另一并州文学家族。其先是契胡(或称羯胡)部酋长,居于尔朱川,故以尔朱为氏。尔朱羽健率领部落协助太祖平

① 《魏书》卷三十三《宋隐列传》,中华书局 1974 年,第 774 页。
② 《魏书》卷六十三《宋弁列传》,中华书局 1974 年,第 1414 页。
③ 《魏书》卷六十三《宋弁列传》,中华书局 1974 年,第 1416 页。
④ 《魏书》卷七十七《宋翻列传》,中华书局 1974 年,第 1691 页。
⑤ 孔颖达:《春秋左传正义》,阮元:《十三经注疏》,中华书局 1980 年,第 1755 页。
⑥ 孔颖达:《春秋左传正义》,阮元:《十三经注疏》,中华书局 1980 年,第 2091 页。

定中山，以功拜散骑常侍，获得北秀容（今山西朔州）的封地。其子尔朱郁德、孙尔朱代勤继为领民酋长，尔朱代勤将女儿嫁给了拓跋焘，官至肆州刺史，赐爵梁郡公。尔朱代勤的儿子尔朱新兴历官散骑常侍、平北将军、秀容第一领民酋长，并传爵位于尔朱荣。尔朱荣武艺高强，率兵为朝廷东征西讨，累军功官至车骑将军、右光禄大夫、仪同三司，封爵博陵郡公。武泰元年（528）二月肃宗元诩崩，年仅十九岁，尔朱荣认为是郑俨、徐纥之流为之，便领兵入京勤王。尔朱荣进入洛阳后，辅佐元子攸登基，是为孝庄帝。尔朱荣被封为使持节、侍中、都督中外诸军事、大将军、开府、兼尚书令、领军将军、领左右、太原王，食邑二万户。四月十三日，尔朱荣在河阴之陶渚（今河南孟津）溺死胡太后和幼帝元钊，纵兵围杀北魏的王公百官两千多人，北魏诸王元雍、元钦、元略、元邵等人皆遇害，史称“河阴之变”。河阴之变后，尔朱荣大权在握，目空一切，虽在晋阳，却时刻操控着北魏朝廷。尔朱荣之行径激起许多人之不满，葛荣乘势率兵讨伐，为其所败，尔朱荣加官至大丞相、都督河北畿外诸军事、太师、天柱大将军。永安三年（530）九月，尔朱荣为庄帝元子攸所杀。尔朱荣死后，其侄儿尔朱兆与尔朱世隆等族人从晋阳起兵，很快攻陷洛阳，杀死庄帝元子攸，拥立长广王元晔为帝，尔朱兆被封为使持节、侍中、都督中外诸军事、柱国大将军、领军将军、领左右、并州刺史、兼录尚书事、大行台、天柱大将军。不久尔朱兆杀掉元晔，改立广陵王节闵帝元恭。尔朱氏凭借武力，特别是尔朱荣和尔朱兆将其家族推向了顶峰。其后不久，尔朱兆、尔朱彦伯、尔朱仲远、尔朱世隆、尔朱度律、尔朱天光均为高欢所杀，尔朱氏家族覆灭。

正如魏收所评价“志识无远，所争唯权势，所好惟财色，譬诸溪壑，有甚豺狼，天下失望，人怀怨愤，遂令勍敌得容觇间，心腹内阻，形影外合。是以广阿之役，叶落冰离；韩陵之战，土崩瓦解。一旦殄灭，岂不哀哉”①的那样，尔朱氏家族是受后人唾弃的乱世贼子。其崛起何其速，其衰亡也何其快。其家族均为领兵的将军，几乎没有文学创作。今仅存尔朱荣《抗表请赴阙》、尔朱荣《上言陈兵事》、尔朱荣《上书乞追赠河阴死者》、尔朱仲远《上言置行台中正》、尔朱世隆《为匿名书自榜其门》五篇，后两篇文辞质朴，多口语化，文学性略差；尤以尔朱荣三篇奏疏成就较高。其中，《上书乞追赠河阴死者》是对河阴之变死者的安抚，惺惺作态，令人厌恶；《上言陈兵事》是请求借蠕蠕军队协助他剿灭葛荣势力，是军阀混战。唯独《抗表

① 《魏书》卷七十五《尔朱天光列传》，中华书局 1974 年，第 1677 页。

请赴阙》虽是政治上漂亮的借口，然为肃宗鸣不平，声讨朝中奸佞，是一篇战斗檄文。全文可分为四层：第一层抒发对肃宗突然驾崩的悲伤之情。文章首叙国内流言，称肃宗为鸩药毒死。继而以侍臣、名医不离左右，“岂容不豫初不召医，崩弃曾无亲奉，欲使天下不为怪愕”①的反问，实际上是肯定了肃宗被毒死的谣言。第二层指斥胡太后的罪恶。胡太后为了把持朝政，将肃宗嫔妃潘充华所生的女儿立为太子，不料消息走漏，便宣布由年仅三岁的临洮王之子元钊继位，天下震惊，朝野愤慨。文章认为胡太后疑惑朝野、虚行庆宥的行为导致奸竖专权、贼臣乱纪，国家危在旦夕。第三层申述北魏所面临的军事威胁。萧宝夤、葛荣率军犯境，楚兵吴卒逼近京郊，秦、陇、赵、魏地区重燃战火，国家朝不保夕。第四层再次将批判的矛头指向胡太后。作者认为肃宗皇帝继承大统，德行双修，边境仍然不宁。现在胡太后任用佞臣外戚，以女太子欺骗百姓，用还不会说话的小孩元钊君临天下，边境将永无宁日。最后表明自己的目的：

> 伏愿留圣善之慈，回须臾之虑，照臣忠诚，录臣至款，听臣赴阙，预参大议，问侍臣帝崩之由，访禁旅不知之状，以徐、郑之徒付之司败，雪同天之耻，谢远近之怨。然后更召宗亲，推其年德，声副遐迩，改承宝祚，则四海更苏，百姓幸甚。②

希望胡太后能征召自己入朝，彻查肃宗之死因，调查禁卫军队失责之由，追究郑俨、徐纥等人的罪责，选择德高望尊的皇子继位，则天下太平。全文采用骈散相间的句式，多用排比、反问等修辞，语词质朴，然却有一股直冲而下的气势，充满着战斗的激情和必胜的信念，是尔朱氏家族文学中最为优秀的作品，也是北魏散文名篇。

综上所论，北魏并州文学的主要承担者是太原王氏、太原郭氏、太原温氏，这三大家族继承了汉晋以来的家学家风，以儒学持家，促使其创作仍是儒家伦理观念下的文学，因以奏疏为主，文学成就不高。新崛起的介休宋氏、北秀容尔朱氏虽文学作品不多，然他们共同促进了北魏并州文学创作的繁荣。研究这一区域的文学将对先唐文学，乃至黄河以北的文学都有着非常重要的意义。

---

① 严可均：《全上古三代秦汉三国六朝文》，中华书局 1958 年，第 3776 页。

② 严可均：《全上古三代秦汉三国六朝文》，中华书局 1958 年，第 3776 页。

第三章 北魏文化与文学体裁研究

北魏文学体裁众多，为了避免行文重复，本章着重对北魏留存作品较多的乐府诗、谣谚、辞赋、书信体散文、表体文等体裁逐一进行了探究，以揭示其文化价值和艺术成就。

第一节 北魏胡汉杂糅的乐府制度与乐府诗

在乐府文学发展过程中，学人详南朝而略北朝。讨论北朝乐府文学时，学界津津乐道于北齐和北周，北魏被忽略了。若从历史的层面看，北朝历时196年，北魏172年，占88%；若从乐府文学的内在发展角度而言，亦有承继，陈寅恪先生曾云："隋之胡乐大半受之北齐，而北齐邺都之胡人胡乐又从北魏洛阳转徙而来，此为隋代胡乐大部分之系统渊源……至唐初音乐之多承隋旧。"①依照陈寅恪先生之言，隋唐音乐源于北魏洛阳胡乐。北魏的音乐以及乐府情形若何？惜无人探究，今撰此文试论之。

一、胡汉杂糅的乐府制度

北魏是鲜卑族拓跋部落建立的少数民族国家，其祖先最早居住在嘎仙洞。随着部落的发展壮大，不断南迁，初在盛乐建立政权，再迁平城，终迁洛阳。在其南迁过程中，北魏皇族受到迁徙汉族士人的影响，逐渐建立起自己独特的乐府制度。

北魏拓跋氏对乐府一无所知，之所以建立乐府机构，主要是有意识地吸取了不同区域汉族的先进文化：一是来自洛阳，"自始祖内和魏晋，二代更致音伎；穆帝为代王，愍帝又进以乐物；金石之器虽有未周，而弦管具矣"②。二是来自中山，"逮太祖定中山，获其乐县，既初拨乱，未遑创改，因时所行而用之"③。三是来自河西，"世祖破赫连昌，获古雅乐，及平凉州，

① 陈寅恪：《隋唐制度渊源略论稿》，三联书店2004年，第136页。
② 《魏书》卷一百零九《乐志》，中华书局1974年，第2827页。
③ 《魏书》卷一百零九《乐志》，中华书局1974年，第2827页。

得其伶人、器服，并择而存之”①。四是来自江左，“后魏孝文讨淮汉，宣武定寿春，收其声伎，得江左所传中原旧曲，《明君》《圣主》《公莫》《白鸠》之属，及江南吴歌、荆楚西声，总谓之清商乐”②。洛阳、中山、河西、江左等地区是永嘉之乱后，中原文化保存最完整的地区，其乐府文化对北魏有着极为重要的借鉴意义。此外，北魏乐府还注意吸收外族音乐，“后通西域，又以悦般国鼓舞设于乐署”③。因此，北魏乐府就是吸收中原音乐、西域音乐而成的杂糅胡汉的音乐体系。

北魏乐府设立于何时，由于资料所限，目前已经无法知晓。可以肯定的是，北魏建国之初已有乐府，有时间可考者在世祖拓跋焘朝：“真君九年，遣使朝献……世祖嘉其意……仍诏有司以其鼓舞之节施于乐府。”④这是《魏书》中对乐府最早的记载，说明至少在太平真君九年（448），北魏已经有了乐府机构。

北魏乐府不是一个独立的机构，而是隶属于太乐署。西汉初年，乐府是朝廷常设的音乐管理部门，隶属于少府。汉哀帝裁撤乐府官，将乐府并入太乐，隶属于太常。北魏一如其旧，乐府与太乐合二为一，其最高长官为太乐令，属官有太乐祭酒、太乐博士、太乐典录等。

北魏乐府与汉乐府一样具有宗庙祭祀、采集民歌、训练乐工和谱写新曲等功能。

一是宗庙祭祀。宗庙祭祀是祖先崇拜的产物，最初只是祭祀祖先，后来发展成国家、政权的象征，在国家的政治生活中具有重要的意义。依照周代宗庙制度，天子七庙，三昭三穆，与太祖之庙合而为七，故祭祀时有七支乐舞，均是由国家最高音乐机关所裁定。道武帝拓跋珪建立北魏政权后，已经确立了祭祀的乐歌，“太祖初兴，置《皇始》之舞，复有吴夷、东夷、西戎之舞。乐府之内，有此七舞”⑤。北魏乐府采用了中原汉族理念，将《八佾》舞作为皇权象征，制作了《皇始》舞，但却融入了吴夷、东夷、西戎之舞，这意味着北魏从开始就用胡汉杂糅的音乐祭祀宗庙。天兴元年（398），北魏开始大规模制定郊庙歌词，“天兴元年冬，诏尚书吏部郎邓渊定律吕，协音乐。及追尊皇曾祖、皇祖、皇考诸帝，乐用《八佾》，舞《皇始》

① 《魏书》卷一百零九《乐志》，中华书局1974年，第2828页。
② 郭茂倩：《乐府诗集》，中华书局1979年，第638页。
③ 《魏书》卷一百零九《乐志》，中华书局1974年，第2828页。
④ 《魏书》卷一百零二《西域列传》，中华书局1974年，第2269页。
⑤ 《魏书》卷一百零九《乐志》，中华书局1974年，第2831页。

之舞……皇帝入庙门，奏《王夏》……皇帝行礼七庙，奏《陛步》……皇帝出门，奏《总章》，次奏《八佾》舞，次奏送神曲。又旧礼……皇帝入兆内行礼，咸奏舞《八佾》之舞……冬至祭天于南郊圜丘，乐用《皇矣》，奏《云和》之舞，事讫，奏《维皇》，将燎；夏至祭地祇于北郊方泽，乐用《天祚》，奏《大武》之舞"①。道武帝拓跋珪即位后，出于礼制建设的需要，诏邓渊定律吕。邓渊是中原旧族，入北魏后，朝仪、律令、音乐，及军国文记诏策，多渊所为。邓渊沿袭中原古乐府，制定《皇始》《王夏》《陛步》《总章》《八佾》《云和》《天祚》《大武》等乐章。遗憾的是，这些乐章只是徒具形式，并没有真正应用。到太和初年，郊庙祭祀仅《文始》《五行》《皇始》三舞而已。由七舞到三舞，说明北魏宗庙祭祀乐歌极不完善。孝文帝朝，崔光和元彧新创祭祀歌辞，"侍中崔光、临淮王彧并为郊庙歌词而迄不施用，乐人传习旧曲，加以讹失，了无章句"②。崔光本清河大家族，家传儒学，以平齐民的身份进入北魏，颇受皇室重视，北魏服制、冠礼等礼仪制度均出自崔光之手。临淮王彧为北魏皇室权臣，曾出奔江南，以宗室博古文学称誉。崔光、临淮王彧所制定的郊庙歌词今已不可知，但由其生平履历，大约是过多注入南朝乐府因素而被鄙弃。北魏郊庙祭祀仅用《真人代歌》和《簸逻回歌》。《真人代歌》是鲜卑族音乐，"后魏乐府始有北歌，即《魏史》所谓《真人代歌》是也。代都时，命掖庭宫女晨夕歌之。周、隋世，与《西凉乐》杂奏。今存者五十三章，其名目可解者六章：《慕容可汗》《吐谷浑》《部落稽》《钜鹿公主》《白净王》《太子企喻》也"③。《真人代歌》多不可解，可解的六章中，就有《慕容可汗》《吐谷浑》为鲜卑族歌曲。《真人代歌》的主旨是"上叙祖宗开基所由，下及君臣废兴之迹"④。《簸逻回歌》是鲜卑族本土音乐，"后魏之世有《簸逻回歌》，其曲多可汗之辞，皆燕、魏之际鲜卑歌"⑤。"燕"指鲜卑慕容燕国，"魏"指鲜卑拓跋魏国，故《簸逻回歌》是鲜卑族音乐，主旨是歌颂可汗的功绩。孝武帝永熙年间，太乐令崔九龙、尚书长孙稚与太常卿祖莹参酌《周礼》而用戎华兼采的方针，制定《大成》为祭祀乐。

二是采集民歌。自周代开始，朝廷就专门设置了采集诗歌的官员。他们巡游各地，采集民间歌谣，以体察民俗风情、政治得失。自汉代设立乐府

① 《魏书》卷一百零九《乐志》，中华书局1974年，第2827—2828页。
② 《魏书》卷一百零九《乐志》，中华书局1974年，第2843页。
③ 《旧唐书》卷二十九《音乐志二》，中华书局1975年，第1070页。
④ 《魏书》卷一百零九《乐志》，中华书局1974年，第2827页。
⑤ 郭茂倩：《乐府诗集》，中华书局1979年，第309页。

后,采集各地歌谣就成为乐府的主要职能之一。北魏乐府亦有采诗之功能。道武帝拓跋珪建国后,就很注意采集各地歌谣,“正月上日,飨群臣,宣布政教,备列宫悬正乐,兼奏燕、赵、秦、吴之音,五方殊俗之曲。四时飨会亦用焉”①。燕、赵、秦、吴之音,以及五方殊俗之曲,均被采集到朝廷,融入了北魏的祭祀乐章——《真人代歌》。太宗拓跋嗣即位后,就“遣使者巡行天下,省诸州,观民风俗,问民疾苦”②。此虽未言采诗,但其做法与采诗制度如出一辙。高宗文成皇帝拓跋濬朝,“遣使者二十余辈循行天下,观风俗,视民所疾苦”③。各地民风民俗如何上达天听,很可能是通过采诗的方式。高祖孝文皇帝元宏朝,张彝上《采诗表》,将自己巡行齐、鲁、梁、宋所采集到的诗歌七卷献给朝廷,并说“询采诗颂,研检狱情,实庶片言之不遗,美刺之俱显……使魏代所采之诗,不堙于丘井”④。从《魏书》的记载来看,北魏乐府采集的民歌除燕、赵、秦等中原旧曲、吴歌西曲外,还有悦般、疏勒、安国等西域音乐。

三是训练乐工。从本质上说,乐府就是为了制乐和歌唱。因此,训练乐工就成为重中之重。北魏的乐工有多少人?其数量已难以确考。然《魏书·西域列传》载世祖皇帝赏赐给高车族弥俄突的物品中就有“乐工八十人”⑤,由此可见,北魏有庞大的乐工群体。北魏的乐工,大多来自洛阳、中山、河西、江左等地。这些熟练的乐工,为了适应新形势的变迁,势必需要培养新生力量。《魏书·太祖纪》云:“(天兴)四年春……二月丁亥,命乐师入学习舞,释菜于先圣、先师。”⑥这是北魏训练乐工的最早记载。《魏书·长孙道生传》有云:“帝命歌工历颂群臣,曰:‘智如崔浩,廉如道生。’”⑦很明显,世祖朝这些歌颂群臣的歌工,就是经过训练后的乐工,并被赋予新的内容。又《魏书·高允传》云:“《礼》云:‘嫁女之家,三日不息烛。娶妇之家,三日不举乐。’今诸王纳室,皆乐部给伎以为嬉戏,而独禁细民,不得作乐,此一异也。”⑧乐部,即乐府。乐工经过训练,为皇室诸位王爷婚嫁作乐,这是北魏乐府的新内容。

---

① 《魏书》卷一百零九《乐志》,中华书局 1974 年,第 2828 页。
② 《魏书》卷三《太宗纪》,中华书局 1974 年,第 57 页。
③ 《魏书》卷一百一十《食货志》,中华书局 1974 年,第 2851 页。
④ 《魏书》卷六十四《张彝列传》,中华书局 1974 年,第 1431 页。
⑤ 《魏书》卷一百零三《高车列传》,中华书局 1974 年,第 2311 页。
⑥ 《魏书》卷二《太祖纪》,中华书局 1974 年,第 38 页。
⑦ 《魏书》卷二十五《长孙道生列传》,中华书局 1974 年,第 646 页。
⑧ 《魏书》卷四十八《高允列传》,中华书局 1974 年,第 1074 页。

四是谱写新曲。乐府采集各地民歌的目的是为了谱写新曲，以便于皇帝听览，革旧立新，为国家的统治服务。“七年秋，中书监高允奏乐府歌词，陈国家王业符瑞及祖宗德美，又随时歌谣，不准古旧，辨雅，郑也。”①太和七年(483)，中书监高允在整理道武帝以来乐府中的燕、赵、秦、吴等地歌谣的基础上，重新创作乐府歌词，歌颂国家王业符瑞以及祖宗德美。所谓“随时歌谣”，表明了北魏乐府采集民歌的及时性和不确定性。又《魏书·恩幸列传》云：“京都士女谣称叡美，造新声而弦歌之，名曰《中山王乐》。诏班乐府，合乐奏之。”②新声，即谱写的新曲。《中山王乐》是为了歌颂中山王王叡而谱写的新曲。

武泰元年(528)，尔朱兆率兵攻入洛阳，“焚烧乐署，钟石管弦，略无存者”③，北魏乐府名存而实亡。从整体上看，北魏乐府是胡汉杂糅的体系。

二、北魏乐府胡汉杂糅的原因

北魏乐府制度建设方面，存在着胡汉杂糅的特征。“太和初，高祖垂心雅古，务正音声……方乐之制及四夷歌舞，稍增列于太乐。金石羽旄之饰，为壮丽于往时矣。”④四夷歌舞进入乐府，这不仅仅是孝文帝朝的情形，而且是北魏乐府的整体特征。像温子昇《敦煌乐》有云：“客从远方来，相随歌且笑。自有敦煌乐，不减安陵调。”⑤所谓安陵调，即安陵地区的民间乐歌，“安陵调或为魏时谣俗杂歌，大约流行于安陵境内，故名。按：北魏有安陵县，地在今河北吴桥县西北”⑥。敦煌乐本是西凉乐的一支，以豪放激昂为基调。北魏的敦煌乐“不减安陵调”，意即融合了安陵地区的汉族音乐，形成中西合璧的新型敦煌乐。温子昇《敦煌乐》乐府诗再次印证了北魏乐府胡汉杂糅的特征。造成这种现象的原因是很复杂的。

首先是乐教思想的难以实施。在中国古代，《礼记》中很早就提出“治世之音安以乐”“乱世之音怨以怒”“亡国之音哀以思”的乐教思想。也就是说，声音之道与政通。从这个意义上讲，历朝历代都非常重视音乐建设。北魏朝廷在讨论乐府音乐时，再次强调了儒家的这一思想观念。孝文帝在太和十五年(491)诏中说：“乐者所以动天地，感神祇，调阴阳，通人鬼。故

① 《魏书》卷一百零九《乐志》，中华书局 1974 年，第 2829 页。
② 《魏书》卷九十三《恩幸列传》，中华书局 1974 年，第 1990 页。
③ 《魏书》卷八十二《祖莹列传》，中华书局 1974 年，第 1800 页。
④ 《魏书》卷一百零九《乐志》，中华书局 1974 年，第 2828—2829 页。
⑤ 郭茂倩：《乐府诗集》，中华书局 1979 年，第 1094 页。
⑥ 康金声：《温子昇集笺校全译》，山西古籍出版社 2000 年，第 328 页。

能关山川之风,以播德于无外。由此言之,治用大矣。"①宣武帝在正始四年(507)诏中亦云:"王者功成治定,制礼作乐,以宣风化,以通明神,理万品,赞阴阳,光功德,治之大本。"②音乐可以动天地、感鬼神,布恩德于天下,教化百姓,对于治国大有裨益,这种观念实质上是先秦乐教思想的翻版。事实上,《礼记》中乐与政通的乐教思想在秦汉之际就已在潜移默化中变迁。此时郑卫俗音等受到青睐,人们关注更多的已不是乐教,而是音乐的物质享受。东汉以后,随着儒学与谶纬之学的结合,儒家的乐教思想难以为继。在南北朝对垒的乱世,社会基础已发生了变化,再次重申音乐体现德政的思想已不大可能。而且就北魏国君来看,也不具备实施乐教的品德修养基础。从某种意义上讲,乐教思想是北魏汉化过程中的一环,是拓跋鲜卑学习汉文化,向往汉文明的一种期盼。因此,高闾、公孙崇、高肇、刘芳等群臣费尽心思,想尽一切办法,意图将孝文帝、宣武帝、文明太后冯氏的乐教旨意贯彻在乐府音乐中,终究未能成功。

其次,恢复古雅乐的不切实际。中国古代的音乐有雅、俗之分,然自西周开始宗庙祭祀就用雅乐。汉武帝扩大乐府规模后,俗乐初次进入到国家祭祀的体系内。汉哀帝裁撤乐府后,俗乐有渐趋泛滥的趋势。魏晋南北朝之时,清商乐大行其道,雅乐的传统已不复可寻。北魏乐府逆时代趋势而行,主张要恢复古雅乐的传统。文明太后冯氏在太和十一年(487)发布令曰:"先王作乐,所以和风改俗,非雅曲正声不宜庭奏。可集新旧乐章,参探音律,除去新声不典之曲,裨增钟县铿锵之韵。"③孝文帝在太和十六年(492)诏中云:"自魏室之兴,太祖之世尊崇古式,旧典无坠。但干戈仍用,文教未淳,故令司乐失治定之雅音,习不典之繁曲。比太乐奏其职司,求与中书参议。"④恢复乐府古雅乐,这一主张并没有错,然遗憾的是由于时代久远,真正懂雅乐的人少之又少。北魏的古雅乐恢复工作,正如刘芳在永平三年(510)的奏疏中所云"古乐亏阙,询求靡所,故顷年以来,创造非一,考之经史,每乖典制。遂使铿锵之礼,未备于郊庙;鼓舞之式,尚阙于庭陛"⑤。多年努力,未见成效。太和年间,高闾受命草创古乐,未竟而卒。继之,公孙崇依照《周官》《国语》及《后汉书·律历志》所载,勘定古乐十二

① 《魏书》卷一百零九《乐志》,中华书局 1974 年,第 2829 页。
② 《魏书》卷一百零九《乐志》,中华书局 1974 年,第 2831 页。
③ 《魏书》卷一百零九《乐志》,中华书局 1974 年,第 2829 页。
④ 《魏书》卷一百零九《乐志》,中华书局 1974 年,第 2829 页。
⑤ 《魏书》卷一百零九《乐志》,中华书局 1974 年,第 2833 页。

律,因体制差舛、不合古义而被废弃。扬州百姓张阳子、义阳民儿凤鸣、陈孝孙、戴当千、吴殿、陈文显、陈成等七人颇解雅乐正声,被刘芳请来当场演奏,以定古音。刘芳博采经传,校订古雅乐,因中尉元匡的朋党之争而未被采用。北魏恢复乐府古雅乐的主张终未能奏效。

再次,古乐器的制造也难尽如人意。要恢复古乐,势必要有与之配套的古乐器。然由于年代久远,古乐器是什么样式,用什么材质,已不得而知。北魏最初选择梁山的竹子做材质,用以制造乐器,但音准略差。并州民王显进所献古铜权,用以校音准。太乐令公孙崇制造了八音之器和五度五量,因与《周礼》不合而被搁浅。刘芳又依照《周礼》制作古乐器,但仍有不合。自南朝萧梁投奔北魏的陈仲儒,依照《京房易》和司马彪《续汉书》,立音准以调八音,遭尚书萧宝夤反对而未能实施。河间儒士信都芳协助侍中、安丰王延明编成《乐说》和《诸器物准图》,作为制造乐器的标准,虽经刘芳注释和推广,并未被乐府所采用。

综上所述,太武皇帝拓跋焘破统万,得古雅乐一部后,就为北魏乐府定下了古雅乐的基准。后经历代国君及大臣商议,实则很难推行。主要原因在于时移事移,古乐器难以制作,古雅乐难以恢复,古代乐教思想难以推行。这导致北魏乐府出现了尴尬的局面:古雅乐徒有形式,在许多重大的祭祀场合,仍以鲜卑族音乐来演奏。因此,《乐府诗集》有云:"元魏、宇文继有朔漠,宣武已后,雅好胡曲,郊庙之乐,徒有其名。"①永熙二年(533),尚书长孙稚、太乐令崔九龙、太常卿祖莹参酌古今,胡汉互渗,制成《大成》舞,终于使北魏乐府制乐告一段落。若从音乐来看,北魏从建国起至祖莹,乐府音乐一直是胡汉杂糅的体系。《大成》舞的制定,并没有改变北魏乐府的这一特征。

三、北魏乐府诗创作

在胡汉杂糅的乐府体系下,北魏创作了许多乐府诗篇。根据笔者不完全统计,北魏共有乐府诗 44 篇②。若从作者群体来看,可以分为民间乐歌

---

① 郭茂倩:《乐府诗集》,中华书局 1979 年,第 2 页。

② 萧综:《悲落叶》3 首、《听钟鸣》3 首,王淑梅先生认为是新题乐府诗(见王淑梅《北朝乐府诗研究》第 64—65 页,社会科学文献出版社 2013 年版),笔者以为这种观点值得商榷。从乐府文学史来看,北魏不可能有新题乐府。《悲落叶》与《听钟鸣》是萧综悲伤身世之作,不是乐府新题,后人也未有同题诗,故不是乐府诗。退一步讲,若这两首是乐府诗的话,那么王肃《悲平城》、祖莹《悲彭城》亦当为乐府诗,但王淑梅先生不认为王肃《悲平城》和祖莹《悲彭城》为乐府诗,前后何其矛盾耶!温子昇《相国清河王挽歌》虽是挽歌,但却不是乐府诗。另外,《企喻歌辞》第四首,经学者考订为苻融诗。以上 10 首诗,笔者认为不是北魏乐府诗,不得统计在内。

和文人乐府诗两类。

北魏文人乐府诗统计表

诗题	作者	出处	备注
《真人代歌》一百五十章	佚名	魏书·乐志	散佚
壮士歌	佚名	洛阳伽蓝记	散佚
项羽吟	佚名	洛阳伽蓝记	散佚
温泉之歌	元恪	魏书·世宗纪上	散佚
世祖群臣颂	佚名	魏书·长孙道生传	散佚
大成	祖莹等	魏书·乐志	散佚
中山王乐	佚名	魏书·恩幸列传	散佚
《扶风歌》十二首	常景	魏书·外戚列传	散佚
阿干歌	若落廆	魏书·西域列传	散佚
永世乐	佚名	乐府诗集	散佚
《劝戒歌》三百余章	文明太后冯氏	魏书·皇后列传	散佚
咸阳王歌	佚名	魏书·咸阳王禧	今存
郑公歌	佚名	乐府诗集	今存
《企喻歌辞》三首	佚名	乐府诗集	今存
《高阳王乐人歌》二首	佚名	古今乐录	今存
阿那环	佚名	乐府诗集	今存
白鼻騧	温子昇	乐府诗集	今存
结袜子	温子昇	乐府诗集	今存
安定侯曲	温子昇	乐府诗集	今存
敦煌乐	温子昇	乐府诗集	今存
捣衣诗	温子昇	先秦汉魏晋南北朝诗	今存
《凉州乐歌》二首	温子昇	先秦汉魏晋南北朝诗	今存
从军与相州刺史孙腾作行路难	高昂	先秦汉魏晋南北朝诗	今存
罗敷行	高允	乐府诗集	今存
王子乔	高允	乐府诗集	今存
空城雀	高孝纬	乐府诗集	今存

续表

诗题	作者	出处	备注
大堤女	王容	乐府诗集	今存
杨白花	胡充华	乐府诗集	今存

民间乐歌有 14 首,占 32%。其中,一部分为少数民族乐歌,一部分为汉族乐歌。

少数民族乐歌即《魏书》《旧唐书》等典籍中所谓的胡乐,像《永世乐》为西域龟兹乐歌,《阿那环》是蠕蠕(柔然)族乐歌,《真人代歌》《阿干歌》是鲜卑族乐歌等。由于资料所限,这些胡乐我们已不可知,但其演奏的场面是非常壮观的。太延五年(439),世祖太武帝拓跋焘平定凉州,得到西凉乐,《永世乐》就是其中的一种。据《隋书·音乐志》记载,演奏《永世乐》需乐工 27 人,场面何其壮阔!《真人代歌》长达一百五十章,而且是宫女晨昏歌之,多么震撼人心!就乐府歌辞而言,少数民族乐歌多描写本民族生活,风格质朴粗狂。如《阿那环》云:

闻有匈奴主,杂骑起尘埃。列观长平坂,驱马渭桥来。①

蠕蠕是北魏西北边陲的主要敌人,长期骚扰边境,北魏与之战争互有胜负。阿那环是蠕蠕国主,此时蠕蠕最为强大。《阿那环》仅有 20 字,描绘出阿那环拥兵自重、席卷西北、问鼎中原的强大态势。文字质朴无华,不假雕饰,"起""观""驱"等动词的运用,写出了蠕蠕军队的剽悍与狂妄。又如《企喻歌辞》其一云:

男儿欲作健,结伴不须多。鹞子经天飞,群雀两向波。②

鹞子又名雀鹰,是森林中凶猛的鸟,以飞行速度快而著称,诗歌用鹞子冲天来喻指男子的勇武。"群雀两向波"是言群雀两向分飞以避之,如波之分散,比喻辟易万人的气势。诗歌短短 20 字,刻画出了鲜卑族尚武的精神。鹞子、群雀两个意象的运用,用以描摹鲜卑族男子的精神状态,极为生动。

汉族乐歌是汉族人的民歌,与少数民族乐歌在风格上亦有相似之处。

① 郭茂倩:《乐府诗集》,中华书局 1979 年,第 1098 页。
② 郭茂倩:《乐府诗集》,中华书局 1979 年,第 263 页。

如《咸阳王歌》：

> 可怜咸阳王，奈何作事误。金床玉几不能眠，夜起踏霜露。洛水湛湛弥岸长，行人那得渡？①

咸阳王，即咸阳王拓跋禧。拓跋禧是元宏的弟弟，在高祖朝颇受重用，官至太尉。高祖临危之际，位居辅政大臣之首。拓跋禧位高权重，遂贪淫财色，骄奢淫靡，垄断盐铁，肆无忌惮，为所欲为，终为世宗所赐死。《咸阳王歌》是北魏后宫惋惜拓跋禧而创作的诗歌，诗歌以拓跋禧率军渡洛水的实景为喻，含蓄委婉地暗示咸阳王禧谋逆之失败。若从风格上来看，这首诗与少数民族乐歌一样质朴，但洛水之喻，使这首诗在艺术技巧上比少数民族乐歌略高一筹。又如《郑公歌》：

> 大郑公，小郑公，相去五十载，风教尚犹同。②

大郑公指郑道昭，小郑公指郑述祖，父子二人均曾任光州刺史（治所在今山东省莱州市）。在对待入市盗窃者方面，二人同出一辙，不是严惩，而是赦免，使当地无盗，故光州百姓作此歌颂之。由赦免窃贼到“风教尚犹同”，显现出民歌在创作中的提炼和雕琢的痕迹，已不完全出自百姓之口。特别是前两句是三字句，后两句是五字句，节奏急缓相继，在情感的处理上颇见技巧。

无论是少数民族乐歌，还是汉族乐歌，都保留了民间乐歌语言质朴刚健的特点。若从艺术成就而论，汉族乐歌更讲究艺术技巧，成就亦略高。

文人乐府诗有30首，占68%，在北魏乐府中所占的比例最大。《世祖群臣颂》、元恪《温泉之歌》、常景《扶风歌》、冯太后《劝戒歌》等诗作已不存，难以窥知作品原貌。在现存作品中，可以看出北魏文人积极探索乐府诗歌形式的历程。

北魏初期文人乐府诗有学习汉魏乐府诗的特点，代表人物是高允。高允出自渤海郡的世家大族，父亲高韬自后燕迁入北魏。高允40岁时被征召入北魏平城，历仕世祖、恭宗、高宗、显祖、高祖五朝，官至中书令。高允

---

① 郭茂倩：《乐府诗集》，中华书局1979年，第1211页。

② 郭茂倩：《乐府诗集》，中华书局1979年，第1212页。

是北魏著名的儒学家，著有《左氏公羊释》《毛诗拾遗》《议何郑膏肓事》等。这样的身份特征，决定了他对中原文化有较深的造诣。高允的乐府诗，继承了汉魏乐府的传统。如《罗敷行》：

> 邑中有好女，姓秦字罗敷。巧笑美回盼，鬓发复凝肤。脚著花文履，耳穿明月珠。头作堕马髻，倒枕象牙梳。姌姌善趋步，襜襜曳长裾。王侯为之顾，驷马自踟蹰。①

全诗描写秦罗敷的美貌，初写容貌美与服饰美，再通过王侯、驷马衬托虚写，模拟汉代乐府诗《陌上桑》的痕迹十分明显。“姌姌善趋步”一句，当是模仿《陌上桑》中“盈盈公府步，冉冉府中趋”二句而来，本是写男性步伐优美、雍容华贵，高允却用来写女性，显得笨拙稚嫩。又如《王子乔》云：

> 王少卿，王少卿，超升飞龙翔天庭。遗仪景，云汉酬，光骛电逝忽若浮。骑日月，从列星，跨腾太廓逾窅冥。寻元气，出天门，穷览有无究道根。②

《王子乔》本是乐府叹吟曲，有悲叹、叹惋的意味，笼罩着浓郁的悲伤色彩。汉乐府古辞中有云“圣主享万年，悲吟皇帝延寿命”③，就符合此曲的规范。高允此作是模拟汉乐府古辞而作，纯为咏唱王子乔成仙的快乐，相比乐府古辞显得单薄。在形式方面，高允改为整齐的“三三七”句式，节奏变化明显，情感起伏显著，很好地表达了对王子乔骑鹤成仙的渴慕。

北魏中期文人乐府诗向南朝学习，代表人物是高孝纬、王容和胡充华。北魏平城时期，中原汉族士人迁徙的频率加强，南朝文学传播到北方，北魏士人有意识地学习南朝文化，给北魏乐府诗歌带来新的变化。如高孝纬的《空城雀》：

> 百雉何寥廓，四面风云上。纨素久为尘，池台尚可仰。啾啾雀噪城，郁郁无欢赏。日暮萦心曲，横琴聊自奖。④

① 郭茂倩：《乐府诗集》，中华书局1979年，第419页。
② 郭茂倩：《乐府诗集》，中华书局1979年，第438页。
③ 郭茂倩：《乐府诗集》，中华书局1979年，第438页。
④ 郭茂倩：《乐府诗集》，中华书局1979年，第983页。

这首诗是模拟鲍照《空城雀》而作。鲍照原作以空城雀自喻，抒写自己进退维艰、身陷罗网的忧伤之情。明为惜雀，实为自伤，物我无间，是古代咏物诗之佳构。高孝纬之拟作，摹写啾啾鸣叫着的雀冲天而飞的情态，以及自己弹琴赋诗的优雅情怀。在韵脚方面，也模仿鲍照原作偶句押韵的形式。相比鲍照原作，高孝纬拟作显得简单朴拙，诗境自然略为逊色。又如王容《大堤女》：

宝髻耀明珰，香罗鸣玉佩。大堤诸女儿，一一皆春态。入花花不见，穿柳柳阴碎。东风拂面来，由来亦相爱。①

相传南朝宋晋安侯刘道产任襄阳太守时，励精图治，襄阳大治，百姓乐业，人户丰赡，蛮夷顺服，悉缘沔而居。当地百姓歌颂其功德，创作了《襄阳乐》九首，《大堤》便是其中之一。大堤，是指襄阳城外的环城大堤，绵延四十余里。这里有商船停泊的港湾，岸上有繁华的市井，有大堤女接待客子的青楼。春水新涨，岸柳浓绿。身着艳丽红色晚装的大堤女子，在岸边的青楼下，招揽着从商船上登岸的客子、游人。因此，大堤女实为青楼女子。王容《大堤女》是描写青楼女子之美，她们身着绫罗绸缎，耳戴明月珰，宝髻高耸，佩玉叮当，貌美如花。此诗对女性美的描写，受南朝宫体诗影响的痕迹极为彰著。若与宫体诗代表作家简文帝萧纲《大堤》相比较，王容《大堤女》的香艳成分有过之而无不及。再如胡充华的《杨白花》：

阳春二三月，杨柳齐作花。春风一夜入闺闼，杨花飘荡落南家。含情出户脚无力，拾得杨花泪沾臆。秋去春还双燕子，愿衔杨花入窠里。②

此诗内容有淫秽之嫌，但在艺术方面有许多独到之处。以杨柳开花暗喻胡太后春心荡漾、对情人杨华的爱意以及良宵的甜蜜回忆，“杨花飘荡”暗指情人舍己而去，“拾得杨花”写自己睹物思人、情不自禁、暗自神伤，“衔杨花”指盼情人归来。诗歌句句写杨花，实则句句写相思，“妙在音容声口全然不露，只是闻闲说耳”③。情景交融，混化无垠，在北魏诗歌中实属少见，

---

① 逯钦立：《先秦汉魏晋南北朝诗》，中华书局 1983 年，第 2221 页。
② 郭茂倩：《乐府诗集》，中华书局 1979 年，第 1040 页。
③ 钟惺：《名媛诗归》，《四库全书存目丛书》集部 339 册，齐鲁书社 1995 年，第 127 页。

放在南朝诗文集中也毫不逊色。高孝纬、王容和胡充华学习南朝乐府诗，是北魏乐府诗有益的探索。高孝纬、王容的乐府诗虽不是很成功，但胡充华的《杨白花》学到了南朝诗歌的精髓。

学习汉乐府诗、南朝乐府诗，北魏文人努力寻找适合自身的乐府诗歌形式。经过艰难的挣扎与痛苦的抉择，他们吸收汉族与鲜卑族的因素，打造风格质朴的文人乐府诗，这才是真正具有北魏特征的文人乐府，代表人物是温子昇。温子昇是北魏成长起来的文学家，今存乐府诗7首，最为著名的是《捣衣诗》：

> 长安城中秋夜长，佳人锦石捣流黄。香杵纹砧知近远，传声递响何凄凉。七夕长河烂，中秋明月光。蠮螉塞边绝候雁，鸳鸯楼上望天狼。①

这首诗被认为是温子昇学习南朝诗歌的明证，更有论者推许为唐音之滥觞。沈德潜评为“直是唐人”②，赵翼认为“温子昇《捣衣》一首……七言属对，绝似七律，惟篇末杂以五言二句耳”③。事实上，这首诗既非唐人七律，与南朝诗风亦有距离。就现有资料而言，东晋曹毗的《夜听捣衣》，大约是最早的一首捣衣诗。南北朝之际，谢惠连、萧衍、柳恽、王僧孺、庾信、温子昇等人，都曾以捣衣为题写作诗篇。与南朝同题诗诸如“芳汗似兰汤，雕金辟龙烛”④“微芳起两袖，轻汗染双题”⑤“轻罗飞玉腕，弱翠低红妆。朱颜日已兴，眄睇色增光”⑥“瑶华随步响，幽兰逐袂生。踟蹰理金翠，容与纳宵清”⑦“小鬟宜粟瑱，圆腰运织成”⑧等比较起来，温子昇的《捣衣诗》没有那么香艳。与胡充华的《杨白花》一样，温子昇的《捣衣诗》是学习南朝诗歌而又能推陈出新、自出机杼、自铸伟辞、风格特立独行的作品。温子昇最能代表北魏乐府诗风格的则是其他6首乐府诗。从内容上看，这些乐府诗主要反映了任侠豪气的生活习气，像《白鼻騧》刻画了意气风发、放浪形骸的

---

① 逯钦立：《先秦汉魏晋南北朝诗》，中华书局1983年，第2221页。
② 沈德潜：《古诗源》，中华书局1963年，第339页。
③ 赵翼：《陔馀丛考》，中华书局1963年，第456页。
④ 王僧孺：《咏捣衣诗》，吴兆宜：《玉台新咏笺注》，中华书局1985年，第239页。
⑤ 谢惠连：《捣衣诗》，萧统：《文选》，上海古籍出版社1986年，第1395页。
⑥ 萧衍：《捣衣诗》，吴兆宜：《玉台新咏笺注》，中华书局1985年，第266页。
⑦ 柳恽：《捣衣诗》，吴兆宜：《玉台新咏笺注》，中华书局1985年，第196页。
⑧ 庾信：《夜听捣衣诗》，倪璠：《庾子山集注》，中华书局1980年，第375页。

少年游侠,《结袜子》抒写士为知己者死之豪情,《安定侯曲》描摹安定侯自矜功伐、纵情声色的奢侈淫靡生活,《敦煌乐》描绘敦煌的富庶与行人的豪爽乐观,《凉州乐歌》状军人豪迈豁达之情态,都与北魏鲜卑族的生活习俗相接近。若从风格而言,呈现出古朴苍劲的情调,如《白鼻騧》:

> 少年多好事,揽辔向西都。
> 相逢狭斜路,驻马诣当垆。①

郭茂倩《乐府诗集》引《古今乐录》云:“魏高阳王乐人所作也,又有《白鼻騧》,盖出于此。”②据此,温子昇《白鼻騧》是学习《高阳王乐人歌》而作。《高阳王乐人歌》二首云:

> 可怜白鼻騧,相将入酒家。无钱但共饮,画地作交赊。
> 何处醵觞来?两颊色如火。自有桃花容,莫言人劝我。③

北魏时期拓跋浚、元雍均曾封高阳王,《高阳王乐人歌》之“高阳王”当是元雍。元雍是献文帝拓跋弘的儿子、孝文帝元宏的弟弟,孝明帝朝元诩进位丞相,与侍中元乂同决庶政。元雍富贵冠一国,一食值钱数万,有僮仆六千、使女五百,曾与河间王元琛斗富,令其自惭形愧。史载元雍府邸有众多歌妓,“多幸妓侍,近百许人……灵太后许赐其女妓,未及送之,雍遣其阉竖丁鹅自至宫内,料简四口,冒以还第”④。《高阳王乐人歌》应是其府内歌妓所作。第一首写赊账饮酒的情形。主人骑着白鼻黑嘴的黄马外出游玩,遇到酒肆便入内饮酒,酒后发现自己未带钱,便在地上画了一个欠账的记号。“无钱但共饮,画地作交赊”描绘出主人性格粗犷豪爽,以及鲜卑族人与人之间互相信赖的关系与淳朴的民风。第二首写主人回家后与妻子的对话。喝酒的人回到家里,妻子看他因喝酒而涨红的两颊,便问道,你从什么地方喝酒回来?喝得两颊红似火?面对妻子有根据的问话,他却诙谐地回答说:“自有桃花容,莫言人劝我。”本来我就有桃花色的红润容颜,不要说别人劝我喝酒的缘故。这两首诗歌语言朴素自然、直率,活灵活现地刻画了

---

① 逯钦立:《先秦汉魏晋南北朝诗》,中华书局1983年,第2220页。
② 郭茂倩:《乐府诗集》,中华书局1979年,第371页。
③ 郭茂倩:《乐府诗集》,中华书局1979年,第371页。
④ 《魏书》卷二十一上《献文六王列传》,中华书局1974年,第557页。

生活场景，有汉乐府诗之遗风。白鼻騧，白鼻黑喙的黄马。温子昇取此诗首句“可怜白鼻騧”自创新题，写下了《白鼻騧》一诗。这首诗歌描绘的是长安豪侠少年，他们精力旺盛、有钱、爱出风头，骑着高头大马涌向长安闹市。路上遇见了另一群也同样正在游荡着的少年，便相互嘻嘻哈哈地招手吆喝，一起去酒肆饮酒。就风格而言，温子昇《白鼻騧》与《高阳王乐人歌》第一首极为相似。不同之处在于温子昇鄙弃了“无钱但共饮，画地作交赊”的鲜卑旧俗，把饮酒主人公描绘成呼朋唤友、嗜酒任性、痛饮狂歌的长安少年豪侠，唐诗中诸如“银鞍白鼻騧，绿地障泥锦。细雨春风花落时，挥鞭且就胡姬饮”①“为底胡姬酒，长来白鼻騧。摘莲抛水上，郎意在浮花”②等诗，都是对温子昇《白鼻騧》创作精神的继承。

第二节　谣谚：北魏社会生活风情画

谣谚，意即歌谣、谚语，是人们口耳相传的一种民间文学样式。宋人郭茂倩在《乐府诗集·杂歌谣辞》中收录谣谚 7 卷 314 首，遗憾的是在乐府研究中，这类作品几乎没有学人关注。近年来，在学位论文写作中，谣谚逐步走进学子们的视野，成果在不断增加，如安牧阳《汉代谣谚研究》③、齐向宇《〈史记〉谣谚研究》④、林淑兰《魏晋南北朝谣谚研究》⑤、王立娜《明代的谣谚》⑥等均从内容、艺术两个不同维度进行了较为深入探讨，是此类论文中较好的文章。北朝谣谚研究的论文，目前只有四篇：高贤栋《北朝时政谣谚与民间信仰》⑦从民众对国政大事、官吏评价、政治斗争的看法与评价三个方面，较为全面地分析了北朝谣谚；卢有泉《文学与历史的完美组合——北朝谣谚赏评》⑧分析了北朝谣谚的历史价值与文学性；孟琳达《北朝谣谚与北朝政治》⑨从预告、反映、参与三个层面分析了民间谣谚与北朝政治的关系；邵正坤《民间谣谚与北朝政治》⑩认为北朝民间谣谚表现出强烈的社

---

① 李白：《白鼻騧》，彭定求等：《全唐诗》，中华书局 1960 年，第 200 页。
② 张祜：《白鼻騧》，彭定求等：《全唐诗》，中华书局 1960 年，第 200 页。
③ 安牧阳：《汉代谣谚研究》，广西大学 2013 届硕士学位论文，中国知网。
④ 齐向宇：《〈史记〉谣谚研究》，辽宁大学 2013 届硕士学位论文，中国知网。
⑤ 林淑兰：《魏晋南北朝谣谚研究》，西南大学 2014 届硕士学位论文，中国知网。
⑥ 王立娜：《明代的谣谚》，东北师范大学 2013 届硕士学位论文，中国知网。
⑦ 高贤栋：《北朝时政谣谚与民间信仰》，《民俗研究》2004 年第 1 期。
⑧ 卢有泉：《文学与历史的完美组合——北朝谣谚赏评》，《名作欣赏》2012 年第 5 期。
⑨ 孟琳达：《北朝谣谚与北朝政治》，《北方文学》（下旬）2016 年第 10 期。
⑩ 邵正坤：《民间谣谚与北朝政治》，《山西师范大学学报》2007 年第 5 期。

会批判意识和参与意识，以及如何成为政治图谋的工具与手段，并对当时的政治产生了重要影响。这四篇论文在分析北朝谣谚的过程中，涉及北魏谣谚。据郭茂倩《乐府诗集》和逯钦立《先秦汉魏晋南北朝诗》所载，北魏谣谚有 54 首，这些作品至今无人问津。北魏谣谚犹如一幅画卷，从不同层面展现了北魏社会生活风情。

一、对国家政治生活的极度关切

北魏是拓跋鲜卑族建立的少数民族国家，发源于大兴安岭北段的嘎仙洞，此时尚处于氏族社会，《诘汾力微谚》就是对这种生活的记述："诘汾皇帝无妇家，力微皇帝无舅家。"①关于这谚语，《魏书》记载了一则优美的神话故事："初，圣武帝尝率数万骑田于山泽，欻见辎軿自天而下。既至，见美妇人，侍卫甚盛。帝异而问之，对曰：'我，天女也，受命相偶。'遂同寝宿。旦，请还，曰：'明年周时，复会此处。'言终而别，去如风雨。及期，帝至先所田处，果复相见。天女以所生男授帝曰：'此君之子也，善养视之。子孙相承，当世为帝王。'语讫而去。子即始祖也。"②圣武帝，即诘汾；始祖，指神元皇帝力微。拓跋诘汾时期，拓跋鲜卑族早已离开嘎仙洞，南迁到今内蒙古自治区呼伦贝尔草原西部的呼伦池地区。这个记载显系后人修饰加工的神话。但这则谚语说明拓跋鲜卑还处在氏族公社解体时期，虽然已经是父系氏族社会，然女性的地位还相当高。诘汾皇后史书无载，故其子力微无舅家。力微继任酋长之后，励精图治，拓跋部落不断发展壮大，并在盛乐建立国家政权，故被尊为始祖。始祖力微来历非凡，为天女所生，使其出身笼罩在神秘的色彩之中，与儒家君权神授的思想相契合。

北魏入主中原后，为了国家和民族的发展，历代国君发布诏令，重视对臣民的教育。太祖初定中原便立国学，置五经博士一千余人、国子太学生三千人。太宗朝，改国子学为中书学。世祖朝在城东建立太学，显祖朝立乡学。太和年间，改中书学为国子学，又开皇子学。迁都洛阳之后，诏立国子太学、四门小学。这些举措显示出统治者关注教育的决心，具体执行情形如何，已不得而知。《时人为上高里歌》反映出上层统治者对教育的真实态度："洛阳城北上高里，殷之顽民昔所止。今日百姓造瓮子，人皆弃去住者耻。"③"上高里"，《洛阳伽蓝记》作"上商里"，当以此为是。上商里，

---

① 逯钦立：《先秦汉魏晋南北朝诗》，中华书局 1983 年，第 2234 页。

② 《魏书》卷一《序纪》，中华书局 1974 年，第 2 页。

③ 逯钦立：《先秦汉魏晋南北朝诗》，中华书局 1983 年，第 2230 页。

在洛阳城东北，是周公为了修建洛阳城而训诫殷商遗民之所。《尚书·多士》载其辞曰："今朕作大邑于兹洛，予惟四方罔攸宾，亦惟尔多士，攸服奔走，臣我多逊。尔乃尚有尔土，尔用尚宁干止，尔克敬，天惟畀矜尔；尔不克敬，尔不啻不有尔土，予亦致天之罚于尔躬！今尔惟时宅尔邑，继尔居；尔厥有干有年于兹洛。尔小子，乃兴，从尔迁。"①为了赢得百姓支持，周公软硬兼施，教化殷商遗民。这样一个德义教化之所，在北魏迁都之后，却成了陶器工人居住之处："迁京之始，朝士住其中，迭相讥刺，竟皆去之。惟有造瓦者止其内，京师瓦器出焉。"②北魏迁都洛阳之后，最初是朝中官员居住之所，由于他们熟知此地来由，互相攻击对方为"顽民"，故纷纷搬离，最终为陶器工人居住的地方。周公教化殷商遗民的上商里，本应是进行教化的最佳场所，现在却沦为陶器工厂，居住其中的人不以为荣，反以为耻，反映出北魏上层社会对教育的轻视。

迁徙是北魏王朝最为显著的特征。拓跋鲜卑族最初居住在嘎仙洞，随着部落的逐步强大，逐渐南迁，初在盛乐建立国家政权，继迁平城，再迁洛阳。在南迁过程中，往往将占领区的汉族百姓迁出，又从其他区域迁入百姓填补，这种强制迁徙的方法目的是为了加强统治。《魏书》中这种例子不胜枚举，如天兴元年(398)正月，"徙山东六州民吏及徒何、高丽杂夷三十六万，百工伎巧十万余口，以充京师"③；太平真君元年(440)，"诏(周)观统五军西讨秃发保周于张掖。徙其民数百家，将置于京师，至武威，辄与诸将私分之"④等。如果不愿意迁徙，就将被斩杀。《仇儒造妖言》就反映了这一现象："燕东倾，赵当续。欲知其名，淮水不足。"⑤天兴二年(399)二月，北魏攻占中山，照例要将中山汉族人迁徙到京师平城，中山太守仇儒不愿意迁徙，推举赵准为主，自任长史，聚众两千余人对抗北魏，并传播《仇儒造妖言》以煽动常山、巨鹿、广平等郡参与谋反。"燕东倾"指后燕为北魏所败，慕容宝向东逃到和龙城，政权岌岌可危。"赵当续"意赵准继慕容宝为中山之主。"欲知其名，淮水不足"意味着赵准之名已经不局限于淮河流域，还远播到其他地区。仇儒与赵准的叛军很快被中领军将军长孙肥所率领的北魏军队所剿灭，"遣肥率三千骑讨之，破准于九门，斩仇儒，生擒

---

① 阮元：《十三经注疏·尚书正义》，中华书局1980年，第220页。
② 杨衒之著、杨勇校笺：《洛阳伽蓝记校笺》，中华书局2006年，第209页。
③ 《魏书》卷二《太祖纪》，中华书局1974年，第32页。
④ 《魏书》卷三十《周观列传》，中华书局1974年，第728页。
⑤ 逯钦立：《先秦汉魏晋南北朝诗》，中华书局1983年，第2245页。

准。诏以儒肉食,准传送京师,轘之于市,夷其族”①。仇儒被斩后为他人分食其肉,赵准被押解京城平城后被车裂、灭其族,极为残酷和血腥。《仇儒造妖言》反映了北魏一贯奉行的强制迁徙的政策,以及对汉族的态度。

北魏战争频仍,与柔然、北燕、北凉、刘宋、萧齐等国的战争旷日持久,规模之大,战争之惨烈,在中国战争史上也是绝无仅有的。古人云“兵来将挡,水来土掩”,直言战争是残酷的。然自有战争开始,人们并不建议血拼到底,而是要讲究战术方法的,所谓“用兵之道,攻心为上,攻城为下;心战为上,兵战为下”②就是这个道理。北魏在历年战争中,也积累了不少方法与技巧,《杨衒之引秦民语》就是这方面的民谣:“快马健儿,不如老妪吹篪。”③在战争中,为什么快马健儿不如老妪吹篪呢?《洛阳伽蓝记》所载个中缘由是这样的:“(河间王琛)有婢朝云,善吹篪,能为《团扇歌》《陇上声》。琛为秦州刺史,诸羌外叛,屡讨之不降。琛令朝云假为贫妪吹篪而乞。诸羌闻之,悉皆流涕,迭相谓曰:‘何为弃坟井,在山谷为寇也?’即相率归降。”④河间王元琛是北魏臭名昭著的纨绔子弟,曾官拜定州刺史、秦州刺史等职,领兵打仗均以失败告终。任秦州刺史期间,在与羌族战争中采用攻心战,让婢女朝云吹奏《团扇歌》《陇上声》,悠扬的笛声勾起羌族士兵的思乡之情,故纷纷倒戈投降。《杨衒之引秦民语》就是北魏战争经验的总结,出自拓跋鲜卑族元琛,尤为可贵,说明北魏拓跋鲜卑族对汉族文化的精通与灵活应用。

早在远古之时,酒已经进入中国人的日常饮食之中,成为餐桌上不可或缺的饮品,举凡生日、节日等喜庆之日均要饮酒,从而形成独具特色的酒文化。为了节制人们的饮酒行为使之符合伦理道德规范要求,儒家尖锐批评“颠覆厥德,荒湛于酒”⑤的行为,并形成“饮惟祀”、“无彝酒”⑥、执群饮、禁沉湎的酒德传统。北魏拓跋鲜卑族具有尚武精神,历来颇好饮酒,尤其是武将好饮者甚多。这些人任侠好酒,往往会耽误大事。如古弼是世祖朝英勇骁战的将军,延和元年(432)在对北燕的战争中因醉酒贻误战机,“弼部将高苟子率骑冲击贼军,弼酒醉,拔刀止之,故文通得东奔。将士皆

① 《魏书》卷二十六《长孙肥列传》,中华书局 1974 年,第 652 页。

② 服部千春:《孙子兵法校解》,军事科学出版社 1987 年,第 35 页。

③ 逯钦立:《先秦汉魏晋南北朝诗》,中华书局 1983 年,第 2241 页。

④ 杨衒之著、杨勇校笺:《洛阳伽蓝记校笺》,中华书局 2006 年,第 209 页

⑤ 《诗经·大雅·抑》,程俊英、蒋见元:《诗经注析》,中华书局 1991 年,第 857 页。

⑥ 《尚书·酒诰》,阮元:《十三经注疏·尚书正义》,中华书局 1980 年,第 207 页。

怨弼不击。世祖大怒，征还，黜为广夏门卒”①。在北燕军队节节败退之际，古弼酒醉，制止了部将高苟子乘胜追击的请求，导致北燕国主冯文通逃脱，古弼被世祖贬为守门卒。为了改变这种不良嗜好，北魏多次发布禁酒令，如“恭宗监国……禁饮酒、杂戏、弃本沽贩者”“（太安）四年春正月丙午朔，初设酒禁”②等。孝文帝朝，高允上《酒训》述说饮酒之危害，为了增强说服力，引用谣谚“其益如毫，其损如刀”③。高允解释其意为“言所益者止于一味之益，不亦寡乎？言所损者夭年乱志，夭乱之损，不亦夥乎？”④谣谚运用比喻的手法揭示饮酒对人的益处如毫毛般可以忽略不计，其害处却如刀刺一般，醍醐灌顶，发人深省，让人们自然而然地远离饮酒。

北魏后期，朝政日非，权臣当道，皇帝成为傀儡，国家政权处于风雨飘摇之中，许多谣谚预示了这样的末世景象。《洛中童谣二首》反映了尔朱彦伯的悲惨结局以及北魏政出他人的局面：“三月末，四月初，杨灰簸土觅真珠”“头去项，脚根齐，驱上树，不须梯”⑤，“头去项”指尔朱彦伯之死，“长孙承业等启陈神武义功既振，将除尔朱。节闵令舍人郭崇报彦伯知，彦伯狼狈出走，为人所执。寻与世隆同斩于阊阖门外，县首于斛斯椿门树，传于神武。先是洛中谣曰：‘三月末，四月初，杨灰簸土觅真珠。’又曰：‘头去项，脚根齐，驱上树，不须梯。’至是并验”⑥。尔朱荣死后，尔朱家族内讧，尔朱世隆欲立前废帝元恭，尔朱度律想要推举元宝炬为帝。尔朱彦伯居中调节，最后拥立元晔，尔朱彦伯因功位登司徒。高欢率兵讨伐尔朱家族，尔朱彦伯仓皇外逃，后为高欢军队俘获，与尔朱世隆一起被杀。歌谣“三月末，四月初，杨灰簸土觅真珠”指永安三年（530）尔朱家族对北魏皇帝的选择，“头去项，脚根齐，驱上树，不须梯”指尔朱彦伯和尔朱世隆被杀后头被悬挂在斛斯椿家门前的树上的事。《孝明时洛下谣》“铜拔打铁拔，元家世将末”⑦反映了北魏末年军阀混战、皇帝废立由人的局面。“铜拔”谓贺拔岳，“铁拔”指北魏皇室。武泰元年（528），尔朱荣任命贺拔岳为前军都督，挥师洛阳，发动河阴之变，大肆屠杀朝臣，奉元子攸为帝，是为孝庄帝。“神武之入洛也，尔朱仲远部下都督桥宁、张子期自滑台归命，神武以其助乱，

① 《魏书》卷二十八《古弼列传》，中华书局 1974 年，第 690 页。
② 《魏书》卷五《高宗纪》，中华书局 1974 年，第 116 页。
③ 逯钦立：《先秦汉魏晋南北朝诗》，中华书局 1983 年，第 2243 页。
④ 严可均：《全上古三代秦汉三国六朝文》，中华书局 1958 年，第 3656 页。
⑤ 逯钦立：《先秦汉魏晋南北朝诗》，中华书局 1983 年，第 2232 页。
⑥ 《北史》卷四十八《尔朱荣列传》，中华书局 1974 年，第 1767 页。
⑦ 逯钦立：《先秦汉魏晋南北朝诗》，中华书局 1983 年，第 2231 页。

且数反覆,皆斩之。斛斯椿由是内不自安,乃与南阳王宝炬及武卫将军元毗、魏光、王思政构神武于魏帝。舍人元士弼又奏神武受敕大不敬。故魏帝心贰于贺拔岳。初,孝明之时,洛下以两拔相击,谣言曰:'铜拔打铁拔,元家世将末。'好事者以二拔谓拓拔、贺拔,言俱将衰败之兆。"①孝庄帝即位之后,依靠温子昇等谋士,杀掉尔朱荣。贺拔岳乘势反戈,支持孝庄帝对抗尔朱家族势力。继而尔朱兆攻入洛阳,杀死孝庄帝,拥立元晔为帝,贺拔岳被任命为骠骑大将军。永熙元年(532),高欢从晋阳南下击败尔朱兆,立元脩为帝,是为孝武帝,加封贺拔岳为关中大行台。孝武帝暗中命贺拔岳杀死高欢,高欢意欲除掉贺拔岳,后贺拔岳终为高欢部下所杀。不久,孝武帝亦为高欢所弑。《孝明时洛下谣》反映了贺拔岳与北魏皇室之间的恩怨情仇,以及北魏末年的血雨腥风。《洛中童谣二首》和《孝明时洛下谣》均说明北魏末年皇帝沦为玩偶,朝廷成为实权派的角斗场,国家灭亡景象渐趋明朗。

综上所述,北魏歌谣反映国家政治生活的方方面面,为后人了解北魏国家提供了别样解读。同时也反映出普通民众对国家大事的极度关切,以及强烈的使命感。

二、品评人物

人物品评自古有之,到东汉时期蔚然成风。魏晋时期,伴随着人物品评之风的盛行,谈玄说理成为一时之风尚,玄学也就应运而生。北魏继承了汉魏风尚,人物品评之风盛行。据不完全统计,《魏书》中出现的人物品评的材料多达 1283 条,可以毫不夸张地说,北魏也是中国文化史上品评人物的高峰时期。李泽厚先生认为,魏晋时期的人物品评主要从"重才情、崇思理、标放达、赏容貌"②等几个方面入手。北魏人物品评与此略有不同,大多注重于行为的品评,表达了人民对真善美的赞扬、对假丑恶的憎恶,从中可窥见时人的价值观。

赞美人物的德、才品质。继承东汉以来品评人物德、才的标准,倡导德才兼备的人格范式。中国传统文化十分强调道德修养和道德教化,将"立德"置于"三不朽"(立德、立功、立言)之首,重视人的道德品质的养成。《荀子·不苟》就提出"养心莫善于诚,致诚则无它事矣"③,《礼记·大学》

① 《北齐书》卷一《神武纪》,中华书局 1972 年,第 9 页。
② 李泽厚、刘纲纪:《中国美学史·魏晋南北朝编》,安徽文艺出版社 1999 年,第 87 页。
③ 王先谦:《荀子集解》,中华书局 1988 年,第 46 页。

亦称“自天子以至于庶人，一是皆以修身为本”①，均强调道德修养在个人成长中的重要作用。建安十五年（210），曹操为了完成统一天下的雄心大志，发布了“唯才是举”的求贤令，嗣后“才”始为人们所看重。所谓“才”，包括政治才能、论辩才华、文艺才能、才气风姿等内涵。北魏谣谚继承了这种品评风尚，从德、才两个方面品评人物。《时人为安丰中山济南三王语》是对元延明、元熙、元彧三人的品评：“三王楚楚尽琳琅，未若济南备圆方。”②据《魏书·元彧传》云：“尚书郎范阳卢道将谓吏部清河崔休曰：‘三人才学虽无优劣，然安丰少于造次，中山皂白太多，未若济南风流沉雅。’时人为之语曰……”③卢道将是曹魏时期的政治家卢毓之后，卢毓以清流雅望著称于时。卢道将继承范阳卢氏家风，善于品评人物。卢道将把三王进行了比较，认为安丰元延明行事稳健，中山元熙处事圆滑，济南王元彧风流沉雅。此评一出，在社会上广为传播，方有此谣谚。“三王楚楚尽琳琅”言元延明、元熙、元彧衣冠楚楚，均是国家优秀的人才。“备圆方”指为人正派，与“风流沉雅”含义略同。此则谣谚对元延明、元熙、元彧三人的评价，着重于其品德修养。又如《同门生为李谧语》是品评李谧的文艺才能：“青成蓝，蓝谢青，师何常，在明经。”④《魏书·李谧传》云：“少好学，博通诸经，周览百氏。初师事小学博士孔璠。数年后，璠还就谧请业。同门生为之语曰……”⑤李谧初事于孔璠，数年后学业增长很快，孔璠反而向李谧请教学问。“青成蓝，蓝谢青”化用《荀子·劝学》中“青，取之于蓝而青于蓝”⑥成句，用以说明李谧和孔璠关系的前后变化。“师何常，在明经”，这里的“明经”并不是选举官员的科目，而是洞明经学，意谓只有精通经学者方能为人师，而非资历深浅。再如《时人为祖莹袁翻语》品评其才气风姿：“京师楚楚，袁与祖。洛阳翩翩，祖与袁。”⑦《魏书·祖莹传》云：“莹与陈郡袁翻齐名秀出，时人为之语曰……”⑧祖莹与袁翻是北魏后期显贵，祖莹官至仪同三司，晋爵为伯；袁翻官至中书令。二人均以才学显于世，是北魏后期的儒学家和文学家，袁翻曾被肃宗、灵太后称之为北魏杜预。祖莹有文集流传

① 郑玄注、孔颖达疏：《礼记正义》，阮元：《十三经注疏》，中华书局 1980 年，第 1673 页。
② 逯钦立：《先秦汉魏晋南北朝诗》，中华书局 1983 年，第 2235 页。
③ 《魏书》卷十八《太武五王列传》，中华书局 1974 年，第 419 页。
④ 逯钦立：《先秦汉魏晋南北朝诗》，中华书局 1983 年，第 2236 页。
⑤ 《魏书》卷九十《逸士列传》，中华书局 1974 年，第 1932 页。
⑥ 王先谦：《荀子集解》，中华书局 1988 年，第 1 页。
⑦ 逯钦立：《先秦汉魏晋南北朝诗》，中华书局 1983 年，第 2236 页。
⑧ 《魏书》卷八十二《祖莹列传》，中华书局 1974 年，第 1799 页。

于世，袁翻所著文百余篇，其中《思归赋》是北魏抒情小赋中名作。谣谚评价祖莹、袁翻时用“楚楚”“翩翩”二语，意为衣冠楚楚、风度翩翩，状其情态风姿。

对官员劣行的善意婉讽。北魏在太和八年(484)才开始实施俸禄制，此前官员的生活来源主要依靠国家供给，“太和八年以前虽然百官无禄，但官吏的身粮、官服大体上由官司提供，类似于近世所谓供给制”①。所谓“供给制”，是国家根据官员的军功等级所提供的赏赐。这种赐物毕竟是有限的，所以许多官员通过搜刮掠夺、经营谋利等不同方式自行解决生活问题。在这种情形下，贪污之风盛行。孝文帝推行俸禄制，在一定程度上遏制了贪污腐败之风。但自孝文帝之后，国家财政收入逐步放缓和监察机制不力，贪污之风并没有得到有效遏制，反而愈演愈烈。北魏部分谣谚对官员的贪污行为进行了讽刺。如《咸阳宫人为咸阳王禧歌》是对咸阳王元禧贪婪弄权而致身败名裂的讽刺，“可怜咸阳王，奈何作事误。金床玉几不能眠，夜踏霜与露。洛水湛湛弥岸长，行人那得渡？”②元禧是左昭仪冯氏的儿子、孝文帝元宏的弟弟。为了巩固冯氏家族在北魏的地位，文明太后冯氏曾有意废除孝文帝元宏，而另立元禧为帝。元宏亲政后，元禧官至侍中、太尉，是太和年间权倾朝野的实权派。元宏临终之际，遗命元禧辅政，后因谋反被世宗元恪赐死。元禧一生贪婪成性，史载“高祖笃于兄弟，以禧次长，礼遇优隆，然亦知其性贪，每加切诫，虽当时遵奉，而终不改操……及高祖崩，禧受遗辅政。虽为宰辅之首，而从容推委，无所是非，而潜受贿赂，阴为威惠者，禧特甚焉……禧性骄奢，贪淫财色，姬妾数十，意尚不已，衣被绣绮，车乘鲜丽，犹远有简娉，以恣其情。由是昧求货贿，奴婢千数，田业盐铁遍于远近，臣吏僮隶，相继经营”③。元禧由最初贪婪物质享受到最后垂涎皇权，其性格决定了人生悲剧。《咸阳宫人为咸阳王禧歌》讽刺其一生行为与处事，歌谣借“霜”“露”“水”等意象，表现了浓重的感伤意味。又如《时人为李崇元融语》亦是对李崇、元融贪婪性格的讽刺，“陈留章武，伤腰折股。贪人败类，秽我明主”④。陈留，指陈留公李崇；章武，是章武王元融。“伤腰折股”，意谓李崇和元融背负宣武灵皇后胡氏赏赐布绢过多而伤及自身，李崇扭伤了腰，元融伤了大腿。《魏书·宣武灵皇后传》云：“后

---

① 杨际平：《论北魏太和八年的班禄酬廉》，《厦门大学学报》1994 年第 1 期。

② 逯钦立：《先秦汉魏晋南北朝诗》，中华书局 1983 年，第 2229 页。

③ 《魏书》卷二十一《献文六王列传上》，中华书局 1974 年，第 537 页。

④ 逯钦立：《先秦汉魏晋南北朝诗》，中华书局 1983 年，第 2235 页。

幸左藏，王公、嫔、主已下从者百余人，皆令任力负布绢，即以赐之，多者过二百匹，少者百余匹。唯长乐公主手持绢二十匹而出，示不异众而无劳也。世称其廉。仪同、陈留公李崇，章武王融并以所负过多，颠仆于地，崇乃伤腰，融至损脚。"①根据朱大渭先生考证，北魏官员年俸，五品绢 257 匹，从五品 192 匹，六品 160 匹，从六品 128 匹，七品 96 匹②。"过二百匹"是五品官的俸禄，"百余匹"是六品官的俸禄。陈留公李崇、章武王融俸禄肯定超过了 200 匹。他们为了布绢伤腰、损脚，完全是出于贪婪的本性。《时人为李崇元融语》不仅描绘了他们的本性，而且用"贪人败类，秽我明主"表达了人们的愤慨与鄙弃。因此，这类谣谚既是对官员的品评，同时也是对这种丑恶行为的揭露。

高度讴歌正直廉政的官员。任何时代都不乏有才干的官员，北魏也不例外。现存谣谚有许多篇赞美这些官员，表达了对他们的钦慕与尊重。《贼为杨津语》是对北魏末年英雄善战的杨津的赞颂："不畏利槊坚城，唯畏杨公铁星。"③北魏后期，六镇起义，杨津被派往定州（今属河北）防御义军。在对杜洛周的战争中，杨津勇猛善战，威慑敌军，"时贼帅薛修礼、杜洛周残掠州境。孤城独立，在两寇之间。津贮积柴粟，修理战具，更营雉堞，贼每来攻，机械竞起。又于城中去城十步，掘地至泉，广作地道，潜兵涌出，置炉铸铁，持以灌贼。贼遂相语曰：'不畏利槊坚城，唯畏杨公铁星。'"④杨津修城墙，挖地道，用铸铁浇灌来犯之敌，敌人闻风丧胆。《贼为杨津语》是对杨津的赞美，反映了民心向背，毕竟在北魏后期像杨津这样的官员是少有的。又《祖珽引魏世谣》是对清河太守宋世良善于理政的赞颂："宁度东吴会稽，不历成公曲堤""曲堤虽险贼何益，但有宋公自屏迹"⑤。宋世良是北魏敬宗朝功绩卓著的地方官员，他明察案情，处事谨慎，是北魏末年难得一见的好官。据史载："郡东南有曲堤，成公一姓阻而居之，群盗多萃于此。人为之语曰：'宁度东吴会稽，不历成公曲堤。'世良施八条之制，盗奔他境。人又谣曰：'曲堤虽险贼何益，但有宋公自屏迹。'"⑥这两则谣谚形成鲜明对比，反映了宋世良治理清河前后的不同情形，讴歌了他的吏政才华。

---

① 《魏书》卷十三《皇后列传》，中华书局 1974 年，第 338—339 页。
② 朱大渭：《魏晋南北朝的官俸》，《中国经济史研究》1986 年第 4 期。
③ 逯钦立：《先秦汉魏晋南北朝诗》，中华书局 1983 年，第 2239 页。
④ 《魏书》卷五十八《杨播列传》，中华书局 1974 年，第 1298 页。
⑤ 逯钦立：《先秦汉魏晋南北朝诗》，中华书局 1983 年，第 2232 页。
⑥ 《北史》卷二十六《宋隐列传》，中华书局 1974 年，第 942 页。

北魏人物品评继承汉魏以来风尚，以德、才标准品评人物，同时善意婉讽官员劣行、讴歌官员正直廉政，体现出时代发展赋予品评人物的新风尚。

三、风景农事

北魏时期，出现了郦道元《水经注》和贾思勰《齐民要术》两部著作。《水经注》是以东汉桑钦《水经》为纲，详细记载了1000多条大小河流及有关的历史遗迹、人物掌故、神话传说等，是中国古代最全面、最系统的综合性地理著作。《齐民要术》总结了六世纪以前黄河中下游地区劳动人民农牧业生产经验、食品的加工与贮藏、野生植物的利用，以及治荒的方法，详细介绍了季节、气候，和不同土壤与不同农作物的关系，被誉为“中国古代农业百科全书”。与其内容相联系，郦道元《水经注》引用了许多谣谚以描绘景色之美，贾思勰《齐民要术》引用了许多谣谚以述农业生产。

郦道元《水经注》保存了大量歌谣谚语，已经引起学术界关注①。逯钦立《先秦汉魏晋南北朝诗·北魏诗》收录了郦道元《水经注》中六首歌谣谚语，描绘了水边风景之美。《湘川渔者歌》描绘了湘江蜿蜒曲折之貌：“帆随湘转，望衡九面。”②南岳衡山景色秀美，祝融峰之高，水帘洞之奇，方广寺之深，藏经殿之秀，被誉为衡山四绝。乘船观赏衡山，让船帆随着湘江的水不断翻转，顺江而下，能够九次看到衡山。仅仅八字，衡山之高，湘江之曲，尽见于眼底。《郦道元引橘洲谚》描绘湘江夏天水涨的情形：“昭潭无底橘洲浮。”③昭潭，是湖南长沙南湘江中的旋潭，深不可测，有无底潭之称，因东岸有昭山，故名昭潭。橘洲，原为湘江中因激流回旋、沙石堆积而成的岛屿，由桔洲、织洲、誓洲、泉洲四岛组成，因盛产橘子，故称橘洲或橘子洲。“昭潭无底橘洲浮”写的是夏天湘江水涨时昭潭深不可测，浩荡的江水淹没了岛屿，只有橘子洲浮出水面。《郦道元引涝滩净滩谚》描绘汉水流域风光：“冬涝夏净，断官使命。”④涝，指涝滩，位于汉水流域的东部，是陡河南源与汉水交汇处。冬季汉水水位降低，河滩露出且滩间多石，故而称之为涝滩。净，指净滩，位于汉水流域涝滩之东，夏天水流湍急，形成众多漩涡，行旅到此心惊肉颤，如断官催命一般。仅仅八字，尽现汉水冬、

---

① 参看论文：陈桥驿：《〈水经注〉的歌谣谚语》（《中国历史地理论丛》1989年第2期）、张鹏飞：《天籁自鸣、直抒己志——简析〈水经注〉质朴简约之歌谣谚语》（《许昌学院学报》2010年第1期）、晁冬梅：《〈水经注〉汉魏歌谣谚语研究》（《美与时代下》2018年第8期）。

② 逯钦立：《先秦汉魏晋南北朝诗》，中华书局1983年，第2230页。

③ 逯钦立：《先秦汉魏晋南北朝诗》，中华书局1983年，第2241页。

④ 逯钦立：《先秦汉魏晋南北朝诗》，中华书局1983年，第2242页。

夏两季不同情形。《郦道元引俗谚论清泉河》中提到“高粱无上源,清泉无下尾”①,高粱河源自哪里?历来记载不一,有黄河和潞水两种不同的说法。其水流涓涓,清澈见底,故有“无上源”之说。清泉河水流细小,水中的小石头依稀可见,缓缓而流,不快不慢,至潞州后分为无数支流,更加散漫难寻,消失在洼地和泊淀之中,故曰“无下尾”。郦道元在《水经注》中所采录之歌谣谚语大多质朴无华,直叙其事,短短几个字就可描绘山水风景之美,其语言之表现力让人叹服。

贾思勰《齐民要术》是一部综合性农学著作,书中收录了许多与农业有关的歌谣谚语,现代学者已经初步进行了研究②。逯钦立《先秦汉魏晋南北朝诗・北魏诗》收录了贾思勰《齐民要术》五首歌谣谚语,涉及农事诸多方面。《贾思勰引谚论力耕》说明农耕的重要性,“智如禹汤,不如常耕”③。“禹汤”,指大禹和商汤。贾思勰认为,即使像大禹和商汤那样富有智慧的人,也不如经常从事耕作的农夫获得的经验多。《齐民要术序》云:“自天子以下至于庶人,四肢不勤,思虑不用,而事治求赡者,未之闻也……不耕不食,安可以不自力哉……谚曰:‘智如禹汤,不如常更。’是以樊迟请学稼,孔子答曰:‘吾不如老农。’然则圣贤之智,犹有所未达,而况于凡庸者乎?”④在此,贾思勰非常重视从实践中获取真知。《贾思勰引谚论力耕》这则谚语,强调了农业生产的重要性,更深层次还有“实践出真知”的萌芽。《贾思勰引谚论种谷树木》申述植树的重要性,“一年之计,莫如种谷。十年之计,莫如树木”⑤。通过“一年”与“十年”这样时间跨度悬殊的对比,说明植树比种谷重要的道理。“且天子亲耕,皇后亲蚕,况夫田父,而怀窳惰乎?李衡于武陵龙阳泛洲上作宅,种甘橘千树……吴末,甘橘成,岁得绢数千匹……樊重欲作器物,先种梓漆,时人嗤之。然积以岁月,皆得其用……此种殖之不可已已也。谚曰:‘一年之计,莫如种谷。十年之计,莫如树木……’此之谓也。”⑥运用李衡种橘、樊重种梓漆两个事例,有力地论

---

① 逯钦立:《先秦汉魏晋南北朝诗》,中华书局 1983 年,第 2242 页。

② 参看论文著作:缪启愉:《〈齐民要术〉谚语解释问题》(《中国农史》1985 年第 6 期)、缪启愉:《再说〈齐民要术〉谚语》(《中国农史》1986 年第 6 期)、张允中:《〈齐民要术〉谚语三则释义管见》(《中国农史》1993 年第 2 期)、倪根金:《〈齐民要术〉农谚研究》(《中国农史》1998 年第 4 期)、田冲:《〈齐民要术〉中的谚语研究》(《潍坊教育学院学报》2009 年第 2 期)、葛能全:《〈齐民要术〉谚语民谣成语典故浅释》(知识出版社 1998 年)等。

③ 逯钦立:《先秦汉魏晋南北朝诗》,中华书局 1983 年,第 2243 页。

④ 贾思勰著、石声汉校释:《齐民要术今释》,中华书局 2009 年,第 3—5 页。

⑤ 逯钦立:《先秦汉魏晋南北朝诗》,中华书局 1983 年,第 2243 页。

⑥ 贾思勰著、石声汉校释:《齐民要术今释》,中华书局 2009 年,第 10—11 页。

证了种植的重要性。《贾思勰引谚论锄地》论述锄地的重要性,“锄头三寸泽”①。“泽”,指雨、露。“锄头三寸泽”意谓锄地及时,而且要多锄地。《齐民要术》云:“又锄耨以时,谚曰:‘锄头三寸泽。’此之谓也。尧汤旱涝之年,则不敢保。虽然,此乃常式。古人云:‘耕锄不以水旱息功,必获丰年之收’”②。及时锄地和拔草,即使大旱之年也可获得粮食丰收。《贾思勰引谚论养牛马》论述喂养牛、马要适时,“羸牛劣马,寒食下”③。瘦牛、孱弱的马过不了寒食节就会死。《齐民要术》云:“服牛乘马,量其力能;寒温饮饲,适其天性;如不肥充繁息者,未之有也。谚云:‘羸牛劣马,寒食下。’务在充饱调适而已。”④牛、马都要喂饱,并依照节令适时调整,否则就会死去。《贾思勰引河西语》说明西域东墙的食用价值,“贷我东墙,偿赏我田粱”⑤。东墙,亦即东蘠、沙蓬,一年生草本植物。茎由基部分枝,坚硬,具条纹。叶披针形至线形,果实近圆形,两面扁平,种子可食,也可榨油。《齐民要术》云:“《广志》曰:‘东墙,色青黑,粒如葵子,似蓬草。十一月熟。出幽、凉、并、乌地。’河西语曰:‘贷我东墙,偿赏我田粱。’《魏书》曰:‘乌丸,地宜东墙,能作白酒。’”⑥东墙是来自西域的草本植物,可酿酒、榨油,也能够食用,故可以种植东墙,以弥补田地收入之不足。贾思勰《齐民要术》的五首歌谣谚语是对农业生产经验的概括总结,对于农作物种植有着重要的参考价值。

综上所述,对国家政治生活的极度关切、品评人物、风景农事这三类谣谚,反映了北魏社会生活的方方面面,犹如一幅幅社会生活风情画。在艺术上也呈现出朴素稚嫩的特点。李巍先生曾对《左传》《史记》《汉书》《后汉书》四部著作中所收的谣谚句式字数类型进行统计,发现:四言、五言、杂言谣谚比例在下降,七言谣谚比例在攀升。⑦ 这种统计是真实可信的,说明谣谚与文学演进是同步的。在现存 54 首谣谚中,七言谣谚仅 9 首,占 17%;五言 12 首,占 22%;四言 19 首,占 35%,这说明北魏谣谚是以四言为主体,这明显滞后于谣谚与文学的发展态势。语言上极为质朴,甚至出现口语与俗语。也不讲求艺术技巧,仅用对比、排比等简单的修辞。这些在

① 逯钦立:《先秦汉魏晋南北朝诗》,中华书局 1983 年,第 2244 页。
② 贾思勰著、石声汉校释:《齐民要术今释》,中华书局 2009 年,第 5 页。
③ 逯钦立:《先秦汉魏晋南北朝诗》,中华书局 1983 年,第 2244 页。
④ 贾思勰著、石声汉校释:《齐民要术今释》,中华书局 2009 年,第 493—494 页。
⑤ 逯钦立:《先秦汉魏晋南北朝诗》,中华书局 1983 年,第 2244 页。
⑥ 贾思勰著、石声汉校释:《齐民要术今释》,中华书局 2009 年,第 1021 页。
⑦ 李巍:《〈后汉书〉谣谚研究》,广西师范大学 2015 届硕士学位论文,中国知网。

艺术上的朴素稚嫩,说明北魏谣谚仅追求表达清楚,是儒家“辞达而已”① 文学思想的延续。

第三节　儒学视域下的北魏赋发展演变

赋作为一种文学样式,兴盛于汉。自汉之后虽有创作,其艺术成就却难以望汉之项背。魏晋南北朝是赋体文学创作的重要时期,据严可均所辑《全上古三代秦汉三国六朝文》和陈元龙所辑《历代赋汇》之统计,此时赋作有 1095 篇(包括残篇),作家 284 人,其总数是今存汉赋的 6 倍。其中,魏晋、南朝是赋创作的核心时期,北朝赋较少,而北魏赋则少之又少。《隋书·经籍志》载有崔浩编《赋集》86 卷、《续赋集》19 卷,由此可见北魏赋数量是很庞大的,惜多散佚。据程章灿先生统计,北魏赋有 44 篇,今存 9 篇②。这些赋作从未有学人进行专题研究,只散见于赋体文学史和魏晋南北朝赋研究的论文中。马积高先生综论北朝赋作时说:“现存元魏赋最早的作者是张渊、高允等,张渊有《观象赋》,高允有《鹿苑赋》,或写天象或宣扬佛教,在文学上都无价值,比较有特色的是元魏后期李谐的《述身赋》和元顺的《蝇赋》、卢元明的《剧鼠赋》。”③程章灿先生论及北朝赋时说:“北魏赋也以太和为界分为前后两期……前期赋作的题材主要围绕宫廷生活及王朝政治……后期赋在题材开掘的深度和广度上都胜过前期,体物抒情写志的赋逐渐占据了主导地位。”④彭安湘先生认为,北魏赋呈现出“重‘讽谏’与寄‘情怀’并存”,“尚‘美辞’与兴‘鄙俗’共存”,“主张‘成一家风骨’”的多元视角。⑤ 贾国庆先生论及北魏赋时说:“前期辞赋创作仍旧主要延续汉魏传统,在题材选择上偏重于对宫廷生活及宫殿之类的描写……(后期)辞赋作品不仅在数量上是前期的数倍,而且在题材选择上也较前期宽泛得多。”⑥这些评论虽颇简短,但对人们认识北魏赋有一定的积极意义。然由于缺乏深入专题研究,其论尚有值得商榷之处。今试结合北魏社会历史文化遗迹赋体文学创作实际,较为全面地分析北魏赋。

① 杨伯峻:《论语译注》,中华书局 1980 年,第 137 页。

② 程章灿:《魏晋南北朝赋史》,江苏古籍出版社 2001 年,第 300—302 页。

③ 马积高:《赋史》,上海古籍出版社 1987 年,第 235 页。

④ 程章灿:《魏晋南北朝赋史》,江苏古籍出版社 2001 年,第 300—305 页。

⑤ 彭安湘:《论北朝赋的创作倾向及理论嬗变》,《辽东学院学报》2011 年第 2 期。

⑥ 贾国庆:《北朝历史文化与北朝辞赋创作研究》,辽宁师范大学 2016 届硕士学位论文,中国知网。

一、北魏赋学观钩沉

赋体文学兴盛于西汉，与当时儒学的繁荣分不开。司马迁首倡“讽谏”说：“《春秋》推见至隐，《易》本隐之以显，《大雅》言王公大人而德逮黎庶，《小雅》讥小己之得失，其流及上。所以言虽外殊，其合德一也。相如虽多虚辞滥说，然其要归引之节俭，此与《诗》之风谏何异。”①司马迁从《春秋》《周易》《诗经》这类儒家经典中钩玄提要，认为不同著作均从各自途径阐发儒学宗旨。赋体文学以“劝百讽一”的形式，委婉含蓄地规劝帝王。东汉辞赋大家扬雄对赋“讽谏”功用有深刻的认识，“或曰：‘赋可以讽乎？’曰：‘讽乎！讽则已，不已，吾恐不免于劝也’”②，欲讽反劝的审美效果使得扬雄疾呼“壮夫不为”。进而扬雄提出“诗人之赋丽以则，辞人之赋丽以淫。如孔氏之门用赋也，则贾谊升堂，相如入室矣。如其不用何？”③扬雄的观点看似与司马迁迥异，实则大致差不多，都是将赋置于儒学的理论框架下讨论。无论是“丽以则”还是“丽以淫”，均未脱离儒学宗旨。

扬雄稍后的班固对赋体文学有更为清晰的认识，“或以抒下情而通讽谕，或以宣上德而尽忠孝，雍容揄扬，著于后嗣，抑亦雅颂之亚也”④。由此看来，在两汉文人视域中，赋体文学无论如何铺张扬厉，均不能背离儒学宗旨。

东汉末年以后，儒学不再独尊，人们对赋体文学的认识逐渐发生转变，然儒学观念仍占据着主导地位。曹植《与杨德祖书》云：“辞赋小道，固未足以揄扬大义，彰示来世也。昔杨子云先朝执戟之臣耳，犹称壮夫不为也。吾虽德薄，位为蕃侯，犹庶几戮力上国，流惠下民，建永世之业，留金石之功，岂徒以翰墨为勋绩，辞赋为君子哉！”⑤曹植贬斥赋为“小道”，似乎对赋不屑一顾，实则非是。曹植一生的理想是“戮力上国，流惠下民”，故而方轻视辞赋创作。西晋挚虞《文章流别论》云：“古诗之赋，以情义为主，以事类为佐。今之赋，以事形为本，以义正为助。情义为主，则言省而文有例矣；事形为本，则言富而辞无常矣。文之烦省，辞之险易，盖由于此。夫假象过大，则与类相远；逸辞过壮，则与事相违；辩言过理，则与义相失；丽靡

---

① 《史记》卷一百一十七《司马相如列传》，中华书局1959年，第3073页。

② 扬雄著、汪荣宝疏、陈仲夫点校：《法言义疏》，中华书局1987年，第45页。

③ 扬雄著、汪荣宝疏、陈仲夫点校：《法言义疏》，中华书局1987年，第49页。

④ 萧统编、李善注：《文选》，上海古籍出版社1986年，第3页。

⑤ 曹植著、赵幼文注：《曹植集校注》，人民文学出版社1984年，第154页。

过美,则与情相悖。此四过者,所以背大体而害政教。”①挚虞概括了赋体“假象过大”“逸辞过壮”“辩言过理”“丽靡过美”之弊,归结为“背大体而害政教”的高度,可见依然认为赋体文学以儒学为依归。

北魏赋沿用了汉魏以来赋体文学创作宗旨,主张赋的写作以儒学为旨归。张渊自述其《观象赋》创作时云:“《易》曰:‘天垂象,见吉凶,圣人则之。’又曰:‘观乎天文,以察时变,观乎人文,以化成天下。’然则三极虽殊,妙本同一;显昧虽遐,契齐影响。寻其应感之符,测乎冥通之数,天人之际,可见明矣……乃仰观太虚,纵目远览,吟啸之顷,懔然增怀。不览至理,拔自近情。常韵发于宵夜,不仕咏歌之末,遂援管而为赋。”②张渊引用《周易》天象与人文、政治之关系,以及董仲舒“天人感应”理论,说明其《观象赋》规劝魏太武帝以星象来指导政治与人事。“谅人事之有由,岂妖灾之虚设。诚庸主之难悛,故明君之所察。尧无为犹观象,而况德非乎先哲。”③以尧观金(太白)、木(岁星)、水(辰星)、火(荧惑)、土(镇星)、日、月七星而治理天下为例,劝谏魏太武帝观天象而修德,希求天下大治。元顺《蝇赋序》云:“余以仲秋休沐,端坐衡门,寄想琴书,托情纸翰,而苍蝇小虫,往来床几,疾其变白,聊为赋云……虽死生之异质,俱有益于国人。非如苍蝇之无用,唯构乱于蒸民。”④元顺发挥儒家诗学讽谕功能,以苍蝇讽刺贪婪的小人。裴宣自述其创作《怀田赋》时云:“宣家世以儒学为业,常慕廉退。每叹曰:‘以贾谊之才,仕汉文之世,不历公卿,将非运也!’乃谓亲宾曰:‘吾本闾阎之士,素无当世之志,直随牒推移,遂至于此。禄后养亲,道不光国,瞻言往哲,可以言归矣。’因表求解。世宗不许,乃作《怀田赋》以叙心焉。”⑤裴宣祖上世代为宦,祖父裴双硕、父亲裴骏爵封闻喜侯。裴宣多年为官,历仕尚书主客郎、员外散骑侍郎、司徒右长史、太尉长史等职,职位最高者仅为刺史(益州刺史、南秦州刺史)而已,遂有归隐田园之愿。裴宣之归田,并非真正归隐,而是儒家“穷则独善其身,达则兼济天下”⑥理念影响下的自我选择。

---

① 朱东润:《中国历代文论选(一)》,上海古籍出版社 2004 年,第 191 页。
② 严可均:《全上古三代秦汉三国六朝文》,中华书局 1958 年,第 3620 页。
③ 严可均:《全上古三代秦汉三国六朝文》,中华书局 1958 年,第 3622 页。
④ 严可均:《全上古三代秦汉三国六朝文》,中华书局 1958 年,第 3600 页。
⑤ 《魏书》卷四十五《裴骏列传》附《裴宣传》,中华书局 1974 年,第 1023—1024 页。
⑥ 孟子著、杨伯峻译注:《孟子译注》,中华书局 1960 年,第 235 页。

赋体文学发展到魏晋南北朝之际,虽然有“体物而浏亮”①“铺采摛文”②形式化的倾向,然北魏赋依然继承汉魏以儒学为宗旨的写作原则,创作出优美的篇章。

二、北魏赋追慕汉魏的创作倾向

北魏赋是儒学观念下的文学创作,则其发展与儒学相始终。

拓跋鲜卑族很早就接触到儒学,“三十九年,迁于定襄之盛乐。夏四月,祭天,诸部君长皆来助祭,唯白部大人观望不至,于是征而戮之,远近肃然,莫不震慑”③。始祖神元皇帝力微三十九年(258),拓跋氏在盛乐祭天,标志着鲜卑族已知儒学。自太祖始,北魏历代帝王均极为重视兴修太学、国学,用以传播儒学,然由于拓跋鲜卑贵族惧怕,甚至排斥汉族文明,儒学并未得到真正重视。元英向世宗进谏称“太学之馆久置于下国,四门之教方构于京瀍”④,但真正进学的生员极少,以至于世宗也叹息“学业堕废,为日已久,非一使能劝,比当别敕”⑤。自太祖初立太学至元英上疏之景明四年(503),时间跨度超过了一个世纪,其间也经过孝文帝全面汉化,但北魏太学、国子学荒废,仍未起到其应有的教育的作用。或许可以这样说,北魏国学、太学、国子学屡次修建,但儒学教育并未展开。

从北魏儒学传播来看,可以分为三个阶段:第一阶段,神䴥四年(431),太武帝下诏征召汉族士人,卢玄等35位河北士人应诏入平城。这些士人多为饱学的儒士,对北魏儒学传播起到了极为重要的作用,“世祖始光三年春,别起太学于城东,后征卢玄、高允等,而令州郡各举才学。于是人多砥尚,儒林转兴”⑥。第二阶段,太延五年(439),北魏消灭了河西最后一个割据政权——北凉,全部占有河西地区。河西儒学发达,“五胡杂居内地,已受相当汉化。但彼辈所接触者,乃中国较旧之经学传统,而非代表当时朝士名流之清谈玄理。南渡以还,士大夫沦陷北方者,不得不隐忍与诸胡合作”⑦。北魏平定河西后,迁徙河西士人到平城,其中不乏儒学之士,促进了北魏儒学发展。第三阶段,太和十八年(494),孝文帝迁都洛阳,并

① 陆机著、张少康集释:《文赋集释》,人民文学出版社2002年,第99页。

② 刘勰著、范文澜注:《文心雕龙注》,人民文学出版社1958年,第134页。

③ 《魏书》卷一《序纪》,中华书局1974年,第3页。

④ 《魏书》卷十九下《景穆十二王列传》附《元英传》,中华书局1974年,第498页。

⑤ 《魏书》卷十九下《景穆十二王列传》附《元英传》,中华书局1974年,第498页。

⑥ 《魏书》卷八十四《儒林列传》,中华书局1974年,第1842页。

⑦ 钱穆《国史大纲》,商务印书馆2010年,第279—280页。

实行全面汉化,北魏儒学兴盛。“及迁都洛邑,诏立国子太学、四门小学。高祖钦明稽古,笃好坟典,坐舆据鞍,不忘讲道。刘芳、李彪诸人以经书进,崔光、邢峦之徒以文史达,其余涉猎典章,关历词翰,莫不縻以好爵,动贻赏眷。于是斯文郁然,比隆周汉。”①

与儒学发展相适应,北魏赋作家大致来源于三个区域:张渊、赵逸、胡叟、梁祚、游雅、邢产等来自河西,刁雍、高允、高间、崔孝直、卢元明、李谧、李骞、封肃、封伟伯、邢昕、甄密、游肇、郦道元、阳固、李平、李谐等来自河北,元宏、元勰、元明、元愉、元顺、袁翻来自洛阳。在这三个区域中,尤为值得注意的是北魏迁都洛阳后,由于孝文帝进行全面汉化改革,拓跋鲜卑族也开始创作赋体文学。

北魏赋继承汉赋创作精神,题材上主要是京都赋、“七体”赋和抒情小赋。

京都赋是汉赋的一个重要题材。清人程廷祚述及京都赋时云:“若夫体事与物,《风》之《驷》,《雅》之《车攻》、《吉日》,田猎之祖也;《斯干》、《灵台》,宫殿、苑囿之始也;《公刘》之‘豳居允荒’,《绵》之‘至于岐下’,京都之所由来也。”②田猎、宫殿、苑囿这些《诗经》的内容,后来成为京都赋的主要铺陈渲染之所在。扬雄《蜀都赋》、班固《两都赋》、张衡《二京赋》、杜笃《论都赋》、傅毅《洛都赋》都是京都赋中杰出的篇章,尤以班固《两都赋》、张衡《二京赋》奠定京都赋创作之典范。班固《两都赋序》云:“臣窃见海内清平,朝廷无事,京师修宫室,浚城隍,起苑囿,以备制度。西土耆老,咸怀怨思,冀上之眷顾,而盛称长安旧制,有陋洛邑之议。故臣作《两都赋》,以极众人之所眩曜,折以今之法度。”③则班固是以“洛邑制度之美,以折西宾淫侈之论”④,其讽谏之意甚明。《后汉书·张衡传》云:“永元中,(衡)举孝廉不行,连辟公府不就。时天下承平日久,自王侯以下,莫不逾侈。衡乃拟班固《两都》,作《二京赋》,因以讽谏。”⑤则张衡《二京赋》是讽谏东汉奢靡之风。由此来看,汉代京都赋宗旨在于讽谏。

北魏京都赋继承了汉代京都赋的创作主旨,亦以讽谏为主。延昌元年(512),宣武帝元恪召集群臣讨论修建明堂辟雍,袁翻上书中引用张衡《东

---

① 《魏书》卷八十四《儒林列传》,中华书局1974年,第1842页。
② 程廷祚:《骚赋论》,程廷祚著、宋效永校点:《清溪集》,黄山书社2004年,第245页。
③ 萧统编、李善注:《文选》,上海古籍出版社1986年,第3—4页。
④ 《后汉书》卷四十下《班彪列传》附《班固传》,中华书局1965年,第1335页。
⑤ 《后汉书》卷五十九《张衡列传》,中华书局1965年,第1897页。

京赋》,“张衡《东京赋》云:‘乃营三宫,布教班常,复庙重屋,八达九房。’此乃明堂之文也”①,说明张衡《二京赋》已流播至北魏,成为文人学习的范本。《魏书·高允传》云:“允上《代都赋》,因以规讽,亦《二京》之流也。”②知高允《代都赋》是模拟张衡《二京赋》而作,其意在于规讽高宗拓跋濬。《魏书·阳固传》云:“初,世宗委任群下,不甚亲览,好桑门之法。尚书令高肇以外戚权宠,专决朝事;又咸阳王禧等并有衅故,宗室大臣,相见疏薄;而王畿民庶,劳敝益甚。固乃作《南北二都赋》,称恒代田渔声乐侈靡之事,节以中京礼仪之式,因以讽谏。”③由此知阳固《南北二都赋》是模拟班固《两都赋》,用中京礼仪法度之仪,讽谏南都、北都田猎、声乐、奢靡之失。此外,裴景融《邺都、晋都赋》、梁祚《代都赋》、游雅《太华殿赋》等作品虽无法确考,亦当为讽谏之作。

北魏京都赋唯一保留至今的是高允的《鹿苑赋》。《魏书·太祖纪》云:“(天兴二年二月)以所获高车众起鹿苑,南因台阴,北距长城,东包白登,属之西山,广轮数十里。凿渠引武川水注之苑中,疏为三沟,分流宫城内外。又穿鸿雁池。”④据此,鹿苑建于天兴二年(399)二月。赋有云:“暨我皇之继统,诞天纵之明叡。追鹿野之在昔,兴三转之高义。振幽宗于已永,旷千载而可寄。于是命匠选工,刊兹西岭。”⑤“鹿野”,即鹿野苑,是古印度佛教遗址,相传为释迦牟尼在菩提伽耶得道成佛后第一次讲法(初转法轮)处。“三转”,指三转法轮,是佛陀在鹿野苑对声闻乘人三转四谛法轮:示转,开示四谛法理,系对上根者所说;劝转,劝勉世人修行四谛,系对中根者所说;证转,证示佛陀已身已证四谛之理,系对下根者所说。由此可知,北魏在平城崇光宫建鹿野苑之目的在于弘佛。北魏佞佛的皇帝是显祖拓跋弘,“(皇兴四年四月)己酉,太上皇帝徙御崇光宫,采椽不斫,土阶而已。国之大事咸以闻”⑥。又《资治通鉴·宋纪十五》云:“上皇徙居崇光宫,采椽不斫,土阶而已;国之大事咸以闻。崇光宫在北苑中,又建鹿野浮图于苑中之西山,与禅僧居之。”⑦则此赋专为年仅 18 岁的太上皇拓跋弘而作。拓跋弘 12 岁登基,在位期间取得“三齐”战争的胜利,请御驾亲征,

---

① 《魏书》卷六十九《袁翻列传》,中华书局 1974 年,第 1536 页。
② 《魏书》卷四十八《高允列传》,中华书局 1974 年,第 1076 页。
③ 《魏书》卷七十二《阳尼列传》附《阳固传》,中华书局 1974 年,第 1604 页。
④ 《魏书》卷二《太祖纪》,中华书局 1974 年,第 34 页。
⑤ 严可均:《全上古三代秦汉三国六朝文》,中华书局 1958 年,第 3651 页。
⑥ 《魏书》卷六《显祖纪》,中华书局 1974 年,第 132 页。
⑦ 《资治通鉴》卷一百三十三《宋纪十五》,中华书局 1956 年,第 4166 页。

大败柔然，一直追至大漠。由于不满太后冯氏长期摄政，拓跋弘打算禅让于叔父京兆王拓跋子推，为众臣劝阻而作罢。后拓跋弘禅位于年仅5岁的拓跋宏，遂居于崇光宫鹿野苑，专心佛事，亦留心朝事。《鹿苑赋》末尾云："既存无而御有，亦执静以镇躁。睹天规于今日，寻先哲之遗诰。悟二乾之重荫，审明离之并照。下宁济于兆民，上克光于七庙。一万国以从风，总群生而为导。正南面以无为，永措心于冲妙。夫道化之难期，幸微躬之遭遇。逢扶桑之初开，遘长夜之始曙。顾衰年以怀伤，惟负忝以危惧。敢布心以陈诚，效鄙言以自著。"这一段文字劝谏的意味颇浓，高允劝谕献文帝拓跋弘优游于佛教石窟，专心礼佛，不理政事，避免杀身之祸。拓跋弘未能领悟文中寓意，我行我素，五年后终为冯太后所杀，年仅23岁。

从高允《鹿苑赋》来看，北魏京都赋继承汉代京都赋写作的同时发生了些许变化，主要有：一是篇幅缩小了。班固《两都赋》4702字，张衡《二京赋》7696字，可谓鸿篇巨制。高允《鹿苑赋》仅720字，篇幅急剧减少。二是讽谏之意极为隐晦，不似《两都赋》《二京赋》那样明示。

"七体"赋创作的继承。"七体"始于《楚辞·七谏》，确立体制于枚乘《七发》，其特点是通过虚设的主客反复问答，按"始邪末正"的顺序铺陈七事。萧统《文选》将《七激》《七依》《七辩》《七启》等单列为一种文体并称之为"七"，自此以后以七段成篇的赋成为一种专门文体，号称"七体"。《魏书·陆暐传》云："暐拟《急就篇》为《悟蒙章》，及《七诱》、《十醉》、章表数十篇。"①又《魏书·郦道元传》云："道元好学，历览奇书。撰注《水经》四十卷、《本志》十三篇，又为《七聘》及诸文，皆行于世。"②陆暐《七诱》、郦道元《七聘》当为"七体"赋，惜其早佚，具体创作情形不可知。

抒情小赋是东汉末年兴起的一种有别于汉大赋的文体，诸如张衡的《归田赋》、赵壹的《刺世疾邪赋》、蔡邕的《述行赋》、祢衡的《鹦鹉赋》等都是这类赋的代表作品。北魏赋中数量最多的是抒情小赋，根据其创作又可分为述志赋、隐逸赋和讽刺赋三类。

《述志赋》是东晋十六国时期西凉政治家李暠创作的一篇赋，然作为一种赋体文学题材始于东汉，冯衍《显志赋》、张衡《思玄赋》就是这类赋体文学的佼佼者。北魏时期邢产《孤蓬赋》、高间《宣命赋》、裴伯茂《豁情赋》、邢昕《述躬赋》等作品虽今不存，就其题名当为述志赋。北魏述志赋

① 《魏书》卷四十一《陆俟列传》附《陆暐传》，中华书局1974年，第906页。
② 《魏书》卷八十九《酷吏列传》附《郦道元传》，中华书局1974年，第1926页。

今存李谐《述身赋》、李骞《释情赋》、阳固《演赜赋》三篇。

《魏书·李谐传》云:“元颢入洛,以为给事黄门侍郎。颢败,除名,乃为《述身赋》曰……”①元颢是献文帝拓跋弘之孙、北海平王元详长子,历仕散骑常侍、抚军将军、徐州刺史、征西将军,授尚书右仆射、车骑大将军、开府仪同三司等职。孝昌四年(528),迫于朝廷内乱及葛荣起义的压力,投靠南梁。借助南梁兵力,带领陈庆之杀回北魏,登基称帝于睢阳,改元孝基。永安二年(529),攻破洛阳,改元建武。在位期间,荒淫无道。三个月后,兵败被杀,时年36岁。李谐《述身赋》作于此时。这篇赋结尾云:“探宿志以内求,抚身途而自计。不诡遇以邀合,岂钓名以干世。独浩然而任己,同虚舟之不系。既未识其所以来,亦岂知其所以逝。于是得丧同遣,忘怀自深。遇物栖息,触地山林。虽因西浮之迹,何异东都之心。愿自托于鱼鸟,永得性于飞沉。庶保此以获没,不再罪于当今。”②表达了归隐山林、以求避祸的志向。

李骞《释情赋》中有云:“运有折于玉斗,时忽亡于金镜。始蒙尘以播荡,卒流彘而居郑。彼上天之降鉴,实下民之请命……酌徙镐之故典,究迁亳之遗令。奄四海以为家,开七百而增庆。”③“徙镐”指永熙三年(534)十二月宇文泰杀北魏孝武帝元脩,立元宝炬为帝,迁都长安,是为西魏;“居郑”“迁亳”指永熙三年(534)十月高欢另立元善见称帝,徙都于邺,是为东魏。又《释情赋序》云:“单阏之年,无射之月,余承乏摄官,直于本省。对九重之清切,望八袭之峥嵘,感代序以长怀,观爽气而轸虑。笼樊之念既多,寥廓之想弥切。含毫有思,斐然成赋。犹潘生之《秋兴》,王子之《登阁》也。厕郑璞于周宝,编鱼目于隋珠。未敢自同作者,盖亦各言尔志云。”④“单阏之年”,即乙卯年,是为大统元年(535);“无射之月”,即九月。在国家分裂、权臣掌权、皇帝沦为傀儡的背景下,李骞自谦“厕郑璞于周宝,编鱼目于隋珠”,实有避祸的心理,故曰“非巡溃以观井,信夕惕而怀惊”。

《魏书·阳固传》云:“又有人间固于(王)显,显因奏固剩请米麦,免固官。既无事役,遂阖门自守,著《演赜赋》,以明幽微通塞之事。”⑤据此,阳固写作《演赜赋》的原因是遭到王显打压后心情抑郁。王显是医学家,因

---

① 《魏书》卷六十五《李平列传》附《李谐传》,中华书局1974年,第1456页。
② 严可均:《全上古三代秦汉三国六朝文》,中华书局1958年,第3691页。
③ 严可均:《全上古三代秦汉三国六朝文》,中华书局1958年,第3681页。
④ 严可均:《全上古三代秦汉三国六朝文》,中华书局1958年,第3680页。
⑤ 《魏书》卷七十二《阳尼列传》附《阳固传》,中华书局1974年,第1605页。

替文明太后冯氏、世宗元恪治病而官拜太府卿、御史中尉。阳固与王显之恩怨,《魏书》有载:“世宗末,中尉王显起宅既成,集僚属飨宴。酒酣问固曰:‘此宅何如?’固对曰:‘晏婴湫隘,流称于今;丰屋生灾,著于《周易》。此盖同传舍耳,唯有德能卒。愿公勉之。’显嘿然。他日又谓固曰:‘吾作太府卿,库藏充实,卿以为何如?’固对曰:‘公收百官之禄四分之一,州郡赃赎悉入京藏,以此充府,未足为多。且有聚敛之臣,宁有盗臣,岂不戒哉!’显大不悦,以此衔固。”①对于王显起宅、府库二事,阳固以儒家思想规劝,实未有讽刺之意。然王显“嘿然”“衔固”,很明显是觉得阳固有意嘲讽他。赋有云:“以患蹇为福兮,痛比干之残躯。以佞谀为获安兮,哂宰嚭之见屠。以举士而受赏兮,悼史迁之腐刑。以进为无益兮,见鄂秋之专城。以仁义为桎梏兮,信揖让之劳疲。以放旷为悬解兮,伤六亲之乖离。哀越种之被戮兮,嘉范蠡之脱羁。钦四皓之高尚兮,叹伊周之陟危。望仗钺而先锋兮,光安车而弗顾。求封赏于寸心兮,梦台衮于远虑。或忌贤而独立兮,或篡君以自树。既思匿而名扬兮,亦求清而反汙。”②以比干、宰嚭、司马迁、越种、范蠡、商山四皓、伊周等典故,表达了作者复杂的心情,既有对进谗言者的憎恶,又有对忠而被谤的同情,还有对隐居生活的向往。

李谐《述身赋》、李骞《释情赋》、阳固《演赜赋》三篇述志赋作于北魏末期,权奸当权、朝政日非,贤人受黜、愚妄得进,这与东汉末期述志赋创作的背景相一致。文人自然而然继承东汉述志赋创作之传统,抒写自己洁身自好、不愿同流合污的高尚情操。

隐逸赋最早可上溯至淮南小山《招隐士》,全赋描绘了山石之突兀、草木之荒芜、禽兽之奔突、虫声之哀鸣等景象,表现隐士生活的寂寥艰危,可以看作是后代隐逸赋的雏形。张衡《归田赋》是隐逸赋中的翘楚,形象地描绘了田园山林那种和谐欢快、神和气清的景色,反映了作者畅游山林、悠闲自得的心情。北魏裴宣《怀田赋》、封肃《还园赋》虽已散佚,由赋题可知为隐逸赋。今存袁翻《思归赋》。赋开首云:“日色黯兮高山之岑。月逢霞而未皎,霞值月而成阴。望他乡之阡陌,非旧国之池林。山有木而蔽月,川无梁而复深。怅浮云之弗限,何此恨之难禁。于是杂石为峰,诸烟共色。秀出无穷,烟起不极。错翻花而似绣,网游丝其如织。蝶两戏以相追,燕双飞而鼓翼。怨驱马之悠悠,叹征夫之未息!”③融情于景,在山川景物的描

① 《魏书》卷七十二《阳尼列传》附《阳固传》,中华书局 1974 年,第 1604 页。
② 严可均:《全上古三代秦汉三国六朝文》,中华书局 1958 年,第 3731—3732 页。
③ 严可均:《全上古三代秦汉三国六朝文》,中华书局 1958 年,第 3749 页。

写中融入作者深沉的哀情,充分表现了作者心情的哀伤。

讽刺赋以赵壹《刺世疾邪赋》为代表,该赋层层深入地活画出了具有东汉末世时代特点的从舐痔拍马的谄佞,到掌握大权的执政宦官,再到昏庸皇帝的那种极端腐败的政局,表达了作者绝不愿与邪恶势力同流合污以谋取个人荣华富贵的可贵精神。《魏书·元勰传》云:“时咸阳王禧渐以骄矜,颇有不法。北海王详阴言于世宗,世宗深忌之。又言勰大得人情,不宜久在宰辅,劝世宗遵高祖遗敕。禧等又出领军于烈为恒州,非烈情愿,固强之,烈深以为忿。烈子忠尝在左右,密令忠言于世宗云……勰因是作《蝇赋》以谕怀,恶谗构也。”①由此知元勰《蝇赋》是借苍蝇讽刺北海王元详、于忠等人恶意构陷之罪。又《魏书·甄密传》云:“琛从父弟密,字叔雍。清谨少嗜欲,颇涉书史。太和中,奉朝请。密疾世俗贪竞,乾没荣宠,曾作《风赋》以见意。”②则甄密《风赋》讽刺贪求竞进、投机图利、贪求恩宠荣耀的不良社会风气。元勰《蝇赋》、甄密《风赋》虽今不存,然其讽刺世态人情之宗旨清晰可见。北魏讽刺赋今存元顺《蝇赋》、卢元明《剧鼠赋》两篇。

元顺《蝇赋序》云:“余以仲秋休沐,端坐衡门,寄想琴书,托情纸翰,而苍蝇小虫,往来床几,疾其变白,聊为赋云……”③由此序文可知,《蝇赋》是借苍蝇讽刺颠倒黑白的小人。本赋结尾作者饱含愤激地写道:“若夫天生地养,各有所亲。兽必依地,鸟亦凭云。或来仪以呈祉,或自扰而见文。或负图而归德,或衔书以告真。或天胎而奉味,或残躯以献珍。或主皮而兴礼,或牢豢以供神。虽死生之异质,俱有益于国人。非如苍蝇之无用,唯构乱于蒸民。”④天生万物均有益于人,唯独苍蝇一无是处、陷百姓于混乱之中,讽刺极为尖锐。

卢元明《剧鼠赋》创作背景未有史料可参证,结尾有云:“庭院肃清,房栊虚寂,尔乃群鼠乘间,东西撺掷,或床上捋髭,或户间出额,貌甚舒暇,情无畏惕。又领其党与,欣欣奕奕,欹覆箱奁,腾践茵席,共相侮慢,特无宜适。讶天壤之含弘,产此物其何益。”⑤作者厌恶老鼠扰人清静,似乎别无他意。《魏书》本传载卢元明“善自标置,不妄交游,饮酒赋诗,遇兴忘返。性好玄理,作史子新论数十篇,文笔别有集录”⑥。卢元明为人自视甚高,

① 《魏书》卷二十一下《献文六王列传》附《彭城王元勰传》,中华书局1974年,第580页。

② 《魏书》卷六十八《甄琛列传》附《甄密传》,中华书局1974年,第1518页。

③ 严可均:《全上古三代秦汉三国六朝文》,中华书局1958年,第3600页。

④ 严可均:《全上古三代秦汉三国六朝文》,中华书局1958年,第3600页。

⑤ 严可均:《全上古三代秦汉三国六朝文》,中华书局1958年,第3702页。

⑥ 《魏书》卷四十七《卢玄列传》附《卢元明传》,中华书局1974年,第1601页。

不喜与别人交往，性格好静，自然不喜欢被打扰，这与《剧鼠赋》结尾所绘情境相合。那么，是否有人搅扰其安静呢？我们不妨仔细寻绎。《魏书》本传载："元明凡三娶，次妻郑氏与元明兄子士启淫汙，元明不能离绝。又好以世地自矜，时论以此贬之"①。又《魏书·李神俊传》云："神俊丧二妻，又欲娶郑严祖妹，神俊之从甥也。卢元明亦将为婚，遂至纷竞，二家阋于严祖之门。郑卒归元明，神俊惆怅不已，时人谓神俊风德之衰。"②综合这两则材料来看，卢元明与李神俊争娶郑氏，以及其妻郑氏与侄儿卢士启秽亵均引来世人非议，打扰其生活，故将他们比作老鼠予以讽刺。

综上所述，北魏京都赋、"七体"赋和抒情小赋的创作无不呈现出继承汉魏的倾向。

三、北魏赋的艺术成就

关于北魏赋的艺术特色，学术界有些学者认为是学习南朝的。试略辨析之。

袁翻《思归赋》是北魏赋中杰出篇章，部分学者认为是学习南朝赋作风格的创作。曹道衡先生很早就指出此赋是学习南朝的，"北魏辞赋中最接近南朝文风的，要算袁翻的《思归赋》。袁翻的时代略早于邢邵。他的赋似有意摹仿南朝的江淹"③。郭建勋先生紧承曹道衡先生之说，认为袁翻的《思归赋》"在文辞的锤炼上尚不及南朝辞赋的精致工丽，但已表现出一种对南朝作品，尤其是鲍照、江淹赋作的有意摹仿，在艺术上也已接近南朝辞赋的风格"④。能够意识到北魏赋学习南朝赋，这是难能可贵的。然果真如此吗？我们试分析之。

若就同题赋而言，北魏袁翻与南齐谢朓均有《思归赋》。谢朓年长袁翻 12 岁，谢朓卒时袁翻 24 岁，故而袁翻与谢朓生活年代略同。两篇《思归赋》写作时间均不可考，以其文意揣测，均作于作者晚年，因此袁翻《思归赋》晚于谢朓同题作。两篇均为四、六句整齐的骈赋，不同之处在于袁翻赋带有"兮"字。谢朓《思归赋》描绘其想象的田园生活时云：

考华城之直陌，相洛浦之回阡；连飞甍于故友，接闲馆以怀仙。临

① 《魏书》卷四十七《卢玄列传》附《卢元明传》，中华书局 1974 年，第 1601 页。

② 《魏书》卷三十九《李宝列传》附《李神俊传》，中华书局 1974 年，第 897 页。

③ 曹道衡：《再论北朝诗赋》，《社会科学战线》1985 年第 1 期。

④ 郭建勋：《北朝辞赋论》，《中国文化研究》2010 年冬之卷。

南场以艺藿，寄北池而采莲；睇微英之霍霍，望水叶之田田。乃翦山木，不日为功；非轮非奂，去斫去砻。夜索绹而绕绕，旦乘屋而芃芃。竹檽踦区而经北，绳闬窈窕以临东。布菌萧于踈橑，织茭葿于回栊。于是篱插芳槿，门拂长杨，园桃春发，窗竹夏凉。晨露晞而草馥，微风起而树香。无芳菲以袭予，空旖旎于都房。恒离居以岁月，痛销落而徒伤。①

袁翻《思归赋》写其到达平阳后所见之景时云：

余乃临峻壑，坐层阿。北眺羊肠诘屈，南望龙门嵯峨。叠千重以耸翠，横万里而扬波。远猝瞷与麕麚，走鳐鳖及龟鼍。彼暖然兮巩洛，此邈矣兮关河。心郁郁兮徒伤，思摇摇兮空满。思故人兮不见，神翻覆兮魂断。断魂兮如乱，忧来兮不散。俯镜兮白水，水流兮漫漫。异色兮纵横，奇光兮烂烂。下对兮碧沙，上睹兮青岸。岸上兮氤氲，驳霞兮绛氛。风摇枝而为弄，日照水以成文。行复行兮川之畔，望复望兮望夫君。君之门兮九重门，余之别兮千里分。愿一见兮导我意，我不见兮君不闻。魄惝恍兮知何语，气缭戾兮独萦缊。②

所引这两段文字均以写景见长，所异者在于袁翻《思归赋》的抒情性较谢朓浓郁。如果我们据此上溯，就可发现袁翻《思归赋》与陆机同题赋极为相似：

节运代序，四气相推。寒风肃杀，白露沾衣。嗟行迈之弥留，感时逝而怀悲。彼离思之在人，恒戚戚而无欢。悲缘情以自诱，忧触物而生端。昼辍食而发愤，宵假寝而兴言。羡归鸿以矫首，挹谷风而如兰。岁靡靡而薄暮，心悠悠而增楚。风霏霏而入室，响泠泠而愁予。既遨游于川沚，亦改驾乎山林。伊我思之沉郁，怆感物而增深。叹随风而上逝，涕承缨而下寻。冀王事之暇豫，庶归宁之有时。候凉风而警策，指孟冬而为期。顾灵晖之促景，恒立表以望之。③

① 谢朓著、曹融南校注集说：《谢宣城集校注》，上海古籍出版社1991年，第16页。
② 严可均：《全上古三代秦汉三国六朝文》，中华书局1958年，第3749页。
③ 陆机著、金涛声点校：《陆机集》，中华书局1982年，第18—19页。

袁翻、陆机《思归赋》二赋抒情均较谢朓《思归赋》为优。若就此言,袁翻《思归赋》显系模拟陆机《思归赋》而作。袁翻《思归赋》异于陆机、谢朓者在于五、六言“兮”字句。袁翻生活的时代,正是北魏五言句文学最为发达的时期。而“兮”字句,是学习汉代骚体赋的结果。鲍照《游思赋》写江南景色与自己思乡之情,如“对蒹葭之遂黄,视零露之方白。鸿晨惊以响湍,泉夜下而鸣石。结中洲之云萝,托绵思于遥夕。瞻荆吴之远山,望邯郸之长陌。塞风驰兮边草飞,胡沙起兮雁扬翮。虽燕越之异心,在禽鸟而同戚”①几句绘景如画,抒情浓烈。江淹《待罪江南思北归赋》写其思归之情,如“至江蓠兮始秀,或杜衡兮初滋。桂含香兮作叶,藕生莲兮吐丝。俯金波兮百丈,见碧沙兮来往。雾菡萏兮半出,云杂错兮飞上。石熠烂兮各色,峰近远兮异象。及回风之摇蕙,天潭潭而下露。木萧梢而可哀,草林离而欲暮”②几句写景与抒情融合,抒情浓烈。鲍照《游思赋》和江淹《待罪江南思北归赋》杂有“兮”字句,抒情浓厚,然却是整齐的六字句,与袁翻《思归赋》不同。因此,袁翻《思归赋》是学习汉赋、西晋赋、南朝赋诸多养分而写作的一篇杰作,体制短小,声律协调,抒情浓烈,是南北朝辞赋中的佳作。

卢元明《剧鼠赋》亦被学界认为是学习南朝之作。卢元明创作《剧鼠赋》,与其生活年代略前的卞彬亦写过《虾蟆赋》《蚤虱赋》。从篇题上看,二人创作有许多相近之处。曹道衡先生认为“这种赋大约和南朝卞彬《蚤虱赋》《虾蟆赋》一样,虽有明显的现实性,却不免被人视为游戏之作,并不完全能代表北朝辞赋的特点”③。今试将三赋略做比较。

卞彬《蚤虱赋》是对自己放浪形骸生活的写照,“彬颇饮酒,摈弃形骸。作《蚤虱赋》序曰……其略言皆实录也”④。其赋今不存,仅见其《序》:

> 余居贫,布衣十年不制。一袍之缊,有生所托,资其寒暑,无与易之。为人多病,起居甚疏,萦寝败絮,不能自释。兼摄性懈惰,懒事皮肤,澡刷不谨,浣沐失时,四体㲝毛㲝毛,加以臭秽,故苇席蓬缨之间,蚤虱猥流。淫痒渭濩,无时恕肉,探揣擭撮,日不替手。虱有谚言,朝生暮孙。若吾之虱者,无汤沐之虑,绝相吊之忧,宴聚乎久袴烂布之裳,服无改换,掐齧不能加,脱略缓懒,复不勤于捕讨,孙孙息息,三十

① 鲍照著、钱仲联增补集说校:《鲍参军集注》,上海古籍出版社1980年,第1页。
② 江淹著、胡之骥注、李长路等点校:《江文通集校注》,中华书局1984年,第32页。
③ 曹道衡:《略论北朝辞赋及其与南朝辞赋的异同》,《文史哲》1991年第6期。
④ 《南齐书》卷五十二《文学列传·卞彬传》,中华书局1972年,第892页。

五岁焉。①

全文采用诙谐戏谑的手法写自己不修边幅、倜傥不羁的生活,“蚤虱”只是其外在形态的表现而已,绝无讽刺之意,与卢元明《剧鼠赋》截然不同。

卞彬《蝦蟆赋》有讽刺之意,“彬又目禽兽云:‘羊性淫而狠,猪性卑而率,鹅性顽而傲,狗性险而出。’皆指斥贵势。其《蝦蟆赋》云:‘纡青拖紫,名为蛤鱼。’世谓比令仆也。又云:‘科斗唯唯,群浮暗水。维朝继夕,聿役如鬼。’比令史谘事也”②。由《南齐书》这段记载可知,《蝦蟆赋》是借蝦蟆讽刺令仆、令史谘事,但其讽刺之意并不明显。

如果将卢元明《剧鼠赋》与卞彬《蝦蟆赋》《蚤虱赋》比较,就会发现:一是《剧鼠赋》较《蝦蟆赋》《蚤虱赋》篇幅略长,而且讽刺之意昭然若揭;二是《剧鼠赋》较《蝦蟆赋》描写更为形象,文学性也强。卞彬《蝦蟆赋》残存二十四字,描写虾蟆,“纡青拖紫,名为蛤鱼……科斗唯唯,群浮暗水。维朝继夕,聿役如鬼”③。质木无文,毫无趣味。《蚤虱赋》序今未见描写蚤虱的文字,唯有“为人多病,起居甚疏,萦寝败絮,不能自释。兼摄性懈惰,懒事皮肤,澡刷不谨,浣沐失时,四体盩毛盩毛,加以臭秽,故苇席蓬缨之间,蚤虱猥流。淫痒渭濩,无时恕肉,探揣攫撮,日不替手”几句描写自己放荡不羁、放纵任性、不加检点、不受约束的生活,虽极为形象,但过于丑陋,甚至令人作呕。卢元明《剧鼠赋》描绘老鼠形象时云:“毛骨莫充于玩赏,脂肉不登于俎膳。故淮南轻举,遂呕肠而莫追;东阿体拘,徒称仙而被谴。其为状也,憯恢咀吁,睢离睒睗,须似麦穗半垂,眼如豆角中劈,耳类槐叶初生,尾若酒杯余沥。乃有老者,羸体疥癞,偏多奸计,众中无敌。托社忌器,妙解自惜,深臧厚闭,巧能推觅。或寻绳而下,或自地高踯,登机缘柜,荡扉动帟,切切终朝,轰轰竟夕。”④无论老鼠之外形抑或活动轨迹,均描写得活灵活现,文学性极强。

因此,卢元明《剧鼠赋》比卞彬《蝦蟆赋》《蚤虱赋》更具文学性,是北魏赋中翘楚。文章骈散相间,屡见典故运用,但少华丽辞藻,很明显不是学习南朝赋,而是对东汉赵壹《刺世疾邪赋》创作精神的继承。

从以上对袁翻《思归赋》和卢元明《剧鼠赋》的分析来看,那种一味强

① 严可均:《全上古三代秦汉三国六朝文》,中华书局 1958 年,第 2913 页。
② 《南齐书》卷五十二《文学列传·卞彬传》,中华书局 1972 年,第 893 页。
③ 严可均:《全上古三代秦汉三国六朝文》,中华书局 1958 年,第 2913 页。
④ 严可均:《全上古三代秦汉三国六朝文》,中华书局 1958 年,第 3702 页。

调北魏赋学习南朝赋而创作的论调恐难成立。北魏赋在广泛学习汉魏六朝文学养分的基础上,形成其独特的艺术风格。题材方面,继承汉赋创作精神,以京都赋、“七体”赋、抒情小赋为主。除张渊《观象赋》、阳固《演赜赋》外,其余北魏赋篇幅均较汉赋略短,动辄几千言的大赋几乎绝迹。篇制而言,部分赋作有“序”,交代写作缘起,六、七言“兮”字句仍在运用,这些都表明北魏赋对汉赋的继承。有继承方有创新,北魏赋之创新才是我们关注之所在。

南北对峙,然其文化交流并未断绝,行人往来以及部分南方领土为北魏所占领,南朝文化自然而然会传入北魏。在这样的情境下,南朝赋艺术北传是极为自然的。从现有北魏赋创作情形看,北魏赋吸收了南朝赋的因素,但并非完全南朝化。

山水描写是南朝文学主流之一,北魏赋中亦出现了这种倾向,但数量极少,而且山水描写仅是整篇文章之点缀,与南朝纯粹描写山水的文学不同。如李谐《述身赋》一篇多次描摹山水风景,每次仅一、二句。“迫玄冬之暮岁,历关山之遐阻。风激沙而破石,雪浮河而漫野”①四句写暮冬时分关河冷清,山水遥相间隔,寒风凛冽,漫天飞雪,只不过是为了凸显元颢入洛自然环境之险恶而已;“山隐势于复石,水回流于激沙。树先春而动色,草迎岁而发花”②四句写山石相映,水势迂回,树木郁郁葱葱,山花烂漫,衬托居住环境之典雅;“何信都之巨猾,若封豕与大风。肆吞噬于嘴距,咸邑烬而野空。径黎阳之寇聚,迫崖垒之沨隆”③六句写大风凛冽,原野寒空,激流拍打崖岸,以此渲染战争之惨烈。若从整篇文章的1700余字来看,这些描写山水风景的句子所占的篇幅微乎其微。

骈字俪偶是南朝文学主流,所谓“俪采百字之偶,争价一句之奇,情必极貌以写物,辞必穷力而追新”④,北魏赋借鉴了其养分,演化为语言质朴,骈散相间的赋作。如李骞《释情赋》中一段:

嗟蒙昧之无取,故告舍而不及。已获落而少成,又拥肿而无立。愧精坚于百炼,惭忠信于十邑。非珪璋之特达,讵芳厓之易袭。未砥砺以自进,宁琢磨而成章。乖宋子之万字,异应生之五行。不请观于

① 严可均:《全上古三代秦汉三国六朝文》,中华书局1958年,第3690页。
② 严可均:《全上古三代秦汉三国六朝文》,中华书局1958年,第3690页。
③ 严可均:《全上古三代秦汉三国六朝文》,中华书局1958年,第3691页。
④ 刘勰著、范文澜注:《文心雕龙注》,人民文学出版社1958年,第67页。

> 石室，岂借书于晋皇。求班庄而不遂，况蔡文之可望？参四科其未获，入三选而谁许。本无声于梁魏，故未闻于陈汝。居玉石以多迷，宅显晦而乖所。既无怀于四至，安有情于再举。虽衣冠之未胄，而世禄之绪余。等渤澥之乘雁，类九罭之逃鱼。处江淮而不变，对朝市而闲居。空阖门以靖轨，非论道而修书。少宾客于季彦，谢朋交于太初。①

李骞生活的时代正是南朝萧梁统治时期，是南朝赋创作最为鼎盛之时，绮语闲情、轻艳流荡，华靡是其主导风格。李骞《释情赋》一改华靡之风，写作质朴无华的词句。所引这段文字大多为整齐的六言句，但绝大多数并不是骈偶句，而是骈散相间。同时也很少用典故，读起来也不那么晦涩。曹道衡先生认为南朝赋的特点是“它使辞赋的笔调越来越细致精巧，打破了汉以来辞赋的堆砌习气和古僻难读之弊并加强了作品的抒情性，并在形式上更趋华美通俗，音调和谐”②。若就本段文字来看，曹先生所论正是北魏赋的优点。

“乱辞”的独特形式。刘勰论及赋篇体制时云：“既履端于倡序，亦归余于总乱。序以建言，首引情本；乱以理篇，迭致文契。按《那》之卒章，闵马称乱；故知殷人辑《颂》，楚人理赋。”③刘勰认为赋有序、正文、乱三部分。事实上，据我不完全统计，《楚辞》有“乱辞”，汉魏六朝赋很少有“乱辞”。在现存北魏赋中，唯有阳固《演赜赋》有“乱辞”。阳固《演赜赋》是继承贾谊《鵩鸟赋》、张衡《思玄赋》、班固《幽通赋》创作精神而写作的一篇七言骚体赋，用以抒发自己的怀才不遇之情。该赋无“序”，正文长达 2300 余字，末尾附有 140 余字的“乱辞”：

> 禀元承命，人最灵兮。夭寿否泰，本天成兮。体源究道，归圣哲兮。随化委遇，能达节兮。显亲扬名，德之上兮。保家全身，亦厚量兮。趣世浮动，违性命兮。鉴始究终，同水镜兮。志愿不合，思远游兮。陵虚骋志，从所求兮。周历四极，腾八表兮。形劳志沮，未衷道兮。反我游驾，养慈亲兮。躬耕练艺，齐至人兮。④

① 严可均：《全上古三代秦汉三国六朝文》，中华书局 1958 年，第 3680 页。
② 曹道衡：《略论北朝辞赋及其与南朝辞赋的异同》，《文史哲》1991 年第 6 期。
③ 刘勰著、范文澜注：《文心雕龙注》，人民文学出版社 1958 年，第 135 页。
④ 严可均：《全上古三代秦汉三国六朝文》，中华书局 1958 年，第 3732 页。

这段文字是对全篇创作宗旨的概括。作者认为显亲扬名是人生最高境界的追求,保家全身亦是人人所追求的,随世浮动是应摈弃的。面对吏治腐败、外戚专权的北魏后期社会,阳固选择了清虚自守、委遇随化的人生态度。

北魏赋虽然现存数量较少,然亦是随着北魏儒学的发展渐趋兴盛。特别是北魏迁都洛阳之后,儒学兴盛,赋体文学亦出现了繁荣局面。尤为值得注意的是,孝文帝元宏、彭城王元勰、安丰王元明、京兆王元愉、元顺等这些鲜卑族文学家创作出大量优秀赋作,可以看作是北魏民族融合的成果。史载萧衍看到温子昇文章后说"曹植、陆机复生于北土。恨我辞人,数穷百六"①,这说明时人已经认识到北魏与南朝文学之差异。相对于南朝赋,北魏赋继承汉赋之精髓,吸收了汉魏六朝赋之养分,形成了诸多独具风格的作品。现存北魏赋数量少,然其艺术成就较高,值得学人关注。

第四节　北魏书信体散文的文化价值

书信体散文的起源,历来说法不一,争议颇大。姚鼐认为源于《尚书》,"书说类者,昔周公之告召公,有《君奭》之篇"②。《君奭》是史官记录周公旦勉励召公奭共同辅佐周成王之辞,开篇云"周公若曰",继而以多个"公曰"连缀成篇,并非书体文章。刘勰以为肇始于春秋战国时期,"三代政暇,文翰颇疏。春秋聘繁,书介弥盛:绕朝赠士会以策,子家与赵宣以书,巫臣之遗子反,子产之谏范宣,详观四书,辞若对面"③。刘勰列举出中国最早一批书信体文章,然这四篇均属行人辞令,亦非书信体文章。大约受刘勰之影响,郝经《郝氏续后汉书》认为"巫臣之遗子反"是"书"的起源,王之绩《铁立文起》以为"书"始于"子家与赵宣以书"。任昉认为始于西汉,"书,汉太史令司马迁《报任少卿书》"④。任昉以司马迁《报任少卿书》为"书"体文章代表作,无意探讨书信体散文渊源。诸种之说,无所谓对错,究其原因在于书体文之庞杂。刘勰在《文心雕龙·书记》中列举出"书"有谱、籍、簿、录、方、术、占、试、律、令、法、制、符、契、券、疏、关、刺、解、牒、状、列、辞、谚二十四个门类。如此众多之部类,前人纷纷探讨其特征,如吴讷

---

① 《魏书》卷八十五《文苑列传》,中华书局1974年,第1876页。
② 姚鼐:《古文辞类纂》,《四部备要》第92册,中华书局1989年,第2页。
③ 刘勰著、范文澜注:《文心雕龙注》,人民文学出版社1958年,第455—456页。
④ 任昉:《文章缘起》,《丛书集成初编》第2625册,商务印书馆1935年,第23页。

就以为“昔臣僚敷奏,朋旧往复,皆总曰书;近世臣僚上言,名为表奏;惟朋旧之间,则曰书而已”①。本文所言书信体散文就是用“惟朋旧之间,则曰书而已”之意,将“书”界定为朋友之间一种交往的工具,缩小了古代书体文的范围,与现代意义上的书信观念相接近。

北魏书信体散文的研究,目前基本上还处于空白状态。今人王坤《北朝书信研究》②、柏秀叶《汉魏六朝书信体散文论》③、王岩《汉魏六朝书信体散文研究》④等论文中有涉及北魏书信体散文内容。然由于北魏书信体散文名篇较少,故这些论文所论极简。今以严可均《全上古三代秦汉三国六朝文》所收文章为据,试图从北魏书信体散文的分类、风格诸方面进行较为全面的探讨。

一、军国书信

军国书信是北魏书信体散文中数量最多的,这些书信涉及北魏军队、国家政治生活中的大事,具有极为重要的认识价值和文化价值。就其内容而言,大致可分为劝降书、督战书、慰抚书、结盟书、外事书、朝政书六类。

劝降书就是劝谕对方投降。文学史上第一篇名动天下的劝降书是丘迟《与陈伯之书》,明人王志坚称其“可使顽石点头”⑤,大约是以情动人。北魏劝降书的代表作是拓跋焘《与宋主书》和慕容白曜《喻崔道固书》,在继承劝降书文体特点的同时又有创新。太平真君十一年(450)二月,太武帝拓跋焘亲率大军十万突袭刘宋悬瓠城(今河南省汝南县),宋将陈宪率兵千人婴城固守。双方力量悬殊,战争极为惨烈,“焘尽锐以攻之,宪自登郛城督战。起楼临城,飞矢雨集,冲车攻破南城,宪于内更筑扞城,立栅以补之。虏肉薄攻城,死者甚众,宪将士死伤亦过半”⑥。此次战役,北魏虽然未能占领悬瓠,但虏掠甚众,刘宋军屡战无功,为拓跋焘所轻侮,故撰《与宋主书》劝降,全文软硬兼施,威逼利诱,迫使宋主投降,甚至不惜以武力恫吓:“彼今若欲保全社稷、存刘氏血食者,当割江以北输之,摄守南度,如此,释江南使彼居之。不然,可善敕方镇、刺史、守宰,严供张之具,来秋当往取扬州,大势已至,终不相纵。顷者往索真珠珰,略不相与,今所馘截髑髅,可

① 吴讷:《文章辨体序说》,人民文学出版社1962年,第41页。
② 王坤:《北朝书信研究》,山东师范大学2011届硕士学位论文,中国知网。
③ 柏秀叶:《汉魏六朝书信体散文论》,山东师范大学2001届硕士学位论文,中国知网。
④ 王岩:《汉魏六朝书信体散文研究》,延边大学2010届硕士学位论文,中国知网。
⑤ 王志坚:《四六法海》,明天启七年刻载德堂印本。
⑥ 《宋书》卷九十五《索虏列传》,中华书局1974年,第2344页。

当几许。珠，珰也。彼往日北通芮芮，西结赫连、蒙逊、吐谷浑，东连冯弘、高丽，凡此数国，我皆灭之。以此而观，彼岂能独立？"①劝刘宋割让长江以北土地，否则来年将攻取扬州。并以珠珰与髑髅为喻，敦促宋文帝刘义隆在国土与战争之中做出抉择。继而指出刘宋的柔然、大夏、北凉、河南、北燕、高丽六个邦交国已为北魏所灭，刘宋岂能独存？气势咄咄逼人，展现北魏强大的武力与不可一世之概。皇兴元年(467)八月，北魏派遣征南大将军慕容白曜率军攻打无盐城，拉开了平定三齐战争的序幕。慕容白曜英勇善战，指挥有方，刘宋军队望风披靡，无盐、肥城、垣苗、麋沟、升城、盘阳六城均为其所攻破，慕容白曜进逼历城，太守崔道固固守不降，慕容白曜作《喻崔道固书》劝降。文章开篇分析刘宋王朝骨肉相残、纲纪紊乱、将领叛北的时局大势，并以薛安都归顺北魏爵河东公、申纂抗击北魏身死城破的事实，劝谕崔道固投降："自襄阳以东，至于淮海，莫不风靡，服从正化。谓东阳、历城有识之士，上思安都之荣显，下念申纂之死亡，追悔前惑，改图后悟。然执守愚迷，不能自革。猥总戎旅，埽定北方。济黄河知十二之虚说，临齐境想一变之清风，踟蹰周览，依然何极。故先驰书，以喻成败。"②以薛安都与申纂之境遇，情理备至，劝说崔道固弃城投降。这两篇书信在劝降时彰显了北魏国力强盛、军力强大、国势辉赫，具有极为重要的文化价值。

督战书就是督促主将奋勇杀敌、为国效命的书信。北魏督战书的代表作是许谦《遗杨佛嵩书》和元恪《赐邢峦玺书》。登国十年(395)七月，后燕慕容宝率军攻打北魏五原，道武帝拓跋珪命许谦求救于后秦姚兴，姚兴派遣大将杨佛嵩率军支援北魏。杨佛嵩首鼠两端，贻误战机，许谦作《遗杨佛嵩书》劝其火速驰援："夫杖顺以翦逆，乘义而攻昧，未有非其运而显功，无其时而著业。慕容无道，侵我疆埸，师老兵疲，天亡期至，是以遣使命军，必望克赴。将军据方邵之任，总熊虎之师，事与机会，今其时也。因此而举，役不再驾，千载之勋，一朝可立。然后高会云中，进师三魏，举觞称寿，不亦绰乎。"③文章分析后燕与北魏战争形势，劝说杨佛嵩抓住时机建立功勋，留千载之英名。正始三年(506)，南梁萧衍派兵侵扰徐、兖二州，北魏东南边境相继陷落，邢峦奉命出征，收复兖州、宿豫，宣武帝元恪作《赐邢峦玺书》予以嘉奖，"将军忠规协著，火烈霜摧，电动岱阴，风扫沂泽，遂令逋诛之寇，一朝歼夷。元鲸大憝，千里折首。殊勋茂捷，自古莫二。但扬区未

① 严可均：《全上古三代秦汉三国六朝文》，中华书局 1958 年，第 3517 页。
② 严可均：《全上古三代秦汉三国六朝文》，中华书局 1958 年，第 3661 页。
③ 严可均：《全上古三代秦汉三国六朝文》，中华书局 1958 年，第 3615 页。

安,余烬宜荡,乘胜掎角,势不可遗。便可率厉三军,因时经略,申威东南,清彼江介,忘此仍劳,用图永逸,进退规度,委之高算"①。文章高度肯定邢峦风扫沂泽、歼灭丑虏、殊勋茂捷的赫赫战功,勉励其乘胜进军,攻占扬州,夺取建康,消灭南梁。这两篇督战书气势充沛,语言流利,如行云流水一般,展现了北魏高度的自信与势如破竹的威力。

慰抚书是为了安抚归顺者或故旧而作的书信,其目的是安抚人心,以坚其志。北魏慰抚书的代表作是拓跋弘《克青冀二州下书》和孔伯恭《喻下邳宿豫城内书》。皇兴元年(467)闰正月,薛安都归降北魏,宋太宗刘彧遣张永、沈攸之攻打薛安都。北魏派尉元救援薛安都而击败张永、沈攸之,青州刺史沈文秀、冀州刺史崔道固率兵投降,献文帝拓跋弘作《克青冀二州下书》以慰抚。作者高度赞扬薛安都、常珍奇的降魏行为,并决定为了解决逃匿山林、饥馑荐臻的百姓生活问题,"曲赦淮北三州之民,自天安二年正月三十日壬寅昧爽以前,诸犯死罪以下系囚见徒,一切原遣"②。赦免死罪以下囚徒,以此来安抚人心,并鼓励百姓种植农作物、养蚕,以解决生活问题。皇兴元年(467)正月,孔伯恭率领北魏军队在彭城与刘宋大将张永、沈攸之对垒。魏军勇猛异常,刘宋军队节节败退,孔伯恭作《喻下邳宿豫城内书》:"刘彧肆逆滔天,弗鉴灵命,犹谓绝而复兴,长江可恃,敢遣张永、周凯等率此蚁众,送死彭城。大军未临,逆首奔溃。今乘机电举,当屠此城,遂平吴会,吊民伐罪。幸时归款,自求多福。"③作者渲染北魏军队之声势,以恫吓的方式劝慰下邳、宿豫城内百姓归降。这两份慰抚书一柔一刚,在不同的情境下均达到抚慰的目的。

结盟书是出于政治需要,国家与国家之间,或者国家与个人之间达成共同遵守的契约文书。盟书最早见于春秋时期,1955—1956 年山西省考古工作者在山西侯马晋城遗址所发掘的侯马盟书、1980—1982 年河南省文物研究所在河南省温县武德镇西张计村州城遗址发掘的温县盟书,被认为是中国古代最早的盟书。北魏盟书的代表作是许谦《与杨佛嵩盟》。登国十年(395)七月,后燕侵魏,许谦奉命乞师于后秦,杨佛嵩犹豫不决,许谦作《遗杨佛嵩书》规劝,杨佛嵩采纳许谦建议,果断出击,打败慕容宝。道武帝拓跋珪大喜,赐爵关内侯,并与之结盟:"昔殷汤有鸣条之誓,周武有河阳之盟,所以藉神灵,昭忠信。夫亲仁善邻,古之令轨,歃血割牲,以敦永

① 严可均:《全上古三代秦汉三国六朝文》,中华书局 1958 年,第 3565 页。

② 严可均:《全上古三代秦汉三国六朝文》,中华书局 1958 年,第 3524 页。

③ 严可均:《全上古三代秦汉三国六朝文》,中华书局 1958 年,第 3684 页。

穆。今既盟之后，言归其好，分灾恤患，休戚是同。有违此盟，神祇斯殛。”①吴承学先生认为先秦盟誓在体制上有三部分：“（一）盟誓缘起，即叙述各方之所以盟誓的原因；（二）遵誓要求，即列出盟誓各方所应遵守的具体条款；（三）违盟恶果，即参盟各方共同约定，如果盟誓者有不遵盟的，他们本人及家人，甚至其国家即将受到鬼神的严惩。”②《与杨佛嵩盟》开篇叙盟誓的目的“藉神灵，昭忠信”，次叙遵誓要求是“分灾恤患，休戚是同”，再述违盟恶果是“神祇斯殛”。该篇在继承先秦盟书的体制上，又略有变革，文辞古雅，有先秦盟书之遗风。

外事书是两国之间为了处理外交事务而撰写的信函。北魏战争频仍，其外事书多与战争有关，其代表作是若库辰树兰《移书豫州》。太平真君九年（448），豫州刺史若库辰树兰作《移书豫州》，知会刘宋南豫州刺史刘铄。文章分析了魏、宋边界现状，“比者以来，边民扰动，互有反逆，无复为害，自取诛夷。死亡之余，雉菟逃窜，南人宋界，聚合逆党，频为寇掠，杀害良民，略取资财，大为民患”③。边境互扰、叛乱无常、杀害良民、掠夺财物难以禁绝，在魏、宋二国交好的情形下，约定：“自今以后，魏、宋二境，宜使人迹不过。自非聘使行人，无得南北。边境之民，烟火相望，鸡狗之声相闻，至老死不相往来。”④除使者外，两国百姓老死不相往来，以杜绝边患之发生。刘铄收到书函后，作《答移魏若库辰树兰》以答，称“申告嘉贶，实获厥心”⑤。

朝政书是专为讨论朝廷政治之事而撰写的书信，作者为朝廷大员，所涉及之内容多为朝政大事，代表作是刘景安《规崔亮书》和崔亮《答刘景安书》。神龟二年（519）二月，灵太后命崔亮选拔官员，“亮乃奏为格制，不问士之贤愚，专以停解日月为断”⑥。这就是中国官制史上著名的停年格。那么，“停解”何意？《汉语大词典》释其意云：“停解，谓担任职务。”⑦同书解释“停年格”时又说“北魏崔亮所创的选官制度。不问贤愚，专以年资深浅为录用标准”⑧。这种解释恐值得商榷。“停解”是罢职免官。依照北魏

① 严可均：《全上古三代秦汉三国六朝文》，中华书局1958年，第3615页。
② 吴承学：《先秦盟誓及其文化意蕴》，《文学评论》2001年第1期。
③ 严可均：《全上古三代秦汉三国六朝文》，中华书局1958年，第3643页。
④ 严可均：《全上古三代秦汉三国六朝文》，中华书局1958年，第3643页。
⑤ 严可均：《全上古三代秦汉三国六朝文》，中华书局1958年，第3507页。
⑥ 《魏书》卷六十六《崔亮列传》，中华书局1974年，第1479页。
⑦ 《汉语大词典》（第一卷），上海辞书出版社2011年，第1557页。
⑧ 《汉语大词典》（第一卷），上海辞书出版社2011年，第1560页。

职官制度,当时的官员六年为一任,解任后要等待六年,方能再次选官。“停解日月”是官员赋闲的时间。崔亮创造的“停年格”,是按照官员赋闲的时间长短重新起用,谁赋闲的时间长,谁就先出来做官。崔亮之举,遭到时人之诘难。刘景安作《规崔亮书》予以责难,该文从周以乡塾贡士、两汉由州郡荐才、魏晋置中正以藻别人物等人才铨衡制度入手,指斥“停年格”之错失:“如之何反为停年格以限之?天下士子谁复修厉名行哉!”①针对刘景安之指责,崔亮作《答刘景安书》给予解释。崔亮自称自己六任吏部郎、三任吏部尚书,谙熟选官用人之道,今用“停年格”目的是为了限制武人入选:“今勋人甚多,又羽林入选,武夫崛起,不解书计,唯可彍弩前驱,指踪捕噬而已。忽令垂组乘轩,求其烹鲜之效,未曾操刀,而使专割。又武人至多,官员至少,不可周溥。设令十人共一官,犹无官可授,况一人望一官,何由可不怨哉?吾近面执,不宜使武人入选,请赐其爵,厚其禄。既不见从,是以权立此格,限以停年耳。”②崔亮认为武士适合负箭前驱、指挥谋划、捕捉擒拿,不懂书吏文案,不宜委任官职,故以“停年格”来阻止其入选。崔亮以“停年格”颠覆了中国古代选贤任能的职官制度,在北魏特定时期内有一定的意义,但为祸不小:“后甄琛、元修义、城阳王徽相继为吏部尚书,利其便已,踵而行之。自是贤愚同贯,泾渭无别。魏之失才,从亮始也。”③

北魏军国书信犹如一面镜子,折射出国家政治生活的方方面面,是我们认识北魏军事、外交、朝政生活的绝好素材,具有极为重要的文化价值。

二、诫子书

中国古代家训类文献,自颜之推《颜氏家训》之后方有“家训”之名,在此之前存在着具有独立文献价值的诫子书。换句话说,诫子书就是家训之肇始。诫子书起源较早,始于西汉,刘勰云:“汉高祖之《敕太子》,东方朔之《戒子》,亦顾命之作也。及马援已下,各贻家戒。班姬《女戒》,足称母师也。”④刘邦《敕太子》是目前所知最早的诫子书。经过两汉发展,诫子书

① 严可均:《全上古三代秦汉三国六朝文》,中华书局 1958 年,第 3775 页。
② 严可均:《全上古三代秦汉三国六朝文》,中华书局 1958 年,第 3626 页。
③ 《魏书》卷六十六《崔亮列传》,中华书局 1974 年,第 1480 页。
④ 刘勰:《文心雕龙》,人民文学出版社 1958 年,第 360 页。

在魏晋南北朝时期“十分发达”①,甚至出现了“超前绝后”②的局面。蔡雁彬《汉魏六朝诫子书研究》③、薛熠焕《魏晋诫子书研究》④、刘晓千《魏晋六朝诫子书研究》⑤三部硕士学位论文就是对汉魏六朝诫子书的初步研究成果。六朝时期诫子书数量最为庞杂,北魏篇幅亦不少,然北魏诫子书从未有学人研究,这不得不说是学术界的憾事。

诫子书“从文体上看,它包括戒、敕、教、令、诰、命、书、疏等各体;从篇名上看,有‘诫子书’‘家诫’‘家训’‘遗令’‘遗命’‘家仪’‘门律’等多种名目”⑥。现存北魏诫子书与此大致相类,从篇名上看,有“诫子书”“遗令”“顾命”“敕子”等。无论哪一种形式,都谆谆告诫子孙,坚守心中那份信仰,传美后代。其文化价值主要有以下几个方面:

第一,俭葬的终制观。人类最初或许并没有葬的概念,死后葬礼极为简单。1977 年,考古专家在河南新郑市新村镇裴李岗村首次发掘出了距今约 8000 年的新石器时代早期文化代表——裴李岗文化。在一处氏族家族墓地中,共发现了 114 座人类早期墓穴,墓穴简单,不见葬具,随葬品也很少,甚至没有。即便有点随葬的物品,也仅是磨盘、磨棒、石斧、石铲、石镰、陶瓶、陶罐一类早期生产、生活用品。随着人类物质文明和精神文明的进步,以及国家、国君的出现,厚葬之风渐趋兴盛。1976 年在河南安阳小屯村发现的“妇好墓”出土的随葬品多达 1928 件,其中青铜器有 468 件,品种几乎涵盖了过去殷墟中出土的所有青铜器种类。有两件大方鼎,大小仅次于中国目前已发现的体形最大和最重的青铜器“司母戊鼎”。墓中还有 755 件制作工艺很高的玉器随葬品,还有绿松石、玛瑙、水晶、象牙等许多宝石。妇好是商王武丁的法定配偶。此后,厚葬成风,以至仲长统在《潜夫论》中感慨道:“今京师贵戚,郡县豪家,生不极养,死乃崇丧,或至刻金镂玉,檽梓楩柟,良田造茔,黄壤致藏,多埋珍宝偶人车马,起造大冢,广种松柏,庐舍祠堂,崇侈上僭。”⑦在厚葬之风盛行之际,许多有识之士就提倡薄葬。西汉杨王孙认为厚葬靡财殚币,无益于死者,主张裸葬,“吾欲裸葬,以

① 袁行霈:《中国文学史》(第二卷),高等教育出版社 2002 年,第 167 页。

② 钱穆:《略论魏晋南北朝学术文化与当时门第之关系》,《新亚学报》第五卷第二期(1963 年)。

③ 蔡雁彬:《汉魏六朝诫子书研究》,南京大学 1996 届硕士学位论文,中国知网。

④ 薛熠焕:《魏晋诫子书研究》,华东师范大学 2011 届硕士学位论文,中国知网。

⑤ 刘晓千:《魏晋六朝诫子书研究》,华侨大学 2008 届硕士学位论文,中国知网。

⑥ 蔡雁彬:《汉魏六朝诫子书研究》,南京大学 1996 届硕士学位论文,中国知网。

⑦ 汪继培:《潜夫论笺校正》,中华书局 1985 年,第 137 页。

反吾真,必亡易吾意。死则为布囊盛尸,入地七尺,既下,从足引脱其囊,以身亲土"①。东汉光武帝刘秀以行政命令干预厚葬,"世以厚葬为德,薄葬为鄙,至于富贵奢僭,贫者单财,法令不能禁,礼义不能正,仓卒乃知其咎。其布告天下,令知忠臣、孝子、慈兄、悌弟薄葬送终之义"②。然而志士仁人的不懈努力,并未扭转豪奢的丧葬习俗。东汉末年,随着盗墓之风兴起,俭葬之风悄然风行,像曹丕就倡导薄葬,"无施苇炭,无藏金银铜铁,一以瓦器,合古涂车、刍灵之义。棺但漆际会三过,饭含无以珠玉,无施珠襦玉匣"③。北魏诫子书承袭汉魏薄葬习俗,一律倡导俭葬。如李彦《临终遗诫其子升明等》云:"今可敛以时服,葬于硗确之地,勿用明器、刍涂及仪卫等。尔其念哉。"④又如源贺《遗令敕诸子》亦云:"吾终之后,所葬时服单椟,足申孝心,刍灵、明器,一无用也。"⑤以当时流行的服饰装殓,安葬在坚硬瘠薄的土地之上,而且墓室内不放置礼器宝物、人马、仪仗等,这就是北魏流行的俭葬的终制观。

第二,群居的家庭模式与封闭内敛的心态。北魏的家庭形态与南朝不同,史载裴植"虽自州送禄奉母及赡诸弟,而各别资财,同居异爨,一门数灶,盖亦染江南之俗也"⑥。裴植初仕南齐,后归顺北魏,官封征虏将军、兖州刺史,爵崇义县开国侯。"染江南之俗"是说其虽至北魏,仍保留江南的习俗,那就是各别资财、同居异爨、一门数灶。北魏与此不同,检索《魏书》,三世同居、五世同居、数世同居的大家庭随处可见。而且这些家庭人口众多,数百口群居的家庭模式屡见不鲜,如卢度世"父母亡,然同居共财,自祖至孙,家内百口"⑦、李几"七世共居同财,家有二十二房,一百九十八口,长幼济济,风礼著闻"⑧等。这样的大家庭为了确保家族绵延,兴旺发达,为人处世需十分谨慎,如郭祚经李冲荐为黄门侍郎后,"意便满足,每以孤门往经崔氏之祸,常虑危亡,苦自陈挹,辞色恳然,发于诚至"⑨。由"苦自陈挹""辞色恳然"可见其战战兢兢、谦恭谨慎、如履薄冰、内敛保守的心态。北魏诫子书是这种生活状态的反映和传承。崔光韶《诫子孙》云:"吾

① 《汉书》卷六十七《杨胡朱梅云传》,中华书局1962年,第2907页。
② 《后汉书》卷一下《光武帝纪第一下》,中华书局1965年,第51页。
③ 《三国志》卷二《文帝纪》,中华书局1959年,第81页。
④ 严可均:《全上古三代秦汉三国六朝文》,中华书局1958年,第3780页。
⑤ 严可均:《全上古三代秦汉三国六朝文》,中华书局1958年,第3647页。
⑥ 《魏书》卷七十一《裴叔业列传》,中华书局1974年,第1571—1572页。
⑦ 《魏书》卷四十七《卢玄列传》,中华书局1974年,第1062页。
⑧ 《魏书》卷八十七《节义列传》,中华书局1974年,第1896页。
⑨ 《魏书》卷六十四《郭祚列传》,中华书局1974年,第1426页。

兄弟自幼及老,衣服饮食未曾一片不同,至于儿女官婚荣利之事,未尝不先以推弟。弟顷横祸,权作松榇,亦可为吾作松棺,使吾见之。"①崔光韶与弟弟光伯是双胞胎,生前衣服饮食相同,弟弟光伯早夭,崔光韶临死之际告诫子孙,在他的墓穴中为弟弟放置一空棺,以示兄弟友爱。崔光韶以自己与弟弟的关系为榜样,勉励自己不同母的儿子坚守儒家孝悌伦理观念。而崔休《诫诸子》更直接地说:"汝等宜皆一体,勿作同堂意,若不用吾言,鬼神不享汝祭祀。"②要求儿子们不能分家,否则就得不到神灵庇护。

第三,丧葬礼仪中的佛学观念。拓跋鲜卑族本来没有佛教信仰,随着太武帝拓跋焘扩张,特别是平定凉州之后,沿着丝绸之路,佛教逐步进入北魏,慢慢为人们所接受。佛教传播与中国本土道教产生了尖锐冲突,在崔浩支持下,太武帝于太平真君七年(446)下令灭佛。此次灭佛行动并没有对佛教产生影响,相反佛教在政治打压下发展更为迅速,到孝文帝元宏统治时期佛教达到极盛。《魏书》记载此时佛教盛况时云:"自兴光至此,京城内寺新旧且百所,僧尼二千余人,四方诸寺六千四百七十八,僧尼七万七千二百五十八人。"③佛教的迅猛发展,逐渐渗透到民众的日常生活之中,在葬礼中亦有体现。崔孝直《顾命诸子》云:"吾子疏效薄,于国无功。若朝廷复加赠谥,宜循吾意,不得祗受。若致于求,则非吾子。敛以时服,祭勿杀生。"④雷绍《遗敕其子》亦云:"吾本乡葬法,必杀犬马,于亡者无益,汝宜断之,敛以时服,事从俭约。"⑤"勿杀生"是释迦牟尼《十善业道经》中所倡导的"十善业道"之首,是对生命的尊重与广积善德。崔孝直告诫儿子"勿杀生",意谓遵循佛学理念,积善行德。裴植《临终遗令子弟》云:"命尽之后,翦落须发,被以法服,以沙门礼葬于嵩高之阴。"⑥死后落发、法服(如袈裟之类)装裹,并以佛教礼仪安葬,纯粹是一场佛门法事。这些佛学观念反映了中国丧葬礼仪的新变化,也给南北朝诫子书融入了新价值。

第四,儒家立身、处事之道。诫子书的目的是为了教育下一代,从这个意义上讲,儒家思想观念是其主体。拓跋鲜卑族入主中原后,为了稳固自己的统治,吸收中原汉族士人,在其帮助下健全儒学体系,弘扬儒家学说,北魏儒学出现了兴盛的局面。"高祖钦明稽古,笃好坟典,坐舆据鞍,不忘

① 严可均:《全上古三代秦汉三国六朝文》,中华书局1958年,第3627页。
② 严可均:《全上古三代秦汉三国六朝文》,中华书局1958年,第3627页。
③ 《魏书》卷一百一十四《释老志》,中华书局1974年,第3039页。
④ 严可均:《全上古三代秦汉三国六朝文》,中华书局1958年,第3715页。
⑤ 严可均:《全上古三代秦汉三国六朝文》,中华书局1958年,第3784页。
⑥ 严可均:《全上古三代秦汉三国六朝文》,中华书局1958年,第3756页。

讲道。刘芳、李彪诸人以经书进,崔光、邢峦之徒以文史达,其余涉猎典章,关历词翰,莫不縻以好爵,动贻赏眷。于是斯文郁然,比隆周汉……故燕齐赵魏之间,横经著录,不可胜数。大者千余人,小者犹数百"①。在这样的文化氛围中,以儒学来教育子弟成为家庭之首选。张氏《诫诸子》云:"自我为汝家妇,未见汝父一日不读书,汝等宜各修勤,勿替先业。"②张氏是高谦之妻。高谦之家族以儒学持家,其父高崇曾云:"仲尼四科,德行为首。人能立身约己,不忘典训,斯亦足矣。故吾诸子。"③高崇教育子弟以德行为首,故高谦之以孝闻名一时。高谦之亦是北魏著名的文学家,与袁翻、常景、郦道元、温子昇等交往颇多,体恤下人,为时人所称。故其妻教育儿子要多读书,勤修身,将祖宗儒学之家规传之后世。源贺《遗令敕诸子》有云:"汝其毋傲吝,毋荒怠,毋奢越,毋嫉妒;疑思问,言思审,行思恭,服思度;遏恶扬善,亲贤远佞;目观必真,耳属必正;诚勤以事君,清约以行己。"④源贺是南凉国君秃发傉檀之子,受河西文化之熏陶,具有较高的儒学修养。故其要求儿子言行谨慎,行为恭顺,眼观为真,耳听为实,不要傲慢吝啬、纵逸怠惰、奢侈僭越、嫉妒艳羡,惩恶扬善,亲近贤人,远离奸邪,事君殷勤忠贞,为人清静自守,完全以儒家的伦理规范要求后代。

杨椿《诫子孙》全文 980 余字,是北魏诫子书中篇幅最长的。文有云:"我家入魏之始……吾今年始七十五。"⑤杨椿祖上本弘农华阴人,高祖杨结出仕后燕。皇始二年(397)十月,太祖拓跋珪平定中山,曾祖杨珍归顺北魏。《魏书·杨椿传》载其卒于普泰元年(531),享年 77 岁,则其 75 岁在永安二年(529)。杨椿《诫子孙》为我们展现了杨氏家族 133 年的发展史,以及治家格言,具有极为重要的教育意义。全文从服饰俭朴、兄弟友爱、为官秘诀、家族荣耀四个方面阐述了家族文化内涵。

服饰俭朴。杨椿《诫子书》文云:"国家初,丈夫好服彩色。吾虽不记上谷翁时事,然记清河翁时服饰。恒见翁著布衣韦带,常约敕诸父曰:'汝等后世脱若富贵于今日者,慎勿积金一斤、彩帛百匹已上,用为富也。'"⑥"上谷翁"指曾祖杨珍,在太祖朝任上谷太守。"清河翁"指祖父杨真,曾任清河太守。杨真史书未载,生平事迹未详,大约生活在太宗明元帝拓跋嗣、

① 《魏书》卷八十四《儒林列传》,中华书局 1974 年,第 1842 页。
② 严可均:《全上古三代秦汉三国六朝文》,中华书局 1958 年,第 2792 页。
③ 《魏书》卷七十七《高崇列传》,中华书局 1974 年,第 1708 页。
④ 严可均:《全上古三代秦汉三国六朝文》,中华书局 1958 年,第 3647 页。
⑤ 严可均:《全上古三代秦汉三国六朝文》,中华书局 1958 年,第 3719—3720 页。
⑥ 严可均:《全上古三代秦汉三国六朝文》,中华书局 1958 年,第 3719 页。

世祖太武帝拓跋焘之时，是孝武帝服饰改制之前。此时的官员服饰，《魏书》记载为"（天兴）六年，诏有司制冠服，随品秩各有差"①。具体情形若何，已不可知。清河太守杨真穿着粗布衣服，系着没有花纹装饰的皮带，宛如一介草民，与当时穿着华丽服饰的北魏官员不同。太和六年（482），孝文帝颁布命令，百官始有俸禄。因此，杨真任清河太守时是没有官俸的。他要求子孙"慎勿积金一斤、彩帛百匹已上"，实际上是为了避免他们贪污腐败。

兄弟友爱。杨椿《诫子书》文曰："吾兄弟若在家，必同盘而食。若有近行不至，必待其还。亦有过中不食，忍饥相待。吾兄弟八人，今存者有三，是故不忍别食也。又愿毕吾兄弟，世不异居异财。汝等眼见，非为虚假。如闻汝等兄弟，时有别斋独食者，此又不如吾等一世也。"②杨椿兄弟八人，《魏书》所载者有杨播、杨椿、杨颖、杨顺、杨津、杨暐六人，同盘而食，同居共财，堪称北魏家族群居的典范。特别是"若有近行不至，必待其还。亦有过中不食，忍饥相待"更是兄弟间和睦相处的好榜样。

为官秘诀：忠贞谨慎。在高祖与文明太后共同理政之时，杨播侍奉高祖，杨椿、杨津侍奉文明太后，为了全身远祸，兄弟三人"十余年中，不尝言一人罪过"③。同时说明家族繁衍的原因是"正由忠贞小心谨慎，口不尝论人过，无贵无贱，待之以礼。以是故至此耳"④，以是谆谆告诫子孙们"汝等脱若万一蒙时主知遇，宜深慎言语，不可轻论人恶也"⑤。

家族荣耀密码：礼贤下士、知足常乐。一个家族能够历代居于显职、经久不衰，一定有其深刻的原因。杨椿认为："汝家仕皇魏以来，高祖以下乃有七郡太守、三十二州刺史，内外显职，时流少比。汝等若能存礼节，不为奢淫骄慢，假不胜人，足免尤诮，足成名家。吾今年始七十五，自惟气力，尚堪朝觐天子，所以孜孜求退者，正欲使汝等知天下满足之义，为一门法耳。"⑥在北魏，杨氏时代居要职，有七郡太守、三十二州刺史，杨播赐爵华阴伯，杨侃、杨椿官至侍中，荣耀莫比，其传家之密在于待人以礼，不要奢侈淫逸，大智若愚，没有过失，免受谴责，知足求退，足成名家。钱穆先生曾说："一个大门第，决非全赖于外在之权势与财力，而能保泰持盈达于数百

① 《魏书》卷一百零八《礼志四》，中华书局1974年，第2817页。
② 严可均：《全上古三代秦汉三国六朝文》，中华书局1958年，第3719页。
③ 严可均：《全上古三代秦汉三国六朝文》，中华书局1958年，第3719页。
④ 严可均：《全上古三代秦汉三国六朝文》，中华书局1958年，第3720页。
⑤ 严可均：《全上古三代秦汉三国六朝文》，中华书局1958年，第3720页。
⑥ 严可均：《全上古三代秦汉三国六朝文》，中华书局1958年，第3720页。

年之久；更非清虚与奢汰，所能使闺门雍睦，子弟循谨，维持此门户于不衰。当时极重家教门风，孝弟妇德，皆从两汉儒学传来。”①北魏杨椿家族正是由于坚守儒家伦理道德，方成一百余年不衰之大家族。

诫子书作为书信体散文的一个部类，在中国文化史上具有重要地位。北魏诫子书在继承前代文体传统上，又有了新的突破。在以儒学为主流思想的基础上又融入时代内涵，家族群居，以及佛学观念的浸染，使得北魏诫子书呈现新的变革。

三、其他书信

北魏书信体散文除军国书信、诫子书外，还有众多其他类作品，涉及内容之广泛、事理之庞杂，很难对其归类，兹全部归入“其他”类。

太祖拓跋珪《与朗法师书》是北魏唯一文人与佛教僧侣交往的书信。朗法师，指竺僧朗，释慧皎《高僧传》有《晋泰山昆仑岩竺僧朗传》。太祖书云：“皇帝敬问太山朗和尚：承妙圣灵，要须经略，已命元戎。上人德同海岳，神算遐长，冀助威谋，克宁荒服。今遣使者送素二十端，白氈五十领，银钵二枚，到愿纳受。”②太祖喜好佛法，在平定中山时，约束士卒勿惊扰僧众。天兴元年(398)下诏在京师平城为僧人修建宫舍，供其居住。对于隐居在泰山的竺僧朗师徒，道武帝给予了极高的礼遇，送给他白色生绢二十端、白氈五十领、银钵二枚。同时希望他能够“冀助威谋，克宁荒服”，意即希望竺僧朗能够协助他统一天下。中国古代如何治理天下？历代君王均有探讨，南朝梁武帝以佛治国，影响巨大。然早于梁武帝一百多年前的魏太祖拓跋珪已有以佛理政的思想，故此书信在中国文化史上具有重要意义。

抒写友谊的书信代表作是宗钦《与高允书》和高允《答宗钦书》。宗钦家族久居河西，其父宗燮出仕后凉，宗钦任职于北凉。太延五年(439)，北魏平定凉州后宗钦归顺北魏。宗钦在河西时就以文史才华受知于北凉，曾撰《蒙逊记》十卷。入魏后拜著作郎，与著作郎高允一起负责修撰《国记》。宗钦与高允同朝为臣，然高允时任建武将军，赐爵汶阳子，职位略高于宗钦。更为重要的是高允是神麚征士之首，在朝中有着极高的威望。宗钦《与高允书》就是希冀其引荐自己：

---

① 钱穆：《国史大纲》，商务印书馆1996年，第310页。

② 严可均：《全上古三代秦汉三国六朝文》，中华书局1958年，第3511页。

昔皇纲未振,华裔殊风,九服分隔,金兰莫遂,希怀寄契,延想积久。天遂其愿,爰遘京师。才非季札,而眷深孙乔;德乖程子,而义均倾盖。旷龄罕遇,会之一朝。比公私理异,诹谘路塞,端拱蓬宇,慨叹如何?不量鄙拙,贡诗数韵。若夫泉江相忘之谈,遗言存意之美,虽庄生之所尚,非浅识所宜循。爱敬既深,情期往返,思迟德意,以袪鄙吝。若能纡凤彩以耀榛荟,回连城以映瓦铄者,是所望也。①

全文可分为三层。第一层为前六句,叙说在河西时对高允神往已久。"华裔殊风""九服分隔"是指河西尚未归顺北魏,"金兰莫遂"是说希望与高允义结金兰。"金兰"语出《世说新语》,是指山涛、阮籍、嵇康朋友之交,此处意指自己与高允志趣相投。第二层为中间十二句,叙写自己入魏之后的处境。文章连用去鲁国观乐的吴国公子季札、孙膑的养父孙乔、名闻诸侯的晋国思想家程本、邹阳《狱中上书》一见如故四个典故,既是自谦,又是自傲,肯定自己的德性修养。"倾盖"一词语出《史记·鲁仲连邹阳列传》,既用邹阳《狱中上书》之意,同时又暗含他与高允一见倾心,引为知己。"酬谘路塞,端拱蓬宇"写自己居住在茅草屋中,与官场隔绝、无人荐引的窘境。第三层表达自己内心的矛盾与希望高允举荐的急切心情。宗钦自称赞赏庄子相忘于江湖之论,然不是他目前心中所想。"若能纡凤彩以耀榛荟,回连城以映瓦铄者"直接表达自己理想,"榛荟""瓦铄"自谦出身微贱。在高允的举荐下,自己虽然门第不高,然一定会凭借才华为朝廷做出贡献。宗钦是北凉著名的文学家、史学家,又是河西著名的文学家,故这份书信多用典故,典雅含蓄地吐露自己的心声。收到宗钦书信后,高允作《答宗钦书》以回复:

顷因行李,承足下高问,延伫之劳,为日久矣。王途一启,得叙其怀,欣于相遇,情无有已。足下兼爱为心,每能存顾,养之以风味,惠之以德音。执玩反覆,铭于心抱。吾少乏寻常之操,长无老成之致,凭赖贤胜,以自克勉,而来喻褒饰,有过其分。既承雅赠,即应有答,但唱高则难和,理深则难酬,所以留连日月,以至于今。今往诗一篇,诚不足标明来旨,且表以心。幸恕其鄙滞,领其至意。②

① 严可均:《全上古三代秦汉三国六朝文》,中华书局1958年,第3658页。
② 严可均:《全上古三代秦汉三国六朝文》,中华书局1958年,第3653页。

高允的回信也可分为三层。第一层为前四句，写北魏未平定凉州之前，已通过外交使臣了解到宗钦之为人，渴望与之交往。第二层是中间十句，写宗钦到达平城之后二人之间的往来。文章以“兼爱”“德音”二词高度肯定宗钦儒家情怀。第三层为后十七句，自谦自己一无所长，难有什么成就。以“唱高则难和，理深则难酬”来说明自己才华不如宗钦，故拖延数日，迟复为歉。高允与宗钦均是北魏著名的文学家、史学家，二人有共同的兴趣与爱好，故这两份书信可以看作是北魏文人间友谊的见证。但由于二人入魏的时间长短不同，两份书信高下易见。宗钦初入魏，尽情施展自己的才华，故《与高允书》艺术性较高；高允入魏已久，深谙北魏统治者艳羡而又惧怕汉族文化的矛盾心理，故《答宗钦书》艺术性略差。

家族书信的代表作是崔僧渊《复族兄惠景书》。皇始二年(397)，北魏平定青、齐二州后，崔僧渊以平齐民的身份迁入京师平城。太和五年(481)，崔僧渊的哥哥崔僧祐参与沙门法秀谋反，崔僧渊受到牵连被贬往薄骨律镇。不久被赦免，因精通文学与佛学而得到高祖赏识，职位不断升迁。太和二十一年(497)十二月，征东大将军、广陵王羽谘议参军、显武将军崔僧渊击败萧鸾将领王昙纷于青州黄郭戍，族兄崔惠景劝降，崔僧渊作《复族兄惠景书》以回复。全文九百余字，分三层。第一层歌颂太和盛世。作者认为孝文帝施行仁义，家族和睦；爱好文学，焕然蔚炳；尊崇儒学，效法前贤；文人竞谋于庙堂，武士效勇于疆场；定氏族，颁俸禄制，改革官制，推行汉化改革，北魏王朝出现繁荣昌盛的太平盛世，“礼俗之叙，粲然复兴，河洛之间，重隆周道。巷歌邑颂，朝熙门穆，济济之盛，非可备陈矣”①。第二层分析南齐弊政以及崔惠景之处境。作者认为南齐明帝萧鸾荒淫无耻、挥霍无度、猜忌宗亲、残杀大臣、朝政昏庸，侍奉这样的国君只有千载骂名。继而肯定崔惠景才华横溢，受万人敬仰。在南齐为宦，既不可扬名显亲，又不能尽忠尽孝。最后以王晏有功于齐而受猜疑致死以警示，“今执志不寤，忠孝两忘，王晏之辜，安能自保，见机而作，其在兹乎”②。第三层以北魏对南齐即将发动战争为由劝其及早决策。作者以为北魏疆域广阔，西至长安(今陕西省西安市)，东至即墨(今山东省即墨市)，日夜打造兵器，厉兵秣马，消灭南齐的大战在即，若不早做决断，恐国破身死。同时作者回顾自己昔日之困顿，以及今日之荣耀，为了报答孝文帝之恩渥，他将效犬马之劳，

① 严可均:《全上古三代秦汉三国六朝文》，中华书局 1958 年，第 3625 页。
② 严可均:《全上古三代秦汉三国六朝文》，中华书局 1958 年，第 3625 页。

协助其攻打南齐，“如兄之诲，如弟之规，改张易调，易于反掌，万一乖情，此将运也”①。全文融国事与家事于一体，叙述、说理、抒情合而为一，骈散相间，是北魏书信散文的名篇。

四、北魏书信体散文的风格

如前所述，北魏书信体散文多涉文化层面内容，或讨论军国大事，或从道德层面进行规劝，很少有儿女私情的自然流露，故历来不受学人关注。古代的散文选集，如萧统《文选》、贺复征《文章辨体汇选》、陈继儒《古文品外录》、许梿《六朝文絜》、姚鼐《古文辞类纂》等著作均选录大量书信，但北魏没有一篇书信被录入。笔者据严可均《全上古三代秦汉三国六朝文》统计，北魏书信体散文43篇，数量亦不少，然是什么原因使后人不喜欢这些作品呢？刘勰总结书信体文章的特征时云：“详总书体，本在尽言，言以散郁陶，托风采，故宜条畅以任气，优柔以怿怀。文明从容，亦心声之献酬也。”②北魏书信体散文符合“言以散郁陶”“条畅以任气”“优柔以怿怀”“文明从容”等特点，只不过其“陶”“气”“怀”与文化有关，不是纯粹意义上的文学作品。尽管如此，北魏书信体散文仍有其独特风格。

北魏散文特征，学术界几乎异口同声曰“质朴刚健”。魏徵云：“江左宫商发越，贵于清绮；河朔词义贞刚，重乎气质。气质则理胜其词，清绮则文过其意，理深者便于时用，文华者宜于咏歌，此其南北词人得失之大较也。”③魏徵在南北文学的比较中，肯定了北魏文学“词义贞刚，重乎气质”的特点。魏徵评价几乎成为定论，后人基本上沿用其说。郭预衡先生《中国散文史》云：“从散文来看，北朝尚质亦甚明显，贞刚之气时有可观。”④谭家健《中国古代散文史稿》亦说：“北朝文章以散体为主，求实、尚质，风格刚健清新，与南朝文章崇骈、尚文，风格柔和绮靡有明显区别。”⑤书信体作为散文的一个类别，同样具有此特征。从北魏书信体散文的创作来看，已形成以质朴刚健为主体的多样化风格。

北魏建国之初，拓跋鲜卑民族尚处于游牧生活阶段，文学风格质朴、稚嫩、口语化，这是北魏文学的主体。如太武帝拓跋焘《与宋主书》直接称宋

---

① 严可均：《全上古三代秦汉三国六朝文》，中华书局1958年，第3625页。
② 刘勰著、范文澜注：《文心雕龙注》，人民文学出版社1958年，第456页。
③ 《隋书》卷七十六《文学列传》，中华书局1973年，第1730页。
④ 郭预衡：《中国散文史》，上海古籍出版社1986年，第530页。
⑤ 谭家健：《中国古代散文史稿》，重庆出版社2006年，第270页。

文帝为“彼”，如“彼前使间谍”“彼复使人就而诱劝之”等；称自己不曰“朕”“寡人”而径曰“我”，如“我今来至此土”“我往之日”等。甚至在书信中直斥宋文帝之罪责：“顷关中盖吴反逆，煽动陇右氐、羌，彼复使人就而诱劝之，丈夫遗以弓矢，妇人遗以环钏，是曹正欲谲诳取赂，岂有远相顺从。为大丈夫之法，何不自来取之，而以货誘引诱我边民？”①外交辞令要多使用敬语，“其文曲而美，其语博而奥”②，风格委婉含蓄。拓跋焘的外交书信不用任何口语，称宋文帝曰“彼”，意即那个人，或他；称自己为“我”，与古代外交辞令“尚礼故文”③的传统不合。直接指斥对方“谲诳取赂”的过错，并以“为大丈夫之法，何不自来取之，而以货誘引诱我边民”相诘难与反唇相讥，这都与中国古代外交辞令不合。而且语言质朴无华，俚俗化的特点极为明显。曹道衡先生对此评价道：“质朴而近于口语的公文在当时并未绝迹，如《宋书·索虏传》载有太武帝致宋文帝的两封信，全系口语，有的几同谩骂。这大约是太武帝口授，而由掌管文书的人直接用汉文写成，未加藻饰。这种文体倒是北魏初年朝廷中流行文体的本色。”④这是北魏初期，以及北魏书信体散文风格之主流。

北魏初期书信体散文亦有含蓄委婉风格的，如太武帝拓跋焘《与臧质书》。太平真君十一年（450）九月，太武帝拓跋焘率军南伐，一路势如破竹，占领刘宋东平、鲁郡、彭城等城池，“所过城邑，莫不望尘奔溃，其降者不可胜数”⑤。正平元年（451）正月，两均对垒于盱眙。拓跋焘作《与臧质书》给其守将臧质。这份书信极短，然其含义却值得玩味：

> 吾今所遣斗兵，尽非我国人，城东北是丁零与胡，南是三秦氐、羌。设使丁零死者，正可减常山、赵郡贼；胡死，正减并州贼；氐、羌死，正减关中贼。卿若杀丁零、胡，无不利。⑥

这封书信仅60余字，没有任何典故，字面意思极为浅显，意谓臧质所杀之丁零、胡、氐、羌士兵，于北魏不但无害反而有利。然恐有深意，我们不妨从臧质《答魏主拓跋焘书》中寻求谜底：

---

① 严可均：《全上古三代秦汉三国六朝文》，中华书局1958年，第3517页。
② 浦起龙：《史通通释》，上海古籍出版社1978年，第416页。
③ 刘熙载：《艺概》，上海古籍出版社1978年，第4页。
④ 曹道衡：《南北朝文学史》，人民文学出版社，第289页。
⑤ 《魏书》卷四下《世祖纪下》，中华书局1974年，第105页。
⑥ 严可均：《全上古三代秦汉三国六朝文》，中华书局1958年，第3517页。

> 省示，具悉奸怀，尔自恃四脚，屡犯国疆，诸如此事，不可具说。王玄谟退于东，梁坦散于西。尔谓何以不闻童谣言邪："虏马饮江水，佛狸死卯年。"此期未至，以二军开饮江之径，尔冥期使然，非复人事。寡人受命相灭，期之白登，师行未远，尔自送死，岂容复令生全，飨有桑乾哉。但尔住攻此城，假令寡人不能杀尔，尔由我而死。尔若有幸，得为乱兵所杀。尔若不幸，则生相锁缚，载以一驴，直送都市。我本不图全，若天地无灵，力屈于尔，齑之粉之，屠之裂之。如此，未足谢本朝。尔识智及众力，岂能胜苻坚邪？顷年展尔陆梁者，是尔未饮江，本岁未年卯故尔。斛兰昔深入彭城，值少日雨，只马不返，尔岂忆邪？即时春雨已降，四方大众，始就云集，尔但安意攻城莫走。粮食阙乏者告之，当出廪相饴，得所送剑刀，欲令我挥之尔身邪。甚苦人附反，各自努力，无烦多。①

据说在刘宋流传着这样一首歌谣"轺车北来如穿雉，不意虏马饮江水。虏主北归石济死，虏欲渡江天不徙"②，臧质把这首歌谣提炼、化用为"虏马饮江水，佛狸死卯年"，这封书信就是围绕这二句展开，申述拓跋焘死期不远。卯年，即刘宋元嘉二十八年，北魏正平元年，公元451年，本年宋魏战争中刘宋处于劣势，臧质却自称"佛狸死卯年"，实际上是政治恐吓。元嘉二十七年(450)王玄谟北伐失败，臧质却写成胜利，其意与此相同。文中设想拓跋焘三种死法：被臧质所杀、为乱兵所杀和因臧质而死，无论哪一种死法，都是拓跋焘向刘宋谢罪！继而以苻坚、斛兰入侵失败的事例说明，外族侵略中原是自取灭亡。这封书信写得气势磅礴、酣畅淋漓，充满必胜的信念！在军事劣势中有这种精神，真是难能可贵！就艺术性而言，臧质《答魏主拓跋焘书》较拓跋焘《与臧质书》为优；若从表现手法来说，臧质《答魏主拓跋焘书》过于直接，几同泼妇骂街，臣子这样写信给对方国君，中华民族几千年以来的传统文明丧失殆尽！拓跋焘《与臧质书》比较委婉，表面在说臧质杀死的那些丁零、胡、氐、羌士兵于北魏无益，实际上是说臧质没有伤及北魏主力，刘宋无取胜之机！故这封书信短小精悍，语短意深，含不尽之意见于言外，是北魏书信体散文的上乘之作。

---

① 严可均:《全上古三代秦汉三国六朝文》，中华书局1958年，第2521—2522页。

② 《宋书》卷七十四《臧质列传》，中华书局1974年，第1913页。

相比而言,南朝文学艺术要高于北魏。部分由南朝入北魏的文人,给北魏文学带来了新鲜血液。因此,就有学者断言"对于由南入北的文人来说,其居北为文而文风与南朝文风无异是不奇怪的"①。这种说法是值得商榷的。就书信体散文而言,由南入北魏的文人并没有采用南朝文学华丽的文风,而是尽量趋向于北魏质朴文风。崔僧渊自刘宋归顺北魏,其《复族兄惠景书》风格与南朝不同,如"主上之为人也,无幽不照,无细不存,仁则无远不及,博则无典不究,殚三坟之微,尽九丘之极。至于文章错综,焕然蔚炳,犹夫子之墙矣。遂乃开独悟之明,寻先王之迹,安迁灵荒,兆变帝基,惟新中壤,宅临伊域。三光起重辉之照,庶物蒙再化之始"②。这段文字与南朝骈文极为相似,但用典较少,辞藻质朴,骈散相间,显现出与南朝骈文不同的特点。据此,我们可以说,自南朝入北魏的文人,其文学作品既保留了南朝文学的因子,又与北魏文学主体风格寻求契合。

孝文帝进行汉化改革之后,学习中原汉族成为北魏社会时尚,文学创作也不例外。故有些学者就认为南朝华丽的文风流传到北魏,成为文人企慕的"新风":"北朝文学复兴实始于孝文帝改革之后……由于帝王的倡导,使北土士人都向往'新风'。所谓'新风',其实即是来自江左的文风……太和所兴起的所谓'新风'……江左的华靡文风。"③将太和新风等同于江左华靡文风,这种观点恐难令人接受!北魏在历次对南朝战争中掳掠或征召大批汉族士人,南朝文风对北魏拓跋鲜卑文学已产生了潜移默化的影响。太和改制之后,北魏拓跋鲜卑族出现了学习汉族文学的热潮。但这种学习并不是全盘南朝化,而是吸收南朝文学因子,加以变化,形成北魏文学独特的风格,书信体散文亦当如是观。如元熙《将死与知故书》:

> 吾与弟并蒙皇太后知遇,兄据大州,弟则入侍,殷勤言色,恩同慈母。今皇太后见废北宫,太傅清河王横受屠酷,主上幼年,独在前殿。君亲如此,无以自安,故率兵民建大义于天下。但智力浅短,旋见囚执,上惭朝廷,下愧相知。本以名义干心,不得不尔,流肠碎首,复何言哉!昔李斯忆上蔡黄犬,陆机想华亭鹤唳,岂不以恍惚无际,一去不还者乎?今欲对秋月,临春风,藉芳草,荫花树,广召名胜,赋诗洛滨,其可得乎?凡百君子,各敬尔宜,为国为身,善勖名节,立功立事,为身而

① 阮忠:《北朝风习与北朝散文的南化》,《海南师范学院学报》2003年第6期。

② 严可均:《全上古三代秦汉三国六朝文》,中华书局1958年,第3625页。

③ 唐长孺:《论南朝文学的北传》,《唐长孺文集(六)》,中华书局2011年,第213—214页。

已，吾何言哉！①

元熙是北魏皇室南安王元桢之孙，其家族为北魏建立赫赫战功，祖父元桢官封征南大将军、征西大将军，父亲元英官拜镇南将军、征南将军。元熙曾任安西将军、相州刺史等职。正光元年(520)，元熙以清河王怿无故被杀、胡太后无辜被废为由，起兵讨伐权臣元叉、宦官刘腾，兵败被杀。临死之际，他写下了这篇书信体散文。这篇书信追述了自己起事的原因、兵败的忧伤，以及对亲朋故交的遗言。文章质朴自然，感情真挚，是北魏散文中上乘之作。“今欲对秋月，临春风，藉芳草，荫花树，广召名胜，赋诗洛滨，其可得乎？”几句置于南朝骈文中也难分伯仲！文章使用了李斯被腰斩时回忆昔日在上蔡牵黄犬打猎、陆机临刑之际向往在华亭谷听鹤鸣声的典故，既增加了书信悲怆的氛围，又显现出与拓跋鲜卑族文学不同的特质。像元熙《将死与知故书》一般融合南北文学之长，革除南朝文学堆砌典故、辞藻华丽之弊，吸收其描写景物、注重对仗等艺术技巧，骈散相间，又能与拓跋鲜卑族文学质朴刚健文风相结合的新文体，就是太和新风，也是北魏文学的独特风格。

综上所述，北魏书信体散文数量不少，其内容大多具有文化价值，纯文学的作品较少，这恐怕就是这一文体为学人所忽略的真正原因。然从实际创作来看，北魏书信体散文不乏优秀篇什，部分作品依然有较高的艺术性。由于北魏文学是以拓跋鲜卑族文学为主体，其在发展过程中不断融入汉族文化因子，故北魏书信体散文呈现出以质朴刚健为主体的多样化风格。

第五节　北魏表体文的家国情怀

表体文作为古代臣下上书给皇帝的一种上行文体，在历朝历代均有创作，而且数量颇多，北魏也不例外。在学术界研究文体学的著作中，几乎从未谈及“表”这种文体，更不可能论及北魏表体文。据笔者检索，目前研究北朝表体文的论文仅有两篇：程文、焦自艳先生的《论庾信表文的文献价值及艺术特征》②，是庾信表文的专论；焦自艳《南北朝表文研究》涉及北朝庾

① 严可均：《全上古三代秦汉三国六朝文》，中华书局1958年，第3603页。

② 程文、焦自艳：《论庾信表文的文献价值及艺术特征》，《安徽农业大学学报》2018年第1期。

信、邢邵的表体文,竟无一字言及北魏表体文,而且她所概括的北朝表文的特色是“风骨峥嵘”“气势雄健”“叙事简直”①,颇值得商榷。因此,北魏表体文未有学人关注,今试撰文于后,以期抛砖引玉,希望能得到学人注意这一文体。

一、北魏表体文概貌

“表”作为一种文体,起源甚早。刘勰《文心雕龙·章表》云:“夫设官分职,高卑联事。天子垂珠以听,诸侯鸣玉以朝。敷奏以言,明试以功。故尧咨四岳,舜命八元,固辞再让之请,俞往钦哉之授,并陈辞帝庭,匪假书翰。然则敷奏以言,则章表之义也;明试以功,即授爵之典也。”②则“表”始于尧舜之时。然“表”作为一种文体被广泛创作则在东汉,史载崔骃、崔寔、杨彪、马融、左雄、朱张、李固、杜乔、吴延、卢植、皇甫规、张奂等十余人均是此时期内著名的创作者。魏晋南北朝时期,“表”体文创作出现繁荣局面。据笔者不完全统计,魏晋南北朝时期“表”体文645篇,其中北魏149篇,占23%,故而亟须进行探讨,以兹增进人们对北魏文章特色的认识。

萧统《文选》单列“表”体,并录文19篇,方使得这种文体被世人所知。今人周唯一先生认为,这些表体文可以分为请求表、谦让表、荐举表、谢恩表、陈事表、征成表、劝进表、自解表、拜谒表九种③。周先生所论甚是,基本上概括了这种文体的全部类型。今存北魏“表”149篇,仅分为请求表、谦让表、陈事表、征成表四种类型。

北魏“表”缺少汉魏以来的荐举表、谢恩表、劝进表、自解表、拜谒表五种类型。荐举表是举荐贤人所使用的一种文体。荐举是古代的一种人事选拔制度,通过这种方式可将那些德行、才能出众之人举荐给朝廷。管仲举荐公孙隰朋、宁戚、王子成父、宾须无、东郭牙五人协助自己治理齐国,是荐举制度史上的佳话。荐举是为国纳才,然或多或少有私人感情在内。史载“(祢)衡始弱冠,而(孔)融年四十,遂与为交友……融既爱衡才,数称述于曹操”④,方有孔融举荐祢衡之《荐祢衡表》传世。后来因举荐私交甚好之人,荐举制度被废除。谢恩表是古代官员接受任命之后向帝王所进献的

---

① 焦自艳:《南北朝表文研究》,阜阳师范学院2017届硕士学位论文,中国知网。
② 刘勰著、范文澜注:《文心雕龙注》,人民文学出版社1958年,第406页。
③ 周唯一:《〈文选〉表体文源流辨证》,《船山学刊》2005年第4期。
④ 《后汉书》卷八十下《文苑列传·祢衡》,中华书局1965年,第2653—2655页。

一种公文，以“感恩戴德”与“自贬自损”为主要内容，具有强烈的个人情绪。这种文章一般是程式化文字，大凡朝廷任命新职，均得呈上谢恩表，表达对朝廷的忠心。陆机《谢平原内史表》感情真挚，被看作是这种文体的优秀作品。劝进表是乱世中劝皇帝登基的一种文体。每逢乱世，总有一位权臣掌握了军政大权之后想登基称帝，但慑于某种规矩和舆论，不好自己主动开口。这时就会有一班贤臣急主公之所急，站出来论证其称帝的举动是多么正确合理，敦促他尽快践祚。这种举动，叫作“劝进”，所形成的正式文本，则被称为“劝进表”。这种文体主要是阐述政权的合理性与登基的必要性，同时表示自己的拥戴之心。刘琨《劝进表》迎合司马睿急于称帝的心理，慷慨陈词，激昂恳切，一片忠心报国、决意复仇之情贯穿文章始终，被看作是此类文章之杰作。看到劝进表后，权臣一般要拒绝，群臣多次上表，最后才勉强答应。自解表是由于某种原因获罪故自请解除现职以抵罪的公文，写法上兼具自我贬损与感恩戴德两种内容。傅亮《为刘毅军败自解表》就是为刘毅军败于卢循而撰写的一篇自解表。拜谒表是拜谒某个神灵或达官贵人所撰写的公文，今存傅亮《为宋公至洛阳谒五陵表》是替宋公刘裕向晋安帝司马德宗报告修葺晋五陵的过程与结果，彰显自己的功勋。因此，荐举表、谢恩表、劝进表、自解表、拜谒表这五种类型的“表”体文多掺杂个人之情感，多为一己之私事所撰写的公文。

在北魏现存请求表、谦让表、陈事表、征戍表四种“表”体文中，尤为值得注意的是谦让表。古代官员任新职或封爵后，总要向皇帝上表表示谦让之情。在北魏149篇表体文中，温子昇一口气写了《为上党王元天穆让太宰表》《为安丰王延明让国子祭酒表》《为南阳王宝炬让尚书令表》《为广阳王渊让吏部尚书表》四篇谦让表，此外无人创作，原因何在？通读《魏书》，北魏封爵或任新职者络绎不绝，却为何没有“三辞三让”的习俗？史载刘邦即位之时就行“三让”之礼，“汉王三让，不得已，曰：‘诸君必以为便，便国家。’甲午，乃即皇帝之位汜水之阳”①。此后古代帝王登位、大臣就封就形成“三辞三让”的谦让之礼。若就其精髓而言，这种仪礼实际上就是儒家温良恭俭让伦理观念的具体运用。在温子昇之前无人写作谦让表，说明北魏儒学接受之概貌。

除去温子昇谦让表外，北魏请求表、陈事表、征戍表表现了士人深厚的家国情怀。

① 《史记》卷八《高祖本纪》，中华书局1959年，第379页。

二、为国家制度完善谏言献策的请求表

拓跋鲜卑族建立政权之时，仍然处在游牧文明阶段，其国家制度仍属草创，与中原汉族差异较大。进军中原后，开始接纳大量汉族知识分子。正是这些汉族士人，尤其是河西、“三齐”士人，协助拓跋鲜卑族建立起一系列规章制度。请求表摈弃为个人谋私利之弊，专注于为国家制度完善谏言献策。

公孙崇《请以高肇监乐务表》、元继《请议宗室预祭表》、元澄《请修立宗室四门学表》、元晖《简御史表》是北魏请求表中的名篇，表现出北魏士人祈求国家制度完善的良好愿望。

制礼作乐是古代国家政权最为重要的事情，礼所要解决的中心问题是尊卑贵贱的区分，亦即宗法制；乐是通伦理，和天地，养万物，化异同，成天下，亦即教化作用。自周公制礼作乐之后，历朝历代都非常重视制礼作乐。十六国时期的社会动乱，造成乐器损坏、乐工流离失所。北魏建立之后，虽然欲致力于礼乐恢复，但其进展却极为缓慢。公孙崇《请以高肇监乐务表》就是针对礼乐制度所进之表。这篇文章可分为三部分，第一部分回忆高间制礼乐的情形：

> 伏惟皇魏龙跃凤举，配天光宅。世祖太武皇帝革静荒嵎，廓宁宇内，凶丑尚繁，戎轩仍动，制礼作乐，致有阙如。高祖孝文皇帝德钟后仁之期，道协先天之日，顾《云门》以兴言，感《萧韶》而忘味。以故中书监高闾博识明敏，文思优洽，绍踪成均，实允所寄。乃命闾广程儒林，究论古乐，依据《六经》，参诸国志，错综阴阳，以制声律。钟石管弦，略以完具，八音声韵，事别粗举。值迁邑嵩瀍，未获周密，五权五量，竟不就果。①

高闾是渔阳郡雍奴（今天津市武清区）人，祖上久居关中，谙熟儒家礼乐文化。孝文帝元宏命令高闾制礼作乐，是明智之举。高闾以《六经》为据，参考其他文献，初步拟定出北魏建国以来的第一套礼乐制度，然恰逢迁都洛阳，胎死腹中。第二部分陈说自己制礼作乐的困惑：

① 严可均：《全上古三代秦汉三国六朝文》，中华书局1958年，第3737页。

伏惟陛下至圣承天，纂戎鸿烈，以金石未协，诏臣缉理。谨即广搜秬黍，选其中形，又采梁山之竹，更裁律吕，制磬造钟，依律并就。但权量差谬，其来久矣，顷蒙付并州民王显进所献古铜权，稽之古范，考以今制，钟律准度，与权参合。昔造犹新，始创若旧，异世同符，如合规矩。乐府先正声，有《王夏》《肆夏》《登歌》《鹿鸣》之属六十余韵，又有《皇始》《五行》《勺舞》。太祖初兴，置《皇始》之舞，复有吴夷、东夷、西戎之舞。乐府之内，有此七舞。太和初，郊庙但用《文始》《五行》《皇始》三舞而已。窃惟周之文武，颂声不同。汉之祖宗，庙乐又别。伏惟皇魏，四祖三宗，道迈隆周，功超鸿汉，颂声庙乐，宜有表章，或文或武，以旌功德。自非懿望茂亲、雅量渊远、博识洽闻者，其孰能识其得失？①

公孙崇自称自己接受任务以来，选用梁山的竹子，以及古铜权，谱写了六十多种乐曲。太祖朝是汉族《皇始》与吴夷、东夷、西戎等胡族音乐杂用，太和初年仅用《文始》《五行》《皇始》三支汉族音乐。到其生活的世宗朝，如何选择郊庙乐，公孙崇认为自己难以抉择，故而建议由博学多闻、雅量渊远的高肇来制礼作乐：

卫军将军、尚书右仆射臣高肇，器度徽雅，神赏入微，淹赞大猷，声光海内，宜委之监就，以成皇代典谟之美。昔晋中书监荀勖，前代名贤，受命成均，委以乐务，崇述旧章，仪刑古典，事光前载，岂远乎哉？又先帝明诏内外儒林，亦任高闾申请。今之所须，求依前比。②

高肇自称渤海修县（今河北省景县）人，祖上为避战乱逃至北魏，是宣武帝时期的权臣。公孙崇建议由高肇总理乐务，完成北魏礼乐文化建设。世宗元恪接受公孙崇之请，但深知高肇并不是最好人选，便命令太常卿刘芳参与其事。刘芳是北魏著名的儒学家，在他的主持下完善了北魏礼乐制度。

宗庙祭祀是古代国家政治生活中的重大事件，自西周开始就形成固定的宗庙制度：天子七庙，三昭三穆，与太祖之庙合而为七。汉代经学家刘歆认为，周人宗庙自始祖稷以下有文王、武王两宗没有列入七庙的数目中，他

---

① 严可均：《全上古三代秦汉三国六朝文》，中华书局 1958 年，第 3737 页。

② 严可均：《全上古三代秦汉三国六朝文》，中华书局 1958 年，第 3737 页。

们的庙称为“世室”，因此实为九庙。不过，“七庙”也好，“九庙”也好，随着世代延续，总是不够的，对于渐渐远去的“亲尽”之庙，礼仪规定有“毁庙”制度。即除始祖之外，不在“七庙”之数的远祖的宗庙平时都不再加以祭祀，神主移入“祧庙”内，藏在石函或专设的房间里，每当祫祭时才拿出来。江阳王元继《请议宗室预祭表》就是针对这种宗庙祭祀制度谏言：

> 臣功缌之内，太祖道武皇帝之后，于臣始是曾孙。然道武皇帝传业无穷，四祖三宗，功德最重，配天郊祀，百世不迁，而曾玄之孙，烝尝之荐，不预拜于庙庭；霜露之感，阙陪奠于阶席。今七庙之后，非直隔归胙之灵。五服之孙，亦不沾出身之叙。校之坟史则不然，验之人情则未允。何者？礼云：“祖迁于上，宗易于下。”臣曾祖是帝，世数未迁，便疏同庶族，而孙不预祭。斯之为屈，今古罕有。昔尧敦九族，周降本枝，故能磐石维城，御侮于外。今臣之所亲，生见隔弃，岂所以桢干根本，隆建公族者也。伏见高祖孝文皇帝著令铨衡，取曾祖之服，以为资荫，至今行之，相传不绝。而况曾祖为帝，而不见录。伏愿天鉴，有以照临，令皇恩洽穆，宗人咸叙。请付外博议，永为定准。①

江阳王元继是道武帝拓跋珪的玄孙，确实只有四代，属五服（斩衰、齐衰、大功、小功、缌麻）之内。元继的祖父拓跋黎封江阳王，其大哥拓跋嗣继承皇位，所谓天子七庙，已与拓跋黎之后无关，当然亦与元继无涉。元继要求参与宗室祭祀，实际上与宗庙祭祀礼制不符。胡灵太后将元继之请求交与大臣讨论，四门小学博士王僧奇、国子博士李琰、尚书令任城王澄、尚书左仆射元晖、太常少卿元端等商议之后，建议同意元继所请。元继生活的时代在孝文帝汉化改革之后，却出现了与宗庙祭祀礼制不符的现象，说明孝文帝改革后，北魏宗庙祭祀仍然是胡汉杂糅的体制。

宗室教育是古代历朝极为重视之大事，史载帝尧对夔说“命汝典乐，教胄子，直而温，宽而栗，刚而无虐，简而无傲”②，开了宗室教育之先河。汉代宗室教育成果显著，出现了淮南王刘安、楚元王刘交、河间王刘德、东平王刘苍等众多文学家。北魏虽是拓跋鲜卑族建立的国家，同样也非常重视宗室教育。太祖拓跋珪在戎马倥偬之际就开始了宗室教育，“太祖好黄老，

① 严可均：《全上古三代秦汉三国六朝文》，中华书局 1958 年，第 3590 页。
② 孔颖达：《尚书正义》，阮元：《十三经注疏》，中华书局 1980 年，第 121 页。

数召诸王及朝臣亲为说之。在坐莫不祇肃，(毗陵王)顺独坐寐欠伸，不顾而唾"①。毗陵王拓跋顺对教育不感兴趣，被废，薨于家，由此可见拓跋皇族推行教育的力度。据台湾学者孙同勋统计，拓跋鲜卑族宗室武将比例由北魏建国初的54%锐减至孝文帝以后的38%②，这都归功于教育。北魏的宗室教育主要依靠太学、国子学，这是延续历朝宗室教育之传统。为了强化宗室教育，北魏专门设立了皇宗学和四门学。皇宗学设立于太和九年(485)，四门学设立正始四年(507)。任城王元澄《请修立宗室四门学表》就是针对四门学教育而言：

> 臣参训先朝，藉规有日，前言旧轨，颇亦闻之。又昔在恒代，亲习皇宗，熟秘序庭无阙日。臣每于侍坐先帝，未常不以书典在怀，礼经为事，周旋之则，不辍于时。自凤举中京，方隆礼教，宗室之范，每蒙委及，四门之选，负荷铨量。自先皇升遐，未遑修述，学官虚荷四门之名，宗人有阙四时之业，青衿之绪，于兹将废。臣每惟其事，窃所伤怀。伏惟圣略宏远，四方罕务，宴安之辰，于是乎在。何为太平之世，而令子衿之叹兴焉？圣明之日，而使宗人之训阙焉。愚谓可敕有司，修复皇宗之学，开辟四门之教，使将落之族，日就月将。③

《魏书》任城王澄本传云："频表南伐，世宗不许。又辞母老，乞解州任，寝而不报。加散骑常侍。澄表曰……萧衍将张嚣之寇陷夷陵戍，澄遣辅国将军成兴步骑赴讨，大破之，复夷陵，嚣之遁走。"④张嚣之寇陷夷陵戍在景明三年(502)十二月，任城王元澄请求表大约作于此年之前。此时四门学还没有正式设立，任城王元澄之请，可以看作是四门学的先行者。任城王元澄是孝文帝元宏依靠的宗室大臣，经历了自平城迁都洛阳的重大决策。他回顾了平城、洛阳时期的宗室教育，痛心疾首，"学宫虚荷四门之名，宗人有阙四时之业"，揭示出空有国学之名、未有教学之实的具体情况，建议复兴皇宗学，开辟四门学。四门学的设立，对北魏宗室教育起到了较为重要的作用。

---

① 《魏书》卷十五《昭成子孙列传》，中华书局1974年，第383页。

② 孙同勋：《拓跋氏的汉化及其他》，孙同勋：《北魏史论文集》，稻香出版社2005年，第235页。

③ 严可均：《全上古三代秦汉三国六朝文》，中华书局1958年，第3954页。

④ 《魏书》卷十九中《景穆十二王列传中·任城王传》，中华书局1974年，第471页。

御史是对古代执掌监察部门官员的一种泛称。为了保持监察制度"以卑察尊"的原则,提高监察机构的威慑力,使监察机构能够真正发挥作用,御史的人选显得极为重要。北魏御史实施的是"风闻奏事",又称"闻风弹事",即不一定有真凭实据便可弹劾官员。史载贾思伯"肃宗时,征为给事黄门侍郎。因请拜扫,还乡里。未拜,以风闻免"①,裴佗"转司州治中,以风闻为御史所弹,寻会赦免"②就是明证。御史风闻奏事,甚至不加核对,于是就会出现冤狱,"遂奏曾染风闻者,不问曲直,推为狱成,悉不断理"③"窃见御史出使,悉受风闻,虽时获罪人,亦不无枉滥。何者?得尧之罚,不能不怨。守令为政,容有爱憎。奸猾之徒,恒思报恶,多有妄造无名,共相诬谤。御史一经检究,耻于不成,杖木之下,以虚为实,无罪不能自雪者,岂可胜道哉"④。针对这种现象,北魏朝廷进行过屡次讨论,试图避免枉滥刑律现象。元晖《简御史表》就是对御史人选提出建议:

> 御史之职,鹰鹯是任,必逞爪牙,有所噬搏。若选后生年少血气方刚者,恐其轻肆劲直,伤物处广。愚谓宜简宿官经事、忠良平慎者为之。⑤

年轻人血气方刚,轻率放肆,刚强正直,担任御史容易肆意妄弹,伤害很多官员,故元晖建议由担任过官职的、有过治理事务经验的、忠诚正直、公正谨慎的人担任御史。元晖从任职经历方面对御史提出要求,对于北魏"风闻奏事"制度有一定促进作用。

制礼作乐、宗庙祭祀、宗室教育、御史制度等这些重大事件,都是北魏请求表所关注的内容。通过这些大臣的谏言献策,完善了这些制度。

三、关注国家时局的陈事表

北魏自建立之初,就致力于与十六国、南朝,以及境内部落之间的战争。连年战争使得北魏领土不断扩大,同时也激发了各种矛盾。陈事表大多就国内局势而言,陈述弊端,提供解决办法,这类文章显现了士人对国家

---

① 《魏书》卷七十二《贾思伯列传》,中华书局1974年,第1613页。
② 《魏书》卷八十八《良吏列传》,中华书局1974年,第1906页。
③ 《魏书》卷七十七《辛雄列传》,中华书局1974年,第1692页。
④ 《魏书》卷七十七《高崇列传》附《高道穆传》,中华书局1974年,第1717页。
⑤ 严可均:《全上古三代秦汉三国六朝文》,中华书局1958年,第3588页。

的拳拳之心。

北魏陈事表最为优秀的篇章是韩麒麟《陈时务表》、长孙稚《复收盐池税表》、高允《上天文灾异八篇表》三篇，关涉国家政治生活中的大事。

拓跋鲜卑族进入中原之时，尚处于游牧文明阶段。进入中原之后，逐步发展为农业文明。迁都平城之后，开通了平城到冀州的恒山直道、莎泉道，以及恢复丝绸之路，促进了商业的发展。不仅有太子拓跋晃、咸阳王元禧这样的帝胄经营商业，而且像陕城镇将崔宽这样的地方官僚也参与其中，史载"昔京城之内，居舍尚希。今者里宅栉比，人神猥凑"①，北魏商业迅速走向繁荣。商人坐拥千万资产，农民辛苦劳作收益微乎其微，容易导致重商轻农。韩麒麟《陈时务表》就是针对这一现象所上之表。文章可分为三部分，第一部分论述了粮食生产的重要性：

> 古先哲王，经国立治，积储九稔，谓之太平。故躬籍千亩，以励百姓，用能衣食滋茂，礼教兴行。逮于中代，亦崇斯业，人粟者与斩敌同爵，力田者与孝悌均赏，实百王之常轨，为治之所先。今京师民庶，不田者多，游食之口，三分居二。盖一夫不耕，或受其饥，况于今者，动以万计。故顷年山东遭水，而民有馁终，今秋京都遇旱，谷价踊贵，实由农人不劝，素无储积故也。②

作者化用《礼记·王制》的思想，将农业生产看作是衡量太平盛世的标准。相传古时三年耕，余一年食；九年耕，余三年食；十八年耕，余六年粮；二十七年耕，有九年之储。所以一个国家没有九年的粮食储备，谓之不足；无六年之积，谓之忧虑窘迫；无三年之畜，谓之穷乏。故而历朝都劝谏百姓耕种，衣食富足方可兴礼教。北魏早期实行粮食与军功同赏，农业生产发展较快。当时北魏面临的窘境是三分之二是游食之民，若遭遇水旱灾害，国家无力救济，造成这种现象的原因是国家没有粮食储备。第二部分阐述元宏亲政以来国家所面临的困境：

> 伏惟陛下天纵钦明，道高三五，昧旦忧勤，思恤民弊，虽帝虞一日万几，周文昃不暇食，蔑以为喻。上垂覆载之泽，下有冻馁之人，皆由

① 《魏书》卷一百一十四《释老志》，中华书局1974年，第3055页。
② 严可均：《全上古三代秦汉三国六朝文》，中华书局1958年，第3667页。

有司不为明制，长吏不恤其本。自承平日久，丰穰积年，竞相矜夸，遂成侈俗。车服第宅，奢僭无限；丧葬婚娶，为费实多；贵富之家，童妾袪服；工商之族，玉食锦衣。农夫餔糟糠，蚕妇乏短褐。故令耕者日少，田有荒芜。谷帛罄于府库，宝货盈于市里；衣食匮于室，丽服溢于路。饥寒之本，实在于斯。①

作者将元宏比作虞舜、周文王，充分肯定其丰功伟绩。事实上，元宏此时尚未亲政，国家大事仍由其祖母文明冯太后掌控，故而作者有过分誉美之嫌。孝文帝元宏亲政之时，国家富裕，奢靡成风，婚丧葬娶，铺排浪费，商人锦衣玉食，农夫吃糠咽菜，府库殷实，田地荒芜，这一切都源于重商轻农所致。第三部分提出解决问题的方法：

愚谓凡珍玩之物，皆宜禁断，吉凶之礼，备为格式，令贵贱有别，民归朴素。制天下男女，计口受田。宰司四时巡行，台使岁一按检。勤相劝课，严加赏赐。数年之中，必有盈赡。虽遇灾凶，免于流亡矣。往年校比户贯，租赋轻少。臣所统齐州，租粟才可给俸，略无入仓。虽于民为利，而不可长久。脱有戎役，或遭天灾，恐供给之方，无所取济。可灭绢布，增益谷租，年丰多积，岁俭出赈。所谓私民之谷，寄积于官，官有宿积，则民无荒年矣。②

作者认为解决目前窘境的出路是限制商业发展，实施计口授田，将土地按照人口多少分配给百姓，鼓励他们从事生产，数年之后国家就会有余粮，即使遭遇天灾人祸，百姓也会免于死亡。北魏历来重视农业生产，天兴元年(398)实施计口授田，太和九年(485)颁布均田令，到韩麒麟写此文的太和十一年(487)，计口授田已经推行了近百年，为什么韩麒麟再次提出这一政策呢？原因恐怕在于计口授田没有真正落实。韩麒麟分析国家所面临的问题，提出解决方案，足见其对国事之关心。

河东盐池是国家税收的重要组成部分，历朝历代都极为看重。黄帝分别与蚩尤和炎帝进行了涿鹿之战和阪泉之战，从而使黄帝牢牢控制了河东盐池，控制了中原地区的食盐命脉，最终成为各部族的首领。元狩四年（前

① 严可均：《全上古三代秦汉三国六朝文》，中华书局 1958 年，第 3667 页。
② 严可均：《全上古三代秦汉三国六朝文》，中华书局 1958 年，第 3667 页。

119)，汉武帝采纳桑弘羊等人建议，兴盐铁之利，天下盐官凡二十八郡，而河东安邑为首。建安四年(199)，曹操从卫觊言，复遣谒者仆射监盐官，以其利招服关中，其后皆设盐官管辖。北魏夺取河东地区后，如何管理盐池，经历了复杂而曲折的过程。北魏初期盐池归官府所有，收取盐税，后来解禁；延兴年间(471—476)朝廷复立盐司，再征税利；宣武帝时期(500—515)再次解禁；神龟年间(518—520)又收归国有，不久又解禁。在此过程中，朝廷管辖盐池，税收是国家财政的重要组成部分；朝廷解禁之后，地方豪强垄断盐池，获得巨利。孝文帝时期，河东有盐池之饶、虞坂古道的便利，河东、河北二郡争夺河东，以致引发了骚动。孝昌三年(527)，萧宝夤反长安，薛修义屯聚河东，分据盐池，攻围蒲坂，东西连结，以策应萧宝夤，形势十分危急。此时朝廷又有人主张解禁盐池，长孙稚作《复收盐池税表》，陈说利弊，劝谏孝明帝元诩征收盐税：

> 盐池天资货贿，密迩京畿，唯须宝而护之，均赡以理。今四境多虞，府藏罄竭。然冀、定二州，且亡且乱，常调之绢，不复可收。仰惟府库，有出无入，必须经纶，出入相补。略论盐税，一年之中，准绢而言，犹不应减三十万匹也，便是移冀、定二州，置于畿甸。今若废之，事同再失。臣前仰违严旨，而先讨关贼而解河东者，非是闲长安而急蒲坂。蒲坂一陷，没失盐池，三军口命，济赡理绝。天助大魏，兹计不爽。昔高祖升平之年，无所乏少，犹创置盐官，而加典护，非为物而竞利，恐由利而乱俗也。况今王公素餐，百官尸禄，租征六年之粟，调折来岁之资，此皆出入私财，夺人膂力。岂是愿言，事不获已。臣辄符司监将尉还率所部，依常收税，更听后敕。①

北魏的财政收入主要是常调，包括粟、绢、布、棉、麻。长孙稚认为盐池每年收入不少于三十万匹绢，而孝文帝、宣武帝时期绢调是四百五十万匹②，足见盐池收入极为可观。如若盐池为薛修义所据有，北魏河东军失去经济支持，薛修义获得卖盐利润，将长期对抗朝廷。故建议北魏收复盐池，设立官员收税。孝明帝元诩同意其所请，长孙稚水军击败萧宝夤部将侯终德，萧宝夤败走，盐池复归朝廷。长孙稚《复收盐池税表》为北魏财政收入提供

① 严可均：《全上古三代秦汉三国六朝文》，中华书局1958年，第3617页。

② 数据来源于[日]渡边信一郎《北魏的财政结构——以孝文帝、宣武帝时期的经费结构为中心》，殷宪《中国魏晋南北朝史国际学术研讨会论文集》，商务印书馆2004年，第229页。

了新渠道，为国理财，利莫大焉。

天文灾异不仅是自然现象，而且是儒家思想的组成部分之一。《春秋》中记录了日食、彗星、山崩、地震等自然现象和比较严重的灾害，暗示了自然界的这类变异和人类社会政治事变有着某种联系。汉代的董仲舒对这种思想进行了明确的阐述，提出了“天人感应”说。《易·系辞下》说古者包牺氏仰观天象然后得到灵感作八卦，汉代孟喜、京房等发展成一种阴阳“灾异”学，认为《易经》六十四卦与一年的节气相配合，建立了一种自然宇宙变化“卦气”说。拓跋鲜卑族在接受汉族文化的同时也接受了天文灾异理论，史载“（泰常）三年，彗星出天津，入太微，经北斗，络紫微，犯天棓，八十余日，至汉而灭。太宗复召诸儒术士问之曰……（崔）浩曰……诸人莫能易浩言，太宗深然之”①。王亮、苏坦、闵盛、赵樊生、赵胜、赵翼、赵洪庆、胡世荣、胡法通等人因精通天文灾异而出仕太祖、太宗、高祖朝。高允《上天文灾异八篇表》就是劝谏世祖拓跋焘重视天文灾异：

> 往年被敕，令臣集天文灾异，使事类相从，约而可观。臣闻箕子陈谟而《洪范》作，宣尼述史而《春秋》著，皆所以章明列辟，景测皇天者也。故先其善恶，而验以灾异，随其得失，而效以祸福，天人诚远，而报速如响，甚可惧也。自古帝王莫不尊崇其道而稽其法数，以自修饰。厥后史官，并载其事，以为鉴诫。汉帝成时，光禄大夫刘向见汉祚将危，权归外戚，屡陈妖眚而不见纳。遂因《洪范》《春秋》灾异报应者而为其传，觊以感悟人主，而终不听察，卒以危亡。岂不哀哉！伏惟陛下神武则天，睿鉴自远，钦若稽古，率由旧章，前言往行，靡不究鉴，前皇所不逮也，臣学不洽闻，识见寡薄，惧无以裨广圣听，仰酬明旨。今谨依《洪范传》、《天文志》，撮其事要，略其文辞，凡为八篇。②

《洪范》是《尚书》中的一篇，相传为箕子向周武王陈述的“天地之大法”，即“洪范九畴”。其中之一就是遵循岁、月、日、星辰、历数的“五纪”常理，以处理政事。认为龟筮可以决疑，政情可使天象变化，后成为汉代“天人感应”思想的理论基础。《春秋》记录了242年间灾异122则，如地震、日食、雨雹、大水、虫灾、山崩、火灾等。其用意在昭示上天的示警和谴告，劝诫君

① 《魏书》卷三十五《崔浩列传》，中华书局1974，第811—812页。
② 严可均：《全上古三代秦汉三国六朝文》，中华书局1958年，第2651页。

主戒慎修省,施行德政。故而高允认为《洪范》《春秋》中记录的天文灾异是古人辨善恶、验祸福、知得失的典范,历来帝王都极为重视。同时作者举刘向谈灾异以明礼乐教化、礼治秩序的例子,以说明天文灾异的重要性。最后作者指出其所编辑的八篇表,目的是希望世祖拓跋焘能够从天文灾异中吸取养分,改善政治。史载世祖"览而善之,曰:'高允之明灾异,亦岂减崔浩乎?'"①说明世祖拓跋焘接受了高允的建议。

粮食生产、河东盐池税收、天文灾异都是北魏所面临的重大事件,这些士人引经据典,分析利弊,为国家发展出谋划策,表现出关注国家发展的赤诚之心。

四、充满报国热情的征戍表

魏晋时期,征戍表的数量并不多,除诸葛亮《出师表》外,很少有名篇。北魏征戍表不仅数量多,而且情感充沛,读之令人毛发俱张、心潮澎湃,意欲跨马扬鞭,驰骋疆场。

夺取南朝领土是北魏历代国君既定之目标,君臣同心,同仇敌忾。叔孙建《豫备宋军表》是为夺取刘宋彭城给世祖拓跋焘所上之表:

> 臣前遣沙门僧护诣彭城。僧护还称,贼发军向北,前锋将徐卓之已至彭城,大将军到彦之军在泗口,发马戒严,必有举斧之志。臣闻为国之道,存不忘亡。宜缮甲兵,增益屯戍,先为之备,以待其来。若不豫设,卒难擒殄。且吴越之众,便于舟楫,今至北土,舍其所长。逆顺既殊,劳逸不等,平寇定功,在于此日。臣虽衰敝,谋略寡浅,过蒙殊宠,忝荷重任,讨除寇暴,臣之志也。是以秣马枕戈,思效微节。愿陛下不以南境为忧。②

叔孙建一生屡次征战,在对东晋、刘宋战争中屡建奇功。刘宋大军到达彭城、泗口一线,叔孙建上表劝谏世祖提前做好战斗准备。尤其是"臣虽衰敝,谋略寡浅,过蒙殊宠,忝荷重任,讨除寇暴,臣之志也。是以秣马枕戈,思效微节。愿陛下不以南境为忧"几句,将一位66岁老将为主分忧、报效国家的情怀表达得淋漓尽致。陈建《密表请南征》是其与晋阳侯元仙德、

① 《魏书》卷三十五《崔浩列传》,中华书局1974年,第812页。
② 严可均:《全上古三代秦汉三国六朝文》,中华书局1958年,第3637页。

平原王陆叡一起上表高祖拓跋宏建议讨伐南齐：

皇天辅德，命集大魏。臣等祖父翼赞初兴，勤过蜀汉，誓固山河，享兹景福，宠辱休戚，与国均焉。臣以凡近，识无远达，阶藉先宠，遂荷今任，彼己之讥，播于群口。仰感生成，俯自策厉，顾省驽钝，终于无益。然饮冰惊寐，实怀惭负。至于愿天高地厚，何日忘之。自永嘉之末，封豕横噬，马叡南据，奄有荆楚。及桓刘跋扈，祸难相继。岱宗隔望秩之敬，青徐限见德之风。献文皇帝髫龀龙飞，道光率土，干戚暂舞，淮海从风，车书既同，华裔将一。昊天不吊，奄背万邦。窃闻刘昱夭亡，权臣杀害，思正之民，翘想罔极。愚谓时不再来，机宜易失，毫分之差，致悔千里。天与不取，反受其咎，所谓见而不作，过在介石者也。宜简雄将，号令八方。义阳王臣昶，深悟存亡，远同孙氏。苟历运响从，则吴会可定，脱事有难成，则振旅而返。进可以扬义声于四海，退可以通德信于遐裔。宜乘之会，运钟今日，如合圣听，乞速施行。脱忤天心，愿存臣表，徐观从验，赏罚随焉。①

陈建是世祖、高宗、显祖、高祖四朝著名将军，曾因只身救世祖而获得赏识，从此官运亨通。陈建回忆其祖父功德，宠辱休戚与共的经历，以此向高祖表达其忠心。继而陈述显祖拓跋弘御驾亲征，大败柔然，一直追至大漠，意欲统一天下的宏伟愿望。最后指出刘宋后废帝刘昱驾崩，萧道成窃权，正是讨伐南齐最佳时机。“进可以扬义声于四海，退可以通德信于遐裔”，无论进退，均可大振北魏声威。因此，讨伐南朝之表均表达了士人报效国家的热诚。

此外，北魏还会面临其他叛贼或部落的战争。在这些战争中，士人均能奋勇杀敌，表现出英雄大无畏的精神。封敕文《乞遣大军助击梁会表》就是为平定梁会叛乱而作：

安定逆贼帅路那罗遣使赍书与逆帅梁会，会以那罗书射于城中，那罗称纂集众旅，克期助会。又仇池城民李洪，自称应王，天授玉玺，擅作符书，诳惑百姓。梁会遣使招引杨文德，而文德遣权寿胡将兵二千人来到会间，扇动州土，云李洪自称应王，两雄不并，若欲须我，先杀

① 严可均：《全上古三代秦汉三国六朝文》，中华书局 1958 年，第 3644 页。

李洪,我当自往。梁会欲引致文德,诱说李洪来入东城,即斩洪首,送与文德。仇池镇将、淮阳公臣豹子遣使潜行,以今月二十四日来达臣镇,称杨文德受刘义隆职爵,领兵聚众,在仇池境中,沮动民人,规窃城镇。且梁会反逆以来,南旬文德,援势相连,武都氐羌,尽相唇齿,为文德起军,所在屯结,兵众已集,克来不远。臣备边镇,与贼相持,贼在东城,隔墙而已。但以腹背有敌,攻城有疑,计度文德,克来助会。若文德既至,百姓响应,贼党遂盛,用功益难。今文德未到,麦复未熟,事宜速击,于时为便。伏愿天鉴,特遣大军,助臣诛翦。①

太平真君七年(446)三月,天水人梁会据上邽(今甘肃省天水市东)东城叛乱。梁会勾结匈奴屠各部路那罗、仇池城民李洪、氐王杨文德等,声势浩大,进逼西城。秦州刺史封敕文上表,分析当时形势,建议在麦子未收之时,叛贼未集结之前,愿意领兵出击,诛翦逆贼。太武帝拓跋焘同意其所请,封敕文率兵出击,剿灭叛贼。

这些征戍表分析形势有理有据,显现出作者具有较好的军事理论素养。所进行军作战之言切中要害,事后证明是可行的,而且往往可取得军事战争的胜利。是建安诗歌之后,少有的抒写功名思想的篇章,弥足珍贵。

五、北魏表体文的艺术成就

所谓"章表奏议,经国之枢机"②,"表"作为一种政治性应用文体,其最为重要的在于观点明晰。北魏表体文无论篇幅长短,均能明确地说明自己的政治观点。如江阳王元继《讨高车表》就属于北魏表体文中较短的篇章,仅60余字:"高车顽党,不识威宪,轻相合集,背复逃归。计其凶戾,事合穷极,若悉追戮,恐遂扰乱。请遣使镇别推检,斩督首一人,自余加以慰谕,若悔悟从役者,即令赴军。"③对于高车逆贼,元继主张斩其罪大恶极者,其余进行安抚。孝文帝同意其策略,高车悉数归降。短短的文字中,显现出元继的远见卓识。而袁翻《安置蠕蠕表》则是北魏表体文中篇幅最长的一篇,全文多达1300字,较为全面地阐述了高车与蠕蠕彼消我长的关系,以及北魏如何安置蠕蠕国君于己有利:

① 严可均:《全上古三代秦汉三国六朝文》,中华书局1958年,第3644页。
② 刘勰著、范文澜注:《文心雕龙注》,人民文学出版社1958年,第407页。
③ 严可均:《全上古三代秦汉三国六朝文》,中华书局1958年,第3590页。

> 高车、蠕蠕，迭相吞噬。始则蠕蠕衰微，高车强盛，蠕蠕则自救靡暇，高车则僻远西北。及蠕蠕复振，反破高车，主丧民离，不绝如线。而高车今能终雪其耻，复摧蠕蠕者，正由种类繁多，不可顿灭故也。然斗此两敌，即土庄之算，得使境上无尘数十年中者，抑此之由也。①

这一段分析高车和蠕蠕两个民族之间的关系极为精当。高车和蠕蠕同处于大漠南北，并建立起汗国，相互战争以夺取对方领地。拓跋鲜卑族建立北魏政权后，与高车、蠕蠕的战争连年不断。皇始二年(397)北魏灭高车汗国。北魏亦试图消灭蠕蠕汗国，然终未能如愿。正光二年(521)十月，蠕蠕国主阿那瑰、后主婆罗门因国内战乱而避难北魏，朝廷询问时任凉州刺史的袁翻处置方略。袁翻分析了高车和蠕蠕之间的关系，提出处置措施：

> 宜遣一良将，加以配衣，仍令监护婆罗门。凡诸州镇应徙之兵，随宜割配，且田且戍。虽外为置蠕蠕之举，内实防高车之策。一二年后，足食足兵，斯固安边保塞之长计也。若婆罗门能自克厉，使余烬归心，收离聚散，复兴其国者，乃渐令北徙，转渡流沙，即是我之外蕃，高车劲敌。西北之虞，可无过虑。如其奸回反覆，孤恩背德者，此不过为逋逃之寇，于我何损。今不早图，戎心一启，脱先据西海，夺我险要，则酒泉、张掖自然孤危，长河以西，终非国有。不图厥始，而忧其终，噬脐之恨，悔将何及。②

袁翻建议在西海郡附近屯田，既可监管蠕蠕，又可防备高车。一两年后，婆罗门能够收拢离散部落，复兴汗国，远渡流沙，就会成为牵制高车之劲旅；若其反复无常，背恩忘义，则会被屯田之兵所捕杀。袁翻处理拓跋鲜卑族与高车、蠕蠕的关系，颇具战略性。

其次，北魏表体文条理极为清楚。国君日理万机，每天接到的奏表无数，要让他在短时间内捕捉到自己的观点，最好的方法莫过于条分缕析。邢峦《请增兵粮图蜀表》堪称典范：

---

① 严可均：《全上古三代秦汉三国六朝文》，中华书局1958年，第3749页。
② 严可均：《全上古三代秦汉三国六朝文》，中华书局1958年，第3750页。

> 扬州、成都，相去万里，陆途既绝，唯资水路。萧衍兄子渊藻，去年四月十三日发扬州，今岁四月四日至蜀。水军西上，非周年不达，外无军援，一可图也。益州顷经刘季连反叛，邓元起攻围，资储散尽，仓库空竭，今犹未复，兼民人丧胆，无复守固之意，二可图也。萧渊藻是裙屐少年，未洽治务，及至益州，便戮郑元超、曹亮宗，临戎斩将，则是驾驭失方。范国惠津渠退败，锁执在狱。今之所任，并非宿将重名，皆是左右少年而已，既不厌民望，多行残暴，民心离解，三可图也。蜀之所恃，唯阻剑阁，今既克南安，已夺其险，据彼界内，三分已一。从南安向涪，方轨任意，前军累破，后众丧魄，四可图也。昔刘禅据一国之地，姜维为佐，邓艾既出绵竹，彼即投降。及苻坚之世，杨安、朱彤三月取汉中，四月至涪城，兵未及州，仲孙逃命。桓温西征，不旬月而平蜀地。昔来恒多不守，况渊藻是萧衍兄子，骨肉至亲，若其逃亡，当无死理。脱军克涪城，渊藻复何宜城中坐而受困？若其出斗，庸蜀之卒，唯便刀稍，弓箭至少，假有遥射，弗至伤人，五可图也。①

北魏进军中原的过程中，夺取巴蜀之地持续多年。正始二年（505）七月，北魏大将王足大败萧梁巴西太守庾域、冠军将军李畋，斩俘数千人，揭开了北魏攻占蜀地战争的序幕。延昌四年（515）二月，北魏攻占白水关城（今四川青川东北），因宣武帝元恪驾崩而撤军。历经十年，北魏仍然未能占有巴蜀。正始二年七月，北魏取得巴蜀战争的第一场胜利。同年十一月，邢峦上表宣武帝元恪增兵、粮，攻打巴蜀。所引这段文字阐述理由，逐条陈述五大缘由：一是成都距离建康极为遥远，萧渊藻孤立无援；二是平定刘季连叛乱后，益州资储散尽、仓库空竭，民无固守之心；三是萧渊藻吏政无方，所任非人，民心涣散；四是蜀中所恃唯在剑阁，今已占据南安（今四川省剑阁县普安镇），自此向涪（今重庆市涪陵区），势如破竹；五是刘禅、苻坚的历史经验告诉世人，夺取涪即可迅速占有蜀中全境。邢峦攻占蜀中的五个原因，既有历史教训又有地形天险，有理有据，有条不紊，具有很强的说服力。史载宣武帝元恪览表后下诏曰：“若贼敢窥觎，观机翦扑；如其无也，则安民保境，以悦边心。子蜀之举，更听后敕。方将席卷岷蜀，电扫西南。”②显然宣武帝为邢峦所打动。像邢峦《请增兵粮图蜀表》这样擘肌分理的表体文

① 严可均：《全上古三代秦汉三国六朝文》，中华书局1958年，第3728页。
② 《魏书》卷六十五《邢峦列传》，中华书局1974年，第1441页。

在北魏不胜枚举，大抵唯有如此方能说服帝王。

再次，北魏表体文语言质朴无华，句式骈散相间，风格自然流畅。刘勰论及表体文特征时云："表体多包，情伪屡迁，必雅义以扇其风，清文以驰其丽。然恳恻者辞为心使，浮侈者情为文使，繁约得正，华实相胜，唇吻不滞，则中律矣。"①意义雅正，文辞清丽，繁简得当，华实相称，通畅流利，这是刘勰给表体文所定之规范。然北魏表体文却与此略有不同，如陆叡《请班师表》：

> 臣闻先天有弗违之天，后天有顺时之规。今萧鸾盗有名目，窃据江左，恶盈罪稔，天人弃之。取乱攻昧，诚在兹日。愚以长江浩荡，彼之巨防，可以德招，难以力屈。又南土昏雾，暑气郁蒸，师人经夏，必多疾病。而鼎迁草创，庶事甫尔，台省无论政之馆，府寺靡听治之所，百僚居止，事等行路，沉雨炎阳，自成疠疫。且兵徭并举，圣王所难。今介胄之士，外攻雠寇，羸弱之夫，内动土木，运给之费，日损千金。驱罢弊之兵，讨坚城之虏，将何以取胜乎？陛下往冬之举，政欲曜武江汉，示威衡湘，自春几夏，理宜释甲。愿囊旌卷旆，为持久之方，崇成帝居，深重本之固。圣怀无内念之虞，兆庶休斤板之役，修礼华区，讽风洛浦。然简英略之将，任猛毅之雄，南取荆湘，据其要府，则梁秦以西，睹机自服。抚附振威，回麾东指，则义阳以左，驰声可制。然后布仁化以绥近，播恩施以怀远，凡在有情，孰不思奋！还遣慕德之人，效其余力，乘流而下，势胜万倍，蕞尔闽瓯，敢不稽颡！岂必兹年，竞斯寸尺。惟愿顾存近敕，纳降而旋，不纡銮舆，久临炎暑。②

陆叡出身鲜卑贵族，祖孙三代均以英勇善战、功勋卓著而身居要位。太和十九年(495)陆叡所上孝文帝元宏《请班师表》中提出以德感化萧齐使其自动归附的思想，实属可贵，足见北魏汉化程度之深。这篇文章骈句与散句几乎平分秋色，语言朴实无华，不使用典故，注意吸收南朝文学声律和谐之养分，读起来如行云流水一般，颇具美感。

魏晋南北朝时期是表体文创作成熟时期，数量之多，质量之优，历来为后人所赞誉。然受刘勰《文心雕龙·章表》的影响，学人关注的焦点常在

① 刘勰著、范文澜注：《文心雕龙注》，人民文学出版社1958年，第408页。
② 严可均：《全上古三代秦汉三国六朝文》，中华书局1958年，第3644页。

于曹植、孔融、诸葛亮、陈琳、阮瑀、羊祜、庾亮、刘琨等这些大家，而忽略了其他名气较小的作家创作。北魏表体文既区别于魏晋又与南朝不同，绝少有个人一己之私情，更多的是体现出对国家大事的深切关注。这些作品虽然很难与“体赡而律调，辞清而志显”①的曹植表体文相媲美，但也有其独特之处。研究这种文体，对于认识北魏散文艺术成就有一定促进作用。

① 刘勰著、范文澜注：《文心雕龙注》，人民文学出版社1958年，第407页。

第四章　北魏个案文学与文化关系研究

在北魏文学中,《木兰诗》是影响最大的作品;温子昇是北魏文学成就最高的文学家。对于这二者的研究,目前学术界分歧较大。笔者结合习见之资料,略陈己见,分析其独到的艺术魅力。同时采用传世文献与出土文献相互印证的方法,阐述北魏女性作家的文学成就。

第一节　《木兰诗》作时与文本经典化

《木兰诗》,又称《木兰辞》,自其产生、流播之后就受到后人的喜爱,拟作不绝如缕,好评如潮,如"古质有逼汉、魏处,非二代所及也"①"事奇语奇,卑靡时得此,如凤凰鸣,庆云见,为之快绝"②"《木兰诗》一篇足够压倒南北两朝的全部士族诗人"③等评价,激发起学人研究之热情。短短400余字的《木兰诗》,除古人拟作、评价,以及现代各种文学史外,中国知网所收录论文就多达240余篇。这些研究成果涉及《木兰诗》的作者、时代、本事、评价等诸多方面,尤以创作时间争议最大,可谓众说纷纭,莫衷一是,成为千古难解之谜。笔者以为,解开这桩悬案的钥匙就是回到文本本身,由诗歌中所涉及的地点以及史书中所载之战争相互参照,既可知前贤研究之谬,又能确定诗歌作时与其他相关问题。

一、《木兰诗》前贤研究之阙

《木兰诗》描写了一位替父从军的巾帼英雄,这在以男权为主宰的古代社会极为罕见,故自其问世之后,就成为学人津津乐道的热门话题。要之,主要有作时、作者、征战之地以及木兰之姓氏四个方面,以下逐一辨析,从中可窥见前贤研究之功绩与值得商榷之处。

《木兰诗》之作时讨论是其研究中最为白热化的问题,目前主要有汉代、北朝、北魏、南朝、隋代、唐代六说,持论者既有学界名流又有学术新秀。

---

① 胡应麟:《诗薮》,中华书局1958年,第42页。

② 沈德潜:《古诗源》,中华书局1963年,第279页。

③ 范文澜:《中国通史》(第二册),人民出版社1964年,第662页。

他们各持己见，互不相让，大有难分伯仲之意。其成果之多，令人咂舌。刘跃进先生《中国古代文学通论·魏晋南北朝卷》①，吴云先生《20 世纪中国文学研究·魏晋南北朝》②，王文倩、聂永华先生《20 世纪〈木兰诗〉成诗年代、作者及木兰故里研究综述》③，王文倩、聂永华先生《〈木兰诗〉成诗年代、作者及木兰故里百年研究回顾》④，宁稼雨、张雪先生《20 世纪以来〈木兰诗〉成诗年代及木兰故里研究述评》⑤等文章已对其研究成果进行了综述，为了避免不必要的重复，本文就不一一胪列了。以下仅对诸种说法简要评析，从中窥见前贤研究之阙。

汉代说源于明代徐昌祚《燕山丛录》，"完县东门外有木兰庙，榜曰'孝烈将军'。有古碑，称'木兰姓魏，亳县人，汉孝文时匈奴寇北边，发内郡戍之，木兰代父为戍卒，以功为小校，所戍是完县，故完人祀之'。孝烈将军，唐所封也。"⑥清代唐执玉《畿辅通志》、河北完县发现元至顺三年（1332）《汉孝烈将军记碑》、明代《重修汉孝烈将军庙记》与此略同。汉文帝刘恒一生多次出击匈奴，何时到过完县，已不可知。近年来河南省虞城县周庄发现了元代侯有造《孝烈将军祠像辨正记》石碑，称匾额中不写"孝烈"而曰"昭烈"、不曰"将军"而曰"小娘子"，使得魏木兰的故事发生了戏剧性的转折，原来她不是巾帼英雄，而是元代女子，就割断了其与《木兰诗》的联系。民国时期彭作桢考察完县孝烈将军庙后指出："孝烈庙，初不知所祀何神？案：宋熙宁辛亥九月，河南钱景初题碑云：'今日庙榜目栾，盖传疑也。'据此，当是因目栾而传会于木兰。"⑦"木兰"是由"目栾"附会而来。目栾，意即目连，佛经中有目连救母的故事。由此知，完县孝烈将军庙是佛教庙宇，与《木兰诗》无涉，魏木兰是据佛经演化而成。今人以此来研究《木兰诗》，其结论恐值得商榷⑧。

在《木兰诗》作时的研究中，北朝说占主体。早在 20 世纪 30 年代，胡

---

① 傅璇琮、蒋寅：《中国古代文学通论》，辽宁人民出版社 2005 年，第 417—420 页。

② 张燕瑾、吕薇芬：《20 世纪中国文学研究》，北京出版社 2001 年，第 608—614 页。

③ 王文倩、聂永华：《20 世纪〈木兰诗〉成诗年代、作者及木兰故里研究综述》，《华北水利学院学报》2006 年第 4 期。

④ 王文倩、聂永华：《〈木兰诗〉成诗年代、作者及木兰故里百年研究回顾》，《商丘师范学院学报》2007 年第 1 期。

⑤ 宁稼雨、张雪：《20 世纪以来〈木兰诗〉成诗年代及木兰故里研究述评》，《河北师范大学学报》2013 年第 3 期。

⑥ 徐昌祚：《新刻徐比部燕山丛录》卷十五《古迹》，清抄本。

⑦ 彭作桢：《完县新志》，《中国方志丛书》，成文出版社有限公司 1968 年，第 141 页。

⑧ 见王增文：《〈木兰诗〉的产生时代、本事和作者》，《河南教育学院学报》1994 年第 3 期。

适与刘大杰二位先生就主张《木兰诗》是北朝作品。胡适先生以为“《木兰辞》便是北方代父从军的女英雄歌了。北方的平民文学的最大杰作是《木兰辞》”①。刘大杰先生就从《木兰诗》民歌情调入手考察，确认其“成于北朝，后来经了隋唐人的修饰”②。曹道衡《关于北朝乐府民歌》③，萧涤非《从杜甫、白居易、元稹诗看〈木兰诗〉的时代》④，曹道衡、罗宗强、徐公持《分期、评价及其相关问题——魏晋南北朝文学研究三人谈（之二）》⑤，江慰庐《谈谈怎样研究“木兰诗”》⑥等文章都补充了许多证据，用以支持北朝说。众所周知，北朝包括北魏、东魏、西魏、北齐、北周五个政权，故北朝说过于空乏，实未确定具体时间。大约有感于这种不足，罗根泽先生从府兵制、明堂的考察入手，认为《木兰诗》的时代“确定在西魏，即公元五三五年至五五六年的二十余年之间”⑦；任芬先生认为《木兰诗》产生于北齐，“诗中所描写的战争，具体地说，所反映的应是北齐文宣帝时对契丹的战争”⑧。西魏和北齐二说与《木兰诗》本事扞格之处颇多，故很少受人关注，也未为学人所重视。

北魏说始于明代徐渭《四声猿·雌木兰替父从军》，该剧开场木兰即唱云：“妾身姓花名木兰，祖上在西汉时以六郡良家子，世住河北魏郡。”⑨清人姚莹在《康輶纪行》中说《木兰诗》作于北魏孝文帝至宣武帝时。范文澜先生认为“这首诗当是魏迁都洛阳以后，六镇起义以前的作品”⑩，余冠英先生以为“最可能的情形是事和诗都产生在后魏”⑪，周建江《历史、民族情结的回响——〈木兰诗〉〈敕勒歌〉的文化本初》⑫、张永鑫《“坐明堂”“旧

---

① 胡适：《白话文学史》，新月书店1931年，第119页。

② 刘大杰：《中国文学发展史》（上），中华书局1941年，第255页。

③ 曹道衡：《关于北朝乐府民歌》，《中古文学史论文集》，中华书局1986年，第153页。

④ 萧涤非：《从杜甫、白居易、元稹诗看〈木兰诗〉的时代》，《文学遗产增刊》（第一辑），作家出版社1955年，第326页。

⑤ 曹道衡、罗宗强、徐公持：《分期、评价及其相关问题——魏晋南北朝文学研究三人谈（之二）》，《文学遗产》1999年第2期。

⑥ 江慰庐：《谈谈怎样研究“木兰诗”》，《文学遗产增刊》（第一辑），作家出版社1955年，第123—127页。

⑦ 罗根泽：《〈木兰诗〉产生的时代和地点》，《光明日报》1954年4月26日版。

⑧ 任芬：《试论〈木兰诗〉的时代背景》，《中华女子学院学报》1996年第4期。

⑨ 徐渭：《四声猿·雌木兰替父从军》，《徐渭集》，中华书局1983年，第1198页。

⑩ 范文澜：《中国通史》（第二册），人民出版社1964年，第662页。

⑪ 余冠英：《汉魏六朝诗选》，人民文学出版社1958年，第336页。

⑫ 周建江：《历史、民族情结的回响——〈木兰诗〉〈敕勒歌〉的文化本初》，《烟台大学学报》1997年第4期。

时裳”“十年归”及其他——〈木兰诗〉创作年代慢议》①、力高才《〈木兰诗〉始于北魏平城末期京畿考》②等文章为北魏说提供了更多佐证。北魏说注意到了北魏与柔然的战争，但疏于对黑山、燕山地名的考证，从而使得北魏、柔然的战争与《木兰诗》之本事缺乏应有的联系。

南朝说肇始于张玉穀《古诗赏析》，“木兰千古奇人，此诗亦千古杰作。《焦仲卿妻》而后，罕有其俦。在萧梁时，更不图得此如椽笔也……诗中用‘可汗’字，木兰当是北朝人，而诗则南朝人所作也”③。张玉穀《古诗赏析》久负盛名，然其《木兰诗》作于萧梁之说却鲜有人知，究其原因在于《木兰诗》风格与南朝诗歌不一致，故此说难以为后人接受。时至21世纪，北大博士生刘子立撰写《〈木兰诗〉本事及创作年代略考》一文，力证《木兰诗》作于南朝，“这很有可能是一篇南朝人歌唱北方事迹的作品”④。该文只字未提张玉穀《古诗赏析》，也没有什么实质性证据，只是泛泛而谈，其结论当然是难以令人信服。

隋代说始于南宋程大昌《演繁露》，“诗中有‘可汗大点兵’语，知其生世非隋即唐也”⑤。“可汗”并非隋代专用语，故程大昌之说证据不足。李贤《明一统志》为隋代说找到事实根据：“木兰，随宋州人，姓魏氏。恭帝时发兵御戎，木兰有智勇，代父出征，历年一纪，阅十有八战，人莫识之。凯还，天子嘉其功，除尚书，不受，恳奏省亲。及归，释戎服，衣旧裳，同行者骇之。遂以事闻于朝，召赴阙，欲纳之宫中。木兰曰：‘臣无媲君之礼。’遂自尽。帝惊悯，赠将军，谥孝烈。乡人为之立庙祀焉。”⑥《大清一统志》与此略同，“随”当为“隋”之误。隋恭帝杨侑在位仅七个月，禅位于李渊，未有“发兵御戎”之事，恐此载有误。清人宋翔凤大约意识到这种失误，故改“隋恭帝”为“隋炀帝”：“《木兰诗》，隋大业间事也。可汗者，突厥启民可汗也。天子，炀帝也……木兰，当是启民部落。”⑦清人李慈铭力驳宋翔凤“木兰当是启民部落”之说，“诗之言，虽多文饰，然玩诗中‘当户理红妆’‘对镜贴花黄’等语，必非胡女……且其诗云‘当户织’、云‘机杼声’，岂胡

---

① 张永鑫：《“坐明堂”“旧时裳”“十年归”及其他——〈木兰诗〉创作年代慢议》，《无锡教育学院学报》2000年第1期。

② 力高才：《〈木兰诗〉始于北魏平城末期京畿考》，《山西大同大学学报》2009年第2期。

③ 张玉穀：《古诗赏析》，中华书局2017年，第520页。

④ 刘子立：《〈木兰诗〉本事及创作年代略考》，《柳州师专学报》2010年第1期。

⑤ 程大昌：《演繁露》，《文渊阁四库全书》第852册，台湾“商务印书馆”1986年，第200页。

⑥ 李贤：《明一统志》，《文渊阁四库全书》第472册，台湾“商务印书馆”1986年，第685页。

⑦ 宋翔凤：《过庭录》，中华书局1986年，第261页。

中所有之事？又云‘不闻爷娘唤女声，但闻燕山胡骑鸣啾啾’正形其为中国之女，未尝闻胡女耶”①，仍然认定《木兰诗》是隋代作品。宋翔凤和李慈铭隋代说的基础是将《木兰诗》中的“黑山”界定为榆林府榆林县治西十里（今陕西省榆林市西），一旦失去这个基础，隋代说亦难成立。事实上，榆林县之黑山恐非《木兰诗》中之“黑山”。隋代说由于事实不清，故影响不大。时至20世纪80年代，齐天举先生再次老调重弹，力主隋代说②。齐天举先生无视清人考证成果，却从郭茂倩《乐府诗集·木兰诗题注》、府兵制、名物等方面试图确证《木兰诗》为隋代诗歌。齐天举先生之说过于牵强附会，立刻就有学人反驳。赵从仁先生对齐天举先生文章观点逐一批驳，认为《木兰诗》不可能作于隋，“至少成熟于南北朝时期”③。胡卓学先生撰写《〈木兰诗〉故事能“属于隋”么》④一文，从名物制度，以及隋恭帝时代背景献疑，认为《木兰诗》不可能是隋代作品。赵从仁、胡卓学两位先生虽然没有提出过硬的证据，但这两篇文章从一个侧面反映出齐天举先生观点的致命弱点。

唐代说始于《古文苑》，继而刘克庄在《后村诗话》、朱熹在《朱子语类》中均认为《木兰诗》是唐人所作。然这些只不过是一些简单的论断，并没有确凿的证据。清人刘昌绪编撰《黄陂县志》，试图为《木兰诗》作于唐代寻求事实证据。刘昌绪认为木兰姓朱，其祖上则有二说：一是明人张涛《题建木兰山将军庙奏疏》称木兰为唐代节度使朱异之女，“湖广省黄州府黄陂县木兰山乃真武修炼之所，唐节度使朱异家于其下，其女代父出征，功封木兰将军”⑤。朱异，《旧唐书》《新唐书》无载，不知何许人。二是佚名《木兰古传》称木兰父为千户长朱寿甫，“木兰将军，黄郡西陵人也，姓朱，父名寿甫，母赵氏……寿甫以千户长应赴选”⑥。朱寿甫，《旧唐书》《新唐书》亦未载。2012年黄陂当地人李森林发现民国丙辰年（1916）雕版木刻《木兰忠烈将军救世真经》，称朱寿甫为节度使，与此载为千户长不同。朱木兰在贞观三年（629）李靖对突厥之战中建有奇功，官封尚书，辞官回家，与父母团聚，当地建有木兰将军庙以纪念。李靖贞观三年出征突厥之事，《旧唐

① 李慈铭：《越缦堂诗话》，中国国家图书馆出版社2004年，第802页。

② 参见齐天举：《关于〈木兰诗〉的著录及其时代问题》（《文学遗产增刊》第十四辑，中华书局1982年版）、《〈木兰诗〉的著录及时代问题续证》（《文学遗产》1984年第2期）。

③ 赵从仁：《〈木兰诗〉的著录及其时代问题》，《中州学刊》1985年第5期。

④ 胡卓学：《〈木兰诗〉故事能“属于隋”么》，《韵文学刊》2013年第4期。

⑤ 刘昌绪：《黄陂县志》，《中国方志丛书》，成文出版社有限公司1976年，第799页。

⑥ 刘昌绪：《黄陂县志》，《中国方志丛书》，成文出版社有限公司1976年，第800页。

书》《新唐书》均有记载，然此次战争中是否有朱木兰，不得而知。由此看来，《黄陂县志》中所载木兰之事实真伪难辨，故而也难以支撑起唐代说。进入 20 世纪之后，逯钦立、唐长孺等一批学者纷纷撰文，支持唐代说。这些文章提供了一些新证据，主要在于十二转勋制和明堂制。如逯钦立先生《先秦汉魏晋南北朝诗》收录《木兰诗》并自注云："十二转勋制始于唐，建立明堂在武则天时……《古文苑》以为唐人作，良是。"①逯先生以十二转勋制、明堂制为据，力证《木兰诗》为唐人所作。

逯钦立先生"十二转勋制始于唐"之说很可能是受罗根泽先生 1930 年完成的《乐府文学史》之影响。罗根泽先生以《唐六典》所载唐代勋官制为据，认为"'策勋十二转'纯为唐时勋官制度"②。继而唐长孺先生撰写了《〈木兰诗〉补证》一文，为逯钦立先生之说提供证据。唐先生引用《旧唐书·职官志》有关"勋官"记载后说："周、隋勋级并十一等，只有唐代十二等。唐代授勋一转为武骑尉，递加下十二转为上柱国。'策勋十二转'也即授予上柱国高勋。"③认为只有到唐代勋级才是十二等，并说这是确定《木兰诗》时代的铁证。那么，唐代勋级真的可以累积到十二转吗？事实未必，新疆出土阿斯塔娜 100 号墓《唐永淳元年（公元六八二年）汜德达飞骑尉告身》文书载汜德达勋官就是一例。唐永淳元年（682），汜德达"破句汨城阵加一转，转镇城阵□，募一生西州汜德□，右可飞□"④。此时他酬勋三转，授飞骑尉职。延载元年（694），《武周延载元年（公元六九四年）汜德达轻骑尉告身》文书记载汜德达"金牙军拔于阗、安□□勒、碎叶等四镇，每镇酬勋一转，破都历岭等镇，共酬勋三转，总七转"⑤，此年他初酬勋四转，后增三转，总七转，授轻车都尉职。在十三年间，汜德达勋级并没有前后累积为十转，而只有七转。因此，"十二转勋制始于唐"的说法恐不周全。逯钦立先生认为"建立明堂在武则天时"，这一说法亦值得商榷。明堂是古代天子通神灵、感天地、布教化之所，其由来甚早，《逸周书》中就有"周公建焉"⑥之说。明堂是国家命运和皇权的象征，历代王朝均重视其修建。史载武则天在垂拱三年（687）、万岁通天元年（696）两次修建明堂，但不能以"建立明堂在武则天时"来确定《木兰诗》作于唐代。

① 逯钦立：《先秦汉魏晋南北朝诗》，中华书局 1983 年，第 2160 页。
② 罗根泽：《乐府文学史》，东方出版社 2012 年，第 131 页。
③ 唐长孺：《〈木兰诗〉补证》，《唐长孺文集》（六），中华书局 2011 年，第 117 页。
④ 《吐鲁番出土文书》（第 7 册），文物出版社 1986 年，第 221 页。
⑤ 《吐鲁番出土文书》（第 7 册），文物出版社 1986 年，第 224 页。
⑥ 黄怀信等：《逸周书汇校集注》，上海古籍出版社 1995 年，第 765 页。

前贤提出的汉代、北朝、北魏、南朝、隋代、唐代六说，对《木兰诗》的研究有着极大的推动作用，厥功甚伟，然均难以周全，故而《木兰诗》作时尚需重新考证。

《木兰诗》最早收录于南朝陈释智匠《古今乐录》，是一首乐府诗，不著作者，显系民间创作。自唐代之后，著录《木兰诗》的文献逐渐增多，大多不著撰人，然也出现了关于其作者的记载，主要有韦元甫和曹植两种说法。

宋本《乐府诗集》收录《木兰诗二首》，题署曰“古辞”，题下注云：“《古今乐录》云：‘木兰不知名，浙江西道观察使兼御史中丞韦元甫续附入。’”① 元至正元年(1341)集庆路儒学刻明修本《乐府诗集》与此同。既然有“古辞”，又有“韦元甫续附入”，则第一首为古辞、第二首为韦元甫拟作，表述似乎是非常清晰的。然李昉《文苑英华》收录《木兰歌》，径题署曰韦元甫。李攀龙《古今诗删》亦题韦元甫作，近现代学者罗根泽、黄震云亦坚信韦元甫作之说②。这桩公案宋人彭叔夏已辨其误，“韦元甫《木兰歌》：按刘氏次庄、郭氏《乐府》并云：‘古辞，无姓名。’郭氏又曰：‘木兰不知名，浙江西道观察使兼御史中丞韦元甫续附入。’则非韦元甫作也”③。继而严羽《沧浪集》、高棅《唐诗品汇》均认为郭茂倩《乐府诗集》收录的两首《木兰诗》，前一首为古辞，第两首为韦元甫作。今人亦有从两首诗风格层面辨析的，如“我们试读原歌与韦元甫拟作，便知道这中间有一种显然不同的色彩。原歌的民间趣味多么浓厚，那种朴质俚俗的语调，天真浪漫的描写，是文人学不到的。拟作则无处不现雕饰做作的痕迹，一望而知是出自两人之手”④。的确，《木兰诗》与韦元甫拟作风格大异其趣，绝非出自一人之手。故而韦元甫是《木兰诗》拟作者，而不是作者。

宋人魏泰认为《木兰诗》是曹植所作，“古乐府中，《木兰诗》《焦仲卿诗》皆有高致。盖世传《木兰诗》为曹子建作，似矣”⑤。魏泰肯定《木兰诗》高雅的格调，然其曹植作《木兰诗》之说真是匪夷所思。其证据若何，已不可知。笔者疑魏泰是针对曹植《灵芝篇》有感而发。《灵芝篇》是曹植

---

① 郭茂倩：《乐府诗集》，中华再造善本丛书。

② 参见罗根泽：《〈木兰诗〉作于韦元甫考》(《朝华月刊》2 卷 3 期，1930 年)、罗根泽：《乐府文学史》(东方出版社 2012 年)、黄震云：《〈木兰诗〉作者考》(《徐州教育学院学报》1988 年第 4 期)。

③ 彭叔夏：《文苑英华辨证》，《文渊阁四库全书》第 1342 册，台湾“商务印书馆”1986 年，第 763 页。

④ 刘大杰：《中国文学发展史》，中华书局 1941 年，第 255 页。

⑤ 魏泰：《临汉隐居诗话》，《文渊阁四库全书》第 1478 册，台湾“商务印书馆”1986 年，第 293 页。

《鞞舞歌》五首之二，属乐府舞曲歌辞。诗中歌颂了虞舜尽孝于田、丁兰刻木、伯瑜泣杖、董永举假以供养等孝行故事，述及丁兰时云："丁兰少失母，自伤早孤茕。刻木当严亲，朝夕致三牲。暴子见陵侮，犯罪以亡形。丈人为泣血，免戾全其名。"①丁兰刻木事亲源于东汉，唐代徐坚《初学记》、南宋吴自牧《梦粱录》等文献均有记载，后被收入《二十四孝图》，成为弘扬儒家孝行的经典故事之一。1930 年在洛阳以西李家凹出土、现藏于美国明尼阿波利斯美术馆的北魏元谧石棺，其图案上题有"丁兰事木母"五字，说明丁兰刻木事亲故事传播到了北魏。丁兰、木兰行为有相通之处，而且"丁""木"字体极为相似，魏泰误将"木兰"当作"丁兰"，故将《木兰诗》系于曹植名下，实则是一种误解。

据此，韦元甫和曹植不是《木兰诗》的作者。《木兰诗》是乐府民歌，作者失载。

木兰征战之地，《木兰诗》中有载："旦辞爷娘去，暮宿黄河边，不闻爷娘唤女声，但闻黄河流水鸣溅溅。旦辞黄河去，暮至黑山头，不闻爷娘唤女声，但闻燕山胡骑鸣啾啾。"据此，黄河以北的黑山、燕山就是当年战争发生地。黑山、燕山在何处，学术界看法不一。

黑山有四种说法。一是清人宋翔凤认为在榆林府榆林县治西（今陕西省榆林市西），"黑山，盖即《水经注》所云。'奢延水又东，黑水入焉。水出奢延县黑涧，黑涧当以黑山名之。'案：奢延水在今陕西榆林府怀远县境，在汉为奢延县也。又今榆林府榆林县治西十里有黑山，黑水出其下，即诗之黑山也"②。二和三是朱东润先生认为有两座山有可能是黑山："黑山，即杀虎山，蒙古语为阿巴汉喀喇山，在今内蒙古自治区呼和浩特市东南，一说即今河北昌平之天寿山。"③余冠英《汉魏六朝诗选》、李道英《中国古代文学作品选》、袁行霈《中国文学作品选注》、郁贤皓《中国古代文学作品选》以为黑山是杀虎山，北京大学中国文学史教研室《魏晋南北朝文学史参考资料》认为黑山是天寿山，袁世硕《中国古代文学作品选》仍承袭朱东润先生之两说。四是今人张雯虹、孙文采认为在今辽宁省建昌、凌源一带④。为了支撑其说，该文提出三条证据：第一，柔然国主丑奴继承汗位改元建昌，与今天辽宁建昌县名相合。这里出现了历史性错误，清乾隆四十三年

① 赵幼文：《曹植集校注》，人民文学出版社 1998 年，第 327 页。
② 宋翔凤：《过庭录》，中华书局 1986 年，第 261 页。
③ 朱东润：《中国历代文学作品选》（上编第二册），上海古籍出版社 1979 年，第 393 页。
④ 张雯虹、孙文采：《〈木兰诗〉应该是蒙古族古代民歌》，《西北民族研究》2007 年第 3 期。

(1778)方有建昌县名,与柔然丑奴可汗有何关联?第二是作者称从网上看到凌源市城东有一座木兰山,就是《木兰诗》的发生地。这种缺乏逻辑性的推理实难令人接受。第三是柔然国土当时包括建昌县。但这与考证黑山之所在有什么关系?故辽宁黑山的说法是靠不住的。

燕山,朱东润先生认为有两说:"燕山,在今内蒙古自治区巴彦淖尔盟五原县境。一说在今河北蓟县一带。"①余冠英《汉魏六朝诗选》、李道英《中国古代文学作品选》、郁贤皓《中国古代文学作品选》承其前说,北京大学中国文学史教研室《魏晋南北朝文学史参考资料》继其后说,袁世硕《中国古代文学作品选》、袁行霈《中国文学作品选注》仍承袭朱东润先生之两说。

四座黑山、两座燕山,哪一座是《木兰诗》中的黑山与燕山,尚需仔细考索。今人之研究,疏于考证黑山与燕山之所在,从而导致其结论缺乏应有的可靠性。更有甚者,今人李雄飞先生绕开黑山、燕山难以解开的谜团,专注于"朔气传金柝"中的"朔",认为"朔"是"朔方"的简称,其范围包括今日陕北或与陕北毗邻,并称"文革以前,有人曾亲眼看见过山顶上横卧多半块残碑,上有'花木兰之墓'等字样,后来断碑便不知所终了"②。笔者查阅《嘉庆延安府志》《同治延安府志》,并未发现花木兰墓的记载。而且"朔气传金柝,寒光照铁衣"是两句对仗工稳的句子,"朔气"与"寒光"相对,从语法层面看"朔"绝不可能是地名。查找古代文献,没有发现"朔方"简称"朔"的记载。故此说恐不妥。

木兰姓甚名谁,也是《木兰诗》争论的焦点之一。明人刘惟德《韩木兰传》认为木兰姓韩,明人李贤《明一统志》以为木兰姓魏,清人刘昌绪《黄陂县志》、清人瀛园《木兰奇女传》认为木兰姓朱,明人徐渭《四声猿·雌木兰替父从军》以为木兰姓花,今人曹熙认为"木兰"是"穆兰"之误。③ 这些说法大多出自方志或文学作品,可信性不大。改"木"为"穆",更无证据可依。《木兰诗》中木兰究竟是韩木兰、魏木兰、朱木兰、花木兰、穆兰?还需小心求证。

综上所述,《木兰诗》的作时、作者、征战之地、木兰姓名等问题,学人已经进行了积极探索,取得了丰硕的成果。然其结论多有难以圆通之处,

---

① 朱东润:《中国历代文学作品选》(上编第二册),上海古籍出版社 1979 年,第 393 页。

② 李雄飞:《〈木兰辞〉是十六国时期陕北地区的民间叙事诗》,《西北民族学院学报》1999 年第 1 期。

③ 参见曹熙:《〈木兰诗〉新考》,《齐齐哈尔师范学院学报》1982 年第 4 期。

故仍需重新考证。

二、《木兰诗》作时及相关问题新考

鉴于前贤研究《木兰诗》存在的商榷之处，笔者以为其作时及相关问题需由木兰征战之地的考证入手，采用文史互证的手法，方可求得公允的结论，从而解决这一学术谜案。

据《木兰诗》之描绘，黄河以北的黑山、燕山是战争的发生地。黑山、燕山所在何地？前贤研究难以确定其固定所在，笔者试图解决这一学术难题。

"黑山"最早见于《后汉书》，称张角、张燕为黑山贼，李贤在"还讨黑山，则张燕可灭"下注云："黑山在今卫州卫县西北……其后人众浸广，常山、赵郡、中山、上党、河内诸山谷皆相通，号曰黑山也。"①胡三省注引杜佑注曰："卫州卫县，汉朝歌县也。纣都朝歌，在今县西。县西北有黑山。"②据此，黑山并非是一座山，而是连接常山、赵郡、中山、上党、河内诸郡山谷的总称，在今河南省淇县西北、河北省西南、山西省东南交界处。好在《晋书》又记载了一个黑山："蝚蠕斛律为其弟大但所逐，尽室奔跋，乃馆之于辽东郡，待之以客礼。跋纳其女为昭仪。时三月不雨，至于夏五月。斛律上书请还塞北……乃许之，遣单于前辅万陵率骑三百送之。陵惮远役，至黑山，杀斛律而还。"③《资治通鉴》胡三省注云："黑山在唐振武之北塞外，即杀胡山也。"④斛律自辽东郡和龙（今属吉林省）出发回到大漠中蝚蠕可汗庭，途经黑山，即杀胡山。这个黑山，《读史方舆纪要》记载其位置云："黑山，在中受降城正北稍东八十里。亦谓之杀胡山，亦谓之呼延谷。晋义熙十年，北燕冯跋遣其将万陵帅骑送柔然斛律还国，陵惮远役，至黑山杀斛律而还。"⑤则黑山在中受降城正北稍东八十里。中受降城又在何处？《新唐书·地理志》云："中受降城，有拂云推祠。"⑥又《元和郡县图志》云："安北都护府，亦曰中受降城，景龙中韩公张仁愿于黄河北岸置……中受降城，本秦九原郡地，汉武帝元朔二年更名五原，开元十年于此城置安北大都护

---

① 《后汉书》卷七十四上《袁绍刘表列传上》，中华书局1965年，第2379页。
② 《资治通鉴》卷五十八《汉纪五十》，中华书局1956年，第1878页。
③ 《晋书》卷一百二十五《冯跋载记》，中华书局1974年，第3132—3133页。
④ 《资治通鉴》卷一百一十六《晋纪三十八》，中华书局1956年，第3669页。
⑤ 顾祖禹：《读史方舆纪要》，中华书局2005年，第2924页。
⑥ 《新唐书》卷三十七《地理志一》，中华书局1975年，第976页。

府。”①则中受降城在黄河北岸的拂云推祠，本是秦九原郡、汉五原郡辖地。光绪时《绥远志》云：“中受降城在（乌拉特）旗西黄河北岸。”②《大清一统志》云：“中受降城在（乌拉特）旗西黄河北岸，唐景龙二年张仁愿筑，本古拂云祠地。”③吕温《三受降城碑铭》云：“拂云祠者，在河之北，地形雄坦，控扼枢会。虏伏其下，以窥域中，祷神观兵，然后入寇，甲不及擐，突如其来，鲸一跃而吞舟。”④即中受降城在黄河北岸，今包头境内的乌拉特前旗西部。黑山在中受降城正北稍东八十里，即应在今包头市西部的五原县一带，为西汉五原郡所辖。《绥远志》云：“黑山，在城东北，古丰州富民县有神山黑山。”⑤黑山在古丰州境内。《元和郡县图志》云：“丰州，九原。下府……今置都防御使……丰州，天德军，西受降城，中受降城。”⑥丰州故城本秦九原郡，汉改为五原郡。故黑山在今包头市西部的五原县一带。

综上所考，黑山不在呼和浩特市东南，亦不是今河北昌平之天寿山，更不在榆林市西，而在今包头市西部的五原县一带。据《魏书》所载，神䴥二年（429），北魏与柔然之战就发生在这里。“（神䴥二年四月）于是车驾出东道向黑山，平阳王长孙翰从西道向大娥山，同会贼庭。”⑦据《读史方舆纪要》记载，黑山在中受降城正北稍东八十里，亦即北燕单于前辅万陵杀斛律之地，即包头市西部的五原县一带；狼山，在废丰州塞外的狼山。查阅谭其骧《中国历史地图集》，恰好黑山在东，狼山在西，与《魏书》所载相吻合。“旦辞黄河去，暮至黑山头”之“黑山”亦是此处，《木兰诗》反映的是北魏与柔然的战争。

燕山，《史记·周本纪》中“封召公奭于燕”，张守节《史记正义》引徐才《宗国都城记》云：“周武王封召公奭于燕，地在燕山之野，故国取名焉。”⑧依照张守节之义，古燕国因燕山而得名。燕山，据张守节《史记正义》引《括地志》载在“幽州渔阳县东南六十里”⑨，唐代渔阳县即今天津市蓟县，燕山在今天津市蓟县东南六十里，大约在今河北省玉田县一带，亦即《水经

---

① 李吉甫：《元和郡县图志》，中华书局1983年，第92—115页。

② 贻谷：《绥远志》，清光绪三十四年（1908）刻本，国家图书馆藏本。

③ 和珅：《大清一统志》，《文渊阁四库全书》第483册，台湾“商务印书馆”1986年，第489页。

④ 董浩：《全唐文》，中华书局1983年，第6353页。

⑤ 贻谷：《绥远志》，清光绪三十四年（1908）刻本，国家图书馆藏本。

⑥ 李吉甫：《元和郡县图志》，中华书局1983年，第111页。

⑦ 《魏书》卷一百零三《蠕蠕列传》，中华书局1974年，第2293页。

⑧ 《史记》卷四《周本纪》，中华书局1959年，第128页。

⑨ 《史记》卷四《周本纪》，中华书局1959年，第128页。

注·鲍丘水注》所载庚水流经之燕山，这个燕山与召公奭所封之地北燕（今北京市房山区琉璃河）相距甚远。故《括地志》所载燕国之事迷离恍惚，以此考证燕山之所在，恐难得出令人信服之结论。

唐前史书中所载之燕然山，文人往往多称为燕山。西汉征和三年（前90）贰师将军李广利与匈奴大战，曾"引兵还至速邪乌燕然山"，颜师古注云："速邪乌，地名也，燕然山在其中。"①东汉永元元年（89），车骑将军窦宪在稽落山大败匈奴，"窦宪遂登燕然山，刻石勒功而还"②。这两处之燕然山实为同一座山，即今蒙古人民共和国境内之杭爱山。因窦宪之丰功伟绩，班固受命而作《封燕然山铭》。班固此作，《文选》中谢朓《京路夜发》"故乡邈已夐，山川修且广"李善注题云"班固《燕山铭》"③，以燕山指代燕然山，此后诸如沈约《古意酬到长史溉登琅邪城》"怀纪燕山石，思开函谷丸"④、庾信《周柱国大将军纥干弘神道碑》"窦宪当官，犹在燕山之下"⑤、庾信《杨柳歌》"君言丈夫无意气，试问燕山那得碑"⑥等诗文中之"燕山"均如是观。徐陵《出自蓟北门行》有云"燕山对古刹，代郡隐城楼"⑦，《文苑英华》引此诗"燕山"作"燕然"，并自注云一作"燕山"，究竟以何为是，亦可辨明。徐陵与庾信是南朝梁代宫体文人，经常参与宫廷酬唱，号"徐庾体"。徐陵和庾信均有《出自蓟北门行》，庾信诗有云"燕山犹有石，须勒几人名"⑧，燕山指燕然山，则徐陵诗应以"燕山"为是，亦指燕然山。

据上所考，燕山指燕然山，不在河北省蓟县一带，而是今蒙古国境内之杭爱山，北魏与柔然之战争就发生在这里。《魏书·食货志》云："神䴥二年，帝亲御六军，略地广漠。分命诸将，穷追蠕蠕，东至瀚海，西接张掖，北度燕然山，大破之，虏其种落及马牛杂畜方物万计。"⑨同书《蠕蠕传》记载此次战争之行军路线时云："世祖缘栗水西行，过汉将窦宪故垒……北渡燕然山。"⑩则北魏与柔然之战的燕然山，就是窦宪勒铭纪功之燕然山，即今蒙古国境内之杭爱山。南北朝诗文中称燕然山为燕山，故《木兰诗》"不闻

---

① 《汉书》卷九十四《匈奴列传上》，中华书局1962年，第3780页。
② 《后汉书》卷四《孝和帝纪》，中华书局1965年，第168页。
③ 萧统：《文选》，上海古籍出版社1986年，第1264页。
④ 沈约：《古意酬到长史溉登琅邪城》，萧统《文选》，上海古籍出版社1986年，第1065页。
⑤ 倪璠：《庾子山集注》，中华书局1980年，第840页。
⑥ 庾信：《杨柳歌》，倪璠：《庾子山集注》，中华书局1980年，第411页。
⑦ 许逸民：《徐陵集校笺》，中华书局2008年，第63页。
⑧ 倪璠：《庾子山集注》，中华书局1980年，第390页。
⑨ 《魏书》卷一百一十《食货志》，中华书局1974年，第2851页。
⑩ 《魏书》卷一百零三《蠕蠕列传》，中华书局1974年，第2293页。

爷娘唤女声,但闻燕山胡骑鸣啾啾”中的“燕山”就指此座山。《木兰诗》反映的是北魏与柔然的战争。

柔然,亦称蠕蠕、芮芮、茹茹、蝚蠕等,是公元4—6世纪兴起于蒙古草原的部落制汗国,其与北魏战争旷日持久。登国六年(391)“冬十月戊戌,北征蠕蠕”①,这是《魏书》所载北魏与柔然的第一次战争,此后两国之间的战争多达30余次。正光四年(523)二月“己卯,以蠕蠕主阿那瓌率众犯塞,遣尚书左丞元孚兼尚书,为北道行台,持节喻之……夏四月,阿那瓌执元孚,驱掠畜牧北遁。甲申,诏骠骑大将军、尚书令李崇,中军将军、兼尚书右仆射元纂率骑十万讨蠕蠕,出塞三千余里,不及而还”②。这是《魏书》所载北魏与柔然的最后一次战争,此战后阿那瓌归附北魏,被孝明帝封为朔方郡公、蠕蠕王,两国长达一百余年的战争宣告终结。在历次战争中,尤以燕然山之役最为精彩,影响深远。始光元年(424)八月,柔然可汗大檀乘北魏明元帝拓跋嗣驾崩、太武帝拓跋焘新登大宝之际,率军六万入侵云中,杀掠吏民,攻陷盛乐宫,朝廷震恐。太武帝初命赭阳子尉普文、平阳王长孙翰等率军出讨,继而亲率大军五万急赴云中救援。“大檀骑围世祖五十余重,骑逼马首,相次如堵焉。”③年仅十七岁的少年皇帝拓跋焘临危不惧,指挥若定,士卒拼死搏杀,方突出重围。恰逢柔然内讧,大檀仓皇逃遁回国。始光二年(425)十月,太武帝亲率大军,并以平阳王长孙翰、汝阴公长孙道生、东平公娥清、宜城王奚斤、将军安原等东西五道并进征讨柔然,大檀惊慌北遁。神䴥元年(428)八月,柔然再次侵略边境。为了彻底摆脱柔然与刘宋两面夹击的威胁,北魏平定赫连夏后,决定集中兵力攻打柔然。神䴥二年(429)四月,太武帝亲率大军出东道向黑山,平阳王长孙翰从西道向大娥山,拉开了燕然山之战的序幕。五月,太武帝行军至大漠之南,舍其辎重,轻骑奔袭之,逼近栗水,柔然临战震怖,民畜惊骇四散,大檀西遁。大檀弟匹黎率军救援,为长孙翰伏兵截杀,“大檀闻之震怖,将其族党,焚烧庐舍,绝迹西走,莫知所至。于是国落四散,窜伏山谷,畜产布野,无人收视”④。太武帝沿栗水西行,六月到达兔园水,分兵搜讨柔然余部,“东至瀚海,西接张掖水,北渡燕然山,东西五千余里,南北三千里”⑤,斩杀敌军甚

---

① 《魏书》卷二《太祖纪》,中华书局1974年,第24页。

② 《魏书》卷九《肃宗纪》,中华书局1974年,第234页。

③ 《魏书》卷一百零三《蠕蠕列传》,中华书局1974年,第2292页。

④ 《魏书》卷一百零三《蠕蠕列传》,中华书局1974年,第2293页。

⑤ 《魏书》卷一百零三《蠕蠕列传》,中华书局1974年,第2293页。

众，柔然元气大伤，渐趋衰落。七月，太武帝返回黑山，赏赐有功将士，“秋七月，车驾东辕。至黑山，校数军实，班赐王公将士各有差”①。此次战争由黑山出发，战后返回黑山，黑山前已考明在今包头市西部五原县一带，是北魏六镇之一沃野镇辖地。战争最北到燕然山，时人称之为燕山，在今蒙古国境内杭爱山。《木兰诗》就是对这一战争艺术性的描写：“旦辞爷娘去，暮宿黄河边，不闻爷娘唤女声，但闻黄河流水鸣溅溅。旦辞黄河去，暮至黑山头，不闻爷娘唤女声，但闻燕山胡骑鸣啾啾。万里赴戎机，关山度若飞。朔气传金柝，寒光照铁衣。将军百战死，壮士十年归。归来见天子，天子坐明堂。策勋十二转，赏赐百千强。”这些诗句艺术性展现了出征、殊死搏杀、凯旋，以及功成受赏的全过程，所涉及的地名也与此次战争极为吻合，故而《木兰诗》是北魏与柔然战争艺术性的再现，其创作时间大约在神䴥二年（429）七月。

既然《木兰诗》是北魏与柔然战争艺术性的总括，其主人公木兰自然而然是生活于北魏时期的女将军。在我们得出这样的结论之时，首先要辨明女性是否可以参战。

我国古代是男权主宰的社会，女性处于从属地位，“妇人，从人者也：幼从父兄，嫁从夫，夫死从子”②。在此基础上发展成为“未嫁从父，既嫁从夫，夫死从子”和“妇德、妇言、妇容、妇功”的“三从四德”，以此来约束女性的言谈举止。女性不仅被局限在家庭的小圈子里，而且从事文学创作也为社会所不容。宋代朱淑真就曾作《自责诗》悲愤地说：“女子弄文诚可罪，那堪咏月又吟风。磨穿铁砚非吾事，绣折金针却有功。”③同时古人很早就有了阴阳观念的认识，“丈夫虽贱皆为阳，妇人虽贵皆为阴”④，阴阳势同水火，若女性在军中必战败，“陵曰：‘吾士气少衰而鼓不起者，何也？军中岂有女子乎？’始军出时，关东群盗妻子徙边者随军为卒妻妇，大匿车中。陵搜得，皆剑斩之。明日复战，斩首三千余级”⑤。在这样的社会氛围中，女性不可能参与战争。然在汉族与少数民族战争前线，少数民族经常骚扰边地百姓，当朝廷大军征讨时，他们随之遁匿；朝廷撤兵后，他们再次烧杀抢掠。为了自卫，女性也拿起了武器，参加到战争之列，“关西诸郡，颇习兵

① 《魏书》卷四《世祖纪》，中华书局1974年，第75页。
② 孙希旦：《礼记集解》，中华书局1989年，第709页。
③ 朱淑真撰，张璋、黄畬校注：《朱淑真集》，上海古籍出版社1986年，第154页。
④ 董仲舒：《春秋繁露》，中华书局1975年，第396页。
⑤ 《汉书》卷五十四《李广苏建列传》，中华书局1962年，第2453页。

事,自顷以来,数与羌战,妇女犹戴戟操矛,挟弓负矢,况其壮勇之士”①。考诸史料,女性普遍参战在北魏。

北魏时期,女性参战似乎是极为普遍的事情,《魏书》记载了许多女将军。广平人李波率领宗族屡败官军,当地百姓盛赞曰:“李波小妹字雍容,褰裙逐马如卷蓬,左射右射必叠双。妇女尚如此,男子那可逢。”②平原人苟金龙妻刘氏,因其夫苟金龙患病,刘氏修守战之械,斩杀叛逆,在粮食短缺、饮水困难的情况下,坚守城池,力拒萧衍军队一百余日。“刘乃集诸长幼,喻以忠节……于是人心益固。会益州刺史傅竖眼将至,贼乃退散。”③巨鹿人孟氏亲自督战,守卫城池,抗击姜庆真的军队,“孟乃勒兵登陴,先守要便。激励文武,安慰新旧,劝以赏罚,喻之逆顺,于是咸有奋志。亲自巡守,不避矢石。贼不能克,卒以全城”④。杨大眼将军妻子潘氏善骑射,驰骋疆场,被时人称之为潘将军,“大眼妻潘氏,善骑射,自诣军省大眼。至于攻陈游猎之际,大眼令妻潘戎装,或齐镳战场,或并驱林壑。及至还营,同坐幕下,对诸僚佐,言笑自得”⑤。在我国古代历史上,没有哪一个朝代能够像北魏这样有这么多女将军集体亮相。《木兰诗》就是在这样的社会氛围中产生的。

木兰替父从军,久战沙场,飒爽英姿,屡建奇功,功成不受赏,回家与亲人团聚,在父母膝下尽孝,忠孝两全,既符合北魏拓跋鲜卑族尚武精神,同时又体现了儒家孝道伦理观念。北魏太祖拓跋珪初定中原,在戎马倥偬之际“便以经术为先”⑥。在对南朝之战争中,招纳河西、河北、青齐饱读经书之士,以及孝文帝推行全面汉化改革,使得北魏儒学出现繁荣之景象。在儒学众经中,《孝经》因受到统治者提倡而备受关注。北魏帝王亲自讲《孝经》,或者邀请《孝经》名家到朝堂开讲,甚至孝文帝命令侯伏侯可悉陵将《孝经》翻译成鲜卑族语,通过这些方式促进了《孝经》传播。《魏书·孝感传》记录了赵琰、长孙虑等19位北魏孝子的孝行事迹,山西大同、河南洛阳、宁夏固原三个地区考古发现刻在石室、石棺、漆棺以及石棺床围屏上一百余幅孝子画像,这些都是北魏孝文化在民间传播的最为有力的证据。

---

① 《后汉书》卷七十《郑孔荀列传》,中华书局1965年,第2258页。
② 《魏书》卷五十三《李孝伯列传》,中华书局1974年,第1176—1177页。
③ 《魏书》卷九十二《列女传》,中华书局1974年,第1984页。
④ 《魏书》卷九十二《列女传》,中华书局1974年,第1984页。
⑤ 《魏书》卷七十三《杨大眼列传》,中华书局1974年,第1634页。
⑥ 《魏书》卷八十四《儒林列传》,中华书局1974年,第1841页。

《木兰诗》正是在这种文化氛围中创作出的优秀诗篇,其主人公既有真人真事,又有艺术加工的成分。

《木兰诗》中所描写的木兰服饰与打扮也与北魏相契合。诗云:“脱我战时袍,着我旧时裳。”“战时袍”是什么样式,诗中并未言明。描绘北魏拓跋鲜卑族生活的《企喻歌》有云“前行看后行,齐著铁裲裆”①。裲裆是一种铠甲,“其一当胸,其一当背也”②。据此,戴着金色头盔、穿着铁质铠甲、拿着长矛的木兰,就是北魏普通士卒装束。经过后人润色的《木兰诗》,将“铁裲裆”写成了“寒光照铁衣”这样的名句。诗又云:“对镜贴花黄。”花黄,是女性面饰。明人于慎行《谷山笔尘》云:“古时妇人之饰,率用粉黛,粉以傅面,黛以填额画眉。周天元时禁民间妇人不得施粉黛,自非宫人皆黄眉墨妆,故《木兰词》中有‘对镜贴花黄’之句,第不知黄眉墨妆若为点画耳。”③“周天元”,吴士玉《御定骈字类编》引《谷山笔尘》作“元魏”。笔者查阅明万历四十一年于纬刻本、明天启间沈域刻本《谷山笔尘》,均作“周天元”。天元,北周宣帝宇文赟于大象元年(579)自称天元皇帝,次年驾崩。“周天元时禁民间妇人不得施粉黛”,则北魏民间妇人可以施粉黛,“对镜贴花黄”亦不是黄眉墨妆。结合韦元甫《木兰歌》中“洗却铅粉妆”④,木兰当时的面饰应该是面傅铅粉,用黄粉画或用金黄色纸剪成星、月、花、鸟等形状贴在额上,或在额上涂点黄色。“贴花黄”是南北朝时期最为时髦的面饰,如陈后主《江南弄》“随宜巧注口,薄落点花黄”⑤、徐陵《奉和咏舞》“低鬟向绮席,举袖拂花黄”⑥、费昶《咏照镜》“留心散广黛,轻手约花黄”⑦等诗就是对这种面部化妆最好的描绘。长期征战沙场,回家后脱去戎装,穿上少女服饰,并精心梳妆打扮,既符合少女爱美心理,同时又与北魏汉族女子的装扮相吻合。

木兰是否女将军的真实姓名?也是学人讨论的热点问题之一。《乐府诗集》引《古今乐录》云:“木兰不知名。”⑧此语过于简略,容易令人产生误解。其意有二:一是“名”指名字,那么“木兰”指复姓。笔者广泛涉猎资

---

① 郭茂倩:《乐府诗集》,中华书局1979年,第363页。
② 刘熙:《释名》,《丛书集成初编》第1151册,上海商务印书馆1935年,第79页。
③ 于慎行:《谷山笔尘》,中华书局1984年,第169页。
④ 彭定求等:《全唐诗》,中华书局1960年,第3055页。
⑤ 郭茂倩:《乐府诗集》,中华书局1979年,第732页。
⑥ 徐陵:《奉和咏舞》,许逸民:《徐陵集校笺》,中华书局2008年,第103页。
⑦ 费昶:《咏照镜》,吴兆宜、程琰:《玉台新咏笺注》,中华书局1985年,第251页。
⑧ 郭茂倩:《乐府诗集》,中华书局1979年,第373页。

料,未发现古代有复姓木兰者。二是"名"指真实姓名,"木兰"是化名,犹如"朝饮木兰之坠露兮"①一般是指花的名称。前人之研究,似乎均未取这两种解释,而是将"木兰不知名"作"木兰不知姓"来理解,故有了韩木兰、魏木兰、朱木兰、花木兰之说。古文中"名"确实也有作姓氏解者,如"宾执雁,请问名"②就是一例,然这些诠释终觉有牵强附会之嫌。"名"之意其实很简单,如"不成乎名,遁世无闷"③之"名"一样作"名声""名誉"解。"木兰不知名"是说木兰是无名小卒,不为世人所知。在女将军层出不穷、《孝经》广泛流播的北魏,木兰事迹平淡无奇,实在没有为人所称道之处。既然称"木兰",则其姓木名兰。

木姓起源甚早,"广川木氏,本姓端木,因避难改焉"④。春秋末年,端木氏最著名的人是端木赐,亦即子贡,是孔子最为得意的门徒之一,以言语闻名于时,曾任鲁国、卫国之相。端木赐之后何时改姓木,已不可考。西晋时,木姓著名的文学家是木华,曾著《海赋》,被梁代萧统《文选》选录。前燕时有盗贼木骨和,"前燕寿光末,兵集邺城,盗贼互起,每夜攻劫,晨昏断行,捕诛贼首木骨和等百余人,乃止"⑤。前燕慕容儁僭位,改元光寿,故此"寿光"为"光寿"之误。故而木姓由来已久,历代不乏其人,木兰姓木已在情理之中。那种改"木"为"穆",并认为《木兰诗》中的"木兰"应为"穆兰"的说法⑥则于史无据,而且也显得过于随意,是不可取的。

前人争议颇大的策勋制、明堂制亦可在北魏找到注脚。所谓"策勋",就是记功勋于策书之上。这一制度起源甚早,《左传·桓公二年》有"凡公行,告于宗庙。反行,饮至、舍爵、策勋焉,礼也"⑦的记载。此后历朝历代均有策勋制度,北魏亦不例外。始光四年(427)八月,北魏打败大夏赫连昌之后,"八月壬子,车驾至自西伐,饮至策勋,告于宗庙,班军实以赐留台百僚,各有差"⑧。此后北魏在神䴥四年(431)、太延四年(438)、正平元年(451)、皇兴四年(470)、延兴三年(473)、太和二十三年(499)取得对外战争胜利后,《魏书》均有策勋的记载。"十二转"是虚指,泛言功勋之多,绝

---

① 屈原:《离骚》,洪兴祖:《楚辞补注》,中华书局1983年,第12页。

② 阮元:《十三经注疏》,中华书局1980年,第962页。

③ 阮元:《十三经注疏·周易正义》,中华书局1980年,第15页。

④ 邵思:《姓解》,北宋椠本怀仙楼藏景祐二年刻本。

⑤ 邓名世:《古今姓氏书辩证》,《文渊阁四库全书》第922册,台湾"商务印书馆"1986年,第337页。

⑥ 参见曹熙:《〈木兰诗〉新考》,《齐齐哈尔师范学院学报》1982年第4期。

⑦ 阮元:《十三经注疏·春秋左传正义》,中华书局1980年,第1743页。

⑧ 《魏书》卷四《世祖纪上》,中华书局1974年,第73页。

非确指。“策勋十二转，赏赐百千强”是对仗极为工整的句子，任何人都知道“百千”是约数，为什么一定要苛求“十二”是确指呢？而且全诗所涉及的数字，都无法用确指来理解。“军书十二卷，卷卷有爷名”，这样的军书世间罕有；“将军百战死，壮士十年归”与“同行十二年，不知木兰是女郎”相矛盾。明堂是古代天子通神灵、感天地、布教化之所，其由来甚早，《逸周书》中就有“周公建焉”①之说。明堂是国家命运和皇权的象征，历代王朝均重视其修建。北魏明堂修建，《魏书》明确记载在孝文帝元宏之时，“（太和十年）九月辛卯，诏起明堂、辟雍……（太和十五年十月）明堂、太庙成”②。经过六年的建设，北魏明堂终于落成，并于太和十六年（492）正月正式投入使用。在此年之前，北魏没有实体性明堂，但天子总归有处理政事之所，明堂只是虚指而已，故无论实体性明堂建成与否，“天子坐明堂”之说均可以讲得通。因此，借策勋制、明堂制否定《木兰诗》作于北魏的说法是不足取的。

三、《木兰诗》写定、流传与润色

既然考订《木兰诗》是北魏与柔然战争艺术化的概括，则《木兰诗》亦当创作于北魏神䴥二年（429）七月北魏完胜柔然之时。今所见《木兰诗》具有北魏民歌情调，作者当为民间艺人，其姓名已不可考。随着南北文化交流，《木兰诗》在南朝陈时传入江南，并被收录于释智匠《古今乐录》。释智匠生平未见载录，唯宋王应麟《玉海》卷一零五引《中兴书目》说：“《古今乐录》十三卷，陈光大二年僧智匠撰，起汉迄陈。”③则《木兰诗》当写定于陈光大二年（568）之前。《古今乐录》早已散佚，故难考知《木兰诗》最初之文本形态。

吴兢《古乐府》亦收录《木兰诗》。吴兢是初唐史学家和藏书家，据其所著《西斋书目》所载，家藏图书多达13000余卷，其中很有可能就有释智匠《古今乐录》。吴兢据《古今乐录》对古乐府诗歌进行整理，并对乐府古题一一注解，今传有《乐府古题要解》一书。明汲古阁本《乐府古题要解》未提及《木兰诗》，足见《木兰诗》并非乐府古题，而是即事创作的乐府诗。吴兢《古乐府》不久亡佚，南宋曾慥《类说》重新收录《古乐府》。曾慥是南宋道教学者，其编撰的《类说》一书收录200余种图书，对中国古代图书的

① 黄怀信等：《逸周书汇校集注》，上海古籍出版社1995年，第765页。
② 《魏书》卷七《高祖纪下》，中华书局1974年，第161—168页。
③ 王应麟：《玉海》，日本京都中文出版社1977年，第1989页。

保存与校勘均有重要的意义，故《四库全书总目》给予较高评价："南宋之初，古籍多存，慥又精于裁鉴，故多所甄录大都遗文僻典，可以裨助多闻。又每书虽经节录，其存于今者以原本相校，未尝改窜一词。"①其所收录的《古乐府》很可能就是吴兢原著，《木兰诗》极有可能就是吴兢所见之版本。然曾慥距吴兢的时代，已过了五六百年，其间舛误在所难免。《古乐府》(明天启六年岳锂秀刻本)所收录的《木兰诗》文本差异较大，如"问女何所思""女亦无所思""东市买骏马，西市买鞍鞯，南市买辔头，北市买长鞭"等句均无；而且语言较质朴，艺术更粗糙些，如"但闻女叹息"较"唯闻女叹息"更口语化，"朔气传金甲"不如"朔气传金柝"凝练；有些表达上却更准确，如"卷中有爷名"较"卷卷有爷名"为优，"暮宿黑山头"比"暮至黑山头"较为贴切。

中唐时期出现了韦元甫从江南民间采集的《木兰诗》。郭茂倩《乐府诗集》云："《古今乐录》曰：'木兰不知名，浙江西道观察使兼御史中丞韦元甫续附入。'"②孙洙《古文苑》、冯惟讷《古诗纪》、陆时雍《古诗镜》、陈祚明《采菽堂古诗选》等书题注与此略同。这段文献标点恐有误，《古今乐录》成书于南朝陈时，怎么可能记唐人韦元甫之事，显然是后人将郭茂倩之语杂入《古今乐录》，故正确的标点应是"《古今乐录》曰：'木兰不知名。'浙江西道观察使兼御史中丞韦元甫续附入"。《古今乐录》有"木兰不知名"之说，故郭茂倩才有了"《木兰》一曲，不知起于何代也"③之叹。韦元甫从民间采集《木兰诗》一事，黄庭坚《题乐府〈木兰诗〉后》亦云"唐朔方节度使韦元甫得于民间"④。韦元甫未有朔方节度使之任，故此处所载有误。笔者以为，"朔方节度使"当为"淮南节度使"之误。据《旧唐书·代宗纪》载："(大历三年春正月)浙西团练观察使、苏州刺史韦元甫为尚书右丞""(大历三年六月)以尚书右丞韦元甫扬州大都督府长史，兼御史大夫，充淮南节度观察等使""(大历六年)八月乙卯，淮南节度使韦元甫卒"⑤，则韦元甫采集《木兰诗》的时间在大历三年至六年间(768—771)。《木兰诗》在南朝陈时已在江南传播，韦元甫任浙江西道团练观察使期间得知此诗，将其抄录，流传于世，并拟作一首。郭茂倩将这两首诗收入《乐府诗集》，

① 永瑢：《四库全书总目》，中华书局1965年，第1061页。
② 郭茂倩：《乐府诗集》，中华书局1979年，第373页。
③ 郭茂倩：《乐府诗集》，中华书局1979年，第362页。
④ 黄庭坚：《豫章黄先生文集》，四部丛刊初编640册，上海商务印书馆1922年，第2页。
⑤ 《旧唐书》卷十一《代宗纪》，中华书局1975年，第288—298页。

前一首题署曰“古辞”，即指流传江南的《木兰诗》；后一首即是韦元甫拟作，亦即题注云“浙江西道观察使兼御史中丞韦元甫续附入”。后人之不察，遂将两首诗都系于韦元甫名下。李昉《文苑英华》、刘克庄《后村诗话》、王世贞《艺苑卮言》、高棅《唐诗品汇》、李攀龙《古今诗删》均题《木兰诗》于韦元甫名下，现代学者罗根泽、黄震云亦承其说而考证《木兰诗》之作时①，遂造成了不应有的误解。韦元甫采自民间的《木兰诗》，最早收录于郭茂倩《乐府诗集》。二十一卷本《古文苑》（宋端平三年常州军刻淳祐六年盛如杞重修本）在“木兰不用尚书郎”后注云“《乐府》作‘欲与木兰赏，不愿尚书郎’”，今存最早的宋本《乐府诗集》（中华再造善本）此句作“木兰不用尚书郎”，注云“一作‘欲与木兰赏，不愿尚书郎’”，则今本《乐府诗集》所收录之《木兰诗》已非韦元甫所采自民间原貌。

自宋代起至清代，收录《木兰诗》的文献增多，异文亦层出不穷，虽然我们今天难以考知《木兰诗》之最初形态，但根据这些异文，可以窥见《木兰诗》加工、润色的过程。

“唧唧何力力”是目前唯一可考的《木兰诗》原始形态。“唧唧复唧唧”一句，《文苑英华》作“唧唧何力力”。“力力”是魏晋南北朝习用语，如《晋明帝太宁初童谣》“恻恻力力”②、《地驱歌乐辞》“侧侧力力”③等。《地驱歌乐辞》共有四首，郭茂倩《乐府诗集》引《古今乐录》云“‘侧侧力力’以下八句，是今歌有此曲”④，则前后两诗产生的时间不同，由各自风格来看，前两首为北朝民歌，后两首为南朝民歌，“侧侧力力”属南朝民歌，亦即《古今乐录》所云“今歌”。《折杨柳枝歌》第三、四首亦有云：“敕敕何力力，女子临窗织。不闻机杼声，只闻女叹息”“问女何所思，问女何所忆。阿婆许嫁女，今年无消息”⑤，这二首诗均属北朝作品。“唧唧何力力”很可能是《木兰诗》最初的语言形态，特别是《折杨柳枝歌》第三、四首有许多与《木兰诗》重合的句子，是时人模仿创作的力证。

“力力”作为象声词在唐代已经很少使用，唐诗中惟李绅《闻里谣效古歌》“唧唧力力烹鸡豚”⑥一例。李绅是唐代新乐府诗创作主要成员之一，

① 参看罗根泽：《乐府文学史》（东方出版社 2012 年版）、黄震云：《〈木兰诗〉作者考》（《徐州教育学院学报》1988 年第 4 期）。

② 郭茂倩：《乐府诗集》，中华书局 1979 年，第 1245 页。

③ 郭茂倩：《乐府诗集》，中华书局 1979 年，第 367 页。

④ 郭茂倩：《乐府诗集》，中华书局 1979 年，第 367 页。

⑤ 郭茂倩：《乐府诗集》，中华书局 1979 年，第 370 页。

⑥ 李绅：《闻里谣效古歌》，彭定求：《全唐诗》，中华书局 1960 年，第 5466 页。

其“效古歌”之“古歌”，当指《木兰诗》。“唧唧”“力力”均为象声词，但含义含混不清，“唧唧何力力”与“唧唧力力烹鸡豚”之意不尽相同，故吴兢《古乐府》将“唧唧何力力”润色为“促织何唧唧”，孙洙《古文苑》、蔡正孙《诗林广记》、朱胜非《绀珠集》等收录《木兰诗》与此同。室外蟋蟀声、屋内机杼声与木兰叹息声，渲染出哀伤幽怨的氛围，为木兰替父出征奠定了情感基调，这一改动境界全出。唐宋人喜好用“唧唧”来拟虫鸣声，如孟郊《秋怀》“吟虫相唧唧”①、元稹《酬郑从事四年九月宴望海亭次用旧韵》“唧唧不异秋草虫”②、白居易《闻虫》“暗虫唧唧夜绵绵”③、欧阳修《秋声赋》“但闻四壁虫声唧唧”④等。继而清人顾景星指出，楚地方言呼促织为唧唧，“楚人呼促织为唧唧。按：《木兰诗》‘唧唧复唧唧’一作‘促织何唧唧’，俚词有之，衍为乐府”⑤。因此，“促织何唧唧”再被郭茂倩《乐府诗集》修改为“唧唧复唧唧”，何汶《竹庄诗话》、左克明《古乐府》、冯惟讷《古诗纪》、钟惺、谭元春《古诗归》、陆时雍《古诗镜》、高棅《唐诗品汇》、李攀龙《古今诗删》、曹学佺《石仓历代诗选》、陈祚明《采菽堂古诗选》、王闿运《八代诗选》、张玉谷《古诗赏析》等收录《木兰诗》与此同，这一改动加重了语气，有回环往复之美。

“可汗”“天子”几句是《木兰诗》传至南朝之后首次润色。二十一卷本《古文苑》（宋端平三年常州军刻淳祐六年盛如杞重修本）在“可汗问所欲”之“可汗”下注云：“唐时蕃夷称天子为可汗。”这是后人认为《木兰诗》作于唐代的来源之一，如冯惟讷《古诗纪》（四库本）、陆时雍《古诗镜》（四库本）均云：“《古文苑》作唐人《木兰诗》。”这实际上是误解。北魏国君称可汗，有史为证，“后魏乐府始有北歌，即《魏史》所谓《真人代歌》是也……今存者五十三章，其名目可解者六章……其不可解者，咸多可汗之辞……北虏之俗，呼主为可汗……知此歌是燕、魏之际鲜卑歌”⑥。《真人代歌》一百五十章，是现知北魏较早的鲜卑族乐歌，其中多有“可汗之辞”，是北魏国主称“可汗”的文学凭证。《木兰诗》中“可汗大点兵”“可汗问所欲”两句提及“可汗”，符合北魏文学创作之习惯。至于“归来见天子，天子坐明堂”

① 孟郊：《秋怀》，彭定求：《全唐诗》，中华书局1960年，第4206页。

② 元稹：《酬郑从事四年九月宴望海亭次用旧韵》，中华书局1960年，第4634页。

③ 白居易：《闻虫》，彭定求：《全唐诗》，中华书局1960年，第4854页。

④ 欧阳修：《秋声赋》，李逸安点校《欧阳修全集》，中华书局2001年，第257页。

⑤ 顾景星：《唧唧词》自注，顾景星：《白茅堂集》，《清代诗文集汇编》，上海古籍出版社2010年，第176页。

⑥ 《旧唐书》卷二十九《音乐志二》，中华书局1975年，第1072—1073页。

两句却曰“天子”,不称“可汗”,笔者疑此两句中两个“天子”亦为“可汗”,为了避免过多重复,改“可汗”为“天子”。“归来见天子,天子坐明堂”用顶针的手法,这是南朝民歌习见之诗歌艺术,这是《木兰诗》传至南朝后被文人加工润色的明证。

“不闻爷娘唤女声,但闻黄河流水鸣溅溅”亦是多次加工润色的结果。杜甫《兵车行》“爷娘妻子走相送”王洙注引彦辅云:“杜元注云,古乐府云‘不闻爷娘哭子声,但闻黄河之水流溅溅。’”①既然是杜甫原注古乐府,则杜甫见到《木兰诗》当是吴兢《古乐府》所收录的。然吴兢《古乐府》(明天启六年岳锂秀刻本)中《木兰诗》此二句却是“不闻爷娘唤女声,但闻黄河水溅溅”。《旧唐书》载杜甫卒于永泰二年(766),韦元甫卒于大历六年(771),两人几乎是同时代人,韦元甫从民间采集的《木兰诗》此二句为“不闻爷娘唤女声,但闻黄河流水鸣溅溅”,则杜甫见到的或许是《木兰诗》更早的版本。由“子”到“女”,反映出汉语语汇逐渐丰富的过程。南北朝之际,“子”有儿子、女儿之意,随着“女”字的出现,“子”方专指儿子。而且“唤女”比“哭子”更符合情境,描绘出父母对木兰日思夜想的痛苦情状。从杜诗自注“但闻黄河之水流溅溅”到吴兢《古乐府》(明天启六年岳锂秀刻本)“但闻黄河水溅溅”,到宋本《乐府诗集》(中华再造善本)“但闻黄河流水鸣溅溅”,其艺术性不断凝练提升。后人不断润色,终成“但闻黄河流水鸣溅溅”这样艺术性较高的诗句。

“万里赴戎机,关山度若飞,朔气传金柝,寒光照铁衣”四句对仗精工,互文见义,声律和谐,艺术成就很高。宋代严羽首次指出此四句类似唐人语,“《木兰歌》最古,然‘朔气传金柝,寒光照铁衣’之类,已似太白,必非汉魏人诗也”②。严羽此评,经杨维桢《铁崖古乐府》、梅鼎祚《古乐苑衍录》、宋翔凤《过庭录》等典籍之转引,产生了较大的影响。若将此四句诗与崔融《关山月》“万里度关山,苍茫非一状”③、杜审言《赠苏味道》“边声乱羌笛,朔气卷戎衣”④、孙逖《夜到润州》“城郭传金柝,闾阎闭绿洲”⑤、刘禹锡《和令狐相公入潼关》“寒光照旌节,关路晓无尘”⑥、李白《送白利从金吾

① 王洙、赵次公:《分门集注杜工部诗》,四部丛刊初编992册,上海商务印书馆1922年,第80页。

② 郭绍虞:《沧浪诗话校释》,人民文学出版社1961年,第216页。

③ 崔融:《关山月》,彭定求等:《全唐诗》,中华书局1960年,第764页。

④ 杜审言:《赠苏味道》,彭定求等:《全唐诗》,中华书局1960年,第738页。

⑤ 孙逖:《夜到润州》,彭定求等《全唐诗》,中华书局1960年,第1193页。

⑥ 刘禹锡:《和令狐相公入潼关》,彭定求等:《全唐诗》,中华书局1960年,第4031页。

董将军西征》"抗手凛相顾,寒风生铁衣"①等唐人诗歌相比,有似曾相识之感,然清丽圆转过之,故胡应麟称"惟'朔气''寒光',整丽流亮类梁陈"②,谢榛亦认为"能于古调中突出几句,律调自不减文姬笔力"③,若"通篇较之太白,殊不相类"④,故此四句是唐人对《木兰诗》加工润色的结果。

"欲与木兰赏,不愿尚书郎"是《木兰诗》较早的语言形态之一。九卷本《古文苑》(宋刻本)"木兰不用尚书郎"下注云:"《乐府》作'欲与木兰赏,不愿尚书郎。'"宋本《乐府诗集》(中华再造善本)"木兰不用尚书郎"下注云:"一作'欲与木兰赏,不愿尚书郎。'"冯惟讷《古诗纪》(四库本)、高棅《唐诗品汇》(四库本)、张玉谷《古诗赏析》(清乾隆三十七年刻本)均承袭宋本《乐府诗集》(中华再造善本)。则"欲与木兰赏,不愿尚书郎"很可能是韦元甫从民间采集到的诗句,然后保存在《乐府诗集》中。后代文人加工润色,将两句合并为一句,写成"木兰不用尚书郎"这样的名句。

"愿借明驼千里足"是段成式之臆改。段成式《酉阳杂俎》云:"驼,性羞。《木兰篇》'明驼千里脚',多误作'鸣'字。驼卧腹不贴地,屈足漏明,则行千里。"⑤段成式从骆驼生活习性入手,辨析"鸣驼"为时人误会,当为"明驼"。段成式之说影响颇大,南宋魏庆之看到《乐府诗集》承《酉阳杂俎》亦改为"明驼","'愿驰千里足',郭茂倩《乐府》'愿借明驼千里足',《酉阳杂俎》作'愿驰千里明驼足'"⑥。笔者查阅四库本、中华书局点校本《酉阳杂俎》,并无"愿驰千里明驼足"之句。然宋本《乐府诗集》(中华再造善本)、左克明《古乐府》(元至正刻明修本)、冯惟讷《古诗纪》(四库本)、明代高棅《唐诗品汇》(四库本)、陈祚明《采菽堂古诗选》(续修四库全书本)录《木兰诗》均有注曰:"段成式《酉阳杂俎》云:'愿借明驼千里足。'"明人杨慎继续阐发段成式之意,试图为"明驼"寻找证据,"唐制,驿置有明驼使,非边塞军机不得擅发"⑦。于是后人纷纷以唐设明驼使为据,力证《木兰诗》为唐代诗篇,殊不知这是以讹传讹所致误。今传收录《木兰诗》诸种文献中,何汶《竹庄诗话》(四库本)、钟惺《古诗归》(续四库本)、张玉谷《古诗赏析》(清乾隆三十七年刻本)仍作"愿借明驼千里足",李昉

① 李白:《送白利从金吾董将军西征》,彭定求等:《全唐诗》,中华书局1960年,第1799页。
② 胡应麟:《诗薮》,中华书局1958年,第42页。
③ 谢榛:《四溟诗话》,人民文学出版社1961年,第83页。
④ 谢榛:《四溟诗话》,人民文学出版社1961年,第16页。
⑤ 段成式:《酉阳杂俎》,中华书局1981年,第160页。
⑥ 魏庆之:《诗人玉屑》,中华书局2007年,第347页。
⑦ 王大淳:《丹铅总录笺证》,浙江古籍出版社2013年,第176页。

《文苑英华》（四库本）作"愿得鸣驼千里足"，其余诸本均作"愿驰千里足"。从段成式看到的"鸣驼千里脚"到"愿驰千里足"，虽略有艺术加工，仍保持了质朴的民歌情调。

"爷"字是宋代以后所改。钱大昕云："古人只用'耶'字……梁世未尝有'爷'字也。《玉篇》：'爷，以遮切。俗为父爷字。'《木兰诗》：'阿爷无长男''卷卷有爷名'，本当作'耶'字。杜子美《兵车行》：'耶娘妻子走相送'自注云：'《古乐府》"不闻耶娘哭子声，但闻黄河之水流溅溅。"'即是引《木兰诗》。初不作'爷'，可证《木兰诗》'爷'字乃后人所改。"①钱大昕是清代著名的汉学家，以重训诂考订见长。他从文字学的角度考证，认为南北朝至唐代无"爷"字，只有"耶"字。宋人程大昌亦云："今人不以贵贱呼父皆为耶，盖传袭已久矣。"②由此知，宋代仍称父为"耶"，而非"爷"。因此，《木兰诗》"卷卷有爷名""阿爷无大儿""从此替爷征""旦辞爷娘去""不闻爷娘唤女声""爷娘闻女来"几句中"爷"字本应作"耶"，宋代之后始改为"爷"。今传收录《木兰诗》的诸多文献中，《古文苑》、《八代诗选》（光绪七年四川尊经书局刻本）、《八代诗选》（光绪十六年江苏书局刻本）全诗所有"爷"字均作"耶"字。

综合以上异文考察来看，《木兰诗》作于北魏，传至南朝后，经过南朝、隋唐文人的润饰，方成为今天所看到的形态。学术界著名的文史专家很早就已经注意到这个问题，如刘大杰先生在 20 世纪 40 年代就指出"经了隋、唐人的修饰，在文字上加了一些华美的辞藻"③，游国恩先生亦云"在流传过程中，它可能经过隋唐文人的润色"④，曹道衡先生也说"经南朝人和唐人润饰，最后成为今天的《木兰诗》"⑤等，遗憾的是从未有人详加考察罢了。这种润色，使《木兰诗》应有的民歌情调愈来愈淡，文人气息越来越浓厚。同时，不同时期的文人加工，也使《木兰诗》前后矛盾之处颇多，明人安磐就曾感慨道："予反复其词，中间有可疑处，'壮士十年归，归来见天子'，唐制无十年征戍之兵，而一卒之微未必得见天子，可疑者此也。有矛盾处，既曰'归来见天子，天子坐明堂'是汉人矣，又曰'可汗问所欲'则是蕃人矣。既为可汗，可汗之制安有尚书郎之名哉？自相矛盾者此也。况

① 钱大昕：《恒言录》，《嘉定钱大昕全集》（八），凤凰出版社 2016 年，第 76 页。
② 程大昌：《演繁露》，明嘉靖三十年（1551）程煦刻本。
③ 刘大杰：《中国文学发展史》，中华书局 1941 年，第 255 页。
④ 游国恩：《中国文学史》，人民文学出版社 1963 年，第 306 页。
⑤ 曹道衡、沈玉成：《南北朝文学史》，人民文学出版社 1991 年，第 431 页。

'同行十二年',言动起居岂无一事足以发露?'不知木兰是女郎'未必然也,岂寓言者欤。"①

四、《木兰诗》经典文本的形成

《木兰诗》在北魏时期写成,经隋唐文人加工润色,在流播中逐渐为人们所接受。历来收录《木兰诗》的文献甚夥,异文现象极为普遍,那么究竟以何者为是?或者说,哪一种文献才是《木兰诗》的经典文本?这需进一步仔细探究。

从《木兰诗》的传播来看,宋代是其高峰,《文苑英华》《乐府诗集》《古文苑》《绀珠集》《类说》《竹庄诗话》等全文收录了《木兰诗》。在这几种文献中,《类说》《文苑英华》《乐府诗集》极为重要,因为后代《木兰诗》的异文基本上都是来自这三种文献。笔者试图通过比较来说明,只有《乐府诗集》所收录的《木兰诗》才是经典的文本。

吴兢《古乐府》是目前所知最早收录《木兰诗》的文献,然此书早佚,今仅见于南宋曾慥《类说》中。若就明天启六年岳锺秀刻本《类说》来看,所收《木兰诗》文字质朴,多用俗字,如"兵帖""我爷""但闻""金甲""伴伴"等,甚至也出现了一些不应有的错误,如"阿姨闻妹来"等,其艺术性难以与今天所见《木兰诗》媲美。而且无"问女何所思""女亦无所思""东市买骏马,西市买鞍鞯,南市买辔头,北市买长鞭"六句,故此版本不可能成为《木兰诗》传世经典。

《文苑英华》成书于北宋雍熙三年(986),《乐府诗集》成书的时间较《文苑英华》略晚。如果将《乐府诗集》(中华再造善本)与《文苑英华》(中国国家图书馆藏明抄本)的《木兰诗》比较,异文有八处。《乐府诗集》有五处文字来自《古乐府》,却没有采自时代较近的《文苑英华》,表现出郭茂倩谨慎校勘的学者风范。其余三处异文是郭茂倩在《古乐府》与《文苑英华》之间的选择与加工润色。主要体现在:

第一,摒弃了毫无根据的传说,如"愿驰千里足"。"愿驰",《文苑英华》作"愿得鸣駞"。"鸣駞"出自本文前引段成式《酉阳杂俎》,无稽可考,故郭茂倩直接采用了《古乐府》"愿驰千里足"句,避免了不应有的错误。

第二,选取较为凝练的语句,如"火伴皆惊忙"。本句《文苑英华》作"火伴惊忙忙"。"惊忙"写出了同行伙伴看到一个相貌魁梧的将军变成如

---

① 安磐:《颐山诗话》,《文渊阁四库全书》第1482册,台湾"商务印书馆"1986年,第461页。

花似玉的女子后惊慌失措的窘相，而“惊忙忙”却没有这个意思，故“皆惊忙”较“惊忙忙”为优。又如“可汗问所欲，木兰不用尚书郎”，《文苑英华》作“可汗欲与木兰官，不用尚书郎”。“可汗问所欲”较“可汗欲与木兰官”简洁准确。获胜归来的木兰已不是无名小卒，职位亦不低，只有“问所欲”，才符合当时情境，“可汗欲与木兰官”则显得突兀。这两句诗一问一答，两个主语，“不用尚书郎”缺少主语，故《乐府诗集》选用了《古乐府》“木兰不愿尚书郎”句，又将“不愿”更为《文苑英华》的“不用”。因为相较之下，“不用”较“不愿”态度更坚决些，表现了木兰辞官的坚定与回乡心情的急切。

第三，选取南北朝时期的惯用语，如“当窗理云鬓”。“云鬓”，《文苑英华》作“云发”。“云鬓”与“云发”均可泛指头发，从广义上讲没有什么不同。据笔者统计，描写女子盛美如云的头发，南北朝文人更喜欢用“云鬓”，如江淹《征怨诗》“独枕凋云鬓，孤灯损玉颜”①、沈约《乐将殚恩未已应诏诗》“云鬓垂宝花，轻妆染微汗”②等，故郭茂倩径取《古乐府》“当窗理云鬓”。

第四，纠正了《木兰诗》在传抄过程中出现的错误，如“雄兔脚扑朔，雌兔眼迷离”。“扑朔”，《文苑英华》与《古乐府》均作“朴握”，明人方以智解释道：“朴握言朴朔也，汉呼兔为没鼻。《说楛》云：‘兔名，朴握见《古文苑》。’一作‘朴朔’，东坡诗‘寒窗煖足来朴握’，《古乐府·木兰篇》‘雄兔脚朴朔，雌兔眼迷离’。”③苏轼诗“寒窗煖足来朴握”宋人赵次公注曰：“扑渥，兔也。《木兰歌》‘雄兔脚扑朔，雌兔眼迷离’，扑朔，一本作‘扑渥’。”④由此知，“朴握”或“扑渥”是兔子的名称，那么“雄兔脚朴握”句意不通。有感于此，郭茂倩便将“朴握”改为“扑朔”，在传抄的过程中也有将“扑”误作“朴”的。“迷离”，《文苑英华》与《古乐府》均作“弥离”。明人周婴《卮林》云：“《古乐府·木兰词》‘雄兔脚扑朔，雌兔眼迷离’，迷离，亦作‘弥离’。《庄子》‘支离疏者，颐隐于齐，肩高于顶，会撮指天，五管在上，两髀为胁’，司马彪注：‘形体支离不全貌。’”⑤“弥离”是形体不全的样子，则“雌兔眼迷离”句意不通。“扑朔”，扑腾的意思；“迷离”，模糊而难以分辨清楚，《木

① 逯钦立：《先秦汉魏晋南北朝诗》，中华书局1983年，第1568页。
② 逯钦立：《先秦汉魏晋南北朝诗》，中华书局1983年，第1648页。
③ 方以智：《通雅》，清乾隆四十六年刻本。
④ 王文诰：《苏轼诗集》，中华书局1982年，第349页。
⑤ 周婴：《卮林》，四部丛刊初编344册，上海商务印书馆1922年，第168页。

兰诗》以此来区分雌雄双兔。此外,《文苑英华》"阙山度若飞"之"阙山"系"关山"抄写之误,"着我旧时裳"之"着"是"著"的俗体字,《乐府诗集》都进行了纠正。

因此,《乐府诗集》所收录的《木兰诗》是经典文本。《乐府诗集》的版本众多,据尚丽新先生汇总共有二十一种,"从南宋到近代,《乐府诗集》的版本基本依宋本→元本→汲古阁本的顺序递传"①。笔者查阅了《乐府诗集》宋刻本、元至正元年(1341)集庆路儒学刻明修本、元至元六年(1269)刻本、汲古阁本、四库全书本、文学古籍刊行社 1955 年刊本,发现其所收录的《木兰诗》完全一致。八百余年间屡次雕刻与印刷,甚至没出现一处异文或错别字,真不愧是传世经典。

自《乐府诗集》之后,《木兰诗》尽管出现不少异文,然均难以撼动《乐府诗集》的经典文本。如"唯闻女叹息"之"唯"的"口"字旁《古文苑》作"厶",古今均无这个字,显然是传抄之误。笔者查阅《古文苑》其他几个版本,丛书集成本、钱熙祚《补守山阁丛书》光绪本作"维",四库本、李锡龄《惜阴轩丛书》光绪本作"惟"。"维"字义丰富,仅为"唯"的异体字时,方与句意合。那么,"维""惟""唯",哪一种符合作品原貌呢?成书年代较早的《乐府诗集》《文苑英华》均作"唯",则"维""惟"是传抄之误。又如"火伴皆惊忙"。"惊忙",冯惟讷《古诗纪》、高棅《唐诗品汇》、李攀龙《古今诗删》、曹学佺《石仓历代诗选》、钟惺、谭元春《古诗归》、沈德潜《古诗源》、张玉榖《古诗赏析》等均作"惊惶"。"惊忙"既有"惊惶"之义,又有"急忙"之义,写出了同伴看到恢复女儿装的木兰后惊慌失措之情状,"惊惶"却不具有如此丰富之意,故吴兢《古乐府》、郭茂倩《乐府诗集》均作"惊忙"。中华书局《中国古典文学基本丛书·乐府诗集》在《出版说明》中自称"用文学古籍刊行社的宋本影印本做底本,用汲古阁本校"②。然乔象钟先生在整理《木兰诗》时,全然不顾《乐府诗集》宋本、汲古阁本、文学古籍刊行社 1955 年刊本"惊忙"之经典文字,却将底本作"惊(忙)[惶]",并校注曰:"惊(忙)[惶]:据同上改。"③"同上",指《古诗纪》。该书屡次重印,产生了很大的影响,然终究不能改变《木兰诗》经典文本的魅力。

《木兰诗》经典文本形成之后,后人新增之题注与注释将该诗的理解引向迷雾。冯惟讷《古诗纪》(四库全书本)《木兰诗》题下注云:"《古文

---

① 尚丽新:《〈乐府诗集〉版本述略》,《西北师大学报》2004 年第 3 期。

② 郭茂倩:《乐府诗集》,中华书局 1979 年,第 1 页。

③ 郭茂倩:《乐府诗集》第 2 册,中华书局 1979 年,第 375 页。

苑》作‘唐人《木兰诗》’。”查阅《古文苑》，并无明确标注唐人作《木兰诗》，只有二十一卷本《古文苑》(宋端平三年常州军刻淳祐六年盛如杞重修本)在“可汗问所欲”之“可汗”下注云：“唐时蕃夷称天子为天可汗”，方始有《古诗纪》“《古文苑》作‘唐人《木兰诗》’”之说。收入中华书局《中国古典文学基本丛书·乐府诗集》中的《木兰诗》，在诗后校注云：“《古诗纪》卷九六题注有‘《古文苑》作唐人《木兰诗》’句。”①《古诗纪》的题注影响了很多人，从而误导后人将《木兰诗》的写作时间确定为唐代。张玉縠《古诗赏析》在《木兰诗》题下注云：“《名胜志》：‘木兰村，在湖广黄州府治北六十里。其上有木兰将军冢。木兰者，朱氏女，诈为男子，代父西征。’”②张玉縠将方志引入《木兰诗》题注中，引导人们确认《木兰诗》本事是黄州府朱木兰代父西征之事。同治《黄陂县志》收录明代张涛《题建木兰山将军庙》、佚名《木兰古传》、明代王霁《木兰将军传》、清代杨廷蕴《木兰将军序》等文章为朱木兰立传，演绎《木兰诗》故事。明代屠达《登木兰山记》、清代闻政《游木兰山记》以游记的形式，再次确认朱木兰就是《木兰诗》的主人公。张玉縠的题注，启示后人利用方志研究《木兰诗》，从而使《木兰诗》的探究更加迷离倘恍。沈德潜《古诗源》在《木兰诗》后注云：“唐人韦元甫有《拟木兰诗》一篇，后人并以此篇为韦作，非也。韦系中唐人，杜少陵《草堂》一篇，后半全用此诗章法矣。断以梁人作为允。”③沈德潜对《木兰诗》的作者为韦元甫之说进行了辨析，澄清了讹传之误，却提出了“梁人作”的新说。张玉縠转引乃师之说后云：“诗中用‘可汗’字，木兰当是北朝人，而诗则南朝人作也。”④沈德潜和张玉縠《木兰诗》为“南朝人作”的说法，又将人们带入了另一误区。这些题注与注释引发了后代无数纷争，但由于都是在《木兰诗》经典文本上新增的，对其本事与作时的研究不是确凿的证据。

《木兰诗》自北魏写定后，经过南朝、隋唐文人的润色与加工，收入《乐府诗集》时形成经典文本。这一文本已为历代文人所接受，尽管经历了几百年刻版印刷，其文字并未出现新的异文，显现出人们对这一经典的喜爱与重视，使之终成“千古杰作”⑤。

---

① 郭茂倩：《乐府诗集》，中华书局 1979 年，第 375 页。
② 张玉縠：《古诗赏析》，中华书局 2017 年，第 518 页。
③ 沈德潜：《古诗源》，中华书局 2007 年，第 279 页。
④ 张玉縠：《古诗赏析》，中华书局 2017 年，第 520 页。
⑤ 张玉縠：《古诗赏析》，中华书局 2017 年，第 520 页。

五、《木兰诗》的评价

《木兰诗》在北魏时期写成，经后代文人加工润色，在流播中逐渐为人们所接受。历代收录与评价《木兰诗》的文献不胜枚举，从中不难窥见古人对诗歌的总体评价。

首先，对《木兰诗》乐府诗性质确认。最早收录《木兰诗》之释智匠《古今乐录》，未言及其诗歌性质。初唐人吴兢将《木兰诗》收入《古乐府》中，然其所著《乐府古题要解》(明汲古阁本)却未对《木兰诗》解题，这就使《木兰诗》的性质含混不清。元稹《乐府古题序》云："乐府等题，除《铙吹》《横吹》《郊祀》《清商》等词在《乐志》者，其余《木兰》《仲卿》《四愁》《七哀》之辈，亦未必尽播于管弦明矣。"①元稹从乐府与音乐的关系上，首次明确了不入乐的《木兰诗》为乐府诗。严羽在《沧浪诗话》中论及古代诗体时云："《选》有汉武《秋风词》，乐府有《木兰词》。"②自元稹、严羽之后，古人收录或评价《木兰诗》时均曰"古乐府"。

其次，对木兰忠孝节勇精神的肯定与高扬。接受美学认为，"作品在给读者审美感觉刺激的同时，也能在道德领域内向读者发出召唤，对读者原有的道德观念发起冲击"③。读者在阅读《木兰诗》的时候，为木兰替父从军的忠孝理念所感染，自然而然肯定其行为。韦元甫不是《木兰诗》的第一个读者，却是首个拟作者，他的《木兰歌》描写了木兰从征的原因，驰骋疆场、屡建军功、辞赏还家等故事情节，结尾满怀激情地写道："世有臣子心，能如木兰节。忠孝两不渝，千古之名焉可灭。"④"忠孝两不渝"是对《木兰诗》首次评价，同时也为诗歌思想性定下了基调。二十一卷本《古文苑》云："若木兰者，亦壮而廉矣。使载之烈女传，缇萦曹娥将逊之，蔡琰当低头愧汗不敢与比肩矣。"⑤作者认为，与替父从军、驰骋沙场的木兰相比，缇萦救父、曹娥投江略为逊色，抛弃两个儿子返回中原的蔡琰则愧不敢当。所谓"壮而廉"，就是威武雄壮而有节操。由"忠孝两不渝"到"壮而廉"，完成了对《木兰诗》思想内涵的揭示，古人浩如烟海的评价均未超出其范围。

再次，质朴自然、明白如话而富有表现力的语言。《木兰诗》在唐代为

① 冀勤点校：《元稹集》，中华书局 1982 年，第 254 页。
② 郭绍虞：《沧浪诗话校释》，人民文学出版社 1983 年，第 72 页。
③ 朱立元：《接受美学》，上海人民出版社 1989 年，第 268 页。
④ 韦元甫：《木兰歌》，彭定求等：《全唐诗》，中华书局 1960 年，第 3055 页。
⑤ 《古文苑》，宋端平三年常州军刻淳祐六年盛如杞重修本。

大多数文人所接受，化用其诗句或用木兰意象者数不胜数，杜甫就是其中一例。《荆溪林下偶谈》“子美草堂诗”条云：“子美《草堂诗》云：‘旧犬喜我归，低徊入衣裾。邻舍喜我归，沽酒携胡芦。大官喜我来，遣骑问所须。城郭喜我来，宾客隘村墟。’盖用《木兰诗》云：‘爷娘闻我来，出郭相扶将。阿姊闻妹来，当户理红妆。小弟闻姊来，磨刀霍霍向猪羊。’”①杜甫喜爱《木兰诗》民歌语言，自然而然地将其运用到《草堂诗》创作之中。自宋代开始，陆续有文人从理论层面概括《木兰诗》的语言特点。苏轼云：“《列女传》蔡琰二诗，其词明白感慨，颇类《木兰诗》，东京无此格也。”②苏轼评价蔡琰诗歌真伪时，间接地赞美了《木兰诗》语言“明白感慨”的特点。南宋薛季宣云：“其词意质朴，不加藻缋，自有迈往不群之气，真北朝人语也。”③薛季宣赞扬《木兰诗》质朴无华的语言，还高度评价其“迈往不群”的气势。明人谢榛云：“《木兰词》云：‘问女何所思，问女何所忆。女亦无所思，女亦无所忆’‘东市买骏马，西市买鞍鞯，南市买辔头，北市买长鞭’此乃信口道出，似不经意者，其古朴自然，繁而不乱。若一言了问答，一市买鞍马，则简而无味，殆非乐府家数。”④“信口道出，似不经意者”“古朴自然，繁而不乱”都是对《木兰诗》的最高评价。明人李东阳《麓堂诗话》云：“质而不俚，是诗家难事。乐府歌辞所载《木兰词》，前首最近古。唐诗，张文昌善用俚语，刘梦得《竹枝》亦入妙。至白乐天令老妪解之，遂失之浅俗。其意岂不以李义山辈为涩僻而反之，而弊一至是，岂古人之作端使然哉？”⑤李东阳将张籍（文昌）、刘禹锡（梦得）、白居易（乐天）诗歌中使用俚语情形进行对比研究，肯定了《木兰诗》语言“质而不俚”的特点。古人的这些评价都指出了《木兰诗》的艺术魅力在于民歌语言。

最后，高超的叙事手法。南宋刘克庄云：“《焦仲卿妻诗》……《木兰诗》……《乐府》惟此二篇作叙事体，有始有卒，虽词多质俚，然有古意。”⑥刘克庄在对《焦仲卿妻》与《木兰诗》的评价中，首次确立了“叙事体”理念，后人多有从叙事层面继续阐发《木兰诗》的艺术成就。《古诗归》云：“‘昨夜见军帖……卷卷有爷名’，此等叙法不详不妙。‘暮至黑水头……但闻燕山胡骑声啾啾’，琐琐路程中代写离家顾恋如诉。尤妙在语带香奁，无男

① 《荆溪林下偶谈》，《说郛三种》附录，上海古籍出版社1988年，第11页。
② 苏轼：《仇池笔记》，《文渊阁四库全书》第863册，台湾“商务印书馆”1986年，第7页。
③ 薛季宣：《浪语集》，《文渊阁四库全书》第1159册，台湾“商务印书馆”1986年，第232页。
④ 谢榛：《四溟诗话》，人民文学出版社1961年，第83页。
⑤ 李东阳：《麓堂诗话》，丁福保：《历代诗话续编》，中华书局1983年，第1375页。
⑥ 刘克庄：《后村诗话》，中华书局1983年，第6页。

子征戍气。‘阿姊闻妹来’，补阿姊、小弟关目始妙。‘雄兔脚扑朔……安得辨我是雄雌’四语倒在后咏叹一番。木兰机警英烈之气在纸上矣，未可以闲闲比喻读之。”[①]作者从详、略两个方面分析了《木兰诗》的叙事艺术，认为无论详、略都各臻其妙。陈祚明云：“《木兰诗》首篇甚古，当其淋漓，辄类汉魏，岂得以唐调疑之……此诗章法脱换，转掉自然。凡作长篇不可无章法，不可不知脱换之妙。此诗脱换又有陡然竟过处，无文字中含蓄多语，弥见高老。”[②]陈祚明认为《木兰诗》在叙事方面主要运用了脱换法。何谓脱换法？清人钮琇在《觚賸续编》中专列“脱换法”条进行诠释：“‘寄愁天上，埋忧地下’，本仲长统语，而陈卧子《秋怀》则曰：‘不信有天常自醉，最怜无地可埋忧。’是知不论何语，一经脱换，便成佳句。”[③]由此知，脱换法犹如黄庭坚之夺胎换骨法，即以己意化用前人诗句。这是创作手法，不是叙事艺术，亦非陈祚明本意。陈祚明结合《木兰诗》阐述了脱换法：“自辞爷娘过下黄河，生出辞黄河，过下至黑山，此所谓脱换法。以人则爷娘为主，以地则黑山为主，入一黄河介于其间，甚无谓却甚变幻，再提爷娘唤女，总写木兰思亲之孝。不复序木兰功业，以三、四壮语写去，亦脱换法。”[④]据此，所谓脱换法实如古诗文起承转合之“转”。“东市买骏马，西市买鞍鞯，南市买辔头，北市买长鞭”几句是写木兰代父出征之准备，接下本应承接“万里赴戎机，关山度若飞。朔气传金柝，寒光照铁衣。将军百战死，壮士十年归”十年艰苦征战生活，然而作者在“东市”四句与“关山”六句间插入“旦辞爷娘去，暮宿黄河边，不闻爷娘唤女声，但闻黄河流水鸣溅溅。旦辞黄河去，暮至黑山头，不闻爷娘唤女声，但闻燕山胡骑鸣啾啾”八句，看似闲笔，却渲染出一日千里行军之苦与木兰思亲之孝，这就是陈祚明所说的“脱换法”。古人这些评价都指明了《木兰诗》叙事技巧的高明。

以上四个方面代表了古人评价主体，同时也抓住了《木兰诗》艺术之精髓。今人之评论，多从排比、复沓、夸张、对偶等修辞方面继续探究，分析这首“千古杰作”[⑤]之艺术魅力。

---

① 钟惺、谭元春：《古诗归》，《续修四库全书》第1589册，上海古籍出版社2002年，第507—508页。

② 陈祚明：《采菽堂古诗选》，《续修四库全书》第1591册，上海古籍出版社2002年，第321页。

③ 钮琇：《觚賸续编》，《续修四库全书》第1177册，上海古籍出版社2002年，第107页。

④ 陈祚明：《采菽堂古诗选》，《续修四库全书》第1591册，上海古籍出版社2002年，第321页。

⑤ 张玉穀：《古诗赏析》，中华书局2017年，第520页。

综上所考,《木兰诗》写成于北魏,经过历代文人加工润色,终于在宋代郭茂倩《乐府诗集》中形成经典文本,虽然后代也出现过异文,却很难撼动其经典文本的地位。古人在乐府诗这个总体框架下评价《木兰诗》,重视其叙事手法,质朴自然的语言,为我们今人评价《木兰诗》奠定了基调,促使现代人更加深入地开掘其艺术魅力。

第二节　《敕勒歌》作时、流传与文本经典化

"敕勒川,阴山下。天似穹庐,笼盖四野。天苍苍,野茫茫。风吹草低见牛羊。"①这首仅仅27字的《敕勒歌》自其产生之日以来,就受到人们的喜爱,好评如潮。如"慷慨歌谣绝不传,穹庐一曲本天然。中州万古英雄气,也到阴山敕勒川"②"莽莽而来,自然高古,汉人遗响也"③"南北朝短章《敕勒歌》,断为第一苍劲高古,不减《大风》《垓下》《杨白华》《咸阳王歌》,事真情真,词调亦委婉逼真"④"一时乐府之冠"⑤等评价高度肯定了《敕勒歌》的艺术魅力,同时也激发了学人探究《敕勒歌》的热情。若就目前《敕勒歌》研究来看,众说纷纭,莫衷一是,使本来质朴自然的民歌蒙上一层难以拨开的迷雾。笔者不揣谫陋,意欲在前贤研究之基础上,重新审视这篇诗什,辨惑析疑,正本清源,使这首民歌得到较为公允的理解。

一、《敕勒歌》前贤研究之阙

《敕勒歌》产生于何时?史无确载。然自斛律金吟唱之后,研究成果不绝如缕。纵观其研究,作者、族属、作时是争议最大的问题,现不妨一一辨析之。

《敕勒歌》作者有斛律光、高敖曹、高欢、斛律金等不同说法,其材料均源于《北齐书·神武纪下》:"(武定四年)九月,神武围玉壁以挑西师……顿军五旬,城不拔,死者七万人……(十一月)是时西魏言神武中弩,神武闻之,乃勉坐见诸贵,使斛律金敕勒歌,神武自和之,哀感流涕。"⑥

斛律光作《敕勒歌》之说源于黄庭坚,"斛律明月,胡儿也,不以文章

① 郭茂倩:《乐府诗集》,中华书局1979年,第1213页。
② 元好问著、郭绍虞笺注:《元好问论诗三十首小笺》,人民文学出版社1978年,第126页。
③ 沈德潜:《古诗源》,中华书局2007年,第298页。
④ 乔亿:《剑溪说诗》,《续修四库全书》第1701册,上海古籍出版社2002年,第218页。
⑤ 凌扬藻:《蠡勺编》,《丛书集成初编》,商务印书馆1936年,第29页。
⑥ 李百药:《北齐书》卷二《神武纪下》,中华书局1972年,第23页。

显。老胡以重兵困敕勒川,召明月作歌以排闷,仓卒之间,语奇状如此,盖率意道事实耳"①。洪迈已辨黄庭坚之说为误,"误以斛律金为明月,明月名光,金之子也,(高)欢败玉壁,亦非困于敕勒川"②。洪迈之说是。斛律光没有参与玉壁之战,亦未发现与《敕勒歌》有关联,故不可能写作《敕勒歌》。

高敖曹作《敕勒歌》之说肇始于明人郭良翰,"高敖曹目不知书,而为《敕勒歌》,声气悲壮"③,与此几乎同时的谢在航《文海披沙》亦持此说。高敖曹是东魏将领,永熙元年(532)与高欢、斛律金参与韩陵之战,"又随高祖讨尔朱兆于韩陵……及战,高祖不利……高岳、韩匈奴等以五百骑冲其前,斛律敦收散卒蹑其后,昂与蔡俊以千骑自栗园出,横击兆军,兆众由是大败"④。高敖曹与斛律金(敦)合力救援高欢,得其信任。但高敖曹没有参与玉壁之战,亦未发现与《敕勒歌》有关联,故不可能写作《敕勒歌》。

高欢作《敕勒歌》之说始于元人李好文,"尝爱贺六浑《阴山敕勒歌》,语意浑然,不顾雕刿,顾其雄伟质直,善于模写……笔迹超绝,不免有辽东风气之偏"⑤。贺六浑,即高欢。据《北齐书·神武纪下》所载,"斛律金敕勒歌"时,高欢"自和之",则高欢不可能是《敕勒歌》的作者。陈垣在《元西域人华化考》中支持李好文之说,今人洪用斌先生亦持此观点。⑥

斛律金作《敕勒歌》之说最早为司马光所提出,"(高欢)使斛律金作敕勒歌"⑦。此后王灼《碧鸡漫志》、袁枢《通鉴纪事本末》、胡应麟《诗薮》、茅元仪《武备志》、王世贞《弇州山人四部稿》、王世贞《艺苑卮言》、谢榛《四溟诗話》、李清《南北史合注》、凌扬藻《蠡勺编》、刘熙载《艺概》、王闿运《八代诗选》、张玉穀《古诗赏析》等均持此说,今人史念海、荣祥先生亦赞同此说⑧。斛律金不识文字,本名斛律敦,因"敦"字笔画复杂,故改名为易于书写的"金"。这样一介武夫创作出《敕勒歌》,实难令人置信。更为重要的是关于《敕勒歌》最早的资料记载《北齐书·神武纪下》中称斛律金

① 黄庭坚:《书韦深道诸帖》,黄庭坚:《山谷题跋》,《丛书集成初编》第1564册,商务印书馆1937年,第128页。

② 洪迈:《容斋随笔》,上海古籍出版社2015年,第6页。

③ 郭良翰:《问奇类林》,国家图书馆藏明万历刊本,第2页。

④ 李百药:《北齐书》卷二十一《高乾列传》附《高敖曹传》,中华书局1972年,第294页。

⑤ 李好文:《迺贤金台集·序》,清乾隆间衣德堂刻本。

⑥ 参看论文:洪用斌:《略谈〈阴山敕勒歌〉》(《草原》1978年第5期)。

⑦ 司马光:《资治通鉴》,中华书局1956年,第4943页。

⑧ 参看论文:史念海:《黄土高原考察琐记》(《中国历史地理论丛》1999年第3期)、荣祥:《漫谈〈敕勒川歌〉》(《内蒙古日报》1957年4月13日)。

歌、高欢低声附和，说明《敕勒歌》不是即兴创作，而是已经存在的诗篇，斛律金只不过是吟唱者而已。沈建《乐府广题》、洪迈《容斋随笔》、郭子章《六语》、蒋一葵《尧山堂外纪》、梅鼎祚《古乐苑》、钱希言《剑荚》、杨慎《古今风谣》、陈维崧《陈检讨四六》、陈祚明《采菽堂古诗选》、梁玉绳《瞥记》等均认为斛律金唱《敕勒歌》，今人周蒙、永安、纵横等先生亦持此说①。

据上所考，斛律光、高敖曹、高欢、斛律金都不是《敕勒歌》的作者。既然是民歌，其作者应是集体创作为妥。郭茂倩《乐府诗集》、冯惟讷《古诗纪》、李攀龙《古今诗删》、陆时雍《古诗镜》、梅鼎祚《古乐苑》、钟惺、谭元春《古诗归》、陈祚明《采菽堂古诗选》等收录此诗时，均题“无名氏”作，斛律金只是武定四年(546)的吟唱者，这些观点亦为今天大多数学者所接受。那么，如何理解《北齐书·神武纪下》中“(高欢)使斛律金敕勒歌”②这句话呢？

在“(高欢)使斛律金敕勒歌”一句中，学术界向来倾向于将“敕勒”理解为部族，那么“斛律金敕勒”就可理解为“斛律金敕勒族”，显得极为别扭，与我们惯常“敕勒族斛律金”相悖。《北齐书》中亦有“斛律金敕勒老公”③的记载，意为“斛律金是敕勒族的老人家”，与“斛律金敕勒歌”语法规范不同。在“(高欢)使斛律金敕勒歌”中，“歌”是动词是毫无疑义的，那么“歌”的宾语呢？李百药以才学和操行闻名于世，受到唐代名流的敬重，他怎么会写出病句呢？唯一合理的解释就是“敕勒”是“歌”的宾语。《敕勒歌》是敕勒族民歌，最初是没有题目的。翻译为汉语后，依照《诗经》中诗歌取句中前两字为题的命名方式，自然而然命题为《敕勒》。如果“敕勒”是“歌”的宾语，那么“(高欢)使斛律金敕勒歌”就是宾语前置句。现代学者已经归纳了古汉语中宾语前置的三种类型：一是疑问句中，疑问代词作宾语，宾语一般要前置；二是否定句中，代词作宾语，代词一般要放在动词之前和否定词之后；三是宾语用代词复指的，需要前置。如果用这三条来衡量，“(高欢)使斛律金敕勒歌”肯定不是宾语前置句。然我们必须明白，宾语前置的三种类型是现代人的概括，古汉语语法极为复杂，不在三种类型之列亦有可能。李百药《北齐书》是在其父北齐、隋人李德林《齐

① 参看论文：周蒙：《穹庐一曲本天然——〈敕勒歌〉考论》(《内蒙古师范大学学报》1985年第2期)、永安：《民族大融合的瑰宝——〈敕勒歌〉的产生与流传》(《文学遗产》1987年第6期)、纵横：《〈敕勒歌〉辨误》(《内蒙古师范大学学报》1994年第3期)。

② 李百药：《北齐书》卷二《神武纪下》，中华书局1972年，第23页。

③ 李百药：《北齐书》卷二《神武纪下》，中华书局1972年，第24页。

史》的基础上修订而成,在流传过程中损坏严重,卷二《神武纪》已不复存在。今本《北齐书·神武纪》当为以《北史·神武纪》所补。李延寿生活时代与李百药同时略后,其《北史·神武纪》的记载当属可信。笔者查阅宋刊本、日本昌平坂学问所藏明崇祯十一年汲古阁本、清高宗钦定武英殿本《北齐书》,以及元刊本、明万历南监刊本《北史》,"(高欢)使斛律金敕勒歌"一句与今本同,故其可靠性不应该怀疑。那种企图误解此句进而割断斛律金与《敕勒歌》联系的做法是不足取的①。

《敕勒歌》的族属问题亦是学术界争论的热点。沈建《乐府广题》首次提出"其歌本鲜卑语,易为齐言,故其句长短不齐"②。宋元之际的胡三省就曾对此表示怀疑,"余谓此后人妄为之耳。敕勒与鲜卑殊种,斛律金出于敕勒,故使之作敕勒歌,若高欢则习鲜卑之俗者也"③。是鲜卑族民歌抑或敕勒族民歌,古人争论不休,今人亦分为两个不同阵营,互不相让。诗题为"敕勒歌",诗中亦有"敕勒川",当为敕勒族民歌。敕勒族是中国古代北方的少数民族之一,《史记》记载其最初生活在贝加尔湖附近,《魏略》记载自公元三世纪开始扩至叶尼塞河上游。敕勒族是备受压迫与奴役的民族,最初为匈奴所辖制,后为鲜卑人所统治,匈奴人称其为丁零,鲜卑人因其使用车轮高大的车子而称之为高车。尽管如此,敕勒族有其独特的语言,"其语略与匈奴同而时有小异"④,故《敕勒歌》最初当是用敕勒族语言写成,后来在传播过程中是否翻译为鲜卑族语、汉语,需要仔细探究。现代有些学者提出,《敕勒歌》是哈萨克民歌⑤、蒙古族民歌⑥、土耳其语民歌⑦、突厥语民歌⑧等,都是对《敕勒歌》的过度诠释。

《敕勒歌》写作的时间学界亦争论不休。《乐府广题》云:"北齐神武攻周玉壁,士卒死者十四五。神武恚愤,疾发。周王下令曰:'高欢鼠子,亲犯玉壁,剑弩一发,元凶自毙。'神武闻之,勉坐以安士众。悉引诸贵,使斛律

---

① 参看论文:阿尔丁夫:《〈敕勒歌〉同斛律金无关》(《内蒙古大学学报》1986 年第 2 期)、《再谈〈敕勒歌〉同斛律金无关》(《内蒙古大学学报》2004 年第 1 期)。

② 郭茂倩:《乐府诗集》,中华书局 1979 年,第 1213 页。

③ 司马光:《资治通鉴》,中华书局 1956 年,第 4943 页。

④ 《魏书》卷一百零三《高车列传》,中华书局 1974 年,第 2307 页。

⑤ 努尔巴汗:《草原牧歌——〈敕勒歌〉在文学中的地位及与哈萨克诗歌的关系》,《中央民族大学学报》2008 年第 2 期。

⑥ 阿尔丁夫:《〈敕勒歌〉同斛律金无关》,《内蒙古大学学报》1986 年第 2 期。

⑦ [日]雨田亨:《西域文化史》,新疆人民出版社 1981 年,第 254 页。

⑧ [日]小川环树:《敕勒之歌——它原来语言在文学史上的意义》,《北京大学学报》1982 年第 1 期。

金唱《敕勒》,神武自和之。”①这段文字被古代诸多文献征引,《敕勒歌》自然而然就被认为是北齐民歌。冯惟讷《古诗纪》、陈祚明《采菽堂古诗选》、王闿运《八代诗选》、张玉穀《古诗赏析》等收录《敕勒歌》时明确标明“北齐”。《北齐书·神武纪下》载《敕勒歌》被斛律金吟唱在武定四年(546),此时北齐政权尚未建立,故不可能是北齐民歌。大约这个显而易见的错误为学人所意识到,故而《敕勒歌》写作时间就出现了许多新说:刘先照先生认为在公元429至471年之间②,李景华先生以为在北魏统一北方(439)至分裂东、西魏为(534)之间③,吴庚舜先生认为在北魏初年至孝昌元年(525)之间④。这些观点均认可《敕勒歌》作于北魏,至于具体什么时期,尚需进一步辨析。

《敕勒歌》作于何时?在传播过程中语言发生了怎样变化?武定四年(546)玉壁战败为什么要吟唱《敕勒歌》?这些问题均是前贤没有解决的问题,这直接影响到学人对《敕勒歌》的认知。要解决这些问题,只有通过对《敕勒歌》文本解读来一一破解。

二、《敕勒歌》性质再探

《敕勒歌》自其流播之后,得到无数学人的赞誉。王灼《碧鸡漫志》称《敕勒歌》“能发挥自然之妙”⑤。王夫之《古诗评选》评《敕勒歌》云:“寓目吟成,不知悲凉之何以生!诗歌之妙,原在取景遣韵,不在刻意也。”⑥张玉穀云:“此赋敕勒川畜牧之盛。”⑦游国恩《中国文学史》说:“二十七个字,便出色地画出了辽阔苍茫的草原景象,并反映了北方民族生活面貌和精神面貌。”⑧中国社会科学院文学研究所《中国文学史》称:“反映游牧民族的生活和环境,中幅写空阔无垠的大草原,景色如画。最后一句见出水草畜牧之盛,语言简练有味。”⑨袁行霈《中国文学史》说:“反映北方的游牧生

① 郭茂倩:《乐府诗集》,中华书局1979年,第1213页。

② 刘先照:《千古绝唱〈敕勒歌〉》,《文学评论》1980年第6期。

③ 李景华:《斛律金与〈敕勒歌〉》,《中学语文教学》1982年第5期。

④ 吴庚舜、侯尔瑞:《关于〈敕勒歌〉的创作背景、作者及其他》,《河北师范学院学报》1981年第1期。

⑤ 王灼著、岳珍校:《碧鸡漫志校正》,巴蜀书社2000年,第58页。

⑥ 王夫之:《古诗评选》,上海古籍出版社2011年,第66页。

⑦ 张玉穀:《古诗赏析》,中华书局2017年,第543页。

⑧ 游国恩:《中国文学史》(一),人民文学出版社1963年,第305页。

⑨ 中国社会科学院文学研究所《中国文学史》,人民文学出版社1962年,第285页。

活，出色地描绘了北国草原的辽阔壮美。”①这些评价都表明：《敕勒歌》是一篇田园牧歌式诗篇，描绘了莽莽苍苍、沃野千里、无边无垠的草原，反映了游牧民族的生活状况，语言质朴自然，景真情真，浑然天成，是北朝乐府民歌的佳作。

诚如学人所评价的那样，《敕勒歌》描绘了草原壮阔的景象，反映了居住在敕勒川的敕勒族人和平、安逸的生活景象。“敕勒川，阴山下。天似穹庐，笼盖四野”勾勒出了北国草原壮丽富饶的风光，天犹如大帐篷一般，笼罩住整个原野。“天苍苍，野茫茫。风吹草低见牛羊”，蔚蓝的天空一望无际，碧绿的原野茫茫不尽。一阵风儿吹过，露出一群群正在吃草的牛羊。全诗风格明朗豪爽，境界开阔，音调雄壮，语言明白如话，好似一幅水草丰盛、牛羊肥壮的草原全景图，这正是敕勒族人游牧生活的真实体现，也是这首诗“博得后人极端倾倒”②的原因，没有“象外之象”“味外之旨”。

武定四年(546)，高欢在玉壁为西魏晋州刺史韦孝宽所败，五十余日，死伤七万余人。败军之际，高欢为什么让斛律金唱《敕勒歌》？个中原因，学人纷纷探究。汪泛舟先生以为，“通过《敕勒歌》的演唱，可以使将士们追忆民族友好相处而又强盛美好的过去，以增进各民族之间的团结，唤起他们的爱国热忱，从而坚定再战获胜的信心。在这种非常时刻的唱和，高欢并非仅仅引咎痛心而已，主要的还是为了燃起复仇的火焰”③。闵和顺先生说，“敕勒民族不屈的反抗精神，以及《敕勒歌》强烈的咏史意味与怀旧倾向，使《敕勒歌》的影响超越敕勒民族的界线，成为北魏后期所有不满鲜卑贵族统治的各族人民都能接受的民歌——从反鲜卑贵族统治的意义上来说，它实际上已演变成一首战歌。这就使得高欢能拿它来为政治斗争服务”④。周建江先生认为，“《敕勒歌》的性质绝不是牧歌，而是一首民族的战歌，体现的是敕勒民族追求民族最高利益的精神，自由解放的情怀”⑤。读这些先生之宏论，对于我们理解《敕勒歌》有着极为重要的帮助。然而一首牧歌，如何变成战歌？如何燃起复仇的火焰？却让人读后云里雾里，难以寻绎二者之关联。败军之际，吟唱《敕勒歌》目的在于鼓舞士气，激发同仇敌忾之心，这为不言而喻之事。关键在于，如何鼓舞？怎样激发？

① 袁行霈：《中国文学史》(第二卷)，高等教育出版社2005年，第80页。
② 郑振铎：《文学大纲》，商务印书馆1927年，第39页。
③ 汪泛舟：《〈敕勒歌〉新论》，《殷都学刊》1987年第2期。
④ 闵和顺：《从北魏内迁敕勒民族的命运看〈敕勒歌〉》，《求索》1988年第4期。
⑤ 周建江：《〈敕勒歌〉的语言、性质和风格》，《西江大学学报》2000年第1期。

在《敕勒歌》文本内容、文字形式未变的情形下，首要应该考虑吟唱的语言。

史载高欢为渤海蓨（今河北省景县）人，晋代玄菟太守高隐之后。由于《北齐书·神武纪》早已亡佚，今本为《北史·神武纪》所补，故后人纷纷怀疑其家世族属的真伪，有鲜卑楼氏改姓高氏者、鲜卑或汉人久居塞上而鲜卑化者、高丽高氏入居中原者三种说法。2005 年在洛阳偃师府店镇出土的高树生及妻韩期姬墓志，平息了这种讨论，再次印证了陈寅恪先生“北齐最高统治者皇室高氏为汉人而鲜卑化者”①观点的正确性。高欢出身于怀朔镇（今内蒙古固阳西南）兵户之家，周围都是鲜卑军人，高欢就成了鲜卑化的汉人，干脆取了鲜卑族的名“字”——贺六浑。高欢收编六镇余部，逐渐形成以鲜卑族、敕勒族为主体，融民族兵士为一体的武装力量。在高欢的眼中，向来最重鲜卑族，“高祖曰：‘高都督纯将汉儿，恐不济事，今当割鲜卑兵千余人共相参杂，于意如何？’昂对曰：‘敖曹所将部曲练习已久，前后战斗，不减鲜卑，今若杂之，情不相合，胜则争功，退则推罪，愿自领汉军，不烦更配。’”②甚至军队中使用的语言也以鲜卑语为主，“于时，鲜卑共轻中华朝士，唯惮服于昂。高祖每申令三军，常鲜卑语，昂若在列，则为华言”③。高欢麾下鲜卑、汉、匈奴、敕勒等各族均有，以鲜卑语发布命令，可见其倚重鲜卑族士兵。因此，在玉壁之战中，很容易想到用鲜卑族语吟唱《敕勒歌》。在高欢霸府中，最为倚仗的鲜卑族人是厍狄干，最为看重的敕勒人是斛律金。如果用鲜卑族语唱《敕勒歌》，非厍狄干莫属，为什么会让敕勒族人斛律金来演唱呢？我们可以设想，以鲜卑族语而言，厍狄干比斛律金更地道。唯一合理的解释是，《敕勒歌》是斛律金用敕勒族语来吟唱的。史载敕勒族人“好引声长歌，又似狼嚎”④，如狼嚎一般演唱《敕勒歌》，从而激发男儿血性，鼓舞他们奋勇杀敌，争取战争胜利。虽然高欢霸府中仅有一部分人能听懂敕勒族语，其他人为其语调所感染，泣下沾襟，誓同生死，取得了汉语、鲜卑族语吟唱《敕勒歌》所难以达到的效果。

三、《敕勒歌》作时新考

《敕勒歌》有云“敕勒川，阴山下”，则敕勒族人生活的地方在阴山下之

① 陈寅恪：《唐代政治史论述稿》，上海古籍出版社 1997 年，第 58 页。

② 《北齐书》卷二十一《高乾列传》附《高昂传》，中华书局 1972 年，第 294 页。

③ 《北齐书》卷二十一《高乾列传》附《高昂传》，中华书局 1972 年，第 295 页。

④ 《北史》卷九十八《高车列传》，中华书局 1974 年，第 3270 页。

敕勒川。阴山本匈奴故地，“北边塞至辽东，外有阴山，东西千余里，草木茂盛，多禽兽，本冒顿单于依阻其中，治作弓矢，来出为寇，是其苑囿也”①。冒顿在位时，征服了楼兰、乌孙、呼揭等20余国，建立起南起阴山、北抵贝加尔湖、东达辽河、西逾葱岭的强大的匈奴帝国。汉武帝历经四十余年与匈奴的战争，使得阴山归属汉朝，“匈奴失阴山之后，过之未尝不哭也”②。四世纪初，辽东鲜卑慕容部的一支——吐谷浑占据阴山，“吐谷浑谓其部落曰……于是乃西附阴山”③。东晋时期，鲜卑拓跋部占据阴山，“坚既平凉州，又遣其安北将军、幽州刺史苻洛为北讨大都督，率幽州兵十万讨代王涉翼犍……翼犍战败，遁于弱水。苻洛逐之，势窘迫，退还阴山”④。涉翼犍，《魏书》作“什翼犍”，苻洛败什翼犍之事，在东晋太元元年(376)十月。又《魏书·寔君传》云：“昭成季年，苻坚遣其行唐公苻洛等来寇南境，昭成遣刘库仁逆战于石子岭。昭成时不胜，不能亲勒众军，乃率诸部避难阴山，度漠北。高车四面寇抄，复度漠南。”⑤即在东晋太元元年十月前后，敕勒族已据有阴山。

敕勒，又名狄历，是古老民族赤狄的一支，汉族人称其为“丁零”，西晋时塞外各族称其为“敕勒”，北朝汉族或汉化鲜卑族人称其为“高车”，最初生活在贝加尔湖及其以西地区。⑥《史记·匈奴传》云：“(冒顿)后北服浑庾、屈射、丁零、鬲昆、薪犁之国。”⑦大约在公元三世纪末⑧，敕勒为冒顿单于征服，成为匈奴帝国的部族之一。登国四年(389)十月，北魏开始了对敕勒长达四十余年的战争，在天兴二年(399)二月取得了决定性胜利，“二月丁亥朔，诸军同会，破高车杂种三十余部，获七万余口，马三十余万匹，牛羊百四十余万。骠骑大将军、卫王仪督三万骑别从西北绝漠千余里，破其遗迸七部，获二万余口，马五万余匹，牛羊二十余万头，高车二十余万乘，并服玩诸物”⑨。此时敕勒族大部分归顺北魏，一小部分迁徙至巳尼陂(今贝

---

① 《汉书》卷九十四下《匈奴传下》，中华书局1962年，第3803页。

② 《汉书》卷九十四下《匈奴传下》，中华书局1962年，第3803页。

③ 《晋书》卷九十七《四夷列传》附《吐谷浑传》，中华书局1974年，第2537页。

④ 《晋书》卷一百一十三《苻坚载记上》，中华书局1974年，第2899页。

⑤ 《魏书》卷十五《昭成子孙列传》附《寔君传》，中华书局1974年，第369页。

⑥ 参看蒙盖特：《苏联考古学》(中国科学院考古所资料室编，北京人民出版社1963年)、吉谢列夫：《南西伯利亚古代史》(新疆人民出版社2014年)对“卡拉苏克文化”遗址的论述。

⑦ 《史记》卷一百一十《匈奴列传》，中华书局1959年，第2893页。

⑧ 王日蔚：《丁零民族史》，《史学集刊》(第二集)，国立北平研究院出版社1936年，第86页。

⑨ 《魏书》卷二《太祖纪》，中华书局1974年，第34页。

加尔湖)。神䴥二年(429),左仆射安原率万余骑兵讨伐巳尼陂的敕勒族人,至此敕勒族人全部归顺于北魏。

在40余年战争中,掳掠而来的敕勒族,部分被驱赶至平城修建鹿苑,其余则被安置在北魏不同区域。由《魏书》中“云中、河西敕勒千余家叛”①“诏发高平敕勒骑赴长安”②“冬十月丁亥,沃野、统万二镇敕勒叛”③“连川敕勒谋叛,徙配青、徐、齐、兖四州为营户”④“壬子,蠕蠕犯边,柔玄镇二部敕勒叛应之”⑤“西部敕勒斛律洛阳反于桑乾”⑥“追统万、高平、上邽三镇叛敕勒至于金城”⑦“敕勒北列步若反于沃阳”⑧等记载,可知敕勒族人被迁徙至云中(今内蒙古自治区托克托县东北)、河西(今甘肃省西北部、内蒙古自治区西部)、高平(今宁夏回族自治区固原市原州区)、沃野(今内蒙古自治区五原县东北)、统万(今陕西省靖边县)、连川(今甘肃省榆中县)、柔玄镇(今内蒙古自治区兴和县西北)、桑乾(今河北省西北部、山西省北部)、上邽(今甘肃省清水县)、沃阳(今内蒙古自治区凉城县西南)等地。查谭其骧《中国历史地图集》,这些区域正好处于阴山南麓,正与《敕勒歌》中“敕勒川,阴山下”的描述相吻合。

《魏书》中亦有明确记载敕勒族人被安顿在阴山地区,“(神䴥二年)八月,帝以东部高车屯巳尼陂,诏左仆射安原率骑万余讨之……列置新民于漠南,东至濡源,西暨五原、阴山,竟三千里”⑨。这些敕勒新民被安置在阴山一带三千里的广袤地区。敕勒族最初居住于北纬51°—55°之间的贝加尔湖,属温带大陆性气候,降水多,树木丛生,淡水资源丰富。而迁徙之地阴山山脉处于北纬40°—43°之间,属温带半干旱与干旱气候的过渡带,降水少,植被覆盖率低,水资源少。两相比较,阴山地区不适合敕勒族繁衍生息,“敕勒新民以将吏侵夺,咸出怨言,期牛马饱草,当赴漠北”⑩。敕勒族人欲回漠北贝加尔湖,逃跑者遭到北魏镇压,最后“徙三万余落于河西,西

① 《魏书》卷四上《世祖纪上》,中华书局1974年,第74页。
② 《魏书》卷四上《世祖纪上》,中华书局1974年,第99页。
③ 《魏书》卷七上《高祖纪上》,中华书局1974年,第135页。
④ 《魏书》卷七上《高祖纪上》,中华书局1974年,第136页。
⑤ 《魏书》卷七上《高祖纪上》,中华书局1974年,第140页。
⑥ 《魏书》卷九《肃宗纪》,中华书局1974年,第243页。
⑦ 《魏书》卷四十一《源贺列传》,中华书局1974年,第923页。
⑧ 《魏书》卷四十一《尔朱荣列传》,中华书局1974年,第1645页。
⑨ 《魏书》卷四上《世祖纪上》,中华书局1974年,第75页。
⑩ 《魏书》卷二十八《刘洁列传》,中华书局1974年,第687页。

至白盐池"①。这三万余落敕勒新民被安置在河西(今甘肃省西北部、内蒙古自治区西部)、白盐池(今宁夏回族自治区盐池县北),亦即阴山之南。

自天兴二年(399)二月被迁徙至阴山,敕勒族人逐步过上了安稳的生活。"(皇兴五年)夏四月,西部敕勒叛,诏汝阴王天赐、给事中罗云讨之。云为敕勒所袭杀,死者十五六。北平王长孙敦薨。六月丁未,行幸河西。秋七月丙寅,遂至阴山。八月丁亥,车驾还宫。"②皇兴五年(471),北魏欲选拔西部敕勒族中富裕子弟为朝中武士,殿中尚书胡莫寒藉此大肆收受贿赂,导致敕勒族人不满,他们便杀死高平镇将奚陵和殿中尚书胡莫寒,发动叛乱。给事中罗云缺乏战争经验,恃勇轻敌,为敕勒族人所杀,北魏军队损失惨重。为了平息事态,显祖献文帝拓跋弘驾临阴山安抚敕勒族。这次叛乱虽然被平定了,但却演化为导火索,此后敕勒族叛乱不断,其平静的生活被打乱了。天兴二年(399)二月至皇兴五年(471)四月73年间,是敕勒族人生活最为安静祥和之时,《魏书·高车传》亦对其进行了描述:"乘高车,逐水草,畜牧蕃息,数年之后,渐知粒食,岁致献贡,由是国家马及牛羊遂至于贱,毡皮委积。高宗时,五部高车合聚祭天,众至数万。大会,走马杀牲,游绕歌吟忻忻,其俗称自前世以来无盛于此。"③"逐水草""畜牧蕃息""毡皮委积""游绕歌吟忻忻"等描述,正与《敕勒歌》所描绘的"天似穹庐,笼盖四野。天苍苍,野茫茫。风吹草低见牛羊"的情景相吻合。因此,《敕勒歌》当作于天兴二年(399)至皇兴五年(471)73年间。公元五世纪初,郦道元发现了阴山岩画,"河水又东北历石崖山西,去北地五百里,山石之上,自然有文,尽若虎马之状,粲然成著,类似图焉,故亦谓之画石山也"④。经过无数考古学者发掘与研究,阴山岩画所描绘的马、牛、山羊、长颈鹿、麋鹿、狍子、罕达犴、狐、驼、龟、犬、鹰等动物,有可能是敕勒族此时全盛时期生活的写照。

四、《敕勒歌》北朝传播蠡测

天兴二年(399)至皇兴五年(471),正是北魏平城时期,是以鲜卑族为主体文化格局时期。

太祖、太宗、世祖、高宗、显祖五代帝王对汉族文化表现出浓厚的兴趣,

---

① 《魏书》卷二十八《刘洁列传》,中华书局1974年,第687页。

② 《魏书》卷六《显祖纪》,中华书局1974年,第131页。

③ 《魏书》卷一百零三《高车列传》,中华书局1974年,第2309页。

④ 郦道元著、陈桥驿校证:《水经注校证》,中华书局2007年,第74页。

采取一系列措施推进鲜卑族汉化。太祖确定国号为“魏”,以中原文化继承者自居。典官制、立爵品、定律令、申科禁、定律吕、协音乐、造浑仪,撰郊庙、社稷、朝觐、飨宴之仪,建立起较为完善的管理制度。立“五经”博士,增国子太学生员人数,行释菜礼,开展学校教育。太宗改国子为中书学,立教授博士。世祖别起太学于城东,后征卢玄、高允等中原知识分子入平城为官,令州郡各举才学。显祖诏立乡学,传播儒家文化。

在崇尚汉族文明的同时,平城时期的太祖、太宗、世祖、高宗、显祖五代帝王坚守北魏立国以来的以鲜卑族为主、汉族为辅的基本国策。据廖杨先生统计,平城时期高级文武官员任职的情形是,宗室贵族 111 人,代姓贵族 59 人,汉族地主 71 人①,汉族仅占总数的 29%。地方官采用州置三刺史、郡设三太守、县置三令长制度,这三人中两人为汉族,一人为鲜卑族以监督汉族人。军队主导权掌握在皇帝手中,由鲜卑族精锐骑兵组成宿卫兵,以拱卫京师平城,同时应变突发事件,“假令山东有变,轻骑南出,耀威桑梓之中,谁知多少?百姓见之,望尘震服。此是国家威制诸夏之长策也”②。

在对汉族士人的态度上,平城时期统治者轻视汉族文化的根底昭然若揭。中原名门太原王氏之后王慧龙,在太宗朝自后秦归附北魏,拜洛城镇将十余日便被免官,原因竟然是“南人不宜委以师旅之任”③。崔浩听说太原王氏为酒糟鼻,确认王慧龙鼻子形状后,便向朝中贵族推荐王慧龙,崔浩以“讪鄙国化”④之罪遭到世祖苛责。崔浩这位历经太祖、太宗、世祖三朝的汉族士人,协助太宗处理北魏与后秦、东晋、前秦、前燕等国复杂的外交关系,辅佐太宗、世祖在对北凉沮渠牧犍、胡夏赫连定、盖吴叛乱、蠕蠕等战争中取得胜利,他明识天文,好观星变,善于以儒家灾异说阐发天人关系,颇得北魏朝廷信任,官至司徒,封东郡公。太宗亦称赞崔浩“才略之美,当今无比。朕行止必问,成败决焉,若合符契,初无失矣”⑤,可见其倚仗之重。太平真君十一年(450)六月,崔浩被杀,罪名是“尽述国事,备而不典”⑥。范阳卢氏、太原郭氏、河东柳氏等这些与崔浩有姻亲关系的,尽夷其族。神䴥四年(431)九月,世祖下诏征召卢玄、高允等 43 名中原士人入京为官,有 35 人就命赴京,在此时胡化政策的影响下,高允等“不为文二十

① 廖杨:《鲜卑宗法文化论略》,《黑龙江民族丛刊》2004 年第 5 期。
② 《魏书》卷三十五《崔浩列传》,中华书局 1974 年,第 808 页。
③ 《魏书》卷三十八《王慧龙列传》,中华书局 1974 年,第 875 页。
④ 《魏书》卷三十八《王慧龙列传》,中华书局 1974 年,第 875 页。
⑤ 《魏书》卷三十五《崔浩列传》,中华书局 1974 年,第 811 页。
⑥ 《魏书》卷三十五《崔浩列传》,中华书局 1974 年,第 826 页。

年矣"①。王慧龙、崔浩、高允等人的遭遇，再次印证了平城时期北魏鲜卑文化的主体性。

在这样的文化情境下，敕勒族人被安放于阴山地区。当时的北魏已经步入农业文明阶段，他们希望敕勒族人能为朝廷提供马匹、牛、羊等，故而敕勒族人继续过着游牧生活。因此，反映敕勒族人生活的《敕勒歌》最初便是用敕勒民族语言写成的。在以鲜卑族文化为主体的平城时期，《敕勒歌》很快便被翻译为鲜卑族语。

孝文帝迁都洛阳后，禁鲜卑族语，推行汉语，"今欲断诸北语，一从正音。年三十以上，习性已久，容或不可卒革；三十以下，见在朝廷之人，语音不听仍旧。若有故为，当降爵黜官。各宜深戒"②。"北语"，即鲜卑族语；"正音"，即汉语。敕勒族人生活的阴山地区，并没有完全执行这一政令。阴山地区，属沃野、怀朔、武川、抚冥、柔玄、怀荒六镇管辖范围。六镇主要成员为鲜卑族和敕勒族，其长官为鲜卑族，通行语言为鲜卑族语。"孟威，字能重，河南洛阳人。颇有气尚，尤晓北土风俗……时四镇高车叛投蠕蠕，高祖诏威晓喻祸福，追还逃散，分配为民。后以明解北人之语，敕在著作，以备推访。"③孟威因通晓鲜卑族语而被派往四镇高车、蠕蠕宣喻祸福，足证孝文帝禁胡语后，六镇仍旧使用鲜卑族语。在这种语境下，《敕勒歌》仍以鲜卑族语流播于阴山地区。

敕勒族归顺北魏后，由于其"以类粗犷，不任使役"④的原因，得以继续以部落的形式居住于阴山地区。73年间，敕勒族牛羊繁衍生息，遍布敕勒川，畜牧经济达到其民族发展的顶峰。经济实力的增强，使敕勒族不愿意继续被奴役，纷纷反叛。自皇兴五年（471）以后，敕勒族叛乱不绝如缕。对于敕勒族，北魏朝臣已深刻认识其"非不可臣而畜也"⑤"上下无礼"⑥"豺狼之心"⑦的民族本性，便采用残酷斩杀和离散部落的惯用手段。"（皇兴五年）冬十月丁亥，沃野、统万二镇敕勒叛。诏太尉、陇西王源贺追击，至枹罕，灭之，斩首三万余级；徙其遗迸于冀、定、相三州为营户"⑧"连川敕勒

① 《魏书》卷四十八《高允列传》，中华书局1974年，第1081页。
② 《魏书》卷二十一上《献文六王列传上·咸阳王禧传》，中华书局1974年，第536页。
③ 《魏书》卷四十四《孟威列传》，中华书局1974年，第1005页。
④ 《魏书》卷一百零三《高车列传》，中华书局1974年，第2309页。
⑤ 《魏书》卷三十五《崔浩列传》，中华书局1974年，第817页。
⑥ 《魏书》卷四十《陆俟列传》，中华书局1974年，第903页。
⑦ 《魏书》卷九十六《袁翻列传》，中华书局1974年，第1543页。
⑧ 《魏书》卷七上《高祖纪上》，中华书局1974年，第135页。

谋叛，徙配青、徐、齐、兖四州为营户”①。“遗迸”，指战败而奔散的残兵。将剩余的敕勒族分散到不同地区充为营户，归军队管辖。这样一来，敕勒族逐渐融入其他民族，渐趋消亡。

斛律金的高祖父斛律倍侯利是敕勒部落首领，他性格质朴直爽，勇健过人，打起仗来奋戈陷阵，不同于一般人。北方有婴儿啼哭者，便以“倍侯利来”吓唬他，婴儿立刻止哭。当地少女歌曰，“要得佳婿，当如倍侯利”。登国九年（394），倍侯利在与蠕蠕的战争中失败，归顺北魏，赐爵孟都公。由于倍侯利在敕勒族中威信很高，太祖拓跋珪让其回归漠北，继续管理敕勒族。倍侯利便让自己的小儿子斛律曷堂进入平城为质，充任宫内太监。“及倍侯利卒，太祖悼惜，葬以国礼，谥曰忠壮王。后诏将军伊谓帅二万骑北袭高车余种袁纥、乌频，破之。”②伊谓败袁纥在天兴六年（403）十月，此年前斛律倍侯利已逝。斛律金祖父、父亲均是北魏大官，祖父斛律幡地斤任殿中尚书，父亲斛律大那瑰任光禄大夫、第一领民酋长。领民酋长，是北魏设立的管辖依附政权的少数民族首领，在孝文帝太和十七年（493）职员令及太和二十三年（499）复次职令时，皆未载此职品阶。斛律大那瑰第一领民酋长之职，就是敕勒族的酋长。太和十二年（488），斛律金出生后不久担任第二领民酋长，与其父一样是敕勒族酋长。因此，斛律金家族三代人均为敕勒族酋长，天兴二年（399）至皇兴五年（471）敕勒族安定祥和的生活他们是亲历者，敕勒族语、鲜卑族语的《敕勒歌》他们都世代传唱，他们成为这首民歌重要的传承人。

高欢出生于怀朔镇，年少时曾在沃野镇打猎，“习其俗，遂同鲜卑”③，成为鲜卑化汉族人。高欢叛降尔朱荣后，乘机收编六镇余部，“（天平三年二月）丁酉，诏加齐文襄王使持节、尚书令、大行台、大都督，以鲜卑、高车酋庶皆隶之”④，名正言顺地统领鲜卑、敕勒族，并使之成为其霸府的主力。随着其军事占领区扩大，汉族人进入其视域。如何处理民族关系，高欢有其策略。“欢每号令军士，常令丞相属代郡张华原宣旨，其语鲜卑则曰：‘汉民是汝奴，夫为汝耕，妇为汝织，输汝粟帛，令汝温饱，汝何为陵之？’其语华人则曰：‘鲜卑是汝作客，得汝一斛粟、一匹绢，为汝击贼，令汝安宁，汝

① 《魏书》卷七上《高祖纪上》，中华书局 1974 年，第 136 页。
② 《魏书》卷一百零三《高车列传》，中华书局 1974 年，第 2309 页。
③ 《北齐书》卷一《神武纪上》，中华书局 1972 年，第 1 页。
④ 《魏书》卷十二《孝静纪》，中华书局 1974 年，第 300 页。

何为疾之?'"①称汉族人为奴,极端仇视汉族人的心理暴露无疑。在高欢扩展其势力之时,封隆之、高乾、高昂等一些汉族大姓,以及崔暹、魏兰根、温子昇等一些有文化、有治国才能的汉族士人加入其霸府,迫使其文化政策发生了转变。"范阳卢景裕以明经称,鲁郡韩毅以工书显,咸以谋逆见擒,并蒙恩置之第馆,教授诸子"②"齐神武访朝廷子弟忠孝谨密者,令与诸子游。晞与清河崔瞻、顿丘李度、范阳卢正通首应此选"③。范阳卢景裕、鲁郡韩毅、清河崔瞻、顿丘李度、范阳卢正通这些中原大姓汉族士人,或教授高欢诸子经学,或与之交游,促进了高欢家族汉化。在高欢的影响下,其子高澄继任东魏大丞相后,全面推行汉化改革:改革选举制,废除"停年格",重视才干,使得富有才华的汉族读书人进入霸府;整顿吏治,任用崔暹、卢潜等汉族士人为官纠劾、约束鲜卑族官员;继父志修订《麟趾格》,以汉族律典来治理国家。

高欢、高澄父子的改革是北魏孝文帝元宏以来北朝较大规模的汉化改革,高洋建立北齐之后继续推进鲜卑族汉化。在这样的情境下,高车族已经销声匿迹,其《敕勒歌》即被翻译为汉语。《乐府广题》中"其歌本鲜卑语,易为齐言"④的说法失之武断。《敕勒歌》最初用敕勒语写成,后翻译为鲜卑语,再翻译为汉语,这个过程反映了北朝复杂的民族关系,以及民族融合大趋势。

五、《敕勒歌》文本经典化

《敕勒歌》最早著录于唐人沈建《乐府广题》,然此书早佚,难以窥见作品原貌。自宋代始,《敕勒歌》被著录于各种文献,亦出现了不同异文。考察这些异文,就可寻绎其经典文本的形成过程。

郭茂倩《乐府诗集》是目前最早收录《敕勒歌》的文献。"《乐府广题》曰:'北齐神武攻周玉壁,士卒死者十四五。神武恚愤,疾发。周王下令曰:"高欢鼠子,亲犯玉壁,剑弩一发,元凶自毙。"神武闻之,勉坐以安士众。悉引诸贵,使斛律金唱《敕勒》,神武自和之。'其歌本鲜卑语,易为齐言,故其句长短不齐。"⑤这段引自沈建《乐府广题》的文字,与《北齐书》《北史》

---

① 《资治通鉴》卷一百五十七《梁纪十三》,中华书局1956年,第4882页。
② 《北齐书》卷二《神武纪下》,中华书局1972年,第25页。
③ 《北齐书》卷三十一《王昕列传》附《王晞传》,中华书局1972年,第418页。
④ 郭茂倩《乐府诗集》,中华书局1979年,第1213页。
⑤ 郭茂倩:《乐府诗集》,中华书局1979年,第1213页。

略同。"北齐"之误，学界亦多有辨析。继而录《敕勒歌》全诗："敕勒川，阴山下。天似穹庐，笼盖四野。天苍苍，野茫茫，风吹草低见牛羊。"①诗歌来自《乐府广题》，或是郭茂倩所见北宋之版本，已不可知。笔者查阅宋刻本、元至正元年集庆路儒学刻明修本等《乐府诗集》几个早期版本，发现其所录《敕勒歌》文本没有出现异文。因此，郭茂倩《乐府诗集》所收录之《敕勒歌》就是其经典文本。自此以后，《敕勒歌》出现了部分异文，却难以撼动《乐府诗集》所收录《敕勒歌》的经典性。

《容斋随笔》作"笼罩四野"②，与此前《乐府诗集》"笼盖四野"不同。汉魏六朝时期，"笼罩"与"笼盖"二词均有使用。相比之下，"笼罩"概念的内涵与外延较"笼盖"为大。南北朝时期诗歌中，"笼盖"使用略广，如"绿萝结高林，蒙笼盖一山"③；"笼罩"无一使用。这说明，"笼盖"是南北朝惯用语，《敕勒歌》最初文本当以"笼盖"为是。《容斋随笔》之"笼罩"当为时人润色之果，同时或略后的胡仔《苕溪渔隐丛话后集》亦作"笼罩"。严衍《资治通鉴补》、杨述曾《御批通鉴辑览》、李照《南北史合注》、佟世思《鲊话》等文献亦作"笼罩"，显系承《容斋随笔》《苕溪渔隐丛话后集》之误而致误。

王灼《碧鸡漫志》中"天苍苍，野茫茫"作"山苍苍，天茫茫"④，史容《山谷外集诗注》与此同。"山苍苍，天茫茫"较"天苍苍，野茫茫"稚嫩，虽王灼《碧鸡漫志》、史容《山谷外集诗注》较郭茂倩《乐府诗集》成书略晚，但很可能是《敕勒歌》的另一版本。故"山苍苍，天茫茫"是《敕勒歌》较早的文本。

明代胡应麟《诗薮》"笼盖四野"作"盖四野"。启功先生很早就注意到这一现象，并从音韵学角度分析说："'野'韵句式为三三四，而'羊'韵句式为三三七，读之似欠匀称。"进而推测"'庐''笼'字有一衍文，或其一为急读之衬字"⑤。启先生之言有一定道理。然南北朝之际虽有永明体新诗之出现，但对诗歌并没有押韵要求，故而以此来认定"笼"字为衍文则有失之武断之嫌。张廷银先生在启功先生研究的基础上进一步发挥，称"（胡应麟）最有可能被王世贞所影响"，并以《雍正朔平府志》《雍正朔州志》相映衬，认为"盖四野"是《敕勒歌》"文本形态的最早表现"⑥。诚然王世贞《艺

① 郭茂倩：《乐府诗集》，中华书局1979年，第1213页。
② 洪迈：《容斋随笔》，上海古籍出版社2015年，第6页。
③ 郭璞：《游仙诗》，逯钦立《先秦汉魏晋南北朝诗》，中华书局1983年，第865页。
④ 王灼著、岳珍校正：《碧鸡漫志校正》，巴蜀书社2000年，第8页。
⑤ 启功：《池塘春草、敕勒牛羊》，见《启功丛稿》（题跋卷），中华书局1999年，第121页。
⑥ 张廷银：《〈敕勒歌〉异文小识》，《文学遗产》2004年第3期。

苑卮言》《弇州四部稿》所录《敕勒歌》亦作“盖四野”，然胡应麟所收录《敕勒歌》是否受王世贞影响，目前难以找到确切证据。胡应麟、王世贞生活在明代，《雍正朔平府志》《雍正朔州志》编撰于清代中期，二者所据《敕勒歌》写作的北魏相去太远，故而“盖四野”不可能是《敕勒歌》最早的文本形态。此外，明代蒋一葵《尧山堂外纪》、梅鼎祚《古乐苑》亦作“盖四野”。明代之前所收录之《敕勒歌》无“盖四野”这种文本形态，故而出现这种异文的原因只可能有二：一是印刷错误，漏刻“笼”字；二是明代学者参照古诗押韵规则而臆改。无论哪种可能，都不可能是《敕勒歌》的最早形态，也不是经典文本。

综上所述，《敕勒歌》创作于北魏，是敕勒族民歌，最初用敕勒族语写成，后被翻译为鲜卑族语，在北魏、东魏汉化进程中被翻译为汉语。北宋郭茂倩《乐府诗集》所收录之《敕勒歌》是最早、最经典的文本，虽然后代出现了部分异文，但难以更改《乐府诗集》所收文本的经典性。

第三节 温子昇的思想品格与诗歌风格

温子昇是北魏杰出的汉族文学家，与魏收、邢邵并称齐名，史称“北地三才”。他的诗歌成就较高，影响较大。《魏书》本传云：“济阴王晖业尝云：‘江左文人，宋有颜延之、谢灵运，梁有沈约、任昉，我子昇足以陵颜轹谢，含任吐沈。’”①认为温子昇的诗歌成就可以与元嘉三大家之颜延之、谢灵运相媲美，可以与梁代诗人沈约、任昉相并肩。尽管这种说法不乏溢美之辞，但却反映了同时代人对温子昇的评价。南朝萧衍曾云：“曹植、陆机复生于北土。恨我辞人，数穷百六。”②萧衍将温子昇比作曹植与陆机。这说明无论南人或北人，都对温子昇的诗歌成就发出了由衷的赞美。的确如此，在南北朝时期，温子昇是少有的诗歌名家。然其研究较少，今试撰此文论之。

一、温子昇的生活时代及其思想

温子昇之生年，向来无人考证。曹道衡、沈玉成《南北朝文学史》标其生年为495年，葛晓音《八代诗史》、钱志熙《魏晋南北朝诗歌史述》、袁行

① 《魏书》卷八十五《文苑列传》，中华书局1974年，第1876页。
② 《魏书》卷八十五《文苑列传》，中华书局1974年，第1876页。

霈《中国文学作品选注》、北京大学中国文学史教研室《魏晋南北朝文学史参考资料》、袁行霈《中国文学史》、陈文新《中国文学编年史》均同。此说值得商榷。今结合所见资料，试辨之。

温子昇之生年，史书未载，今所见者唯《魏书·文苑传》中一则资料，“熙平初，中尉、东平王匡博召辞人，以充御史，同时射策者八百余人，子升与卢仲宣、孙搴等二十四人为高第。于时预选者争相引决，匡使子升当之，皆受屈而去。搴谓人曰：‘朝来靡旗乱辙者，皆子升逐北。’遂补御史，时年二十二”①。《北史·文苑传》与此同。熙平初，中尉、东平王匡征士，温子昇补御史，时年22岁。熙平是北魏肃宗孝明皇帝元诩的年号，仅有两年，故“熙平初”很容易让人想到熙平元年（516）。熙平元年，温子昇22岁，则其生年为明帝建武二年（495）。这种推理看似无懈可击，事实上有所偏颇，原因是未注意到其他旁证资料。元匡任御史中尉的时间史书未载，但《魏书》有明确记载的是熙平元年、熙平二年元匡为御史中尉。又据《魏书·肃宗纪》载，元匡封东平王的时间在熙平二年（517）二月丁未。如果是熙平元年，元匡仅仅是御史中尉；只有在熙平二年，才可称元匡为中尉、东平王。故中尉、东平王招部曹的时间，只可能是熙平二年。又《魏书·肃宗纪》载中尉、东平王匡招贤之事时云：“（熙平二年正月庚寅）诏：‘选曹用人，务在得才，广求栖遁，共康治道。州镇城隍，各令严固。斋会聚集，纠执妖喧。囹圄皆令造屋，桎梏务存轻小。工巧浮迸，不得隐藏。绢布缯彩，长短合式。偷窃军阶，亦悉沙汰。籍贯不实，普使纠案，听自归首，逋违加罪。’诏中尉元匡考定权衡。……（二月）丁未，封御史中尉元匡为东平王。”②熙平二年，中尉、东平王匡招贤，温子昇以才学拔萃，补御史，年仅22岁，则其生年在明帝建武三年（496）。

温子昇之卒年亦有分歧。曹道衡、沈玉成《南北朝文学史》、钱志熙《魏晋南北朝诗歌史述》、袁行霈《中国文学作品选注》、陈文新《中国文学编年史》、袁行霈《中国文学史》等书记为547年，葛晓音《八代诗史》、北京大学中国文学史教研室《魏晋南北朝文学史参考资料》两书记为546年。二者的差别仅一年，但这对一个文学家而言，是个相当重要的问题，故不得不辨。关于温子昇之死，《魏书》本传云：“及元瑾、刘思逸、荀济等作乱，文襄疑子昇知其谋。方使之作献武王碑文，既成，乃饿诸晋阳狱，食弊襦而

① 《魏书》卷八十五《文苑列传》，中华书局1974年，第1875页。
② 《魏书》卷九《肃宗本纪》，中华书局1974年，第225页。

死，弃尸路隅，没其家口。”[①]元瑾、刘思逸、荀济等叛乱之事，《北史》记为武定五年(547)八月壬辰，此次叛乱当月就被平定，温子昇入晋阳狱及饿死亦当为本年八月之事。故葛晓音《八代诗史》、北京大学中国文学史教研室《魏晋南北朝文学史参考资料》两书所记有误，温子昇的卒年当在武定五年(547)。

温子昇生活的这52年，是北魏后期社会矛盾尖锐，政变频繁，战乱不断，东西魏对峙，北齐谋篡东魏的时期。这一时期，各种势力膨胀，政权屡易，就温子昇生活的北魏后38年，皇帝先后更换了8个。在这样的时代，各种社会思潮也发生了明显的变化。温子昇出生之时，正是孝文帝全面推行汉化的时期。在文化政策上，孝文帝采用的是以儒学为主，调合三教的政策。孝文帝去世后，社会遽变，士人们在道家思想中寻求明哲保身，在佛教思想中寻求心灵的慰藉，于是儒学衰微，释、道兴盛。温子昇并没有随波逐流，一味地去学释、道，而是以儒学为主，以佛为辅，形成外儒内佛的思想。

温子昇的少年时期是北魏儒学兴盛的太和年间，顺应时代思潮，温子昇从小就接受了良好的儒学教育，“初受学于崔灵恩、刘兰，精勤，以夜继昼，昼夜不倦”[②]，有非常好的儒学素养。崔灵恩，清河武城人，是梁代大儒，少笃学，从师遍通《五经》，尤精《三礼》《三传》。初仕北魏为太常博士，天监十三年(514)南归萧梁，温子昇受学于他大约是此年之前，即其19岁前。刘兰是北魏著名的儒学家，“读《左氏》，五日一遍，兼通《五经》。先是张吾贵以聪辨过人，其所解说，不本先儒之旨。唯兰推《经》《传》之由，本注者之意，参以纬候及先儒旧事，甚为精悉。自后经义审博，皆由于兰”[③]。刘兰是武邑(今属山东)人，30岁始发奋读书，终成大儒。温子昇随其学习，当是刘兰到京城以后的事情。由《魏书》本传来看，刘兰初入京城在永平年间。永平是宣武帝元恪的年号，公元508—511年，共4年，温子昇从其学大约在此时，是其12至15岁之时。自小有名师指点，加以温子昇刻苦攻读，故其儒学造诣非同一般。在《舜庙碑》中歌颂舜的丰功伟绩，“受文祖之命，致昭华之玉，班五瑞于群后，禋六宗于上玄，舞干戚而远夷宾，弃金璧而幽灵应。青云浮洛，荣光塞河，符瑞必臻，休祥咸萃”[④]，推舜为“帝

① 《魏书》卷八十五《文苑列传》，中华书局1974年，第1877页。
② 《魏书》卷八十五《文苑列传》，中华书局1974年，第1875页。
③ 《魏书》卷八十四《儒林列传》，中华书局1974年，第1851页。
④ 严可均：《全上古三代秦汉三国六朝文》，中华书局1958年，第3766页。

王之称首”，实则是规劝北魏皇帝以德治理天下，群雄自当归附。在《常山公主碑》中赞扬常山公主的美德，“公主禀灵宸极，资和天地，芬芳有性，温润成质。自然秘远，若上元之隔绛河；直置清高，类姮娥之依桂树。令淑之至，比光明于宵烛；幽闲之盛，匹秾华于桃李。托体宫闱，而执心撝顺，婉然左辟，率礼如宾。……立行洁于清冰，抗志高于黄鹄，停轮表信，阖门示礼，终能成其子姓，贻厥孙谋”①。常山公主是献文帝元弘之女，下嫁驸马都尉陆昕之为妻，她能践行礼教，孝敬公婆，恪守妇道，温良恭让，具有儒学约束下的传统女性的一切美德。她生三女而无子，主动要求陆昕之纳妾。这样的女子让温子昇刮目相看，故撰此文给予褒扬，把她比作冰清玉洁的嫦娥，忠于爱情的娥皇女英。这些作品都是在儒家思想指导下的创作，是在乱世中对儒学的弘扬。

除儒学之外，温子昇的思想中还有佛学的因子。目前仅《元魏孝明召释道门人论前后》中涉及温子昇与佛教的关系：“正光元年，明帝加朝服大赦天下，召佛道二宗门人殿前。……太尉丹阳王萧综、太傅李寔、卫尉许伯桃、吏部尚书邢栾、散骑常侍温子昇等一百七十人读讫，奏云：《老子》止著五千文，更无言说。臣等所议，姜斌罪当惑众。帝加斌极刑，三藏法师菩提流支苦谏乃止，配徙马邑。”②这段文字见于《广弘明集》，是北魏佛道论争的一次记载。在这次论争中，道士姜斌获罪流放，佛教取得胜利，温子昇参与其中，而且很明显站在佛教一方。以此来说明温子昇受佛学影响未尝不可，但仍显勉强。温子昇生活的北魏后期，正是佛学复兴之时。高祖孝文帝元宏在京城建鹿野佛图供僧人居住，亲自度人为僧，并下诏：“四月八日、七月十五日，听大州度一百人为僧尼，中州五十人，下州二十人，以为常准，著于令。”③以法律的形式要求各州郡定期定额度人为僧。上有所好，下行其效，高祖时佛教发展极为迅速，就京城而言，僧尼 2000 余人，四方诸寺 6478 所，僧尼 77258 人。世宗宣武帝元恪笃好佛理，每年常于禁中，亲讲经论，广集名僧，标明义旨，并派遣高僧惠生西行取经，取得经论 170 部。据日本种智院大学密教研究所张雅静先生所考，北魏的佛教造像大盛于孝文帝元宏之后④。在这样的社会风尚之下，温子昇不受佛学的影响是不可能

① 严可均：《全上古三代秦汉三国六朝文》，中华书局 1958 年，第 3766 页。

② 释道宣：《广弘明集》，《四部丛刊》本，上海书店 1989 年，第 11 页。

③ 《魏书》卷一百一十四《释老志》，中华书局 1974 年，第 3039 页。

④ 张雅静：《北魏豫北佛教造像碑的样式特征与风格演变》，《华侨大学学报》2005 年第 3 期、2006 年第 3 期。

的。从文学创作来看，与佛学有关的作品主要有《大觉寺碑》《寒陵山寺碑》《印山寺碑》《定国寺碑》4篇文章。这4篇作品有大量与佛教有关的术语，像“缘障”“三乘”“八解”“欲海”“五烛”“天龙”“果报”“因缘”“苦乐之境”“生死之门”等。像这样专业的术语，不是一个对佛学一知半解的人所能运用的。因此，温子昇的佛学修养非同一般。

儒学与佛学在温子昇的身上不是孤立的，而是有所关联的。南北朝时期，儒学的发展基本上都是援佛入儒，温子昇也不例外。儒家注重情理与事理，佛学注重性情，在外在情事上，温子昇以儒家精神来规范约束自己，在内在性情上，他以佛学来修身养性，从而形成外儒内佛的思想特征。这样的思想特点，在其创作中亦可以得到印证。像《大觉寺碑》前半部分有云：“道成树下，光属天上，变化靡穷，神通无及。置须弥于葶苈，纳世界于微尘。辟慈悲之门，开仁寿之路。拯烦恼于三涂，济苦难于五浊。非但化及天龙，被教人鬼，固亦福沾行雁，道洽游鱼。”①纯粹是佛语，与佛教徒的作品无异。然在文末却云：“主上乃据地图，揽天镜；乘六龙，朝万国；牢笼宇宙，禁带江山；道济横流，德昌颓历。四门穆穆，百僚师师，乘法船以径度，驾天轮而高举。神功宝业，既被无边，鸿名懋实，方在不朽。”②都是儒家的“三不朽”精神。全文纳佛于儒，大有以佛治国而达天下一统之意。像《定国寺碑》亦是如此，读“惟无上大觉，均悟玄机，应现托生，方便开教，圣灵之至，无复等级，威神之力，不可思议。动三乘之驾，泛八解之流，引诸子于火宅，渡群生于海岸。自一音辍响，双树潜神，智慧虽徂，象法犹在，光照金盘，言留石室，遍诸世界，咸用归仰”③这些文字，我们似乎在读佛典，然仔细体会，作者用貌似佛学的语言歌颂了高欢救世平乱的功业，依然是援佛入儒。

二、温子昇的人生悲剧及根源

温子昇出入于儒、佛的复杂思想，造成了其个人秉性与行为方式的复杂性。同时，他处于政治遽变的历史时期，在某种程度上也对其性格矛盾性与复杂性的形成，起了推波助澜的作用。温子昇的人生悲剧，与其复杂的个性与思想不无关系。

温子昇作为北魏的下层文人，经历了胡太后专权、汾阴之变和东西魏

① 严可均：《全上古三代秦汉三国六朝文》，中华书局1958年，第3767页。
② 严可均：《全上古三代秦汉三国六朝文》，中华书局1958年，第3767页。
③ 严可均：《全上古三代秦汉三国六朝文》，中华书局1958年，第3768页。

对峙等重大历史事件，在乱世中苟延残喘，祈求保全性命，然不幸卷入了政治漩涡，最终饿死在晋阳监狱。对于这样一个饱经战乱的文人，历代人们对他的评价褒贬不一，大致可分为水火不相容之二途。从时人与后世文人的评价中，我们可尝试窥测其人生悲剧产生的根源。

《魏书》本传云："子昇外恬静，与物无竞，言有准的，不妄毁誉，而内深险。事故之际，好预其间，所以终致祸败。"①"好预事故"，这是史学家魏收对温子昇的评价。魏收与温子昇同列"北地三才"之中，两人相知多年，同朝为官，同掌文诰，是相互比较了解的。因此，魏收的评价应该是可信的。在魏收的眼中，温子昇是一个两面派，表面与世无争，内心极为阴险，思虑甚深，好参与朝中大事。隋代大儒王通云："太原府君曰：'温子昇何人也？'子曰：'险人也。智小谋大，永安之事，同州府君常切齿焉，则有由也。'"②"智小谋大"是说温子昇的智慧是有限的，但谋虑极深，终致祸败，实际上与"好预事故"是一致的。南宋叶适云："史称'温子昇外恬静，与物无竞，言有准的，不妄毁誉，而内深险。事故之际，好预其间，所以终致祸败'。尔朱、高欢父子之间，惟子昇能有意王室，一时人士，如此比者绝无矣。魏收之言，不亦宜乎？"③叶适肯定温子昇是捍卫王室的有功之臣，同时也认为魏收的"好预事故"的评价并没有错。

与上述评论相悖的，最早是明代的张溥，他在《温侍读集题辞》中云："史言温鹏举外静内险，好预事故，终致祸败。今据史魏庄帝杀尔朱荣、元瑾等，背齐文襄作乱，鹏举皆预谋。此二事者，柔顺文明，志存讨贼，设令功成无患，不庶几其先大将军之诛王敦乎？魏书目为深险，佛助何无识也？……元颢之变，策复京师，计之上也。上党即不能为桓文，鹏举之言，管狐许之矣。北人不称其多智，而徒矜斩将搴旗于文墨间，犹皮相也。"④张溥把温子昇参与杀尔朱荣、元瑾二事看作是"柔顺文明"，认为可以和王导诛王敦相提并论。同时对温子昇的谋略大加赞赏，认为魏收不称其多智，是没有真正认识温子昇。清代乾隆皇帝在《晓山》诗中云"冰清温子昇"⑤，把温子昇看作冰清玉洁的人。

对温子昇之所以能够产生这两种水火不相容的评价，主要原因在于评

---

① 《魏书》卷八十五《文苑列传》，中华书局1974年，第1877页。

② 王通：《文中子中说》，上海古籍出版社1989年，第2页。

③ 叶适：《习见记言序目》，中华书局1977年，第508页。

④ 殷孟伦：《汉魏六朝百三家集题辞注》，人民文学出版社1960年，第280页。

⑤ 于敏中：《御制诗集》（三集），《文渊阁四库全书》（第11册），台湾"商务印书馆"1986年，第444页。

论者所持的立场不同。魏收、王通、叶适都是儒学家，但是他们的儒学信仰与温子昇不同。魏收、王通、叶适将道家的明哲保身思想融入儒家思想之中，在大是大非面前不是直面人生，而是讲求退避。他们的这种思想正是温子昇所生活时期的大多数儒学家的立场，这种立场能够使得他们在乱世中远离灾祸，保全性命。由这种立场出发来看温子昇，他当然是“好预事故”“智小谋大”的了。温子昇就是没有像魏收、王通、叶适那样明哲保身，才导致人生悲剧。张溥和乾隆是从儒家积极进取的角度来评价温子昇的。作为明末复社成员的张溥，他反清复明的精神与温子昇杀尔朱荣、元瑾，背齐文襄作乱等事件中表现出来的爱国精神是一致的，故大加赞赏，肯定其“多智”；乾隆从帝王的角度看温子昇，其积极参与谋略都是为了国家的一统，故称为“冰清”。由此说来，这两种不同的评价都是从儒家的角度出发来探讨温子昇人生悲剧的根源。孰对孰错，尚难分辨。如果我们要辨析这些认识，大致要弄清楚三个问题：一是北魏后期、东魏、北齐的几个重大历史事件温子昇是不是主谋？二是各种政治力量为什么要选择温子昇？三是温子昇的有关这些历史事件的文章体现了他怎样的思想认识？

北海王元颢南奔萧梁，萧衍暗中相助，准备反叛北魏，上党王元天穆奉命征讨，温子昇为其行台郎中。永安二年(529)，元颢攻陷洛阳，北魏朝廷危在旦夕，元天穆问计于温子昇：“‘即欲向京师，为随我北渡？’对曰：‘主上以虎牢失守，致此狼狈。元颢新入，人情未安，今往讨之，必有征无战。王若克复京师，奉迎大驾，桓文之举也。舍此北渡，窃为大王惜之。’天穆善之而不能用。”①这是史书中对温子昇谋略的唯一记载，在当时情境下，温子昇劝元天穆入洛阳讨伐元颢，克复都城，迎接庄帝，建立霸业。平心而论，这个策略显示了温子昇在政治上的远见卓识，可惜未被采纳。除此之外，在其他的历次事件中，温子昇只是奉命起草诏书而已，并未参与定计。永安三年(530)，庄帝杀尔朱荣和上党王元天穆，“子昇预谋，当时赦诏，子昇词也”②。《魏书》本传的这段话很容易让人相信温子昇参与谋略，实则恐非。据《魏书》载，参与此谋的有义邕、杨侃、李晞、城阳王元徽、李彧、元融和元忻之，这些人要么是皇室成员，要么是庄帝的心腹。温子昇当时只是中书舍人，职责是专掌诏诰，恐没有资格参与谋略。《北史》尔朱荣本传有云：“至(九月)十八日，召中书舍人温子昇告以杀荣状，并问以杀董卓

① 《魏书》卷八十五《文苑列传》，中华书局1974年，第1876页。
② 《魏书》卷八十五《文苑列传》，中华书局1974年，第1876页。

事。子昇具通本,……良久,语子昇曰:'朕之情理,卿所具知,死犹须为,况必不死!宁与高贵乡公同日死,不与常道乡公同日生。'"①这则材料异常重要,它说明诛杀尔朱荣、元天穆之事不是温子昇的谋略。北魏后期,高欢谋夺魏氏天下,随着其势力的日益壮大,他与魏帝的矛盾终于公开化了。永熙三年(534)五月,魏孝武帝元脩调集兵力,托名南伐萧梁,实则是对付高欢,高欢抗命,出兵江左,"魏帝知觉其变,乃出神武表,命群官议之,欲止神武诸军。神武乃集在州僚佐,令其博议,还以表闻。……辛未,帝复录在京文武议意以答神武,使舍人温子昇草敕。子昇逡巡未敢作,帝据胡床,拔剑作色。子昇乃为敕曰……"②这是高欢与魏帝之间的最后较量,孝武帝元脩被逼出奔长安宇文泰,北魏灭亡。温子昇在这件事上的态度,《北齐书》用了"逡巡"二字,"逡巡"者,犹豫不绝,退避、退让之意也,温子昇实在不愿意卷入这样的政治漩涡中去。最后还是替孝武帝草成《孝武帝答高欢敕》。武定五年(547),元瑾、刘思逸、荀济等作乱,"文襄疑子昇知其谋。方使之作献武王碑文,既成,乃饿诸晋阳狱,食弊襦而死,弃尸路隅,没其家口"③。温子昇知元瑾等之谋,背文襄之乱,实在是天大的冤枉!笔者反复阅读《魏书》,试图能找出些蛛丝马迹,结果令人大失所望。元瑾曾与温子昇同为文襄馆客,仅此而已。他们之间没有任何交往,本不相知,何能预其谋?文襄对于此事的态度,《魏书》本传用了一个"疑"字,"疑"者本无真凭实据也。一代文人温子昇,就在"疑"这样一个莫须有的罪名之下丧命!温子昇死后,宋道游为其收葬,文襄云:"子昇吾本不杀之,卿葬之何所惮?天下人代卿怖者,是不知吾心也。"④这当然是惺惺作态,不可信。笔者以为,高澄诛温子昇,实欲替其父高欢报仇。在《孝武帝答高欢敕》中,温子昇虽温文而婉,但对高欢不臣之心的揭露,路人皆知,引起高澄的极大不满,故借机处死了温子昇。

在北魏后期、东魏、北齐的历次重大事件中,温子昇只是参与起草诏书,并未参与谋略。那么,各种政治力量为什么会选中温子昇?原因是温子昇是北魏最杰出的文人。"北地三才"中,邢邵与温子昇同时,但其真正崭露头角是在北齐;魏收晚温子昇 11 岁,文采显露于世在北齐,故在北魏,温子昇的才华无人能比。《北史》邢邵本传云:"(邢邵)与济阴温子昇为文

① 《北史》卷四十八《尔朱荣列传》,中华书局 1974 年,第 1761 页。
② 《北齐书》卷二《神武本纪下》,中华书局 1972 年,第 14 页。
③ 《魏书》卷八十五《文苑列传》,中华书局 1974 年,第 1877 页。
④ 《北史》卷三十四《宋繇列传》,中华书局 1974 年,第 1274 页。

士之冠，世论谓之温、邢。钜鹿魏收虽天才艳发，而年事在二人之后，故子昇死后，方称邢、魏焉。”①史学家李延寿将“三才”的名次排为温、邢、魏，就是因为温子昇出道早、成名早之故。《北史》李德林本传云：“魏收尝对高隆之谓其父曰：‘贤子文笔，终当继温子昇。’”②魏收是很推崇温子昇的；《魏书》本传云：“建义初，为南主客郎中，修起居注。曾一日不直，上党王天穆时录尚书事，将加捶挞，子昇遂逃遁。天穆甚怒，奏人代之。庄帝曰：‘当世才子不过数人，岂容为此，便相放黜。’”③在魏孝庄帝的眼中，温子昇为“当世才子”；“会并州定国寺新成，神武谓陈元康、温子昇曰：‘昔作《芒山寺碑》文，时称妙绝，今《定国寺碑》当使谁作词也？’”④高欢称温子昇《芒山寺碑》“时称妙绝”；“阳夏太守傅标使吐谷浑，见其国主床头有书数卷，乃是子昇文也”⑤，温子昇的文章远播西北。温子昇的才华众人莫比，故在北魏后期各种政治力量选取他撰文也就不足为奇了。

温子昇所撰写的有关北魏后期重大历史事件的作品，鲜明地体现了他的外儒内佛思想。前文已经述及，温子昇自小追随崔灵恩、刘兰学习儒学之义。崔灵恩、刘兰精通诸经，然最擅长的莫过于《左传》，大约受其影响，温子昇对《左传》相当精熟，《左传》那种维护周礼、尚德崇礼、以礼来评判人物的思想深深浸染着他。在北魏后期、东魏、北齐的许多历史事件中，温子昇都是以《左传》这一思想为指引，维护北魏王朝，歌颂为北魏做出贡献的英雄，鞭挞贰臣贼子。正光元年（520）七月，侍中元叉、中侍刘腾发动宫廷政变，逼肃宗于显阳殿，幽胡灵太后于北宫，杀太傅、领太尉、清河王怿，全国震惊，闻之者伤心欲绝。清河王怿系孝文帝第五子，因其貌美，被胡灵太后逼通，终成为胡灵太后淫乱后宫的牺牲品。清河王怿之逝，“致使忠臣烈士，丧气阙庭；亲贤宗戚，愤恨内外”⑥。闻此噩耗，温子昇写下了《相国清河王挽歌》，哀悼清河王怿之死，控诉元叉、刘腾的罪恶。武泰元年（528）四月，河阴之变爆发，尔朱荣沉胡灵太后和幼主元钊于河，杀诸王及朝臣2000余人。“时又有朝士百余人后至，仍于堤东被围。遂临以白刃，唱云能为禅文者出，当原其命。时有陇西李神俊、顿丘李谐、太原温子昇并当世辞人，皆在围中，耻是从命，俯伏不应。有御史赵元则者，恐不免死，出

① 《北史》卷三十四《邢峦列传》，中华书局1974年，第1592页。

② 《北史》卷七十二《李德林列传》，中华书局1974年，第2504页。

③ 《魏书》卷八十五《文苑列传》，中华书局1974年，第1876页。

④ 《北齐书》卷三十九《祖珽列传》，中华书局1972年，第515页。

⑤ 《魏书》卷八十五《文苑列传》，中华书局1974年，第1876页。

⑥ 《魏书》卷十九《景穆十二王列传下》，中华书局1974年，第503页。

作禅文"①。在这场巨变中,温子昇拒作禅文,以死捍卫北魏王朝的尊严,具有高贵的民族气节。永安三年(530)九月,庄帝杀尔朱荣和上党王元天穆,温子昇草成《孝庄帝杀尔朱荣大赦诏》。文章歌颂了尔朱荣孝昌勤王、征葛荣、平元颢之功,声讨其河阴之变的罪行,谴责他"方复托名朝宗,阴图衅逆。睥睨天居,窥觎圣历。乃有裂冠毁冕之心,将为拔本塞源之事"②的贰臣之心。十二月,尔朱兆攻陷京城,弑孝庄帝子攸,杀皇子及大臣,高欢率三万军队击溃尔朱兆二十万虎狼之师,扶后废帝元朗继位,温子昇写成了《寒陵山寺碑》。文章歌颂高欢捍卫王室之功,把他比作尊周而能建立霸业的晋文公和齐桓公。永熙三年(534)五月,高欢与魏孝武帝元脩交恶,高欢有弑君之心,孝武帝有诛高欢之意,温子昇草成《孝武帝答高欢敕》,指斥高欢不臣之心,文末"古语云:'越人射我,笑而道之;吾兄射我,泣而道之。'朕既亲王,情如兄弟,所以投笔拊膺,不觉歔欷",以委婉含蓄之笔,揭穿了高欢企图弑君的狼子野心。笔者以为,我们实在没有必要有意过分拔高温子昇,认为他是北魏儒学家中鹤立鸡群之人。在历次政治事件中,佛学的修身养性使得他迟疑、犹豫,但最后还是儒家的精神占了上风。这种外儒内佛思想使得他在任何时候都以国家的利益为重,他的一举一动、一言一行都是从维护北魏国家统一的角度出发的。

综上所述,经历了北魏后期、东魏、北齐诸多重大历史事件的温子昇,并不是出谋划策之人,亦非领兵作战之将,只不过因文士之冠而临危受命起草诏书而已。在这些作品中,表现了温子昇拥护北魏王室,怒斥身怀叵测的贰臣贼子的外儒内佛的鲜明思想。故而既不能目之为"好预事故",又不能看作是"智小谋大",也不能称为"柔顺文明",更不能把他当作多智之人。我们只能说,在儒学衰微的南北朝,身罹祸乱的温子昇具有独特的个性,他那外儒内佛的思想导致了其人生悲剧。杨遵彦在《文德论》中称"古今辞人皆负才遗行,浇薄险忌,唯邢子才、王元景、温子昇彬彬有德素"③。"彬彬有德素"大约是对温子昇最好的评价,也是其人生悲剧的根源。

三、温子昇的诗风及其渊源

温子昇是北魏杰出的文学家,《北史·文苑传》云:"《魏书》序袁跃、裴

① 《北史》卷四十八《尔朱荣列传》,中华书局 1974 年,第 1754 页。
② 严可均:《全上古三代秦汉三国六朝文》,中华书局 1958 年,第 3763 页。
③ 《魏书》卷八十五《文苑列传》,中华书局 1974 年,第 1876—1877 页。

敬宪、卢观、封肃、邢臧、裴伯茂、邢昕、温子昇为《文苑传》，今唯取子昇，其余并各附其家传。”①李延寿取温子昇为北魏文学家之首，这个看法是很有见地的。大约在北魏，就文学才能而言，无人能与温子昇媲美。

温子昇诗歌现存 11 首，艺术成就在北魏是首屈一指的。关于其诗风，历来人们的认识也有不同。周建江先生认为温子昇是北魏“宫体香艳诗派”“风格清丽婉约”②。郑宾于先生认为北魏诗歌可以分为两派，“一派是因袭的，古董式的，‘言多胸臆，彫古酌今’派；一派是创造的，趋新的，表现时代‘兴属清华’派”③，并说温子昇的诗歌风格是属于后一派。葛晓音先生以为温子昇“善于模仿南朝诗文，风格清婉”④。这三种说法都仅仅看到温子昇诗风的一个方面，是偏颇的。曹道衡先生以为温子昇的诗歌“明显地从南朝诗歌中学习借鉴到不少有益的成分，……还有一些诗更能代表北朝诗风”⑤，钱志熙先生认为“温诗学南朝，但同时有北朝特色”⑥，曹、钱二先生注意到温子昇诗歌中的两种风格，但具体是什么，没有明言。因此，在通行的这些比较著名的文学史著作中对温子昇诗风的概括不准确，也不完善，而且从上述五家的观点来看，很明显他们都只是很看重温诗学南朝诗风的特点。这种认识是不对的，很容易诱人误入歧途。实际上，温诗主导风格应是北朝诗歌一贯的质朴诗风，学习南朝诗歌，达到南北交融的清婉诗风是其创新。

刚健质朴最直观的层面是选取口语、俚语入诗，语言质朴无华，有别于南方诗歌的华艳。温子昇的许多诗作，是在北曲的基础上加工创作的，像《白鼻騧》来源于魏高阳人乐歌，《安定侯曲》来源于魏南部尚书安定侯邓宗庆乐人歌，《敦煌乐》与《凉州乐歌二首》来源于西凉乐等，这些诗作不可避免地继承了北曲语言俚俗的特点。像《白鼻騧》的首句“少年多好事”，直如家常口语，“好事”本俗语，但却准确刻画出纨绔子弟精力旺盛、爱出风头、放浪轻浮的性格。又如《结袜子》中“谁能”“会自”“终”“空”，《敦煌乐》中“自有”“不减”，《凉州乐歌》中的“但事”“谁道”等词语都是来自民间的口语，温子昇把这些词嵌入诗中，贴切自然，赋予俗语以新的生命力。刚健质朴还表现在运用白描等手法，营造出苍凉古朴的意境美。像“少年

① 《北史》卷八十三《文苑列传》，中华书局 1974 年，第 2782—2783 页。
② 周建江：《北朝文学史》，中国社会科学出版社 1997 年，第 199—200 页。
③ 郑宾于：《中国文学流变史》，上海书店出版社 1991 年，第 95 页。
④ 葛晓音：《八代诗史》，中华书局 2007 年，第 230 页。
⑤ 曹道衡：《南北朝文学史》，人民文学出版社 1991 年，第 355—356 页。
⑥ 钱志熙：《魏晋南北朝诗歌史述》，北京大学出版社 2005 年，第 297 页。

多好事，揽辔向西都。相逢狭斜路，驻马诣当垆”①采用白描的手法，运用“揽辔”“相逢”“驻马”三个动词既写出了繁华之地、青楼和酒肆三个场景，又表现出了贵族子弟任侠豪爽的气质。又如“客从远方来，相逢歌且笑。自有敦煌乐，不减安陵调”②，语言古朴自然，直如白话，用白描的手法简笔勾勒出游子到敦煌时内心的喜悦之情。敦煌是塞外边镇，在南北朝之际许多人是为了避乱远徙敦煌，景色荒凉，人烟稀少，难免产生思归之情。温子昇此诗一返常调，变悲为喜，赋予敦煌以全新的认识。《凉州乐歌二首》连用“武威”“姑臧”“玉门关”“龙城坂”四个地名，不仅有距离的遥远之感，更有一种古朴苍凉的意蕴。《相国清河王挽歌》采用白描的手法描绘出清河王怿被杀前后王府的不同，形成鲜明的对比，表达作者的哀悼之意。对于温子昇的这类作品，后人评价甚高，像王夫之就曾云：“江南省偶既盛，古诗已绝，晋宋风流仅存者，北方一鹏举耳。”③继承汉代古诗的传统，独标高格，成就斐然，无人能比。

温子昇诗风还有清婉的一面。“清婉”二字是《魏书》本传用来评价温子昇诗风的，此后历代评论家多有述及，表述各异，意思大致相同。《北史·文苑列传》称温子昇等人“并自孤寒，郁然特起。咸能综采繁缛，兴属清华”④，《隋书·文学列传》称温子昇等人“并学穷书圃，思极人文，缛彩郁于云霞，逸响振于金石。英华秀发，波澜浩荡，笔有余力，词无竭源”⑤等，都是就温子昇学习南朝诗歌而言的，我们要特别注意这两则文献中的“综采繁缛”和“缛彩郁于云霞”，这说明在唐人眼中温子昇依然学的是南朝诗歌华丽的辞藻，实则恐非。温子昇学习南朝诗歌，不排除有辞藻华丽的一面，更重要的是他进行了革新，形成自己清婉的风格。

清婉首先是清新。温子昇的诗善于选取典型的意象，寥寥几笔，便能勾勒出一幅画面，给人以清新之感。像《春日临池》前四句“光风动春树，丹霞起暮阴。嵯峨映连璧，飘摇下散金”⑥，就为我们描绘了一幅春日黄昏美景图。碧绿的树木、红色的晚霞、金色的树叶和青色的倒影相映成趣，色彩斑驳，对比鲜明，水天一体，自然浑成。特别是以嵯峨之山峰比喻映照在

① 温子昇：《白鼻騧》，郭茂倩《乐府诗集》，中华书局1979年，第373页。
② 温子昇：《敦煌乐》，逯钦立：《先秦汉魏晋南北朝诗》，中华书局1983年，第2221页。
③ 王夫之：《古诗评选》，文化艺术出版社1997年，第29页。
④ 《北史》卷八十三《文苑列传》，中华书局1974年，第2782页。
⑤ 《隋书》卷七十六《文学列传》，中华书局1973年，第1730页。
⑥ 温子昇：《春日临池》，逯钦立：《先秦汉魏晋南北朝诗》，中华书局1983年，第2222页。

水中的晚霞,神来之笔,极为清新。这四句诗辞藻华艳,随着时光的推移,写出了晚霞的升起与消散,境界极为壮观,与南朝诗歌靡靡之音不可同日而语。又如《咏花蝶》前四句"素蝶向林飞,红花逐风散。花蝶俱不息,红素还相乱"①为我们描绘了一幅春日花戏蝶图。素蝶、红花、绿树等意象的选取很好表达了诗人如沐春风的骀荡之情。

其次是婉转,主要表现在音调的婉转和表现手法的婉转。南朝齐永明年间以后,声律逐渐进入人们的视野,押韵、对仗等技巧渐次被诗人所接纳,诗歌音调开始变得婉转和谐。温诗非常注意押韵,现存 11 首诗,已初步形成偶句押韵的格式,像《凉州乐歌二首》偶句"城""横"押同一韵(其一),"坂""远"押同一韵(其二);《春日临池》偶句"阴""金""琴""心"押同一韵;即就是长达 20 句的《从驾幸金墉城》诗也是偶句"并""景""屏""影""静""井""冷""警""幸""聘"押同一韵。这种整齐的偶句押韵的方式与唐代律诗相接近,已远远超出南朝新体诗的艺术范式。温诗中的对仗也是随处可见,像"嵯峨映连璧,飘摇下散金"②"素蝶向林飞,红花逐风散"③"御沟属清洛,驰道通丹屏"④等对仗极为工整。其《捣衣诗》好评如潮,多是从声律的角度来评价的,像明代杨慎云:"后魏温子昇《捣衣》,第五六句又作五言。"⑤清代赵翼云:"温子昇《捣衣》一首,……七言属对,绝似七律,惟篇末杂以五言二句耳。"⑥的确如杨慎与赵翼所言,《捣衣诗》如果五六句"七夕长河烂,中秋明月光"二句不是五言而是七言的话,那么这首诗就是完美的七言律了。偶句"黄""凉""光""狼"押同一韵,三四句"香杵纹砧知近远,传声递响何凄凉"对仗工整,平仄也合七律要求,故清人沈德潜评云"直是唐人"⑦。这是后人超越时代,按照律诗的要求来评价这首诗的。如果我们着眼于南北朝来看,这首诗在押韵、对仗、声律方面接近唐律;句式不纯恰恰说明它还没有演进到律诗的阶段,如果三四句是合律的七言,那它就是唐七言律了。注重押韵与对仗技巧,使得温诗婉转流动。从表现手法来看,温诗有意识地将自己比作弃妇、思妇,委婉含蓄地表现内心的忧愤之情。如《结袜子》:

---

① 温子昇:《咏花蝶》,逯钦立:《先秦汉魏晋南北朝诗》,中华书局 1983 年,第 2222 页。
② 温子昇:《春日临池》,逯钦立:《先秦汉魏晋南北朝诗》,中华书局 1983 年,第 2222 页。
③ 温子昇:《咏花蝶》,逯钦立:《先秦汉魏晋南北朝诗》,中华书局 1983 年,第 2222 页。
④ 温子昇:《从驾幸金墉城》,逯钦立:《先秦汉魏晋南北朝诗》,中华书局 1983 年,第 2221 页。
⑤ 杨慎:《升菴诗话》,丁福保:《历代诗话续编》,中华书局 1983 年,第 649 页。
⑥ 赵翼:《陔余丛考》,中华书局 1963 年,第 456 页。
⑦ 沈德潜:《古诗源》,中华书局 1963 年,第 339 页。

谁能访故剑，会自逐前鱼。裁纨终委箧，织素空有余。①

这首诗四句连用四个典故：第一句用汉宣帝刘询的典故，汉宣帝即位前曾娶许氏，即位后朝臣议立霍光之女为皇后，汉宣帝求故剑，大臣遂奏立许氏为后。“故剑”后来用以指代结发妻子。第二句用龙阳君的典故，龙阳君与魏王一起钓鱼，龙阳君钓得十余条鱼后潸然泪下，说当他钓得第一条鱼时非常高兴，后来得十余条后就想抛弃前面所得之鱼，以此来劝谏魏王不要亲信谗佞。“前鱼”用以比喻失宠之人。第三句用汉班婕妤的典故，以团扇喻自己失宠。第四句用汉乐府民歌《上山采蘼芜》的典故，喻弃妇。温子昇在用这四个典故的时候，用“谁”“终”“空”三个词使得典故的原意发生了变化，表现了弃妇内心的忧伤之情。这首诗大约创作于温子昇追随上党王元天穆讨伐元颢之时，温子昇劝元天穆入京城驱逐元颢迎接庄帝，元天穆不但不听，反派遣温子昇到洛阳见元颢，被任命为中书舍人。不能抗贼，反而要为宦叛臣，其内心痛苦可想而知。而且从当时情形来看，这件事成为人们的笑柄，“北迁邺，于路见狗，温子昇戏曰：‘为是宋鹊？为是韩卢？’神俊曰：‘为逐丞相东走？为共帝女南徂？’”②李神俊讥讽温子昇就是为此事而言。又如《捣衣》诗写思妇，集中笔墨写了七夕情人节和中秋月圆之时思妇的无限凄凉和伤感。这首诗大约写在孝武帝元脩被高欢驱逐之后，诗人以思妇自喻，含蓄委婉地表达了其爱国之情，含蓄蕴藉，余韵袅袅，境界颇为空灵。梁武帝萧衍曾评温子昇是北朝的曹植和陆机，曹植后期诗多以弃妇、思妇自喻，温子昇大约继承了曹植的这种创作精神。

质朴与清婉不是割裂的，有时一首诗中可兼具这两种诗风。如《安定侯曲》：

封疆在上地，钟鼓自相和。美人当窗舞，妖姬掩扇歌。③

《魏书·灵征志下》有太和元年南部尚书安定侯邓宗庆的记载，这是温子昇生前21年前的事情，故不可能是写当朝事，而是一首乐府诗，郭茂倩《乐府诗集》收在《杂曲歌辞》中。诗歌写安定侯居功自傲、穷奢极欲、歌

---

① 温子昇：《结袜子》，逯钦立：《先秦汉魏晋南北朝诗》，中华书局1983年，第2220页。

② 《北史》卷一百《序传》，中华书局1974年，第3329页。

③ 温子昇：《安定侯曲》，逯钦立：《先秦汉魏晋南北朝诗》，中华书局1983年，第2220页。

舞升平的享乐生活。此诗前两句质朴,后二句清婉。《结袜子》亦当如是观。这种情形是温子昇在鲜卑族诗歌质朴的基础上,吸取了南朝诗歌有益的成分,而自创的一种新体诗,故影响较大。直到晚唐,段成式还说:"温子昇独擅邺下,常见其词,笔亦足称,是远名近得。"①足证到晚唐温子昇还有一定的影响。

温子昇的诗风有其渊源。过去文学史家多认为质朴的诗风是学习北朝民歌,清婉的诗风是吸收了南朝诗歌有益的成分,这种说法过于含混,也不够准确。从北朝文学的发展来看,温子昇是继承了拓跋鲜卑族文学质朴的风格,同时吸收了南方诗歌清丽的诗风。

温子昇刚健质朴的诗风源于北朝少数民族文学。《隋书·文学列传》云:"江左宫商发越,贵于清绮,河朔词义贞刚,重乎气质。"②"词义贞刚""气质"是北朝诗歌的总体风格,也就是我们经常说的刚健质朴。这种刚健质朴不是某个作家的风格,而是北朝少数民族共有的风格特征。从久远的北魏民族诗史《真人代歌》到北周的灭亡,北朝少数民族文学风格一直未变。北魏初期历代帝王既艳羡汉族文化,又惧怕汉族文化,残酷地杀害汉化士人。沙漠汗、猗卢、什翼犍等皇子被杀,崔浩被诛,崔逞获谴,封懿被废,这一切都传递出一个可怕的信息,谁想向高级文明的汉族学习,谁就得付出生命的代价。在这样的政治文化氛围中,拓跋氏固守自己的民族传统,经济萧条,文化发展滞后。像"男儿欲作健,结伴不须多。鹞子经天飞,群雀两向波"③这样朴拙、幼稚、口语化的鲜卑族民歌就是当时文人创作的样板,汉族士人为了保全性命也得向鲜卑族质朴的诗风靠拢。高允能够写出"邑中有好女,姓秦字罗敷。巧笑美回盼,鬓发复凝肤。脚著花文履,耳穿明月珠。头作堕马髻,倒枕象牙梳。姌姌善趋步,襜襜曳长裾。王侯为之顾,驷马自踟蹰"④这样接近南朝诗风的作品,但是大量的作品是像《答宗钦诗》《咏贞妇彭城刘氏诗》那样稚嫩的四言诗。孝文帝全面推行汉化以后,学习南朝民歌成为时尚,但拓跋鲜卑族这种质朴的诗风并没有被抛弃。元勰《问松林》诗云:"问松林,松林经几冬?山川何如昔,风云与古同。"⑤据说此诗是奉孝文帝之命而作,而且还得到孝文帝的赞誉。这首诗

① 段成式:《酉阳杂俎》,《唐代笔记小说大观》,上海古籍出版社2003年,第247页。
② 《隋书》卷七十六《文学列传》,中华书局1973年,第1730页。
③ 《企喻歌》,郭茂倩:《乐府诗集》,中华书局1979年,第363页。
④ 高允:《罗敷行》,逯钦立:《先秦汉魏晋南北朝诗》,中华书局1983年,第2201页。
⑤ 元勰:《问松林》,逯钦立:《先秦汉魏晋南北朝诗》,中华书局1983年,第2205页。

有南朝诗歌的成分不假，但其风格刚健，很明显是鲜卑族质朴诗风的遗存。此外如“权去生道促，忧来死路长。怀恨出国门，含悲入鬼乡。隧门一时闭，幽庭岂复光。思鸟吟青松，哀风吹白杨。昔来闻死苦，何言身自当”①“朱门久可患，紫极非情玩。颠覆立可待，一年三易换。时运正如此，惟有修真观”②等诗质朴苍凉，都是鲜卑族诗风的延续。生活在这样氛围中的温子昇，当然会向鲜卑族学习，这是其一；其二，温子昇多年为官，职责多为掌诏诰，如果不按照鲜卑族的文风去写作，很难得到皇帝的赏识；其三，上举诗例中可以看出，孝庄帝元子攸、节闵帝元恭都喜好质朴的诗风，这势必也会影响到温子昇。

南北对峙之时，南朝作家北漂是司空见惯的事情。这些南籍作家带去了南朝华丽的诗风，给北朝诗坛注入了新的活力。随着汉化的全面实施，学习南朝诗歌成为风尚。北朝人不仅要学习南朝诗风，而且还想超过南朝人。《魏书・祖莹列传》云：“尚书令王肃曾于省中咏《悲平城诗》，云……彭城王勰甚嗟其美，欲使肃更咏，乃失语云：‘王公吟咏情性，声律殊佳，可更为诵《悲彭城诗》。’肃因戏勰云：‘何意《悲平城》为《悲彭城》也？’勰有惭色。莹在座，即云：‘所有《悲彭城》，王公自未见耳。’肃云：‘可为诵之。’莹应声云：……肃甚嗟赏之。勰亦大悦，退谓莹曰：‘即定是神口。今日若不得卿，几为吴子所屈。’”③祖莹以诗才胜过了初入北魏的南朝人王肃，得到元勰的赞赏。在这样的文化氛围中，南朝诗风传播得很快，温子昇自然而然也就接受了南朝诗风。

温诗清婉的风格源于南朝清丽的诗风。“清”本是中国古代诗学的范畴，自先秦就有之。到了南朝，文人似乎更喜欢追求这种审美规范。刘义庆《世说新语》中《赏誉》《品藻》两篇就有 31 个“清”，构成了“清婉”“清远”“清通”等词；钟嵘《诗品》中有 17 个“清”，构成了“清润”“清怨”“清刚”等词。“清”的审美趣味与南朝士人追求的“丽”结合，便形成“清丽”。刘勰在《文心雕龙・定势》中云：“是以括囊杂体，功在铨别，宫商竹紫，随势各配。……赋颂歌诗，则羽仪乎清丽；……此循体而成势，随变而立功者也。虽复契会相参，节文互杂，譬五色之锦，各以本采为地矣。”④刘勰首次对诗赋提出“清丽”的要求，由这里的“宫商竹紫，随势各配”“譬五色之锦，

---

① 元子攸：《临终诗》，逯钦立：《先秦汉魏晋南北朝诗》，中华书局 1983 年，第 2210 页。

② 元恭：《诗》，逯钦立：《先秦汉魏晋南北朝诗》，中华书局 1983 年，第 2211 页。

③ 《魏书》卷八十二《祖莹列传》，中华书局 1974 年，第 1799 页。

④ 刘勰著、范文澜注：《文心雕龙注》，人民文学出版社 1958 年，第 530 页。

各以本采为地矣"来看,刘勰对"清丽"既有声律的要求,又有辞彩的要求。齐代永明年间,重视诗歌声律的永明体新诗融入沈约的"三易说"(易见事、易识字、易读诵)、谢朓的"圆美流转"理论,"清丽"便有了婉转之意。温子昇学习南朝清丽的诗风,摒弃了华丽的辞藻,吸取了婉转的因素,便形成自己清婉的诗风。

第四节 北魏女性作家的文学创作

近年来,北魏女性颇受学术界青睐,研究成果也陆续面世。其中,皇后是学术界研究的热点。宋其蕤《北魏女主论》①为北魏贺皇后、常皇后、文明冯皇后、胡灵皇后立传,引发了学术界研究皇后这一特殊群体的兴趣,此后研究成果不断涌现。李凭先生《北魏明元帝两皇后之死与保太后得势》②分析了北魏明元帝密皇后杜氏与昭哀皇后姚氏的死因,以及保太后窦氏逐渐得势,从而揭示北魏在实施"子贵母死"制度的同时催生了保太后干政的事实。王爱民先生《北魏立皇后铸金人占卜习俗考论》③认为北魏铸金人占卜是崇佛习俗在世俗生活上的反映。王佳先生《北魏皇后研究》④分析了北魏后宫制度、皇后来源、皇后命运、皇后参政等问题,为人们了解北魏皇后这一特殊女性群体提供了参考。石少欣、陈洪先生《北魏世宗高皇后出俗为尼考——兼谈北朝后妃出家与宫廷斗争》⑤认为高皇后出家是政治斗争的结果,这在北朝具有普遍性。李凭先生《北魏孝文昭皇后高氏梦迹考实》⑥由高氏"为日所逐"之梦入手,考证其凄惨的一生以及死后之荣耀。段塔丽《北魏至隋唐时期女性参政的地域分布及其特征》⑦分析了北魏 12 位皇后的参政情形以及她们的地域分布特点。此外,北魏普通女性也逐渐进入研究者的视野。许智银《论北魏女性出家为尼现象》⑧认为北魏出家为尼者多为社会上层女性,她们或信佛,或因人生失意,或因

① 宋其蕤:《北魏女主论》,中国社会科学出版社 2006 年。

② 李凭:《北魏明元帝两皇后之死与保太后得势》,《史学月刊》2007 年第 5 期。

③ 王爱民:《北魏立皇后铸金人占卜习俗考论》,《滨州学院学报》2010 年第 2 期。

④ 王佳:《北魏皇后研究》,湖北大学 2011 届硕士学位论文,中国知网博硕论文数据库。

⑤ 石少欣、陈洪:《北魏世宗高皇后出俗为尼考——兼谈北朝后妃出家与宫廷斗争》,《文学与文化》2012 年第 2 期。

⑥ 李凭:《北魏孝文昭皇后高氏梦迹考实》,《社会科学战线》2013 年第 8 期。

⑦ 段塔丽:《北魏至隋唐时期女性参政的地域分布及其特征》,《中国历史地理论丛》2001 年第 1 期。

⑧ 许智银:《论北魏女性出家为尼现象》,《许昌师专学报》2001 年第 6 期。

其他政治因素。女性出家为尼使社会劳动力迅速减少，引起了社会价值观念的变化乃至追求来生的思维定式。石越婕《北魏女性佛教造像记整理及研究》①对北魏现存135篇女性佛教造像记进行了整理，并对其身份、题材等问题进行了初步探讨。梁冰雁《河南洛阳北魏时期女性服饰研究》②认为由于民族融合的原因，北魏洛阳时期产生了许多前所未有的服饰风貌，形成朴素实用、美观、多样化的北魏女性服饰风格。宋丙玲《花木兰的着装——北魏女性服装的图像学研究》③认为北魏女性着装在传承中原汉族传统服饰的基础上，吸收了大量少数民族的服饰元素，以及西域服装的特点，从而熔铸成独具特色的北魏女性服装。阎晓磊《北魏鲜卑族女性的家庭法律地位》④分析了北魏鲜卑族女性在家庭中的法律地位的具体表现，在此基础上对北魏鲜卑族女性家庭法律地位体现出的特点及其原因进行了探讨。《宣扬女性美德的北魏木板漆画》⑤由1965年在山西省大同市石家寨发现的“琅琊王司马金龙墓寿砖”分析入手，探讨了北魏木板漆画所反映的女性忠孝等伦理道德观念。

这些研究成果从不同的角度对北魏女性群体进行了关注，对于我们了解少数民族政权统治下的女性生活有一定的帮助意义。然而在北魏拓跋鲜卑民族统治体系下，女性的地位如何？其文学修养怎么样？是否有文学创作？囿于资料所限，北魏女性的研究一直付之阙如。本文试结合史书与墓志所见之资料，对北魏女性的真实状况，以及其文学创作略作探索。

一、北魏女性文化素养较高

作为少数民族政权建立的北魏，女性在社会生活中的地位，以及其文学修养，与中原汉族王朝略不同。今试将北魏女性分为后宫嫔妃、女官、列女和其他女性四类予以探究。

北魏后宫嫔妃的地位经历了由高到低，再由低而高的发展过程。

北魏初期后宫嫔妃的地位是非常高的。《魏书·序纪》记述了一个颇

① 石越婕：《北魏女性佛教造像记整理及研究》，中山大学2016届硕士学位论文，中国知网博硕论文数据库。

② 梁冰雁：《河南洛阳北魏时期女性服饰研究》，郑州大学2016届硕士学位论文，中国知网博硕论文数据库。

③ 宋丙玲：《花木兰的着装——北魏女性服装的图像学研究》，《艺术设计研究》2010年第2期。

④ 阎晓磊：《北魏鲜卑族女性的家庭法律地位》，《西安石油大学学报》2016年第2期。

⑤ 《宣扬女性美德的北魏木板漆画》，《东方收藏》2010年第11期。

具神话色彩的故事："圣武皇帝讳诘汾……初，圣武帝尝率数万骑田于山泽……见美妇人，侍卫甚盛。帝异而问之，对曰：'我，天女也，受命相偶。'遂同寝宿。旦，请还，曰：'明年周时，复会此处。'言终而别，去如风雨。及期，帝至先所田处，果复相见。天女以所生男授帝曰：'此君之子也，善养视之。子孙相承，当世为帝王。'语讫而去。"①这则故事旨在说明，力微皇帝知父不知母，大约发生在父系氏族社会。称"美妇"为"天女"，意味着在那个男权话语体系中，女性的地位较高。美妇与诘汾一夜偶合，诞生了北魏帝位的继承者，可见女性的地位多么崇高。在国家大事难以裁决时，皇后可以干政，"昭成初欲定都于灅源川，筑城郭，起宫室，议不决。后闻之，曰：'国自上世，迁徙为业。今事难之后，基业未固。若城郭而居，一旦寇来，难卒迁动。'乃止"②。在定都问题上，昭成皇帝与群臣意见有分歧，皇后王氏出面干预，皇帝听从王皇后之议。从这些事例中可以窥见，在北魏还处于游牧民族生活阶段，女性地位高于男子，甚至可以裁决国家大事。

随着部落的不断壮大，拓跋鲜卑族由迁徙走向定居，筑城而居，并建立了国家。为了限制女性的权力，实施了"子贵母死"制度："魏故事，后宫产子将为储贰，其母皆赐死。"③又"初，帝母刘贵人赐死，太祖告帝曰：'昔汉武帝将立其子而杀其母，不令妇人后与国政，使外家为乱。汝当继统，故吾远同汉武，为长久之计。'"④刘贵人被赐死，标志着北魏"子贵母死"制度的真正实施。时间史书未载，然大略可知。拓跋嗣生于登国七年(392)，天兴六年(403)被封为齐王，拜相国，授车骑大将军。因此，刘贵人之死，大约就在登国七年至天兴六年间(392—403)。世宗宣武帝朝，"子贵母死"制度被废除。"及肃宗在孕，同列犹以故事相恐，劝为诸计。后固意确然……既诞肃宗，进为充华嫔……及肃宗践阼，尊后为皇太妃，后尊为皇太后。临朝听政，犹称殿下，下令行事。后改令称诏，群臣上书曰陛下，自称曰朕。"⑤元诩在延昌元年(512)被立为皇太子，延昌四年(515)即皇帝位，其母胡充华并没有被赐死，而是被尊为皇太妃乃至皇太后，并临朝听政，标志着"子贵母死"制度的终结。在实施"子贵母死"制度的一百余年间，北魏后宫嫔妃地位相较之前略有降低。

---

① 《魏书》卷一《序纪》，中华书局1974年，第2页。
② 《魏书》卷十三《皇后列传》，中华书局1974年，第323页。
③ 《魏书》卷十三《皇后列传》，中华书局1974年，第325页。
④ 《魏书》卷三《太宗纪》，中华书局1974年，第49页。
⑤ 《魏书》卷十三《皇后列传》，中华书局1974年，第337页。

在这一百多年间，也有一些特例。北魏实施的“子贵母死”制度虽有些残忍，但却是防御部族干预朝政的最为有效的手段。“拓跋后妃多有部族背景，后妃部族通过后妃干预拓跋内部事务，特别是影响君位传承和君权行使，带来无穷纠纷”①。一旦被立为皇太子，其母就会被赐死。然皇太子年幼，总得需要人来照料，于是皇太子之乳母保太后逐步崛起，成为后宫的实权派。如世祖太武帝拓跋焘的保母窦氏，拓跋焘即位后被尊为皇太后，权倾后宫。据《魏书·穆寿传》记载：“而吴提果至，侵及善无，京师大骇。寿不知所为，欲筑西郭门，请恭宗避保南山。惠太后不听，乃止。遣司空长孙道生等击走之。”②太延五年(439)蠕蠕国主吴提侵略平城近郊善无(今山西省右玉县西南)，满朝皆惊，穆寿力请恭宗离京避难，惠太后(即窦氏)不肯。“惠太后不听，乃止”仅七字，说明太武帝征讨凉州时，朝政决策权在于保太后窦氏！又如文明皇后冯氏“年十四，高宗践极，以选为贵人，后立为皇后”③。冯氏因何被立为皇后？史书未载。然依照北魏旧例“魏故事，将立皇后必令手铸金人，以成者为吉，不成则不得立也”④，冯氏大约是铸金人成功而被封为皇后。高宗文成帝拓跋濬死时冯氏年24岁，无子。献文皇帝拓跋弘被封为太子时，其母李夫人被赐死，皇后冯氏承担了抚养拓跋弘的义务。因此，相对于献文皇帝而言，冯氏亦为保母。在显祖朝，文明皇后冯氏前后临朝称制达20余年，权倾天下。

窦氏与冯氏在“子贵母死”制度实施期间，以保母身份弄权，显示出北魏后宫女性至高无上的地位。但那仅是昙花一现，为时不长，此时期内后宫嫔妃地位其实并不高。“子贵母死”制度废除后，后宫嫔妃走出低谷，又具有了较高的社会地位。

北魏后宫嫔妃具有较高的文化素养，如显祖献文帝夫人侯骨氏“柔婉表于自然，静恭光于素里。入嫔紫闱，贞问逾芬。曜质椒墀，慎徽弥远。故能协庆承乾，载育王姬。既含章之美，懋于早年；母德之风，志而方著”⑤。侯骨氏德性修养如此之高，想必自小就受过良好的文化教育。又如宣武帝贵嫔司马显姿“闲淑发于髫年，四德成于笄岁……攸归遘止，能成百两之礼；潮服常清，弗失葛覃之训。虔心奉后，令江汜再兴；下抚嫔御，使螽蜇重

① 田余庆：《拓跋史探》，三联书店2003年，第46页。

② 《魏书》卷二十七《穆崇列传》，中华书局1974年，第665页。

③ 《魏书》卷十三《皇后列传》，中华书局1974年，第328页。

④ 《魏书》卷十三《皇后列传》，中华书局1974年，第321页。

⑤ 《显祖献文皇帝第一品侯夫人墓志铭》，赵超：《汉魏南北朝墓志汇编》，天津古籍出版社1992年，第42页。

作……情陵玉洁,志厚冰坚,彰婉靖岁,显淑笄年。翔鸣陋野,声闻上日,尸鸠在帷,累功钦质。灵龟定祥,长秋纳吉,之子攸归,宜其帝室。作注天江,虽劳靡愠,如彼《关雎》,哀如不悋。心嘱众嫔,噫然斯顺,小星重风,螽蜇再训"①。司马显姿出身南朝皇族,修养极高。墓志用《诗经·周南·葛覃》写其妇德、妇言、妇容、妇功俱佳,用《诗经·周南·螽斯》喻其德泽后宫多子多福,用《诗经·曹风·鸤鸠》赞其威仪棣棣以及内在的修养美,用《诗经·周南·关雎》写其感情克制、行为谨慎、婚姻和谐,用《诗经·召南·小星》写其无妒忌之行、惠及后宫、尽心侍奉皇帝的美德。这里连用《诗经》中的典故,把司马显姿很高的文化修养描摹出来了。

女官的设置,是北魏女性地位较高的另一标志。女官,又称宫官,是指高级的宫女,有一定的品秩,并且领有俸禄。女官之设由来已久,《周礼·天官》记载周天子曾设九嫔、世妇、女御、女祝、奚、女史等管理宫内事务。秦始皇将后宫妻妾分为皇后、夫人、美人、良人、八子、七子、长使、少使 8 个等级,汉元帝更是将后宫妻妾列为皇后、夫人、昭仪、婕妤、良使、夜者等 14 个等级。这些分类,都是将女官与皇帝配偶混为一谈的。首次将女官与嫔妃分别开来,另立女官系统的是北魏孝文帝。孝文帝始"置女职,以典内事"②,并首次确立其名号、等级与职责,其最高长官为内司,"视尚书令、仆"③。尚书令、尚书仆射是国家政治事务的首脑,官居一品,内司可以与之相当,极大地提升了女性的地位。内司以下分为四个等级:"作司、大监、女侍中三官视二品。监,女尚书,美人,女史、女贤人、书史、书女、小书女五官,视三品。中才人、供人、中使女生、才人、恭使宫人视四品,春衣、女酒、女飨、女食、奚官女奴视五品。"④由此可见北魏女官分类极为明细。这仅仅是正史中的记载,墓志资料中所见女官,可补正史之不足。墓志资料中女官,由于资料有限,今人之分析,多含混不清⑤,今试再分析之。

杨氏在皇兴二年(468)北魏攻陷历城后,以平齐民的身份进入皇宫。"出入紫闱,讽称婉而,是以文昭太皇太后选才人充官女。又以忠谨审密,选典内宗七祏,孝敬天然,能使边(笾)豆静嘉,迁细谒小监。女功紃综,巧

---

① 《魏故世宗宣武皇帝第一贵嫔夫人司马氏墓志铭》,朱亮:《洛阳出土北魏墓志选编》,科学出版社 2001 年,第 55 页。

② 《魏书》卷十三《皇后列传》,中华书局 1974 年,第 321 页。

③ 《魏书》卷十三《皇后列传》,中华书局 1974 年,第 321 页。

④ 《魏书》卷十三《皇后列传》,中华书局 1974 年,第 321—322 页。

⑤ 参见苗霖霖:《北魏女官制度考略》(《济南大学学报》2015 年第 1 期);闻鸣:《北魏女官补校》(《大理学院学报》2011 年第 11 期)。

妙绝群,又转文秀大监。化率一宫,课艺有方,上下顺厚,改授宫大内司。宣武皇帝以杨历懃先后,赐爵县君,邑号高唐。”①由这段叙述来看,杨氏是逐步升迁的,故其所任之职——官女、内宗七祏、细谒小监、文秀大监、内司也应呈现出自低向高的态势。官女,史籍中未见有此官职,赵万理认为是“女尚书之类,视三品”②。赵万理之说值得商榷。平齐民是以罪臣的身份进入北魏,杨氏有何功德过分拔擢为四品才人,不久又跃居三品女尚书?而且“官女”即“女尚书”,在文献中从未有佐证。因此,笔者疑“官女”为“宫女”之误,杨氏初入魏宫,身份是宫女,再合理不过了。杨氏的父亲是平原太守杨景,故北魏给予杨氏以才人的身份,实际上还是宫女。由古代女官任职来看,才人是从宫女中选拔而成的。内宗七祏是什么职位,难以明辨。闻鸣认为是主管宫内七庙祭祀之人③。这种说法恐不妥。古代宗庙祭祀一般主祭之人都是男性,不可能是女性。故内宗七祏难以辨别,暂付之阙如。细谒小监、文秀大监均属监,盖监分大、小,因掌管之事务不同,大、小监又分出不同的门类,如细谒、文秀等。

王遗女在高宗朝入宫,“其夫幽州当陌高,字洛阳,官为深泽令,与刺史竞功抗衡,互相陵压,以斯艰蹶,遂入宫焉”④。当陌高,史书中未有此人。深泽为县,属博陵所辖。北魏深泽令,史书中亦未有任职之记载。王遗女卒于正光二年(521),享年83岁,则其生于太延五年(439)。据《魏书》所载,在王遗女有生之年,发生在深泽县可让县令与刺史竞功之事唯有一件,那就是和平二年(461)十月镇压当地强盗之事:“冬十月……博陵之深泽、章武之東州,盗杀县令,州军讨平之”⑤。盗杀深泽县令,新任县令当陌高与博陵刺史一起平定盗贼,二人发生了争功之事。在博陵刺史的压迫之下,王遗女没入后宫,此年她23岁。入宫之后的仕履,墓志有载:“女质禀妇人,性粹贞固,虽离禁隶,执志弥纯,尤辨鼎和,是以著称,故显祖文明太皇太后擢知御膳。至高祖幽皇后,见其出处益明,转当御细。达世宗顺后,善其宰调酸甜,滋苦允中,又进尝食监。至高太后,以女历奉三后,终始靡愆,奖训紫闱,光讽唯阐,故超升傅姆焉。又赐品二。”⑥王遗女所任职有御

① 《大魏宫内司高唐县君杨氏墓志铭》,朱亮:《洛阳出土北魏墓志选编》,科学出版社2001年,第60页。

② 赵万里:《汉魏南北朝墓志集释》,台湾新文丰出版公司1986年,第48页。

③ 闻鸣:《北魏女官补校》,《大理学院学报》2011年第11期。

④ 《王遗女墓志》,朱亮:《洛阳出土北魏墓志选编》,科学出版社2001年,第59页。

⑤ 《魏书》卷五《高宗纪》,中华书局1974年,第120页。

⑥ 《王遗女墓志》,朱亮:《洛阳出土北魏墓志选编》,科学出版社2001年,第59页。

膳、御细、尝食监、傅姆，这些职位均不见史书所载。尝食监属监官，三品。御膳、御细，大约为宫内掌管膳食的女官，相当于《魏书·皇后传》五等女官中“女飨、女食”一类，五品。傅姆是宫内辅导、保育皇子、公主之人，多为德高望尊的老妇人担任。王遗女担任傅姆，又赐二品，相当于大监。若与《杜法真墓志》对读，傅姆实际上就是傅姆大监。

张安姬是在皇兴二年（468）北魏攻陷济南后，以平齐民的身份进入魏宫。“年十三因遭罗难，家戮没宫。”①张安姬卒于正光二年（521），享年65岁，则其13岁在皇兴二年（468），此年北魏攻陷青、齐，张安姬没入后宫。进入掖庭后，张安姬的官职逐渐高升。“年廿蒙除御食监。历心自守，莅务有称，后除文秀大监。于是处当明件，上知其能，复除宫作司。”②张安姬历任御食监、文秀大监、作司等职。御食监，亦即王遗女所任之尝食监，掌管宫内膳食。

此外，《刘阿素墓志》载刘阿素任大监，秦阿女任御监；《冯迎男墓志》记冯迎男任女尚书；《刘华仁墓志》载刘华仁任典稟大监；《王僧男墓志》载王僧男任女尚书；《孟元华墓志》载孟元华任细谒大监；《杜法真墓志》载杜法真任傅姆大监；《魏故胡昭仪墓志铭》记胡明相任左昭仪。

由正史记载与墓志资料相印证，就会发现北魏女官的任职比较复杂。虽然孝文帝将女官分为五等，但在具体任职过程中略为庞杂。如监官可分为大监和小监，大、小监各自因其执掌事务不同，又可分为不同的门类，如大监可分为文秀大监、细谒大监、傅姆宫大监等，小监可分为细谒小监等。尝食监、御食监隶属大监抑或小监，目前难以判断。如果女官工作出色，朝廷会给予优渥，如杨氏被赐高唐县君。有些女官，比如昭仪是世祖朝所设，孝文帝改革后应该被废，但实际依然存在着。如胡明相卒于孝昌三年（527），享年19岁，在孝明帝朝被任为左昭仪。至于内宗七祏、御膳、御细等职，很可能是北魏旧官的遗存。因此，北魏女官在孝文帝改革后，仍然是新、旧体系的杂糅。

女官的选拔，标准非一，或因罪遣，或来自宫女，无论哪种来源，都具有很高的文化素养。如女尚书冯迎男“年十一蒙简为宫学生。博达坟典，手不释卷，聪颖洞鉴，朋中独异”③。博览群书、聪明灵秀的冯迎男，文学修养

① 《魏宫品一墓志铭》，朱亮：《洛阳出土北魏墓志选编》，科学出版社2001年，第58页。
② 《魏宫品一墓志铭》，朱亮：《洛阳出土北魏墓志选编》，科学出版社2001年，第58页。
③ 《魏故宫御作女尚书冯女郎之志》，朱亮：《洛阳出土北魏墓志选编》，科学出版社2001年，第57页。

较高,其文学作品今不传。女尚书王僧男“惠性敏悟,日诵千言,听受训诂,一闻持晓……能记释嫔嫱,接进有序,尅当乾心,使彤管扬辉”①。博闻强记、日诵千言的王僧男文学素养亦很高,而且亦有文学创作。

北魏社会第三种女性群体为列女。列女是一个特殊的群体,是儒家伦理观念下的产物。早在《周礼》中就有极为明确的阐述,“九嫔掌妇学之法,以教九御妇德、妇言、妇容、妇功,各帅其属,而以时御叙于王所”②。妇德、妇言、妇容、妇功,就是对女性的具体要求。汉代班昭对德、言、容、功进行了更为详细的诠释,“清闲贞静,守节整齐,行己有耻,动静有法,是谓妇德。择词而说,不道恶语,时然后言,不厌于人,是谓妇言。盥洗尘秽,服饰鲜挈,沐浴以时,身不垢辱,是谓妇容。专心纺绩,不好戏笑,挈齐酒食,以奉宾客,是谓妇功。此四者,女人之大德,而不可乏之者也”③。列女就是践行这些行为规范的最好载体。《魏书·列女传》记载了17位列女事迹,都具有很高的德性修养。

北魏列女大都是女顺父母,妇敬舅姑,妻助夫,母长子女,姊妹娣姒,各尽其分的奇女子,本身就具有很高的文化修养。像封氏,“有才识,聪辩强记,多所究知,于时妇人莫能及。李敷、公孙文叔虽已贵重,近世故事有所不达,皆就而谘请焉”④。就连尚书李敷、公孙文叔都向封氏请教近世以来之事,可见其博闻多识。又如张氏,“事姑王氏甚谨。太安中,京师禁酒,张以姑老且患,私为醖之,为有司所纠。王氏诣曹自告曰:‘老病须酒,在家私酿,王所为也。’张氏曰:‘姑老抱患,张主家事,姑不知酿,其罪在张。’主司疑其罪,不知所处。平原王陆丽以状奏,高宗义而赦之”⑤。为治姑病,甘愿以身试法,需要极大的勇气,以及很深的儒家孝敬观念。最让人感慨万千的则是崔氏,“清河房爱亲妻崔氏者,同郡崔元孙之女。性严明高尚,历览书传,多所闻知。子景伯、景先,崔氏亲授经义,学行修明,并为当世名士”⑥。崔氏是饱读诗书的鸿儒,曾亲自传授《毛诗》《曲礼》给房景伯、景先兄弟,房景先撰《五经疑问》百余篇,是北魏著名的儒学家。更令人惊异的是崔氏教清河太守房景伯如何判决疑案:“景伯为清河太守,每有疑狱,常先请焉。贝丘民列子不孝,吏欲案之。景伯为之悲伤,入白其母。母曰:

① 《魏宫品一墓志铭》,朱亮:《洛阳出土北魏墓志选编》,科学出版社2001年,第59页。
② 林尹:《周礼今注今译》,台湾“商务印书馆”1979年,第76页。
③ 《后汉书》卷八十四《列女传》,中华书局1965年,第2789页。
④ 《魏书》卷九十二《列女传》,中华书局1974年,第1978页。
⑤ 《魏书》卷九十二《列女传》,中华书局1974年,第1980页。
⑥ 《魏书》卷九十二《列女传》,中华书局1974年,第1980页。

‘吾闻闻不如见，山民未见礼教，何足责哉？但呼其母来，吾与之同居。其子置汝左右，令其见汝事吾，或应自改。’景伯遂召其母，崔氏处之于榻，与之共食。景伯之温凊，其子侍立堂下。未及旬日，悔过求还。崔氏曰：‘此虽颜惭，未知心愧，且可置之。’凡经二十余日，其子叩头流血，其母涕泣乞还，然后听之，终以孝闻。”①崔氏以榜样感化贝丘民列子，使其悔过自新，重新做人，决意侍奉母亲，使一件刑律案消弭于无形，这是儒吏的最高境界。

除后宫嫔妃、女官、列女三类外，笔者将其余女性划分为一类。这类女子或为亲王妃子，或为权臣命妇，或为佛门比丘尼，或为贫家女子，数量庞大，不一而足。颜之推论及南北治家不同时云：“邺下风俗，专以妇持门户，争讼曲直，造请逢迎，车乘填街衢，绮罗盈府寺，代子求官，为夫诉屈。此乃恒、代之遗风乎？”②在治家方面，北魏女子地位高于男子。从文化修养层面而言，这类女子普遍修养较高。如北海王妃李元姜“组黻斯章，乃金乃玉。肃穆妇仪，优柔靖默，女子有行，光家荣国。四德宣扬，六行允塞，彼姝名媛，寔邦之则”③。李元姜在道德修养、仪表情态方面堪称国家女性的表率。又如王氏“贞顺自性，听令天骨，德容非学，言功独晓。凝质淑丽，若绿葛之延谷；徽音远振，如黄鸟之集灌。是以羔雁贵礼，叠烂阶庭；毕醮结离，作嫔蕃室”④。王氏贞顺、德容、言功、淑丽，是女性的楷模，墓志用《诗经·周南·葛覃》的典故，赞美王氏躬俭节用，服澣濯之衣，尊敬师傅的美德。

北魏女性有较高的文化修养，有其深层的原因。北魏历代国君非常重视学校教育。太祖道武帝建国后不久，便“以经术为先，立太学，置五经博士生员千有余人”⑤，开始了官学教育。太武帝诏令“今制自王公已下至于卿士，其子息皆诣太学”⑥，开始了北魏上层的贵族教育。太宗明元帝改国子学为中书学，显祖献文帝建立乡学。孝文帝即位后，改中书学为国子学，又设立皇子学。迁都洛阳后，世宗宣武帝“置国子，立太学，树小学于四门”⑦。由此看来，北魏的学校教育还是比较发达的。其受教育者仅限于

① 《魏书》卷九十二《列女传》，中华书局1974年，第1980页。

② 王利器：《颜氏家训集解》，中华书局1993年，第48页。

③ 《魏北海王妃李氏志铭》，朱亮：《洛阳出土北魏墓志选编》，科学出版社2001年，第26页。

④ 《魏黄钺大将军太傅大司马安定靖王第二子给事君夫人王氏之墓志》，朱亮：《洛阳出土北魏墓志选编》，科学出版社2001年，第22页。

⑤ 《魏书》卷八十四《儒林列传》，中华书局1974年，第1841页。

⑥ 《魏书》卷四《世祖纪》，中华书局1974年，第97页。

⑦ 《魏书》卷八《世宗纪》，中华书局1974年，第204页。

男性，女性是很难参与其中的。北魏统治者是严禁私学的，太武帝明确提出“不听私立学校，违者师身死，主人门诛”①，对办私学者师死、主人门诛，其处罚是相当严厉的。尽管北魏有这样严酷的刑律，私学仍在缓慢地发展。如肃宗朝元钦就曾欲为子弟延师教习，“钦曾托青州人高僧寿为子求师，师至，未几逃去。钦以让僧寿。僧寿性滑稽，反谓钦曰：‘凡人绝粒，七日乃死，始经五朝，便尔逃遁。去食就信，实有所阙。’钦乃大惭，于是待客稍厚”②。由于元钦吝啬，导致老师逃遁。元钦的儿子元子孝改父陋习，终于建立起私学，“子孝美容仪，善笑谑，好酒爱士，缙绅归之，宾客常满，终日无倦。性又宽慈，敦穆亲族。乃置学馆于私第，集群从子弟，昼夜讲读。并给衣食，与诸子同”③。宗族子弟集于学馆，元钦私学的规模估计不小。又如宣武帝、孝明帝之际，徐遵明“教授山东，生徒甚盛，怀征遵明在馆，令郁问其《五经义例》十余条，遵明所答数条而已”④。徐遵明精通《孝经》《论语》《毛诗》《尚书》《三礼》，并撰三十卷《春秋义章》，是北魏著名的儒学家。他讲学二十年，门徒甚众。这些私学教育受业者仍为男性，女性不可能参与其中。因此，无论官学或私学，女性都没有享受教育的机会与权利。陈寅恪论及魏晋南北朝学术时云：“盖自汉代学校制度废弛，博士传授之风气止息以后，学术中心移于家族，而家族复限于地域，故魏、晋、南北朝之学术、宗教皆与家族、地域两点不可分离。”⑤陈氏之言极是。北魏女性文化程度较高，正与家族、地域因素有莫大的关系。

孝文帝迁洛后，推行汉化教育，拓跋鲜卑族向学之风盛，拓跋鲜卑族女性文化修养有所提高。如宁陵公主的祖父是显祖献文帝，父亲是彭城王勰。元勰文学修养很高，史载其“敏而耽学，不舍昼夜，博综经史，雅好属文……勰敦尚文史，物务之暇，披览不辍。撰自古帝王贤达至于魏世子孙，三十卷，名曰《要略》”⑥。有这样一位文学成就极高的父亲，宁陵公主的修养也很高，“七德是履，六行唯彰，与仁何昧？”⑦。宁陵公主的夫君，墓志仅言“瑯琊王君”，赵万里认为是王诵，并说“公主为初配，而贵妃乃继室矣”⑧。

① 《魏书》卷四《世祖纪》，中华书局1974年，第97页。
② 《魏书》卷十九《景穆十二王列传》，中华书局1974年，第443页。
③ 《北史》卷十七《景穆十二王列传》，中华书局1974年，第631页。
④ 《魏书》卷五十三《李孝伯列传》，中华书局1974年，第1178—1179页。
⑤ 陈寅恪：《隋唐制度渊源略论稿》，生活·读书·新知三联书店1954年，第20页。
⑥ 《魏书》卷二十一《献文六王列传》，中华书局1974年，第571—582页。
⑦ 《魏故宁陵公主墓志铭》，朱亮：《洛阳出土北魏墓志选编》，科学出版社2001年，第22页。
⑧ 赵万里：《汉魏南北朝墓志集释》，台湾新文丰出版公司1986年，第109页。

赵说可从。宁陵公主生于太和十二年(488),卒于永平三年(510);元贵妃生于太和十三年(489),卒于熙平二年(517)。元贵妃比宁陵公主晚一年出生,却比其多活了八年。元贵妃祖父是高宗文成皇帝,父亲为安丰王猛。志云:"父侍中太尉安丰围王。"①"围"当为"匡"之误。元猛,封安丰王,进位侍中,卒赠太尉,谥曰匡。元贵妃的哥哥元延明是北魏后期著名的文学家,"延明既博极群书,兼有文藻,鸠集图籍万有余卷。性清俭,不营产业。与中山王熙及弟临淮王彧等,并以才学令望有名于世。虽风流造次不及熙、彧,而稽古淳笃过之"②。受其兄的影响,元贵妃"敬慎言容,惇悦书史,爰从爰降,腾徽素里。女仪既修,妇行必齐,智高密母,辩丽袁妻。霜华阃内,松茂中闺"③,喜好读书,妇德、妇容堪称模范。王诵"学涉有文才,神气清俊,风流甚美"④"散书满筵,交柯蔽户。一时无双,当求于古"⑤,在这样的家庭环境中,宁陵公主、元贵妃耳濡目染,其文学修养自然也会提高。

北魏汉族女子要么是从南朝北徙,要么是来自北魏攻占的中原地区。

河西是文化发达之区域,在中原动荡、经济文化遭受严重破坏之际,河西却出现了历史上空前的文化高峰,"区区河右,而学者埒于中原"⑥。著名学者陈寅恪先生云:"西晋永嘉之乱,中原魏晋以降之文化转移保存于凉州一隅。"⑦河西在晋、南北朝之际存在过前凉、后凉、西凉、北凉、南凉五个政权。太武帝拓跋焘平定凉州后,将河西士人迁徙至平城,他们带来了河西优秀的文化遗产,这其中也包括部分女性。如元寿妃麴氏,是沮渠时扬列将军、浇河太守麴宁孙之长女。麴宁孙不见史传,河西麴氏也未见史乘,唯《元和姓纂》有云:"汉有麴潭生闼,避难湟中,因居西平,十一代孙嘉仕沮渠氏,后立为高昌王。"⑧麴宁孙恐是其之后乎?麴氏来自沮渠氏之北凉,故其文化素养颇高,"姿量外洞,贞丰内效,德比九亲,行征一国,五训具

① 《魏徐州瑯琊郡临沂县都乡南仁里通直散骑常侍王诵妻元氏志铭》,朱亮:《洛阳出土北魏墓志选编》,科学出版社2001年,第41页。

② 《魏书》卷二十《文成五王列传》,中华书局1974年,第530页。

③ 《魏徐州瑯琊郡临沂县都乡南仁里通直散骑常侍王诵妻元氏志铭》,朱亮:《洛阳出土北魏墓志选编》,科学出版社2001年,第41页。

④ 《魏书》卷六十三《王肃列传》,中华书局1974年,第1412页。

⑤ 《魏故使持节侍中司空尚书左仆射骠骑大将军徐州刺史王公墓志铭》,黄立猷:《石刻名汇》,辽阳书社1990年,第231页。

⑥ 《北史》卷八十三《文苑列传》,中华书局1974年,第2778页。

⑦ 陈寅恪:《隋唐制度渊源略论稿》,生活·读书·新知三联书店1954年,第2页。

⑧ 林宝:《元和姓纂》,中华书局1994年,第1469页。

备，礼染家人”①。又如和丑仁亦来自河西，其祖、父历爵天水侯，她“禀纯和于四绪，资妙质于山岳，令淑著自绮年，婉顺彰于笄岁。兼志在女工，躬存简约，温良慈惠……夫人有德有行，乃孝乃慈，迈金兰于往古，挺芳神于盛世”②，修养亦是很高。

十六国时期由慕容部鲜卑建立的前燕、后燕、西燕、南燕和由鲜卑化汉人冯跋控制的北燕五个政权，史称五燕。五燕政权所控制的是关东地区，以及龙城、蓟、邺、中山等核心区域，是汉民族文化发达的地区。北魏灭亡后燕、北燕，五燕士人迁入北魏，其中也包括部分女性。如李璩兰本渤海郡条显广乐乡新安里人，是汉族文化发达之地。其祖上曾仕燕，“高祖中庶，温良约俭，名重燕邦”③。此处未言祖父名讳，亦难确定其仕五燕政权中的哪一朝，但自燕归魏为不争之事实。李璩兰承祖上之家风，“幼而聪悟，长弥谦顺……四德渊茂……曲尽妇道，造次靡违，颠沛必是。妙善女工，兼闲碎务”④，德行女红俱佳。又如兰将是昌黎（今属河北）人，是汉族文化发达之处。其“祖休燕代，父魏留光”⑤，大约其曾祖、祖父仕燕。其曾祖父是营州刺史、鄢陵闵侯，祖父为散骑常侍、泾营二州刺史、寿阳简公，未及名讳，故难以考索。魏灭燕后，归顺北魏。兰将秉承家族文化因子，其修养自然就高，“幼怀四德，声实两著……恭孝之性，发自天然，倒裳之志，未笄而备。是以舅姑钦其至诚，娣姒敬其高轨。覆爱之心，义姑未加其善；劳己下人，敬姜不比其量”⑥。

北魏连年征战，领土逐步向南拓展，占领了中原大片领土，北魏部分女性来自南朝。如元新成妃李氏来自刘宋，李氏父李超为刘宋龙骧将军、析县侯，归魏后，李氏被聘为元新成妃。李氏“幼则贞华，睿性自高，神衿孤远。风仪容豫，比素月而共晖；兰姿炤灼，拟芳烟而等映。柔湛内恭，温明外发，凝然若云，洁然如玉……志量宽明，性度方雅，顾史自修，问道针阙，

① 《故城阳康王元寿妃之墓志》，朱亮：《洛阳出土北魏墓志选编》，科学出版社 2001 年，第 17 页。

② 《故平州刺史巨鹿郡开国公于君妻和夫人之墓志铭》，朱亮：《洛阳出土北魏墓志选编》，科学出版社 2001 年，第 166 页。

③ 《李璩兰墓志》，朱亮：《洛阳出土北魏墓志选编》，科学出版社 2001 年，第 44 页。

④ 《李璩兰墓志》，朱亮：《洛阳出土北魏墓志选编》，科学出版社 2001 年，第 44 页。

⑤ 《魏元氏故兰夫人墓志铭》，朱亮：《洛阳出土北魏墓志选编》，科学出版社 2001 年，第 144 页。

⑥ 《魏元氏故兰夫人墓志铭》，朱亮：《洛阳出土北魏墓志选编》，科学出版社 2001 年，第 144 页。

五礼既融，四德兼朗。九族称其贞淑，邦党敬其风华"①，德礼通融，风仪光晖，内外兼修，修养颇高。又如昝双仁来自文化核心区域青、齐，故文化修养颇高，"务灵发映，方斯淑令，望桂俦芬，瞻霜比净。展转四德，徘徊六行，发言以顺，动应斯敬。穆穆在容，温温表性，永锡弗当，妙美摧伤"②。

北魏还有部分来自域外的女子，虽然她们的汉文化程度不高，但却都有很高的修养。如于仙姬来自西域，"世曾祖文成皇帝故夫人者，西城宇阗国主女也……讳仙姬"③，则于仙姬是高宗文成皇帝的夫人。"西城"当为"西域"之误，"宇阗"为"于阗"之误。据《魏书·高宗纪》载："（太安）三年春正月……粟特、于阗国各遣使朝贡……十有二月……于阗、扶余等五十余国各遣使朝献。"④大约在太安三年（457），于仙姬随其国使团进入魏宫，此年她21岁。于仙姬来自西域于阗国，没有中国姓氏，故以国名为氏，姓于。于仙姬虽然来自外邦，文化修养却是很高，"虽殊化异风，饮和若一……早练女训，四光自整，雅协后妃。圣祖礼纳，寓之玫宇"⑤。又如吐谷浑氏来自吐谷浑国，"妃吐谷浑国主胄胤，安西将军、永安王斤之孙，安北将军、永安王仁之长女，太尉公、三老、录尚书、东阳王之外孙"⑥。《魏书·吐谷浑列传》云："慕利延死，树洛干子拾寅立……显祖以重劳将士，乃下诏切责之，征其任子。拾寅遣子斤入侍。"⑦又《魏书·高祖纪》云："（延兴四年正月）辛亥，吐谷浑拾寅遣子费斗斤入侍，并献方物。"⑧则延兴四年（474）正月，吐谷浑氏祖父费斗斤始入北魏。不久，费斗斤返回吐谷浑国。吐谷浑氏入魏宫为妃，是吐谷浑国与北魏两国交好的见证。吐谷浑氏来自外邦，修养亦颇高，"兰枝散馥，桂胤垂芳。六行外显，四德内彰，金华比耀，玉质承光。双娥伫映，素体凝霜，媛德雍雍，娴问济济。涉月怀春，游汉思

① 《元新成妃李氏墓志》，朱亮：《洛阳出土北魏墓志选编》，科学出版社2001年，第42页。

② 《大魏龙骧将军崇训太仆少卿中给事中明堂将伏君妻昝氏墓志铭》，朱亮：《洛阳出土北魏墓志选编》，科学出版社2001年，第97页。

③ 《大魏先朝故于夫人墓志》，朱亮：《洛阳出土北魏墓志选编》，科学出版社2001年，第96页。

④ 《魏书》卷五《高宗纪》，中华书局1974年，第116页。

⑤ 《大魏先朝故于夫人墓志》，朱亮：《洛阳出土北魏墓志选编》，科学出版社2001年，第96页。

⑥ 《魏故武昌王妃吐谷浑氏墓志铭》，朱亮：《洛阳出土北魏墓志选编》，科学出版社2001年，第138页。

⑦ 《魏书》卷一百零一《吐谷浑列传》，中华书局1974年，第2238页。

⑧ 《魏书》卷七《高祖纪》，中华书局1974年，第140页。

礼，百两来仪，终远兄弟。同车去国，作嫔魏庭”①。

综上所述，北魏女性是来自汉族文化程度较高的五凉政权所在地河西，五燕政权所在地河北、南朝，以及域外，她们与鲜卑族文化交融，促使文明团结与融合，导致其文化修养颇高。

二、北魏女性文学创作概况

在中国历史上，北魏是第一个实现汉族、少数民族，以及域外文化相互交融的政权。在这样一个民族融合的大家庭里，各民族文化相互影响，共同促进文化的繁荣与发展，从而导致在历史上不受人们重视的女性群体的文化修养普遍提高，文学创作也颇有成就。

在孝文帝进行汉化改革之后，拓跋鲜卑族女性作家不断涌现，文学作品数量也在增加。如孝文帝的小女儿元瑛，“加以批图问史，好/学罔倦，该柱下之妙说，覈七篇之幽旨，驰法轮于金陌，开灵光于宝树。绡縠/风靡，斧藻船流，所著辞诔，有闻于世。兰芝之雕篆富丽，远未相似；曹家之鞶/悦淹通，将何以匹？”②元瑛精通《老子》《孟子》，以及佛教，其文学成就超过了谢家子弟和班昭，所著辞、诔闻名于时。又如昭成皇帝什翼犍的后人元晖就是文学家，“晖颇爱文学，招集儒士崔鸿等撰录百家要事，以类相从，名为《科录》，凡二百七十卷，上起伏羲，迄于晋、宋，凡十四代”③。元晖所撰《科录》，是一部通史著作，惜其不传于后。受其影响，他的女儿元氏文学修为也较高，“聪慧在性，家诫女传，径目必持，凡所闻见，入赏无漏。每览经史，睹靖女之峻节，觌伯姬之谨重，未始不留涟三覆，慕其为人也……乃言曰：吾少好讽诵，颇说诗书。而诗刺哲妇，书诫牝鸡，始知妇人之德，主于贞敏，不在多能。于是都捐庶业，专奉内事”④。元氏博览经、史、诗书，羡慕李靖夫人红拂女、鲁宣公之女伯姬之为人，专心持家。如此文学修养很高的女性，应有文学创作，惜不可考。诸如此类的女性文学家颇多，但史书阙载之故，其作品大多未能流传于今。

自中原地区迁入北魏的女性，大都是成就较高的文学家。如来自三齐

① 《魏故武昌王妃吐谷浑氏墓志铭》，朱亮：《洛阳出土北魏墓志选编》，科学出版社 2001 年，第 138 页。

② 《魏故司空勃海郡开国公高猛夫人长乐长公主墓志铭》，罗新、叶炜：《新出土魏晋南北朝墓志疏证》，中华书局 2005 年，第 118 页。

③ 《魏书》卷十五《昭成子孙列传》，中华书局 1974 年，第 380 页。

④ 《魏直阁将军辅国将军长乐冯邕之妻元氏墓志》，朱亮：《洛阳出土北魏墓志选编》，科学出版社 2001 年，第 62 页。

的石婉"学涉九流,则靡渊不测,才关诗笔,触物能赋。又归心至圣,信慕玄宗,东被遗教,无文不揽。是以道俗瞻望,内外佥敬。宜辍机垂诫,屈身敦义,使屡迁之孟,惭擅名于鲁邦;芒卯之妻,愧见美于魏国"①。石婉的诗、赋创作在当时很有名,惜今不可知。自南朝主动投北的王普贤,继承乃父王肃文学的优良传统,文学成就非凡,"五教聿昭,四德孔绪。妙闲草隶,雅好篇什,春登秋泛,每缉辞藻,抽情挥翰,触韵飞瑛"②。王普贤不仅擅长书法,而且其文学作品抒情气氛浓厚。又如渔阳太守阳尼妻高氏,"学识有文才,高祖敕令入侍后宫。幽后表启,悉其辞也"③。幽后冯氏表、启等文章今不存,但高氏的文学成就肯定是非常高的。这些来自中原地区的女性,以其文学创作,丰富了北魏女性文学成就。

文明皇后冯氏、陈留长公主、谢氏代表了北魏后宫嫔妃、拓跋鲜卑族、自南如北三类女性的文学创作成就,同时也体现了民族文学的融合。

文明皇后冯氏之家世,《魏书》与墓志所载不同,使其家族渊源扑朔迷离,需仔细辨析之。

《魏书·皇后传》载其父为冯朗,"父朗,秦、雍二州刺史、西城郡公。母乐浪王氏"④,未言及祖父。又《魏书·外戚传》云:"冯熙,字晋昌,长乐信都人,文明太后之兄也。祖文通,语在《海夷传》。世祖平辽海,熙父朗内徙,官至秦雍二州刺史、辽西郡公,坐事诛。"⑤则文明皇后冯氏的哥哥是冯熙,祖父是冯文通。冯文通,即冯弘。冯弘,字文通,北燕昭成帝。延和二年(433),北魏太武帝拓跋焘大举进攻北燕。"文通遣其尚书高颙请罪,乞以季女充掖庭。世祖许之。"⑥迫于北魏的军事实力,冯弘将他的小女儿送入北魏后宫。这个冯氏就是文明皇后冯氏之姑,"世祖左昭仪,后之姑也"⑦"熙姑先入掖庭,为世祖左昭仪"⑧。也大约在这个时候,文明皇后冯氏的父亲冯朗,携子冯熙,送冯氏进入北魏。《魏书》本传称"后生于长

① 《魏尚书江阳王次妃石夫人墓志铭》,赵超:《汉魏南北朝墓志汇编》,天津古籍出版社1992年,第55页。

② 《魏故贵华恭夫人墓志铭》,赵超:《汉魏南北朝墓志汇编》,天津古籍出版社1992年,第69—70页。

③ 《魏书》卷九十二《列女传》,中华书局1974年,第1982页。

④ 《魏书》卷十三《皇后列传》,中华书局1974年,第328页。

⑤ 《魏书》卷八十三《外戚列传》,中华书局1974年,第1818页。

⑥ 《魏书》卷九十七《岛夷列传》,中华书局1974年,第2128页。

⑦ 《魏书》卷十三《皇后列传》,中华书局1974年,第328页。

⑧ 《魏书》卷八十三《外戚列传》,中华书局1974年,第1818页。

安”①,则文明皇后冯氏出生于冯朗任秦、雍二州刺史之时。冯朗任职之时间,史书无载。然《魏书》本传载文明皇后冯氏卒于太和十四年(490),享年49岁,则其出生于太平真君三年(442)。

冯熙家族多与北魏皇室联姻,“姑文明皇太后,正位临朝;二姊并入主坤宫,配高祖孝文皇帝”②“长姊,南平王妃。第二、第三姊并为孝文皇帝后。第四、第五姊并为孝文皇帝昭仪。第六姊安丰王妃。第七姊任城王妃”③,借此确保家族的利益。近年来出土的她们几方墓志,对其家族渊源的记载,与《魏书》略有不同。文明皇后冯氏的侄女冯令华墓志有云:“太妃姓冯,讳令华,长乐信都人也,太师昌黎武王之第五女。曾祖东燕昭文帝,祖太宰燕宣王。”④太师昌黎武王,指冯熙。据《魏书》载:和平六年(465)六月,冯熙被封为昌黎王。显祖即位,进封为太傅;高祖即位后,进封太师;谥曰武。太宰燕宣王,指冯朗。文明太后临朝称制后,追冯朗赠假黄钺、太宰、燕宣王。曾祖东燕昭文帝,历史上没有东燕政权,故东燕系撰刻之误。燕昭文帝,一般是指后燕昭文帝慕容熙。文明皇后冯氏的另一侄女冯季华墓志有云:“曾祖道鉴,燕昭文皇帝。曾祖母,皇后慕容氏。祖朗,燕封广平公……父熙,和平四年蒙授冠军将军、肥如侯,到六年进爵昌黎王。”⑤此志称其曾祖道鉴,燕昭文皇帝。燕昭文皇帝是慕容熙。道鉴,不明所指。文明皇后冯氏的侄孙女冯会墓志有云:“高祖燕昭文皇帝。曾祖朗,燕宣王。祖熙,太师扶风郡开国公。父循,尚书东平王。”⑥仍称其高祖燕昭文皇帝。根据这三方墓志来看,文明皇后冯氏的祖父是燕昭文皇帝慕容熙。

《魏书》与三种墓志所载,为我们提出一个急需解决的问题:冯朗的父亲到底是谁?是慕容熙还是冯弘?根据史书记载,冯朗之父为冯弘,谥曰燕昭成皇帝。因此,上述三方墓志中“燕昭文皇帝”当为“燕昭成皇帝”之

---

① 《魏书》卷十三《皇后列传》,中华书局1974年,第328页。

② 《魏上宰侍中司徒公领尚书令太傅领太尉公假黄钺九锡任城文宣王文竫太妃墓志铭》,赵超:《汉魏南北朝墓志汇编》,天津古籍出版社1992年,第99页。

③ 《魏故乐安王妃冯氏墓志铭》,朱亮:《洛阳出土北魏墓志选编》,科学出版社2001年,第81页。

④ 《魏上宰侍中司徒公领尚书令太傅领太尉公假黄钺九锡任城文宣王文竫太妃墓志铭》,赵超:《汉魏南北朝墓志汇编》,天津古籍出版社1992年,第99页。

⑤ 《魏故安乐王妃冯氏墓志铭》,朱亮:《洛阳出土北魏墓志选编》,科学出版社2001年,第81页。

⑥ 《魏熙平元年岁在丙申岐州刺史赵郡王故妃冯墓志铭》,朱亮:《洛阳出土北魏墓志选编》,科学出版社2001年,第37页。

误。“道鉴”、“东燕”之“燕”乃是衍文。元诱妻冯氏墓志中仅言“太宰燕宣王之孙，太师武懿公之女”①，祖父是冯朗，父亲是冯熙，未言曾祖父。安丰王元延明主妃冯氏墓志铭中仅言“太妃姓冯，皇后之妹”②，是文明皇后冯氏的妹妹，未及其他。

因此，文明皇后冯氏的祖父是冯弘，是北燕国主之后裔。其祖籍是长乐郡信都县（今河北省冀州市），“冯跋字文起，长乐信都人也，小字乞直伐，其先毕万之后也。万之子孙有食采冯乡者，因以氏焉”③。其“毕万”即周文王庶子“毕公高”的后人。后来毕万所封地为魏地，是为长乐冯氏。冯跋的父亲冯安，举家迁到昌黎，“慕容永僭号长子，以跋父安为将。永为垂所灭，安东徙昌黎，家于长谷”④。文明皇后冯氏的父亲冯朗投诚北魏，举家迁徙到长安，文明皇后冯氏出生于长安。“朗坐事诛，后遂入宫……年十四，高宗践极，以选为贵人，后立为皇后”⑤。“朗坐事诛”的时间无载，故文明皇后冯氏入宫的时间无考，但肯定在高宗文成皇帝即位之正平二年（452）之前，此时文明皇后冯氏自长安迁居平城（今山西省大同市），并于太和十四年（490）死于平城皇宫的太和殿。

长乐冯氏家族有较高的文学素养。冯弘在位期间，曾修建太学，“可营建太学，以长乐刘轩、营丘张炽、成周翟崇为博士郎中，简二千石已下子弟年十五已上教之”⑥，对贵族子弟进行教育。冯熙“从师受《孝经》《论语》，好阴阳兵法”⑦，有较高的儒学修养。生活在这样家庭环境中的文明皇后冯氏，其文学修养较高。同时文明皇后冯氏自小受长安地区文化的浸染，进入魏宫后又受到鲜卑族文化的影响，这两种文化相互交融，造就了她非凡的才华与较高的文学成就。

文明皇后冯氏是太和年间宫廷诗会的组织者与创作者，“太后曾与高祖幸灵泉池，燕群臣及藩国使人、诸方渠帅，各令为其方舞。高祖帅群臣上寿，太后忻然作歌，帝亦和歌。遂命群臣各言其志，于是和歌者九十人”⑧。

---

① 《魏司徒参军事元诱命妇冯氏志铭》，朱亮：《洛阳出土北魏墓志选编》，科学出版社2001年，第10页。

② 《魏故使持节侍中太保特进都督雍华岐三州诸军事大将军雍州刺史安丰主妃冯氏墓铭》，赵超：《汉魏南北朝墓志汇编》，天津古籍出版社1992年，第120页。

③ 《晋书》卷一百二十五《冯跋载纪》，中华书局1974年，第3127页。

④ 《魏书》卷九十七《岛夷列传》，中华书局1974年，第2128页。

⑤ 《魏书》卷十三《皇后列传》，中华书局1974年，第328页。

⑥ 《晋书》卷一百二十五《冯跋载纪》，中华书局1974年，第3132页。

⑦ 《魏书》卷八十三《外戚列传》，中华书局1974年，第1818页。

⑧ 《魏书》卷十三《皇后列传》，中华书局1974年，第329页。

据《魏书·高祖纪》载:"(太和十三年)秋七月甲辰……丙寅,幸灵泉池,与群臣御龙舟,赋诗而罢。"①则此次文学活动的时间在太和十三年(489)七月。灵泉池赋诗,是北魏文学史上的大事,参与者多达90人,是北魏文学史上的盛会。这90人的诗歌今不传,文明皇后冯氏的诗歌已难以考索。

文明皇后冯氏的文学创作,《魏书》有载:"太后以高祖富于春秋,乃作《劝戒歌》三百余章,又作《皇诰》十八篇,文多不载。"②据此,文明皇后冯氏的文学作品有《劝戒歌》《皇诰》等,而且规模庞大。又据《魏书·乐志》载:"五年,文明太后、高祖并为歌章,戒劝上下,皆宣之管弦。"③由此知文明皇后冯氏《劝戒歌》被配乐演唱,传遍宫廷的每一个角落,成为北魏皇宫最为靓丽的风景线。

文明皇后冯氏的散文今存诏令文书9篇。和平六年(465),献文帝即位后冯氏被尊为皇太后,她临朝辅政,定策诛杀丞相乙浑,归政献文帝。承明元年(476),献文帝去世后冯氏再度临朝辅政,被尊为太皇太后。冯皇后两度临朝称制,发布了大量诏令文书。"承明元年,尊为太皇太后,复临朝听政。太后性聪达,自入宫掖,粗学书计。及登尊极,省决万机"④"自太后临朝专政,高祖雅性孝谨,不欲参决,事无巨细,一禀于太后。太后多智略,猜忍,能行大事,生杀赏罚,决之俄顷,多有不关高祖者"⑤。文明皇后冯氏亲自"省决万机""事无巨细,一禀于太后",因此,文明皇后冯氏的诏令文书当为自己亲自撰写。然《魏书·高闾传》却云:"高允以闾文章富逸,举以自代,遂为显祖所知,数见引接,参论政治。命造《鹿苑颂》《北伐碑》,显祖善之。承明初,为中书令,加给事中,委以机密。文明太后甚重闾,诏令书檄碑铭赞颂皆其文也。"⑥据此,文明皇后冯氏的诏令、书檄、碑、铭、赞、颂等著作当为高闾所撰。文明皇后冯氏的散文今仅存诏令九篇,其余文体不见著录。这些诏令大多短小,最长的也不过50余字,而且多口语化的文句,与高闾富逸的文风不相符。因此,文明皇后冯氏的诏令当为自己亲自撰写而成。

文明皇后冯氏的诏令数量虽少,但涉及太和年间政治生活的方方面面。《为咸阳王禧选师傅令》以咸阳王禧的教育为契机,要求重视皇族教

① 《魏书》卷七《高祖纪》,中华书局1974年,第164页。
② 《魏书》卷十三《皇后列传》,中华书局1974年,第329页。
③ 《魏书》卷一百零九《乐志》,中华书局1974年,第2829页。
④ 《魏书》卷十三《皇后列传》,中华书局1974年,第328页。
⑤ 《魏书》卷十三《皇后列传》,中华书局1974年,第329页。
⑥ 《魏书》卷五十四《高闾列传》,中华书局1974年,第1198页。

育，“可于间静之所，别置学馆，选忠信博闻之士，为之师傅，以匠成之”①。《定乐章令》要求“可集新旧乐章，参探音律，除去新声不典之曲，禅增钟县铿锵之韵”②，发挥雅乐在政治教化中的作用。《罪汝阴南安二王令》对于犯罪之皇族，绝不心慈手软，维护了法律的尊严，并明诏王公大臣：“卿等为当存亲以毁令，为欲灭亲以明法？”③体现了冯氏的铁腕政治。《王叡子袭承袭令》表现出文明皇后冯氏在官员的选拔方面以其才干为主，绝不任人唯亲，“都曹尚书曹，百寮之首，民所具瞻。袭年少，智思未周，其都曹尚书令可权记，使闲习政事，后用不晚”④。王叡是冯氏之宠臣，卒后，高祖任用其子王袭为都曹尚书。冯氏以王袭年少，不习政事为由婉拒。《报薛虎子令》拒绝了薛虎子为徐州减税的请求，保证了国家的经济收入，确保俸禄制的顺利实施，“俸制已行，不可以小有不平，便亏通式”⑤。一旦减赋，国家收入就会减少，俸禄制就难以继续推行。太和三年（479），北魏出兵淮北，高闾上疏质疑，冯氏作《答高闾令》释疑，“六军电发，有若摧朽，何虑四难也”⑥，体现出排除万难、统一天下的雄心壮志。文明皇后冯氏的这些诏令显现出太和年间清明的政治，以及鲜明的冯皇后形象。

文明皇后冯氏的令书，短小精悍，通俗浅易，不枝不蔓，直述其事。如《答元丕令》：

> 臣哉邻哉！邻哉臣哉！君则亡逸于上，臣则履冰于下，若能如此，太平岂难致乎？⑦

元丕是显祖、高祖朝炙手可热的权臣，因平定丞相乙浑谋反而深得显祖、高

---

① 文成文明冯后：《为咸阳王禧选师傅令》，严可均：《全上古三代秦汉三国六朝文》，中华书局1958年，第3581页。

② 文成文明冯后《定乐章令》，严可均：《全上古三代秦汉三国六朝文》，中华书局1958年，第3581页。

③ 文成文明冯后《罪汝阴南安二王令》，严可均：《全上古三代秦汉三国六朝文》，中华书局1958年，第3581页。

④ 文成文明冯后：《王叡子袭承袭令》，严可均：《全上古三代秦汉三国六朝文》，中华书局1958年，第3581页。

⑤ 文成文明冯后：《报薛虎子令》，严可均：《全上古三代秦汉三国六朝文》，中华书局1958年，第3581页。

⑥ 文成文明冯后：《答高闾令》，严可均：《全上古三代秦汉三国六朝文》，中华书局1958年，第3581页。

⑦ 文成文明冯后：《答元丕令》，严可均：《全上古三代秦汉三国六朝文》，中华书局1958年，第3581页。

祖、冯皇后的信任，官至太尉、录尚书事，朝堂大事多倚重之。时文明太后为其宠臣王叡造宅，同时亦为元丕造甲第。落成之日，高祖、冯皇后亲率百官文武前去祝贺，并赐金印一纽，太后亲造《劝戒歌》以赐群官，元丕上疏赞谢，冯皇后回复此令。辞令虽短小，但阐述了自己心目中理想的君臣关系，“君则亡逸于上，臣则履冰于下”，若君臣如此，天下太平可致。

文明皇后冯氏的家族有较高的文化素养，而且她出生于长安，对中原文化有较高的造诣。但她的诏令文书短小精悍、通俗浅易的风格，很明显过多地继承了北魏拓跋鲜卑族的文学风格。因此，文明皇后冯氏的散文创作，体现了民族文学的大融合。

谢氏与陈留长公主的赠答诗，是北魏民族文学融合的绝好范例，是女性文学的瑰宝。

谢氏《赠王肃诗》是因思念夫君王肃而作：

本为箔上蚕，今作机上丝。得络逐胜去，颇忆缠绵时。①

谢氏是南齐文学家谢庄的女儿，与王肃结合，是陈郡谢氏与琅琊王氏两大豪门的联姻，在南齐传为美谈。然天有不测风云，人有旦夕祸福。永明十一年(493)，王肃父王奂为齐高帝萧道成所杀。王肃抛妻别子，假扮僧人，出奔北魏。“(王肃子)绍，肃前妻谢生也，肃临薨，谢始携二女及绍至寿春。”②据《魏书》所载，王肃一生唯一一次到达寿春是在景明元年(500)正月。此年谢氏携一子(王绍)、二女北徙至寿春，夫妻二人相见，不胜唏嘘。此时王肃已娶孝文帝元宏的妹妹陈留长公主为妻，“肃甚有愧谢之色，遂造正觉寺以憩之”③。此诗是谢氏居洛阳时思念王肃之作。箔，养蚕用的竹席。“箔上蚕”写昔日新婚后王肃对她的百般呵护，夫妻恩爱，爱情甜蜜，无限幸福。“今作机上丝”与“得络逐胜去”二句写今日之无限凄凉，正如人们得到丝织品后就不会再想机上丝一样，王肃新娶娇妻便忘了自己。最后一句“颇忆缠绵时”写今日之孤独寂寞，以及对昔日幸福美满生活的回忆。这首诗采用今昔对比、谐音双关的手法，抒发了对昔日美好生活的回忆，以及今日之凄凉悲戚。

谢氏出身于南齐以诗、礼传家的豪门大族——陈郡谢氏，她写出这样

---

① 谢氏：《赠王肃诗》，逯钦立：《先秦汉魏晋南北朝诗》，中华书局1983年，第2227页。

② 《魏书》卷六十三《王肃列传》，中华书局1974年，第1412页。

③ 杨衒之著、杨勇校笺：《洛阳伽蓝记校笺》，中华书局2006年，第136页。

的好诗不足为奇。王肃得诗后，给其妻陈留长公主传阅，陈留长公主代王肃回赠谢氏诗一首。身为拓跋鲜卑族女子的陈留长公主，其《代答诗》却不得不令人叹为观止了：

针是贯绅物，目中常纴丝。得帛缝新去，何能衲故时。①

陈留长公主，孝文帝的第六妹，大约出生于献文帝皇兴二年至五年(468—471)之间，最初封号是彭城公主。和平六年(465)，南朝宋文帝刘义隆第九子刘昶出奔北魏。为了笼络这位南朝皇族后裔，北魏皇室先后将武邑公主、建兴长公主、平阳长公主许配于他(武邑公主、建兴长公主婚后不幸早亡)，并赐爵“宋王”。刘昶的儿子刘承绪长大成人后，孝文帝将他的妹妹彭城公主赐婚于他。刘承绪少患尪疾，即脊椎骨骼弯曲。估计是发育不良所致，身体羸弱，不仅形象不佳，而且体质极差，不久病逝。刘承绪死于彭城后，彭城公主改封陈留长公主。太和二十三年(499)左右，这位嫠居的鲜卑公主迎来了她的第二次婚姻，孝文帝准备将她许配给冯皇后的弟弟北平公冯夙。陈留长公主坚决不从，并揭露冯皇后淫乱宫闱之丑事，这门婚事亦就无疾而终。太和十七年(493)，南齐大将王奂之子、中原名门望族琅琊王氏后裔王肃出奔北魏，颇受孝文帝器重。王肃在对南齐战争中屡建奇功，官封汝阳县开国子。孝文帝死时，遗诏以王肃为尚书令，与咸阳王元禧等一起成为辅政大臣。宣武帝元恪即位后，为了笼络这位前朝旧臣，将陈留长公主赐婚于他，时间大约在景明元年(500)前后。不久，王肃薨，陈留长公主再次寡居。此时出身清河张氏、才望俱显的张彝向陈留长公主伸出爱情的玫瑰。然而正在这个时候，宣武帝的舅舅、尚书左仆射高肇横刀夺爱，要纳陈留长公主为妃。遭到拒绝后，高肇恼羞成怒，迫害张彝，陈留长公主寡居而终。

陈留长公主的一生，是北魏政治的牺牲品。一嫁刘宋皇室后裔，再嫁琅琊王氏名士，两次拒绝外戚求婚，虽有捍卫自己爱情婚姻的成分，但更多的则是政治筹码。《代答诗》是其再婚王肃时所作。关于这首诗，《洛阳伽蓝记》有云：“正觉寺，尚书令王肃所立也。肃在江南之日，聘谢氏女为妻，及至京师，复尚公主。其后谢氏入道为尼，亦来奔肃。见肃尚主，谢作五言诗以赠之，其诗曰……公主代肃答谢云……肃甚有愧谢之色，遂造正觉寺

① 陈留长公主：《代答诗》，逯钦立：《先秦汉魏晋南北朝诗》，中华书局1983年，第2227页。

以憩之。”①陈留长公主是孝文帝的妹妹，大约受乃兄的影响，学习汉族文化，文学素养颇高。她的《代答诗》是一篇优秀的诗作，其模仿谢氏诗作的痕迹十分明显。谢氏诗云：“本为箔上蚕，今作机上丝。得络逐胜去，颇忆缠绵时。”②谢氏是谢庄的女儿，其文学修养极高。她以“箔”与“蚕”的关系，勾起王肃对昔日夫妻二人相互依存的爱情生活的回忆。同时以“丝”谐“思”，表达居住洛阳的相思之情。再以“颇忆缠绵时”一句，回忆昔日二人之温存以及今日希望重续前缘的热望。陈留长公主《代答诗》给谢氏泼了一盆冷水，诗歌以针为喻，认为针本是缝制衣物的，它是制作新衣服的，而不是衲故（做旧衣服），含蓄委婉地拒绝了谢氏破镜重圆的美梦。如果将两首诗相比，陈留长公主《代答诗》纯用比兴，物我融合无间，在诗歌意境上比谢氏诗略胜一筹。一位鲜卑族女子，能够写出如此好诗，是北魏迁徙中原，学习汉族文化的结果，实属难能可贵。

三、胡太后《杨白花》文学成就

胡太后《杨白花》是北魏诗歌中的佳作，代表着北魏女性文学的最高成就：

阳春二三月，杨柳齐作花。春风一夜入闺闼，杨花飘荡落南家。

含情出户脚无力，拾得杨花泪沾臆。秋去春还双燕子，愿衔杨花入窠里。③

关于这首诗歌的作者，《梁书》杨华本传云：“杨华，武都仇池人也。父大眼，为魏名将。华少有勇力，容貌雄伟，魏胡太后逼通之，华惧及祸，乃率其部曲来降。胡太后追思之不能已，为作《杨白花歌辞》，使宫人昼夜连臂蹋足歌之，辞甚凄惋焉。”④又《南史》杨华本传云：“时复有杨华者……华本名白花，武都仇池人。父大眼为魏名将……及大眼死，拥部曲，载父尸，改名华，来降。”⑤据此，杨白华为北魏人，南迁后改名为杨华，《杨白花》是胡太后因思念杨白华而作。然郭茂倩《乐府诗集》中署名无名氏；逯钦立《先

① 杨衒之著、杨勇校笺：《洛阳伽蓝记校笺》，中华书局 2006 年，第 135—136 页。
② 谢氏：《赠王肃诗》，逯钦立：《先秦汉魏晋南北朝诗》，中华书局 1983 年，第 2227 页。
③ 《杨白花》，逯钦立：《先秦汉魏晋南北朝诗》，中华书局 1983 年，第 2246 页。
④ 《梁书》卷三十九《王神念列传》，中华书局 1973 年，第 556 页。
⑤ 《南史》卷六十三《王神念列传》，中华书局 1975 年，第 1535—1536 页。

秦汉魏晋南北朝诗》收入《杂曲歌辞》，不署作者。据曹道衡先生考证，认为此诗为胡太后所作，并称逯钦立“失之过慎”①。萧涤非先生亦说“此歌作于胡太后，为毫不可疑”②。今人郭丽《〈杨白花〉本事浅说》③亦承前人所说，认为其作者为胡太后。王运熙先生亦曾质疑“唯《乐府诗集》题曰无名氏作，抑或胡原作已佚，此第系后人所拟”④。今人孙少华进一步申述王说，认为此诗非胡太后所作⑤。孙文大气磅礴，材料丰富，考证谨严，惜推测成分较多，暂不从其论。在没有新材料发现的情形下，此诗的作者依照《梁书》的记载，归属胡太后。

胡太后，名胡充华，本安定临泾（今甘肃省镇原县）人。其曾祖父略，仕后秦姚兴，爵渤海公，归顺北魏后官拜平府北咨议参军。祖父渊，任赫连屈丐给事黄门侍郎，世祖平凉州，胡渊归顺北魏，后拜河州刺史，赐爵武始侯。父亲胡国珍袭父爵武始侯，太和十五年（491）离开故乡临泾，迁居京都洛阳，就在此年胡充华出生了，相传其诞生之日赤光四照。世宗时选入掖庭，为承华世妇。北魏历来奉行“子贵母死”制度，故后宫皆愿生公主，而不愿生太子。胡充华决意为世宗生皇子，“天子岂可独无儿子，何缘畏一身之死而令皇家不育冢嫡乎？”“但使所怀是男，次第当长子，子生身死，所不辞也”⑥。胡充华的态度感动了世宗，当其子元诩被立为皇太子后，世宗宣武帝元恪不但没有遵照旧制将她赐死，反而晋封其为贵嫔。延昌四年（515）元诩即位，胡充华被尊为皇太妃，继而尊为皇太后。由于肃宗元诩年幼，胡充华临朝听政，执掌北魏朝政大权达 14 年之久。武泰元年（528）四月，胡充华被尔朱荣沉入黄河溺死，年仅 38 岁。

胡充华不仅人长得漂亮，而且多才多艺。她略通武艺，尤其善于射箭，尝于西林园法流堂命侍臣射箭，不中者罚之。自己亲自拿弓，射中靶心。其姑为尼，颇能讲道，幼相依托，略得佛经大义。又好文学，曾与肃宗幸华林园，宴群臣于都亭曲水，令王公已下各赋七言诗。“太后诗曰：‘化光造物含气贞。’帝诗曰：‘恭己无为赖慈英。’”⑦胡国珍家族在历史上没有太高

① 曹道衡：《〈杨白花〉作者》，曹道衡、沈玉成：《中古文学史料丛考》，中华书局 2003 年，第 722 页。

② 萧涤非：《汉魏六朝乐府文学史》，人民文学出版社 1984 年，第 286 页。

③ 郭丽：《〈杨白花〉本事浅说》，《文史杂志》2015 年第 4 期。

④ 王运熙：《汉魏六朝乐府诗评注》，齐鲁书社 2000 年，第 256 页。

⑤ 孙少华：《〈杨白花歌辞〉本事及其文学与文化意蕴》，《中国诗歌研究》2011 年。

⑥ 《魏书》卷十三《皇后列传》，中华书局 1974 年，第 337 页。

⑦ 《魏书》卷十三《皇后列传》，中华书局 1974 年，第 338 页。

的威望,既无领兵打仗的将军,又无富有才华的文学家。胡充华善箭、好文学的才能显然不是来自家传,而是入主北魏皇宫之后学习所得。胡充华以汉族女子的身份进入拓跋鲜卑族皇宫,为了适应宫中生活,领会了鲜卑族的尚武精神,学会了射箭。在孝文帝汉化教育的感召下,她和其他宫中拓跋女性贵族一样,开始从事文学创作。若就《幸华林园宴群臣于都亭曲水赋七言诗》来看,就具有非凡的才华。"化光造物含气贞",既是对宴会当日良辰美景的描绘,又是对自己临朝听政所得功绩的期许。肃宗元诩诗云"恭己无为赖慈英",言下之意这一切成就都非己力,而是依靠母后辛劳操持而得。可以想见,胡充华听了儿子元诩诗之后的自我陶醉与不可一世的豪情。同样在这个华林园都亭曲水流觞的情境中,刘宋孝武帝刘骏亦曾与群臣赋诗,刘骏诗云:"九宫盛事予旒纩。"①若与刘骏诗相比,无论是设辞还是用意,胡充华诗显然略胜一筹。

胡太后《杨白花》抒写对情人杨白华无尽的相思之情。就其内容而言,向来为人所不齿。史载胡充华与元怿、郑俨、袁翻、徐纥、李神轨等人有私情,甚至与和尚、太监偷情。杨白华只是胡充华众多情人中的一个,他相貌魁梧、武艺出众,与名将王神念并称齐名,"(王)神念少善骑射,既老不衰,尝于高祖前手执二刀楯,左右交度,驰马往来,冠绝群伍。时复有杨华者,能作惊军骑,并一时妙捷,高祖深叹赏之"②。古来美女配英雄,与郑俨之流的文弱书生相比,魁伟、善骑射的杨白华就是英雄,使得胡充华为之神魂颠倒,甚至写出了"春风一夜入闺闼"大胆豪放的句子,暗示其春心荡漾,以及对情人的爱意和对良宵之美的期盼。世宗宣武帝元恪驾崩之时,胡充华年仅 26 岁。像这样一位年轻貌美的少妇独守后宫,寂寞难耐,渴望爱情,是可以理解的。但胡充华之行为,已经远远超出了人们的道德底线,她与多人私通,甚至让众多男宠同床陪侍,是为世人所唾弃的。李开元先生论及此诗时却云:"北魏妇女结婚,离婚,再结婚,乃至有妇之夫又有外遇,也是常有的事,甚至皇后有了外遇,皇帝也奈何皇后不得。这显然还保留着原始社会的一些遗风。后来,汉族史学工作者,对文明太后的'行不正',灵太后的'私通',都当作妇女的大逆不道进行鞭挞。这显然是卫道学思想在史学中的表现。"③替胡太后私情辩护,理由冠冕堂皇,难以令人

① 刘骏:《华林都亭曲水联句产柏梁体诗》,逯钦立:《先秦汉魏晋南北朝诗》,中华书局 1983 年,第 1224 页。

② 《梁书》卷三十九《王神念列传》,中华书局 1973 年,第 556 页。

③ 李开元、管芙蓉:《北魏文学简史》,山西人民出版社 1993 年,第 39 页。

信服。高人雄先生认为"从另一侧面也可看出,北朝鲜卑族妇女,她们在爱情、择偶问题上不像汉族妇女那样,受着封建礼教的制约。灵太后胡充华,她以北魏鲜卑族妇女特有的大胆、泼辣,写下了这首思念情人的诗,这是对封建礼教的挑战,它的价值远远超过了此诗本身的价值"①。也许高先生忽略了,胡充华是汉族女子,而非鲜卑族妇女,不能用鲜卑族女子的价值观来衡量她。事实上,北魏鲜卑族女性也是非常注重德行修养的,如献文帝孙女宁陵公主"七德是履,六行唯彰"②,孝文帝的女儿元瑛"六行允备,四德武违"③。而对于后宫之嫔妃,注重自身修养则是最基本的要求,如高宗嫔妃耿氏"固节不移,誓毕宫掖"④,高祖嫔妃赵充华"女仪婉婉,淑慎其声"⑤,显祖嫔成氏"四德昭著"⑥。而且身为国母的胡充华之秽行,已不是"大胆""泼辣"所能涵盖的。

抒发秽情的这首《杨白花》,却得到后代评论家的交口称赞。宋人许颢云:"杨华既奔梁,元魏胡武灵后作《杨白花歌辞》,令宫人连臂踏之,声甚凄断。"⑦清人张玉谷云:"用笔双关,饶有古趣。"⑧清人王夫之云:"胡妇媒词,乃贤于南朝天子远甚。"⑨这些评论都清楚地告诉读者,《杨白花》是一首艺术水准很高的优秀作品。大概正是这种高超的艺术魅力,才"令读者忘其秽亵"⑩。

这首诗歌开首"阳春二三月,杨柳齐作花。春风一夜入闺闼,杨花飘荡落南家"四句描写春天大好的景色,隐喻爱情的短暂与甜美。"阳春二三月,杨柳齐作花",写草长莺飞、繁花似海的二三月,风光明媚,春光荡漾,在这样美好的季节里,容易萌发爱情。"春风一夜入闺闼",那撩人的春风轻抚,引发了闺中少妇的思春之情,她情不自禁地越雷池,与情人幽会,其爱情的甜蜜是醉人的。然而花开有时,花落有季,杨花终究会凋零,不知荡落

---

① 高人雄:《北朝民族文学叙论》,中华书局 2011 年,第 178 页。

② 《魏故宁陵公主墓志铭》,朱亮:《洛阳出土北魏墓志选编》,科学出版社 2001 年,第 22 页。

③ 《魏故司空勃海郡开国公高猛夫人长乐长公主墓志铭》,罗新、叶炜:《新出土魏晋南北朝墓志疏证》,中华书局 2005 年,第 118 页

④ 《大魏高宗文成皇帝嫔耿氏墓志》,朱亮:《洛阳出土北魏墓志选编》,科学出版社 2001 年,第 31 页。

⑤ 《大魏高祖九嫔赵充华墓志》,朱亮:《洛阳出土北魏墓志选编》,科学出版社 2001 年,第 32 页。

⑥ 《显祖嫔成氏墓志》,朱亮:《洛阳出土北魏墓志选编》,科学出版社 2001 年,第 34 页。

⑦ 许颢:《彦周诗话》,《丛书集成初编》,商务印书馆 1935 年,第 19—20 页。

⑧ 张玉谷:《古诗赏析》,上海古籍出版社 2000 年,第 265 页。

⑨ 王夫之:《船山古诗评选》,中华书局 1980 年,第 258 页。

⑩ 沈德潜:《古诗源》,中华书局 1963 年,第 292 页。

谁家。这四句用比兴的手法写得缠绵悱恻，句句写景，句句抒情，“春风一夜入闺闼”写恋爱，“杨花飘荡落南家”写爱情的毁灭，同时又暗含情人杨白花南奔投梁之事。后面“含情出户脚无力，拾得杨花泪沾臆。秋去春还双燕子，愿衔杨花入窠里”四句睹物思人，抒发别后的相思情愫。“脚无力”与“泪沾臆”写刻骨铭心的相思之情，特别是“脚无力”写出了失恋女子的娇弱柔情以及欲哭无泪的悲伤之情，真令人肝肠寸断。最后诗人寄情燕子，希望它能将杨花衔回窠里。诗人拾得杨花而双泪自流，乃睹物思人，情不自禁。正因为爱深思切，故忽发奇想，盼望秋去春来之双燕子能衔杨花，将情人带回身边。纵观全诗，皆用比兴之法，诗中之杨花，既是自然界中的花，又是胡太后痛惜忆想的心上人。句句杨花，句句相思，“妙在音容声口全然不露，只似闻闲说耳”①。

关于这首诗歌的创作，有些学者认为是模拟南朝文学之作。萧涤非先生认为“通首隐切姓名，笔笔双关，分明从吴歌中来”②。孙少华先生亦称《杨白花》“与《西曲歌》有较深渊源，有着典型的南方文化特色”③。这种观点值得商榷。南朝民歌《吴歌》或《西曲歌》之隐语，亦即谐音双关，大致有两种情况，一类是同音异字的，如：以“藕”双关“偶”，以“莲”双关“怜”，以“丝”双关“思”等；另一类是同音同字的，如：以布匹之“匹”双关匹偶之“匹”，以药名或曲名之“散”双关聚散之“散”等。而《杨白花》以客观物象杨花，喻指情人杨白华，与南朝民歌的谐音双关略有不同。《杨白花》中“阳春二三月，杨柳齐作花。春风一夜入闺闼，杨花飘荡落南家”首四句的写法，在自晋至南北朝乐府诗歌中可以找到许多相似的诗句：

阳春二三月，相将蹋百草。逢人驻上看，扬声皆言好。④
阳春二三月，草与水同色。攀条摘香花，言是欢气息。⑤
阳春二三月，草与水同色。道逢游冶郎，恨不早相识。⑥
阳春二三月，正是养蚕时。那得不相怨，其再许侬来。⑦

① 钟惺：《名媛诗归》，《四库全书存目丛书》第339册，齐鲁书社1997年，第135页。
② 萧涤非：《汉魏六朝乐府文学史》，人民文学出版社1984年，第286页。
③ 孙少华：《〈杨白花歌辞〉本事及其文学与文化意蕴》，《中国诗歌研究》2011年。
④ 《清商曲辞·江陵乐》，逯钦立：《先秦汉魏晋南北朝诗》，中华书局1983年，第1062页。
⑤ 《清商曲辞·孟珠》，逯钦立：《先秦汉魏晋南北朝诗》，中华书局1983年，第1065页。
⑥ 《清商曲辞·孟珠》，逯钦立：《先秦汉魏晋南北朝诗》，中华书局1983年，第1065页。
⑦ 《清商曲辞·孟珠》，逯钦立：《先秦汉魏晋南北朝诗》，中华书局1983年，第1065页。

阳春二三月，相将舞翳乐。曲曲随时变，持许艳郎目。①
阳春二三月，诸花尽芳盛。持底唤欢来，花笑莺歌咏。②
阳春二三月，单衫绣裲裆。东山看西水，水流盘石间。③

这七首乐府诗均以“阳春二三月”开首，前五首是晋代乐府诗，第六首是南朝宋乐府诗，最后一首为后秦乐府诗。或者换一种说法，前六首为江南乐歌，最后一首为北方乐歌。而且更为重要的是，这些诗例说明，“阳春二三月”大约是晋南北朝时期的习惯用语，不仅南方人喜欢这样表述，而且北方人也乐于运用。胡充华的故乡临泾(今甘肃省镇原县)正是后秦的统治范围，因此，与其说胡充华模仿南朝乐府，还不如说她模拟北方(后秦)乐府。如果将这七首以“阳春二三月”起首的诗歌与《杨白花》相比，无论在诗歌的起承转合的结构上，还是在主旨与艺术感染力上，胡充华的《杨白花》均略高出一筹。

若从艺术表现手法而言，胡充华《杨白花》与七首以“阳春二三月”发端的诗歌最大不同是全诗纯用比兴，这是对《诗经》创作精神的继承，如《诗经·小雅·白华》：

白华菅兮，白茅束兮，之子之远，俾我独兮。
英英白云，露彼菅茅，天步艰难，之子不犹。
滮池北流，浸彼稻田，啸歌伤怀，念彼硕人。
樵彼桑薪，卬烘于煁，维彼硕人，实劳我心。
鼓钟于宫，声闻于外，念子懆懆，视我迈迈。
有鹙在梁，有鹤在林，维彼硕人，实劳我心。
鸳鸯在梁，戢其左翼，之子无良，二三其德。
有扁斯石，履之卑兮，之子之远，俾我疷兮。④

对于这首诗，《毛序》云：“《白华》，周人刺幽后也。幽王取申女以为

① 《清商曲辞·翳乐》，逯钦立：《先秦汉魏晋南北朝诗》，中华书局1983年，第1066页。
② 《清商曲辞·翳乐》，逯钦立：《先秦汉魏晋南北朝诗》，中华书局1983年，第1350页。
③ 《横吹曲辞·琅琊王歌辞》，逯钦立：《先秦汉魏晋南北朝诗》，中华书局1983年，第2153页。
④ 程俊英、蒋见元：《诗经注析》，中华书局1991年，第730—733页。

后,又得褒姒而黜申后,周人为之作是诗也。"①《毛序》之说,后人多有辨析,本事若何,已非本篇所讨论之事,但是一首弃妇诗无疑。诗凡八章,每章开首均用比兴领起:首章以白茅、菅草为兴,既是对爱情纯洁的歌颂,又是对无辜被弃的幽怨;第二章以白云、甘露为兴,抒发丈夫不能与自己休戚与共的哀怨;第三章以滮水、稻田为兴,诉说丈夫对自己的薄情寡义;第四章以桑薪、煁(灶)为兴,申述自己的美德不被丈夫欣赏,反被抛弃的悲惨命运;第五章以钟鼓声为兴,斥责丈夫移情别恋的丑行,以及自己对爱情的坚贞;第六章以鹙、鹤为兴,用鹤的洁白柔顺和鹙的贪婪险恶,暗示丈夫喜新厌旧是近恶远善;第七章以鸳鸯为兴,抒发对丈夫朝三暮四的怨恨之情;第八章以扁石为兴,陈说丈夫不顾恩义,视她如扁石的忧伤之情。诗歌八章,凡八比,刻画了痴情、善良、纯洁的女主人公与负心、薄情、寡德的男主人公形象,抒发了女子被弃后自哀自怨、无可奈何的凄楚之情,"至今读之,犹令人悲吟不能自已"②。尤可注意的是这首诗首句的"白华"意象。所谓"白华",即白花,亦即菅草所开白色的花。"白华菅兮,白茅束兮",诗人以菅草白花被树叶包裹着,象征丈夫对妻子的宠爱。胡充华借用《诗经·小雅·白华》的"白华"意象,并继承其比兴手法,生发开去,撰成了《杨白花》诗。《诗经·小雅·白华》的风格,方玉润称其"悽惋"③;《杨白花》的风格,《梁书》称其"凄婉",《南史》与《彦周诗话》称其"凄断",两首诗时代不同,其风格大致相同。因此,胡充华《杨白花》模仿《诗经·小雅·白华》的风格及"白华"意象,同时白华(花)又暗合其情人的名字,虚虚实实,物我无间,情景交融,终成佳构。

从艺术表现而言,《杨白花》运用了踏歌的艺术形式。《梁书》云"连臂踏足歌之",即踏歌。踏歌起源甚早,"昔葛天氏之乐,三人操牛尾,投足以歌八阕"④是其滥觞。投足,高诱注云:"犹蹀足。"⑤蹀足,即踏足,顿脚。由此知,葛天氏之乐是踏足而歌的。1973年,在青海省大通县上孙家寨马家窑出土的彩陶舞蹈纹盆,其舞蹈纹共分三组,每组有舞蹈者五人,手拉着手,踏歌而舞,面向一致。这一出土文物再次证明,踏歌是上古时期主要的一种舞蹈形式。汉成帝时,赵皇后飞燕曾创作踏歌《赤凤来》。"赵飞燕与

---

① 阮元:《十三经注疏·毛诗正义》,中华书局1980年,第496页。
② 方玉润:《诗经原始》,中华书局1986年,第466页。
③ 方玉润:《诗经原始》,中华书局1986年,第465页。
④ 许维遹:《吕氏春秋集释》,中华书局2009年,第118页。
⑤ 高诱:《吕氏春秋注》,上海书店出版社1986年,第51页。

宫奴赤凤昵,后赤凤惧事泄,亡去。后思之不已,制《赤凤来》曲,恒援琴而歌之,未尝不泪下。名其琴曰凤凰,帝卒不觉也”①。赵飞燕与赤凤,胡充华与杨白花,故事情节何其相似!《赤凤来》今不存,其原貌不可知。然汉初宫廷流行楚歌,《赤凤来》亦当为楚歌。今传赵飞燕有《归风送远操》:“秋风起兮天陨霜,怀君子兮渺难忘,感予意兮多慨慷!”②《归风送远操》为楚歌,反证《赤凤来》当为楚歌无疑。《赤凤来》的艺术形式,《说郛》引《赵后外传》称是“连臂踏地”③,亦即踏歌。这种踏歌本楚地歌舞,“荆湖民俗,岁时会集或祷祠,多击鼓,令男女踏歌,谓之歌场”④。《赤凤来》“连臂踏地”与《杨白花》“连臂踏足歌之”在艺术上具有传承关系。因此,我们可以得出这样的结论:踏歌是上古时期的歌舞形式之一,惜文献之不足证,在中原流行情形不可知,但却流行于楚地。汉代赵飞燕吸收了楚歌的这种形式,创作了《赤凤来》,胡充华模仿《赤凤来》写作了《杨白花》。

因此,胡充华《杨白花》是北魏迁都洛阳后全面学习汉族文化的结果,绝非此前学人所说的模拟南朝文学之作。同时《杨白花》的创作,亦说明迁徙对北魏文学的影响。

综上所述,北魏民族的迁徙与融合,促进了女性文学创作的快速发展。

---

① 陶宗仪等编:《说郛三种》卷一百,上海古籍出版社1988年,第4585页。

② 赵飞燕:《归风送远操》,沈德潜:《古诗源》,中华书局1963年,第47页。

③ 陶宗仪等编:《说郛三种》卷一百,上海古籍出版社1988年,第4585页。

④ 范致明:《岳阳风土记》,《文渊阁四库全书》第589册,台湾“商务印书馆”1986年,第119页。

参考书目

一、基本古籍书目

《八代诗选》,王闿运辑,光绪辛巳四川尊经书局影印本。

《鲍参军集注》,鲍照著,钱仲联增补集说校,上海古籍出版社,1980年。

《北朝诗校注》,赵建军、孙红梅、赵彩娟校注,南开大学出版社,2014年。

《北齐书》,李百药撰,中华书局,1974年。

《北史》,李延寿撰,中华书局,1974年。

《沧浪诗话校释》,严羽撰,郭绍虞校释,人民文学出版社,1961年。

《陈书》,姚思廉撰,中华书局1972年点校本

《出三藏记集》,僧祐撰,苏晋仁、萧錬子点校,中华书局,1995年。

《初学记》,徐坚等著,中华书局,1985年。

《读史方舆纪要》,顾祖禹撰,贺次君、施和金点校,中华书局,2005年。

《方舆胜览》,祝穆撰,施金和等点校,中华书局,2003年。

《高僧传》,释慧皎撰,汤用彤校注,汤一玄整理,中华书局,1992年。

《古诗笺》,王士禛选,闻人倓笺,上海古籍出版社,1980年。

《汉书》,班固撰,颜师古注,中华书局,1962年。

《韩愈文集汇校笺注》,韩愈著,刘真伦、岳珍笺注,中华书局,2010年。

《汉魏六朝百三名家集》,张溥辑,江苏古籍出版社,2002年。

《汉魏六朝百三家集题辞注》,张溥著,殷孟伦注,人民文学出版社,1960年。

《后汉书》,范晔撰,李贤注,中华书局,1965年。

《晋书》,房玄龄等撰,中华书局,1974年。

《旧唐书》,刘昫撰,中华书局,1975年。

《郡斋读书志校证》,晁公武撰,孙猛校证,上海古籍出版社,1990年。

《梁书》,姚思廉撰,中华书局,1973年。

《刘孝标集校注》,刘峻著,罗国威校注,上海古籍出版社,1988年。

《六朝文絜笺注》,许梿评选,黎经诰笺注,中华书局,1962年。

《洛阳出土北魏墓志选编》,朱亮编,科学出版社,2001年。

《洛阳伽蓝记校笺》,杨衒之撰,杨勇校笺,中华书局,2006年。

《洛阳伽蓝记校释》,杨衒之撰,周祖谟校释,中华书局,1963年。

《洛阳伽蓝记校注》,杨衒之撰,范祥雍校注,上海古籍出版社,1958年。

《南齐书》,萧子显撰,中华书局,1972年。

《南史》,李延寿撰,中华书局,1975年。

《廿二史考异》,钱大昕著,方诗铭、周殿杰校点,商务印书馆,1937年。

《廿二史劄记校证》,赵翼著,王树民校证,中华书局,1984年。

《全北魏东魏西魏文补遗》,韩理洲辑校编年,三秦出版社,2010年。

《全汉三国晋南北朝诗》,丁福保编,中华书局,1959年。

《全上古三代秦汉三国六朝文》,严可均校辑,中华书局,1958年。

《全唐诗》,彭定求等编,中华书局,1960年。

《日藏弘仁本文馆词林校证》,许敬宗撰,罗国威整理,中华书局,2001年。

《三国志》,陈寿撰,裴松之注,中华书局,1964年。

《十六国春秋》,崔鸿撰,丛书集成初编本,商务印书馆,1937年。

《十七史商榷》,王鸣盛撰,商务印书馆,1959年。

《拾遗记校注》,王嘉撰,萧绮录,齐治平校注,中华书局,2015年。

《史记》,司马迁撰,裴骃集解,司马贞索引,中华书局,1959年。

《史通通释》,刘知几撰,浦起龙释,中华书局,1978年。

《世说新语笺疏》,刘义庆撰,刘孝标注,余嘉锡笺疏,周祖谟等整理,中华书局,1983年。

《诗问四种》,王士祯等著,周维德笺注,齐鲁书社,1985年。

《说郛三种》,陶宗仪等编,上海古籍出版社,1988年。

《宋书》,沈约撰,中华书局,1974年。

《水经注校证》,郦道元著,陈桥驿校证,中华书局,2007年。

《隋书》,魏徵、令狐德棻撰,中华书局,1973年。

《太平御览》,李昉等编,中华书局,1960年。

《唐音癸签》,胡震亨著,上海古籍出版社,1981年。

《苕溪渔隐丛话》,胡仔纂集,廖得明点校,人民文学出版社,1962年。

《通典》杜佑撰,王文锦、王永兴、刘俊文、徐庭云、谢芳点校,中华书局,2016年。

《魏书》,魏收撰,中华书局,1974 年。

《文史通义校注》,章学诚撰,叶瑛校注,中华书局,1985 年。

《文心雕龙注》,刘勰著,范文澜注,人民文学出版社,1958 年。

《文心雕龙校注拾遗》,刘勰撰,杨明照校注拾遗,上海古籍出版社,1982 年。

《文选》,萧统撰,李善注,上海古籍出版社,1986 年。

《文苑英华》,李昉编,中华书局,1966 年。

《先秦汉魏晋南北朝诗》,逯钦立辑校,中华书局,1983 年。

《新唐书》,欧阳修、宋祁撰,中华书局,1975 年。

《颜氏家训集解》,颜之推撰,王利器集解,上海古籍出版社,1980 年。

《酉阳杂俎》,段成式撰,方南生点校,中华书局,1981 年。

《艺文类聚》,欧阳询撰,汪绍楹校,上海古籍出版社,1965 年。

《玉台新咏笺注》,徐陵编,吴兆宜注,程琰删补,穆克宏点校,中华书局,1985 年。

《元和郡县图志》,李吉甫撰,贺次君点校,中华书局,1983 年。

《元丰九域志》,王存撰,王文楚、魏嵩山点校,中华书局,1984 年。

《乐府诗集》,郭茂倩编,中华书局,1979 年。

《资治通鉴》,司马光编著,胡三省音注,中华书局,1956 年。

《周书》,令狐德棻撰,中华书局,1971 年。

二、近、现、当代书目

《八代诗史》,葛晓音著,中华书局,2007 年。

《北朝胡姓考》,姚薇元著,中华书局,1962 年。

《北朝民族文学叙论》,高人雄著,中华书局,2011 年。

《北朝通语语音研究》,刘冠才著,中华书局,2020 年。

《北朝文化特质与文学进程》,吴先宁著,东方出版社,1997 年。

《北朝文学史》,周建江著,中国社会科学出版社,1997 年。

《北朝诗歌研究》,卢有泉著,山西教育出版社,2013 年。

《北朝石刻文献的文学研究》,张鹏著,中国社会科学出版社,2015 年。

《北朝研究存稿》,李凭著,商务印书馆,2006 年。

《北齐地理志》,施金和撰,中华书局,2008 年。

《北魏平城时代》,李凭著,中国社会科学出版社,2005 年。

《北魏前期政治制度》,严耀中著,吉林教育出版社,1990 年。

《北魏女主论》,宋其蕤著,中国社会科学出版社,2006年。

《北魏开国史探》,楼劲著,中国社会科学出版社,2017年。

《北魏儒学与文学》,张鹏著,中国社会科学出版社,2014年。

《北魏史》,杜士铎编,山西高校联合出版社,1992年。

《北魏文学简史》,李开元、管芙蓉著,山西人民出版社,1993年。

《北魏孝子画像研究》,邹清泉著,文化艺术出版社,2007年。

《北魏政治与制度论稿》,张金龙著,甘肃教育出版社,2003年。

《北魏政治史》,张金龙著,甘肃教育出版社,2008年。

《北魏职官制度考》,俞鹿年著,社会科学文献出版社,2008年。

《北镇势力与北朝政治文化》,苏小华著,中国社会科学出版社,2012年。

《北周地理志》,王仲荦著,中华书局,1980年。

《陈寅恪魏晋南北朝史演讲录》,万绳楠整理,黄山书社,1987年。

《从平城到洛阳——拓跋魏文化转变的历程》,逯耀东著,中华书局,2006年。

《大迁徙:"湖广填四川"历史解读》,陈世松撰,四川人民出版社,2016年。

《东晋南北朝学术编年》,刘汝霖著,上海书店,1992年。

《东晋南朝的谢氏文学集团》,丁福林著,黑龙江教育出版社,1998年。

《敦煌石室地志残卷考释》,王仲荦著,郑宜秀整理,中华书局,2007年。

《佛教与永明文学批评》,高文强著,湖北教育出版社,2006年。

《佛陀相佑造像记所见北朝民众信仰》,侯旭东著,社会科学文献出版社,2018年。

《古史辨》,顾颉刚编著,上海古籍出版社,1982年。

《管锥编》,钱锺书著,中华书局,1979年。

《汉代丝绸之路的咽喉——河西路》,王宗维著,昆仑出版社,2001年。

《汉魏六朝唐代文学论丛》,王运熙著,上海古籍出版社,1981年。

《汉魏六朝文学论集》,詹福瑞著,河北大学出版社,2001年。

《汉魏六朝文学论文集》,曹道衡著,广西师范大学出版社,1999年。

《汉魏六朝乐府文学史》,萧涤非著,人民文学出版社,1984年。

《汉魏南北朝墓志汇编》,赵超著,天津古籍出版社,1992年。

《汉魏南北朝墓志集释》,赵万里编,科学出版社,1956年。

《合为一家:十六国北魏时期的民族认同》,吴洪琳著,社会科学文献出版社，2020 年。

《黑毡上的北魏皇帝》，罗新著，海豚出版社，2014 年。

《籍贯与流动：北朝文士的历史地理学研究》，宋燕鹏著，河北大学出版社，2011 年。

《金明馆丛稿初编》，陈寅恪著，上海古籍出版社，1980 年。

《金明馆丛稿二编》，陈寅恪著，上海古籍出版社，1980 年。

《金泥玉屑丛考》，王仲荦遗著，郑宜秀整理，中华书局，1998 年。

《九朝律考》，程树德著，中华书局，1963 年。

《历代诗话》，何文焕编，中华书局，1981 年。

《历代诗话续编》，丁福保辑，中华书局，1983 年。

《两汉魏晋南北朝正史西域传要注》，余太山著，中华书局，2005 年。

《两汉魏晋南北朝与西域关系史研究》，余太山著，中国社会科学出版社，1995 年。

《两晋南北朝史》，吕思勉著，上海古籍出版社，1983 年。

《两晋南北朝徙民中若干问题研究》，杨洪权著，吉林人民出版社，2004 年。

《两晋南北朝士族政治之研究》，（台）毛汉光著，台湾"商务印书馆"股份有限公司，1966 年。

《六朝史稿》，简修炜、庄辉明、章义和著，华东师范大学出版社，1991 年。

《六朝墓志检要》，王壮弘、马成名辑，上海书画出版社，1985 年。

《六朝史籍与史学》，郝润华著，中华书局，2005 年。

《六朝文人诗絜说》，颜建华著，贵州人民出版社，2002 年。

《罗根泽古典文学论文集》，罗根泽著，上海古籍出版社，1985 年。

《洛阳出土墓志卒葬地资料汇编》，余扶危、张剑编，北京图书馆出版社，2002 年。

《〈洛阳伽蓝记〉词汇研究》，华振红著，中国文史出版社，2002 年。

《历史·空间·身份——洛阳伽蓝记的文化论述》，王秀美著，台湾里仁书局，2007 年。

《吕思勉读史札记》，吕思勉著，上海古籍出版社，2005 年。

《民族视野下的北魏墓志研究》，刘连香著，文物出版社，2017 年。

《南北朝文学编年史》，曹道衡、刘跃进著，人民文学出版社，2000 年。

《南北朝文学史》，曹道衡、沈玉成编著，人民文学出版社，1991 年。

《民族汇聚与文明互动——北朝社会的考古学观察》，张庆捷著，商务印书馆，2010年。

《迁洛元魏皇族与士族社会文化史论》，王永平著，中国社会科学出版社，2017年。

《秦汉魏晋南北朝史论考》，高敏著，中国社会科学出版社，2004年。

《秦汉魏晋史探微》，田余庆著，中华书局，2004年。

《清诗话》，王夫之等编，上海古籍出版社，1999年。

《清诗话续编》，郭绍虞编选，富寿荪校点，上海古籍出版社，1983年。

《日本学者研究中国史论著选译》，刘俊文编，中华书局，1993年。

《十四朝文学要略》，刘永济注，黑龙江人民出版社，1984年。

《士族的挽歌——南北朝文人的悲欢离合》，詹福瑞、李金善著，河北大学出版社，2002年。

《世族与六朝文学》，程章灿著，黑龙江教育出版社，1998年。

《隋唐制度渊源略论稿》，陈寅恪著，生活·读书·新知三联书店，1954年。

《他者中的华人：中国近现代移民史》，孔飞力著，江苏人民出版社，2016年。

《天下华人》，王赓武著，广东人民出版社，2016年。

《拓跋史探》，田余庆著，生活·读书·新知三联书店，2003年。

《魏晋南北朝佛教地理稿》，严耕望著，上海古籍出版社，2007年。

《魏晋南北朝经济史》，高敏编，上海人民出版社，1996年。

《魏晋南北朝考课制度研究》，王东洋著，社会科学文献出版社，2009年。

《魏晋南北朝史》，王仲荦著，上海人民出版社，1979年。

《魏晋南北朝史发微》，高敏著，中华书局，2005年。

《魏晋南北朝史论》，黎虎著，学苑出版社，1999年。

《魏晋南北朝史论丛》，唐长孺著，生活·读书·新知三联书店，1955年。

《魏晋南北朝史论丛续编》，唐长孺著，生活·读书·新知三联书店，1959年。

《魏晋南北朝史论集》，周一良著，北京大学出版社，1997年。

《魏晋南北朝史论集续编》，周一良著，北京大学出版社，1991年。

《魏晋南北朝史论拾遗》，唐长孺著，中华书局，1983年。

《魏晋南北朝史札记》，周一良著，中华书局，1985年。

《魏晋南北朝文学论丛》，周勋初著，江苏古籍出版社，1999年。

《魏晋南北朝文学史料述略》,穆克宏撰,中华书局,1997 年。

《魏晋南北朝文学思想史》,罗宗强著,中华书局,1996 年。

《魏晋南北朝隋唐史三论》,唐长孺著,武汉大学出版社,1992 年。

《魏晋南北朝土地制度和阶级关系》,朱绍侯著,中州古籍出版社,1998 年。

《5—6 世纪北边六镇豪强酋帅社会地位演变研究》,薛海波著,中华书局,2020 年。

《乌桓与鲜卑》,马长寿著,上海人民出版社,1962 年。

《孝文帝改革后的民族融合与北朝文学研究》,陈春霞著,中国社会科学出版社,2011 年。

《鲜卑史研究》,米文平著,中州古籍出版社,1994 年。

《新出魏晋南北朝墓志疏证》,罗新、叶炜著,中华书局,2005 年。

《新见北朝墓志集释》,王连龙编,中国书籍出版社,2015 年。

《续高僧传》,道宣撰,郭绍林点校,中华书局,2014 年。

《严耕望史学论文选集》,严耕望著,中华书局,2006 年。

《嚈哒史研究》,余太山著,齐鲁书社,1986 年。

《余嘉锡论学杂著》,余嘉锡著,中华书局,1963 年。

《余嘉锡文史杂著》,余嘉锡著,岳麓书社,1997 年。

《早期丝绸之路文献研究》,余太山著,商务印书馆,2013 年。

《照隅室古典文学论集》,郭绍虞著,上海古籍出版社,1985 年。

《中国中古社会史论》,(台湾)毛汉光著,上海书店出版社,2002 年。

《中国政治史论》,(台湾)毛汉光著,上海书店出版社,2002 年。

《中古士人迁徙与文化交流》,王永平著,社会科学文献出版社,2005 年。

《中古文史丛稿》,曹道衡著,河北大学出版社,2003 年。

《中古文学丛考》,沈玉成、傅璇琮著,中国文联出版公司,1985 年。

《中国中古文学史讲义》,刘师培著,中国人民大学出版社,2004 年。

《中古文学论稿》,陈庆元著,天津人民出版社,1992 年。

《中古文学史论集》,王瑶著,上海古籍出版社,1982 年。

《中古文学史论文集》,曹道衡著,中华书局,1986 年。

《中古文学史论文集续编》,曹道衡著,中华书局,2011 年。

《中古文学史料丛考》,沈玉成、曹道衡著,中华书局,2003 年。

《中古文学文献学》,刘跃进著,江苏古籍出版社,1997 年。

《中古文学系年》,陆侃如著,人民文学出版社,1985 年。

《中古中国与粟特文明》,荣新江著,生活·读书·新知三联书店,2018 年。

《中外六朝文学研究文献目录》,(台湾)洪顺隆编,台湾文津出版社,1987 年。

《中国历史上的基本经济区与水利事业的发展》,冀朝鼎著,中国社会科学出版社,1981 年。

《中国道教思想史纲》,卿希泰著,四川人民出版社,1983 年。

《中国社会政治史(三国两晋南北朝卷)》,萨孟武著,生活·读书·新知三联书店,2018 年。

《中国行政区划通史(十六国北朝卷)》,牟发松、毋有江、魏俊杰著,复旦大学出版社,2017 年。

《中国移民史》,葛剑雄、吴松弟、曹树基著,福建人民出版社,1997 年。

《中国中古诗歌史》,王钟陵著,人民出版社,2005 年。

《中国诗歌与宗教》,(香港)邝建行著,中华书局(香港)有限公司,1999 年。

三、域外书目

《北魏洛阳城市风貌研究——以〈洛阳伽蓝记〉为中心》,[韩]金大珍著,中国社会科学出版社,2016 年。

《帝国的隐喻:中国民间宗教》,[英]王斯福著,赵旭东译,江苏人民出版社,2008 年。

《佛教征服中国》,[荷]许理和著,李四龙、裴勇等译,江苏人民出版社,2017 年。

《哥伦比亚中国文学史》,[美]梅维恒著,马小悟、张治、刘文楠译,新星出版社,2016 年。

《宫崎市定论文选集》,[日]宫崎市定著,商务印书馆,1963 年。

《哈佛中国史分裂的帝国南北朝》,[美]陆威仪著,李磊译,周媛校,中信出版集团有限公司,2016 年。

《剑桥中国文学史》,[美]孙康宜、宇文所安著,刘倩译,生活·读书·新知三联书店,2013 年。

《六朝贵族制社会研究》,[日]川胜义雄著,徐谷梵、李济沧译,上海古籍出版社,2008 年。

《六朝精神史研究》，［日］吉川忠夫著，王启发译，江苏人民出版社，2012年。

《六朝史研究》，［日］宫川尚志著，日本《学术振兴》会刊，昭和三十一年（1956年）。

《平城历史地理学研究》，［日］前田正名著，李凭、孙耀、孙蕾译，书目文献出版社，1994年。

《内藤湖南全集》，［日］内藤虎次郎编，筑摩书房，昭和五十一年（1976）。

《士与中国文化》，［美］余英时著，上海人民出版社，1987年。

《丝绸之路2000年》，［英］吴芳思著，上海辞书出版社，2016年。

《隋唐帝国形成史论》，［日］谷川道雄著，李济沧译，上海古籍出版社，2004年。

《危险的边疆：游牧帝国与中国》，［美］巴菲尔德著，袁剑译，江苏人民出版社，2011年。

《文镜秘府论校注》，［日］弘法大师撰，王利器校注，中国社会科学出版社，1983年。

《西域考古图记》，［英］奥雷尔・斯坦因著，中国社会科学院考古研究所主持翻译，广西师范大学出版社2019年。

《西域考古记》，［英］斯坦因著，向达译，商务印书馆，2018年。

《中世纪史学史》，［俄］叶・阿・科斯敏斯基著，郭守田等译，商务印书馆，2019年。

《中国古代帝国的形成与结构——二十等爵制研究》，［日］西嶋定生著，武尚清译，中华书局，2004年。

《中国古代的家与国家》，［日］尾形勇著，张鹤泉译，中华书局，2010年。

《中国古代的社会与国家》，［日］增渊龙夫著，吕静译，上海古籍出版社，2017年。

《中国中世纪社会与共同体》，［日］谷川道雄著，马彪译，中华书局，2002年。

后　记

拙作《文化视阈下的北魏文学研究》是笔者同题国家社科基金后期资助项目(18FZW039)的结项成果,是笔者北魏文学研究的处女作,但却是笔者出版的北魏文学研究第二部学术著作。

2018年9月,由于仰慕刘跃进师《门阀士族与永明文学》,我携带80余万字的博士学位论文《"竟陵八友"考辨》北上中国社会科学院文学所,希望在跃进师指导下继续从事"竟陵八友"或永明文学研究。令人感到意外的是,先生拒绝了笔者的请求,并希望笔者转向北朝文学研究。一般而言,博士后研究是博士学位论文的延续,从"竟陵八友"转向北朝文学,似乎跨度有些大,但我还是愉快地接受了建议,开始了北魏文学研究。那时原工作单位不允许脱产,故而两地奔波,实属不易。好在经过艰苦卓绝的努力,笔者获得第45批博士后社科基金面上一等资助项目(20090450052)和第3批博士后特别资助项目(201003217),并完成了20余万字的博士后出站报告——《北魏文学与文化考论》。

博士后出站后,原单位督促申报课题,我便产生了一个想法,以出站报告为题申报国家社科项目。单位组织了多次社科项目申报评审,在专家建议下,一次次修改选题,最终以《北魏人口流动与文学演进研究》为题获批2012年国家社科基金一般项目(12BZW026)。此时再审视这个题目,发现与博士后出站报告已完全是两个不同的选题,偷懒不成,只能老老实实地研究。2012年是笔者的幸运年,除国家社科基金项目外,还获批教育部人文社科规划基金项目《"竟陵八友"与齐梁文学新变研究》(12YJA751001)、教育部新世纪优秀人才支持计划资助项目《湖北书院史研究》(NCET-12-0874)。三个不同选题项目同时进行,其工作之艰难繁杂可想而知。2015年、2016年三个项目相继结项,书稿也送交出版社。其中,2019年底出版的《士人迁徙与北魏文学演进》(国家社科项目易名后的著作),是笔者出版的第一部北魏文学研究著作。

2016年《北魏人口流动与文学演进研究》送交中华书局后,我又想起了博士后出站报告《北魏文学与文化考论》。由于受选题限制,北魏许多文学现象未纳入《北魏人口流动与文学演进研究》书稿。于是我决定将未曾进入的文学现象与《北魏文学与文化考论》合并到一起，重新修订博士后出站报告，并以《文化视阈下的北魏文学研究》为题获批2018年国家社科基金后期资助项目（18FZW039）。原计划2019年底结项，然2019年新冠疫情肆虐，一直到2021年初才提交结项申请，后半年结项通过后才将书稿送交出版社。

《文化视阈下的北魏文学研究》是《士人迁徙与北魏文学演进》的姊妹篇，我的初衷是将未进入《士人迁徙与北魏文学演进》视野的文学现象全部纳入其中，从而完成对北魏文学整体的阐述，让学人更为直观地了解这一朝代文学。遗憾的是这一愿望尚有缺憾，正如一位不知名的评审专家所言，北魏墓志未作为一种文体进入笔者研究范围。北魏乃至北朝墓志研究是学术界的热点话题之一，成果颇为丰富，然尚有美中不足之处。首先，北魏墓志有多少方？北朝墓志有多少方？在未有墓志整理的情形下研究北魏或北朝墓志，其结论难以令人信服。其次，墓志作为一种文体确实值得探究，但前人无数篇研究成果都集中于探究墓志文体，其创新性令人担忧。故而笔者在长期阅读过程中，收集了大量墓志，试图整理后研究其与北魏或北朝文学之关系。2018年笔者申报并获批教育部人文社科基金一般项目《出土文献与北朝文学研究》（18YJA751001），就是此设想之开始。正当笔者热衷于收集墓志之时，王连龙先生整理的《南北朝墓志集成》出版了，笔者的整理显得毫无意义了。然研究北朝出土文献（墓志、碑刻、摩崖石刻、造像记四类）与文学之关系，将成为笔者以后学术努力的方向。

拙作《文化视阈下的北魏文学研究》试图从文化政策对文学的影响、地域文化对文学的浸染、文化对文学体裁的陶染、个案文学受文化的感染四个不同层面，全面阐述北魏文化对文学的作用。其中还杂有民族融合，以及民族文化、文学之间互动影响等。这种思路颇受吴先宁《北朝文化特质与文学进程》的影响，但吴先生讨论的重点在于文化，笔者则着重于文学。这是笔者多年阅读相关资料的一点感受，也许不够成熟，但笔者仍愿写出来以引发学界同仁关注，以期商榷。《诗经·卫风·淇奥》有云："有匪君子，如切如磋，如琢如磨。"只有在不断地切磋、琢磨中，方可还原北魏文学的本来面貌。

在本书写作过程中，笔者参考了学术界相关成果，限于体例所限，很难一一胪列，在此表达深深的歉意。在拙作即将付梓之际，笔者要特别感谢恩师刘跃进先生，是他引领笔者进入北魏文学领域，而且不时关注本书写作进度。同时要感谢博士生导师戴建业先生，无论在博士生学习期间还是毕业之后，他随时关心着笔者的身体健康与学术发展，并提出了非常宝贵的建议与意见。笔者还要感谢不知名的后期资助项目评审专家们，他们极为珍贵的评价为拙作的修改提供了方向。感谢陕西人民出版社的编辑们，他们认真校勘，修正了拙作中不易发现的错误。同时感谢我的家人们，他们的支持是我前进的动力。

所谓"时人不识凌云木，直待凌云始道高"，北魏文学大约正是如此。只有更多学人参与讨论，方可真正领悟北魏文学之魅力。绳锯木断，水滴石穿，我将以此来勉励自己在此领域不断进取，获得更多、更大的成就！

柏俊才

2022 年 6 月于西安曲江寓所